I. B. Zimmermann

MONA

Und täglich grüßt der Erzdämon

Das erste Buch aus der Mona-Reihe

Das Buch beinhaltet den Konsum von Tabak und Alkohol innerhalb des normalen gesellschaftlichen Rahmens. Innerhalb der Geschichte wird es Beschreibungen von leichter Erotik geben.
Mehr Informationen auf: www.kritzelpixel.de/mona

FSC
www.fsc.org
MIX
Papier aus verantwortungsvollen Quellen
FSC® C014496

Klimaneutral*
Druckprodukt
ClimatePartner.com/14044-1912-1001

Penguin Random House Verlagsgruppe FSC® N001967

1. Auflage
Originalausgabe

Covergestaltung: I. B. Zimmermann, unter Verwendung eines Motivs von Shutterstock (Syda Productions), Envato Elements (Dinabelenko, twenty20photos, LightFieldStudios) und Artbreeder
Illustrationen: I. B. Zimmermann, Shutterstock (zef art, dazzleofdaisies, tubiry.photography, wrangler, Cranach, Mitzo, Alexander_P, Croisy), Envato Elements (DragonImages, Netfalls, seregam, buydesign, GoDoodle, twenty20photos, diignat, halayalex), Seite 7: Maja Markelow
Layout/Satz: Uhl + Massopust, Aalen
Druck und Bindung: GGP Media GmbH, Pößneck
Printed in Germany

ISBN 978-3-517-30315-4

I. B. Zimmermann

MONA

Und täglich grüßt der Erzdämon

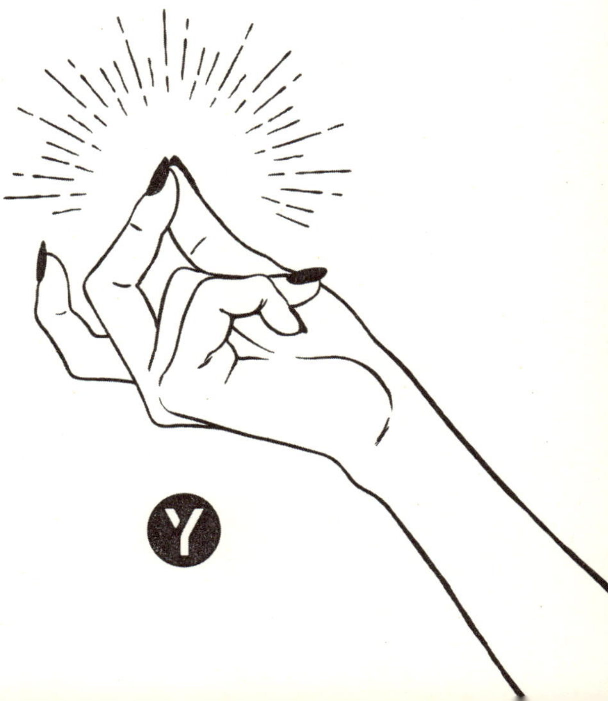

Dieses Buch widme ich dem Team **Schreibgeheimnis**.
Danke für euren Mut und eure Energie.
Für mehr F(u)ntasy!

JOURNAL

STELL DIR VOR, ALLE MYTHEN UND SAGEN ENTSPRINGEN EINEM WAHREN KERN. UND DANN SAGT DIR JEMAND, DASS DU EINE HEXE BIST UND AUF DIESEN GANZEN HAUFEN ÜBERNATÜRLICHE AUFPASSEN MUSST.

DIE WELT IST WIRKLICH IN EINEM SCHLECHTEN ZUSTAND, ÜBERALL HAT ES ZOMBIES...

MONA - BAND 1

ILLUSTRATION VON MAJA MARKELOW
INSTAGRAM.COM/__MAUSEL__/

Kapitel 1
Die Bewährungshexe

Sie war sehr versucht, von ihren Hexenkräften Gebrauch zu machen. Nur die mit der Magie verbundene Strafe hielt Mona davon ab, ein paar platzschaffende Flammen zu beschwören. Der Bus war so voll, dass sie vor der Wahl stand, sich das Gesicht an der Fensterscheibe platt zu drücken oder den Kopf in die Armbeuge des muskulösen Mannes vor ihr zu stecken. Der Geruch seines Deodorants biss ihr in die Nase, aber es gab Schlimmeres als Zedernholz mit Moschus. Etwa die zwei Zombies, die sich nahe der Bustür an eine Stange klammerten und bei jeder Kurve hin und her schlackerten. Dem Verwesungsgrad und Gestank nach zu urteilen handelte es sich um ehemalige Wasserleichen.

Mona atmete gestresst durch und bereute es sogleich. Die stickige Luft schnürte ihr den Hals zu. Nur noch zwei Stationen durchhalten, die Fahrt kam ihr vor wie eine Ewigkeit. Von Offenbach am Main bis nach Frankfurt mit dem Bus zu fahren war lästig, aber da sie dazu neigte, in die falsche U-Bahn-Richtung zu steigen, blieb ihr keine Wahl. Mona kannte ihr Glück – so oft, wie sie zu Studienzeiten Busse und Bahnen verpasst hatte. Völlig egal, wie gut sie auch vorplante, wie früh sie aufstand, das Leben schmiss ihr Steine in den Weg. Manchmal flogen dabei sogar Autos und letzte Woche hatte sich ein Straßenpantomime auf ihre Schuhe übergeben.

Wer so vom Pech verfolgt wurde, gab irgendwann auf, aber

der heutige Tag war zu wichtig für solche Pannen. Mona hatte jedes erdenkliche Ritual für gutes Karma durchgeführt, das sie erlernt hatte. An ihrem Schlüsselbund hingen dralle Glücksschweinchen und eine Hasenpfote aus Plastik. Sie hatte auf dem Weg zur Haltestelle auf jedes Stück Holz dreimal geklopft. Leider war Beten für eine Hexe sinnlos. Bisher schienen ihre Bemühungen von Erfolg gekrönt, sie würde gerade so pünktlich sein.

Mit einem Ruckeln kam der Bus zum Stehen und das erste newtonsche Gesetz zerrte Mona beinahe in eine ältere Dame, die sofort pikiert zu ihr aufsah. Rot geränderte Augen stierten durch eine dicke Brille, und Mona nuschelte hastig: »'tschuldigung!«

Verlegen lächelnd hielt sie dem prüfenden Blick der Frau stand. Wie diese über die düsteren Tattoos, die schwarzen Haare und den dazu passenden Schmuck urteilte, konnte Mona sich denken. Das gezischte »Immer diese Gruftis« ließ sie lieber unkommentiert, und zum Glück wandte sich die Dame wieder um, dabei weiterhin unflätig vor sich hin murmelnd.

Die Tür schloss sich unter lautem Piepsen, und der Bus nahm Fahrt auf. Nervös schielte Mona zum Ausgang. Nur noch eine Haltestelle. Gleich hatte sie es geschafft. An der Stange direkt an der Tür baumelte ein vergessener Arm, und erinnerte Mona mahnend an ihre heutige Aufgabe. Sollte sie den Job als Mumienwächterin nicht bekommen, drohte ihr der Dienst auf den Straßen. Dann würde man sie rufen, wenn ein Zombie mal wieder seine Gliedmaßen liegen ließ, ein Geist vom Dönerspieß Besitz ergriff, sich ein betrunkener Vampir festbiss oder ein Werwolf einen Hydranten begattete. Allein bei dem Gedanken an die Arbeit als Streifenhexe bekam Mona Gänsehaut. Nein, es gab leider keinen Unterschied, ob man nun ein Knöllchen für ein

Fahrzeug oder einen zu tief fliegenden Blutsauger ausstellte – es endete immer in Formularen, Formalitäten, Verfahren, Akten, Protokollen. Eine stumpfe, unkreative Aufgabe.

Leider kamen für Mona jedoch nur wenige andere Berufe infrage. Als Hexe musste sie in den Staatsdienst, und wissend, was sie erwartete, hatte sie zwei extra Semester in Fluchkunde belegt. So war sie nicht nur in den Genuss gekommen, für einige Zeit Ägypten zu besuchen, sie eignete sich nun auch für die Forschung. Und dieses Vorstellungsgespräch war ihre Chance. Es ging um einen Fluch, und der führte sie direkt in das Mythohistorische Museum voller spannender Relikte.

Das Klingeln der nächsten Station holte sie aus den ratternden Gedanken. Hektisch blickte Mona sich um, stierte nun in die Achsel des großen Mannes. Der Berg aus Muskeln blockierte sie, und ihr blieb keine andere Wahl, als ihn anzustupsen.

»Ehhh«, machte sie leise, doch der Kerl rührte sich nicht, starrte nur weiter schweigend auf sein Smartphone.

»Entschuldigen Sie? I-ich muss hier raus?« Wieso sie diese Dringlichkeit als Frage formulierte, wusste sie selbst nicht. Der Kopf des Hünen, dessen dralle Oberarme über unnatürlich viele Muskeln verfügten, drehte sich nur langsam.

»Machst du bitte Platz?«, bemühte sich Mona mit Nachdruck, aber der Mann blickte erst mal nach unten, direkt auf ihre Schuhe – schwarzes Leder, dicke Sohle. Seine Augenbrauen hoben sich, als er die Leggings mit den Spinnennetzen entlang mit dem Blick weiter emporwanderte. Bei dem Schlangentattoo auf ihrem Dekolleté blieb er hängen und wieder sah sich Mona sehr versucht – sie bräuchte nur zu schnipsen und ein paar Flammen würden ihr Platz schaffen und ihm das Gaffen vermiesen. Ihre Nervosität mischte sich mit Wut.

»Ich muss hier gleich raus und …«

Der Bus bremste unerwartet hart, und Mona kämpfte mit aller Kraft dagegen an, nicht in den Fleischberg geschleudert zu werden. Offenbar mussten einige Leute an der Museumsecke aussteigen und im Gang tummelten sich auf einmal mehr Menschen, als in den Bus hätten passen sollen. Nervös reckte Mona den Kopf. Das durfte doch nicht wahr sein! Da stand sie schon nahe der Tür und trotzdem kein Durchkommen. Sie war regelrecht eingekeilt. Es erklang das unangenehme Piepen der sich bald schließenden Türen. In Mona breitete sich kribbelnde Panik aus, und sie ballte die Fäuste. Zu diesem Termin durfte sie nicht zu spät kommen – ihre letzte Chance: entweder Bewährungshexe für diese verfluchte Mumie oder für die nächsten Jahre Zombiemutti auf den Straßen Frankfurts. Fast schlimmer noch als der damit drohende Papierkram waren die finanziellen Aspekte. Vielleicht durfte sie ihre Wohnung nicht behalten, musste gar wegziehen, irgendwohin, ans Ende der Welt, oder zurück zu ihrer Mutter? Nein, auf gar keinen Fall. Ihre Selbstständigkeit, ihr Lifestyle! Monas Herz stolperte merklich – augenblicklich flammten ihre Fäuste auf, begannen zu glühen.

»Wiiiiiie, wie, wie, wiiiie?«, erklang es quietschend hell neben ihr.

Der Muskelberg machte einen Satz zurück, prallte gegen die ältere Dame und riss zwei Teenager um. Hastig schüttelte Mona die Hände und versteckte sie unter ihrer Armbeuge, ihre Finger kribbelten. Wenn ihre Kräfte außer Kontrolle gerieten – ausgerechnet heute, dann …

»Hex-he-he, du bist eine He-he-«, begann der Mann und deutete auf sie. Überfordert starrte Mona ihn an, überlegte, was sie gleich erwidern musste, wollte schon nach ihrem Ausweis greifen, da bemerkte sie jedoch die sich schließenden Bustüren.

Nicht nur im Bus, auch in ihrem Kopf entbrannte eine Kettenreaktion. Der Rempler des Typs, die fallenden Teenager – wie Dominosteine kippten Kinderwagen, Einkaufskörbe und Pfandflaschen im Bus. Von irgendwoher flog ein Zombieschädel mit einem Röcheln durch die Luft. Pures Chaos herrschte und trotzdem – die Türen schlossen sich weiter, die Räder zischten schon, Monas Finger ebenso – nein, sie würde nicht zurück zu ihren Eltern ziehen!

»Verflixter Dreck!«

Sie schnipste.

Es knallte.

Durch den Bus ging ein Ruck. Erneut holte es auch Mona fast von den Beinen. Stimmengemurmel, Schimpfen und ein brüllender Busfahrer. Dafür würde sie sich später verantwortlich zeigen, mal wieder – jetzt war nur eines wichtig. Mona hechtete durch die Bustüren und stürmte aus dem langen Gefährt, dem alle Reifen geplatzt waren. Das Durcheinander im Bus war zu groß, niemand folgte ihr, als sie zielstrebig in Richtung des Mythohistorischen Museums steuerte, dabei nervös ein paar letzte brennende Finger ausschüttelnd.

Kapitel 2
Mumienpflege

Mona war eine Hexe.

Das klang zunächst spannend, aber für sie war das nur ein Job. Und genau dieser führte sie heute vor die Bürotüren eines schmalen Gangs innerhalb des Mythohistorischen Museums in Frankfurt am Main. Früher hatte sie ihre Besuche in den prall mit Wissen gefüllten Mauern geliebt, ohne zu ahnen, wie viele Schreckgestalten hinter Glasvitrinen darauf warteten, irgendwann von ihr abgestaubt zu werden. Schlimmer noch, bald sollte sie die Verantwortung für eine verfluchte Mumie am Hals haben.

Die Besuchszeit näherte sich dem Ende, aber in den Gängen hinter den öffentlichen Räumlichkeiten herrschte sowieso gähnende Leere. Mona war zu ihrer eigenen Überraschung viel zu früh und fand sich in einem schmalen Flur vor dem Büro des Rektors wieder. Glücklicherweise stand eine kleine Bank im Durchgang. Monas Herz klopfte ihr bis zum Hals. Nichts machte so nervös wie das Warten vor einem wichtigen, alles entscheidenden Gespräch.

Zwar hatte das Amt sie geschickt, dennoch konnte der Direktor sie ablehnen. Ihre Hoffnung war die bevorstehende Ausstellung im Museum. In wenigen Tagen schon sollte die neue ägyptische Abteilung eröffnen, und dann brauchten sie dringend eine Fachkraft für die dortige Mumie, das war gesetzlich so verankert.

Sonotep war verflucht, und hatte sich sein Fluch auch noch nicht erfüllt, es konnte jederzeit so weit sein, und für den Fall der Fälle stellte man eine Hexe ab, um ihn zu bewachen. Zumindest jetzt brauchten sie Mona. Trotzdem, der erste Eindruck entschied, ob sie dauerhaft bleiben würde – gesetzliche Beschlüsse hin oder her, auch sie hatte sich in der Probezeit zu beweisen. Es war ihr schleierhaft, wie man ihr diesen Posten zuteilen konnte. Ihr, einer Junghexe der neunten Instanz. Lächerlich. Das reichte gerade so zum Kloputzen in einem Spukhaus.

Nicht dass sie sich vor dem Übernatürlichen fürchten musste, damit wurde sie fertig. Ihre Angst galt anderem. Monster, Zombies, Mumien und Geister bedeuteten nämlich vor allem eines: Papierkram. Monas einzige Hoffnung war die angebliche Inaktivität des Pharaos, die würde ihr stumpfsinniges Formularausfüllen erleichtern.

Wobei – Mona war nicht die erste Hexe, die für das Mythohistorische Museum arbeitete. Dieser Ort hatte einige Vorgängerinnen bereits verschlissen, und das ganz ohne Mumie. Zudem hatten diese Hexen alle freiwillig gekündigt, und zwar mit auffällig schlechten Ausreden. Das konnte eigentlich nichts Gutes bedeuten. Aber während die einfachen Hexenden mit ihren Leistungen in Fluchkunde, Beschwörung und Läuterung glänzten, hatte Mona ganz andere Talente, und die konnten sich zum ersten Mal in ihrem Leben bezahlt machen.

Hexen wie Mona wurden nicht in atemberaubenden Zeremonien gezeugt, sie wurden von keiner höheren Macht auserwählt, es erklang weder engelsgleicher Gesang noch schickte jemand eine Eule mit Briefen, die dann den Kamin verstopften.

Nein, Mona war einfach nur mit einem aktiven Übersinnlichkeits-Gen geboren worden. Ein Bluttest, den man seit einigen Jahren bei Neugeborenen machte, hatte ihre angeborene Gabe zutage gefördert. Es war kein angenehmes Talent, wenn einem erkälteten Säugling Feuer statt Rotz aus der Nase schoss und sich daraufhin der Gartentisch entflammte. Grillpartys bekamen eine völlig neue Bedeutung.

Das magische Gen besaßen alle Menschen, aber aktiv wurde es nur selten. Hexenkräfte vererbten sich, und schon Monas Großmutter hatte in der milchigen Suppe einer Glaskugel mehr als nur die üblichen Eisbären im Nebel gesehen. Doch die Begabung der alten Dame war damals übersehen worden. Man hatte sie nur für verrückt gehalten, denn leider sahen Hexende in ihren Kugeln nur Nachrichten von gestern, und wer hörte schon auf eine Oma, die immer wieder Schlagzeilen aus der Vergangenheit weissagte?

Magie war keine mächtige Gabe, vielmehr eine Aufgabe – und eine staubtrockene noch dazu. Was der Sterbliche mystisch und magisch nannte, kommentierte eine Hexe mit einem Augenrollen. Das Studium der Hexerei war ernüchternd fade. Die ganze Welt teilte sich die einzige Universität der Magi in Italien, die eng mit der Kirche zusammenarbeitete. Ein Teil der Lehre bestand aus langatmigem Kirchenwissen, der andere erinnerte an Chemie, der jegliche Logik fehlte.

Meisterin der Alchemie und der Hexerei – das sah auf einer Urkunde fantastisch aus. Goldener Text, ein schwarzer Rabe prangte stolz darüber. Aber Alltagsalchemie ermöglichte es Mona gerade so, ein Shampoo aus Gemüseabfällen herzustellen. Gut, damit glänzte das Haar tatsächlich seidig – ignorierte man die Nebenwirkungen: deutlich mehr Schuppen an munter beißenden Reptilien auf dem Haupt. Aber das waren nur Haarspaltereien. Wozu man solche Rezepturen gebrauchen konnte, wusste Mona nicht. Und die Hexerei erst, ein einziges Chaos aus Zaubersprüchen und Bauchgefühl! Manchmal verwandelte sich jemand in einen Arsch mit Ohren, wenn sie mit dem Finger wütend vor seiner Nase herumwedelte, aber wenn es mal darauf ankam, sprühten ihre Hände nur müde Funken, statt mit einem Zauber den Tag zu retten. Alchemie und Hexerei – Mona nutzte beides eher selten, doch das änderte nichts an ihrer angeborenen Aufgabe.

In der modernen Welt, zwischen Dämonen, Werwölfen, Vampiren, Geistern und Zombies, dienten die Hexenden vor allem einer Sache: Sie sollten die ganzen anderen übernatürlichen Wesen im Auge behalten – das Unvolk.

Hexende waren die magischen Bewährungshelfer. Das einfache Unvolk musste sich meist einmal die Woche bei einer entsprechenden Stelle ihres zuständigen Amts melden und ein Telefonat mit ihrem Bewährungshexenden führen. Eben eine simple Überwachung magischer Kreaturen. Nur mächtigeren Wesen wie Medusen, Werwölfen und Poltergeistern teilte man spezielle Beamtenhexende zu. Für so eine Aufgabe musste man wirklich fähig sein.

Das war Mona definitiv nicht, aber das störte sie auch nicht, denn sie hatte kein Interesse, in der Dreckwäsche eines Draugrs zu wühlen. Wobei, soweit ihr bekannt war, diese Kreaturen meistens nicht einmal Hosen trugen.

Ein nerviges Piepsen riss sie aus ihren Gedanken, und Mona sprang sofort auf. Ihr Smartphone erinnerte sie an den bevorstehenden Termin, und panisch starrte sie auf die leuchtenden Ziffern der Uhr. Alles oder nichts, jetzt musste sie überzeugen. Vorsichtig trat sie vor die Bürotür und klopfte an.

»Herein?«, knödelte eine ältere Stimme durch das Holz.

Rasch öffnete Mona die Tür und schritt in einen Albtraum aus Eiche rustikal und Staub. Zudem hing ein seltsamer Geruch in der Luft. Ein gigantischer Schreibtisch nahm das kleine Büro ein, und Aktenschränke ragten bis zur Decke hinauf. Ein alter

Röhrenmonitor und verdächtig viele Kabel verrieten Mona, dass die Digitalisierung hier bei Windows 98 hängen geblieben war.

Ein zu diesem Gedanken passender Stapel Papier türmte sich auf dem Tisch des Direktors. Ein Blick, und Mona wusste sofort, mit was für einem Typ Mensch sie es zu tun hatte. Dieser Mann war Verfechter der alten Sitten, Fürsprecher der sortierten Akten, ein Mensch mit Moral und anständigen Karteikarten. Jemand wie er las die Morgenzeitung und druckte sich die persönliche Startseite seines Facebook-Accounts aus. So auch Monas Profil, das neben ihrem Lebenslauf lag. Sie hatte den Fehler gemacht, ihm alles digital zu senden.

»Kommen Sie, kommen Sie!« Er winkte sie heran, ohne aufzublicken. Mit angestrengten Glubschaugen starrte er auf den zerknitterten Wisch in seinen Händen, las sorgfältig über ihre Unterlagen und nickte. Dünnes Haar, streng nach vorn gekämmt, wippte bei jeder Bewegung, die Flügel seiner großen Nase blähten sich nichtssagend auf. Er war drall, aber unerwartet kräftig, als würde er die Exponate seines Museums persönlich an Ort und Stelle schleppen.

Mona setzte sich langsam und räusperte sich.

Er murmelte lediglich vor sich hin, während sein Blick über Monas Noten und Beurteilungen huschte. »Interessant, wirklich …«

»Ehh«, begann sie, verstummte jedoch, da der Direktor sie anscheinend ignorierte. Hin und wieder blieb er an einer Zeile im Text hängen und grunzte. In Gedanken versunken wanderte er mit seinem Arm suchend über den überfüllten Schreibtisch, er verfehlte den Becher mit den gelben Markern, und seine Finger landeten im Glas daneben. Mona hob überrascht die Augenbrauen, als sie es als Wurstglas erkannte.

Ohne mit der Wimper zu zucken, zog er ein Würstchen

aus dem Einmachglas und setzte mit dem Stück Fleisch zum Schreiben an. Rosa Pelle schwabbelte ihm vor der Nase herum und tropfte auf die Papiere. »Oh!«, machte er und runzelte die Stirn. Nach einem Moment der Verwirrung hielt er Mona die Wurst hin, sie baumelte schlaff vor ihrem Gesicht: »Wollen Sie vielleicht? Gute Proteine!«

»N-nein danke!«, stammelte sie, versuchte die Übelkeit mit aller Macht hinunterzuschlucken. Jetzt wusste sie, wieso das Büro so enorm deutsch roch.

Der Direktor zuckte mit den Schultern und biss herzhaft in die kalte Wurst. Nuschelnd buchstabierte er Monas Namen auf blass bedrucktem, aufgeweichtem Papier.

»Ach Mist, ganz verschwommen. Was soll das heißen? Moni?«

»Der Name ist Mona«, korrigierte sie.

»Ah, sehe ich gerade. Dann ist das – Mona Rusla Kaassi…«

»Ursula Kassandra!«

Seine Unterlippe schob sich vor. Aus seinen aufgeblähten Nüstern ragte ein Haar hervor. Mona wusste so langsam nicht mehr, wohin sie noch blicken sollte, und entschied sich für die kleine Fliege, die auf der Fährte des Wurstwasserduftes über den Schreibtisch krabbelte.

»Mhh…«, brummte der Direktor. »Also Mona Ursula Kassandra Nosf… Nooo… Nosfera… aha! Nosferatu, wie der Vampir?« Er klang erwartungsfreudig, doch Mona schüttelte den Kopf.

»Nein, meinen Nachnamen schreibt man mit h hinten und das wird auch mitgesprochen.«

»Nosferah?« Die wulstigen Augenbrauen des Direktors zogen sich zusammen und bildeten tiefe Falten.

»Es heißt Nosferatuh mit tuh. Nicht wie tu«, betonte sie es deutlich.

»Tu? Was tun?«

Offensichtlich hatte sie damit das Denkzentrum des Mannes überlastet, und Mona seufzte lange. Erneut den Kopf schüttelnd holte sie Luft. »N wie Nötigung, O wie Opfer, S wie Sense, F wie Flasche, E wie Eckel, R wie Ratte, A wie Arsen, T wie Tod, U wie Unheimlich und H – H wie Hass.«

Seine Augenbrauen hoben sich wieder, und er dachte für einen Moment zähneknirschend nach. Dass ihr Vorstellungsgespräch bereits an ihrem Nachnamen zu scheitern drohte, konnte nichts Gutes verheißen.

»Verstehe. Verstehe«, meinte er schließlich. »Sie sind also auch nicht mit Lord Nosferatu verwandt?«

»Ja«, erwiderte sie knapp, doch da war erneut dieser verwirrte Blick von ihm.

»Also was jetzt?« Der Direktor klang ungehalten, und Mona zuckte irritiert zusammen.

»Wie was?«

»Sie sind – nicht – verwandt?« Die verlaufene Tinte anstarrend wanderte sein Blick über ihre Dokumente.

Mona wehrte sich verzweifelt gegen den Drang, mit den Augen zu rollen.

»Nein«, versuchte sie es höflich klingend, aber anscheinend verstand der Direktor noch immer nicht. Eine längere Pause entstand. Mona konnte beobachten, wie die Knöpfe seines hellblauen Hemdes bei jedem Atemzug bebten. Der Geruch von billigem Aftershave gemischt mit Wurstwasser und schlecht gelüfteten Räumen bereitete ihr Kopfschmerzen.

»Also noch mal von vorne … Fräulein Nosferatuh mit H und nicht verwandt mit Lord Nosferatu. Richtig?«

»Ja«, entgegnete Mona trocken und verkniff sich sämtliche sarkastischen Antworten. Darin hatte sie Übung. Wieder und wieder hatte sie diese Frage verfolgt, besonders im Studium. Sie als Hexe, das würde doch passen, verwandt mit dem mächtigen Vampirlord. Sie hatte entsprechend schlagfertige Erwiderungen parat.

Nein, er ist meine Mama.

Ja, ich bin es wirklich. Bleh bleh bleh!

Und der Klassiker: *Nos Ferah du ich dir doch nicht.*

»Schade«, unterbrach die Stimme des Direktors ihre Gedanken, und der Mann zuckte mit seinen kräftigen Schultern. »Wie dem auch sei … Sie kennen sich mit Mumien aus?«

»Durchaus, ja.«

»Sie haben Ihr Auslandssemester in Ägypten verbracht, richtig?«

»Ja.« *Es steht doch auf dem Zettel vor dir*, fügte sie gedanklich hinzu. Das Semester vermisste sie in diesem Moment schmerzlich. Sechs Monate Ruhe und Frieden zwischen schlafenden Mumien. Sechs Monate Theorie in Flüchen und Verzauberungen, die heute niemand mehr nutzte, benötigte oder einsetzen konnte. Dann galt es, entdeckte Exponate richtig zuzuordnen, neue Flüche zu erkunden, gerade das hatte ihr große Freude bereitet.

»Also kennen Sie die Legende des Sonotep!«

»Ja, und ich bin mit seinem Fluch vertraut! Nocturn, inaktiv, selbstverschuldet, ausgesprochen von seiner Mutter.« Mona nickte noch einmal bestätigend, denn der Direktor schaute sie misstrauisch an. Erstmals betrachtete er sie bewusst. Das war ein gutes Zeichen, er setzte sich näher mit ihr auseinander.

Provokativ schnippte sie sich eine ihrer kurzen schwarzen Strähnen aus dem Gesicht. Neben ihren eher dürftigen Unterlagen hatte sie sich auch optisch gut auf den Termin vorbereitet. Letzte Woche war sie extra beim Friseur gewesen, um ihren langen, geraden Bobschnitt schwarz nachzufärben. Tätowierungen von heidnischen Symbolen zierten ihren bleichen Körper. Engel reichten sich leidend die Hände, Gemälde großer Meister schlangen sich um ihre Arme und eine weiße Ente im Matrosenanzug präsentierte ihren blanken Bürzel zwischen zwei nackten Schlangenfrauen hindurch. Nun, jeder beging Jugendsünden, auch Hexen. Die Halbmondohrringe funkelten, sie besaß die klischeehaft grünen Augen. Schwarzer Nagellack, schwarzer Lippenstift – ausnahmsweise würde ihr Gothic-Look hilfreich sein, dann wie hieß es so schön: »Kleider machen Leute«. Alles an ihr schrie »Hexe«.

Das schien den Direktor jedoch nicht zu überzeugen, auch wenn er nun nachdenklicher wirkte.

Leider brauchte sie diesen Job, das Amt lag ihr in den Ohren und die Sorge um ihre Zukunft zwang sie, den drallen Mann freundlich anzulächeln. Bloß keine stumpfe Streife. Bloß keine Zombies. Monotones Protokollieren von Untoten – nicht auszudenken. Von den wortkargen Gesellen sah sie täglich genug in der Offenbacher S-Bahn. Da kümmerte sie sich lieber um eine Mumie.

Früher oder später würde Sonotep erwachen, und dann brauchte er seine Bewährungshexe. Er rührte sich zwar seit Tausenden von Jahren nicht, doch der Familienfluch des wandelnden Toten konnte sich jederzeit erfüllen. Mona kannte ihr Glück, sie sah sich dem Prinzen in ihrer ersten Spätschicht begegnen. Und dann gab es einen viertausend Jahre alten Ägypter, dem sie Smartphones, das Internet und Bubble Tea erklären sollte. Davor graute es ihr wirklich.

»Nun, das Amt hat Sie uns zugeteilt, allerdings – Ihre Noten und Ihre bisherige Erfahrung… Sie haben gerade erst Ihren Master gemacht«, durchbrach der Direktor endlich die Stille.

Was er in der Zwischenzeit auf dem vom Wurstwasser durchweichten Papier entziffert hatte, ohne auch nur seine Augen zu bewegen – Mona wollte es gar nicht so genau wissen.

»Ehh, das stimmt, allerdings habe ich einige praktische Erfahrungen in Ägypten gesammelt.« Eine Lüge, die Mona kurz die Kehle zuschnürte. Nervös schielte sie auf ihre Finger, es fühlte sich so an, als würden sie sich jeden Moment entzünden. Ein Schmerz fuhr durch ihre Gelenke. An der Archäologie hatte sie große Freude gehabt, aber einer verfluchten Mumie war sie noch nie begegnet. Das höchste der Gefühle war eine verwunschene Sphinx gewesen, die nach tausend Jahren Dienst als Tempelwächterin froh war, keine Rätsel mehr rezitieren zu müssen, um Eindringlinge zu testen. Mona hatte sich um ihre Rehabilitation gekümmert und mit ihr Reiseführertexte einstudiert.

»Und Sie sind nun schon die dritte Hexe innerhalb von einem Jahr, besser wird es wohl nicht!«

Alarmiert zuckte Mona zusammen. Aus dem Augenwinkel bemerkte sie ein schwaches Glühen an ihren Fingerspitzen, hastig schüttelte sie ihre Hand.

»Ich versichere Ihnen, ich bin die richtige Wahl«, log sie und spürte, wie sich erschummelte Grübchen in ihre Wangen drückten, so zwanghaft lächelte sie ihn an.

»Unserem zuständigen Archäologen Professor Koprolith wurden Sie ja auch empfohlen.« Er schaute weiterhin kritisch auf das Papier.

»Ach wirklich?« Das wunderte Mona nun doch. Wer wäre mutig genug, sie zu empfehlen? Jeder, der sie einmal hatte hexen sehen, hätte sich wohl eher für eine Läuterung ausgesprochen.

»Von einem befreundeten Kollegen aus Ägypten. Doktor Attah, glaub ich. Einer Ihrer Lehrer?«

Mona schluckte und spürte, wie ihr Wärme in die Wangen

stieg. Doktor Attah war keiner ihrer Dozenten gewesen. Den Mann mit den wilden Augen, den langen braunen Haaren und dem charmanten Lächeln hatte sie einmal in der Bar nahe ihrer Unterkunft in Kairo getroffen, nach zwei Drinks angeflirtet und dann beinahe beim Knutschen auf der Rückbank eines Autos angezündet. Schon bei dem Gedanken spürte sie, wie sich die Hitze erneut in ihren Fingerspitzen ausbreitete. Er hatte es ihr offensichtlich nicht übel genommen, obwohl sie ihn vor lauter Schreck, Scham und Angst einfach hatte stehen lassen. Mitte zwanzig und noch immer keine Kontrolle über ihre Feuermagie, so wurde das nie was mit einer Beziehung. Allerdings erklärte seine Empfehlung Monas Chance auf diesen Posten, denn eigentlich war sie dafür nicht erfahren genug. Doktor Attah kannte ihr Geheimnis, wusste um ihre instabilen Kräfte – irgendwas sagte Mona, dass er sie genau deshalb empfohlen hatte. Offenbar besaß er Einfluss, anders konnte sich Mona die Entscheidung des Amtes nicht erklären.

»Gut!«

Der laute Ausruf ließ sie zusammenzucken. »Ehhh?«

»Hilft ja alles nichts, wir brauchen Sie. Wir haben eine Bewährungshexe dringend nötig!«

Nervös presste sie die Lippen zusammen und nickte nur.

»Können Sie morgen gleich anfangen? Bis zur Ausstellung sind es nur noch wenige Tage, und Sie müssen sich schnell einarbeiten!«

»S-sicher!«, stammelte Mona. Damit hatte sie nicht gerechnet, doch das war allemal besser, als auf den erlösenden Anruf zu warten, ob sie denn nun genommen wurde oder nicht.

»Gibt es von Ihrer Seite noch irgendwelche Fragen? Einwände? Fräulein Nosferatuh«, erklang es fordernd und bei Monas Nachnamen flog ein wenig Spucke über den Tisch.

»Ehh …«, begann sie verwirrt und musste erst mal ihre Gedanken sammeln. Gegenfragen hatte sie einige vorbereitet, aber der Verlauf des Gesprächs brachte sie völlig aus dem Konzept.

»Na dann!« Irritiert blinzelte sie auf die ihr plötzlich entgegengestreckte Hand. Unsicher schielte sie zu ihren Fingern, das Glühen und auch das damit verbundene Kribbeln war verschwunden. So kurz wie nur möglich schüttelte sie seine Pranke.

»Dank Ihnen wird sich das Unvolk in unserem hübschen kleinen Museum warm anziehen müssen!« Selbstsicher stemmte er die Hände in die Hüften. Nun musste Mona hart mit sich ringen, ihre Nervosität hinunterzuschlucken. Was hatte er gerade gesagt? Unvolk. Was bedeutete das? Davon war nie die Rede gewesen.

Der Direktor lachte zufrieden und stand auf. »Ich schau mal, wer von den Nachtwächtern heute in diesem Bereich Schicht hat, ich glaube Herr Hohnenzollern ist dran, er wird Sie gleich heute rumführen! Ich brauche Sie ab morgen, klar? Wird höchste Eisenbahn!«

»Ehhh, Hohenzollern wer?«

Als Mona das Büro wieder verließ, stand er direkt vor ihr, hatte wohl schon gewartet. Wie die meisten Vampire besaß er makellose Haut, in seinem Fall war sie hellweiß mit einem rosigen Schimmer. Er trug einen ärmellosen Blaumann, der offensichtlich zur Uniform der Museumswächter gehörte. Auf dem Kopf glänzten blonde Locken, die Augen waren tiefblau wie der Ozean, es umgab ihn eine Wolke Zimtgeruch und auf dem hübschen Gesicht prangte ein schmieriges Grinsen. Zu Monas Überraschung trug er jedoch ebenso viel Kajal um die Augen wie sie und auch seine Fingernägel waren schwarz lackiert. Nervös blinzelte sie seinem starren Blick entgegen. Er leckte sich über die Lippen, und Mona wusste – das Spiel hatte begonnen.

»Ich sehe, er hat Euch die Unterlagen schon mitgegeben. Dann darf ich Euch ja beglückwünschen, meine Liebe!« Er machte eine leichte Verbeugung vor ihr. »Wenn ich mich vorstellen darf … Boris von Hohnenzollern.«

Sie prustete los, und sein irritierter Blick entlockte ihr einen nicht zu unterdrückenden Lacher.

»Boris!«, platzte es aus ihr heraus. Seine Mundwinkel zuckten. »'tschuldige. Und du bist ein von – von Hohenzollern?«, setzte sie schnell nach.

»Um Draculas willen, nein! Hoh-n-enzollern. Mit einem N. Auf unserer Villa weht höchstens eine Regenbogenfahne!« Er wedelte auffällig mit seiner Hand, das Thema damit abwinkend, Mona lief rot an und grinste. »Und wie heißt Ihr, holdes Fräulein?« Seine Stimme schwankte kaum merklich, und er versuchte sich weiter an einem aalglatten Lächeln. Aufreizend posierte er vor ihr, seine spitzen Zähne ragten demonstrativ hervor.

»Mona Nosferatuh, nenn mich gerne Mona … Als ob du das mit deinem Vampirgehör nicht alles im Büro mitbekommen hättest!«

Er lachte gespielt auf. »Für so unhöflich hältst du mich? Ich und lauschen, tss. Frau Nosferatuh mit einem H.«

Mona verdrehte die Augen und kicherte. »Ich verstehe, Herr von Hohnenzollern mit einem N.« Vampire waren alle gleich, zumindest die, die sie kannte. Alt, arrogant, aufgeblasenes Ego, zu viel in der Hose und zu wenig im Kopf. Doch sie lächelte freundlich, denn der schwarze Choker um seinen Hals, die Konzertarmbänder und das T-Shirt mit dem Logo einer Metalband, das aus seinem Arbeitsoverall hervorlugte, waren vielversprechend. Außerdem brauchte sie die Hilfe des Blutsaugers, und überhaupt legte man sich nicht mit gefährlichen Untoten an. Nicht am ersten Arbeitstag.

»Auf gute Zusammenarbeit!« Sie reichten sich die Hände. Ähnlich kalte Finger berührten einander für einen unangenehm langen Moment. Mona bemerkte, wie er kurz nach ihrem Puls fühlte.

Boris schnüffelte unauffällig. »Riecht nach Hexe!«

»Aha«, kommentierte sie triumphierend. Auf ihn würde sie also auch aufpassen, ihrer eigenen Sicherheit zuliebe. Vampire waren recht immun gegen Hexerei. Immerhin brauchte sie sich keine Sorgen um ihren Hals zu machen, Hexenblut schmeckte Vampiren nicht, und zur Not gab es da noch ihre brennenden Hände.

Aber wieso war der Blutsauger vor Sonnenuntergang überhaupt schon wach?

Kapitel 3

Bissige Freundschaften

Tatsächlich war die magische Welt enthüllt und niemandem fiel es auf. Von dem übernatürlichen Treiben der thaumaturgischen Gesellschaft bekam der normale Mensch nur wenig mit. Vampire feierten dank Büchern und Filmen ein gelungenes Comeback und erfreuten sich großer Beliebtheit. Dabei vergaß die Menschheit gerne die grausige Vergangenheit der Untoten und all die Probleme mit dem Blut, das sie benötigten. Manch einer munkelte, die Vampire hätten die kitschigen Romanzen und schmalzigen Romane selbst verfasst, damit sie endlich ins Rampenlicht treten konnten, doch welcher Blutsauger schrieb schon freiwillig ein Buch über einen glitzernden Dracula?

Aber wenn es um die einfachen Wesen ging, wie Kobolde, letzte Einhörner und verfaulende Zombies, dann sah der Mensch durch sie hindurch, grüßte sogar den Oger aus der Nachbarschaft freundlich und wunderte sich nur über den kräftigen Händedruck. Für das Outing des heimischen Gartenkobolds hatte niemand eine Pressekonferenz einberufen, und er fand auch keine Erwähnung in Lehrbüchern. Er war irrelevant und uninteressant, sogar für die magische Gemeinschaft. Dabei stellten viele Leute billige Tonkopien der Kobolde liebevoll in ihren Gärten auf. Mit kleinen Gießkännchen und Schubkarren. Nun, ein echter Gartenkobold nutzte solche Geräte allenfalls zum Töten.

Den Nachrichten über Kornkreise, sprechende Katzen und

brennende Betten glaubte niemand – wenn, dann hielt sich der Mensch an einer flachen Erde, Akasha-Säulen aus Plastik und Echsenmenschen auf. Was in den Ohren einer Hexe viel abwegiger klang als das Rumpelstilzchen. Das hatte wirklich einst existiert, oder tat es noch. Das wusste keiner so genau.

Zudem gab es kaum Hexende. Daran war nicht nur die Kirche mit ihren Hexenjagden schuld – diese Art Begabung war einfach selten. Auch in anderen Teilen der Welt, fern des christlichen Einflusses, waren sie rar. Deshalb war ihre erzwungene Rolle als Aufpasser für übernatürliche Wesen besonders fordernd.

Zombies fanden sich leider haufenweise, wortwörtlich zu verstehen, denn nicht jeder Untote wankte durch die Straßen. Manchmal waren es nur Körperteile, aufgetürmt zu Hügeln, die mit dem Zucken nicht aufhören wollten. Und solange niemand die Papiere unterschrieb, durfte man die modrigen Überreste nicht verbrennen. Meistens hing die Familie noch an ihnen, auch das teilweise wortwörtlich. Untote erschufen sich nicht von selbst. Es gab genug Scharlatane, die in ihren TV-Sendungen die Wiederbelebung von geliebten Verstorbenen versprachen. Und es waren verzweifelte Angehörige, die auf einen solchen falschen Magier hereinfielen. Teleshopping zur Festtagszeit war kaum zu ertragen:

»Für nur 299,99 erhalten Sie unser praktisches DIY-GräberEx UndRaus-Paket, gratis dazu gibt es Schlafmaske und Duftspray. Dieser Deal gilt nur noch heute! Bringen Sie Oma und Opa zurück an den Weihnachtstisch!«

Der Kapitalismus kannte keine moralischen Grenzen. Ausbaden durften das Desaster dann die Hexenden. Kümmerten sich Bewährungshexende um solche selbstverschuldeten Zombies, dann waren die fauligen Gesellen der angenehme Part des Jobs.

Die Familien dahinter, die Lebenden – das bedeutete immer Ärger, und Ärger führte zu Formularen, Formulare zu Anträgen, Anträge zu Aktenordnern, Heftern, Büroklammern, Stempeln, Abteilungen, Bewilligungen, Telefonaten. Am Ende stand man vor wütenden Angehörigen und schuld war die Bürokratie.

Mona sah das als eine Strafe dafür, dass diverse Hexende früher ihre Macht missbraucht hatten. Ihnen war es zu verdanken, dass es Portale für Dämonen gab, der Vampirfluch existierte, Werwölfe den Mond anheulten und so vieles mehr. Aber die Hetzjagden und die Scheiterhaufengeschichten hatten alles nur verschlimmert – denn unglücklicherweise konnten nur Hexende ihre Hexereien aufheben. Die Übriggebliebenen stellte man deshalb automatisch in den Staatsdienst. Zumindest in Europa und den USA. Eine wundervolle Methode, ihre Macht zu kontrollieren.

Mona fühlte sich allerdings gar nicht mächtig, höchstens mächtig überfordert. Der wahre Endgegner war kein Erzdämon, sondern ein Stapel Unterlagen, und er schwankte bedrohlich, als Boris eine letzte Akte obendrauf legte. Ein kleiner Raum im Keller des Gebäudes diente den Nachtwächtern als Büro, Umkleide und Pausenraum. Keine sehr luxuriöse Ausstattung, aber Mona wollte sich nicht beklagen, sie kannte es schlimmer. Es war bereits spät, das Museum geschlossen, Mona müde, aber ihre Arbeit würde jeden Tag zu dieser Uhrzeit starten. Sie musste sich schleunigst daran gewöhnen. In ein paar Tagen schon eröffnete die ägyptische Ausstellung, und bis dahin galt es, sich mit dem Museum vertraut zu machen. Dass sie direkt nach ihrem Vorstellungsgespräch damit anfangen musste, hatte sie jedoch nicht erwartet.

Zögerlich griff sie zur obersten Akte. »Ehhh, muss das wirklich sein?«, fragte sie leise und zog einen Schmollmund.

»Ich rate dir sehr, dich ausreichend zu informieren. Nimm sie dir am besten mit nach Hause. Das Museum birgt einige Überraschungen.« Boris zwinkerte, und seine blauen Augen funkelten im Licht der Neonröhren wie die einer Katze. »Wann hast du denn deinen Termin bei Professor Koprolith?«

Hastig griff Mona zu ihrem Smartphone und öffnete erneut die Mail. Direkt nachdem der Direktor ihr vorhin den Job übertragen hatte, hatten ihr sowohl das Amt als auch der Professor eine eilige Nachricht geschickt. Noch ein Grund, weshalb man eine so unfähige Hexe wie sie einstellte: Ihnen waren die Optionen ausgegangen.

»Also … die Mumie wird wohl am Sonntag geliefert … irgendwann vorher will er mir die Artefakte schon zeigen, wann machen wir denn das am besten?«

Boris rieb sich zufrieden die Hände. »Würde sagen übermorgen? So bleibt uns genug Zeit. Es gibt so vieles, das ich dir vorher zeigen sollte.«

»Wenn du mir alles zeigen kannst, muss ich das hier dann wirklich durchackern? Du arbeitest hier doch schon eine Weile, nicht?« Wieder deutete sie mit unglücklichem Ausdruck auf den Papierstapel. Zumindest hoffte sie, möglichst mitleiderregend auszusehen.

Anscheinend traf sie damit einen Nerv, oder es war ihr Appell an sein Wissen, der Boris' Brust anschwellen ließ. Nachdem er sich elegant eine blonde Locke von der Stirn gepustet hatte, gab er nach. »Nun, meine Liebe – in meinem Alter weiß man so einiges. Ich arbeite hier seit rund siebzig Jahren, und zudem hatte ich vor allem in meinen Lebensjahren – Unlebensjahren – etliche Begegnungen mit übernatürlichen Relikten.« Ein helles

Lachen. »Was sag ich, mich selbst könnte man als ein solches Relikt bezeichnen.«

Mona blieb der Mund offen stehen. »Siebzig Jahre?«

Ein Hüsteln. Leichte Röte legte sich auf Boris' Wangen, und er gab ein verlegenes »Na ja« von sich. »Mag sein, mag sein. Und ja, du hast recht, ich weiß vermutlich mehr, als in den Akten steht, trotzdem rate ich dir, sie wenigstens zu überfliegen.« Auf Monas Grinsen hin zwinkerte er nur.

Widerwillig setzte sie sich an ihren Schreibtisch und schlug eine der Akten auf. Ein Blick würde nicht schaden, dann wusste sie, womit sie es zu tun hatte und was sie Boris alles fragen musste. Und schon nach den ersten umgeblätterten Seiten erahnte sie, dass sie um eine Nachtschicht voller Recherchen nicht herumkommen würde, selbst mit vampirischer Hilfe.

»Und die sind alle magisch?«, murmelte sie erschlagen von der Flut an Informationen und starrte auf die Beschreibung einer verfluchten Vase, die ihren Inhalt verdaute, wenn man sie nicht bei Vollmond streichelte.

Boris platzierte seinen Hintern elegant auf der Ecke ihres Tisches und reckte den Hals, um in die Akte zu blicken. Inzwischen roch der ganze Raum zart nach Zimt, und Mona musste zugeben, dass diese Duftnote zwischen süß und würzig irgendwie anziehend war. Vampire wussten, wie sie einen potenziellen Snack um den Finger wickelten, wobei Mona eher selbst einen leisen Appetit nach einer Zimtschnecke verspürte. Wie zur Bestätigung knurrte ihr Magen.

»Nun, diese Vasensammlung … ja, die Vasen sind alle magisch. Ach, und wie ich erkennen kann, ist hier nichts von ihrer Musikvorliebe vermerkt.« Er seufzte.

»Ihrer was?« Mona stierte ihn stirnrunzelnd an, und Boris schmunzelte.

»Die Vase mit der hübschen jungen Dame darauf hört besonders gerne alten Deutschrap. Nicht mein Geschmack, wenn du mich fragst, aber es sorgt dafür, dass sie nachts nicht mehr schreit. Wobei ich nicht weiß, was schlimmer war, ihr jahrelanges Gequengel, sowie die Sonne unterging, oder der nun dort nölende CD-Player.«

»Ehhh«, machte Mona leise und fuhr sich verwirrt durch die Haare.

»Ja, besser, ich erkläre dir alles. Du hast einiges vor dir, es wäre ratsam, du stärkst dich, ehe wir beginnen, nicht? Für mich wäre es ebenfalls an der Zeit, eine kleine Mahlzeit zu mir zu nehmen«, meinte Boris und fuhr sich mit einem Finger über die Lippen.

Unwillkürlich rückte Mona einen Fußbreit von ihm weg, der Stuhl quietschte, und sie ballte nervös die Hände zu Fäusten.

Mit zusammengezogenen Augenbrauen musterte Boris ihre Reaktion, ehe er offensichtlich verstand und kopfschüttelnd lachte. »Nicht doch. Ich beiße nicht. Mit Snack meinte ich eine Dose aus dem Getränkeautomaten im Flur.« Er deutet zur Tür und zuckte mit den Schultern.

»Oh«, entkam es Mona erleichtert, und sie atmete tief durch. Der heutige Tag zerrte an ihren Nerven, und sie fuhr sich mit der Hand durch den Pony.

»Ich bin Vegetarier, wenn ich könnte, wäre ich sogar vegan«, erklärte Boris mit einem Zungenschnalzen und zog an einer goldenen Kette um seinen Hals. Zum Vorschein kam ein kleiner Anhänger in Form einer Pflanze, er sah fast aus wie ein Wappen. Verzweigte Ästchen mit dicken runden Blüten, symmetrisch angeordnet. Mona erkannte das Gewächs. Aus ihm gewann man Ambrosia, die einzige Alternative für einen Vampir, wenn er kein Blut zu sich nehmen wollte – und höchst ungesetzlich. In den Nachrichten berichtete man öfter über den Substanzmissbrauch einiger Vampire. Was den einen ihr Gras war, war den Blutsaugern ihr Nektar. Die sonstigen Ersatzpräparate für Vampire bestanden aus gestrecktem Blut und stammten von willigen Spendern. Wollte ein Blutsauger hingegen wirklich vegan leben, dann konnte er nur zu dieser illegalen Pflanze greifen. Und wer dieses Symbol an einer Kette trug, der meinte es ernst. Außerdem erklärte es, weshalb er vor Sonnenuntergang schon wach war, denn das war eine der Nebenwirkungen.

»Du weißt aber, dass dich das in Schwierigkeiten bringen könnte?«, murmelte sie, um Boris an ihre Aufgabe als Hexe im Dienste des Amts zu erinnern.

Doch er lachte wieder, deutete mit dem Finger auf seine Brust, nickte ihr zu, und sein Blick wanderte zu ihrem Dekolleté. »So, wie die Linien dieser filigranen Tätowierung beginnen, könnte man glatt glauben, du trägst dort ein magisches Siegel. Ist es nicht so?«

Hastig zog Mona an ihrem Top und bedeckte ihren Ausschnitt. Das hatte sie von ihrem schludrigen Look, so von oben hatte Boris ihr vermutlich bis zum Bauchnabel gucken können. Ungünstig. Ihre Tätowierungen begannen unter ihrer Brust und im Dunkeln verborgen musste sie sich keine Sorgen machen, dass man sie entdeckte – aber bei den nachtsichtigen Augen eines Vampirs? Nervös räusperte sie sich. Diese Tattoos waren illegal, verbargen vor der Kirche einige lästige Kräfte, und Boris war offensichtlich belesen genug, um zu wissen, worum es sich handelte. Richtig, er war wie alt? Sicher gut hundert Jahre. Verstand er vielleicht sogar die Bedeutung? Sie musste eindeutig vorsichtiger werden.

Doch der Vampir ließ nur kommentarlos die Kette an seiner Hand baumeln und hob vielsagend die Augenbrauen. Sie besaßen also beide ein Geheimnis vor dem Amt, und so lächelte sie ihm bestätigend zu. Mit einem das Thema beschließenden Schulterzucken erhob sich Boris und ging zur Tür.

Der Vampir schlug seine zwei langen, spitzen Eckzähne in eine Dose mit *AB negativ*, die er sich aus dem Automaten gezogen hatte, während Mona sich nicht zwischen Tomatensuppe und Instantnudeln entscheiden konnte. In Anbetracht der Geräusche ihres Kollegen und der Farbe seines Snacks entschied sie sich jedoch für die Nudeln.

»Es hatte mir Sorgen bereitet – eine Bewährungshexe hier im Museum. Schlimm genug, dass meinereiner sich wöchentlich beim Amt melden muss, ich dachte schon … aber nun, was soll ich sagen? Eine Überraschung.«

»Ehhh?«, murmelte Mona verwundert.

»Du natürlich, Hexe. Du hast Geschmack«, nuschelte Boris zwischen zwei Schlucken.

»Man spricht nicht mit vollem Mund«, ermahnte sie ihn gespielt ernst und rührte in ihrem Pappbecher mit Pulversuppe herum. »Und woher willst du wissen, dass ich Geschmack habe?«

Da schlich sich wieder dieses aalglatte Lächeln auf seine Lippen. Sie glänzten rot und in Mona keimte leichte Übelkeit auf. Gegen Blut hatte sie nichts, aber dieser Geruch billiger Aromastoffe, war das etwa Pflaume? Und der Anblick – sie seufzte und angelte nach einem Taschentuch in ihrer Lederjacke. Ehe Boris etwas sagen konnte, drückte sie ihm das Papiertuch auf den Mund und wischte ihm das Blut von den Lippen. Er blinzelte sie überrumpelt an.

»Besser«, erklärte sie und nickte.

»Du bist … merkwürdig.«

»Und das von einem Vampir!«

Kurz schnappte er nach Luft, zumindest sah es so aus. Blutsauger atmeten ja nur zum Sprechen.

»Also? Wie kommst du darauf, dass ich Geschmack habe?«, hakte sie nach und trank einen Schluck Instantsuppe, in der drei vereinsamte Buchstabennudeln schwammen und verzweifelt versuchten, das Wort »GAH« zu bilden.

Boris hob den linken Arm und deutete auf sein Handgelenk voller Konzertarmbänder. Mona bekam große Augen und blickte an ihrer Lederjacke hinunter. An einer der Brusttaschen klemmte ein Button in Schwarz-Rot, er teilte das Logo auf vielen seiner Bändchen.

»Auch Bloody-Mary-Fan, wie ich annehmen darf? Gib's zu, Vampir-Rockbands sind cool!« Er grinste, und sie nickte sofort.

Das Eis war gebrochen. Oder wie man es unter Vampiren nannte – Blutsbande wurden geknüpft.

Von den Umkleiden der Nachtwächter aus ging es los durch das Gebäude. Einst ein Museum für makabre Fundstücke, inzwischen erste Anlaufstelle für Mythohistorik – ein Studienfach, das Mona bis nach Ägypten geführt hatte. Der Ort war klassisch aufgeteilt in lange Flure, große Räume und mehrere Hallen auf insgesamt vier Ebenen. Es fanden sich hier Relikte aus allen Zeitaltern, die mit mystischen Geschichten in Verbindung gebracht wurden – oder wirklich magisch waren. Das reichte von die satanische Bibel rezitierenden Wandteppichen bis hin zu sich angeblich selbst verbiegenden Löffeln. Es war ein Versuch, dem Volk das Unvolk näherzubringen, und das Museum zog täglich Dutzende Schulklassen in seinen Bann. Mona befürchtete nur, dass einige der Ausstellungsstücke tatsächlich dazu in der Lage waren, jemanden zu verwünschen.

Marmorböden, Holzdielen und Beton wechselten sich ab, ebenso die Wandfarben und die Gestaltung. Modern und gemütlich, aber das ging unter im Licht von Notbeleuchtung und Exit-Schildern. Außerdem achtete Mona kaum auf ihre Umgebung.

Sie und der Vampir hatten ein gemeinsames Thema, nein gleich einen ganzen gemeinsamen Kulturkreis gefunden. Statt über Fluchrelikte oder verzauberte Vasen sprachen sie während ihres kleinen Rundgangs über ihre Lieblingsmusik, Bands, Rock, Metal und die neuesten Gothic-Trends. Boris' Brust schien dabei vor lauter Stolz anzuschwellen, und er erinnerte Mona ein wenig an einen alten Gockel. Dazu seine geschwollene Ausdrucksweise. Immer wieder räusperte er sich, wenn er allzu begeistert von einem Lied oder gar einem Kleidungsstück schwärmte, als müsste er sich bremsen.

Man verstand einander.

»Und der Nagellack verändert sogar die Farbe, wenn man ihn aus einem anderen Winkel betrachtet«, erklärte Mona schließlich und führte es sofort vor. Fasziniert folgte Boris ihrer Hand mit dem Blick. Rot schimmerte, verschwand und wurde schwarz. Das Licht im Gang war nicht ideal, aber der Effekt eindrucksvoll. Er nickte bewundernd. Sie standen inzwischen in der ägyptischen Abteilung und außer den wichtigsten Wegen hatte Mona nur wenig mitbekommen. Außerdem türmten sich hier Kisten, Leitern und Farbeimer zwischen hohen Fenstern und abgeklebten Wänden. Der Aufbau der Ausstellung war in vollem Gange und bisher sah es nicht so aus, als würde hier in ein paar Tagen eine große Eröffnung stattfinden. Mona hatte also eine Gnadenfrist, morgen war auch noch eine Nacht, in der sie sich genauer umsehen konnte. Austausch mit einem Gleichgesinnten – das rettete ihr gerade den Tag.

Boris blinzelte auf seine mattschwarzen Nägel und schaute kritisch drein.

»Ich kann ihn dir ja mal mitbringen oder einen anderen, ich hab einen ganzen Kasten mit Nagellack«, schlug Mona vor, und da war wieder sein schmieriges Lächeln. Es lag wohl an seinen Augenbrauen – eine hob sich leicht, seine Augen verengten sich, und man erwartete ein gekünsteltes Lachen. Fast karikativ, dachte Mona und gluckste leise.

»Du wohnst in Offenbach, sagtest du?« Seine Stimme schnurrte, lässig lehnte er sich gegen eine Horusstatue, die offensichtlich kein wertvolles Relikt, sondern lediglich eine Requisite war – so hoffte Mona zumindest. Die Füße waren noch in Plastik verpackt.

»Ja?«, fragte sie nach und musterte die aufwendig bemalte Statue misstrauisch. Die Notbeleuchtung im Gang bereitete ihren Augen Schwierigkeiten.

»Nun«, Boris machte eine exaltierte Bewegung mit seinem rechten Arm, »ich wohne in jene Richtung, in einer kleinen Anlage, ganz bescheiden«, er hüstelte. »Man könnte sich ja – verabreden?«

Dieses Grinsen kannte Mona, auch wenn es in seinem Gesicht furchtbar deplatziert aussah. So zeigten Männer nur ihre Zähne, wenn es sich um mehr als ein harmloses Treffen handelte. Und dazu diese Stimmlage, als versuche er, so lasziv zu klingen wie irgend möglich. Noch seltsamer war sein krampfiges Gehabe – er als Vampir sollte die Kunst des Flirtens doch beherrschen. Nicht weil ein Blutsauger diese Fähigkeit mit dem Gift in seinen Adern erwarb, sondern weil jemand wie er Zeit hatte zu lernen, sehr viel Zeit. Das hier wirkte jedoch furchtbar geschauspielert.

»Verabreden«, murmelte Mona in den Raum.

Boris' Mundwinkel zuckten.

Er war durchaus süß. Das musste sie ihm lassen. Blaue Augen, blonde Locken, ein hübsches Gesicht, guter Musikgeschmack, ein munteres Wesen und seine Kleidung gefiel Mona – trotzdem.

»Du bist wie alt?«, erkundigte sie sich vorsichtig, und er blinzelte.

»Nun, in einigen Jahren feiern wir die … es sind … es sind fast zweitausend!« Die letzten Worte nuschelte er und blickte dabei verlegen zur Seite.

»Zweitausend Jahre?«, wiederholte Mona laut und beobachtete, wie er sofort an die Decke starrte und die Lippen aufeinanderpresste. Es kam nur ein leises helles »Mhm«.

»Und du bist Nachtwächter?« Völlig baff, als müsse sie sich davon überzeugen, tippte sie ihm gegen die Schulter. Er fühlte sich nicht anders an. Wie jeder Mensch eben: weich. Sie wusste selbst nicht, was sie erwartet hatte. Aber wer arbeitete nach zweitausend Jahren Zeit zum Leben und Lernen als Nachtwächter in einem Museum?

»Das – das ist eine andere Geschichte«, verkündigte er und klang getroffen.

»Boris?«

»Ja?«

Mona holte tief Luft und hoffte, sich nicht geirrt zu haben. Ansonsten wurde aus diesem lockeren Gespräch gleich eine der unangenehmsten Situationen und am Ende brannte doch noch das Museum. Neben Wut, Verzweiflung, Ärger, Erregung jeder Art eben, brachte auch Scham ihre Finger zum Glühen.

»Du bist echt nett, aber … es ist nicht das Alter. Trotzdem, ich als Junghexe und … du bist nicht unbedingt mein Typ«, stammelte sie, versuchte versöhnlich zu klingen und lächelte ihn an.

Boris entglitten sämtliche Gesichtszüge – zu ihrer Überraschung jedoch nicht erschrocken, sondern vielmehr erleichtert? Er lachte auf und grinste breit.

»Oh. So ist das!« Er schüttelte den Kopf, als müsse er über sich selbst lachen.

»Was hast du denn gedacht?« Mona stemmte die Hände in die Hüften. Der Anblick eines nun unerwartet fröhlichen Vampirs verwirrte sie nur noch mehr.

»Nun – das«, stammelte er und rieb sich den Nacken. »Meistens … Ich sage, wie ich es empfunden habe, viele Frauen hatten bisher die Erwartung, insbesondere seit der Verromantisierung der Vampirgesellschaft. Und früher – Hexen waren immer sehr – du weißt schon, Vampirblut im Austausch für«, er brach sein Gestammel ab und schüttelte den Kopf. »Du warst so nett, und wir – du und ich verstanden uns. Ich dachte, vielleicht …« Ein heiseres Räuspern.

»Dass ich auf dich stehe oder dein Blut für einen Trank will? Und dass du nett zu mir sein musst, zu der Bewährungshexe vom Amt?«, schlussfolgerte Mona und musterte ihn mit großen Augen. Sie fragte sich, wann sie diesen Eindruck erweckt haben mochte. Allerdings war sie es gewesen, die ihm Blut vom Mund gewischt hatte wie einem Kleinkind.

Er nickte langsam und war sichtlich erleichtert, als Mona daraufhin loslachte.

»Hexen verführen doch nicht jedes magische Wesen, das nicht bei drei auf dem Baum ist, das ist Kirchengeschwafel! Wir mischen doch nicht alles und jeden in einen Trank! Also wirklich!« Sie knuffte ihn fest in die Seite, und Boris kippelte, samt der Horusstatue, die sich mit einem tiefen »Hey« beschwerte.

Zum Glück fingen sich sowohl der Vampir als auch das offensichtlich magische Steingebilde, und er fuhr sich mit einem hellen Lachen durch die Haare.

»Nun, dann freut es mich, dich darüber aufzuklären, dass auch wir Vampire nicht daran interessiert sind, unsere Zähne in jeden hübschen Hals zu versenken oder gar – nun, du verstehst!«

»Vorurteile«, bestätigte Mona und nickte. Dessen war sie selbst schuldig, und sie schämte sich dafür, hatte sie Boris doch im ersten Moment ebenfalls in eine Schublade gesteckt. »Sorry!«, fügte sie hinzu und schielte dann noch einmal zu der Statue, die zurückschielte.

Ihr neuer Kollege verließ seine bequeme Position, legte Mona einen Arm auf die Schulter und führte sie weiter den Gang entlang. »Kein Problem, Hexe. Allerdings … Es gibt einige magische Kreaturen hier, die durchaus dem ein oder anderen Stereotyp entsprechen.« So wie er klang, hatte es etwas Verschwörerisches, und Mona wurde hellhörig. Es fiel ihr schwer zu beurteilen, wie ernst sie ihn nehmen konnte. Boris übertrieb, sowohl in Ausdruck als auch Gestik. Zumindest dieses Klischee erfüllte er mit Bravour, aber das behielt sie wohl lieber für sich. Lediglich ein Kostümwechsel wäre vonnöten gewesen, und er hätte perfekt in die Rokokozeit gepasst.

»Du musst dir keine Sorgen machen, die sind alle so harmlos wie ich.« Diesmal klang sein Lachen verlegen. Etwas an dem Vampir hatte sich verändert. Vielleicht, weil er nicht länger versuchte, Mona zu imponieren. Seine Stimmlage machte einen gelösten Eindruck und sein Lächeln saß nicht mehr so verkrampft. Da war es fast schade, dass der Flirt nicht gezündet hatte – der nun lockere Boris war durchaus liebenswürdig, und jemand wie er würde mit ihren Kräften schon zurechtkommen. Nun, was nicht war, konnte vielleicht noch werden.

»Ich würde dir gerne die anderen Nachtwächter vorstellen.«

Aus ihren Gedanken gerissen zuckte Mona zusammen und starrte in einen leeren Gang zwischen zwei Ausstellungen. »Aha?«

Boris führte drei seiner Finger in den Mund, und ein schriller Pfiff hallte durch den Flur.

25.6.2018

MONTAG

- ✓ ABENDESSEN IM CAFÉ
- ✓ HEUTE BUS STATT U UND S-BAHN
- ✓ BEWERBUNGSGESPRÄCH 19:00 UHR
  - ✓ ABSCHLUSSURKUNDE
  - ✓ LEBENSLAUF
  - ✓ EMPFEHLUNGSSCHREIBEN
  - ✓ ZERTIFIKAT DER 9. INSTANZ

gutes Karma

- ✗ KLEEBLATT
- ✓ SCHWEINCHENANHÄNGER
- ✗ HUFEISEN REIBEN
- ✓ HASENPFOTE (PLASTIK)
- ✗ FLIEGENPILZ
- ✓ SALZ WERFEN!!!!!
- ✓ LIEBLINGSSOCKEN NICHT VERGESSEN!!!

KOLLEGE BORIS VON HOHNENZOLLERN IST EIN VAMPIR
ARBEITEN AB MORGEN UM 19 UHR BIS 1 UHR
AUSSTELLUNGSBEGINN 02.07. 2018

Kapitel 4
Nachtschicht

Es war seltsam, den Arbeitstag erst gegen späten Abend anzutreten. Doch daran galt es sich zu gewöhnen. Hexen lebten lange, Museen überdauerten die Zeit, die Mumie würde vielleicht viele Jahrhunderte ruhen und Mona war nicht an einer Beförderung oder einem Berufswechsel interessiert. Alles, was Boris ihr hatte zeigen können, war sogar für magische Verhältnisse so absurd, dass sie eine leichte Vorfreude auf diesen Job verspürte.

Heute würde sie erstmals ihre Pflicht erfüllen, wenn auch noch ohne Mumie. Zum Glück war sie mit ihrer Aufgabe als Wächterin des Museums nicht allein. Boris leistete ihr Beistand und darüber hinaus gab es andere erfahrene Kollegen.

Gerade hatte sie ihre leere Brötchentüte erstaunlich erfolgreich in den nächsten Mülleimer geworfen und wollte sich zur Tür des Aufenthaltsraumes drehen, um sich für den Dienstbeginn umzuziehen, da stieß sie gegen etwas Großes, Weiches.

Überrascht blickte Mona auf und starrte in die braunen Augen eines Kerls mit kurzem struppigem Bart, wuscheliger Frisur, knubbeliger Nase, sonnengebräunter Haut, aufgedrehtem Ausdruck, und zu allem Überfluss hing ihm seitlich die Zunge raus. Sie schluckte, wollte einen Schritt zurücktreten, doch er beugte sich herunter und schnupperte aufgeregt an ihr.

»Ehh, entschuldige …«, versuchte sie es leise und hörte Boris hinter sich lachen.

Der Mann vor Mona trug die Uniform der Nachtwächter, davon ausgehend wollte sie ihn nicht gleich unhöflich zurechtweisen. Doch nun, da er ihrem Hals immer näher kam, wand sie sich so weit weg wie nur möglich.

»Iiiiih«, entfuhr es ihr, als er ihr ungefragt vom Kinn bis zum Ohr hinauf über das Gesicht leckte. Erwartungsvoll starrte er sie an.

Mona rieb sich angewidert die Wange.

»Hallo, schön, dich wiederzusehen!«, brummte er mit tiefer Stimme. Es schwang ein wenig Aufregung mit, und sein überaktives Gezappel erinnerte Mona deutlich an einen nervösen Welpen.

Schlagartig verstand sie. »Ah ja, natürlich, der Werwolf!«, flüsterte sie. Gestern hatte sie ihn lediglich als großen Hund kennengelernt, auch wenn der erste Eindruck ähnlich gewesen war. Struppig, haarig, kräftig, aufgedreht. Darauf hätte Boris sie ruhig besser vorbereiten können. Der Mann schnupperte wieder an ihr, doch diesmal wich sie ihm direkt aus und beide tanzten für einen Moment im Kreis umeinander herum.

Boris schüttelte sich vor Lachen und löste sich endlich von der Wand, an der er lehnte. »Sei ein braver Junge, Ben! Mh? Was haben wir über das Begrüßen gesagt?«

»Nicht mehr anspringen, aber sie ist doch – hey! Du sollst mich nicht tätscheln!« Ben knurrte und duckte sich unter Boris' Hand weg. »Ich bin kein Hund!«

Boris verkniff sich offensichtlich einen Widerspruch und schüttelte nur den Kopf.

Dann widmete sich der Werwolf wieder Mona. Er baute sich breitschultrig vor ihr auf, als ginge es um den Morgenappell. Seine ernste und gewissenhafte Miene erinnerte an einen gehorsamen Hütehund. »Bernhard Valet meldet sich zum Dienst. Du darfst mich Ben nennen. Heute bin ich hier bis drei Uhr morgens. Wenn du mich brauchst, pfeifen! Ich mag, wie du riechst!«

»Ehhhh … Hallo, Ben! Danke, sehr nett, sehr nett.« Sie bemühte sich um ein Lächeln und reichte ihm die Hand, sofort griff er zu. Er stand weiterhin dicht vor ihr, betrachtete ihr Gesicht ganz genau und die bereits ausführlich geschüttelte Hand wollte er auch nicht mehr loslassen.

»Warte nur, bis er das erste Mal versucht, dein Bein zu besteigen!« Wieder brach Boris in schallendes Gelächter aus und erntete einen genervten Blick des Werwolfs.

»So was mache ich nicht«, murmelte Ben und schmollte.

»Och, haben sie dich doch kastriert, ja?«

»Entschuldige mal!«

»War nur Spaß, Ben! Alles gut. Und jetzt lass die Hexe los!«

Ben drehte sich überrascht herum, endlich lockerte sich die Umklammerung seiner Pranke. »Du bist eine Hexe?«

»Ja … ehh … schon!«, stammelte Mona verwundert über seine Unwissenheit. Hexende waren unter Werwölfen und Vampiren nicht gerade beliebt. Schließlich hatten ihre Vorfahren das Vampirgift und den Wolfsfluch verschuldet. Aber Ben blieb weiter in freudiger Aufregung und brummte ein tiefes »Cool!«.

»Mensch, Ben, das hatte ich dir doch schon zweimal erzählt«, motzte der Vampir.

»Echt?«, erkundigte sich Ben und schaute Boris lange fragend an.

Um der neugierigen Nase zu entgehen, wandte sich Mona erneut der Tür zum Raum der Nachtwache zu. Es war ihr erster Tag, sie sollte zumindest sichten, was sie sich an Wissen noch erarbeiten musste.

Natürlich folgten Ben und Boris ihr, und natürlich ließen es sich beide nicht nehmen, ihr möglichst aufdringlich bei der

Recherche zu helfen. Immerhin, Boris half ihr mit seinem Wissen, wo er nur konnte, und Bens freundliche Art schaffte ein Gefühl des Willkommenseins. Solange er sie nicht wieder ableckte, konnte sie sich damit arrangieren. Es gab zwar Schlimmeres, als von einem attraktiven Mann abgeleckt zu werden, aber wenn, dann erst nach dem zweiten oder dritten Date.

Während Boris an seinem Schreibtisch in leeren Dosen AB negativ versank, wurde Mona von Unterlagen verschluckt. Auf Tausenden Seiten, bedruckt mit winziger Schrift, fanden sich die Aufzeichnungen über die verschiedenen unnatürlichen Begebenheiten des Museums.

Es gab ruhige Mumien, ein paar verfluchte Relikte, satanische Wandteppiche, einen Golem und diverse Geister verstorbener Künstler, die an ihren Werken hingen. Als Bewährungshexe der Institution gehörten all diese Übernatürlichkeiten mit zum Job. Von wegen rumsitzen und auf einen Sarkophag starren. Sie spürte bereits Nervosität in sich aufsteigen, ein Kribbeln eroberte ihren Kopf. Dem hier fühlte sie sich nicht gewachsen. Dank ihrer instabilen Hexenkräfte waren Wesen wie Werwölfe, Vampire, Fluchrelikte und Geister keine Gefahr für sie. Hexenfeuer war mächtig, besonders das von Mona. Sie sorgte sich vielmehr um die anderen. Es galt, mit all dem Unvolk fertigzuwerden, ohne dass jemand zu Schaden kam. Deshalb hatte sie diese Art von Arbeit immer abgelehnt und auch andere Gelegenheiten sausen lassen. Vielleicht hätte sie sich nicht gegen den Dienst auf der Straße wehren sollen. Vielleicht gehörte sie dorthin. Vielleicht war eine Läuterung unvermeidlich.

Mit nun verkrampften Magen blätterte sie hastig durch die Akte vor ihr, um sich abzulenken. Wieso überschlugen sich ängstliche Gedanken immer gleich? Außerdem hatte sie ihr Paar feuerfester Topflappen dabei, sie war bestens vorbereitet. Sie musste es wenigstens versuchen. Obendrein hatten Ben und Boris das Museum seit Jahren unter Kontrolle. Nur die Mumie war neu. Bandagen brannten zwar wie Zunder, aber das war im Notfall auch ein gutes Druckmittel.

Seufzend, sich ihren Gedanken ergebend, fuhr Mona langsam mit dem Finger über das Dokument mit den seltenen Fluchrelikten. An einer Bezeichnung blieb sie hängen. Relikt B34 – Bärbel.

»Das verstehe ich nicht …«, murmelte sie stirnrunzelnd und zog die entsprechenden Papiere aus dem Stapel.

»Was ist denn?« Boris stand plötzlich hinter ihr und folgte Monas Hand. »Oh, ich seh schon! Nun, das, meine Liebe, ist die Nachtwache der unterirdischen Tunnel. Ein düsterer Ort. Eine Skelettin mit Untotenerfahrung zum Schutze dieser Hallen ist ideal!«

»Ehhh …«, entkam es ihr, und sie starrte den Vampir verwirrt an.

»Kennst du die Kasematten, das Tunnelsystem nahe der Bleichstraße?«

»Was?«

»Ist der einzige Bereich, den man so entfluchen konnte, dass man ihn der Öffentlichkeit zugänglich machte. Über die Tunnel unter unserem Museum wacht Bärbel!« Er grinste schief. »Du lernst die Gute noch kennen. Sie stammt aus Asien, war bekannt für ihr scharfes Schwert und so gefürchtet, dass man ihre toten Gebeine verfluchte! Herrlich dramatisch.«

»Bärbel, mhhh«, summte Mona nachdenklich. »Ehh? Das ist ja unsinnig. In den Unterlagen steht überall etwas von *seinem* Fluch und *seiner* Geschichte, wieso steht denn da das falsche Geschlecht?«

»Ämter.« Boris verdrehte vielsagend die Augen, schnalzte mit der Zunge. Mona verstand. Sie blickte zurück auf ihre uralten Akten. Das Papier war vergilbt, und welches Amt auch immer sich darum gekümmert hatte, es wurde Zeit für eine Überarbeitung. Allein die Schriftart jagte Mona einen Schauer über den Rücken. Da sollte sie wohl mal ran. Sie stutzte. Ja – das konnte sie tatsächlich. Als Bewährungshexe konnte sie die Akten neu anlegen. Was für eine unerwartete Entdeckung – nicht alles an der Arbeit für das Amt war schlecht.

Neben diversen Eckdaten über das Relikt namens Bärbel, stand in einem Absatz etwas von aktivem Dienst für das Museum.

»Früher hatten sie unsere Bärbel ausgestellt, in einer staubigen Vitrine, doch ihre alles verfolgenden Augen haben den Besuchern so große Furcht bereitet…«, erklärte Boris weiter. Mona deutete auf eine Abbildung des Schädels und seine leeren Augenhöhlen, er zuckte mit den Schultern. »Jedenfalls hat Professor Koprolith ihre verborgenen Talente entdeckt und ihre Knochen korrekt zusammengesetzt. Seitdem wandelt sie des Nachts. Er hat auch versucht, mit ihr zu arbeiten, um ihren Fluch zu ergründen, doch stets lief sie ihm davon. Es brauchte Jahre, bis sie unsere Sprache verstand und wir uns kennenlernen konnten.«

»Respekt!« Mona machte große Augen, und Boris lachte leise.

»Wie du siehst, wird sie noch als Relikt gelistet, deshalb genießt sie nicht die Rechte der Untoten und darf hier nicht weg. Manchmal schmuggele ich ihren Kopf für einen Besuch in einer Bar mit hinaus.« Er zwinkerte, und über sein verschmitztes Kichern musste auch Mona schmunzeln. Bis ihr wieder einfiel, dass ein verschwundener, untoter Schädel zu ihren Aufgaben zählen würde, sie sich aber mit einem Vampir am ersten Tag nicht gleich streiten wollte.

Boris zog sich einen Stuhl zu Mona an den Schreibtisch und schaute ihr unangenehm dicht über die Schulter. »Frag mich ruhig alles, was dich interessiert! Wie du ja weißt, arbeite ich hier seit siebzig Jahren, ich kenne das Museum bestens. Ich leitete schon Nachtführungen, da nuckelte unser Direktor noch an den Nippeln seiner Mama!«

Das Bild bekam Mona so schnell nicht mehr aus dem Kopf, sie verzog den Mund, bemühte sich aber um ein freundliches »Mhm«, ehe sie die nächste Akte von vom Stapel nahm. Penetranter Zimtgeruch wehte ihr um die Nase, und sie bereute es, sich Apfelsaft eingeschenkt zu haben. Der kleine Raum roch verdächtig nach Weihnachten.

Eigentlich liebte Mona Museen, sie liebte Kunst und Kulturgeschichte. Nachtwächterin zu sein brachte sie näher an ihren Traumjob heran. Hexen mussten Hexen sein, und somit verpufften viele Berufswünsche allein durch die eingeschränkten Jobmöglichkeiten. Monas Traum, Kunstwissenschaften zu studieren, hatte sie nach Ägypten gebracht, und sie wusste so einiges über verfluchte Gemälde und spukende Künstler. Eine normale Universität durfte sie nicht besuchen, aber tatsächlich beinhaltete ihr Studium der Magi auch Kunst, eben jene, die mit dem Übernatürlichem verknüpft war.

Leider würde sie hier keine Führungen leiten oder am Abend mit Kollegen fachsimpeln. Ihr offenbarte sich die Kunst der Welt nur im schummrigen Dunkel der Nacht, zwischen Notbeleuchtung und flackernden Lampen.

Heute wurde sie dabei von einem stolzierenden Vampir und einem großen, zotteligen Hund begleitet. Bens Fell war weiß, die Hundeschnauze gab ihm ein freundliches Gesicht, und er trug Shorts mit einem Schlitz für den Schwanz, dazu einen kleinen Rucksack. Mona konnte sich in der Tat nichts Besseres vorstellen als einen Werwolf für die Nachtwache. Auch einem Vampir entging wenig. Da kam sie sich fast ein bisschen überflüssig vor.

Sie spazierten in Richtung der ägyptischen Ausstellung. Noch befand sich dort keine Mumie, denn die *Wunder des Sonotep* wurde erst in ein paar Tagen eröffnet. So lange ruhte der Pharao unter der Aufsicht des Amtes in einer Lagerhalle, und wenn es nach Mona ging, durfte dies gerne so bleiben. Vampire, Werwölfe, Gelehrte – sie alle schienen qualifizierter als sie.

»Du bist doch sicher auch magisch talentiert, oder?«, erkundigte sie sich bei Boris und hörte den Hund leise lachen – sofern sie das gegrunzte Bellen richtig interpretierte.

»Ach schweig, Fellbündel! Du kannst ja einen Zauberstab nicht von einem Beißknochen unterscheiden!«, beschwerte sich der Vampir und warf seine blonden Locken mit einer eleganten Bewegung zurück. In seinem Nacken knirschte es hörbar.

»Ich habe mich zwar für die Theorie interessiert, entschied mich aber gegen aktive Zauberei. Die bringt nur Schwierigkeiten mit sich!«

Mona nickte langsam. Wo er recht hatte – sie konnte ein Seufzen nicht unterdrücken.

»Junghexe, sagtest du?«

»Ja, neunte Instanz. Hab gerade meinen Master gemacht.«

Ben bellte.

»Was?« Sie blinzelte ihn fragend an, wissend, dass er ihr nicht antworten konnte, doch Boris kannte seinen Freund.

»Du sollst mal was zeigen.«

»Ich?«, fragte Mona mit hoher Stimme und räusperte sich.

»Ja, wer denn bitte schön sonst? Siehst du hier andere Hexen, hm?«

Unsicher starrte sie auf ihre Hände und biss sich dann auf die Unterlippe.

»L-lieber nicht«, stammelte sie.

Mit der sehr spontanen Reifensprengung des Stadtbusses hatte sie sich einen Punkt eingefangen. Es war ihr zweiter und noch mehr Verfehlungen konnte sie sich nicht leisten. Sollte sich eine Hexerei also selbstständig machen oder anderweitig fehlschlagen … Sie schüttelte hastig den Kopf und beobachtete, wie sich auf Boris' Gesicht ein besorgter Ausdruck breitmachte. Ben winselte.

»Gibt es mit deiner Hexerei ein Problem? Ist es wegen …« Boris hüstelte, deutete kurz auf ihren Bauch, und sie wusste sofort, dass er ihre Siegeltattoos meinte.

»Könnte man so sagen, schon.«

»Ich kenne mich nicht gut mit Siegeln aus, aber so etwas trägt man nicht zum Spaß. Die Kosten, die Schmerzen, sich das stechen zu lassen. Wie schlimm ist es?«

Dass Boris sie so ruhig nach den Ausmaßen ihrer Kräfte fragte, erstaunte Mona. Nervös schielte sie zu Ben, doch der hatte den Kopf schief gelegt, hechelte und wedelte freudig mit dem Schwanz. Die beiden erweckten den Eindruck von ehrlichem Interesse, kein Funken Angst, ganz anders als erwartet. Normalerweise sprach Mona nur mit ihrer besten Freundin über ihr kleines Magieproblem. Wieder beäugte sie ihre eigenen Hände, doch ihre Finger wirkten so harmlos wie die eines normalen Menschen.

»Meine Hexerei – sie schießt gerne über das Ziel hinaus. Ich nutze sie eigentlich so gut wie nie, es sei denn … es sei denn, ich verliere die Kontrolle.« Mit jedem Wort wurde sie leiser und schaute betreten zu Boden. Eine weiße Schnauze schob sich in ihr Blickfeld und zwei Hundeaugen blickten ihr fragend entgegen. Ben legte den Kopf schief, und sie war versucht, ihn zu streicheln. Nun landete auch noch Boris' kalte Hand auf ihrer Schulter, und er führte sie erst mal weiter den Gang entlang.

Die Beleuchtung in diesem Abschnitt war großzügiger, es trafen drei Flure aufeinander. Gemälde und Vasen auf Sockeln schmückten die sonst recht kahle Kreuzung. Die Treppen hoch gelangte man zu den christlichen Relikten und allein der Gedanken jagte Mona einen Schauer über den Rücken. Sollte die Kirche je herausfinden, welche Magie in Mona verborgen lag – sie mochte sich vor ihrer Hexerei fürchten, aber geläutert werden – nein, auf keinen Fall. Niemals. Boris schien ihr Schweigen richtig zu deuten, vielleicht spürte er auch ihren schnelleren Puls, denn sein besorgter Ausdruck bekam etwas Liebenswürdiges, Mitleidiges.

»Wenn du je in Schwierigkeiten geraten solltest – mit Flüchen, fehlgeschlagenen Zaubern und anderem Chaos haben wir Erfahrung. Es wäre durchaus möglich, dass wir, gerade im Rahmen des Museums, die verursachende Person vertuschen könnten. Ich meine, es gibt hier Vasen, die könnten praktisch für alles verantwortlich sein, hm? Doch nicht eine Hexe der neunten Instanz, niemals, also nein … Was meinst du, Ben?« Er zwinkerte ihr zu, neben ihm bellte es freudig, und Mona atmete erleichtert durch.

»Wirklich?« Sie konnte ihren Ohren kaum trauen.

»Wir sitzen alle im selben Boot. Es ist nicht leicht, ob magische Kräfte, verflucht oder verwünscht. Das Unvolk muss zusammenhalten. Glaub mir, viele sehen in uns Monster und das wären wir auch, wenn wir nicht aufeinander achtgeben würden. Das Amt will uns kontrollieren, aber es versteht uns nicht. Du bist nicht alleine.«

»Danke. Das – das Vertuschen ist hoffentlich nicht nötig, aber … danke!« Ein Stein rollte von Monas Herzen. Zwar hatte sie sich mit Kollegen aus ihrem Studium der Hexerei austauschen können, jedoch nie die Möglichkeit gehabt, ihre instabilen Kräfte anzusprechen. Das war ein gefährliches, einsames Geheimnis, das sich, nun mit Ben und Boris geteilt, deutlich leichter anfühlte. Und es machte ihr gar nichts aus, die Treppen nach oben zu gehen und mit diversen Kreuzen konfrontiert zu werden. Sie musste sich nur beweisen, und niemand würde ihr die Kräfte nehmen wollen. Es brauchte nur etwas mehr Zeit, und sie würde lernen, ihre Macht zu kontrollieren. Mit Boris und Ben fühlte sich der Blick in ihre Zukunft gar nicht so chancenlos an. Hätte sie das Schicksal nicht ständig eines Besseren belehrt, Mona wäre versucht gewesen, dieses Gefühl Zuversicht oder Hoffnung zu nennen.

Nie hatte sie darüber nachgedacht, wie schwierig es war, ein Werwolf oder Vampir zu sein. Die drei teilten neben diversen Musikvorlieben noch viel mehr Gemeinsamkeiten. Wo eine Hexe sich sorgte, jemanden anzuzünden, da litt ein Werwolf vor Angst, bei Vollmond die Kontrolle zu verlieren, und der Vampir fürchtete sich davor, in einem Blutrausch jene zu verletzen, die er liebte. Nur zusammen konnten sie dafür sorgen, dass so etwas niemals passierte.

Heute Nacht fühlte sich seit langer Zeit wieder befreit und normal an. Und das mit zwei absolut besonderen Personen, die vielleicht niemand außer Mona als normal bezeichnet hätte. Über Symbole fachsimpeln, witzige Details in Gemälden und Steintafeln entdecken, die eindeutig zweideutig waren, und mit dem Finger kleine Botschaften in das Glas von Vitrinen schmieren – an dieses Leben konnte sie sich gewöhnen.

An nächsten Morgen schlurfte Mona müde durch die sich langsam füllenden Flure des Museums. Da Boris bis in die Früh arbeitete, hatte sie ihm Gesellschaft geleistet und sich doch noch in die Geheimnisse der Fluchttunnel und Gänge einweisen lassen. Ungünstigerweise war sie danach auf ihrem Schreibtisch eingeschlafen, und nun war es bereits neun Uhr morgens. Helles Licht und lärmende Stimmen überforderten Mona gerade so sehr, wie das schrille Läuten eines Weckers einen verkaterten Kopf.

Die fleißigen Mitarbeiter, deren Energie verdächtig nach Koffein roch, bemerkten Mona kaum. Ihnen war es vergönnt, im Sonnenschein Flyer zu verteilen, die Führungen zu organisieren und mit den vielen Besuchern zu sprechen. Da Mona für den einfachen Menschen nicht nach Hexe, sondern vielmehr nach Gothic aussah, machten die fröhlichen Kulturinteressierten einen Bogen um ihre schwarze Erscheinung. Selbst als echte Kunstwissenschaftlerin, mit Anstellung, in Uniform und mit glitzerndem Anstecker hätte sie an diesem Ort kein Glück gehabt. Selten wünschte sich Mona, normal zu sein, oder gar einen Stapel Papier mit Museumsunterlagen in den Händen zu halten, heute beobachtete sie jedoch wehmütig das bunte Treiben in der Lobby des Mythohistorischen Museums Frankfurt.

»Siehst du, ich hab es dir gesagt!«, piepste eine helle Stimme neben ihr. Ein kleines Mädchen mit braunen Locken hüpfte zu ihrer Rechten aufgeregt herum. Sie hatte ihren Vater mitgezerrt, der Mona nervös anlächelte.

»Das da ist der Aufnäher der Nachtwachen!« Das Kind klatschte vergnügt in die Hände.

Mona trug die blaue Dienstjacke über ihrem schwarzen Kleid, der Stil passte auf verdrehte Art zu ihrer modernen Interpretation von Gothic Witch Punk. Aber nun blinzelte sie ebenso ungläubig auf den Aufnäher an ihrem Ärmel, zog sich den Stoff etwas heran. Ja richtig, damit war sie offiziell Mitglied der Nachtwächter und anscheinend nicht für alle Menschen im Foyer unsichtbar.

»Krieg ich ein Autogramm?«, quietschte das Mädchen.

»Mandy, bitte! Siehst du nicht, sie geht gerade!«

»Papa!«

Mona lachte leise. »Schon gut, das mache ich gerne!«

Die kleine Mandy streckte ihr ein bunt beklebtes Heft entgegen. Zu Monas Freude glitzerten sie Sticker von rosa Einhörnern, Häschen und Hexen an. Der Vater reichte Mona eine Packung Buntstifte.

»Danke schön!«, murmelte er. »Seit sie *Nachts im Museum* gesehen hat, ist sie … ein großer Fan!«

»Ah ja. Ein lustiger Film …«, erwiderte Mona, teils lachend, teils verunsichert. Immerhin wurden hier die Exponate nicht lebendig, wenn sich der Fluch der Mumie erfüllte. Hoffentlich. Hoffentlich? Mit einer mäßig eleganten Schreibschrift kritzelte Mona ihren Namen, eine Widmung und ein »Für Mandy« in die Kladde. Dann malte sie noch eine schwarze Katze daneben und gab dem Mädchen das Heft zurück.

»Ohhh, wie schön!«, quietschte das Kind staunend, drehte das Papier hin und her und hüpfte dann wieder wie ein Gummiball.

»Gerne doch!«

»Bist du denn eine Hexe?!«, wollte Mandy wissen. Ihr Vater wurde noch ein Stück bleicher. Im ersten Moment schnappte Mona überrascht nach Luft, allerdings war das eine durchaus berechtigte Schlussfolgerung. Eine Frau in Gothic-Kleidern in einem mythohistorischen Museum, die in der Nachtwache arbeitete.

»J-ja, bin ich!«, antwortete sie ehrlich – es war schließlich kein

Geheimnis mehr. Nun durfte sie beobachten, wie sich die Augen des kleinen Mädchens weiteten und sie ein »Woahr krass« von sich gab.

»Ich kann auch was hexen«, verkündete Mandy stolz.

»Oh! Was denn?« Mona beugte sich etwas zu dem Kind. Sie konnte nicht älter als fünf sein. Verschwörerisch reckte sich Mandy und sprach nun leiser.

»Tanja aus der Raupengruppe hat mir gezeigt, wie ich jemanden die Kronjuwelen exorziere! Und ich hab den großen Benjamin damit ausgeschaltet!« Sie stemmte triumphierend die Hände in die Hüften. Nun entwich alle Farbe aus dem Gesicht ihres Vaters, und er keuchte ein »Kind!«. Nur mit Mühe fing sich der Mann und schüttelte den Kopf. »Das tut mir so leid, wirklich!«, beteuerte er, doch Mona kämpfte mit einem anrollenden Lachen. Mit zuckenden Mundwinkeln nickte sie.

»M-mandy, wir müssen langsam mal –«, drängelte er.

»Warte!« Mandys Gesichtszüge nahmen einen ernsten Ausdruck an. Sie stapfte mit ihrem Block und den Buntstiften zu einer Bank, breitete alles aus und zückte mehrere Farben gleichzeitig.

»Mandy, bitte, wir haben Karten mit fester Einlasszeit und –«

»Gleich!«

Mona erahnte, dass die Kleine diesen Tonfall von ihrer Mutter hatte, denn der Vater zuckte nervös zusammen. Wenn ein Kind einen künstlerischen Einfall hatte, dann mussten die Erwachsenen warten und Mona war ohnehin längst zu müde, um sich über irgendwas zu ärgern. Sie würde noch Stunden hier stehen, vielleicht irgendwann einschlafen, das wäre auch nicht das erste Mal.

»Sticker!«, forderte die zarte Stimme mit erstaunlich viel Nachdruck, und ihr Vater reichte der jungen Dame mit zittern-

26.6.2018

DIENSTAG

- ~~ERSTER RICHTIGER TAG~~ ✗
- ✗ PÜNKTLICH SEIN
- ✗ ZUM BÄCKER VORHER

BERNHARD VALET ARBEITET MEIST BIS 2 ODER 3 UHR
WERWOLF, VOM VERHALTEN HER SICHER EIN GEBORENER.
QUIETSCHESPIELZEUG FÜR VOLLMONDKAUFEN?
GESTERN SAH ER AUS WIE EINE MISCHUNG AUS
WOLF UND SAMOJEDE!?

riecht etwas nach Hund

werwolf

- SCHNELL
- GUTER GERUCHSSINN
- STÄRKER ALS EIN VAMPIR
- HAART WIE SAU
- JAGDTRIEB?!
- LAUNISCH UM VOLLMOND

ER UND BORIS SIND GUT BESFREUNDET.
FRAGE MICH, WANN ICH BÄRBEL TREFFE.
MORGEN TERMIN BEIM PROFESSOR!!!! O_O"

HAB MANDY KENNEN GELERNT, SIE IST FAN VON HEXEN UND NACHTWÄCHTERN.

den Händen ein völlig verklebtes Stickeralbum, das mehr Glitzer verlor als eine Disco in den 70ern. Enthusiastisch verzierte Mandy ihr Werk mit einigen schillernden Feen, Blumen und Sternen, dann brüllte sie: »Fertig!«

Hüpfend hielt der kleine Wirbelwind Mona ein Blatt Papier vor die Nase. Darauf zu sehen war eine Frau mit blauer Jacke, schwarzem Kleid, schwarzen Haaren und grünen Knopfaugen. Neben ihr stand: »Dnake schönn, vohn Mandy!« Der Rest des Papiers blendete mit seinen rosafarbenen Aufklebern im Licht und roch nach Kaugummi.

»Das ist sehr lieb von dir!«, kommentierte Mona das Bild mit einem Schmunzeln.

»Bis ganz bald!! Dann mal ich dir noch was!« Mandy winkte aufgeregt. Ihr Vater nutzte die Gelegenheit, griff nach ihrer Hand und zog Mandy in Richtung Eingang. Er winkte ebenfalls, etwas verhalten, formulierte ein lautloses »Entschuldigung« mit den Lippen, und dann waren er und Mandy auch schon in der Menschenmenge verschwunden.

Mona betrachtete das kleine Kunstwerk nachdenklich. So ein Geschenk hatte man ihr noch nie gemacht. So persönlich und ehrlich. Glitzer klebte an ihren Händen, er stammte von den Stickern. Ihre Arbeit wurde geschätzt, und dabei hatte sie gerade erst begonnen. Und es hatte gutgetan, zu ihrer Hexerei zu stehen. Auf die Frage, ob sie eine Hexe sei, reagierte sie normalerweise aus Reflex mit einem lauten »Nein«.

Vorsichtig faltete sie das Bild zusammen und steckte es in ihre Uniformjacke.

Dieser Job entwickelte sich mehr und mehr zu einem echten Glücksgriff.

Kapitel 5

Koprolith, das ist scheiße

Viele Räume füllten die große Fläche des Museums. Zwischen den Wänden und Fluren, die für Besucher gesperrt waren, erstreckten sich Büros, Lagerräume und manchmal ganze Hallen. Wer auf sagenhafte Schätze und Geheimnisse hoffte, wurde vielleicht sogar fündig. Eine Abteilung wurde zurzeit von der neuen ägyptischen Ausstellung beschlagnahmt, die seit Monaten in der Vorbereitung war.

Mona wartete hibbelig vor den Räumlichkeiten des Professors und hoffte auf einen mutigen Moment, der sie endlich anklopfen ließ. Unruhig wippte sie vor und zurück, sodass ihre Schuhe auf den Fliesen leise quietschten. Dieser Mann würde entscheiden, ob sie fähig genug war, ob sie ihren Dienst anständig verrichtete. Ganz gleich, wie gut sie sich mit Werwolf und Vampir verstand, auf deren Wort würde der Direktor pfeifen. Es galt, den Professor zu überzeugen, und der Gedanke allein ließ ihre Finger kribbeln.

Heute war Monas zweiter Tag, ein Mittwoch – zu ihrer Überraschung lagerte der Pharao bereits im Museum und kam zumindest für den Moment auch ohne eine Hexe zurecht. Eingepackt in eine Holzkiste, mit Ketten versiegelt und von uralten Antiflüchen geschützt. Sollte es nach Mona gehen, durfte das gerne so bleiben. Wieso musste man diese Mumie unbedingt der Öffentlichkeit präsentieren, wenn es doch viel sicherer gewesen wäre, den Prinzen einfach irgendwo in einem Fluss zu versenken? Sofort schüttelte sie den Kopf über ihre eigenen ängstlichen Gedanken. Sie selbst profitierte von den neuen Rechten der Untoten. Lange hatten sie für diese Gesetze gekämpft, und da niemand darauf warten wollte, dass der ägyptische Prinz aufwachte, verband man sein Recht am Unleben einfach mit einer Ausstellung. Sollte er aufwachen, würde das Amt ihm eine Wohnung stellen; solange er schlief, ein ganzes Museum – und dafür massig Eintritt kassieren. So oder so, am Ende war er Monas Aufgabe.

Mit entsprechend pochendem Herzen ihrer Verantwortung gegenüber, hob Mona die Hand, um endlich anzuklopfen. Sie hatte das Holz kaum berührt, da wehte ihr ein lautes »Wuiiii« entgegen, als die Tür schwungvoll aufgerissen wurde.

Vor ihr stand ein kleiner, dürrer Mann mit wilden weißen Haaren, die im ersten Moment an eine Wolke erinnerten. Offenbar hatte er sich für Socken, aber gegen Schuhe entschieden, und seine Shorts mit dem Hawaiimuster passten nicht zu dem Laborkittel.

»Frau Nosferatuh! Welch eine Freude! Ich bin Professor Doktor Doktor Fridolin Koprolith, aber du kannst mich Professor Doktor Doktor Fridolin nennen!«

Er streckte ihr die Hand entgegen, die Mona mit einem fragenden »Ehhh?« ergriff. Die Knochen seiner Finger fühlten sich zerbrechlich an, und es knackte, als sie vorsichtig zudrückte.

»Professor Doktor Doktor«, begann sie, wurde jedoch sofort vom schallenden Lachen des Greises unterbrochen. Er klopfte sich grölend auf den Oberschenkel, der ebenfalls knackte.

»Nur Professor reicht! Gibt ja sonst keinen mit einem Titel hier, nicht? Es sei denn, Sie bestehen darauf, dass ich Sie mit all Ihren Vornamen anspreche.« Er beäugte sie neugierig, trat aus dem Raum und ging einmal um Mona herum. Sie hatte sich bemüht, ihren Gothic-Look etwas der Uniform anzupassen, aber auf ihre schwarzen Lederschuhe und die Leggings mit den Schädeln darauf wollte sie nicht verzichten.

»Nein, nein. Mona reicht. Einfach nur Mona«, stammelte sie irritiert und folgte ihm mit dem Blick.

»Dann kommen Sie mal rein, einfach nur Mona!«

Er klatschte munter in die Hände und rutschte auf seinen Socken zurück ins Labor. Beim Blick nach unten entdeckte Mona einen großen nackten Zeh, der sich durch ein Loch in seinem Strumpf gequetscht hatte. Verwirrt atmete sie durch. Er würde wohl kaum ihre Erscheinung kritisieren.

Neben Monas Fähigkeiten sollte Professor Koprolith den Fluch untersuchen und die dazugehörigen Artefakte. So einige Relikte aus alter Zeit weilten in staubigen Kartons und wild beschrifteten Kisten, denn nicht alles eignete sich für die Öffentlichkeit. Nach dem ersten Eindruck beruhigte Mona die vermeintliche Mithilfe des alten Gelehrten nicht gerade, auch wenn er ausgesprochen sympathisch wirkte.

Kaum in die heiligen Hallen der Forschung getreten fühlte sich Mona wie am Set eines Films. Als hätte man die Requisite beauftragt, einen möglichst klischeehaften Museumsraum herzurichten, mit knarzenden Holzregalen, Staubgeruch und voller in offenen Kisten funkelnder Schätze.

Mona starrte wie hypnotisiert auf die Glatze eines polierten Kristallschädels, der auf einem großen Tisch in der Mitte des Raumes ruhte. Dass er keine Haare besaß, war seinem Zustand zu verdanken, aber seltsamerweise thronte ein Schnurrbart über seiner obersten Zahnreihe.

»Manche Spukrelikte sind ganz einfach«, erklärte der Professor. Wie eine Spinne stakste er auf langen dürren Beinen um den Tisch herum und fuhr sich durch die Haare. Auch danach standen sie noch in alle Richtungen ab wie Zuckerwatte, und auf seinem Haupt spiegelte sich das Lampenlicht. Die wachen Augen erinnerten Mona an ein verstimmtes Kleinkind, das man in eine Zitrone hatte beißen lassen, generell erweckte seine Energie den Eindruck eines jungen Geistes. Doch den Falten nach musste er weit über sechzig sein.

Mona blinzelte. »Was?«

»Na ja, manche Spukrelikte sind ganz einfach!« Professor Koprolith pfiff durch die Zähne und rutschte über den Fliesenboden an ihre Seite. Dann tippte er auf den Kristallschädel und nickte eifrig. »Der hier hat gesungen und gesungen, man konnte ihm kaum Einhalt gebieten. Richtig nervig, absolut schräg, total unpassend. Mexikanisch. Daher kommt er ja auch. Aber dieser Schnurrbart und –«, er zog einen Sombrero unter dem Tisch hervor, »dieser Hut ließen ihn verstummen.«

»Und sein Problem war?«

»Ach, wenn man so lange durch Mexiko reist …«

Es erklang ein leise gesungenes »Ay, ay, ay, ay, ay …« aus dem kristallinen Gegenstand.

»Ehhh …«, begann Mona.

»Der Schädel hat sich am Día de Muertos etwas eingefangen. Das kann übrigens jedem von uns passieren. Es ist immer wichtig, sich zu schützen!« Aufgedreht wirbelte der Professor wieder um seinen Arbeitstisch herum, bis zu einem Schrank. Überfordert mit der Situation fing Mona nur mit Mühe die kleine Packung, die Professor Koprolith ihr zuwarf.

»Ehhh …«, entkam es ihr nur wieder verwirrt, und sie zog ein Kondom aus der Pappschachtel.

»Zieh dir das über den Schädel, wenn du mal das Fest besuchen solltest. Mit Geistern ist nicht zu spaßen!« Er lachte laut auf und kreiselte schon wieder durch den Raum.

»Ich glaube nicht, dass das so funktioniert«, setzte sie an.

Sie war erst seit wenigen Minuten in seinem Labor und kämpfte bereits jetzt mit einem endgültigen Urteil über den alten Mann. Bizarr schien ihr nicht passend, außerdem mochte sie dieses Wort nicht, die meisten hätten Mona wohl auch so bezeichnet. Überdreht vielleicht. Als er bei seiner wilden Tour zwischen Schränken und Kisten hindurch an einer besonders großen Box vorbeikam und gegen den Deckel klopfte, zuckte Mona heftig zusammen. Das Siegel, die Ketten, es handelte sich ganz offensichtlich um die Aufbewahrungskiste des Sarkophags – und sie stand einfach schief angelehnt an der Wand, direkt neben einem Wischmopp. Zwischen all dem Gerümpel lagerten die wertvollen Artefakte der Ausstellung, und der Professor spielte mit ihnen, als handele es sich um Ramsch vom Flohmarkt.

Eben noch war Mona innerlich fast entflammt, hatte sich vor dem Professor und seinem Urteil gefürchtet, jetzt war sie sich nicht mehr sicher, mit wem sie es genau zu tun hatte.

Nervös sah sie sich um, suchte nach etwas Ordnung in dem Chaos. Wie sollte sie hier von ihm lernen? Ihr Blick blieb an einer kleinen offenen Holzkiste hängen, die auf dem großen Arbeitstisch voller Bücher, Karten und Dokumente stand. Sie war gefüllt mit Holzwolle, und viele Aufkleber verrieten, dass sie einige Reisen hinter sich hatte. Neugierig reckte Mona den Kopf, um mehr zu erkennen. Offenbar lag in der Box eine goldene Kugel mit Hieroglyphen.

»Die ist schön, nicht?«, merkte der Professor an.

»Ehhhh, ja, durchaus. Ist das jenes Relikt mit der Fluchinschrift?«

»O nein, nein, was das hier ist, weiß keiner so wirklich! Laut den Inschriften war es ein Geschenk!« Professor Koprolith stand mit einem Mal am anderen Ende des Tisches, direkt neben der

Kugel. Er konnte sich fast so lautlos bewegen wie Boris. Musste wohl am glatten Boden und seinen Socken liegen.

»Fang!«

»Was?« Mona hob erschrocken die Hände, denn Professor Koprolith warf ihr die Kugel wie einen Ball zu. Es knisterte, als sie den Gegenstand auffing und ähnlich wie bei ihrer eigenen Magie, wenn sie entflammte, spürte Mona ein unangenehmes Stechen in den Fingern.

»Au«, beschwerte sie sich und schüttelte ihr Handgelenk.

»Oh, entschuldige! Sie ist schwer! Finger heile?«

»Ja, schon gut. Sie hat mir nur … 'nen statischen Schlag verpasst!«

Zu ihrer eigenen Überraschung hatte Mona den ballähnlichen Gegenstand gefangen und legte ihn schnell wieder zurück in die Holzbox. Glück gehabt. Dabei hätte Mona geschworen, dass sie dahingehend wirklich verflucht war. Brennball, Fußball, Basketball, sogar Tischtennis gehörten neben Papierkram und Unterlagen zu ihren größten Erzfeinden. Niemand hatte so oft mit Schwung geschlagene, geschleuderte oder getretene Bälle abbekommen wie sie. Und dabei zielte man nicht mal mit Absicht auf sie, es war, als fanden die Bälle wie von selbst ihren Weg in ihr Gesicht, auch wenn sie dafür einen seltsamen Bogen einschlagen mussten. In der Schule hatte Mona eigentlich nicht zu den gemobbten Kindern gehört, vor ihr hatte man zu viel Angst gehabt. Nicht wegen ihrer Gothic-haften Erscheinung, sondern vielmehr wegen ihrer Freundin Amelie, die mit ihren hundertfünfzig Zentimetern Kampfgröße auch den kräftigsten Brocken von Mitschüler zusammenschreien konnte. Amelies Traum, Wrestlerin zu werden, hatte sich im Kindergartenalter manifestiert, und sie hatte dieses Hobby sogar teilweise zum Beruf gemacht. Es gab in Frankfurt für nahezu alles einen Nachtclub.

Kaum jemanden liebte Mona so sehr wie die muskulöse junge Frau, die schon den ein oder anderen Rowdy im Schwitzkasten zum Heulen gebracht hatte. Mona besaß selbst eher wenig Temperament. Vor allem aber war sie zu freundlich. Amelie hingegen hatte Energie für zehn, und mit ihrem Schädel schlug sie im Notfall wirklich Wände ein oder andere Köpfe. Was hätte Mona dafür gegeben, jetzt ihre beste Freundin an ihrer Seite zu haben!

Professor Koprolith wuselte summend durch seine Werkstatt und inzwischen waren deutlich mehr Artefakte auf dem Tisch versammelt. Sie gehörten alle zur Ausstellung des Sonotep, und erstmals konnte Mona einen Blick auf die Fluchtafel werfen. Eine Abschrift der Hieroglyphen besaß sie bereits, man hatte ihr sie und einige Bücher vorab zugeschickt. Leider verstand sie nicht allzu viel davon, zumal ihre Kopie der Schrift von einem uralten Kopiergerät stammen musste. Eine Übersetzung wurde nicht herausgegeben. Es wurde sehr deutlich, Mona war eben doch nur die Notfallbesetzung für diesen Job.

»Du bist hier, um auf ihn aufzupassen. Frag ruhig alles, was du wissen willst!«

Mona kaute kurz auf ihrer Unterlippe und bereute es sofort, denn der schwarze Long-Lasting-Lippenstift hatte seine Grenzen. Der Geschmack von Make-up breitete sich in ihrem Mund aus.

»Diese Abbildungen, sie sind ungewöhnlich. Ich meine, ich kenne Hieroglyphen. Ich hab in Ägypten für einige Zeit studiert … aber das da … was soll das sein?«

»Ein Entchen.«

»Ehh …«, entwich es Mona, und sie spürte, dass ihr der Mund offen stand.

»Es bedeutet: *zu baden*. Das ist doch recht eindeutig.« Ein knochiger Finger deutete auf das Symbol.

»Dann … ist das bauchige U und die Kringel, eine Wanne und … er spielt mit einem Quietscheentchen?«

»Na, ob es gequietscht hat, weiß ich nicht.« Der Professor lachte. »Hier ist aber ein Diener zu sehen, wie er ein Geräusch nachahmt. Über den Laut streiten sich die Fachleute bis heute. Ob es *nag nag* oder *nak nak* heißt.«

Verwirrt fasste sich Mona an den Kopf. »Ehh … Und …und was hat das mit dem Fluch zu tun?«

»Das ist sehr spannend, tatsächlich. Diese Passage erzählt vom Segen eines Gottes. Mamotar und Papotep wollten ihren schwächlichen Sohn stärken, er verbrachte seine Zeit am liebsten mit dem Bauen von Holzmännchen.«

»Bitte was?«

Der Professor schien enttäuscht über ihre Frage. Er stemmte die Arme in die Hüften, und sein Kopf wackelte tadelnd. »Na, hast du als Kind etwa nicht mit Kastanien gespielt?«

»Ehhhh, verstehe …« Mona kämpfte mit der Vorstellung eines ägyptischen Prinzen, der mit Streichhölzern und Nussfrüchten herumbastelte. Ob er sich dabei auch so die Finger verklebt hatte wie sie früher? Gab es überhaupt Kastanien im alten Ägypten?

»Jedenfalls hatte er nicht das Zeug zu einem Krieger. Sonotep war ein dünner Junge, kaum Kraft – weder im Kopf noch in den Armen. Seine Eltern flehten zu einem Gott, er möge ihm Macht schenken, damit aus ihm endlich etwas wurde. Leider weiß man nicht, um welchen Gott es sich handelte!«

»Die Macht eines Gottes, wow! Und dann hat Sonotep sie missbraucht und wurde verflucht«, schlussfolgerte Mona und nickte.

»Was?«

»Na, er hat die Macht falsch eingesetzt.«

Der Professor lachte munter auf. »Ach nein. Der doch nicht. Soll wohl nicht die hellste Kerze auf der Torte gewesen sein.«

»Ehh …« Das Bild in Monas Kopf veränderte sich, und eine Erinnerung aus dem Kindergarten drängte sich ihr ins Gedächtnis. Da gab es diesen einen Jungen, der beim Basteln mit Kastanien in der Notaufnahme gelandet war, weil er sich ein Streichholz ins Auge gerammt hatte, und aus irgendeinem Grund steckte eine kleine Kastanie in seiner Nase.

»Jedenfalls ging dann alles schief!«

»Aha?« Jetzt war Mona wirklich neugierig.

Der Professor gluckste vergnügt. »An dem Abend, an dem man ihm die Macht des Gottes überreichen wollte, ist Sonotep in der Badewanne ausgerutscht, hat sich den Kopf aufgeschlagen und ist gestorben.«

»Oh … wie unglücklich.« Das war dann doch keine so lustige Vorstellung mehr, und Mona fasste sich unwillkürlich an den Hinterkopf.

»Ja, echt ärgerlich, was? Man munkelt, dass sein Tod vorherbestimmt war. Einer der Ausgräber ist auf einem Tuch ausgerutscht und schlug sich auch den Hinterkopf auf. Später, als Sonotep in seinem ersten Museum ruhte, ist ein Nachtwächter auf ähnliche Weise umgekommen.«

Nun drückte Mona ihre Hand etwas fester gegen ihren Schädel, doch zweifelte sie an einem Grabfluch. Die waren spezifischer und alles, was der Professor erläuterte, klang eher nach dem typischen Haushaltsunfall.

»Aber sein eigentlicher Fluch ist doch –«, setzte sie an und wurde sofort unterbrochen.

»Ja. Das war seine Mutter, die ist mächtig ausgerastet, als er einfach so gestorben ist, und hat ihn verflucht.«

»Oh, sie war eine Hexe!«

»Nein, ich glaube nicht.«

»Ehh? Aber wie hat sie ihn dann verflucht?«, hakte Mona nun vollends verwirrt nach.

Professor Koprolith zuckte mit den Schultern. »Wie man eben jemanden verflucht! Sehr wütend eben!«

Sie schüttelte den Kopf. »Nein, sehen Sie. So einfach ist das nicht. Es ist ein Fluch der wandelnden Toten. Die sind sehr kompliziert. Wie ist der genaue Wortlaut, können Sie mir das übersetzen? Ich hab nur die inhaltliche Abschrift des nocturnen Fluches.«

»Natürlich, ich hab die Übersetzung hier. Mhhh, Sekunde – das heftet mit an dem Papier dran.« Der Professor kämpfte für einen Moment mit elend langen Papieren, die jemand sehr mutig aneinandergetackert hatte. »Ah ja, hier steht es, Moment.«

Er räusperte sich, »O Sonne. O Mond. O Unglück. Unglück, das du bist. Du kleiner nichtsnutziger Versager. Du Wurm. Du zahnloses Krokodil. Sechs Stunden lag ich mit dir in den Wehen. Alles für die Sphinx. Ich hab mir den Ort, an den Ra nicht hinscheint, für dich aufgerissen, und das ist der Dank? Und was wir erst dem Göttlichen zahlen mussten, für die Macht, deine Macht, du unbrauchbarer Erbe! Von wegen: Ich will nicht groß und stark werden, Mama – so, das hast du nun davon. Du und deine beschissenen Holzstöcke und Nüsse. Ich hätte dich in einen Weidenkorb setzen sollen, so wie sie es alle machen. Aber Vater hatte Angst, dass du eine Religion förderst! So ein Weichling! Ihr alle beide! Es reicht mir! Du Miststück, ich wünsche dir, dass du wieder aufstehen und dann auf deine nervigen, spitzen Spielzeugbausteine treten musst, die ich übrigens immer gehasst habe! Ra sei dir verwehrt! Auf dass du in deinem Zimmer bleiben mögest, auf ewig! Ruhe unfriedlich! Deine Mutter!«

Professor Koprolith beendete den Vortrag. »Ist natürlich die moderne Fassung. Viele der Flüche waren zeitgemäßer formuliert, aber das versteht doch kein Mensch. Oh, und die Bausteine haben wir sogar hier.« Er langte zu einer kleinen Holzkiste.

Mona war derweil in ihren eigenen Gedanken versunken und starrte für einige Zeit stirnrunzelnd auf die Fluchtafel. Manche der Symbole ergaben auf einmal Sinn, und sie erkannte den Ärger, mit dem jemand diese Zeilen in den Stein gehauen hatte. Sogar die Eulen schauten erbost. Doch echte Flüche sahen anders aus, ganz anders. Hier gab es nicht mal ein Ritual.

»Vielleicht ist das ja eine Badekugel«, murmelte der Professor und besah sich die goldene Kugel erneut. »Schade, dass man nicht mehr lesen kann, von wem sie ist. Kennst du dieses Symbol?«

»Pfff.« Mona entwich vor Überforderung alle Luft aus der Lunge, und sie zuckte mit den Schultern. »Ein Fuß … ein Hund?«

Der Professor lachte ausgiebig und drehte das Relikt im Licht der Deckenlampe hin und her.

»Ah! Hund! Richtig! Könnte auch ein Ballspielzeug für ein Haustier gewesen sein«, verkündete er stolz, und Mona ertappte sich wieder bei dem Bedürfnis, laut zu stöhnen.

»Hieroglyphen funktionieren eigentlich … ehhh«, begann sie, schüttelte jedoch kapitulierend den Kopf.

»Meinst du nicht? Wenn es kein Spielzeugball für einen Hund war, dann bedeuten diese Symbole … Fuß und Hund und … mhhh … das könnte ein Arm sein. Also das wäre dann … ach nein, das glaube ich nicht. Der doch nicht. Ba'al war nicht gerade bekannt für übergroße Murmeln.« Elegant warf der Professor die Kugel zurück in ihre Kiste und klopfte sich den Staub von den Fingern.

Mona war noch immer mit dem Fluch beschäftigt und hatte ihm nur halb zugehört.

»Ehh … Aber …«, begann sie leise. »Also. Die Mumie, Sonotep, hat diesen Fluch nie erfüllt. Er ist nie unter den Lebenden gewandelt. Richtig?«

»Bisher wohl nicht.«

»Sicher, dass der Fluch echt ist?«

»Na ja, es steht hier auf dieser Tafel!« Koprolith hielt das wertvolle Relikt ungeschickt mit einer Hand hoch, Mona verzog erschrocken das Gesicht. Wenn ihn noch niemand gefeuert hatte, dann brauchte sie sich um ihren eigenen Posten vielleicht gar nicht so viele Sorgen zu machen.

Professor Koprolith zuckte wie so oft mit seinen knochigen Schultern, in seinem Rücken knackte es. »Bei anderen Mumien bewahrheiten sich die Flüche ja auch.«

Mona nickte, schluckte und stöhnte leise vor Überforderung. »Das mag schon stimmen, aber deren Flüche zeigen sich, sobald man ihre Grabstätten berührt und die schlafende Magie geweckt wird. Das hier … er … ist seit Jahrhunderten inaktiv.«

»Gut Ding will Weile haben!«

»Was?«

»Kommt Zeit, kommt Rat!«

»Ehhhhh, ich glaube nicht, dass …«

»Abwarten und Tee trinken.«

»Also …«

»Und wenn's mal wieder länger dauert, schnapp dir 'n Snickers, hm?«

An dieser Stelle beschloss sie aufzugeben. Eventuell entwickelte sich dieser Job zu ihren Gunsten. Dieser Fluch konnte nicht echt sein, denn sonst hätte es viele Kinder mit den seltsamsten Fluchleiden gegeben, allein schon in Monas Nachbarschaft. Was die Nachbarin ihrer Tochter da tagtäglich hinterherwünschte, wenn sie das Kind zum Kindergarten brachte – dem armen Mädchen hätten längst vier zusätzliche Beine gewachsen sein müssen.

Sollte Mona also wirklich Glück haben? Konnte es sein, dass diese Mumie ihrer Bezeichnung gerecht wurde und einfach eine Leiche war? Sicher, die anderen Relikte und übernatürlichen Kreaturen würden Mona fordern, aber das war gar nichts im Vergleich zur Arbeit in einer Übernatürlichen-Beratungsstelle. Die drohende Endstation, sollte sie diesen Job hier verlieren. Außerdem, dieses Museum bot ihr alles, wofür sie sich interessierte: Kunst, Historik, Ägypten und ungefährliches, theoretisches Wissen. Wenn sie sich geschickt anstellte, durfte sie am Ende vielleicht mal eine Nachtführung leiten. Nachts vor einem unnützen Sarkophag sitzend konnte sie lesen, so viel sie wollte. Boris und Ben waren ihr innerhalb kürzester Zeit ans Herz gewachsen.

Unfassbar. Tatsächlich. Dass so etwas möglich war. Mona hatte wirklich einmal Glück in ihrem Leben.

Jetzt hätte sie nur noch dreimal auf Holz klopfen müssen.

27.6.2018

MITTWOCH

- ✗ GELD VON DER BANK HOLEN GEHEN
- ✗ KAUCHKNOCHEN IM TIERLADEN MITNEHMEN
- ✗ AMELIE ANRUFEN UND ERZÄHLEN WIE ES LÄUFT
- ✗ NÄCHSTEN TERMIN BEIM THERAPEUTEN MACHEN

- ✓ WIE LANGE DAUERT DER FLUCH AN?
- ✓ GENAUEN WORTLAUT DES FLUCHES ERFAHREN
- ~~VIELLEICHT NACH DOKTOR ATTAH FRAGEN~~?

termin beim prof

ICH GLAUBE DAS NICHT!!!
DER FLUCH KANN NICHT ECHT SEIN!
NUR HEXEN VERWÜNSCHEN MIT BESCHIMPFUNGEN – WAR SONOTEPS MUTTER EINE HEXE? RECHERCHE «‹
SEINE GRABBEILAGEN SIND ALLE NORMAL UND AUFERSTANDEN IST ER NOCH NIE!

UND VON WEGEN MACHT EINES GOTTES, NIEMALS – SONST WÄRE LÄNGST ETWAS PASSIERT ...

VERLIERE ICH MEINEN JOB, WENN DIE DAS RAUSFINDEN?

Kapitel 6

Ich habe heute leider kein Foto für dich

»Jetzt erzählst du mir noch mal ganz langsam, worum es geht«, verlangte die müde Frauenstimme aus dem Lautsprecher des Telefons. Monas Smartphone lag auf ihrem Schreibtisch, und sie selbst tigerte davor hin und her. Nervosität zwang ihre Beine zu einem strammen Schritt zwischen Bürostuhl und Wand. Bei jeder Drehung quietschten die Turnschuhe auf den Linoleumfliesen. Sie hatte die Hände schon mehrfach in eiskaltes Wasser getaucht, aber die Fingerspitzen hörten nicht auf zu glühen.

»Ich muss gleich los«, murmelte sie mehr zu sich als zu ihrer Gesprächspartnerin.

»Moni! Also wirklich«, erklang es streng.

Mit einem unglücklichen Seufzen ließ sich Mona auf ihren Stuhl sinken und fiel dann regelrecht in sich zusammen. Ihr Kopf traf auf die Tischplatte.

»Ich hab doch noch nicht mal richtig angefangen«, wimmerte sie gegen das Holz. »Das war meine Chance, Amelie! Meine Chance!«

»Hör auf, dich selbst zu bemitleiden, und tu was«, gab Amelie mit Nachdruck zurück. »Bringt doch nichts, wenn du dir Stress machst!« Sie klang energisch, und Mona gab ihr durchaus recht.

»Ich kann es nicht unterdrücken!«

»Hast du deine feuerfesten Topflappen dabei?«

»Ja doch, aber –«

»Dann zieh sie dir an, verdammt!« Amelies Worte schepperten

aus den schlechten Boxen des Smartphones, und Mona zuckte zusammen. Im Gegensatz zu Mona besaß die schwarze Wrestlerin mit der tiefen Stimme mehr Mut als jeder Superheld. Wie Magnete hatten sich die zwei in der Schulzeit angezogen, und keine Entfernung, auch nicht während des Studiums, hatte etwas an ihrer Freundschaft ändern können. Allerdings waren Monas neue Arbeitszeiten tatsächlich ein Problem. Amelie hatte schon geschlafen. Umso dankbarer war Mona, dass ihre Freundin ihr überhaupt zuhörte – niemand war furchteinflößender als eine müde Amelie.

»Ich vermisse dich«, wisperte Mona und bekam dafür ein schneidendes »Pff« zurück.

»Reiß dich zusammen! Dann ist die Skelettin eben abgehauen! Na und? Du gehst ihr nach und sammelst sie ein!«

»Wie soll ich sie denn finden?« Jetzt wurde Mona wieder lauter und hob den Kopf.

»Aufspürzauber wird es ja wohl für Relikte auch geben, mhh?«

Mona brummte, ließ sich zurück auf den Tisch sinken und spürte jegliche Energie aus sich fließen. Allein der Gedanke zu hexen raubte ihr die Kraft für diese Situation.

»Wenn ich den Laden hier anzünde und ein verfluchtes Relikt verliere, dann bin ich nicht nur meinen Job los«, erklärte sie.

Von Amelie konnte sie ein tadelndes »Tss, tss, tss« vernehmen. Amelie hatte Monas Hexereiunfälle immer gefeiert, selbst wenn es sich dabei um brennende Vorhänge bei einer Pyjamaparty handelte. Und es waren Amelies Vorhänge gewesen, vielmehr ihr Kinderzimmer. Während die anderen Kinder kreischend davongerannt waren, Mütter und Väter zum Ausdruck brachten, mit Mona solle man lieber nichts zu tun haben, hatte sich Amelie auf sie gestürzt und sie zur »bestesten besten Freundinnen« erklärt.

»Was genau hat denn diese … wie heißt sie? Bärbel? Was wollte sie denn?«, erkundigte sich Amelie und ächzend erhob sich Mona wieder, schnappte ihr Smartphone.

»Keine Ahnung. Sie kann ja nicht sprechen. Sie stand einfach im Gang vor mir und hat wild mit den Unterarmknochen gewedelt. Da hab ich genickt und … und sie hat sich umgedreht und ist gegangen. Ich dachte, sie wollte vielleicht einen Besen oder so.« Mona atmete tief durch und griff zu ihrer Nachtwächterjacke. Es half alles nichts, Amelie hatte recht, sie musste der Skelettin nachgehen, unbedingt.

»Scharade war ja nie deine Stärke.« Sie konnte ihre Freundin durchs Telefon lachen hören. »Aber Moni, du arbeitest doch nicht allein, oder?«

Von dem Werwolf und dem Vampir hatte Mona ihr gleich am ersten Tag erzählt. Zwar hielt Amelie nichts von dieser Art Unvolk, wenn auch eher wegen der nervigen Darstellung von sexy Blutsaugern und wilden Männern mit Wolfspelz in den Medien, aber am Ende hatte sie Mona doch neugierig ausgefragt. »Vampire können zaubern, nicht? Kann er dann nichts tun?«

»Boris ist kein Magier, leider. Und – und ich – ich weiß nicht, wie ich ihnen das erklären soll? Sie haben mir so geholfen, und jetzt vermassele ich alles! Was sollen die denn von mir denken? Beamtenhexe und … und dann so was.«

»Boah, Moni! Ja, dann hast du's halt verkackt. Steh dafür gerade! Was für eine Wahl hast du, hm?«

Genau diese Antwort hatte sie erwartet und war froh darum. Natürlich war sie sich der Konsequenzen bewusst, sie musste handeln. Manchmal brauchte es jedoch die richtigen Worte, um die Kraft dafür aufzubringen. Mona mochte Vampir und Werwolf, sie hatte sehr gehofft, sich mit ihnen anzufreunden – und nun das.

»Ja, Scheiße, verdammt. Hilft ja alles nichts!«, rückte sich Mona selbst den Kopf zurecht.

»Das wird schon. Der Wolfstyp, ne? Kann der nicht was Besonderes? Kenne keinen Hund, der nicht die Spur von Knochen lesen kann! Der wird sie ja wohl finden, die kennen sich doch seit Jahren!« Das war ein berechtigter Einwand, und Mona atmete tief durch.

»Danke, Amelie! Hab dich lieb! Melde mich!« Sie drückte ihrem Smartphone einen hörbaren Kuss auf.

»Jaja, beweg deinen Angsthasenpopo! Los!«, kam es mit einem Lachen zurück. Mit diesen Worten beendete Amelie den Anruf, und Mona erhob sich sofort. Nervös eilte sie aus dem Nachtwächterbüro, ehe ihre Entschlusskraft nachlassen konnte. Dann hatte sie es eben versaut. Die Milch war schon verschüttet, und alle Tränen der Welt würden nicht helfen. Zum Glück wusste sie, wo Ben gerade seinen Wachdienst verrichtete.

Es gehörte zu Monas besonderen Talenten, sich von einem überraschenden Problem erst mal lähmen zu lassen. Boris und Ben hatten ständig mit Bärbel zu tun, sie wussten sicherlich, wo sie gerade war, und wenn nicht, wussten die beiden zumindest, wie man sie finden konnte. Hoffentlich hatte Mona es durch ihr Zögern nicht ganz verbockt. Wenn man unter Stress sofort brannte, wortwörtlich, dann schrumpften Lösungen auf eine Handvoll Möglichkeiten zusammen. Aber sie war – wie Boris es so schön ausgedrückt hatte – nicht mehr allein mit den Problemen. Und vielleicht würden die zwei ihr sogar verzeihen.

Als Mona um die nächste Ecke bog, lief sie regelrecht in den Werwolf hinein. Der Schwung riss ihn jedoch nicht um, Ben blieb stehen wie eine Felswand, Mona prallte an ihm ab und ging mit einem überraschten »Uah« zu Boden.

»Oh, hallo, Mona«, kam es freundlich von ihm, und er reichte ihr sofort eine Hand.

»Sorry«, nuschelte sie, schaute dann jedoch in sein glückliches Gesicht. Er erinnerte sie eher an einen großen Hütehund, überhaupt nicht an einen Wolf. Mit einem Ruck half er ihr auf die Beine, Mona wurde in seine Arme geschleudert und landete mit ihrer Nase zwischen den Brusthaaren.

»Ehh …«

»In den Fluren zu rennen ist gefährlich, die wischen hier manchmal.« Er deutete auf die Marmorfliesen und klopfte Mona dann vermeintlichen Staub aus der Jacke. Zur Nachtwächteruniform gehörte eigentlich ein Overall. Doch Ben steckte lediglich im Hosenteil davon, trug wie immer nur ein Tanktop, das seine haarige Brust gerade so verdeckte, und hatte sich den Shirtpart des Blaumanns mit dessen Ärmeln um die Hüfte geknotet. Durch Monas gestresste Nerven bohrte sich die Feststellung, dass auch er durchaus süß war und sie ihn nur ungern wieder losließ. Eine Umarmung hatte sie gerade bitternötig.

»Suchst du was?«

»Ehh?«, gab sie zurück. Sofort riss sie erschrocken die Augen auf und stolperte einen Schritt von ihm weg. »O ja. Richtig. Ich – es tut mir leid – ich hab – da war Bärbel, und sie wollte was, und ich hab wohl Ja gesagt und – und nun ist sie weg.«

Ben legte seinen Kopf schief und runzelte die Stirn.

»Wie weg? Nicht mehr auf ihrem Posten?« Auf Monas hastiges Nicken hin sah sich Ben kritisch um und knurrte. Es klang erschreckend nach Wolf. Als er dann noch in den Gang bellte, zuckte sie heftig zusammen. Aber der Laut galt wohl nicht ihr, denn schneller, als Mona blinzeln konnte, stand der Vampir vor ihr.

»Boris«, platzte es aus ihr heraus, und er warf ihr sofort einen charmanten Blick zu.

»Meine Liebe?«, schnurrte er und bedachte seinen Kollegen dann mit einem »Und der Hund«.

Prompt grummelte der Werwolf wieder, doch Boris rollte mit den Augen. »Was ist denn los?«, fragte er an Mona gerichtet.

»Bärbel ist weg und –«

»Dieses freche Miststück! Das hätte ich mir denken können!«, unterbrach Boris sie sofort und stemmte die Hände in die Hüften. »Ich wusste, sie würde das ausnutzen. Das hat sie mit jeder Museumshexe abgezogen. Dabei hab ich ihr extra gesagt … egal. Kommt, wir müssen los!«

»Was, was, was?«, stammelte Mona aufgeregt, während der Vampir schon nach ihrer Hand griff und sie mit sich zog.

»Bärbel ist ein Fluchrelikt, ohne offizielle Genehmigung darf sie das Museum nicht verlassen, und die hast du ihr gegeben.«

»O nein, o nein!« Augenblicklich flammten Monas Finger auf, und Boris ließ erschrocken ihre Hand los. Er starrte irritiert auf das flackernde violette Feuer, und hastig schüttelte Mona ihre Arme. Kaum im Dienst hatte sie bereits den gröbsten Fehler überhaupt begangen. Hexen, Vampire, Werwölfe, ja, sie waren geoutet, die Welt wusste von ihnen, aber wandelnde Skelette? Es gab vieles, was man der Bevölkerung nur häppchenweise zumuten wollte, und eine Bärbel gehörte definitiv dazu.

»Mach dir keine Sorgen, das ist nicht das erste Mal«, versicherte Boris und griff Mona bei den Schultern, rüttelte sie kurz. Sein Tonfall klang weder vorwurfsvoll noch gestresst, und so atmete Mona tatsächlich etwas beruhigter durch.

»U-und jetzt?«, stammelte sie und konnte beobachten, wie das Feuer an ihren Fingern wieder erlosch.

Der Vampir zwinkerte sie an und grinste.

»Auf ins *Bi-Ba-Böllermann*! Dafür zieh aber lieber diese Jacke aus!« Er deutete auf die Uniform.

»Ehhh?«

Das *Bi-Ba-Böllermann* war eine Diskothek, und verstand Mona zunächst die seltsame Namenswahl nicht, erklärte sich diese Entscheidung schon am Eingang.

Man hatte Mona, Ben und Boris ohne Probleme vorgelassen, offensichtlich reichte dafür ein auffälliges Funkeln mit den Vampirzähnen. Direkt im Flur empfing sie dann ein winziger, kugelrunder Mann mit weit ausgebreiteten Armen, als handle es sich bei ihm um einen guten alten Freund.

»Ein Butzemann«, keuchte Mona überrascht.

»Jo, Schnitte, nich so förmlich! Nenn mich einfach Bi!«, posaunte der kleine Mann. Eine Kugel gekleidet in Schlabberjeans und neonfarbenem T-Shirt mit Aufdruck. Der Rand seiner Unterhose offenbarte ein drolliges Herzchenmuster, und um seinen kurzen Hals hing eine goldene Kette mit dicken, glitzernden Buchstaben: B-I-B-A. Butzemänner waren Fabelwesen, die die Form des Menschen nur mit mäßigem Erfolg nachamten. Artig verbeugte er sich, zwinkerte Boris zu und schenkte Ben ein anerkennendes Nicken.

»Kommt, kommt! Steht euch doch hier nich die Beinchen in den Bauch! Muss gleich auflegen.« Er winkte fordernd und hopste dann durch eine Flügeltür direkt hinein in die Lichter einer 80er-Jahre-Disco. Grelle Strahler tauchten den Raum in Magentatöne, und der Lärm eines gewagten Remix über sehr viele Luftballons brüllte ihnen entgegen. Ben winselte laut und hielt sich die Ohren zu. Schäbig, heruntergekommen oder doch retro – vielleicht hatte der Inneneinrichter auch kein Budget erhalten. Die Disco bestand größtenteils aus einer riesigen Tanzfläche, Nebel und Scheinwerfern.

»Hab's am Telefon kaum verstanden. Wie is das? Ihr habt ein Problem?«, kreischte der Butzemann, der im Licht des Raumes erstrahlte wie eine neonfarbene Bowlingkugel mit dünnen Armen und Beinen.

»Also, Biba –«, begann Mona und überlegte einen Moment. Bärbels Verschwinden war eine delikate Angelegenheit. Boris hatte ihr eingeschärft, nichts zu verraten, und gerade Butzemänner waren für ihre Neugierde bekannt. Der Mann, der ihr bis zu den Knien reichte, beäugte zurzeit jedoch lieber das kurze Ende ihres Kleides, und Mona nestelte nervös am Saum.

»Wir sind auf der Suche nach einer Freundin!« Das war eine unzureichende Erklärung, aber ein Anfang.

Boris seufzte und verdrehte die Augen.

Mona räusperte sich. »Sie … eh … sie ist ziemlich schlaksig. Groß. Oh, und hell. Ich möchte sagen weiß. Nein, eher … leichentuchblass. Genau. Ehrm … Sie trägt … ein kurzes rosa Kleidchen und … hat … ein … breites Lächeln. Ein sehr breites Lächeln. Schöne Zähne auf jeden Fall, o ja!«

»Wie schlaksig denn?« Biba musterte die stotternde Hexe kritisch.

»Ein Skelett!«, kam es von Boris, seine Stimme schwankte verdächtig, als musste er ein Kichern zurückhalten.

»Nich gesehen. So was ist nicht mein Typ. Für mich muss was dran sein! Aber hey, vielleicht ist sie ja hier irgendwo. Hab schon einige Gerippe gesehen, wisst ihr? Hier sin' viele Models, wegen der Show nachher.« Er zwinkerte Mona zu. »Bleib doch noch, Süße. Ich leg gleich auf!« Sein breiter Mund zog sich von Wange zu Wange, und goldene Zähne glänzten Mona entgegen. Vielsagend hoben sich die Augenbrauen des Butzemanns.

»Models? Gerippe? Also bitte, was für eine unverschä…«, setzte Boris entrüstet an, doch Mona griff nach seiner Schulter, und er verstummte.

»Wir, ehm … suchen mal weiter! Wenn sie jemand sieht, bitte sag uns Bescheid, ja? Bis … später«, presste sie gespielt fröhlich heraus.

Boris und Mona quetschten sich schnell an den Feierfreudigen vorbei, hinter ihnen trottete ein ausgesprochen unglücklich dreinschauender Ben und hielt sich immer noch die Ohren zu. Die Untergrund-Disco beherbergte neben Menschen mehr Unvolk, als Mona zählen konnte, und sie ahnte, dass sie als Beamtenhexe lieber schnell vergaß, was sie hier sah.

»Und jetzt?« Sie bemühte sich, möglichst laut zu sprechen. Hektisch reckte sie den Hals, suchte nach einem ruhigeren Ort.

»Sicher, dass du nicht mehr weißt, was Bärbel genau wollte?«, brüllte Boris Mona ins Ohr, und sie zuckte zusammen. Inzwischen dröhnte lärmende Bassmusik aus den Boxen, und eine Menschenmasse tummelte sich auf der Tanzfläche vor dem Pult des DJs. Der Butzemann war auf seinen Stuhl geklettert, thronte über dem Mischpult und quietschte.

Mona schüttelte den Kopf und verzog den Mund.

»Okay. Macht nichts. Ich weiß nur, sie wollte immer hierher, aber wir haben halt Nein gesagt. Dreck!«, fluchte Boris und zog sie weiter mit sich bis zur Bar. Hinter ihnen winselte Ben, als ein scheppernder Bass durch den Raum wummerte, und rieb sich die Ohren. Wie von selbst streckte Mona den Arm nach ihm aus und kam so doch noch dazu, den Werwolf zu streicheln, der ihr wie aus Reflex den Kopf hinhielt.

Boris fragte sich derweil an der Bar durch, die von einem sehr großen, schlaksigen Mann mit roten Augen bedient wurde. An seinem Grinsen erkannte man den Vampir, die Eckzähne waren sogar noch länger als die von Boris. Unsicher beobachtete Mona, wie die zwei Männer sich unterhielten und der Barkeeper sich zu Boris beugte, um ihm etwas zuzuflüstern.

»Schau nich so«, brummte Ben, und Mona zuckte zusammen. Der Werwolf hatte sich dicht zu ihr gebeugt und beschnupperte sie.

»W-was?«

»Du guckst so unglücklich. Brauchst du nicht. Du musst erst lernen, wie du mit Bärbel umgehst!«

Mona seufzte und fühlte sich ertappt. Den Umgang mit stummen Skeletten hatte ihr ja niemand beigebracht. Das war so typisch Universität. Keine praxisnahen Übungen, keine Erfahrungsberichte, wie die Welt da draußen wirklich aussah. Gerade wollte sie sich für die lieben Worte bedanken, da dröhnte eine Stimme durch die gesamte Diskothek.

»Joooooooooooooooo, Leute!« Es war der Butzemann, und er hatte nun offensichtlich ein Mikrofon. Ein aufwendiger Beat löste den 90er-Remix ab, und die Klänge von Synthesizern bauten sich auf.

»Ihr kennt mich! Sagt es! Ich will es hören! Ich bin euer MC Bi!«

»MC Bi!«, grölte die Menge.

Er lachte. »Ba!«

»Ba!«, kam es wieder einstimmig zurück.

»Butzemann!« Er ließ den Bass droppen.

Johlender Applaus, und eine völlig übertrieben kreischende Masse Menschen brachten sogar Mona dazu, die Hände schützend über ihre Ohren zu legen. Für jemanden, der schrägen Indie-Rock und das Geschrei von Death-Metal-Bands bevorzugte, war normalerweise nichts zu laut. Ben jaulte auf, schüttelte sich, warf Mona einen leidenden Blick zu und eilte davon.

»Ben?«, brüllte sie ihm nach, aber er war schneller in der Masse verschwunden, als sie blinzeln konnte. Offensichtlich wurde es ihm nun zu laut. Verständlich, kein Wolf würde auch nur fünf Minuten in diesem Laden aushalten.

»Boris?« Hektisch drehte sie sich um, da stand der Vampir plötzlich neben ihr und zerrte sie in einen schmalen Gang nahe der Bar. Dem Geruch nach befanden sich hier die Toiletten, oder jemand lagerte am anderen Ende einen Stapel Zombies. Mona unterdrückte ein Würgen, und Boris fletschte die Zähne.

»Hast du etwas rausgefunden?«, wollte sie wissen, doch er schaute sie nur mit großen Augen an.

»Was?«

»Na, von dem Barkeeper!«

»Ah«, machte er verstehend und grinste. »Nun, mir ist jetzt seine Telefonnummer bekannt.« Er verwies auf die Zahlen auf seinem Unterarm.

Tatsächlich keimte in Mona ein wenig Ärger auf und sie schenkte ihm einen vorwurfsvollen Blick, der offenbar zündete. Verlegen hob er seine Schultern etwas und schaute zur Seite. »Jedenfalls«, begann er wieder, »ich fürchte, ohne deine Hilfe könnte es zu lange dauern. Je mehr Zeit verstreicht – wenn jemand Bärbel identifiziert …« Er seufzte.

»W-wenn ich hexen soll, dann aber nicht hier! Zu lärmig!«

Wieder griff Boris sie am Handgelenk und zog sie weiter. In der Dunkelheit fern der Discolichter und der vielen Neonfarben konnte er sich offensichtlich gut orientieren. Die grellen Strahler ließen seine Augen katzenhaft aufleuchten, und er steuerte zielsicher auf eine Ecke hinter der notdürftigen Bühne zu. Als sie an den dicken Boxen vorbeikamen, bohrte sich die Stimme des Butzemanns in Monas Kopf.

Boris führte sie zu einer Tür, und ehe Mona noch etwas sagen konnte, trat er dagegen. Das Knacken ging vermutlich im Lärm unter. Vor ihnen lag ein neuer Gang, und sie flüchteten eilig hinein. Kaum drückte Boris die dick isolierte Tür hinter sich wieder zu, sank der Lärmpegel auf ein erträgliches Maß. Genervt rüttelte Boris mit einem Finger in seinem Ohr. »Verdammtes empfindliches Gehör …«

»Können wir Ben einfach da draußen lassen?«, meinte Mona sorgenvoll. Sein welpenähnliches Verhalten hatte in ihr ein Gefühl von Verantwortung geweckt. Der Anblick eines großen Mannes, der in der Mittagspause eingerollt in einem Korb schlief, veränderte das Bild vom blutrünstigen Wolfsmenschen radikal. Außerdem, wenn er ihr auch noch verloren ging – wie sollte sie das dem Direktor erklären? Es war doch ihre erste Woche.

»Ich schreibe ihm eine Nachricht und berichte, einen Moment!« Boris holte sein Handy aus der Hosentasche, und in Windeseile fegten seine Finger über das Touchdisplay. Sein kleines Smartphone hatte alle Mühe, mit seiner Vampirgeschwindigkeit mitzuhalten.

»Du sollst ihm keinen Roman schreiben … und was ist das überhaupt für eine Sprache!« Mona nahm ihm das Handy aus der Hand.

»Sehr geehrter Herr Ben, es ist mir ungemein wichtig, Euch zu Eurer Sicherheit … Sag mal, aus welchem Jahrhundert stammst du?«

Boris spitzte die Lippen. Unzufrieden folgte sein Blick Mona beim Löschen seiner Nachricht. Tausend Wörter Text kürzten sich auf »Geh raus und warte da auf uns, wir kommen bald. ♥«

Mit einem säuerlichen Ausdruck nahm Boris sein Smartphone wieder entgegen.

Die beiden standen nun in einem schwarzen Flur, der mit roten Lampen beleuchtet wurde. Es roch nach süßen E-Zigaretten und Grießbrei.

Mona stutzte und schnupperte vorsichtig.

»Jetzt wäre ein Aufspürzauber hilfreich, kannst du nicht mit den Fingern schnipsen«, deutete Boris an und nickte ihr zu, ganz so, als könnte sie ein solches Kunststück mal eben aus dem Ärmel schütteln.

»Aufspürhexerei!«, erwiderte sie.

»Bitte was?«

»Na mit Schnipsen wäre es eine Aufspürhexerei! Ich würde damit ja hexen. Fälschlicherweise sagt man gerne, wir Hexenden würden zaubern, das können wir zwar, aber Hexerei ist noch mal etwas anderes. Einen richtigen Aufspürzauber müsste ich vorbereiten, mit einem entsprechenden Träger, einem lateinischen Zauberspruch. Hexen wäre nur Schnipsen, aber nur wer sehr geübt ist, kann so was mit reiner Hexenkunst. Weißt du – Hexerei ist etwas, das können nur Hexende, das ist uns angeboren und –« Sie verstummte auf Boris' weit nach oben gezogene Augenbrauen hin. Dessen war er sich ganz bestimmt bewusst, bei seiner Unlebenserfahrung.

Zähneknirschend besah sie sich ihre Hände.

»Sie spinnen zurzeit noch viel mehr«, erklärte sie.

»Deine Kräfte?«

»Ja. Keine Ahnung. Liegt am Stress. Beim Professor dachte ich schon, ich sprenge gleich ein Artefakt!«

»Oha«, ließ er verlauten, schien aber eher wenig beeindruckt.

»Hätte fast die goldene Badekugel des Sonotep geknackt!« Nun musste Mona leise lachen und schüttelte den Kopf.

»Dann sollten wir es lieber nicht riskieren. Schauen wir uns erst mal um?«

Vor ihnen lag ein langer dunkler Gang, und beide hatten das Bedürfnis zu schleichen. Es lehnten barocke Polstermöbel an den Wänden, eine kaputte Standuhr tickte unrhythmisch, Bilder in kitschigen goldenen Rahmen zeigten eine ganze Reihe an Butzemännern aus verschiedenen Zeitaltern, und am Ende des Flurs zappelte eine Büste auf einem Tisch.

»Also, das sieht man nicht alle Tage«, meinte Boris beeindruckt.

»Ehm, Entschuldigung!« Mona ging zügig auf den sich bewegenden Marmorkopf zu. Fluchrelikte hatten einen Draht zueinander, einen magischen. Von einem normalen Menschen würden sie keine Antwort erhalten – der ignorierte vielleicht ein lebendiges Skelett, leugnete unterbewusst dessen Existenz, aber gerade einer Büste entging nichts.

Der Kopf aus Marmor streckte sich vergeblich nach einem Stift, der vor ihm auf dem Tisch lag, langte mit seiner Zunge danach und schenkte Hexe und Vampir nicht mal einem Blick. Vor ihm häufte sich ein wenig Papier mit vorgedruckten Tabellen darauf.

»Edler Herr?«, versuchte Mona es erneut.

Der Marmorkopf mit dem dicken Schnurrbart erwiderte mit kritischer Miene und angelte weiterhin mit der Zunge nach dem Stift. Er besaß weder Arme noch Schultern und war dementsprechend in seinen Möglichkeiten eingeschränkt.

»Eh hah hettscht heine scheit!«, würgte er unverständlich hervor.

Vorsichtig langte Mona nach dem Füller und hielt ihn hoch genug, dass die Büste danach schnappen konnte. Sofort zerrte diese das Schreibgerät mit den Zähnen aus Monas Hand und grinste zufrieden.

»Dandeschön!«

»Gerne.«

»Wasch kann ech hür euch dun?«, nuschelte er mit vollem Mund und setzte den Füller auf dem Blatt vor sich ab, begann damit, ein paar elegante Buchstaben in Schnörkelschrift zu gestalten. Fasziniert ließ sich Mona von den perfekten Bogen seines Schreibstils ablenken. Ihr selbst gelang sogar unter Konzentration nur schwer verständliches Gekrakel, das ihr Uniprofessor einmal für die Abschrift von Hieroglyphen gehalten hatte.

»Wir suchen nach einer Freundin. Ehm, groß, sehr, sehr dünn, bleich, klapprig, sieht alt aus, schönes Lächeln. Dezent untot!«

»Wer frahgt?«

»Wie bitte?«

»Wer ihr scheid?«, wollte die Büste wissen, und Mona sah sich kurz zu dem Vampir um, doch der zuckte mit den Schultern.

»Mein Name ist Mona, und das ist Boris. Wir suchen unsere Bärbel.«

»Auschweisch?«

»Ehh«, gab sie zurück und zückte nervös ihren Museumsausweis, der ihre Tätigkeit als Beamtenhexe sowie als Zuständige über die Fluchrelikte bestätigte. Die Büste kniff die Augen zusammen und streckte sich unerwartet weit vor. Mona hielt dem Marmorkopf das eingeschweißte Papier dicht vor die Nase, und er ließ ein »Aha« verlauten.

»Muscheum, scho, scho!« Sein Mund verfärbte sich bläulich, da der Füller offensichtlich ausgelaufen war, und Mona konnte Boris hinter sich leise lachen hören.

»Geht weiter, die Hodels schind um schie Ecke!« Der Kopf nickte in Richtung mehrerer Türen.

»Danke Ihnen!« Mona verbeugte sich leicht und schritt mit Boris vorbei an dem ungewöhnlichen Gesellen und weiter den

Flur hinunter. Kaum waren sie um die nächste Ecke gebogen, wehte ihnen zum Grießbreiduft eine Welle Gras entgegen. An der Decke gaben Spinnen mit riesigen Netzen an, und für einen Moment fühlte sich Mona an ihr Elternhaus erinnert.

»Ich höre Stimmen!«, murmelte der Vampir. Ein lautes Klirren.

Abrupt blieben sie stehen. Hinter einer der Türen in ihrem Gang stritt man sich offenbar, und es ertönte erneut das Geräusch von zerbrechendem Glas. Jemand fluchte. Plötzlich brach ein richtiger Radau aus.

»Was sagen sie?«, flüsterte Mona, obwohl sie sich sicher war, dass sie niemand hören würde, so wüst ging es in dem Zimmer vor. Wieder der Klang von Scherben.

»Du bist einfach zu fett!«

»Wie bitte?« Entsetzt starrte sie Boris an, seine Augen leuchteten in der Dunkelheit ein wenig, aber Verwirrung zeichnete sein Gesicht.

»Das … hat jemand da drinnen gesagt!«, kam es von ihm beschwichtigend.

Mona lief rot an. »Ah ja. Sicher.«

»Und es geht noch weiter. Mhm … Das passt dir nicht. Zieh das aus«, rezitierte Boris trocken, was er hörte. »Dein Becken ist einfach zu breit. Nein, nein, nein. Du machst es noch kaputt. Ach, das geht so nicht, schau dir mal dein Profil an. Du musst dringend eine Diät machen. Ganz dringend.«

»Was geht denn da drin vor?«, fragte Mona, doch Boris schüttelte sichtlich verwirrt den Kopf.

»Ich kann zwar ein paar Frauen hören, sie tuscheln, eine kreischt immer zwischendrin auf, aber sonst scheint ein Mann mit sich alleine zu reden. Er hat einen furchtbaren, falschen französischen Akzent. Und ich muss es wissen, ich habe eine Weile in Frankreich gelebt und arbeitete selber lange an so einem A…«

»Ja, ja, ja!«, schnitt Mona ihm das Wort ab. »Kannst du Bärbel irgendwo hören?«

»Bärbel …«

»Ja doch, wen sonst?«

»Bärbel, die stumme Skelettin?«

»Na komm, sie klappert!« Ärgerlich stemmte Mona die Hände in die Hüften und entlockte dem Vampir ein Seufzen. Er schloss die Augen und lauschte andächtig.

»Mh, nein, nein, ich höre … ach doch … na ja … es könnte ein Klappern sein, ich bin mir nicht sicher. Ist sie das? Doch durchaus möglich. Vielleicht … ah, jetzt ist etwas zerrissen. Der Mann schreit –«

»Ja, das kann ich auch hören!«

Die Tür im Flur schwang mit voller Wucht auf. Heraus marschierte Bärbel, ihr Kiefer klapperte aufgeregt, sie gestikulierte wild mit den Händen und zeigte einem nun ebenfalls herauseilenden Mann eine ausgesprochen unhöfliche Geste.

Er war ziemlich schmal und hatte einen gezwirbelten Bart, auf viel mehr konnte Mona nicht achten, sie war von seinen gigantischen Ohren abgelenkt und der ungeschickt vor ihm klappernden Bärbel.

»Gib mir wenigstens das Kleid zurück!«, brüllte er wütend und sofort warf die Skelettfrau ihm einen Fetzen Stoff ins Gesicht. Es erinnerte an einen Waschlappen mit winzigen Ärmeln.

Der Mann schlug mit aller Kraft die Tür zu, drinnen kreischte es laut auf, als er sich wohl weiterschimpfend an die anderen Models wandte.

»Bärbel … da bist du ja!« Mona ging ein paar Schritte auf das Gerippe zu und war heilfroh, sie in einem Stück wiederzusehen. Möglichst unauffällig zählte sie die wichtigsten Knochen ab und lächelte der klapprigen Dame zu.

Die Skelettin wedelte mit ihren Händen in der Luft, Wut untermalte unflätige Gesten, und Boris schien zu verstehen, was sie ihnen mitteilen wollte.

»Mach dir nichts draus, um so dünn zu sein wie die Models heutzutage … da muss man schon mehr als sterben!« Er tätschelte ihr liebevoll Acromion und Clavicula.

Sie ließ den Schädel hängen.

»Ich fand dich in deinem rosa Kleid übrigens immer sehr hübsch!«, fügte Boris hinzu, und als Mona eilig nickte, hob Bärbel wieder den Kopf und zeigte ihr schönstes Grinsen. Stolz schritt sie an ihnen vorbei durch den Gang, jedoch in die andere Richtung. Vermutlich gab es einen Hintereingang, das hätten sie sich denken können. Das Fluchrelikt war sicherlich nicht durch den Haupteingang hereingelangt.

»Trotzdem, meine Liebe, du weißt, wir schätzen dich sehr, aber einfach so wegzulaufen … Sehr riskant!« Tadelnd reckte der Vampir das Kinn, und tatsächlich ließ Bärbel ihre Schulterblätter hängen. Sie konnte ihren Kopf ohne Mühe vollständig nach hinten verdrehen und stierte Mona nun mit ihren leeren Augenhöhlen entgegen. Kombiniert mit dem dunklen Gang wurde es sogar Mona etwas mulmig. Ihr entkam ein leises Quietschen, als Boris ihr ohne Ankündigung den Rücken tätschelte.

»Unserer lieben Mona haben vor lauter Angst um dich sogar die Hände gebrannt«, erklärte er und schenkte ihr einen mitleidigen Blick. Eigentlich wollte sie direkt ergänzen, dass es gar nicht so schlimm war, da stürzte mit einem Mal die Skelettin auf sie zu und warf sich ihr um den Hals. Sie klapperte dabei so laut wie ein Windspiel aus Holzstäben.

»Es tut ihr leid«, übersetzte Boris leise glucksend, aber diese Geste hätte Mona auch so verstanden. Sie traute sich nicht, die blanken Knochen zu drücken, es knackte so schon verdächtig zwischen den Rippen.

»Dann lasst uns endlich auf unsere Posten zurückkehren. Meine Schicht endet in Kürze, außerdem ertrage ich diesen penetranten Geruch nicht länger. Grießbrei – ausgerechnet. Welcher Vampir kommt denn auf so einen Duft?«

»Das ist ein Vampir, der so riecht?«, bemerkte Mona, der immer noch die Skelettin am Hals hing.

»Wir wittern einander, ja.«

»Wieso riechen so viele Vampire nach Essen?«

»Alles, was den Menschen anzieht, bringt uns unserem Abendessen näher!« Er lachte affektiert und zwinkerte ihr zu. »Aber du bist die Hexe, ihr habt das Vampirgift entwickelt. Wir haben uns das nicht ausgedacht.«

Diesmal war es Mona, die leise knurrte. Es klang längst nicht so bedrohlich wie bei Ben, erinnerte eher an eine resignierte Katze, und Boris kicherte vergnügt.

Immerhin hatten sie ihre Bärbel wieder, die nun elegant auf ihren pinkfarbenen Stöckelschuhen vorausschritt und ihnen den Weg zum Ausgang zeigte. Sollte das Museum in der Zwischenzeit nicht von ganz allein abgebrannt sein, würde Mona vielleicht sogar ihren Job behalten. Mit der Unterstützung ihrer Kollegen rechnete sie nach diesem kleinen Abenteuer fest. Trotzdem, wenn sie bleiben wollte – und das wollte sie –, durfte ihr ein solcher Fehler nicht noch einmal unterlaufen.

Kapitel 7

Tote Künstler malen nicht

Es war Freitagnacht, und Mona hatte gerade ihren ersten offiziellen Rundgang beendet, ganz allein. Das war aufregend und ein bisschen erschreckend zugleich. Allerdings fehlte die Mumie in ihrem Aufgabenkatalog, sie hatte vor einem leeren Raum gesessen. Es graute ihr schon davor, am Montag bei der Öffnung von Sonoteps Kiste behilflich zu sein. Zumal sie die Schutzzauber rings um die Ausstellung anbringen sollte. Aber er war nicht ihre einzige magische Aufgabe.

Im Museum gab es neben dem ägyptischen Prinzen noch mehr übernatürliche Verantwortung für Mona. Man hatte ihr auch die Zuständigkeit über die verfluchten Vasen, satanischen Wandteppiche und besessenen Bücher übertragen. Obendrein hatten einige der Römerhelme eine A-cappella-Band gegründet, und der Aerobic-Kurs der antiken Statuen musste beaufsichtigt werden. Dieser kleine Exkurs im Steineverbiegen startete immer um 20 Uhr, direkt mit Monas Schicht, und endete noch vor Mitternacht, was ihr genug Zeit geben würde, sich zu Sonotep zu begeben, um seinen mumifizierten Hintern zu bewachen.

Sein Fluch war nocturn, und sollte er nach null Uhr nicht auferstanden sein, hatte er sein Zeitfenster verpasst, und Mona konnte gehen. Tatsächlich gab es sonst nur wenig andere spät nächtliche Aktivität im Museum, und sogar verfluchte Vasen schliefen nach Mitternacht. Irgendwann wurde eben jeder müde. Nur eine Kreatur war ähnlich an die Uhr gebunden wie Sonotep.

»Also ist Bärbel bereits teilweise untot«, murmelte Mona. Der auf Hochglanz polierte Skelettkopf klapperte beim Nicken, und sie musterte neidvoll die perfekte Reihe weißer Zähne, die ihr entgegenstrahlte. Auf Bärbels Haupt glänzte eine pinkfarbene Schleife, die man sonst nur als Geschenkverpackung kannte.

»Ganz recht, sie ist weit mehr als ein Relikt, sie wird ein Fluchwesen«, bestätigte Boris und schnalzte mit der Zunge. »Sie erinnert sich nicht nur an ihr Vorleben, ihr Geist ist völlig intakt und sie merkt sich alles, was sie erlebt. Falls man das noch Erleben nennen kann, in ihrem Zustand.« Er lachte hell auf, und Bärbel klapperte vergnügt. »Sie ist wie du und ich, aber irgendwie auch nicht. Hat halt ein paar Gramm weniger auf den Rippen! Es ist eine Art thaumaturgische Existenzkrise von Sonnenunter- bis Sonnenaufgang«, erklärte Boris weiter und deutete bei seinem kleinen Vortrag auf einzelne Knochen, als handle es sich bei Bärbel um ein Modell aus dem Biologieunterricht, und sie spielte ihre Rolle offensichtlich mit Vergnügen.

Hexe, Werwolf, Vampir und Skelettin hatten sich vor den Umkleiden verabredet. Und was in Monas Kopf klang wie der Beginn eines schlechten Scherzes, gehörte fortan zu ihrem Alltag.

»Thaumaturgische Existenzkrise? Das klingt hart«, meinte sie. Innerhalb ihres Studiums hatte sie vor allem Fluchunfälle analysieren müssen, aber nie einen getroffen.

»Ihr Erzfeind wünschte an ihrem Grab, dass – Bärbel bist du fein damit, wenn ich zitiere?«, fragte er an die Skelettin gerichtet, und sie nickte. Mit einem Räuspern fuhr er fort: »*Er möge gebrochen bis ans Ende seiner Tage wandeln, auf dass seine Gebeine elendig qualvoll zu Staube zerfallen.*« Mona fletschte auf seine Worte hin die Zähne.

Genau davor wurde beim Aussprechen von Flüchen ausdrücklich gewarnt. Widersprüchliches, Genuscheltes oder anderweitig undeutliche Formulierungen führten zu verheerenden Nebenwirkungen. Ein Fluch ließ sich umkehren und somit aufheben, eine fehlerhafte Zufallsverwünschung jedoch – wie sollte man etwas umkehren, wenn man den genauen Wortlaut nicht kannte?

»Verstehe ich das richtig? Da Bärbel bereits tot war, als man sie verfluchte, hat sich alles umgekehrt… wandelst du deshalb nachts? Kontra zum Ende aller Tage?«, fragte Mona nach.

Es erklang lautes Knacken, als Bärbel nickte. Bei jeder Bewegung der Skelettfrau hatte Mona Sorge, dass ihr ein Knochen aus dem Körper sprang oder gar der Kopf abfiel. Dann deutete Bärbel mit ihrem Arm eine Welle an. Fragend blickte Mona zu Boris.

»Genderfluid. Der Drecksack hat sie nicht richtig gegendert beim Verfluchen – dass wir darüber mal froh sein würden …«

Bärbels Rippen klimperten über diese Aussage vergnügt.

Nun machte Mona wirklich große Augen. So einen Fall hatte sie noch nie erlebt. Kein Wunder, dass Bärbel etwas Besonderes war.

»Natürlich, deshalb zerfällt Bärbel nicht wie angedacht, sie wird immer substanzieller!«, schlussfolgerte Mona. Flüche waren aber auch verzwickt. »Es hat sich alles umgekehrt! Wegen der Ignoranz eines Feindes!« Sie konnte ein gut gelauntes »Hah« nicht unterdrücken, und es klang so, als stimmte Bärbel mit ein.

»Endlich mal eine fluchkundige Hexe«, lobte Boris und legte Mona schulmeisterlich eine Hand auf die Schulter. Seine Art zu sprechen, sogar die Gestik, die exaltierte Stimmlage: Jetzt wusste sie, woran er sie die ganze Zeit erinnerte – an ihren Geschichtslehrer aus der neunten Klasse.

»Ich will nach Hause«, murmelte es dunkel hinter ihnen. Ben stand gähnend vor seinem Spind und holte bereits seinen Rucksack heraus. Auch seine Schicht endete bald.

»Wir sind gleich durch. Zu guter Letzt stehen nur noch die zwei Geisterkünstler auf der Liste.« Boris hob den Arm und wedelte mit einem Zettel, den der Werwolf für einen Moment fasziniert mit dem Blick verfolgte. Die ganze Nacht über hatten die Männer das Museum auf eventuelle Störungen untersucht, damit am Montag alles reibungslos vonstattenging. Fehlte nur der Spuk, und dafür brauchten sie Monas Hilfe.

»Gleich durch ist gut, ich muss am Sonntag noch mal her und Sonoteps Siegel installieren«, murmelte sie und versuchte diesen Gedanken sofort wieder zu verdrängen.

»Solltest du dabei Hilfe benötigen –«, begann Boris, aber Mona schüttelte mit einem Lächeln den Kopf.

»Schon gut. Das ist lieb. Aber kümmern wir uns jetzt um die Geister. Ich fasse es nicht, dass ihr bisher keine Lösung dafür gefunden habt. Das muss doch extrem stören. Die thaumaturgische Energie von Geistern legt jedes Überwachungssystem lahm, und dann das ganze Ektoplasma, wieso hat niemand früher einen Profi gerufen?« Sie ekelte sich allein bei der Vorstellung. Sofort griff sie zu ihrem Gürtel und überprüfte noch einmal ihre Ausrüstung. Neben diversen Schlüsseln hatte man die Nachtwächter mit Taschenlampen und Messgeräten für magische Schwingungen ausgestattet. Wobei das Pendel an Monas Hals schon früher ausschlagen würde, es ging nichts über hypersensiblen Bergkristall mit einer Fluchallergie.

Bisher hatten Boris und Ben wenig Glück gehabt, wenn sie sich mit den geisterhaften Künstlern unterhielten, und Mona hatte endlich eine Chance, sich zu beweisen.

»Nun, ich würde unsere bisherigen Versuche, das Problem zu lösen, nicht als misslungen bezeichnen. Immerhin funktionierte es die letzten Wochen über ausreichend. Und die Ausstellung bleibt nur für ein halbes Jahr.« Boris pustete eine blonde

Locke davon, die ihm in die Stirn gefallen war, und musterte dann seine Fingernägel, als handle es sich bei dem Thema um eine Lappalie.

»Die schleimen uns alles mit ihrem Plasma voll, Mona«, maulte Ben unglücklich mit einem dicken Schmollmund, und sie musste prompt lachen.

»Ehhh … Ja, das hab ich mir gedacht.«

Es war dem Museum gelungen, ein thaumaturgisches Gemälde von Édouard Manet zu ergattern. Der Nachteil: Die Energie stammte von Geistern, die sich an das Werk geheftet hatten, und die konnten richtig lästig werden – so schön der Effekt der sich verändernden Gesichter auf dem Bild auch sein mochte. Ein Publikumsmagnet oder doch ein Fall für den Exorzisten? Spukgestalten waren immer schwierig, aber hier handelte es sich um die Egos zweier alter Künstler. Ein falsches Wort führte zu Empörung, und empörte Gespenster gingen nicht gerade sparsam mit ihrer übernatürlichen Spucke um.

Geister durfte man nicht mit Seelen verwechseln. Sie waren einfache Erinnerungsfetzen, quasi übersinnliche Fingerabdrücke der Verstorbenen. Jede Nacht zur Geisterstunde spielten sie dasselbe Spielchen, wiederholten ihr Gejammer wie eine alte Schallplatte auf Dauerschleife. Sie lernten nur schwerlich dazu, und man musste sich an ihr Verhalten anpassen. Es galt einen Weg zu finden, um sie jede Nacht mit immer dem gleichen Ritual zu besänftigen. Ein delikates Unterfangen, besonders wenn man unter ihrem Niveau war. Da die hohen Herrschaften nur ein Thema kannten – ihre Malerei –, interessierten sie sich ausschließlich für ihre eigenen Gemälde. So viel wusste Mona – den Rest würde sie improvisieren müssen. Zum Glück hatte sie etwas Übung.

»Im Vatikan gab es jede Menge Geister«, erklärte sie, als sie gemeinsam die Umkleide verließen und sich in Richtung Ausstellung aufmachten.

»Oh, das klingt überaus spannend. Du hast dort studieren müssen, richtig? Ach, die Universität der Magi, eines Tages muss ich sie mal besuchen.« Boris schaute Mona erwartungsvoll an, während Ben erneut ausgiebig gähnte. Das konnte sie ihm gut nachfühlen und war ein wenig überfordert mit dem hyperaktiven Vampir an ihrer Seite.

»Ehh ... Spannend, na ja. Schon. Aber da man im Christentum die Existenz von Geistern leugnet, war der Spuk dort etwas anstrengend.«

Bärbels auffälliges Knochengerassel als Antwort erinnerte stark an ein Lachen, ihre Rippen zitterten leicht.

»Ja, du sagst es, meine Liebe. Typisch Kirche, glauben alles durch Wegignorieren lösen zu können«, ließ Boris verlauten und begann dann einen kleinen Monolog über kirchliche Verantwortung. Mona verzog nur den Mund und seufzte leise. Sie würde nie den Abend vergessen, an der ihr Papst Johannis der Soundsovielte – sie war schlecht darin, sich Zahlen zu merken – erschienen war und sie in eine echte Glaubenskrise gestürzt hatte. Er plauderte munter über all die vielen Märchen, die er sich ausgedacht hatte und die nun fest zwischen Testamenten verankert die Weltgeschichte beeinflussten. Sowohl Engel als auch Gott existierten, Dämonen fanden sich in vielerlei Ausführung – und trotzdem hatte es der Mensch geschafft, die Bibel überwiegend fiktiv zu halten.

Über die Jahrhunderte hinweg hatte die Menschheit reichlich eigene Überlieferungen erfunden, sodass es auch den Hexenzirkeln immer schwerer fiel, die Wahrheit zu lehren. Am Ende übernahmen die unnatürlichen Wesen einfach die Realität der Welt und ergaben sich den Geschichten und Legenden. So wurden aus Göttern Dämonen, mächtige Seelen Verstorbener rekrutierte man als Engel, und Vampire ekelten sich vor Weihwasser, obwohl das Zeug keinerlei Wirkung auf sie hatte. Der Placeboeffekt ließ sie sogar brennen. Und ganz langsam entwickelte selbst die uralte Hexerei eine Reaktion auf das Geschwurbel moderner Esoterik, auch wenn ein Bernstein niemals Krebs heilen würde.

»Und hast du schon eine Idee?« Boris stupste Mona in die Seite, und sie zuckte zusammen.

»Wie, was?« Sie hatte ihm gar nicht mehr richtig zugehört und war einfach mit ihren Kollegen weiter in Richtung Ausstellung gelaufen.

»Na, für die Geister. Mein Kunstverständnis hat kaum ausgereicht –«, begann Boris, und seine Brust schwoll schon wieder an, da lachte Ben dumpf. »Ja, hat der Herr Ichhaardichvoll etwas anzumerken?«

»Du hast den van Gogh für die Schmiererei eines Babys gehalten«, murmelte Ben und kicherte. Auf Boris' Wangen legte sich eine deutliche Röte, die sogar im fahlen Licht der Notbeleuchtung auffiel, und er gab ein verächtliches »Pff« von sich.

»Musik ist eher euer Ding, hm?« Auf Monas Frage hin schienen die Augen des Vampirs zu glänzen, und er nickte, aber es war Ben, der wie aus der Pistole geschossen »Metal forever« bellte. Wenn sie sich nicht gerade stritten, drehten sich die Gespräche der zwei besten Freunde um ihre Band. Die bestand zwar nur aus Werwolf und Vampir, aber ihre gesamte Freizeit floss in dieses kleine Projekt. Es bedeutete jedoch auch, dass die Unterredung mit den Geistern ganz allein von Monas begrenztem Kunstsachverstand abhängig war.

Das hatte sie ja eigentlich gewollt – Kunstgeschichte studieren. Würde sich zeigen, ob ihr heimliches Hobby ihr weiterhelfen würde. Exorzieren konnte sie die Geister notfalls immer noch. Dann verlor man allerdings die Gelegenheit, sie nach der wahren Interpretation ihrer Meisterwerke zu fragen.

Das Museum traf genau die Mischung aus Moderne und gemütlicher Atmosphäre, die nötig war, um Besuchenden ein Tagesticket abzuschwatzen. Es gab viel zu sehen, denn die Mythologie führte von den Anfängen der Hexerei über die Zauber der Römer weiter zu chinesischen Drachen und schließlich nach Ägypten. Jeder Bereich war entsprechend gestaltet und trotzdem folgte die Einrichtung einer ordentlichen Linie – sogar wortwörtlich. Mona, Boris, Ben und Bärbel wurden von einer gelben Markierung auf dem Boden durch die Gänge zwischen den Ausstellungen geführt. Sie leitete direkt zu den mystischen Meisterwerken. Allerdings war das Magischste an den Bildern meist nur das Motiv oder die Gesinnung des Künstlers. Lediglich zwei Werke hatten tatsächlich eine thaumaturgische Strahlung, und diese brachte gerade Monas Bergkristallkette zum Durchdrehen. Das enge Band, an dem der Kristall befestigt war, zerrte mit einem Ruck an ihrem Hals.

»Autsch«, murmelte Mona und griff in ihren Nacken, um die Kette zu lösen.

»Ziemlich leichtsinnig, das so eng um den Hals zu tragen.« Boris sah sie mit hochgezogener Braue an.

»Sieht aber gut aus am Choker«, würgte sie hervor und atmete erleichtert durch, als sie das Halsband endlich abbekam. Nicht nur der Bergkristall reagierte, auch die Notbeleuchtung des Flurs flackerte. Ein weißes Schild an der Decke verwies auf die Ausstellung und die Uhr auf die Geisterstunde – sie kamen genau rechtzeitig.

Gerade schwache elektrische Spannung tat sich schwer mit paranormalen Energien. Kaum hatte die Mitternachtsstunde begonnen, erloschen die meisten Lampen. Mona griff zu ihrer Taschenlampe und drehte die thaumaturgische Glühbirne auf volle Leistung. Vorsichtig schauten die drei Nachtwächter um die Ecke. Der Ausstellungsraum war recht leer gehalten, überall hingen Bilder in dicken Rahmen an den Wänden und Bänke mit Kissen luden zum Verweilen ein. Das gelblich grüne Violett von Monas Taschenlampe erhellte den Raum und an diversen Bilderrahmen sowie an den Fenstern, ja sogar auf dem Boden, erstrahlten milchig weiße Flecken wie unter UV-Licht.

»Ihhhhgitt!«, entkam es Boris, der seinen Fuß sofort aus einer unsichtbaren Pfütze mit Ektoplasma hob und sein Bein schüttelte. Mona leuchtete an dem Vampir entlang und verkniff sich gerade so das Lachen. Auch seine rechte Hand glühte gespenstisch, panisch wedelte er mit seinem Arm herum. »Igittigittigitt!«

»Boris?«

»Jahhhhhh?« Er war sichtlich angeekelt.

»Du … du hast da im Gesicht …« Sie zeigte über ihren eigenen Mund, malte einen Bogen, Boris starrte sie entsetzt an, Ben bekam einen kleinen Lachanfall, und Bärbel klapperte verdächtig vergnügt.

»Wieso?« Der Vampir fluchte, wischte sich mit dem Handrücken über das Gesicht, und es dauerte nicht lange, da hatte er es geschafft, überall auf sich Ektoplasma zu verteilen. Handabdrücke auf seinem Hintern, Spuren von Schleim an seinem Hals und der Abdruck eines Griffes verrieten, dass Boris sich in den letzten Minuten zumindest einmal in den Schritt gefasst hatte.

Jetzt musste Mona wirklich an sich halten, während Ben schon die Tränen vor Lachen in die Augen stiegen.

»Das reicht! Ich gehe!«, verkündete der Vampir geschlagen, und ehe Mona noch etwas sagen konnte, war er in Vampirgeschwindigkeit abgedüst.

»W-wie jetzt?«, stammelte sie überrascht. Mit der prompten Reaktion hatte sie nicht gerechnet.

»Mach dir nichts draus, ich bleib hier und pass auf dich auf!« Bens große braune Augen richteten sich auf sie, und Mona schenkte ihm ein gezwungenes Lächeln. »Unser Dramakönig braucht jetzt erst mal eine Dusche, aber ich bin nicht so zimperlich!« Er klopfte sich dumpf auf die Brust und nuschelte ein »Aua«, was Mona wieder ein leises Lachen entlockte.

Der eher plumpe Klang seiner Stimme passte nicht zu einem Werwolf, der bei Vollmond zu einer blutrünstigen Bestie mutierte, wohl aber zu einem Hund. Hätte er einen Schwanz, würde er kräftig damit wedelnd neben ihr herlaufen. Sie stellte sich lebhaft vor, wie er auf einer Wiese jedem Schmetterling nachjagte und fremde Menschen freudig ansprang. Ben war ähnlich nützlich wie der abgedrehte Vampir. Mona seufzte leise.

Kaum bogen sie in den nächsten Korridor ein, schallte lautes Gezeter aus dem hinteren Teil des Ganges. Dumpfer Klang mit einem unheimlichen Halleffekt, zwei ärgerliche Stimmen, die sich ein bitteres Wortgefecht lieferten.

»*Kein Ausdruck, keine Ästhetik, kein Sinn! Verschwinde von hier, du ruinierst meine Aura der Perfektion!*« Die Stimme hatte einen starken französischen Akzent.

»*Bitte? Wer bist du, dass ich mir von dir den Sinn meiner Kunst erklären lassen muss? Perfektion, dass ich nicht lache!*«

»*Ja, dann schau doch mal hin! Schau dir dieses Meisterwerk an!*«

Édouard Manet hatte sich vor dem Bild eines Sängers mit halber Gitarre aufgebaut. Offensichtlich handelte es sich bei dem Werk um eine erste Übung von ihm, und es sah ganz so aus, als habe jemand wutentbrannt einen Pinsel in die Leinwand gerammt. Neben dem Loch waren in Öl geschmierte Beschimpfungen, und Mona ahnte, wieso sich das Bild mit einem geisterhaften Rest des Künstlers aufgeladen hatte. Ungewöhnlich war jedoch der andere Geist, der vor Manet auf und ab schwebte. Es handelte sich um einen alten Mann mit Baskenmütze und großer Nase, der nun eine abfällige Bewegung mit der Hand machte. »*Das soll Impressionismus sein? Pah!*«

»*Als ob du eine Ahnung hättest! Ich bitte dich, was qualifiziert dich? Deine Porträts? Niemand trägt sein Auge auf der Stirn, der Stirn!*« Manet zeigte auf seinen eigenen Kopf und tippte mit dem Zeigefinger dagegen.

»*Ach! Ich spinne? Ich soll spinnen? Wer hat denn versucht, mit dem Bild eines Alkoholikers berühmt zu werden?*«, versetzte der verärgerte Mann. Mona erinnerte sich dunkel an eines von Manets Werken, es hatte etwas mit Absinth zu tun.

»*Jetzt hängt es in Kopenhagen, also hat es ja funktioniert!*«

»*Ja toll, berühmt naaaaach deinem Tod. Meine Kunst –*«

»*Hah, Kunst!*«, tönte es von Manet.

»*Halt die Fresse! Meine Kunst mochte man schon zu meinen Lebzeiten! Und die Frauen erst!*« Der Geist ließ die Hüften kreiseln.

»*Na, kein Wunder, wenn man seine Augen auf der Nase hat und den Mund am Hintern, dann gibt man sich auch jemandem wie dir hin!*«

Mona, Bärbel und Ben blieben in sicherer Entfernung stehen und beobachteten die Szene mit Unbehagen. Der Werwolf sah aus, als wolle er lieber ganz schnell nach Hause, und die Skelettin verlor sich offensichtlich im Anblick des Bildes, oder der Wand, vielleicht auch der Decke, ohne Augen war das schwer zu sagen.

»Das geht jede Nacht nach null Uhr für eine ganze Stunde so. Dabei bewerfen sie sich mit Ektoplasma, als wäre es Farbe …«, erklärte Ben leise.

»Das sind Édouard Manet und … ist das Picasso?«

Bärbel klapperte bejahend.

Ben seufzte und kratze sich am Bart. »Also der Franzose kam mit dem Bild mit, aber wieso der andere hier auftaucht, keine Ahnung …«

»Und sie können sich nicht ausstehen«, stellte Mona fest. Das machte die Situation nicht besser. Spuk, der zusammen erschien, erzeugte doppelt so viel Energie, und in diesem Fall doppelt so viel Ego.

»*Und wie berühmt ich bin!*«, krächzte es laut. »*Die Leute schreien immer nach ›Manet Manet Manet‹! Sie schreiben sogar Lieder über mich!*«

»*Die meinen ›Money‹, du Froschfresser!*«

Wie sollte Mona diesen Streit nur beenden? Zwei weltberühmte Künstler, vielmehr ihre emotionalen Überreste, die einander offensichtlich nicht leiden konnten. Über beide wusste sie nicht genug, ihr Allgemeinwissen endete bei Picassos Liebschaften und den Namen von Manets bekanntesten Gemälden. Verwirrt runzelte sie die Stirn.

»Ihr kennt doch den Streit schon, was genau stört Picasso an Manet denn so sehr?«

Bärbel tippelte leise auf ihren knochigen Füßen und deutete mit den Armen. Mit knirschenden Zähnen nickte Mona und ging auf die Scharade ein. Zumindest das in die Luft gemalte Viereck war leicht zu erkennen.

»Bild!«

Fröhlich klappernd nickte Bärbel und machte dann eine laut schimpfende Person nach.

»Picasso!«

Die Skelettin nickte wieder, schaute dann auf eine imaginäre Uhr.

»Knochen!«, tönte der Werwolf.

Mona schenkte Ben ein Augenrollen.

»Aber … sie hat doch …«, setzte er an.

Sofort hob Mona einen Zeigefinger an die Lippen. »Ruhe jetzt!«, zischte sie.

»Aber …«

»Mach Sitz!« Sie meinte Ben tatsächlich winseln zu hören und lächelte schuldbewusst. Irgendwie war er einfach zu drollig. Wie von selbst hob sie ihren Arm und tätschelte seine Wange. Neben ihr klapperte es, erstaunlich, wie ärgerlich Bärbel ihre Knochen klingen lassen konnte. Verlegen wandte sich Mona wieder ihr zu und grinste.

Bärbel tippte diesmal deutlicher auf eine imaginäre Uhr.

»Spät? Heute? Uhrzeit! Damals? Früher? Ah, früher?«

Nun nickte das Skelett aufgeregt.

»Ein Gemälde von Picasso früher … ach, hier hing früher eines seiner Bilder? Verstehe. Als dann Manet hier auftauchte, wurden aus Geistresten richtige Spukgestalten, und deshalb erscheinen sie auch zusammen. Das ist ein typisches Phänomen, sie lösen sich gegenseitig aus«, dachte Mona laut und Bärbel klatschte zufrieden in die Hände. Ein knirschendes Klappern hallte durch den Flur.

»*Ruhe da drüben, wir führen eine wichtige Diskussion!*«, ertönte es in einem französischen Akzent. Manet hatte sie entdeckt.

»Was tun wir, Mona?«, wollte Ben wissen, aber sie zuckte nur ratlos mit den Schultern. Sie mussten jetzt handeln. Gespenster musste man in ihrer Erscheinungsschleife möglichst früh unterbrechen oder sie beachteten einen nicht mehr und spielten nur ihr tägliches Szenario ab.

»Worüber genau streiten sie immer, geht es nur um ihre Kunst?«, erkundigte sie sich und zum Glück nickte die Skelettin eifrig, statt erneut eine Wortzahl anzuzeigen. Sie mussten mit ihr dringend Gebärdensprache einstudieren, das hatte Mona ohnehin lernen wollen. »Weil sie sich nicht mögen, machen sie ihre Kunst gegenseitig runter«, schlussfolgerte sie.

»Es wäre toll, wenn sie über ein anderes Bild reden würden, das sie mögen«, meinte Ben in den Raum hinein.

Mona drehte sich sofort zu ihm um. »Das ist die Idee!«, quietschte sie.

»Hä?« Doch ehe Ben nachfragen konnte, schlang Mona ihre Arme um den großen Mann und drückte ihm einen Kuss auf die Wange. »Du bist ein Genie!«

»Na ja … nee.« Er kicherte verlegen, und seine gesamte Körperhaltung erinnerte an ein schüchternes Kindergartenkind, Bärbels Reaktion daneben glich einer Art Augenrollen.

Dank ihres Geistesblitzes mit Mut erfüllt, baute sich Mona vor den Geistern auf.

»Entschuldigen Sie?«, merkte sie an und erntete zwei ausgesprochen kritische Blicke. Picasso musterte sie von oben bis unten, blieb unnötig lange mit seinen leeren Augen an Hüfte und Busen hängen und lächelte dann schief.

»I-ich brauche Ihren fachlichen Rat!« Erst mal ablenken, damit keiner von ihnen in die Routine verfiel. Und welcher Künstler konnte diesem Wunsch schon widerstehen?

»*Sooo*?«, flötete Manet interessiert und Mona nickte eilig.

»Könnten Sie mir bitte folgen? Es geht um ein … besonderes Exponat!«, deutete sie an. Sie winkte den beiden Geistern, und diese schwebten neugierig näher. Mona führte sie an Ben und Bärbel vorbei zu einem freien Platz zwischen zwei Bildern am Ende der Ausstellung.

»*Was soll das? Wir haben nicht die ganze Nacht Zeit!*«, beschwerte sich Manet und Picasso nickte. »Gleich«, murmelte Mona und schob einen einsamen Stuhl beiseite. Nun sah der Platz fast aus wie die anderen Ecken, es fehlte lediglich ein Bild.

»*Hier ist doch gar nichts!*« Manet klang nun ausgesprochen ungehalten.

»Noch nicht!« Sie ließ ein falsches Lachen verlauten und nestelte in ihrer Uniformjacke. Da war sie. Was für ein Glück. Schnell drehte sie sich mit dem Rücken zu den beiden Herren und entfaltete die Zeichnung der kleinen Mandy.

»Es ist etwas ganz Besonderes. Gemalt mit den einfachsten Materialien, aber viel Herzblut. Der Künstlerin würde es viel bedeuten, wenn zwei so berühmte Meister Feedback zu ihrem Werk anbringen könnten.« Sie bemühte sich um einen fachkundigen Klang. Vorsichtig, als handele es sich um einen wertvollen Schatz, hielt sie Manet und Picasso das über und über mit Glitzer verzierte Bild entgegen.

Stille.

Die blassen Augen der Spukgestalten wirkten nur wenig begeistert, aber ihre Blicke huschten für eine ganze Weile über die Zeichnung. Dann tauschten die Herren einen langen Blick aus. Jeder, auch sie, musste erkennen, dass es sich dabei um eine Kinderzeichnung handelte. Zwischen den Geistern schien eine Art stiller Austausch stattzufinden, ehe sich Picasso räusperte.

»*Darf ich fragen, von welchem Talent dieses Werk stammt?*«, fragte er hüstelnd.

»Ihr Name ist Mandy, und sie ist, glaube ich, fünf Jahre alt«, erklärte Mona.

»Gewagt!«, platzte es aus Manet heraus.

»*Modern!*«, fügte Picasso hinzu. Offensichtlich hatten die beiden verstanden, worum es Mona ging.

»*Dieser Ausdruck in den Augen!*«

»*Ja, das sehe ich auch so, sie verfolgen einen regelrecht.*«

»*Und dann dieser kreative Einsatz der Pigmente!*« Picasso deutete auf die vielen Glitzersticker.

Mona räusperte sich. »Wäre es den beiden Herren möglich, mir bis morgen eine ausführliche Analyse des Werkes anzufertigen? Das würde Mandy sicher sehr glücklich machen.« Sie lächelte freundlich.

Picasso und Manet starrten sich erneut misstrauisch an, aber dann nickten beide zustimmend.

»*Ihr könnt euch auf uns verlassen!*«

Der Franzose verbeugte sich kurz. »*Es ist mir eine Ehre, Madame!*«

Sofort nahm Manets Geist das Bild entgegen. Auch dieses Werk würde sich thaumaturgische aufladen, vielleicht sogar ein Eigenleben entwickeln. Die kleine Mandy würde ausflippen, sollte Monas Plan aufgehen. Ein Bild von ihr, hier im Museum – nun war es Mona, die um ein Autogramm bitten würde. Vergnügt grinsend ließ sie die Geister allein und setzte sich zum Beobachten auf eine der Besucherbänke. Ben nahm neben ihr Platz, und Bärbel legte fragend den Kopf schief.

»Wir lassen es rahmen, hängen es hier auf, und dann muss jemand nur jeden Abend die Herren hierherführen. Da sie nicht länger als eine Stunde spuken können, sind sie beschäftigt. Da sie jeden Abend vergessen und neu starten, kann das ewig so weitergehen. Niemand kann einer Kinderzeichnung widerstehen«, flüsterte sie dem Werwolf ins Ohr, und er fing an zu grinsen.

»Super Idee!«, bemerkte er, und Mona lachte leise.

»Das war deine Idee!«

Vor Verlegenheit wippte Ben hin und her. Mona war jedenfalls sehr zufrieden mit sich. Nach dem Bärbel-Desaster war dieses Erfolgserlebnis nötig gewesen. Manchmal gelang es auch ihr zu improvisieren, ein richtiger Plan war ihr aber lieber.

Es dauerte nicht lange, da war die Geisterstunde vergangen, die zwei Gestalten der Künstler verblassten, und Mona sammelte die Zeichnung ein. Kaum hatten sie die kleine Galerie verlassen, wurden sie auch schon von Boris empfangen.

»Bärbel, es wird Zeit, auf deinen Posten! Und du Ben, meine Güte, du siehst ja aus, geh heim, leg dich schlafen!« Dann drehte sich der Vampir zu Mona und grinste verlegen, seine zusammengezogenen Augenbrauen ließen nichts Gutes erahnen.

»Mona, meine liebe Hexe«, begann er, »die Vasen in meinem Gang streiten sich, ich fürchte der CD-Player ist kaputt. Könntest du …?«

»Auch das noch!«

28.6.2018

DONNERSTAG

DENK AN DIE STRECKENSPERRUNG
S-BAHN ~~ODER BUS?~~
✓ BEI SVEN IN DER BAR ALLES FÜR DIE NACHT KAUFEN!

MIT BÄRBEL REDEN IST SCHWIERIG.
SOLLTEN IHR DRINGEND GEBÄRDENSPRACHE BEIBRINGEN, WÜRDE IHR SOOOO HELFEN!!
SCHEINT
GANZ LEGAL ?!?

ich brauche Urlaub

FREITAG

29.6.2018

RAHMEN FÜR MANDYS BILD!
INSTRUKTIONEN FÜR DIE ANDEREN NACHTWÄCHTER, FÜR DIE GEISTER!
IMMER MAL WIEDER LEICHTE ÄNDERUNGEN VORSCHLAGEN, DAMIT DIE GEISTER AKTIV BESCHÄFTIGT BLEIBEN!

Kapitel 8
Ungute Omen

Am frühen Nachmittag klingelte Monas Wecker. Statt eines gemütlichen »Frühstücks« erwartete sie der staubige Geruch der Offenbacher S-Bahn. Heute hatte sie viel vor, und nach einer kurzen Dusche und einem dürftigen Toast saß sie in der wackelnden Bahn voller Zombies. Wer dabei jedoch an Obdachlose oder andere arme Menschen dachte, lag falsch. Alles, was nach Alkohol, Schweiß und Kotze roch, war am Leben. Der muffige Staub und der schale Geruch verwesender Intelligenz, das war es, was einen Untoten umgab.

Das Bein des Mannes mit der Zeitung wippte nicht aufgedreht umher, weil er nervös auf seinen Ausstieg wartete, es wabbelte deshalb unkontrolliert, weil Zombies nicht viel Beherrschung über ihren Körper besaßen. In seinen glibberigen Händen hielt er die Titelseite verkehrt herum, es brüllten einen vier Buchstaben auf rotem Grund an, daneben das Foto einer Menschenmasse. Eine Schlagzeile versprach die Wahrheit über die Wahrheit: »Wir wissen es jetzt!!!« Mit drei Ausrufezeichen. Darunter: »Die Demonstration gegen Atemluft war ein voller Erfolg, nach nur neun Minuten hatten sich alle fünftausend Teilnehmer siegreich erstickt! Unser Land kann endlich wieder aufatmen!«

Mona verdrehte die Augen. Dank der steigenden Zahl an Zombies erfreuten sich Zeitungen dieser Art großer Beliebtheit. Sogar die Beauty-Magazine erlebten eine neue Hochzeit, auch wenn Filter und Photoshop der Make-up-Branche einen kleinen Kampf lieferten. Full Coverage Foundation deckte selten die schwarzen Schatten einer verwesenden Augenhöhle ab, aber ein flippiger Hundefilter schaffte Abhilfe.

Zombies hatten gelernt, sich anzupassen und nicht aufzufallen. Dabei wäre das gar nicht nötig gewesen. Schon im Mittelalter hatten eine Fackel oder eine Mistgabel gereicht, damit sich jeder Untote perfekt in der Masse tarnen konnte. Erweckte Leichen waren rund um den Globus bekannt. Sie gehörten zu einer guten Legende dazu. Der Mensch spielte Videospiele, in denen sie abgeschlachtet wurden, gruselte sich vor ihren Horrorfilmen – T-Shirts, Songs, Bücher, Verschwörungstheorien. Der modrige Geselle mit dem Hunger auf Hirn war berühmt. Gerade deshalb konnte Mona nicht begreifen, wieso die Menschen es nicht bemerkten, ganz so, als ignorierten sie den Zustand absichtlich. Die Zombieapokalypse hatte stattgefunden, und niemand sagte auch nur ein Wort.

Die Leute wunderten sich nur über den modrigen Geruch in Bus und Bahn, jammerten über den Gestank ihres Nachbarn im Flugzeug, sprühten Deos und Parfüms, wild umher. Ja, sie registrierten das Duftbäumchen des Taxifahrers, aber dass er untot war, das sahen sie nicht.

Beamte, Kassierer, Bauarbeiter, Künstler, sogar Stadtführer: Man traf Zombies überall, und es war ein Rätsel, wie sie diesen Jobs erfolgreich nachgehen konnten. Callcenter wimmelten nur so von ihnen. Dabei waren Untote kaum in der Lage, sich schnell zu bewegen, geschweige denn zu lernen oder zu sprechen. Das akzentfreie *Zombie* klang in etwa wie Jodeln mit einer Socke im Mund.

Sogar als man für eine Amtsperiode einen von ihnen zum Präsidenten der USA gewählt hatte, redeten die Menschen zwar über seine seltsame Gesichtsfarbe und die komischen Haare, doch dass er untot war, das fiel nur den Übernatürlichen auf.

Endlich erreichte Mona ihren Ausstieg. Dieser Nachmittag hatte einzig und allein den Zweck, sie abzulenken. Sie würde all ihr übriges Geld in Szeneläden und Supermärkten lassen, vielleicht in einem Buchladen schmökern, sich ein Abendessen suchen – ehe es dann endgültig vorbei war.

Sonotep lag unter Glas, frei von seinen Ketten, und um Mitternacht würde sich zeigen, in welche Richtung sich Monas Job entwickelte. An ihre feuerfesten Topflappen hatte sie zwei stabile Schlaufen genäht, um sie an ihren Nachtwächtergürtel zu hängen. Im Voodoostore am Bahnhof besorgte sie sich noch ein paar Notfallsiegel, und nach einem verzweifelten, die Zeit aufschiebenden Flirt mit der niedlichen Rothaarigen im veganen Burgerladen endete Monas Schonfrist.

Noch nie hatten sich ihre Beine so schwer angefühlt, dabei legte sie einen richtigen Sprint hin, als sie sich endlich zum Museum aufmachte. Als ginge es um ihr Leben, flüchtete sie in den Angestellteneingang, die Treppen hinunter zum Aufenthaltsraum, fegte durch die Tür, gejagt von den eigenen Gedanken, warf sich an ihren Spind, um ihre Sachen zu verstauen und –

»Uah!«

»Pünktlich auf die Sekunde, ich bin beeindruckt«, schnurrte Boris, der plötzlich direkt vor ihr stand und sich lässig durch die Haare fuhr. In Monas Spind krachte es, und sie drückte eilig die Tür zu.

»Könntest du das bitte lassen?« Sie keuchte und spürte ihr Herz bis zum Hals schlagen.

»Silvesterknaller?«, wollte Boris wissen, der neugierig den Spind betrachtete, aus dem nun ein wenig Rauch stieg.

»Nein … ich habe meine Jacke angezündet. Deshalb – betritt doch bitte wie eine normale Person den Raum!« Den leichten Ärger konnte sie schlecht unterdrücken. Nicht dass ihr die Museumswächteruniform viel bedeutet hätte. Zum Glück stand ihr Rucksack noch zwischen ihren Füßen. Super – die erste reguläre Schicht, und schon versauten ihre Kräfte alles.

Boris schürzte nur die Lippen. »Vampire sind eben ein bisschen schneller… Ich dachte, du freust dich, mich zu sehen. Immerhin leiste ich dir in dieser wichtigen Nacht Gesellschaft!« Er schritt an ihr vorbei, öffnete seinen Schrank und reichte Mona seine blaue Uniformjacke weiter.

»Ehh, ja. Danke«, murrte sie kleinlaut und schlüpfte in das viel zu große Kleidungsstück. Es war leicht staubig, vermutlich, weil Boris nie etwas anderes zur Arbeit trug als seinen ärmellosen Blaumann.

»Süß!«

»Was?«, fragte Mona erstaunt.

»Du in Übergröße.« Er grinste und kümmerte sich um seine eigene Diensttauglichkeit, griff zu Taschenlampe und Weihwasserkapseln. Manchmal war sich Mona unsicher, ob er nicht doch wieder mit ihr flirtete, andererseits sprach er mit Ben und Bärbel genauso. Eventuell schäkerte er auch mit den beiden. Oder er hatte Mona gerade ablenken wollen. Tatsächlich fühlte sie ihre Nervosität verpuffen – dafür reichte etwas Zuwendung. Es war auffällig, wie oft er spontan einen Themenwechsel vorschlug, wenn sie nervös wurde.

Heute Mittag hatte man endlich die Ausstellung des Sonotep eingeweiht. Die Feierlichkeiten hatte Mona leider verschlafen müssen, um für ihre erste Nachtschicht vor einem Sarkophag fit genug zu sein. Sie hoffte auf spannendes Sitzen und Warten. Warten und Sitzen. Dann im Kreis im Raum herumlaufen, die Gänge auf und ab, mit der Taschenlampe hierhin und dorthin leuchten, um am Ende noch eine aufregende Runde Sitzen und Warten zu absolvieren.

Der Direktor hatte darauf bestanden, dass sie bei ihrer ersten regulären Schicht nicht allein war. Wie zu erwarten hatten sich Vampir und Werwolf bereit erklärt, die Nacht mit ihr zu verbringen.

Kaum hatte sie ihre Aufsicht beim täglichen Aerobic-Kurs der teilweise armlosen Statuen beendet, holte Boris sie auch schon ab. Die Geisterstunde stand kurz bevor und somit eventuell die Auferstehung eines ägyptischen Prinzen.

Alles in Mona hatte sich verkrampft, und sie konnte dem wild plappernden Boris kaum folgen. Er beschwerte sich lauthals bezüglich neuer Regelungen und die Änderungen an den Toiletten. Irgendwas über das Jahrhundert, und heutzutage wäre ein drittes WC doch wirklich angebracht, mindestens Unisex. Geistesabwesend stimmte Mona ihm zu und kämpfte mit ihrer Konzentration. Als sie die Gänge der ägyptischen Ausstellung erreichten, meinte sie gleich zu platzen, aber glücklicherweise wartete dort bereits Ben. Er reckte neugierig den Kopf und stand in pflichtbewusster, aufrechter Haltung vor dem goldenen Torbogen. Wie ein Hütehund, dem man befohlen hatte, sich nicht vom Fleck zu rühren, während vor ihm eine große Fleischwurst auf einem Teller lag.

»Hallo, Mona!« Er umarmte sie wie gewohnt überschwänglich. Sie hörte Knochen an ihrem Rücken überrascht knirschen. Irgendwas hatte er ihr wieder eingerenkt.

»Na, Ben? Alles gut?«, nuschelte sie gepresst durch seine starken Arme, woraufhin er sie sofort losließ.

»'schuldige. Mhh … Ist grad schwierig. Bald ist Vollmond. Bin nicht so gut drauf. Hab mich die ganze Nacht lang gekratzt …« Er seufzte und schob wie so oft seine Unterlippe vor.

»Aww«, machte Mona und kraulte ihn hinter dem rechten Ohr, was ihm sofort den zufriedenen Ausdruck eines glücklichen Labradors ins Gesicht zauberte. Sie war so dankbar, dass er heute mit ihr aufpasste.

Boris ließ ein leises Keuchen verlauten und schüttelte den Kopf. Er stolzierte an den beiden vorbei und setzte sich mit übertriebener Eleganz auf eine Sitzbank, um dann seine Fingernägel zu betrachten.

»Und ihr könnt hier einfach so mit mir … warten? Ehhh, wachen, mein ich!«

»Jupp, die anderen Nachtwächter übernehmen unsere Routen, heute sind halt mehr Kollegen im Einsatz wegen der Eröffnung«, erklärte Ben, der ein wenig enttäuscht auf Monas Hand starrte, da sie ihn inzwischen losgelassen hatte.

»Mh … Sonoteps Schätze sind ganz schön wertvoll«, murmelte sie. Über die potenziellen Reichtümer eines Museums hatte sie noch nie intensiv nachgedacht. Sofort nahm auch sie eine pflichtbewusstere Haltung ein. Allerdings sollte sich niemand mit einem Werwolf kurz vor Vollmond, einem zweitausend Jahre alten Vampir und einer frisch ausgebildeten Hexe anlegen. Zwar fehlte es ihr an Kampferfahrung, doch im Notfall regelten Monas Flammen ihre Probleme, ob sie wollte oder nicht. Seufzend starrte sie auf ihre Finger. Nein, besser nicht. Am Ende brannte noch das Museum. Prüfend klopfte sie auf die Topflappen an ihrem Gürtel.

Da saßen sie nun. Drei Nachtwächter zum Schutze einer der prächtigsten Ausstellungen des Mythohistorischen Museums. Mit ihrem wilden Erscheinungsbild passten sie schlecht in die altägyptische Kulisse. Sonoteps Sarkophag war prunkvoll in Szene gesetzt. Man hatte ihm eine ganze Halle gewidmet und sie ausgekleidet wie ein Grabmal aus alter Zeit. Durch einen langen Gang gelangte man in die verschiedenen Kammern bis hin zum Sarkophag. Die Wände waren aufwendig bemalt und verziert, und das viele Gestein erweckte den Eindruck, wirklich im Inneren einer Pyramide zu wandeln. Gezielt eingesetzte indirekte Beleuchtung ließ die Farben und das Gold erstrahlen. Auch der Flur vor dem Grabmal war geschmückt: Gigantische Säulen, dazwischen die Statuen alter Grabwächter, die im Schummerlicht der Notbeleuchtung unheimliche Schatten warfen. Hundeähnlich, mit dem Körper eines Mannes, der Erscheinung des Gottes Anubis nachempfunden. Ihre langen Schnauzen erinnerten an Windhunde, und der Künstler hatte sich an einer Reihe scharfer Zähne versucht. Leider sorgte der deutliche Überbiss der Statuen für ungewollte Komik. Keine von ihnen hätte einen sauberen Satz sprechen können, ohne zu spucken.

Zwischen den Grabwächterstatuen standen Vitrinen und andere Skulpturen, gerade die schlanken Körper der schwarzen Katzenfiguren gefielen Mona. Eine ähnliche Silhouette zierte ihren rechten Knöchel, es war eines ihrer ersten Tattoos gewesen.

Im alten Ägypten hatte man Köter und Miezen verehrt wie Gottheiten. Mona fühlte sich an die Haustierkultur der Moderne erinnert. Man trug seinem Vierbeiner eine Plastiktüte für seine Exkremente hinterher, als wären es die edelsten Güter, oder kniete sich gar vor einen Kasten voller Sand, grub nach Urin in der Hoffnung, dass die Katze diesmal nicht aufs Bett gepinkelt hatte. Die einen nannten es Liebe, die anderen Wahnsinn, Monas Meinung nach brauchte es beides, und das war völlig in Ordnung.

Das grüne Exit-Schild im Gang gegenüber spiegelte sich hell in Boris' Augen. Wieder musste sie zugeben, dass Vampire in vielerlei Hinsicht an Katzen erinnerten: Auch in ihrer Iris verfing sich das schwächste Glimmen der Sterne und bescherte ihnen eine atemberaubende Sicht auf die Welt der Nacht. Spitze Zähne, Raubtiere, Nachtjäger, elegant, berechnend liebenswürdig, hinterhältig, angebliche Einzelgänger und enorm wählerisch, trotz eingeschränkten Nahrungsangebots.

Boris bemerkte Monas Starren und setzte sein schmierigstes Grinsen auf, das sie unweigerlich erwiderte. Anderen schoss bei seinem engelsgleichen Gesicht und diesem bedeutungsvollen Lächeln sicher das Blut in die Wangen. Wieso klappte so etwas nie bei Mona? Er wäre doch perfekt!

»Und?« Boris kicherte, und sie blinzelte verwundert. Die drei saßen nebeneinander auf der kleinen Bank vor der Ausstellung und Mona war zwischen den beiden Männern regelrecht eingekeilt.

»W-wie was und?«

»War es so schlimm, wie du es dir vorgestellt hast?«

Mona schnappte nach Luft und verstand nicht, worauf er hinauswollte. Der Vampir tippte auf seine Armbanduhr, und sie stellte mit Erstaunen fest, dass es bereits nach Mitternacht war.

»E-er kann immer noch aufwachen, erst um ein Uhr wissen wir mehr«, erklärte sie, aber trotzdem fühlte es sich so an, als fielen ihr tausend Ziegelsteine von den Schultern. Sie hatte es geschafft. Ihr Rundgang war ohne Probleme verlaufen, die verfluchten Relikte und verwünschten Artefakte hatten Mona ignoriert und waren ihrer Routine nachgegangen. Ihre Kollegen mochten sie, und hatten sich wie selbstverständlich um sie gekümmert. Wenn jetzt auch noch der Sarkophag still blieb – Mona entkam ein befreites Lachen.

»Dann können wir ja durchatmen, also ihr, ich nicht, ich brauche das nicht! Ha!«, erklärte Boris und schlug die Beine übereinander, beugte sich dichter zu ihr. »War all das deinen Stress wert?«

Verwundert schielte sie ihn von der Seite an. Also doch, er hatte ihren Puls bemerkt, vermutlich auch den Blutdruck.

»Normalerweise bin ich nicht so, aber …«, Mona atmete tief durch, »das hier ist mir wirklich wichtig. Ich liebe Museen. Junge Hexen wie ich müssen meist auf der Straße arbeiten, wir kriegen solche Chancen eigentlich nicht. Da fehlt die Erfahrung! Alle Forschungsstellen, auf die ich mich beworben habe, haben mich abgelehnt. So ganz alleine mit meinen instabilen Kräften auf Streife – wenn das Amt herausfindet, dass –« Ihre Stimme brach.

»Magst du Bratwurst?«, warf Ben ein.

»Was?« Aus dem Konzept gebracht starrte Mona den Werwolf an.

»Mit Senf oder Ketchup?«

»Ehhh …«

»Oder etwa mit Mayonnaise?« Er verzog angewidert das Gesicht. »Das … das ist okay. Ich mag dich trotzdem, Mona. Jeder ist irgendwie anders. Und du … das ist nicht schlimm. Ich mag dich immer noch!«

»Nein, nein, also … ich esse kein Fleisch«, erklärte sie und zuckte mit den Schultern. Der Werwolf besaß nicht das elegante Timing von Boris, aber sein Versuch, sie aufzumuntern, hatte definitiv gezündet. Oder er hatte wie immer nicht richtig zugehört. Für den Moment fühlte sich Monas Kopf völlig leer an.

»Vegetarisch? Ach so. Das macht auch nichts, ich esse dann dein Fleisch für dich!«

»Ehh … danke, glaube ich.«

Neben ihr gluckste Boris schon wieder kurz vor einem Lachkrampf und biss sich dabei mit seinen Vampirzähnen auf die Unterlippe. »Autsch.«

»Ehh. Boris?«, fragte Mona schmunzelnd.

»Ja?« Er leckte sich über seine blutende Lippe, und die Wunde verschwand langsam.

»Also, mir ist klar, wieso ich hier arbeiten will. Aber du? So alte Vampire wie du sind sehr mächtig. Sehr, sehr mächtig. Mir sind keine älteren bekannt. Dein Familienname steht in allen wichtigen Büchern über das Leben der –«

»Unleben.«

»Eh ja, Unleben der Vampire. Was machst du hier in einem Museum, als Nachtwächter?« Darüber zerbrach sie sich seit ihrem ersten Treffen den Kopf.

»Der Beruf ist dir wohl nicht fein genug, Fräulein?« Er rümpfte die Nase.

»Nein, das meine ich nicht. Du weißt doch selbst, dass du deine Karten anders ausspielen könntest.«

»Ja … das habe ich auch getan …« Seine Stimme wurde leiser.

Diesmal war es Ben, der anfing zu lachen. »Das mit den Karten, also krass Mona, bist halt doch 'ne echte Hexe. Woher wusstest du das?«

»Ehhhhh, was?«

»Seine Spielschulden«, bellte der Werwolf.

»Du hast Spielschulden?«, erkundigte sich Mona überrascht. Gerade Vampire schloss man von Kartentischen aus, ihre Geschwindigkeit, der Spürsinn für Herzschlag, Angstschweiß und Atmung, sie waren einfach unschlagbar im Pokern und diversen anderen angeblichen Glücksspielen.

Ben schnaubte laut. »Na ja, er hat jahrhundertelang Menschen am Spieltisch beschissen. Als das rauskam, gab's 'ne fette Strafe.«

»Dein Job hier ist eine Strafe?«, platzte es aus Mona heraus.

»Also bitte, das entspricht nicht der Wahrheit. Ich durfte mir aussuchen, welche Tätigkeit ich verrichte. Erst wollten sie mich hier in meinem ältesten Sarg ausstellen – so weit kommt es noch.« Er rollte mit den Augen. »Außerdem gefällt mir die Darstellung der Mythohistorik des Museums, sie wird durch die Besucher zum Leben erweckt. Ich bin ja praktisch selbst ein Stück Geschichte.« Boris strich sich eine seiner blonden Locken aus der Stirn. »Und meine Familie hat darauf bestanden, dass ich – ich bin verpflichtet, bei ihnen zu leben. Da bot sich dieser Beruf an. Nahe ihrer Villa eben.« Sein hübsches Gesicht nahm einen säuerlichen Ausdruck an, und der Vampir verschränkte die Arme. Dieses Gefühl konnte Mona sehr gut nachempfinden, schon bei dem Gedanken, zurück zu ihrer Mutter zu ziehen, brannten ihr die Hände.

»Nun, also … da … wenn du …«, stotterte sie und überlegte fieberhaft, wie sie das Gespräch wieder in eine positivere Richtung drehen konnte. »Dann brauchst du wenigstens keine Bewährungshexe, wenn deine Eltern für dich bürgen, das hat doch was?«

Er zuckte mit den Schultern, aber der Ärger löste sich etwas, er schürzte die Lippen. »Mag sein, mag sein. Immerhin habe ich danach wieder eine Wahl, was meinen Beruf angeht, du hingegen …« Offenbar ahnend, welches Thema er da begonnen hatte, lächelte er Mona schuldbewusst an.

»Wie, keine Wahl?«, murmelte Ben verwundert, und es drückte sich auf einmal sehr viel Werwolfsbrust gegen Monas. Er schnupperte an ihren Haaren, als könnten sie ihm eine Antwort liefern.

»Ehh …«

»Hexende werden zwangsverbeamtet, das weißt du doch, meine Güte, darüber sprachen wir doch gerade, nie hörst du zu«, erklärte Boris und beugte sich nun auch noch über Mona hinweg, um mit Ben zu sprechen. Inzwischen brüteten die beiden Männer regelrecht auf ihr, und sie war eingeklemmt. Hätte der eine nicht gerochen wie eine Packung Weihnachtsplätzchen und der andere leicht nach Hund – die Szene hätte Mona arg an das Klischeecover eines Fantasyromans für Erwachsene erinnert.

»Sie *muss* das hier machen? Sie müsste auf die Straße und Zombies zählen? Sie darf nicht Nein sagen?«, wollte Ben wissen.

»Ja doch. Hexende dienen dem Staat oder werden geläutert, erst dann dürfte sie leben wie normale Menschen!«

»Das ist so nicht ganz richtig«, bemerkte Mona und drückte sowohl Vampir als auch Werwolf ein wenig von sich weg. »M-meine Art Kräfte würde man sicher läutern, aber generell – wir unterschreiben einen Vertrag und wenn wir dagegen verstoßen und man uns kündigt, geben wir damit unsere Kräfte auf.«

»Ich dachte, ihr könnt eure Magie nur freiwillig aufgeben. Das habe ich während der Hexenverbrennung oft erlebt. So viele Bekannte, die ihre Hexerei aufgaben, es war ein Trauerspiel!« Theatralisch griff sich Boris an die Brust, dabei schlug darin gar kein Herz, das Blut von Vampiren floss nur noch durch Magie.

»Na ja, den Vertrag zu unterschreiben ist ja freiwillig …«

»Was für eine perfide Klausel!« Entrüstet verschränkte Boris die Arme.

»Eigentlich darf ich euch das gar nicht sagen.«

»Ja, warum wohl?«, fauchte er erbost.

»Würd hier ja nich ewig arbeiten wollen!« Ben klang etwas erschlagen von den Informationen, und er kratzte sich das Kinn.

»O bitte, das hier ist dein Traumjob! Los! Erklär der Hexe, wieso du hier bist!«

»Aufpassen!«, kam es wie aus der Pistole geschossen.

Mona kämpfte mit einem Lachen.

»Ich mag es, Dinge zu bewachen, Menschen zu beschützen, und ich finde alte Knochen toll«, zählte Ben auf.

»Ah ja. Dachte ich mir fast.« Sie konnte nicht anders, als über Bens Begeisterungsfähigkeit zu schmunzeln. Die für einen Erwachsenen ungesund kindliche Naivität löste in ihr eine Art Muttergefühl aus. Eigentlich war sie eher der Katzenmensch, doch für Ben machte sie eine Ausnahme. Schade, auch er war liebenswert, anziehend, freundlich, offen, obendrein attraktiv. Wieso konnte sie sich nicht mal in jemanden wie ihn vergucken?

»Mag ja toll sein, das Aufpassen – ich will aber lieber Musik machen!« Das verlegene Schmunzeln auf Bens Lippen teilte mit einem Mal auch der Vampir. Da war es wieder, das liebste Thema der drei: Metal.

Die beiden Männer gaben mit ihrer Zweimannband und ihren halb fertigen Songs an, und Ben zeigte sein Talent zum Growlen. Werwölfen lagen knurrähnliche Laute. Dass ein exzentrischer Vampir gut in ein Mikrofon schreien konnte, hatte Mona sich schon gedacht. Während sie sich über ihre Lieblingsbands austauschten, Monas Tattoos kommentierten und Boris mit seinen Konzertarmbändern flexen konnte, verging die Stunde wie im Flug.

Unschlüssig standen sie nun vor der Ausstellung. Nichts hatte sich gerührt. Nicht mal eine Maus.

»Herr Mumie bleibt wohl in seinem Sarg«, stellte Mona überglücklich fest und wollte sich gerade erleichtert strecken, als sie von einem hellen Kegel einer Taschenlampe getroffen wurde.

»Ben! Musst du mich so anstrahlen?«

Aber der Werwolf schaute skeptisch hinter Mona und erhellte weiter den Gang.

»Dachte, ich hab was gehört.« Er knurrte leise.

Boris spitzte sichtlich die Ohren, was angesichts seiner Vampirkräfte völlig unnötig war.

»Klingt nach Bärbel«, winkte er ab, zog dann aber kritisch die Augenbrauen zusammen. »Was macht die denn hier? Und … es klingt nach schneller Bärbel.«

Jetzt vernahm auch Mona eilige Schritte auf glattem Boden, es klapperte bedrohlich, wie ein Einkaufswagen auf Kopfsteinpflaster. Kaum einen Moment später rutschte Bärbel um die Ecke und wankte auf die drei zu. Sie hatte ihr rosa Kleidchen kurzerhand hochgerollt und trug es wie eine Bauchbinde. Vor Mona, Ben und Boris kam sie mit einer eleganten Bremsung zum Stehen und rang nach Luft. Zumindest sah es so aus, denn sie beugte sich vor, stützte sich auf ihre Knie, und ihr Brustbein sowie die Rippen hoben und senkten sich rasch.

»Ehhhh …«, begann Mona, doch Bärbel hob einen Zeigefinger, schüttelte den Kopf. Noch immer bebte ihr Oberkörper, sie strich sich nervös über den Schädel.

»Dir ist klar, dass du nicht atmen musst …«, kommentierte Boris, und durch die Knochen ging ein Ruck. Sie kicherte (ein Klappern), machte eine verlegene Geste mit der Hand und hob die Schultern.

»Bärbel, was ist denn los?«

Die Skelettin zuckte alarmiert zusammen. Sie schlug sich mit einer Faust auf die flache Hand. Tippelndes Knirschen von Fußknochen hallte durch den Gang, ihr Fuß wippte angespannt: Sie war deutlich nervös. Bärbel hob fünf Finger und erntete dafür ein Seufzen.

Die Scharade begann.

Kapitel 9

Nachts im Museum

»Haus! Kasten! Box! Dach? Hä?«, riet Mona drauflos.

Bärbel gab sich alle Mühe, das Haus vom Nikolaus in die Luft zu malen, und ruderte dann vielsagend mit den Armen.

»Ich glaube, das soll *groß* heißen!«, murmelte Boris.

»Großes Haus?«, wollte Mona wissen.

Die Skelettin zeigte auf den Boden, die Fenster, dann begann sie erneut mit der Zeichnung eines Hauses. »Ah … dieses Gebäude!« Bei Mona fiel endlich der Groschen. »Sie meint das Museum. Okay. Gut, weiter … nein, halt!«

»Was denn?« Boris hob die Augenbrauen.

»Sie könnte uns doch alles aufschreiben, oder nicht?«, fragte Mona hoffnungsvoll, die sich ehrlich gesagt wunderte, noch nicht früher auf diese Idee gekommen zu sein.

»Wir haben ihr das Schreiben noch nicht beigebracht, und sie kann auch nicht gerade gut malen … so ohne Muskeln an den Fingern«, murmelte Ben.

Boris setzte seufzend nach: »Smartphone geht leider auch nicht, ihre thaumaturgische Energie lässt sogar einen Toaster durchbrennen. Wenn du allerdings ein Ouija-Brett hättest …«

»Um Himmelswillen!«, fiel Mona ihm ins Wort »Weißt du, wie gefährlich die Dinger sind?«

Ein sehr lautes Klappern ertönte. Bärbel hatte energisch ihren Unterarmknochen auf den Boden geschleudert und starrte die drei aus ärgerlichen Augenhöhlen an.

»Ehm … also, wo waren wir? Dieses Museum, richtig?«

Bärbel hob ihrem Arm wieder auf, es quietschte, als das Gelenk einrastete, dann ging die Scharade weiter. Sie führte die Hände an ihren Schädel, formte böse Augenbrauen, riss den Mund auf und wackelte wild herum.

»Eh, Gespenst! Grusel! Geister! Horrorfilm! Unheimlich!«

»Mona, du musst Sachen nehmen, die Sinn ergeben«, ermahnte Boris mit seiner arroganten Stimme. »Du musst es schon re-a-lis-tisch halten!«

»Was heißt hier realistisch? Sie ist ein Skelett, du ein Vampir, der da ein Hund und ich eine Hexe! Hier ist alles möglich!«

Da Mona deutlich ihre Stimme erhoben hatte, machte der Vampir einen Schritt zurück und hob die Hände.

»Also gut, dann lass mich es versuchen. Ich kenne sie seit vielen Jahren. Ich … was? Was soll das bedeuten? Bärbel, gib dir Mühe!« Er verdrehte die Augen, und Bärbel rasselte prompt genervt. »Kopfschmerzen? Nein? Nun dann, es könnte sein … Augenbrauen? Sie zeigt doch mit den Fingern … nein. Mh …«

»Och, sieh mal einer an, du hast gar keine Ahnung, was?« Mona streckte ihm die Zunge raus.

»Ich mach das nicht so oft!«

»Schrecklich!«, bellte Ben, und Bärbel nickte sofort. Der Werwolf grinste verlegen. »Das war eigentlich gar nicht wegen der Scharade … Ich finde nur euer Gebrüll schrecklich.«

»Schon gut, Ben, danke für deine Hilfe!« Mona lächelte ihn an, und er wurde rot um die Nase.

»Also, wie war das? Museum Schrecklich?«, wiederholte Mona, aber Bärbel war offenbar bereits beim nächsten Wort. Sie fuhrwerkte abenteuerlich mit den Armen herum, hielt dabei *etwas* in den Händen.

»Schaufel? Baggern?«, deutete Mona die Bewegungen.

»Ich bitte dich ...«, warf Boris ein.

»Was denn?«

»Wo soll denn hier ein Bagger herkommen?«

»Woher soll ich das denn wissen? Das ist ein Ratespiel!« Erneut keimte der Ärger in Mona auf, und diesmal war sie es, die ihre Arme verschränkte. Boris warf elegant seine Locken zurück und ließ seine Finger knacken.

»Pass mal auf ... also ... ja, weiter Bärbel, weiter. Mhm ... Axt! Nein. Gut. Ein Stock, Stab, Gewehr, Gewehr? Gewehr! Gewehr!?«

»Museum schrecklich Gewehr?«, wiederholte Mona verwirrt.

Boris schüttelte den Kopf »Jemand hier im Museum hat ein Gewehr und ist gefährlich ...«

»Was? Was!? Wie ist das denn passiert?« Sofort schlug sich Mona die Hand auf den Mund. Rumbrüllen war vermutlich keine gute Idee, sollte es sich wirklich um Einbrecher oder Ähnliches handeln. Leider hatten sie bereits genug Lärm für das ganze Museum veranstaltet.

Bärbel malte einen riesigen Kreis in die Luft, durchschritt die gedachte Silhouette, deutete wieder ein Gewehr an, sie winkte hinter sich, anscheinend gab es mehr als eine Person. Dann zeigte sie auf sich selbst und kauerte auf dem Boden.

»Die sind durch einen großen Kreis gekommen? Meinst du die Tür? Und du hast dich versteckt?«

Sie schüttelte vehement den Kopf, ihre Wirbel klapperten. Wieder deutete sie einen riesigen Kreis an, ihre Arme wirbelten beschwörerisch durch die Luft.

»Ich hab keine Ahnung, aber du willst sagen ... es sind bewaffnete Menschen hier eingedrungen?«

Das zweideutige Kopfschütteln der Skelettin half nicht wirklich weiter.

Plötzlich flackerte die Notbeleuchtung und erlosch dann vollständig. Monas Nackenhaare stellten sich auf. Ein kalter Hauch rollte durch den finsteren Gang. Sie konnte Boris' Augen in der Dunkelheit leuchten sehen, er blinzelte nervös den Flur entlang. Dann verdichtete sich der Schatten wie Nebel und aus den Augenwinkeln beobachtete Mona, wie schwarze Schwaden die Wände entlangkrochen. Mehr und mehr wurde der Gang von einem dichten Schleier aus Finsternis verschlungen.

»Ich ... kann kaum etwas sehen ...«, murmelte Boris verwirrt, dessen Nachtsicht jedes Infrarotgerät schlug.

Der Bergkristall an Monas Hals zerrte mit einem Mal so heftig an ihr, dass sie fast vornüberfiel. Eilig öffnete sie den Verschluss.

»Scheiße«, entfuhr es ihr. Mit zitternden Händen hielt sie den Anhänger hoch. Er hatte sich pechschwarz verfärbt und zuckte heftig hin und her.

»Das ist Magie ... dunkle Magie, um genau zu sein!« Mona glaubte ihren eigenen Worten kaum, so absurd erschien ihr die Situation.

»Bösartige Magie, hier?«, keuchte Boris und rückte ein wenig näher an sie heran, auch Ben baute sich schützend neben ihr auf und starrte suchend in die Dunkelheit des Ganges. Nun verschwand sogar das Leuchten der Exit-Schilder.

»Ehh, k-keine boshafte! Also d-das ist schon schwarze Magie, aber die ist nicht böse – wir benutzen den Begriff eigentlich nicht so, es handelt sich einfach um einen Zauber, der Energie verschlingt, weshalb er gerne von Verbrechern genutzt wird, aber Menschen denken immer gleich schwarze Magie gleich böse, dabei steckt das auch in magischen Lampen, und eigentlich ist weiße Magie viel schädlicher, kann verstrahlen und –«

»Mona!«

»Sorry, ich – ich bin nervös, d-da ... Ach Dreck!« Sie fuhr sich durch die Haare und rang nach Luft. »Was ich sagen will: Die Magie schluckt das Licht und breitet sich hier aus. Ich glaube, wir sollten hier verschwinden. Das übersteigt meine Fähigkeiten!« Mona deutete auf den Flur hinter sich, in dem die Lichter noch brannten. Das Geräusch eines Schlages hallte durch die Gänge und scheuchte die Gruppe regelrecht auf.

Boris schob Mona schnell in den hellen Korridor. Mit dunkler Magie war nicht zu spaßen, sie hatte ihren Namen nicht von ungefähr – sie verschlang Energie, jegliche Energie, sogar magische.

»Wo ist der Alarm in diesem Bereich? Es ist ewig her, dass ich –«, begann Boris, da hechtete Bärbel erstaunlich flink an ihm vorbei und warf sich gegen den nächstbesten Notschalter im Flur. Das erwartete Schellen blieb aus, und die Gruppe fror für einen Moment in ihrer Panik ein. Boris sprang ebenfalls zum Notschalter und hämmerte auf den roten Knopf. Aber nichts passierte. Fluchend starrte Ben auf sein Handy.

»Geht nicht!« Er knurrte.

»Seid doch bitte still ...«, flüsterte Mona und schüttelte den Kopf, der ihr gerade zu explodieren drohte. Rasch fummelte sie die Topflappen von ihrem Gürtel und stülpte sie sich über.

»Mona, könnte sein, dass wir deine brennenden Hände gleich brauchen«, ermahnte Boris.

»Die helfen auch gegen dunkle Magie nicht!« Eigentlich hätte sie längst in Flammen stehen müssen, so panisch fühlte sie sich, aber etwas hielt sogar die Hexenkräfte in ihr zurück. Dunkelheit lag bereits in der Luft und hatte sämtliche Technik lahmgelegt.

»W-wo waren noch die Räume mit den gesegneten Relikten?«, stammelte Mona.

»Genial, Mona! Los, mir nach!« Boris bot ihr seinen Rücken

an, was sie dankbar annahm. Vampire waren schneller als alle anderen übernatürlichen Wesen, aber ein Werwolf konnte beinahe Schritt halten. Zu Monas Überraschung hatte auch die Skelettin keine Probleme zu folgen.

Die Gruppe hechtete der Helligkeit hinterher, und ihre Flucht war dank der übersinnlichen Kräfte von Ben und Boris erstaunlich leise, lediglich Bärbel verfolgte ein leichtes klapperndes Echo. Mona meinte Dutzende Flure und Räume gezählt zu haben, bis sie schließlich in einer Sackgasse landeten, die sich als der Ausstellungsraum für christliche Artefakte herausstellte. Wie gehofft folgte ihnen der Nebel aus dunkler Magie nicht bis hier herein. Der Schein eines beinahe vollen Monds füllte den Raum mit kaltem Licht. So waren sie nicht völlig blind.

»Was machen wir jetzt? Wir können keine Hilfe holen«, Bens Stimme schwankte.

»Mona! Du hast das studiert!« Boris deutete mit ausgestrecktem Finger auf sie.

»Was, ich?«, entfuhr es Mona unangenehm laut. »Du bist doch der zweitausend Jahre alte Vampir mit den Superkräften, spring aus dem Fenster und hol jemanden!«

»Bitte? Ich bin nur ein Nachtwächter! Was, wenn die draußen lauern und mich vom Himmel schießen?!«, kiekste er.

»Shh!« Sie presste fest ihren Finger auf ihre Lippen.

»Ich kann auch erschossen werden.« Er wischte sich eine nicht vorhandene Träne aus dem Augenwinkel.

Das wollte Mona so aber nicht stehen lassen. »Du stirbst nicht!«

»O ja, toll. Und dann liege ich dort im Gras herum, und was soll ich dann tun? Um Hilfe bluten?«, kam es patzig zurück.

»Du wirst doch in deinem langen Unleben Kampfkunst gelernt haben, und sowieso bist du schnell und stark!«

Eine Falte bildete sich auf seiner Stirn, er dachte für einen Moment angestrengt nach. »D-du weißt doch über meine veganen Versuche Bescheid!«

»O nein!« Mona stöhnte. Ambrosia hauchte den Vampiren etwas Leben ein, ja, aber es beraubte sie auch deutlich ihrer Kräfte, nur damit sie ein paar Minuten schwaches Tageslicht ertrugen.

»Nach Tausenden Jahren ohne Sonne nimmt man, was man kriegt!« Wie so oft schürzte er die Lippen und widmete sich dann dem Anblick seiner Fingernägel. Da die dunkle Magie ihnen nicht in den Raum folgen konnte, spürte Mona ihre Finger wieder kribbeln. Ob sie heute ihre feuerfesten Topflappen erstmals durchschmoren würde?

Bärbel wackelte wild.

»Was denn jetzt noch?«, fauchte Mona, deren Stress in leichten Ärger umgeschlagen war. Die Skelettin legte einen Finger auf den Mund, und die anderen drei verstummten augenblicklich.

Boris und Ben lauschten beide für einige Zeit, der Ausdruck in ihren Gesichtern machte Mona nervös. Sie besaß leider kein sonderlich gutes Gehör, nicht mal für einen Menschen. Metal und Punkrock, laut genug für den gesamten Block, trugen auch nicht gerade dazu bei. Irgendwann musste sie wirklich mal ihre Ohren verhexen. So lange hieß es, sich auf Werwolf und Vampir zu verlassen. Endlich traten die beiden Männer einen Schritt zurück.

»Wenn meine Ohren mich nicht täuschen, sind mindestens acht –«, begann Boris, da machte Ben verächtlich »Pff!«.

»Hat der Herr einen Einwand?«

»Wenn das acht Leute sein sollen, dann haben zwei davon drei Beine!«

»Oh, entschuldige, ich meine deutlich acht Personen –«

»Unsinn! Und einer davon ist kein Mensch, der bewegte sich viel zu schnell! Sie sind aber von uns weg! Sind gerade erst eingetroffen!«, erklärte Ben stolz, und ihm schwoll die Brust an.

Boris rollte mit den Augen, gegen einen Werwolf hatte er bezüglich Gehör und Spuren keine Chance.

»Und wo sind sie hin?«, wollte Mona wissen.

»Mhhh.« Ben legte nachdenklich den Kopf schief, und Boris kicherte wissend und warf seine blonden Haare in den Nacken.

»Ach, das weißt du nicht?«

»Männer! Das ist nicht der richtige Zeitpunkt!«

Schnell fingen sich sowohl Vampir als auch Werwolf.

»Sie sprachen über die dicke Glaswand, dass sie den Sarkophag gefunden haben. Dann liefen sie aber außer Hörweite für mich, was wiederum gut für uns ist – sie sind am anderen Ende der Hallen«, erklärte Boris.

»O nein, o nein, o nein … das ist doch nicht wahr. Bewaffnete Magier brechen heute hier ein, wegen der neuen Ausstellung?« Mona fluchte leise und verteufelte sich für ihre positiven Gedanken. Schaffbare Arbeit? Zeit für ihre Hobbys und tolle Freunde? Endlich einmal Glück? Sie hätte es besser wissen müssen.

»Anscheinend wollen sie die Glasvitrine aufbrechen. Das sollte nicht lange dauern, und dann können wir hier weg.« Boris zuckte munter mit den Schultern.

»Nein, das … wird nicht so einfach«, gestand Mona.

Ben legte fragend den Kopf schief, und sie schenkte ihm ein verzweifeltes Lächeln.

»Das ist geweihtes Glas aus dem Vatikan. Das habe ich extra

mit Professor Koprolith angebracht. Auch hab ich … dafür gesorgt … dass es seine maximale Wirkung entfalten kann. Wisst ihr, darin bin ich ja ausgebildet worden … Das widersteht Magie ziemlich effektiv und auch Gewalteinwirkungen.«

»Und?«, erkundigte sich Boris verwirrt.

»Es kann Stunden dauern, bis sie durch sind. Aber so lange werden die es nicht versuchen. Die werden sehen, dass es ein Schloss gibt und …«, sie schluckte, hielt ihren Schlüsselbund hoch, »dann können sie sich denken, dass jemand aus der Nachtwache den passenden Schlüssel hat. Ich wette, die haben uns gehört …« Monas Finger zitterten.

»Verdreckt«, zischte Boris leise, und Bärbel ließ die Knochen hängen.

»Ich werde sie aufhalten!« Mutig richtete sich der Werwolf auf, doch Mona hielt ihn an der Schulter zurück.

»Werwölfe sind zwar sehr magieresistent, aber das hier … das hier ist schlimmer. Wer an so viel schwarze Magie gelangen konnte … die ist verdammt teuer, das hat sicher ein Vermögen gekostet. Ich wusste gar nicht, dass es noch so große Vorräte gibt. Unterschätz das nicht.«

Sein bebender Schmollmund entlockte ihr ein tiefes Seufzen.

»Wir müssen unbedingt die Flucht ergreifen und den thaumaturgischen Notdienst erreichen. Doch den Kontakt mit dieser stickigen Magie im Flur draußen … den kann ich nicht empfehlen«, erklärte sie weiter und zog an dem Vorhang im Bogen des Ausstellungsraums, um ihnen etwas Deckung zu geben.

»Wieso ist das magische Zeugs überhaupt draußen und nicht auch hier drinnen?«, wollte Ben wissen.

Mona deutete auf den Raum.

An den Wänden standen riesige Vitrinen mit Inschriften, Pergamenten, Schmuckstücken und in christliche Gewänder gehüllte Schaufensterpuppen. Der Boden war von einem wunderhübschen Mosaik bedeckt, die Decke zeigte ein großartiges Gemälde der himmlischen Geschöpfe, und in der Mitte des achteckigen Raumes hing in einem Glaskasten ein aufgerolltes, uraltes Pergament. Vergilbtes Papier, vollgeschrieben mit winzigen Worten auf Latein erstrahlte im Mondlicht. Darunter lag ein großes Kreuz aus Gold.

»Ahh … Christenzeugs …«, murmelte der Werwolf und fletschte die Zähne.

»Eigentlich nicht.« Mona stand nun stirnrunzelnd vor dem altarähnlichen Aufbau in der Raummitte und ihr Blick huschte über das Pergament. »Das ist … eine Formel zur Beschwörung eines Dämons«, flüsterte sie.

Sofort stand Boris neben ihr, ein breites Grinsen zierte sein hübsches Gesicht.

»Nein«, kam es Mona wie aus der Pistole geschossen über die Lippen.

»Ach, komm schon!«, bettelte er.

»Nein!«

»Das ist doch die Lösung!«

»Finde ich nicht!«, zischte Mona. »Weißt du, was da alles schiefgehen kann?«

Hinter ihnen machte es leise *Plopp* und die beiden wirbelten herum. Bärbel hatte sich den Schädel abgenommen, überreichte ihn dem überforderten Ben, drehte sich dann eine ihrer Hände ab und legte sie auf den Boden. Sie deutete mit der anderen Hand auf den Schädel und wieder zu den Fingern auf dem Marmor. Der Werwolf verstand. Vorsichtig setzte er Bärbels Kopf auf ihre abgetrennte Hand und mit einem Mal krabbelte ein unheimlich heller Skelettkopf über den Boden. Wie eine Spinne aus einem Horrorfilm. Boris und Mona verzogen das Gesicht. Sogleich huschte die gruselige Perversion aus dem Raum und verschwand lautlos im Flur.

»Ist das eine gute Idee?«, murmelte Boris, aber Mona nickte.

»Keine Magie der Welt fasst einen so verkorksten Fluch an wie den von Bärbel, das schafft sie schon. Ich frag mich allerdings, was sie vorhat.«

»Hilfe holen wird schon mal schwierig.« Da musste Mona dem Vampir leider recht geben. Eventuell gab es noch einen Gang, dessen Stromzufuhr nicht gekappt war. Sie mussten nur lange genug durchhalten, früher oder später fielen das ausgefallene Licht und die blinden Kameras sicher jemandem auf. Allerdings, wenn Mona an so etwas dachte, dann auch professionelle Diebe mit magischen Mitteln. Sie atmete tief durch, konnte die staubige Luft in ihrer Lunge brennen fühlen, darin vermischt, ganz leicht und kaum wahrzunehmen, ein Geruch nach Grießbrei.

Kapitel 10

Lemegeton Clavicula Salomonis, Gesundheit

Das war die Scharade ihres Lebens, vielmehr Ablebens. Es dauerte nicht lange, da tauchte der tippelnde Bärbelschädel wieder auf, und mit ein paar eleganten Bewegungen, Verrenkungen und schmerzhaften Geräuschen setzte sich das Skelett erneut zusammen. Keine zwei Sekunden später legte sie los. Ihre Arme wirbelten durch die Luft, tänzelten verspielt hin und her. Sie malte mit ihrem leblosen Körper voller Leidenschaft eine Geschichte in die Leere des Raumes hinein, dass es den anderen drei Nachtwächtern vorerst die Sprache verschlug. Die Ernsthaftigkeit ihrer Darbietung ließ alle angestrengt nachdenken, und fast immer trafen sie mit ihren Begriffen direkt ins Schwarze. Bärbels Hüften kreiselten, sie klapperte im Takt zu einer lautlosen Musik. Der Schatten ihrer knochigen Umrisse huschte über das bunte Mosaik, und Mona hatte das Gefühl, einer Ballettaufführung beizuwohnen. Voller Eleganz sprang Bärbel, beugte sich, schwang im Kreis herum. So viel Ausdruck und Leben ließen fast vergessen, in welchem Schlamassel sie sich befanden. Kaum endete ihre atemberaubende Darbietung, erzählte der ausbleibende Applaus vom Ernst ihrer Lage.

»Sechs Personen in schwarzer Kleidung, vermummt und bewaffnet, sowohl mit magischen als auch menschlichen Waffen. Zwei laufen suchend durch die Gänge, wütend, erbost, angespannt und entschlossen. Magie quillt durch alle Flure. Durch verschlossene Türen konnte sie nicht hindurch. Wir sind gefangen, denn nur hier herein traut sich die schwarze Macht nicht«, wiederholte Mona – zusammengefasst: Es war ausweglos und nur eine Frage der Zeit, bis man aktiv nach den Nachtwächtern und ihren Schlüsseln suchte. Zum Glück war das Museum sehr groß und dieser doch eher kleine Raum nicht auf den ersten Blick zu finden. Dicke Säulen standen vor der Tür, verschleierten den Zugang regelrecht. Vielleicht gelang es wenigstens Boris, schnell genug zu fliehen, auch wenn er sich inzwischen an die Wand am anderen Ende gedrückt hatte, um Abstand zwischen sich, die Magie und den ganzen christlichen Kram zu bringen.

Mona schritt ratlos auf und ab, murmelte vor sich hin.

»Bärbel könnte aus dem Fenster – wir könnten ihr einen Zettel geben. Aber das dauert. Und wenn Boris sie herausfliegt und dann im hohen Bogen schleudert? Nein – draußen ist es dunkel, wenn hier finstere Magie ist, dann haben sie das ganze Gelände damit getränkt. Wir könnten ihnen auch … sollten wir ihnen den Schlüssel geben – aber dann bin ich gefeuert, und vielleicht töten sie uns – oder wollen noch mehr – und was, wenn Sonotep doch Macht besitzt und wir sie ihnen aushändigen? Scheiße! Scheiße! Scheiße!«

»Du machst mich nervös«, murmelte Ben, der vor der Vitrine mit dem alten Pergament stand.

»Tut mir leid, aber ich muss denken!« Solange Mona nach einem Plan suchte, geriet sie nicht in Panik. Der Fokus auf einen möglichen Ausweg half ihr, ruhig zu bleiben. Trotzdem beendete sie ihr Hin und Her, gesellte sich zu dem Werwolf und seufzte.

Mit jeder weiteren Idee, die sie verwerfen musste, rückte Boris' spontaner Vorschlag höher auf der Liste mit Lösungen.

Einen Dämon beschwören. Absurder konnte es nicht werden und unmöglicher auch nicht. Das gelang gerade so Althexenden mit ritueller Erfahrung, und höchst illegal war es obendrein. Ein kleiner Teufel vielleicht oder einen Kobold, das war möglich und passierte hin und wieder sogar normalen Sterblichen – aber hier handelte es sich um einen Erzdämon. Und wer würde eine echte Beschwörungsformel in einem Museum ausstellen? Mona keuchte bei dem Gedanken an den Professor. Ja, er würde. Ganz bestimmt.

»Was genau ist das überhaupt?«, wollte Ben wissen, der Monas Blick bemerkt hatte und er tippte gegen die Glasvitrine.

»Das ist ein Teil des Lemegeton Clavicula Salomons!«

»Des was?« Seine buschigen Augenbrauen zogen sich zusammen, und er beugte sich vor, um an der Scheibe zu schnuppern, Mona zog ihn vorsichtig zurück.

»Ehh, das ist ein Grimorium aus der alten Zeit. Hier handelt es sich um eine Originalschrift, eine von Salomons Quellen, wie es aussieht … nichts Aufbereitetes für den Druck von Büchern. Damit kann man einen der Erzdämonen beschwören.«

»Und wen genau?«

»Balthasar.«

»Kenn ich nicht!« Ben kratzte sich irritiert am Kinn und entlockte Mona fast ein Lachen. Offenbar waren ihre Nerven bereits durchgeschmolzen.

Die aufkommende Ruhe nutzend atmete sie tief durch. »Er war mal ein Gott, ein ägyptischer. Aber die Kirche hat ihm diesen Posten weggenommen wie so vielen und ihn verteufelt … ehh … also, ihm die Aufgabe gegeben, über die Hölle zu wachen. Er war damit der erste König der Unterwelt. Ein Höllenfürst eben.«

»Und … und den … gibt es wirklich?« Nun stotterte der Werwolf etwas. Für eine Hexe war das alltägliches Wissen, doch ein Werwesen interessierte sich wenig für diesen Teil der übernatürlichen Welt. Man bemühte sich auch darum, diese Informationen geheim zu halten. Die Frage, ob all die Sagen wahr oder nur Fantasie waren – das hielt die Menschen davon ab, in totales Chaos zu stürzen. Mona war sich zwar sicher, dass es keine Dämonen brauchte, damit die Welt unterging, vermutlich reichte irgendeine lächerliche Kleinigkeit wie Hygienevorschriften oder Tempolimit, aber man musste es ja nicht darauf ankommen lassen.

»Und du kannst ihn rufen?«, wollte Ben wissen und Mona sog sofort nervös die Luft ein.

»Nein, das kann ich nicht!«

»Versuch es halt!«, zischte Boris aus seiner Ecke. Wie eine Spinne klebte er in dem einzigen Winkel, der nicht mit christlicher Dekoration ausgeschmückt war.

»Das ist doch albern, wir haben keine Zeit, wir müssen –«

»Wir müssen was? Hast du etwa eine bessere Idee?«, unterbrach der Vampir sie harsch, und gerade als sie zu einem Gegenargument ausholen wollte, war da wieder dieser Knall. Er schallte durch die Flure, ganz ähnlich dem ersten lauten Schlag.

Aufgeschreckt fluchte Mona, und ihre Topflappen gingen augenblicklich in Flammen auf. Bärbel stürmte zu dem großen Holzkreuz im Raum und stellte sich in theatralischer Pose davor.

»W-was wird das?«, stammelte Mona, die sich geduckt hatte.

»Sie tarnt sich«, erklärte Boris, der mit einem Mal seinen Hals zu den Vitrinen mit den Kostümen reckte. Offenbar liebäugelte er mit einer alten Robe, aber als wieder das Echo eines Schlages durch den Flur rollte, duckte auch er sich.

»Mona!«, forderte er.

»Was?«

»Der Dämon! Der muss tun, was du willst!«

»N-nur wenn ich es hinkriege, und das schaffe ich nicht!«, vereidigte sie sich sofort und blickte dann Hilfe suchend zu Ben. Er stand als Einziger und lauerte an der Tür.

»Was kann denn im schlimmsten Fall passieren?« Boris hatte ein Talent, auch leise sehr dringlich zu klingen.

»Dass es mir gelingt?« Sie hingegen bekam ihre Stimme kaum unter Kontrolle, und ihre brennenden Hexenhände gleich auch nicht mehr. Da war die drohende dunkle Magie auf dem Flur schon fast ein Segen, ohne sie hätte Mona die Beherrschung verloren. Dunkle Magie hatte viele Stärken – und Schwächen.

»Ja, genau! Das ist es!«, kiekste sie und schlug sich beinahe mit der Hand gegen die Stirn, bremste sich aber gerade so. Es wäre nicht das erste Mal, dass sie ihre Kleidung wegen so etwas anzündete.

»Was?« Boris klang ungeduldig.

»I-ich bin mir sicher, dass ich ein Portal öffnen kann, vielleicht ein winziges. Ob da ein Dämon erscheint, keine Ahnung, aber die finstere Magie hat keine Chance gegen Magie aus der Hölle! Wir könnten etwas damit vertreiben, genug, um zu fliehen. Du zumindest, Boris!«

Das war ihr Ausweg. Da erneut ein drohender Donner durch den Flur hallte – vermutlich versuchte man die geweihten Glaswände um den Sarkophag zu brechen –, blieb kaum noch Zeit. Die Einbrecher mussten von ihrer Anwesenheit wissen, sie ignorierten sie absichtlich, weil sie bisher keine Bedrohung darstellten. So redete es sich Mona ein – es klang besser als alle anderen Möglichkeiten.

Boris traute sich aus seiner Ecke, kroch an der Wand entlang und reckte den Hals. Klar, dass jemand wie er sich über einen potenziellen König der Unterwelt freuen würde. Mit solchen Kreaturen waren die Blutsauger immer schon Bündnisse eingegangen, und wenn es nur war, um die Hexen zu ärgern.

»Hat jemand von euch Salz dabei?«, fragte sie leise.

»Klar«, kam es direkt von Ben, und Mona starrte ihn überrascht an, die Frage war eigentlich rein rhetorisch gewesen.

»Du hast was?«, murmelte sie, als er einen Salzstreuer aus einer der vielen Taschen am Blaumann holte und ihr in die Hand drückte.

»Brauchst du auch Pfeffer?«

»Nein.«

»Ketchup?«

»Nein … nein, danke.«

»Ach, du mochtest ja lieber Mayo!«

»Salz reicht! Wie-wieso hast du …?«, stammelte sie und begann wie in Trance, einen Salzkreis auf dem Boden zu streuen.

»Na, für die Würstchen.«

»Oh, sicher. Wieso frage ich eigentlich?« Sie schüttelte den Kopf. Dank des Salzstreuers war der schützende Kreis schnell fertig, und Mona griff zu ihrem Schlüsselbund, suchte den passenden Schlüssel für die Vitrine heraus, öffnete den Glaskasten und drehte das Kreuz herum. Dann wühlte sie in ihren Jackentaschen nach einem Lippenstift.

»Ich brauche jetzt etwas Platz!«, ließ sie verlauten.

Vorsichtig, sich strikt an ihre Ausbildung haltend, kopierte sie den Beschwörungskreis vom Pergament auf den Boden des Raumes. Die vorwurfsvollen Blicke der Engel auf dem Deckengemälde über ihr spürte sie regelrecht im Nacken. Doch kurz vor den letzten Symbolen hatte sie den gesamten Lippenstift abgerieben. Ein Stechen zwickte sie in der Magengrube, aber ehe sie den Kopf heben konnte, tauchte neben ihr im Augenwinkel ein Fläschchen Nagellack auf. Ein Glück war der Vampir genauso Gothic wie sie.

»Danke«, flüsterte Mona und bemühte sich, mit dem winzigen Pinsel den Rest der Zeichnung zu vollenden. Mit wackeligen Beinen richtete sie sich wieder auf und stellte sich an die vorgeschriebene Stelle neben den Beschwörungszirkel.

»Und jetzt?«, wollte Ben wissen.

»Ihr solltet euch etwas zurückziehen. Ich bin im Salzkreis sicher, deshalb … nun. Also, ich werde den Text jetzt vorlesen, und dann werden wir ja sehen!«

Das brauchte sie den beiden nicht zweimal zu sagen, nur die neugierige Bärbel musste Boris mit etwas Nachdruck zur Seite zerren.

Mona räusperte sich laut. Alles oder nichts. Am Ende war es nur ein paradoxer Traum und sie fand, dass jetzt der ideale Moment zum Aufwachen war. Tief atmete sie ein und legte die erste Silbe auf ihre Zunge. Ein elektrisches Kribbeln erfasste sie, und sie zuckte nervös zusammen. War das ihre Angst, ihre Magie? Unsicher formte sie den ersten Laut, konzentrierte sie sich auf den Text, öffnete die Lippen:

»*Venit Spiritus. Te requiro. Veni ad me. Ledo me plus infantem unum tempus. Translatione ab ipsis malis in Googlitta pythonissam, quod auctor erat occupatus …*« Die Worte quollen mit einem Mal wie in einem Sog aus ihr heraus. Mit jeder weiteren Silbe verfiel ihre Stimme mehr und mehr in einen Singsang. Das Kribbeln breitete sich aus, erfasste ihren ganzen Körper. Irgendetwas in Mona reagierte sofort auf die Beschwörung und sie konnte sich nicht dagegen wehren. Es knisterte, im Augenwinkel sah sie, wie Funken violetter Magie sich von ihren Händen lösten.

Ben war winselnd an die Wand gewichen, und Boris drückte sich unsicher hinter eine andere Vitrine. Lediglich Bärbel stierte neugierig aus ihren Augenhöhlen auf die Szene, hatte ihren Schädel hoch erhoben in ihrer Hand, um alles besser zu überblicken.

Gegen ihren Willen blieb Monas Fokus fest auf das Pentagramm gerichtet. Sie wollte aufhören, sie wollte um Hilfe rufen, sich umdrehen, aber ihr Körper gehorchte ihr nicht mehr. Es hatte sich ein magischer Wirbel auf dem Beschwörungskreis gebildet, wie ein Windhauch, der sich in einer hohen Wiese verfangen hatte. Hall legte sich auf Monas Worte, und mit jedem Satz tauchte sie tiefer hinein in die Texte, die Bedeutungen und die Beschwörung. Alles ergab Sinn, und war ihr Latein auch noch so schlecht, sie verstand – nein, war gezwungen zu verstehen.

Das war sie also, die berüchtigte Beschwörungstrance, vor der man sie im Studium gewarnt hatte. Mona meinte einzutauchen in den Text und den damit verbundenen Singsang.

»*Ihr reist zu mir, so weit es auch sein mag, so tief es auch gehe … Angebunden an Blut und Schwur, an Leib und an Seele …*«, der Part gefiel Mona so gar nicht. »*Eure Macht lege sich auf mich, diene mir und meiner Pein (hier bitte den Quell ihrer Probleme einfügen) Oh …*« Was sollte sie hier angeben und vor allem wie? Natürlich ging man im Vatikan diese Art von Magie nicht durch und wie man sie im Fall der Fälle zu sprechen oder gar formulieren hatte. Diese Hexenkünste galten als verboten, dabei war es doch genau das, was Hexerei ausmachte.

»*Ich brauche Hilfe. Dringend! Hilfe. Einfach Hilfe*«, fasste sie es zusammen. »*So trage mich, führe mich, erleuchte mich, diene mir, bis zur Erfüllung meines Wunsches, o mächtiger, o großartiger …*«

Inzwischen hatte sich aus dem kleinen Windwirbel über dem Beschwörungskreis ein Minitornado gebildet. Er erreichte die Größe eines ausgewachsenen Menschen und sein scharfer Luftstrom ließ Haare und Kleidung flattern. Der Raum tobte mit jedem weiteren Wort heftiger, und Mona begriff, dass ihr dieser Zauber wohl doch gelingen würde. Die Frage war nur, was oder wen sie dort beschwor, denn Formeln erfüllten nicht immer ihren angedachten Zweck. Ein falscher Begriff, und schon konnte ein satanistischer Hase mit Blutdurst durch den Raum hoppeln.

Mona hatte in ihrer Zeit beim Vatikan und der Universität der Magi vieles gesehen, vor allem abschreckende Beispiele, da Junghexende selten etwas Brauchbares bewerkstelligten. Die Möglichkeiten der Magie endeten mit der Vorstellungskraft des magisch Begabten und seinen Fähigkeiten. Uralte Hexende hatten einst tatsächliche Wunder vollbracht, wobei sie sich meist selbst in den Stand eines Gottes erhoben und sich in eigens erdachten Regeln des Göttlichen verhedderten. Man schwebte lieber auf einer Wolke, schlürfte einen Drink und beobachtete die Menschheit beim Verzweifeln, statt zu riskieren, durch einen Eingriff in die Welt alles zu verschlimmern. Und mit schlimm meinte ein Allmächtiger in dem Fall: Langeweile. Solange sich die Menschen weiterhin große Mühe gaben, möglichst dramatisch ihren Alltag zu gestalten, mussten sie sich nicht vor jähzornigen Göttern fürchten, konnten dafür aber auch keine Hilfe erwarten. Die größte Realityshow des Sonnensystems war eben nur real und in Rohform erfolgreich.

Mit diesen Regeln brach Mona gerade, denn wenn sie wirklich einen Erzdämon beschwor, rief sie damit einen Altgott herbei, dessen Macht ihre Vorstellungen überschritt.

Die Ränder des Pentakels glühten auf, die Symbole fingen Feuer, es zischte laut, und die letzten Worte entwichen Mona mit einer fremden Stimme: »*Zu Risiken und Nebenwirkungen fragen Sie Ihren Druiden oder Exorzisten.*«

Sie hustete angestrengt, stolperte hastig von dem nun brennenden Kreis weg und blickte in eine Feuersäule. Flammen stoben empor, verbrannten die Decke, ein riesiger Wirbel aus Feuer tobte im Raum. Funken flogen durch die Luft, und der Lärm –

nun, den Lärm musste das halbe Museum gehört haben. Mit jedem Augenblick breitete sich der flammende Kegel weiter aus, wurde dunkler, als forme sich darin ein Wesen. Der Kern, nun fast schwarz, entwickelte Arme, Beine, ein Haupt, dessen Augen als Einziges in der Dunkelheit glühten, während die Umrisse des Sturms weiter in hell strahlenden Flammen züngelten.

»Wer wagt es, mich zu so einer unchristlichen Zeit zu stören?«, bebte eine heisere Stimme durch den Raum. Wie ein Donnerschlag brach die Macht der Magie nieder, krachte, riss das Feuer mit sich zu Boden, und die Druckwelle ließ Mona kurz straucheln. Sie blinzelte gegen die Asche in der Luft an, hustete erneut und wedelte nervös den Staub von sich weg.

Es brauchte einen Moment, ehe sich ihre Augen scharf stellten, Rußpartikel brannten in ihnen. Doch dann erkannte sie die Umrisse, die Gestalt, die Erscheinung – den Mann.

Kurze Verwirrung zeichnete ihr Gesicht. Hatte sie aus Versehen einen Mafioso beschworen? Der große Mann im Pentagramm klopfte sich mit Missfallen den Staub von seinem Anzug.

Maßgeschneidert, Nadelstreifen, ein tiefes Dunkelblau, der Stoff sah teuer aus. Auf den breiten Schultern ruhte ein Mantel mit hohem Kragen, Ringe an den Fingern funkelten schwach im Mondlicht, und seine Augen glühten. Flammen tanzten um die schmalen Pupillen. Bei seiner Größe wurden Türrahmen zum Hindernis. Seine braune Haut hatte einen olivfarbenen Unterton, und nur jemand wie er, echte Schurken, Supermodels und Tony Stark konnten einen solchen Bart tragen. Eben die Art von unverschämter Attraktivität, die verdächtig nach Ärger roch.

»Ich … habe gefragt … wer es gewagt hat?« Seine Stimme war leise, tief und heiser. Es klang nicht bedrohlich, es übertraf eine Drohung bei Weitem, glich vielmehr einer Bestrafung – sogar Boris, der unter einer Vitrine hockte, wimmerte. Sofort richtete sich der Blick des Dämons auf ihn und ein kleiner Schrei entkam dem Vampir. Auf einmal fand er den teuflischen Herrn wohl doch nicht mehr so verlockend.

»Blutsaugergesocks, natürlich …«

Dann bemerkte der Mann Ben, der völlig erstarrt an einer Wand klebte. Etwas irritiert musterte er Bärbel, die verlegen von einem Knochen auf den anderen hüpfte und ihm zuwinkte. Vermutlich kicherte sie gerade aufreizend. Leider lenkte das den Dämon nicht sonderlich lange ab, und der Blick seiner glühenden Augen fand Mona.

»Sorry …«, stammelte sie.

Er blieb stumm.

»Mona, bist du dir sicher, du hast das richtig gemacht? Ich meine, ist … ist er das wirklich? Sieht … sieht aus wie ein … Business-Dude«, kam es von Boris.

»Im alten Ägypten kannte man mich als Ba'al«, raunte der Dämon genervt.

Daraufhin hörte Mona nur ein dramatisches Durchatmen aus der hinteren Ecke des Raumes. Es war unklar, ob Boris vor Ehrfurcht oder purer Panik so zitterte, seine Stimme schwankte jedenfalls massiv, überschlug sich regelrecht: »Ba'al! Sicher. Ja sicher seid Ihr das. Ba'al, ähm. Der Erzdämon! Der Behüter der Hölle! Der Wächter der Tore! Der Schlächter der Welten! Befehlshaber über 66 Legionen von Dämonen! Assistent des Satans! Meister der Tarnung! Anführer der Feuer der ewig brennenden –«

»Ja, ist ja schon gut!«, blaffte der Höllenfürst gereizt.

»Auf dem Zettel stand aber Balthasar.« Völlig gleich, wie nervös der Werwolf war, er schaffte es, sogar einen Erzdämon genervt die Augen rollen zu lassen.

»Ja – ja, das ist richtig. So heiße ich heute«, begann er und rieb sich die Schläfen. »Ich ahne, dass ich die Frage bereuen werde, aber wer ist der Meister dieser Clownsparade?«

»Ehhh …« Mona wäre am liebsten einfach verschwunden.

»Der mächtige Magier, der mich beschworen hat! Leute, ich hab nicht ewig Zeit, ja?«

Unerfreulicherweise hatten die anderen nun nichts Besseres zu tun, als auf Mona zu deuten.

Balthasar entkam ein heiseres Lachen.

Bestätigend nickten Werwolf, Vampir und Skelettin, wiesen erneut auf Mona.

»Das ist ein schlechter Scherz oder? Hat Luzifer das eingefädelt?« Seine Stimme wurde wieder deutlich lauter.

Mona holte tief Luft. »N-nein! Das ist schon richtig so. Also – ich hab dich … beschworen … glaube ich …«

Der Dämon brauchte nur zwei Schritte und stand direkt neben ihr. Sie hielt erschrocken den Atem an. »Gib mir das«, forderte er und deutete auf den Beschwörungstext. Mit zittrigen Fingern überreichte Mona ihm die Schriftrolle. Sie konnte beobachten, wie seine Augen rasch über die Zeilen wanderten. Für eine Weile blieb er beim Kleingedruckten hängen und fluchte.

»Scheiße. Da ist man einmal in einem lauten Club und überhört eine Beschwörung, und dann ist es so eine … Was soll das hier sein? Wer hat das verfasst? Was für eine Unverschämtheit. Keine Gegenleistung? Was heißt hier keine Gegenleistung?«

»Ehh, also … mit deinem Erscheinen hast du der Vereinbarung zugestimmt und …«

»Ich weiß, wie so was funktioniert!« Laut war seine Stimme deutlich bedrohlicher, und Mona zuckte zusammen. Als er sich wieder aufrichtete, meinte sie zu schrumpfen. Auch auf so etwas bereitete einen die Universität der Magi leider nicht vor. Es gab genug theoretisches Material, aber in der Realität sah alles anders aus. Wie so oft. Ein Praktikum in der Vorhölle wäre angebracht gewesen, natürlich kam das für die Kirche nicht infrage. Nicht umsonst ertränkte man Hexende beinahe in Weihwasser, sie sollten dem Teuflischen bloß fernbleiben. Eigentlich gar keine schlechte Idee. Wieder schluckte sie schwer.

»Nun gut, dir ist es also gelungen … interessant.« Er musterte jeden Zentimeter von Monas Körper, als erwarte er, etwas Besonderes zu finden. Sich der Situation ergebend, zuckte sie mit den Schultern und hob die Augenbrauen.

»Eine pragmatische Hexe, was?«

Sie nickte, bemühte sich um ein Lächeln. Die Umstände konnten ohnehin nicht schlimmer werden. Aber dann dröhnten von draußen aus dem Flur schwere Schritte an ihre Ohren. Natürlich, sie hätte es wissen müssen. Schlimmer ging immer.

»Scheiße! Auch das noch!«, entfuhr es Mona, und sie deutete auf den Eingang. »Ich hab dich beschworen, damit du die Diebe im Museum für uns … unschädlich machst!«

Er folgte mit dem Blick der Richtung ihres deutenden Arms und runzelte die Stirn.

»Bitte?«, flüsterte sie.

»Du bittest mich darum?« Balthasar lachte wieder und schüttelte den Kopf. »Mann, wie sich die Zeiten doch ändern.

Kapitel 11

Risiken und Nebenwirkungen

Wenn eine Hexe davon sprach, dass ihre längste Nacht auf das Konto eines Dämons ging, dachte man vermutlich an schmutziges Bettgeflüster, rituellen Beischlaf auf einem Altar oder Fesselspiele mit Feuer. Monas fand ihre Geschichte um einiges spannender, wobei die anderen Varianten ungefährlicher und deutlich spaßiger klangen.

Sie folgten Balthasar durch den Flur. Der Erzdämon vertrieb die dunkle Magie mit seiner Aura, scheuchte sie vor sich her. Die Fetzen aus Schatten hüpften den ellenlangen Gang entlang, als würden sie panisch fliehen. Es dauerte nicht lange, da stand die Gruppe vor zwei vermummten Männern ganz in Schwarz. Einer von ihnen hielt tatsächlich ein Gewehr in den Händen, zielte damit direkt auf den Werwolf, doch das Gerät löste sich augenblicklich in Flammen auf. Schreiend warf der Mann sich zu Boden, seine Handschuhe brannten. Ein Brand, der sich durch jeden noch so schwer entflammbaren Stoff gefressen hätte, Dämonenfeuer konnte man nicht löschen. Sein Kollege wollte ihm helfen, starrte dann aber wie gebannt in Balthasars Augen. Wie in Qualen begann der Dieb lauthals zu weinen. Ohne sie weiter zu beachten, schritt der Erzdämon an ihnen vorbei, in Richtung der ägyptischen Sonderausstellung. Mona, Bärbel, Boris und Ben beeilten sich, ihm schnell und unauffällig zu folgen. Einen freigelassenen Teufel sollte man nicht unbeobachtet lassen.

Aufgeregte Stimmen erklangen, der Saal des Sonotep war nicht mehr fern. Balthasar blieb stehen und drehte sich um.

»Ihr wartet hier!«

Dem wollte niemand widersprechen, und sie verharrten nervös allein im Flur. Zögerlich flackerte das Licht wieder auf, vielleicht war es möglich, doch noch den thaumaturgischen Notdienst zu rufen. Allerdings hatten sich die Akkus ihrer Handys völlig entladen. Mona, Boris und Ben sahen einander ratlos an. Wenn sogar Bens altes Klapphandy nicht mehr funktionierte, dann war wirklich die Kacke am Dampfen. Gerade wollte Mona nach allgemeinen Ideen fragen, da tönte ein lautes Kreischen an ihre Ohren.

Was folgte, lässt sich nur schwer in Worte fassen, und der Autorin sind hier leider die literarischen Hände gebunden. Der Leser stelle sich gut gewürzte Gräueltaten mit einer Prise Qual vor. Abnorme Schmerzen zum Abrunden, nach Geschmack darf zu reichlich Pein gegriffen werden. Das Gejammer bei weit über 200 Grad durchgaren, bis es einen hohen Schreiklang erreicht. Wahlweise den Nachgang noch mit unzulässiger Folter garnieren. Wir verzichten an dieser Stelle auf einen Serviervorschlag. Bon appétit.

Zumindest für den Dämon war der Abend wohl nach seinem Geschmack. Mona konnte nur in den Gang starren und beten. Tatsächlich hörte sie sich innerlich ein Stoßgebet nach ganz oben richten, wohl wissend, dass ihr niemand zuhörte. Nicht, nachdem sie sich dieses Erzdämonenfiasko geleistet hatte.

»Das werdet ihr bereuen! Ihr denkt, ihr habt mich geschlagen? Aber ich kenne nun die Wahrheit! Ich habe alles gesehen«, kreischte es aus dem Gang. Diese Stimme gehörte definitiv nicht zu dem Dämon, und Boris zog Mona gerade so zur Seite, ehe sie von einem Schatten umgeworfen werden konnte. Da stand er – ein Mann, mitten im Gang zwischen ihnen. Er war bleich wie

Boris, seine Augen funkelten verdächtig, und seine weißen Haare hatte er sich zu einem schlampigen Zopf gebunden. Es roch nach Grießbrei, und Mona versteckte sich sofort hinter Boris' breitem Kreuz. Diesen Geruch kannte sie. Er war ihr neulich erst aufgefallen – in der Disco. In der Disco, in der sie ihren Ausweis gezeigt hatte, in der sie mit Boris über diesen Job gesprochen hatte.

Der Vampir baute sich vor ihnen auf, und Mona duckte sich noch ein wenig mehr – aber ehe er die Stimme wieder erheben konnte, glühte es rot aus dem Flur zur Grabkammer heraus. Ein Schatten erschien in der Mitte und wurde größer, Balthasar war auf dem Weg zu ihnen, und dem fremden Vampir entkam ein erstickter Schrei. Ben wollte sich gerade auf ihn stürzen, da knallte es und vor dem Mann öffnete sich ein runder Kreis aus violettem Licht.

»Ein Portal«, rief Mona, doch es war zu spät. Ehe sie eingreifen konnten, war der verfilzte Zopf samt Vampir darin verschwunden, und die Pforte schloss sich wieder.

Balthasar stand nun vor ihnen und rieb sich erneut die Schläfen, als handle es sich bei diesem Abenteuer um eine Nebensächlichkeit.

»Die anderen sind nicht entkommen«, berichtete er trocken, und Mona biss sich zunächst auf die Unterlippe, verstand, was er damit meinte.

»Danke«, kam es ihr leise über die Lippen, und er schmunzelte überrascht.

»Tja, im 21. Jahrhundert bedankt man sich wohl auch bei einem Dämon.« Die Schwaden an dunkler Magie verflogen langsam, hatten nun nichts mehr zu tun, und es gab bessere Orte, um sich zu amüsieren. Entsprechend hell wurde es nun im Gang, und dann schellte endlich der Alarm.

»Würde sagen, das ist mein Stichwort, um zu verschwinden. Viel Erfolg mit … ach, was auch immer! Ist mir eigentlich egal«, murrte Balthasar.

»Warte, warte! W-was sagen wir dem Amt?« Ehe sie begriff, was sie tat, zupfte sie den Erzdämon am Ärmel, und er starrte sie verwundert von oben herab an.

»Soll ich auch noch für euch aufräumen oder was?«

Auf seinen ungehaltenen Tonfall hin schob Mona ihre Unterlippe vor und bekam dafür ein gereiztes Stöhnen. Er schaute zurück in den Gang mit der Ausstellung.

»Nö – keine Lust!« Und ehe noch jemand etwas erwidern konnte, hatte sich der Dämon buchstäblich in Luft aufgelöst. Ein Rest seiner leuchtenden Augen glühte nach, hatte sich in den Raum eingebrannt und verschwand erst einen Moment später.

»Voll krass! Der sah ja richtig aus wie so ein Mensch!«, platzte es aus Ben heraus, wofür er einen verwirrten Blick von Mona und Boris erntete. Im Hintergrund klapperte Bärbel, die inzwischen alle Alarmhebel betätigt hatte und nur den Kopf schüttelte.

»Aber Junge, Junge … seine Augen. Ey, wie das Auge auf dem Turm in dem Film mit den kleinen Leuten und dem Elfendude und dem einen da mit seinem krassen Schwert und dann gibt's da diesen Ring …«, stammelte Ben, in dem sich anscheinend sehr viel Nervosität angesammelt hatte. »Ich dachte, er frisst uns oder euch oder die Leute hier! Aber dann hat er sie einfach … weggemacht!«

»Super. Wie erklären wir dem Notdienst … dem Komitee … dem Direktor …?!«, rief Boris genervt. Auch sein Job hier hing stets am seidenen Faden, und er wollte genauso wenig wie Mona gefeuert werden.

Mona rieb sich den Nacken und stapfte in die Grabkammer.

Hoffentlich war der Schaden nicht allzu groß, hoffentlich hatte das Glas standgehalten. Die Asche ignorierend, die Brandflecken und vermutlich auch Blutflecken ausblendend, konzentrierte sie sich nur auf den Sarkophag und die Ausstellungsstücke. Aber bis auf die Spuren der Verwüstung war alles heil geblieben. Balthasars Aura hatte zwar alle Schutzzauber gesprengt, doch die dicke Glaswand um die Artefakte und auch den Pharao war völlig intakt. Mona entkam ein Jauchzen, und eine seltsame Euphorie ließ sie hüpfen.

»Es fehlt nichts!«, brüllte sie, ihre Stimme überschlug sich – dabei hätte sie für Vampir- und Werwolfgehör nicht mal schreien müssen.

Ein Einbruch, ein Erzdämon und nun ertrank ein halbes Stockwerk in Seifenwasser. Doch eine bessere Lösung war ihnen nicht eingefallen. Die sich nur langsam auflösende dunkle Magie verschleierte zu ihrem Glück Beschwörungen, das Pentagramm auf dem Boden war da weniger dezent – also hatte Mona kurzerhand eine simple Putzerei herbeigehext, ehe die Überwachungssysteme wieder völlig ansprangen.

Der Herr Goethe hatte für solche Fälle den perfekten Reim, um ein maximales Desaster heraufzubeschwören, das sämtliche Spuren von Asche, Blut und Zerstörung vermischte und ein absolutes Chaos hinterließ. Und genau wie in der Ballade floss zum Zwecke Wasser im reichen vollen Schwalle durch das Museum, auch wenn der Besen durch einen simplen Mopp ersetzt wurde. Niemand war so realitätsfern, dass er den Zauberlehrling aufsagte. Schon gar nicht eine Feuerhexe, die bei wasserbasierenden Zaubertricks versagen musste. Aber Verbrecher würden so etwas völlig Absurdes wagen. Die perfekte Geschichte.

Die Unholde hatten wohl die Spuren verwischen wollen.

Oh, was für eine kluge Idee der Nachtwache, sich bei den christlichen Relikten zu verstecken.

Ganz hervorragende Arbeit von der Hexe mit den Schutzzaubern am Sarkophag, die Diebe blieben erfolglos.

So ein mutiger Einsatz der Nachtwächter – in der Unterzahl gegen finstere Magier.

Zumindest hatten sie damit versucht, ihr Abenteuer zu erklären. Der thaumaturgische Notdienst kümmerte sich auch nur mit halber Kraft um das Verhör, denn um die chaotische Putzerei wieder zu lösen, brauchten sie ein ganzes Einsatzteam. Wenn Mona eines konnte, dann in Hexerei versagen – dass ihr das mal nützen würde! Diese Nacht steckte voller Überraschungen.

Das gesamte Museum war so verstrahlt von verschiedenen Arten an Magie – der thaumaturgische Notdienst behandelte einen so absonderlichen Fall wie jeden U45.

Für einen U45 war das Bundesamt magischer Ermittlung zuständig – kurz gesagt, jemand hob einen metaphorischen Teppich an und kehrte den Vorfall eiligst darunter. Im Gegensatz zu normalnatürlichen Verbrechen ließen sich die übernatürlichen nur selten aufklären – und zum ersten Mal freute sich Mona darüber. Andererseits hatten sie damit auch jegliche Hinweise auf die Täter zerstört, um ihren eigenen Hals zu retten – ein Gedanke, den Mona vorerst verdrängte.

Es stand immer noch die Frage im Raum, was der Vampir hatte stehlen wollen, wenn überhaupt, und ob es gar Monas Schuld war, dass er in das Museum eingebrochen war. Denn wann roch es in einer Disco schon mal nach Grießbrei und kurz darauf ebenfalls bei einem Überfall in einem eher staubigen

Museum? Sie war sich sicher, es handelte sich bei dem Geruch um den Duft des Vampirs, und die daraus resultierende Schlussfolgerung gefiel ihr ganz und gar nicht.

Kapitel 12
Marmelade

Ein rosafarbenes Kaninchen stritt sich mit einem Raben über Kekse, dann kam ein großer, dicker Meermann angeschwommen und mopste ihnen das Fahrrad. Mona versuchte, zwischen allen sich nun streitenden Parteien zu vermitteln, die Diskussion war hitzig. Wozu brauchte ein Meermann ein Fahrrad? Aber am Ende erschien Robin Williams im Kostüm einer guten Fee, und alle hatten sich wieder lieb.

Leider zerstörte der kreischende Gesang eines Rockers die friedliche Szene, und als Mona die Augen aufschlug, starrte sie an ihre schwarze Zimmerdecke. Ihr Wecker brüllte etwas von Leid, Blut, Leid und noch mehr Leid in den Raum.

Der gestrige Tag war dennoch um einiges abstruser gewesen als ihre Träume. Widerwillig rollte sie von ihrer Matratze, zerknitterte dabei ein paar Magazine und wankte einem Zombie gleich ins Badezimmer. Bloß eine lange heiße Dusche konnte jetzt noch ihren Verstand retten, in dem Fliederduschgel wäre sie sogar freiwillig erstickt, so angenehm waren der gute Duft und die entspannende Wärme. Mit einem schwarzen Handtuch bekleidet machte sie sich auf den Weg in die Küche, und ihr Gang ähnelte nun schon fast dem eines aufrechten Menschen. Sie ermahnte sich, nicht die verbotenen Wörter zu denken, kämpfte mit ihrem Inneren, doch wie zum Geier sollte dieser Tag noch schlimmer werden, als der gestrige? Völlig unmöglich. Trotzdem klopfte sie vorsichtshalber dreimal auf den Holztisch.

Der Lärm des Nachmittags brüllte sie durch das offene Küchenfenster an, Abgase stehender Autos kämpften gegen den wohltuenden Geruch frischen Kaffees. Mona starrte völlig fertig mit sich und ihrer Existenz auf den dunklen Filter, beobachtete das schwarze Gebräu, wie es in ihre Tasse tropfte. Ein wohliger Duft stieg ihr in die Nase, es kribbelte angenehm in ihrer Lunge. Jeder Nerv ihres Körpers freute sich auf die bevorstehende Droge, von der die halbe Welt inzwischen abhängig war. Ob eine einfache Tasse Kaffee reichen würde? Vielleicht fügte sie besser noch ein paar Kräuter hinzu. Wozu hatte sie denn so viele Semester Alchemie gebüffelt? Doch ihr stand nicht der Sinn nach Zimt, Pfeffer, Kardamom, synthetisierten Hühnerfüßen oder gar Dihydrogenmonoxid. Auf keinen Fall Dihydrogenmonoxid – Kaffee konnte nicht schwarz genug sein. Dennoch versetzte sie die zähe Brühe aus wach machender Dunkelheit mit ein paar Blättern Stevia rebaudiana. Die Pflanze war zwar kein reines Hexengeheimnis mehr, aber alles fühlte sich magischer an, wenn man Kräuter hinzufügte.

Wäre es nicht so ein wichtiger Job, sie hätte sich einfach freigenommen. Sicher würde der Direktor heute mit ihr über den Einbruch sprechen. Sie wunderte sich, dass noch keine wütende Mail an sie in ihrem Postfach wartete oder ihr Telefon anfing zu schreien. Laut Boris war dem Rektor das Museum heilig, und für die Artefakte hatte man notfalls sein Leben zu geben.

»Autsch«, murmelte Mona. Der Kaffee war viel zu heiß, und sofort fühlte sich ihre Zungenspitze taub an. Draußen hupte es laut, und in ihrem Kopf dröhnte noch der Schreck des Vortags. Wie gerne wäre sie wieder zurück ins Bett gekrochen.

Und dann zerbrach die Welt an einem Marmeladenglas. Mona liebte Erdbeerkonfitüre, aber das Einmachglas teilte ihre schlechte Laune und quietschte unzufrieden bei ihrem Versuch, den Deckel zu öffnen. Wenn das so weiterging, zündete sie heute doch noch ihre Wohnung an. Immerhin würde sich so das Aufbacken der Brötchen erübrigen. Von wegen, es konnte nicht schlimmer kommen. Fluchend knallte sie die Marmelade auf den Tresen.

Ein Arm griff an ihr vorbei, Mona fror kurzzeitig ein und beobachtete aus dem Augenwinkel, wie Balthasar mühelos das Glas von seinem Deckel befreite. Unerwartet achtsam stellte er das Gefäß wieder ab und starrte sie an.

»Das ist ein Scherz, oder?«, fauchte er mit gedämpfter Stimme, und Mona spürte, wie sich ihr Mund öffnete, damit der Rest ihres Gesichts zu ihren aufgerissenen Augen passte. Langsam, fast mechanisch blinzelte sie, um sicherzugehen, dass es sich hierbei nicht um einen Traum handelte. Sie hob den Arm und stupste Balthasar gegen die Schulter.

Im Gegensatz zu Mona war er sichtlich munter, trug einen schicken dunkelroten Anzug mit schwarzem Hemd, der hervorragend zum Ton seiner olivbraunen Haut passte. Ob er nach Zigarre oder Hölle roch – Mona war sich unsicher. In der Dunkelheit des Museums hatte sie nicht viel erkannt, doch in ihrer Küche wirkte der Dämon erstaunlich menschlich. Sein Gesicht war kantig und schmal, die Augenbrauen lagen tief, seine Nase verfehlte knapp das gängige Schönheitsideal – und doch glühten seine Pupillen und in der Korona brannten Flammen.

Mona schluckte den Schreck hinunter. »W-was machst du denn hier?«, stammelte sie und ihre Stimme schwankte.

»Du hast mich beschworen?« Er breitete genervt die Arme aus, und das Feuer in seinen Augen flammte hell auf.

»N-nein! Nein! Das hab ich nicht!« Verteidigend schüttelte sie den Kopf und trat einen Schritt zurück.

»Doch, das hast du. Sonst wäre ich nicht hier! Wegen –

einem – Marmeladenglas? Ist es das? Was soll das? Was willst du von mir?« Er beugte sich leicht vor und machte den eben gewonnenen Abstand wieder zunichte.

»Da war aber kein Feuerkreis, und ich hab auch nichts gesagt. D-du bist einfach so – einfach so *blubb*?«

»Einfach so *blubb*?« Nun richtete sich Balthasar wieder auf und schaute sie an, als hätte sie gerade den Verstand verloren.

»Du bist halt erschienen.«

Sie konnte beobachten, wie er seinen Unterkiefer leicht vorschob und offensichtlich nachdachte.

»Komisch«, murmelte er. »Hab auch gar nichts gehört, keine Beschwörungsformel oder Ähnliches …« Er sah sich kurz in der Küche um, schüttelte dann aber den Kopf.

»Wie kann denn das passieren?«, stammelte Mona.

»Weshalb genau hattest du mich letzte Nacht noch mal gerufen?«

»Zur Hilfe …« Unsicher zuckte sie mit den Schultern.

Der Erzdämon rollte die Augen und seufzte. »Ja, klar. Aber zu welcher Hilfe genau?«

Mona brauchte einen Moment, ehe sie verstand, was er von ihr wollte. »Na ja eben … nur … zur Hilfe?«

»Nein, Hexe, wie du den Vorfall geschildert hast?«

Sie traute sich kaum zu fragen, aber offenbar stand sie auf dem Schlauch. »Welchen Vorfall?«

»O Mann – na, die Einbrecher? Diebstahl? Dämon soll kaputt machen …« Er klang mit jedem Wort hörbar genervter, und das Flackern in seinen Augen konnte nichts Gutes bedeuten.

»Ehh …«

»Eh!? Was eh?«

»Na ja, also. Also nein«, murmelte Mona betreten und schaute zu Boden.

»Wie?«

»Ich hab um Hilfe gebeten ...«, gestand sie.

»Einfach nur Hilfe? Sonst nichts? Allgemeine Hilfe? Bist du besessen, oder was ist bei dir falsch gelaufen?!« Wer mit so einer tiefen, heiseren Stimme laut wurde, brauchte kein Dämon zu sein, um Angst zu verbreiten, aber seine Art, vielleicht auch das Chaos der letzten Nacht, machten Mona eher wütend.

Sie schob schmollend die Unterlippe vor. »Ja, entschuldige bitte! Wir hatten andere Probleme!«

Balthasars Augen glühten bedrohlich, doch Mona verschränkte wieder ärgerlich die Arme. Das war genug Panik für eine Woche, und von einem Diener der Hölle würde sie sich heute ganz bestimmt nicht fertigmachen lassen, schon gar nicht vor ihrem ersten Kaffee.

Auf ihr »Pff« hin lachte er dreckig. »Du verstehst das nicht, oder, Hexe? Du sagtest Probleme ... weißt du, was das hier für ein Problem ist?« Er deutete zwischen sich und ihr hin und her.

»Nein!?«, gab sie patzig zurück.

»Hast du das Kleingedruckte der Beschwörung gelesen?«

»Schon«, log sie. Nun, vorgelesen, sicher, aber inzwischen wieder vergessen.

»Du brauchst gar nicht so mit den Augen zu rollen, Fräulein!«

»Ich verstehe dein Problem nicht ... M-Mister!«

»Du und ich«, er wurde ganz leise, beugte sich näher zu ihr, bis er dicht an ihrem Ohr war, »sind bis zur Erfüllung deiner Not aneinander gebunden.« Er flüsterte das wütend betont, und ein Schauer lief Mona den Rücken herunter. Erneut machte sie einen Schritt zurück. Sie hatte das Gefühl, dass er bereits die ganze Küche mit seiner Aura einnahm.

»Wie?« Irritiert musterte sie ihn.

»Hilfe wolltest du! Einfach nur Hilfe? Was ist denn für dich

Hilfe? Wenn du Sorgen hast? Problemchen? Wehwehchen? Ich bin ein Dämon! Kein Therapeut!«

»Ehh …«

»*Ehhh*!«, äffte er sie gereizt nach.

Monas Nasenflügel blähten sich empört auf, sie fühlte Hitze in ihren Fingern aufflammen. Ein Teil in ihr wollte schreiend davonrennen, der andere ihm eine reinhauen.

»Soll das heißen, wann immer ich Hilfe brauche …«, formulierte sie es gezwungen ruhig, »tauchst du auf und … musst mir helfen?«

»Ding, Ding, Ding, wir haben einen Gewinner«, maulte er sarkastisch und stöhnte genervt. »Mann, ihr Hexen lernt doch, dass Flüche, Beschwörungen, Hexereien genau formuliert werden müssen!«

»Das war keine Absicht! I-ich hab doch den Text nur vorgelesen! Das wollte ich nicht – das – das darf nicht wahr sein!« Monas Stimme schwankte, und sie drehte sich kurz um, suchend, verzweifelt, verwirrt – nur um dann wieder zum Tresen zu gehen. Hastig schnappte sie ihren Kaffee und kippte die tiefschwarze Brühe hinunter. Hitze breitete sich in ihrer Brust aus.

»Junghexen, euch sollte man einfach verbieten zu hexen, bis ihr alt genug seid. Weißt du, was das bedeutet? Ein Dämonenschwur löst sich erst, wenn der Auftrag erfüllt wurde. Also gilt er, bis du kein Problem mehr hast. Da friert eher die Hölle zu. Du kannst ja nicht mal sterben, weil du damit ja sicher auch Problem hättest und das … ja, das darf ich ja nicht zulassen!« Er klang unangenehm zynisch.

Mona nickte, runzelte dann die Stirn. »Moment! Hast du gerade daran gedacht, mich zu töten?«

»Klar.«

»Was?« Sie keuchte erschrocken. Das konnte doch nicht sein

Ernst sein. Er war es doch, der sich auskannte, er war es, der die Beschwörung hätte verhindern können. Mona hatte ihn gar nicht herbeirufen wollen, es war lediglich ein verzweifelter Versuch gewesen, aus reiner Not. Er war ein Gott. Allmächtig. Wie konnte das bitte ihre Schuld sein?

»Wehe, wenn es keinen Ausweg gibt«, sagte er drohend.

Mona meinte seinen Geduldsfaden regelrecht reißen zu hören, vielleicht waren es auch ihre Nerven, die es zerfetzte, aber genug war genug. Für diesen Job hatte sie hart gekämpft. Viel Geld war in ihr Studium geflossen, damit sie nicht wie alle Junghexen ganz unten anfangen musste. Sie hatte nächtelang schlecht geschlafen, aus Sorgen und Angst vor der Zukunft. Sie hatte sich durch Berge an Akten gewühlt, Songtexte für verfluchte Vasen auswendig gelernt, Scharade für Bärbel geübt – ihr Leben für einen toten Pharao riskiert. Sie würde sich das von einem Erzdämon nicht kaputtmachen lassen.

»Das reicht!«, kiekste sie sauer, mehr zu sich als zu ihm. Aus dem leichten Knistern ängstlichen Feuers an ihren Fingern wurde eine wütende Stichflamme. Sie musste sich kurz sammeln, ehe sie tief Luft holte. »Gut, Herr Dämon! Bitte. Dann ist das ab sofort eben deine Aufgabe! Nicht mein Problem!«

»Aber –«

»Nein! Nein! Definitiv aber so was von kein Aber. Weißt du, wie beschissen meine Woche war?«

Er nickte wie aus Reflex, doch auf ihr Schnauben hin schüttelte er den Kopf ganz langsam. Seine Augen glühten nicht mehr, dafür meinte nun Mona vor Wut in Flammen zu stehen.

»Diese Nacht war richtiger Dreck! Ich wäre fast erschossen worden, verflucht oder was weiß ich! Dieser Job ist das Einzige, was ich habe! Ich hab gerade erst angefangen! Ich versuch hier zu überleben, und du – du – ich muss mich von dir, einem

Erzdämon, rechtfertigen? Was für ein Erzpantoffeldämon bist du bitte? Lass dir halt was einfallen! Juckt. Mich. Nicht. Ich bin müde! Ich bin fertig!«

Balthasar hob beschwichtigend die Hände. »Ganz ruhig, ja?«

»Ganz ruhig?«, brüllte sie zurück.

»Nein, ernsthaft, du brennst förmlich.«

»Wie bitte?«

Er deutete auf ihre Hände. Augenblicklich stürmte sie an die Spüle, drehte den Wasserhahn auf und löschte die lichterloh brennenden violetten Finger.

»Dreck, Dreck, Dreck!«

»Hör mal –«, begann er, aber sie wandte sich um und knurrte ihn wütend an.

Ein merkwürdiges, verächtliches Lächeln wanderte über seine Lippen, und Balthasar räusperte sich. »Wie war der Name noch gleich?«

»Mona«, antwortete sie säuerlich.

»Gut. Also, Mona. Ich werde jetzt gehen und hoffe, dass das nicht wieder vorkommt, ja?«

»Ist das alles?«, fauchte sie.

»Mh – nun, netter Hintern?«

Balthasar verschwand, löste sich einfach in Luft auf, und Mona stierte für einen Moment völlig überfordert in den leeren Raum.

»Netter was?«, wiederholte sie irritiert und warf einen Blick über ihre Schulter. Das Badehandtuch fehlte. Es lag keinen Meter von ihr entfernt auf dem Boden – hatte offensichtlich ihrem Wutausbruch nicht standgehalten.

Komplett am Ende mit ihrem Latein stand sie nackt vor der Spüle, neben ihr das geöffnete Marmeladenglas, und die Hexe fragte sich, was sonst noch zu einem Weltuntergang dazugehörte.

MONTAG

02.7.2018

- ✗ ERÖFFNUNGSFEIER
- ✗ EXTRA VIEL KAFFEE
- ~~GUT AUSSCHLAFEN~~
- ✓ GLÜCKSBRINGER
- ✓ TOPFLAPPEN !!
- ✓ BANNSIEGEL ?

NACH DEM TRUBEL DIE SATANISCHEN WANDTEPPICHE BERUHIGEN
VIELLEICHT MITMACHEN BEIM AEROBIC-KURS ?
NEUE CD FÜR DIE VASEN EINLEGEN !
ERSTE SCHICHT MIT DER MUMIE, BORIS UND BEN SIND DABEI

WTF ist passiert??

[redacted]

DIENSTAG

03.7.2018

DER ERSCHEINT EINFACH SO ? IN MEINER KÜCHE ?
UND ER BESCHULDIGT MICH ?!
ARROGANT UND WIE SO EIN [redacted]
BOAHR MANCHMAL HASSE ICH KERLE SO SEHR ...

BAAL BEDEUTUNG: DÄMON, MEISTER, BESITZER, EHEMANN!
WTF YIKES ! "KÖNIG DER HÖLLE DES OSTENS." LOL WAS? NA KLAR
"EIN MANN MIT DREI KÖPFEN, EIN FROSCH, EIN MENSCH UND EINE KATZE"
DER ÄGYPTISCHE GOTT BAAL KLINGT AUCH NICHT BESSER.
FRUCHTBARKEITSGOTT ... JA KLAR. WAS AUCH SONST ...

Kapitel 13

Und täglich grüßt der Erzdämon

Am frühen Abend schaltete Mona ihre Stereoanlage aus. Die zarten Klänge des Scream-Metal hatten den Lärm des Feierabendverkehrs übertönt, nun dröhnten wieder Hupkonzert und Motorenbrummen durch das offene Fenster. Die verdreckten Glasscheiben mussten sowieso verschlossen werden, für Mona wurde es Zeit für die Arbeit. Sie zog die schwarzen Vorhänge zu, schnappte sich Lederschuhe, Schlüssel, Tasche und zu ihrem Leidwesen auch die blaue Nachtwächterjacke. Die Farbe biss sich ganz scheußlich mit ihrem roten Rock – ein unerträglicher Zustand. Seit Tagen hing ihr liebster karierter Rock schon im Schrank, es war einfach unmöglich, ihn mit diesem tiefseeblauen Jeansstoff zu kombinieren.

Gestresst hechtete Mona aus der Wohnung und eilte die Treppe hinunter. Drei Stockwerke voller kitschiger Fußabtreter und vertrockneter Topfpflanzen später stürzte sie regelrecht an den Briefkasten.

»Junge Frau, so schön, Sie zu sehen!«, krächzte es neben ihr. Für einen Moment starrte Mona ins Leere, drehte gerade den Schlüssel im Schloss des Postkastens herum.

»Das Wetter heute ist ausgesprochen unwirklich, oder?«

Langsam senkte sie den Kopf und blickte einer kleinen Greisin ins Gesicht. Das fehlte gerade noch – Nachbarschaftsplausch. Im ersten Moment konnte man Monas Nachbarin glatt für einen Zombie halten, so fahl und grau war sie. Die Haare fielen ihr aus, doch das hielt die Friseure offensichtlich nicht davon ab, mit ihnen Schindluder zu betreiben. Sie roch streng nach Dauerwelle. Bleiche Augen und ein freundliches Lächeln brachten Mona aus dem Konzept.

»Wetter? Unwirklich?«, wiederholte sie.

»Ja, sieht nach Regen aus. Schlimm so was, schlimm, schlimm!«

Small Talk. Eine Falle, in die Mona regelmäßig tappte, wenn sie versuchte, ihre Rechnungen aus dem Briefkasten zu klauben. Für gewöhnlich reichte die Schlagzeile des Tages aus, um innerhalb von fünf Minuten mit einem »Ich muss leider los!« zu verschwinden, aber Monas Kopf war leer und ausgebrannt und über einen Erzdämon wollte sie mit ihrer Nachbarin ganz bestimmt nicht plaudern. In gewisser Hinsicht waren Nachbarn schlimmer als Untote.

Die ältere Frau in ihrem geblümten Kleid kicherte heiser, hüstelte vor sich hin, ihr Kopf wackelte, während sie Mona weiter wie gebannt anstarrte. Tattoos im Wert mehrerer Tausend Euro, satanische Symbole und andere unchristliche Abbildungen reichten nicht aus – Mona sah, wie es in der alten Dame brodelte. Gleich würde es passieren. Gleich war sie gefangen, würde ihre Bahn verpassen, im Regen enden und ihren Job verlieren. Wegen Dieben, Mumien und der deutschen Unpünktlichkeit.

Die faltigen Lippen öffneten sich – langsam sog die Nachbarin die staubige Luft des Flurs ein. Ihre falschen Zähne glänzten im Schein der Deckenbeleuchtung. Ihre Zunge drückte sich nach unten und dann geschah es:

»Haben Sie das schon gehört? Von den Kramers aus 8b? Ach, ich sag Ihnen, so was lässt mich nachts nicht mehr schlafen. Einfach so ist denen alles genommen worden!«

Tratsch. Monas Nackenhaare stellten sich auf. Ein Schauer

lief ihr über den gesamten Körper. Jede innere Stimme, auch die Besorgniserregenden, schrie panisch auf und verlangte nach Flucht.

»Und dann all die Körperteile! Schlimm, schlimm is des! Ich sag Ihnen, zu meiner Zeit, da hat man so was noch im Müll beseitigt!« Sie schüttelte den Kopf, die dünnen Haare wackelten, Mona nickte. Vorsichtig beugte sich die Alte vor, als könne sie jemand belauschen, Mona folgte der Geste aus Überforderung.

»Ich sag Ihnen, das war bestimmt dieser Rocker aus 8g! Der mit den fettigen Haaren. Jeden Morgen wenn ich aus meinem Fenster zu ihm rüberschaue«, misstrauisch musterte Mona das Fernglas um den Hals der Frau, »dann seh ich ihn mit seinen Messern in der Küche hantieren!«

Beinahe hätte sie den Fehler gemacht, etwas zu erwidern. Dass der Mann Koch war, unten in der Bar arbeitete und bei der schmalzigen Musik, die er hörte, höchstens Monas Nerven tötete, niemals aber einen Nachbarn. Doch in den Ohren von Tratschweibern war dies die ideale Vorlage für einen Verschwörungsmythos.

»Aber gleich die ganze Familie! Zerlegt bis in die Innereien, hat die Frederike von nebenan beschrieben. Sie hat sich des angesehen! Wohnte ja direkt daneben. Die ganze Nacht soll es da geschrien haben, zehn Mal hat sie geklopft, dann geklingelt und einen bösen Brief unter der Tür durchgeschoben. Am nächsten Morgen wollte sie die Kramers zur Rede stellen wegen der Ruhestörung, aber da war des schon zu spät. Schlimm, schlimm so was. Wenn doch nur jemand Hilfe geholt hätte, sie konnt es och ne verstehen! Alles ein faules Pack, des sacht auch die Frederike. Wenn was passiert, dann gucken alle immer nur drein! Ich könnt ja nich, wegen mein Knie.«

Innerlich versteinerte Mona, sie hatte ihren Einsatz für ein

»Schlimm, schlimm!« verpasst und war nun direkt in die Hölle der Gebrechlichkeiten gerutscht.

»Arthrose sacht der Arzt! Aber ich glaub des nicht. Des kommt von diese Rudder!«

»Die was?«

»Rudder heißt des. Des haben sich meine Nachbarn geholt. Da kam extra so einer von die Telefon und hat des eingerichtet! Jetzt haben die das Indernett! Ach, all diese Strahlung! Seitdem ziept des nur noch in die Glieder!«

Mit einem Auge schielte Mona auf ihr Handy. Die Zahlen auf dem Display erzählten die Geschichte einer verpassten S-Bahn und flüsterten etwas von einem Bus. Wenn sie heute den Bus nehmen musste, an einem Abend, bis hinein nach Frankfurt – Verzweiflung kribbelte in ihrem Nacken. Vielleicht schaffte sie es noch bis zu Boris. Er wohnte in einem Anwesen außerhalb von Offenbach und besaß tatsächlich ein Auto. Mehrfach hatte er ihr angeboten, sie an einer der Haltestellen abzuholen, aber mit einem frisch erwachten Vampir am Abend einen kleinen Raum zu teilen, da könnte sie sich auch in Wurstwasser baden und in einen Hundezwinger springen. Hexen schmeckten den Blutsaugern vielleicht nicht, aber wenn ihr Instinkt mit ihnen durchging, interessierte das ihren Magen herzlich wenig.

»Und dann hat der des uffgestoche! Einfach so! Dieser ganze Eiter. Ich sag Ihnen, wenn man's dann sieht … ich hätte viel früher zum Arzt gehen sollen. Aber man kommt ja zu nichts. Schlimm, schlimm!« Inzwischen hatte sich ihre Nachbarin in ein neues Thema vertieft, und Mona blinzelte irritiert. »Schlimm, schlimm!«, erwiderte sie wie ein Roboter und traf dabei auf wohlwollendes Nicken.

Es musste ihr rasch eine Ablenkung einfallen. An ihrem ersten Tag in diesem heruntergekommenen Stadthaus machte sie den Fehler die Klatschdamen abwimmeln zu wollen. »Ich muss noch – das geht jetzt nicht – oh, schon so spät« und auffälliges Von-einem-Fuß-auf-den-anderen-Treten provozierte die empfindsamen Kreaturen. Tratschweiber aggressiv zu machen hatte fürchterliche Konsequenzen. Da Mona nicht auch mit einem Fernglas beobachtet werden wollte und sich bisher niemand über ihren Metal beschwert hatte, versuchte sie den friedvollen Weg zu beschreiten. Zuhören, lächeln, nicken, ein besorgtes »Aha« und »Oho«. Es war völlig gleich, wie man aussah, woher man kam, wenn man das Spiel mitspielte, taugte man höchstens zu einem Gelegenheitstratsch.

»Und Sie, junges Fräulein? Ist das ihr Mann? Ach, wir haben uns ja schon Sorgen um Sie gemacht. Immer so alleine!«, krächzte die Alte, und Mona riss verwundert die Augen auf. Die Nachbarin starrte hinter sie. Langsam ihrem Blick folgend drehte sich Mona herum und entdeckte zwei glühende Punkte in der Dunkelheit. Sie gehörten zu einem großen Mann mit sehr kritisch zusammengezogenen Augenbrauen.

»Balthasar«, flüsterte sie durch geschlossene Zähne, könnte schwören, ihn knurren zu hören.

»Ach, des is ja ein schener Anzug!«, kam es verzückt von der alten Frau. Sie faltete die Hände, wackelte glücklich mit ihrem Dauerwellenkopf. Gerade als sie erneut zu einem Schwall an Belanglosigkeiten ansetzen wollte, unterbrach sie Balthasars heisere Stimme: »Klingt, als würden sich da oben im Gang zwei streiten!«

Schneller als Mona gucken konnte, war die von Arthrose geschlagene Frau die Treppen hochgehuscht. Die Stufen knarzten unter den eiligen Schritten, und ihr Schnaufen verschwand mit ihr, lediglich der Geruch nach Trockenshampoo und Damenparfüm war im Raum stehen geblieben.

»Wieso ist mir das nicht eingefallen?«, keuchte Mona.

»Dir ist bewusst, dass ich schon den ganzen Tag in der Hölle arbeiten muss, auf so etwas wie das hier möchte ich an meinem Feierabend gerne verzichten! Aber … eines muss man der Dame lassen, sie gäbe eine großartige Dämonin ab. Folter der modernen Zeit anzupassen ist gar nicht so einf… hey, wo willst du hin?«

Aber Mona war schon aus der Tür gestürmt – vor ihm und der tickenden Zeit flüchtend. Wenn sie rannte, konnte sie die zweite S-Bahn noch erwischen, danach kam sie dann definitiv zu spät. Ihre Station war leider einen guten Fußmarsch entfernt, die Wolken am Himmel schienen sich auch gegen sie verschworen zu haben, und schon nach den ersten Metern Sprint traf sie ein Tropfen.

Ihm folgten Abertausende mehr. Innerhalb von Sekunden bildeten sich Pfützen auf dem schlecht gepflegten Pflaster. Die längst baufälligen Straßen schwammen bereits bei Nieselregen, mit einem richtigen Schauer waren sie völlig überfordert. Mona lief das Wasser den Rücken entlang, sie fühlte ihre Haare am Kopf kleben. Kein Eyeliner überlebte diese Fluten und ihre Schuhe quietschten, waren randvoll mit Regen. Sicher, sie war eine Hexe, aber das Wetter war tabu und wasserabweisende Hexereien für eine Feuerhexe keine Option. Ihre Wut über den bisherigen Tag würde jedoch reichen, um sie wieder zu trocknen. Es gab Momente, da war es praktisch, Feuer zu fangen, wenn die Gefühle überkochten – vielleicht nicht mitten in einem unterirdischen S-Bahnhof. Die Stufen zur Bahn eilte sie hinunter, nahm immer zwei Treppen auf einmal. Der bekannte Geruch nach Staub stieg ihr in die Nase. Stickige Wärme von Maschinen, die den Sauerstoff aus den Tunneln zu saugen schienen, schlug ihr entgegen. Doch da stand sie noch, ihre

Linie, besprüht mit unflätigem Graffiti. Sie wartete nur darauf – ein schriller Piepton zog sich durch das Gewölbe, Mona blieb stehen. Das letzte Signal war lediglich eine Warnung, es gar nicht erst zu versuchen. Wenn eine S-Bahn laut piepte, dann nur, weil die Türen drauf und dran waren, gleich alles zu zerquetschen, was ihnen in den Weg kam. Mit dem Gurgeln überholfähiger Motoren rauschte ihre Bahn davon und Mona, klitschnass und völlig außer Atem, brauchte nicht nachzufragen, sie wusste, wer neben ihr stand.

»Soll ich dich zur Arbeit bringen?« Balthasars Tonfall schwankte zwischen Abscheu und Resignation.

»Kannst du das denn?«

»Du bist eine Feuerhexe, richtig?«

Mona nickte.

Ein kräftiger Arm schlang sich um ihre Schultern, und sie wurde mit der Nase gegen Balthasars Brust gedrückt. Dann ging die Welt um sie herum in Flammen auf. Feuer wirbelte wie ein Tornado, hüllte beide ein und verschlang scheinbar den S-Bahnhof gleich mit. Die Realität verschwand. Nur einen Augenblick später, als der Vorhang der Hölle zu Boden fiel, stand Mona auf der Brücke nahe dem Mythohistorischen Museum. Von Offenbach nach Frankfurt innerhalb eines Wimpernschlags.

Balthasars Hand klopfte ihr ein paarmal fest auf den Hintern.

»Hey, was soll das?«

»Hm? Ich wollte nur … du hast gebrannt!«

»Wie bitte?« Sie drückte ihn von sich weg, hielt sich den Po und war erleichtert, dass der Rock den kleinen Brand anscheinend gut überstanden hatte.

»Meine Schuld, ich hab das Feuerportal zu knapp bemessen, du … na ja, wie gesagt, netter Hintern!« Zu seinem Glück verschwanden er, sein Grinsen und die glühenden Augen augenblicklich, denn Monas Finger glühten bereits und etwas in ihr wollte ihn gerne ohrfeigen.

»Dreifach verfluchte Dreckscheiße!«, fauchte sie. Gerade formte sich erneut der Gedanke, dass es wohl kaum schlimmer kommen konnte, da hörte sie über sich ein lautes Donnern. Der Regen war ihr bis nach Frankfurt gefolgt.

Kapitel 14
»Wir brauchen Regeln!«

Ben war ein ausgesprochen großer Werwolf. Doch etwas an seiner Schnauze verpasste ihm ein dauerhaftes Lächeln, und sein Fell war auch um einiges flauschiger als das eines normalen Wolfes. Er reichte Mona bis zur Brust, dennoch stellte sich Ben zur Begrüßung auf die Hinterpfoten und schleckte ihr einmal über das Gesicht. Solange er in dieser Gestalt war, konnte sie sich schlecht mit ihm unterhalten, und so gingen sie schweigend gemeinsam die Brücke entlang zum Museumsufer.

»Guck mal, Mama, so einen Hund will ich auch! Der trägt sogar einen Schulranzen!«, quietschte ein kleiner Junge, der aufgeregt am Arm seiner Mutter zerrte. Die schenkte jedoch nur ihrem Smartphone Beachtung und selbst wenn, Menschen hatten so ihre Probleme, Übernatürliches zu erkennen, egal wie offensichtlich es sich präsentierte. Kinderaugen sahen die Welt unvoreingenommen, aber die Märchenbücher beschränkten ihre Wahrnehmung schon früh auf Feen und Trolle.

Die schrille Kinderstimme verstummte, als Mona und Ben endlich die Straße vor dem Museum erreichten. Es wurde langsam dunkel und mit einem Summen sprangen die ersten Straßenlaternen an. Ein paar Motten beobachtend blickte Mona hinauf in die flackernden Lampen und seufzte.

»Gestresst?«, fragte Bens tiefe Stimme plötzlich neben ihr, und als sie den Kopf wieder senkte, wurde sie mit Bens nackter, braun gebrannter Brust konfrontiert. Wobei es fraglich war, ob man jemanden mit so viel Körperbehaarung als nackt bezeichnen konnte.

»Haben all deine Shorts hinten ein Loch?«, fragte sie.

»Nur einen Schlitz, aber … lass uns lieber reingehen. Ist 'n bisschen kühl!«, brummelte er. Eigentlich war er ja ganz attraktiv, sah man über seine verspielte Natur hinweg, die einfach zu sehr an einen Hund erinnerte. Sein kurzer zerzauster Bart und auch die Frisur verlangten nach einem Spiegel. Mona musste sich ebenfalls dringend in der Umkleide frisch machen. Verlaufenes Make-up – so gothic war sie dann doch nicht. Außerdem hieß es Smokey Eyes und nicht Smokey Face.

»Einen wundervollen Abend wünsche ich euch!« Gut gelaunt wie immer posierte Boris am Getränkeautomaten und gönnte sich eine Mogelpackung AB – gestrecktes Fruchtplasma mit ein klein wenig Spenderblut, offensichtlich Rhesusfaktor positiv. Nicht dass jemand außer einem Vampir einen Unterschied im Aroma feststellen konnte. Ob 0 oder AB, es war ein schlichter Werbegag. Die auffällig rote Dose war verziert mit einem verschnörkelten weißen Schriftzug. *Bloody Cola* war eine beliebte Marke unter Vampiren und im Sortiment jedes Automaten. Zwar stritten sich inzwischen die Experten über den enorm hohen Zuckeranteil in dem Snack, doch da bisher keinem Blutsauger die Reißzähne davon ausgefallen waren, beließ man es bei einer Debatte. Andere Marken, wie das deutsche *Fritz Blut,* setzten auf alternative Süßungsmittel, und einige Firmen verzichteten völlig auf Zusätze. Das hochwertige *Lügenwalder Müllersblut* konnte sich kaum jemand leisten, denn das stammte aus natürlichem »Anbau« und wurde nicht gestreckt. Diese Konserven gab es nur in sortierten Geschäften für übernatürliche Einkäufer. Auf den Slogan mit Ohrwurmpotenzial hätte die Welt jedoch verzichten können. »*Lügenwalder Müllersblut*, *Aaaaaader-lass*!«

Als Boris Mona entdeckte, brach er in schallendes Gelächter aus.

»Ahhh, zu Hilfe, ein Zombie!«, quietschte er und fasste sich theatralisch an die Brust.

Ben wirbelte herum, schaute hektisch hinter sich, runzelte die Stirn. »Was, wo denn?«, bellte er.

Das brachte den Vampir nur noch mehr zum Glucksen, und er japste nach Luft.

»Guten Abend, Boris«, knirschte Mona durch die Zähne hindurch, stapfte an dem sich krümmenden Mann vorbei in ihr Büro, das leider auch die Umkleide war, und eilte sofort zu ihrem Spind. Glücklicherweise hatte sie gerade heute alles dabei, um einen Make-up- und Klamottenunfall zu beseitigen, da ihr Spind letzte Nacht in Flammen aufgegangen war und sie ihn neu bestücken musste. Sie verstaute ihre Tasche, griff sich den Beutel mit Schminkutensilien und schlurfte in die Damentoilette. Sie musste nur das Hängeschild herumdrehen, damit aus dem Hosenmännchen ein Kleiderfrauchen wurde. Ein besonders magischer Trick des Direktors, um sich eine zweite Toilette zu sparen, und ständiger Streitpunkt mit Boris, der völlig zu Recht sogar eine dritte Alternative verlangte.

Kaum saß sie auf dem kalten Porzellandeckel der Kloschüssel, ließ ihr Smartphone einige aggressive *Plings* von sich hören. Es gab Menschen, die für jeden Satz und teilweise für jedes Wort eine neue Nachricht in den Messenger tippten, da der Zeilenumbruch anscheinend ihren Daumen zu sehr strapazierte. Genervt entsperrte Mona ihr Handy und starrte auf die unleserlichen Zeilen ihres Arbeitgebers.

Seufzend angelte Mona nach einem Abschminktuch und wischte sich damit eilig über das Gesicht. Bei der Menge an schwarzem Eyeliner brauchte sie allerdings ewig, um alle Reste zu entfernen, wirklich abgeschminkt hatte sie sich seit Jahren nicht mehr gesehen. Wasserfester Kajal war eine Lebenseinstellung. Immerhin gelang es ihr, die Wimperntusche und den Lidschatten wieder aufzufrischen. Ein wenig Puder und neuer Lippenstift verwandelten ihr bleiches Weiß in ein rosig helles Porzellan. Hastig verstaute sie die Utensilien in der kleinen Tasche und stand auf, um sich in dem dreckigen Spiegel vor dem Waschbecken noch einmal genauer unter die Lupe zu nehmen.

Ihr Urteil lautete akzeptabel. Nur die Müdigkeit konnte sie nicht weghexen. Resigniert drehte sie sich um und griff zu der alten Türklinke.

Es knirschte.

Sofort drückte sie noch einmal energisch auf den Hebel, doch außer einem lauten Knacken passierte nichts weiter. Das Schloss bewegte sich keinen Millimeter. Rütteln, Fluchen und Tritte mit einem mäßig trainierten Schienbein führten lediglich zu Frustration und Schmerzen.

Wieder gab das Smartphone ein dringliches *Pling* von sich. Gefolgt von einem *Pling*, *Pling*, einem vierten *Pling* und sieben weiteren. Auf Monas lautes »Boris? Ben?« folgte keine Antwort, denn deren Schicht hatte ebenfalls begonnen. Da half das Vampirgehör wenig, er war längst auf der anderen Seite des Gebäudekomplexes.

»Irgendjemand?«, brüllte sie durch die morsche Holztür. Wieder knackte es, gefolgt von einem enorm lauten Knirschen, denn die Platte wurde wortwörtlich aus den Angeln gehoben, es riss die Tür aus dem Rahmen und sie donnerte zu Boden.

»Wie viele Probleme kann ein Mensch an einem Tag eigentlich haben?«, platze es wütend aus Balthasar heraus, und Mona starrte in tiefschwarze Augen voller Feuer. Wie aufs Kommando grinste sie breit, schluckte die Schuld hinunter und zuckte mit den Schultern. »Sorry.«

»Sorry? Das ist alles, was dir dazu einfällt? Das ist eine Toilette!«

»Ich … hab nur mein Make-up aufgefrischt!«, stammelte Mona.

»Oh, und was, wenn dir mal das Klopapier ausgeht?«

Das war der Tag, der Mona veranlasste, niemals ohne Taschentücher, Klopapier oder Servietten aus dem Haus zu gehen. Auch stapelte sich seitdem eine Pyramide aus Klorollen in ihrem Badezimmer.

»Es ist nicht mein Tag!« Sie wusste nicht, wieso sie sich vor ihm rechtfertigen musste. Er war es gewesen, der einfach so den Vertrag besiegelt hatte und sich beschwören ließ – er, der seit Jahrtausenden auf diesem Planeten sein Unwesen trieb.

»Bist du hier fertig?«, knurrte er.

»Ja«, gab sie grantig zurück.

»Das letzte Mal, als ich mich in einer Damentoilette befand, hatte ich deutlich mehr Spaß.«

Mona verzog das Gesicht. Frustriert klopfte sie nicht existenten Staub von ihrer Kleidung, biss die Zähne zusammen und stapfte an dem Erzdämon vorbei aus dem Bad.

»O nein! Nicht schon wieder, ganz bestimmt nicht«, beschwerte er sich hinter ihr, folgte ihr bis in den Gang. »Du lässt mich jetzt nicht wieder stehen!«

»Ich hab kein Problem mehr, du kannst also gehen!«

»Wir müssen Regeln festlegen! Hörst du? Das hier kann sich nicht täglich wiederholen, Frau Hexe!«

»Dein Tonfall gefällt mir ganz und gar nicht, Mister Erzpantoffel!« Sicherlich tobte er gleich vor Wut. Aber Mona hatte Wichtigeres zu tun, denn ein erneutes *Pling* in ihrer Jackentasche wies auf – nun, vielleicht hatte sie doch noch ein Problem. Ein einziges *Pling*, das konnte nichts Gutes bedeuten. Langsam drehte sie sich zu dem Dämon herum, dessen Wut sich nun auch im restlichen Gesicht widerspiegelte. Attraktive Aggression ließ Mona hohl schlucken, und sie stammelte erst ein wenig, ehe sie sich traute, ihn zu fragen. »Hilfst du mir, damit ich nicht gefeuert werde?«

»Ich hasse dich«, raunte er heiser, nickte jedoch mit einem langen Seufzen. Ihm blieb ja gar keine andere Wahl, richtig? Sich in sein Schicksal fügend rieb er sich die Schläfen, die Anspannung in seinen Schultern lockerte sich sichtlich.

»Weißt du, was ich nicht verstehe?«

Mona schüttelte den Kopf.

»Du bist doch eine Hexe. Das da«, er deutete mit dem Daumen über die Schuler zur Klotür, »das hättest du alleine ohne Weiteres lösen können!«

Ertappt öffnete sie den Mund, nur um ihn sofort zu schließen. Für den Moment sah sie sicher aus wie ein stummer Fisch, der im Wasser nach Luft schnappte – und so fühlte sie sich auch.

Erwartungsvoll hob Balthasar die Augenbrauen.

»Wenn es darum geht, irgendwas Großes zu vollbringen, das geht, weißt du? Aber so Kleinigkeiten …«, gab sie leise zu. »Außerdem sind wir Hexen dazu angehalten, nur im Notfall zu hexen, und dann müssen wir das auch noch melden und so …«

»Wir brauchen Regeln!«, wiederholte er, und sie stimmte ihm zu. Denn Tage wie dieser waren für sie nicht ungewöhnlich, und auf einen Dämon auf dem Schoß in einer überfüllten S-Bahn wollte sie gerne verzichten.

»Können wir jetzt erst mal zum Direktor?«

Er grummelte unverständlich, folgte ihr jedoch durch den Flur bis in den nächsten Korridor, zum Treppenhaus und vor das Büro der Verwaltung.

»Wie stellst du dir das eigentlich vor?« Er beugte sich über Mona, als sie gerade an die Tür klopfen wollte.

»Ehhh …« Sie verharrte und schielte ihn von der Seite an.

»Soll ich ein gutes Wort für dich einlegen?« Das Grinsen hatte sie nicht erwartet, offensichtlich nahm er die Sache nun doch mit Humor.

Sofort machte sich in ihr Trotz breit, und sie funkelte ihn missmutig an. Etwas an ihm brachte sie zur Weißglut, und das war für Mona eher ungewöhnlich. Vielleicht, weil er sich so widersprüchlich verhielt. Erst ging sie ihm auf die Nerven, und jetzt amüsierte sie ihn?

»Du bist doch der superschlaue Dämon, lass dir halt was einfallen!«, gab sie zischend zurück. »Wehe, du versaust das, weil dann habe ich ganz, ganz viele Probleme, jeden Tag!«

Die Warnung zeigte ihre Wirkung, denn das breite Lächeln erstarb, und sie beobachtete, wie sich sein Unterkiefer etwas vorschob.

»Schinde halt ein bisschen Eindruck mit deinem – deinem Blingbling«, setzte sie nach und deutete mit der Hand wedelnd auf seine Ringe. Er verdrehte die Augen. »Typen wie ihr seid doch gut im Angebotemachen, die man nicht abschlagen kann, nicht?«

»Ich bin Hedgefonds-Manager und kein Mafioso!«

O natürlich war er das. Was denn auch sonst. Monas Laune erreichte einen noch nie da gewesenen Tiefpunkt, und sie knirschte mit den Zähnen. Resigniert drehte sie sich zur Tür und tippte ein paarmal unmotiviert mit dem Handrücken gegen das Holz, sich durch das fehlende Geräusch einen Aufschub erhoffend, doch der Direktor besaß anscheinend das Gehör eines Vampirs.

»Herein!!«, brüllte es befehlend.

»Ah, und ich bin hier der Dämon, hm?« Balthasar klang schon wieder amüsiert, sie schenkte ihm einen irritierten Blick und drückte mit zittrigen Fingern die Türklinke herunter.

»Da sind Sie ja endlich, das hat ja ewig gedau…« Mitten im Satz stockte der Direktor. Er zog die Luft durch seine großen Nasenlöcher ein, die Knöpfe seines Hemdes bebten unter den Muskeln, doch ehe er explodierte oder weitersprechen konnte, schritt Balthasar an Mona vorbei und setzte ein breites Lächeln auf.

»Was für ein glücklicher Zufall!«, flötete seine heisere Stimme melodisch. »Vor dem Museum bin ich Ihrer Mitarbeiterin begegnet, und sie war so frei, mich vor dem drohenden Regen hineinzulassen. Ausgesprochen aufmerksam von ihr. Dabei hatte ich nicht erwartet, dass eine Nachtwächterin mich erkennt!« Würden Versicherungsvertreter nur halb so verführerisch klingen, die ganze Welt hätte sich zum Schutze von Haus bis Hamster in den Ruin versichert. Dem Direktor klappte der Mund auf, verwirrt zog er die Brauen hoch, und die Glubschaugen rotierten ungläubig umher, musterten den Dämon.

Balthasar griff in seine Jacketttasche und holte ein Visitenkartenheft hervor. Er schob eine pechschwarze Karte über den Tisch. Sofort grabschte der Direktor nach dem Stück Karton, und dann erlitt der sonst so selbstsichere Mann mit einem Mal einen heftigen nervösen Schluckauf.

»Sie … Sie sind – *hick* … Balthasar Hass?«, stammelte er, als bekäme er keine Luft mehr.

»Höchstpersönlich!« Der Dämon schenkte ihm wieder ein erschreckend aufrichtiges Lächeln.

»Ksch …«, machte es.

Die Glubschaugen ihres Chefs fixierten nun Mona, verengten sich, und seine dralle Hand deutete ihr mit einer Geste an zu gehen. Sie nickte verstehend, erntete von Balthasar ein Zwinkern und schlich so schnell wie möglich aus dem Büro.

»War das etwa … er?«, säuselte Boris' helle Stimme, und Mona unterdrückte gerade so ein Kreischen. Der Vampir war plötzlich neben ihr aufgetaucht und lehnte an der Wand. Ohne etwas zu erwidern, ging sie an ihm vorbei den Flur hinunter.

»Wie unhöflich. So erkläre dich doch. Das war er, dessen bin ich mir sicher. Balthasar der Erzdämon, Herr der Hölle!«, plapperte er ihr hinterher, holte sie mühelos ein und ging rückwärts vor ihr her.

Sie verdrehte die Augen und seufzte. Sie wusste nicht mal, wieso ihr das alles so unangenehm war. Am liebsten wäre sie jetzt im Erdboden versunken, aber da wäre sie den Dämon wohl erst recht nicht mehr losgeworden.

»Bei der Beschwörung ist ein bisschen was schiefgegangen«, gab sie zu.

»Oh, wirklich? Das klingt äußerst interessant. Bitte führ das doch näher aus.«

»Gleich. Ich … ich will jetzt nur meine Sachen holen und dann zur Ausstellung. Es war ein sehr stressiger Tag. Sehr stressig. Zu stressig.«

Auf Boris' Miene machte sich ein besorgter Ausdruck breit, aber er nickte.

»Sicher? Na gut. Ich müsste ohnehin zurück zu meinem Block, doch …« Er seufzte wehmütig und versuchte es bei ihr mit einem fragenden Blick, der Bens Dackelaugen Konkurrenz machen konnte. Für jemanden in seinem Alter war er ausgesprochen ungeduldig. Mona konnte sich aber vorstellen, dass dieser Mangel an Durchhaltevermögen gerade der schlechten Erfahrung mit dem Warten entsprang. Wie oft er wohl in zweitausend Jahren bereits gewartet hatte? Und worauf? Jedes Jahrzehnt brachte seine Eigenheiten mit sich und völlig neue Möglichkeiten, sich die Beine in den Bauch zu stehen. Supermarktschlangen existierten erst seit etwas über hundert Jahren, Wartezimmer und Telefonhotlines legten noch mal ein Quäntchen Folter obendrauf. Und Mona glaubte fest dran, dass die Musik in der Telefonwarteschleife direkt aus der Hölle gesendet wurde, jede andere Erklärung ergab einfach keinen Sinn. Immerhin eine Frage, die sie Balthasar stellen konnte. Generell gab es da so einiges, was sie schon immer hatte wissen wollen und was nur ein Erzdämon beantworten konnte. Er machte einen durchaus humorvollen Eindruck, vielleicht … Dachte sie gerade wirklich darüber nach, mit einem Erzdämon zu plauschen? Mona schnaubte.

»Also, was es auch ist, ich bin ganz Ohr«, tönte Boris und stupste Mona nun mit seiner Schulter an.

Sie konnte ein Lächeln nicht unterdrücken.

»Kennst du Dämonen?«

»Persönlich? Ich habe schon welche getroffen, aber keine Höllenfürsten mit so viel Macht. Der Butzemann zählt ja auch als Dämon, wenn man die Definitionen der Kirche annimmt.«

Damit hatte er durchaus recht, und Mona verschränkte die Arme.

»Damals, zu meiner Zeit, da hat man Dämonen noch nicht so genannt. Da war dieser Balthasar eine Gottheit. Unheimlich irgendwie«, plauderte Boris, und sie stutzte.

»Sag mal, Boris. Also du kamst ursprünglich aus Italien, oder?«

Er hob fragend eine Augenbraue und nickte. »Teils, teils. Mein Vater ist Römer, meine Mutter Germanin. Einer der Gründe, wieso wir uns in Frankfurt niederließen. Keine einfache Zeit. Gerade für meine liebe Mutter nicht.« Der Vampir verhedderte sich sofort in dem neuen Gesprächsthema, und Mona hörte ihm einen Moment zu, ehe sie mit einem langen »Ehhh« dazwischenging.

»Und was für Dämonen sind dir da begegnet?« Vielleicht wusste er ja, wie sie damit am besten umzugehen hatte. Der Vampir schluckte sichtbar. Dann wurden seine Ohren leicht rosa.

»Nun«, begann er, räusperte sich trocken und schürzte seine Lippen. »Da war …« Erneut brach er ab und lachte affektiert.

»Boris?«

»Das ist ein wenig intim. Es war … eine kleine Feier.«

»Orgie?«

»Ungeplant!«, platzte es aus ihm heraus. Das ganze Blut aus seinen Dosen saß ihm nun im Kopf, und er fuhr sich nervös durch die Locken.

Mona konnte sich ein Lachen nicht verkneifen.

»Schon gut, du brauchst keine Details zu nennen. Ich verstehe. Hilft mir nur nicht weiter …« Sie stöhnte unglücklich. Boris schielte sie neugierig von der Seite an.

»Was ist denn genau passiert?«

»Ich werd ihn nicht mehr los.«

»Den Dämon?«

»Jupp.«

»Oha.«

»Du sagst es. A-aber lass uns später reden, ich muss das erst verdauen und gerade sollte ich eigentlich arbeiten.« Falls sie nicht gleich gefeuert wurde. Erzdämon hin oder her, am Ende konnte auch er den Direktor nicht überzeugen.

»Dämonen sind gar nicht so übel, musst du wissen. Im alten Rom waren die meisten wie gesagt noch Götter«, erklärte Boris.

»Mhm, und die hatten ja sooo einen guten Ruf!« Sie verdrehte die Augen, und dann musste auch der Vampir lachen.

»Stimmt schon.«

»Altes Rom …«, nuschelte Mona nachdenklich. »Sag mal, Boris klingt eigentlich nicht wie ein alter Name.«

Er schüttelte jedoch nur den Kopf.

»Und? Na, sag schon … wie lautete dein Name? Damals? Mit dem du geboren wurdest?« Die Neugierde hatte sie gepackt, doch er erwiderte mit einem Zähnefletschen.

»Komm, Boris! Sag's ihr ruhig!«

Mona zuckte zusammen, als Ben so plötzlich vor ihnen stand. Sie hatten einen Flur seines Zuständigkeitsbereichs erreicht, und auch Werwölfe verfügten über verdammt gute Ohren.

»Ihre Reaktion auf meinen jetzigen Namen war schon deutlich genug. Danke für den Spott«, deutete er an.

»I-ich hab nicht –«, murmelte Mona, erinnerte sich dann jedoch an ihr Lachen. »Sorry«, fügte sie hinzu.

Glühende Vampiraugen straften sie mit einem verletzten Blick, er zog die Nase theatralisch hoch und verschränkte die Arme.

»Kann doch nicht so schlimm sein … wirklich. Und … Boris ist … doch ein ganz netter Name.« Das Kichern hätte sie sich wohl sparen sollen. Jetzt wandte sich der Vampir beleidigt ab.

»Ahahaha, saulustig! Boris der Vampir! Früher hättest du dich nicht so amüsiert. Früher nannten sie mich Boris …«, er legte eine bedeutungsvolle Pause ein, drehte sich herum. Mit gerecktem Kinn schaute er dramatisch auf sie herab. »Boris die Bestie!«

»Mhmhmhm«, Mona unterdrückte das Lachen, zwang ihre Mundwinkel zum Gehorsam, sie zuckten verdächtig.

»Das hast du aus *Men in Black*!«, bellte Ben.

»Gar nicht!«

»Jetzt sag es ihr schon!«

»Ich werde auch nicht lachen! Ich meine, was soll es schon sein? So was wie Koitus interruptus?«, meinte Mona salopp. Sofort prustete Ben laut los.

Boris fauchte nur gereizt. »Hihihi! Ich bin eine Hexe, ich bin ja so lustig!«, blaffte er affektiert. »Hahaha, hihihi, seht mich an, mich und meinen tollen Namen! Hihihihiiii – Fräulein Ursulaaaaa Nosferatuhhhhhhh!«

Und dann zischte er ab, so schnell, dass er für Monas Augen verschwand. Verdattert blinzelte sie in den nun leeren Gang. Sie drehte sich mit einem Seufzen zu Ben um, der gerade herzhaft gähnte.

»Und wie heißt er nun?«

»Ach, das wird er dir schon irgendwann sagen – wenn er mal wen gebissen hat, der betrunken ist. Dann fällt er in die alte Zeit zurück und gibt Geschichten zum Besten!«

»Aber er ist doch vegan?«

»Nur solange er Single ist!«

»Ah, verstehe«, log Mona und starrte in den Flur. Es wurde Zeit, dass sie sich um die satanischen Wandteppiche kümmerte und eventuell verloren gegangene Marmorköpfe aufsammelte. Danach galt es, sich um den Sarkophag zu kümmern. Eines musste man dem Amt lassen, sie hatten das Museum in Windeseile wiederhergerichtet und Monas *missglückten* Reinigungszauber beseitigt. Etwas Normalität würde ihr guttun. Das Gespräch hatte sie ein bisschen abgelenkt und über den Vornamen ihres Kollegen grübelnd schlurfte Mona von Ben begleitet in Richtung Ausstellung.

Die Dunkelheit umhüllte die schmucke Skyline Frankfurts, und der Mond funkelte durch ein paar übrig gebliebene Regentropfen. Endlich war der verkorkste Arbeitstag vorbei. Kein Direktor, keine Mumie und keine Diebe, nur viele Stunden des Auf- und Abgehens, sorgsamen Herumstehens und Um-die-Ecken-Guckens. So langweilig das auch klang, nach dem gestrigen Tag war ihr das nur recht gewesen.

Mona schwang sich über das Geländer am Ausgang, sauste die Treppe hinunter und machte sich auf den Weg in Richtung S-Bahn. Sie konnte es gar nicht mehr abwarten, heiß zu duschen, so lange, bis das Bad einem Tropenwald glich. Und danach direkt ins Bett, zwischen schwarze Laken und herrlich weiche Kissen. Waden und Oberschenkel sowie ihr Rücken schrien regelrecht nach einer bequemen Matratze. Doch kaum bog sie um die nächste Ecke, da ertönte erneut ein leises *Pling* in ihrer Jackentasche. Halbherzig angelte sie nach dem Smartphone, erwischte erst ein paar krümelige Taschentuchreste und zog seufzend das summende Gerät heraus. *Pling*, machte es wieder. Dem energischen Pusten über das Display trotzten die Fussel aus Stoff und mitgewaschenen Tempos. Sie rollte genervt mit den Augen. Es handelte sich um eine unbekannte Nummer mit einer verdächtigen 666 am Ende. Erstaunt schaute sie auf die kurze Nachricht.

Sie fragte sich gar nicht erst, woher er ihre Kontaktdaten hatte; sie vermutete einen geschwätzigen Direktor dahinter.

Kaum hatte sie die Gasse hinter dem Museum verlassen, fiel ihr die schwarze Limousine am Straßenrand ins Auge. Sie wirkte deplatziert an der kleinen Straße mit all den veralteten Autos. Balthasar lehnte gegen eine der glänzenden Türen und zog an einer Zigarre. Elegant hatte er die langen Beine übereinandergeschlagen. Das Licht der Straßenlaterne spiegelte sich in dem polierten Schwarz seiner Lederschuhe. Es war das perfekte Bild moderner Dekadenz. Funkelnde Manschettenknöpfe, der dunkelblaue Nadelstreifenanzug, die Sonnenbrille – völlig überflüssig vor Sonnenaufgang –, teurer Tabak, ein BMW, der jedes Ego und sogar ganze Körperteile wachsen ließ. Monas Laune sank weit unter Kellerniveau. Sie war in der Hölle gelandet. Da traf es sich gut, dass ein Dämon sie von der Arbeit abholte.

Die Rebellin in ihr gab für den heutigen Tag auf. Mona war gegen Reichtum, Luxus und die noch immer im Patriarchat steckende Gesellschaft voller Bremser, die den Fortschritt und die Gleichberechtigung aller Kulturen mit Füßen traten. Sie war so weit links außen, dass sie bei Demos sarkastische Sticker auf Plakate von rechten Parteien klebte und bei dem Wort *ökologisch* schwitzige Hände bekam. Aber erschlagen von den Ereignissen trottete sie auf Balthasar zu und blieb artig vor ihm stehen.

Als er sie über seine Sonnenbrille hinweg ansah, sich dieses satte Grinsen auf seine Lippen schlich und tiefe Grübchen bildete, verschwamm das Bild vom Erzdämon. Er war so menschlich.

Verwirrung machte sich in ihr breit. Ihre Gedanken entglitten ihr, und dass der Dämon sie dabei augenscheinlich amüsiert beobachtete, brachte Monas Herz zum Hüpfen. Er pustete eine Rauchwolke in die Kälte der Nacht, und ihr Blick folgte dem einem Schädel seltsam ähnlichen Dunst, bis er in der Dunkelheit verschwand. Ihr wollte nicht einmal ein »Ehh« über die Lippen kommen.

»Musst du immer so lange auf eine vertrocknete Leiche aufpassen?«, raunte Balthasar heiser.

Irritiert sah sich Mona um. Hinter der Fassade des Mythohistorischen Museums leuchtete der Mond, und es war bereits beinahe zwei Uhr.

»Ich hab ein bisschen getrödelt. Ich war ganz schön … fertig von … von allem.« Die halbe Nacht war sie auf und ab getigert, über ihn nachdenkend, grübelnd, wie sie ihren Alltagsstress meistern sollte, wenn sie wissentlich einen Dämon mit in ihr Chaos zerrte.

Er öffnete ihr die Tür der Beifahrerseite.

Sie glotzte Balthasar für einen Moment fragend an, doch er

nickte ihr zu, deutete hinein, und sie ergab sich der Aufforderung. Schaden konnte er ihr ja nicht. Sie musste seinem Charakter nicht vertrauen, das Band der Beschwörung nahm ihr diese Last völlig ab. Es sei denn, er hatte ein Schlupfloch gefunden. Aber selbst wenn, welche Chance hatte sie schon gegen einen Erzdämon?

Der Wagen roch ganz zart nach Leder, Karamell und dem Aroma gebrannter Mandeln, das den Dämon immer umgab. Dabei fiel Mona die Tüte mit karamellisierten Süßigkeiten in der Beifahrertür auf. Irritiert zog sie die Packung heraus.

»Bedien dich ruhig.«

Wie auf Kommando knurrte ihr Magen, und allein der Stille wegen stopfte sie sich eine ganze Handvoll gezuckerter Mandeln in den Mund. Sie hatte absolut keine Lust auf diese Unterhaltung. Ächzend lehnte sie sich zurück und bereute es sofort. In so einem leisen Auto mit solch bequemen Sitzen hatte Mona noch nie gesessen. Ihr Rücken schmiegte sich gegen das Leder, als sei es für ihn geformt. Die Wärme einer Sitzheizung durchdrang ihre verspannte Wirbelsäule, und sie konnte ein zufriedenes Seufzen nicht unterdrücken.

Balthasar fuhr in Richtung Autobahnauffahrt. Der Motor schien nicht zu existieren, die Beschleunigung war kaum zu spüren, und vom Armaturenbrett leuchteten Mona modernste Anzeigen an. Wie in einem Raumschiff wartete hier die neueste Technik mit all ihrer Raffinesse auf, und für einen Moment erstarb jegliche anarchistische Ader in Mona. Hypnotisiert musterte sie all die Zahlen, Daten und blinkenden Lichter.

»Willst du gar nicht wissen, wohin wir fahren?«

Sie hob den Kopf, machte große Augen und entlockte ihm ein dunkles Lachen.

»Schon …?«

»Keine Sorge. Ich bringe dich nach Hause. Denn ich bin gerade auf dem Weg zu einer Schicht in … nun, meine Arbeit bringt mich manchmal ziemlich tief hinab, wenn du verstehst.«

Sie nickte langsam.

»Du fährst zur Hölle?« Über ihr Wortspiel musste Mona schmunzeln, und er schüttelte grinsend den Kopf.

»Ja, so ungefähr!«

»Und wo liegt die?«

»Du kennst doch sicher Hanau?«

Kapitel 15

Ein absonderlicher Nachmittag

Balthasar hatte Mona seine Handynummer gegeben und ihr nahegelegt, auch die Nummer seines Büros und sein Privattelefon einzuspeichern. Dann hatte er sie tatsächlich unversehrt vor ihrer jämmerlichen Stadtwohnung abgesetzt. Wenigstens hatte er sie nach der Adresse fragen müssen und die nicht auch schon in Erfahrung gebracht. Gab genügend Kerle, die so etwas als legitim angesehen hätten. Wenn sogar ein Dämon mehr Anstand besaß, die Gesellschaft war verloren.

Jetzt stand sie also im Chatkontakt mit einem Teufel. Sie musste versprechen, ihn in ausweglosen Situationen vor einer Panikreaktion zu kontaktieren. Gar nicht so einfach, denn die meisten ihrer inneren Hilferufe hatten sich bisher unbewusst formuliert. Hoffentlich konnte ihr dabei jemand helfen, der auf diese Feinheiten spezialisiert war. Glücklicherweise war genau heute der richtige Tag für solche Fragen, Mona hatte am Nachmittag einen Termin bei ihrem Psychoanalytiker. Es wäre doch gelacht, wenn sie nicht lernen konnte, ihre Stressreflexe rechtzeitig zu bemerken. Wenigstens früh genug, um Balthasar die Gelegenheit zu geben, sich eine Hose anzuziehen. Obwohl – sie biss sich auf die Lippe, als sie mit diesem Gedanken unter die Dusche stieg –, ein Blick konnte ja nicht schaden.

Was war nur aus ihr geworden? Das Leben einer Junghexe hätte alles andere als spannend sein sollen, denn erst mit der Zeit wuchsen die Kräfte, die Möglichkeiten, die Aufgaben. Sie war gerade Mitte zwanzig und schon an einen Dämon gebunden, mit einem Werwolf und einem Vampir befreundet, spielte Scharade mit einem Skelett, und zu allem Überfluss klingelte nun ihr Handy.

Mona trat gerade aus dem Badezimmer, vorsorglich mit mehr als einem Handtuch bekleidet. Ungläubig starrte sie auf das leuchtende Display.

»Das kann doch nicht wahr sein«, flüsterte sie. Nervös schaute sie über die Schulter – kein Balthasar. Erleichtert atmete sie durch und kämpfte gegen das Unwohlsein an, das die Nachricht in ihr ausgelöst hatte.

Bereitschaftsdienst – natürlich, sie war eine Hexe und dafür ausgebildet, in Notfällen einzugreifen. Zumindest hatte sie rudimentäre Kenntnisse der Dämonenaustreibung erlernt und ein Studium über Flüche genossen. Trotzdem erstaunte sie dieser Beschluss. Ihre Zeugnisse in Exorzismus glänzten mit unausreichend vielen *Ausreichend* für solche Verantwortung. Aber das Amt tätigte so einige absonderliche Entscheidungen, passend zu seinem Namen: AAA – das absonderliche Amt für Andersartige. Man hatte sich gegen »Amt für Unvolk« entschieden – glücklich war niemand mit der Alternative, Mensch passte jedoch nicht, und Person verfehlte ebenfalls die Zielgruppe.

Ausgerechnet Deutschland hatte begonnen, die magische Welt zu sortieren, in Akten, mit Labeln und Karteikarten. Nach der Bekanntgabe des Paranormalen hatte man hier direkt neue Gesetze und Zuständigkeiten aus dem Boden gestampft. Die Genauigkeit der Deutschen lockte mit scheinbar perfekter Arbeit und Sicherheiten. Neben den Menschenrechten erschuf man die Unmenschenrechte, die von Butzemann bis Werwolf alles abdeckten. Jenen Luxus hatte es früher bei den eigensinnigen Verfahren unter den Unnatürlichen nicht gegeben – das

System des AAA setzte sich also mühelos durch. Keine Todesstrafe und Tausende Paragrafen für Schlupflöcher und Hintertüren, ein gefundenes Fressen für Juristen.

Monas Tattoos waren dank dieser Gesetze allerdings illegal, ihre Hexenflammen auch und ihr Erzdämon wohl erst recht.

Großartig, ausgerechnet heute wartete mit dieser Verantwortung auf, dabei würde der Tag sie ohnehin schon an ihre Belastungsgrenze bringen, vielleicht sogar darüber. Wie auf Kommando klingelte ihr Smartphone erneut – auf diesen Anruf hatte sie jedoch gewartet.

»Hallo, Mama«, nuschelte sie in das Gerät, gähnte herzhaft und watschelte in ihre Küche. Dort wartete frisch gebrühter Kaffee auf sie. Sofort stellte sie auf Lautsprecher und hängte sich über die dampfend heiße Tasse, inhalierte den Geruch, als ginge es um ihr Leben. Sie würde ohnehin nicht mehr zu Wort kommen.

»Naaaaaa, mein Schatz? Wie lief es? Ich hab die Ausstellungseröffnung via Livestream gesehen. Das war ja ein richtig großer Akt! Mit all dem Feuerwerk und der Presse. So viele Leute. Das muss spannend gewesen sein. Warst du da? Sicher warst du das. Oder nicht? Immer verpasst du alles! Hast du dich gedrückt, wegen der Nachtschicht? Versau das alles bloß nicht, nur weil du wieder schluderst! Der Umzug war doch so teuer! Du weißt, du kannst das alles, aber du musst es wollen, Kind!«

Zum Glück bemerkte ihre Mutter Monas lautes Stöhnen nicht. Mona bemühte sich, ihre aufkeimende Wut im Kaffee zu ertränken, und rutschte dann vom Stuhl, um wieder ins Wohnzimmer zu gehen, die Tasse dabei fest umklammert.

Wollen war nie Monas Problem. Können, daran scheiterte es. Aber das hatte ihre Mutter nie verstanden. Jeder Versuch, darüber zu sprechen, endete mit Streit und Vorwürfen – Mona würde sich querstellen, ihr Erbe mit Füßen treten, all die Mühe, die ihre Familie mit ihr gehabt hatte, nicht wertschätzen. Wegen ihr hatten sie in ein Dorf ziehen und sich bedeckt halten müssen. Mona war das Wunderkind, die erste Hexe mit aktiven Kräften im Stammbaum – aber dieses Wunderkind war sie nur so lange, wie sie funktionierte. Die Erwartungen ihrer Mutter hatte sie jedoch nie erfüllen können. Und das Gespräch entwickelte sich bereits in eben diese Richtung, dabei hatte Mona nicht mehr als zwei Worte gesagt. Diese Erkenntnis ließ ihre Hände kleine Funken sprühen, einer davon landete in ihrem Kaffee, und sofort blubberte das Gebräu auf und schlug Blasen. »Dreck, Dreck, Dreck!«

»Was denn, Liebes?«

»Nichts, Mama!« Hastig stellte sie die Tasse auf den Nachttisch. Wie bei jedem Telefonat musste sie sich zusammenreißen, um nicht wütend zu werden. Wieder schaute sie sich um – kein Erzdämon. Wann sie wohl die Schwelle dafür überschritt? Was war nötig, damit er erschien?

»Hast du das Ankh gesehen?«

»Was?«, erkundigte sich Mona verwirrt.

»Na, beim Feuerwerk. Sie haben ein Ankh in den Himmel geschossen, das musst du doch gesehen haben. Und wie es sich dann ausgebreitet hat. Ich konnte es bis hierher fühlen. Drei Tage danach schien die Sonne. Der Himmel hat richtig gestrahlt. Muss die viele gute Energie gewesen sein. Ob man das mit anderen Symbolen hier vielleicht mal wiederholen kann? Weil, ich sag dir, es ist furchtbar düster zurzeit im Ort.«

In Mona schwoll der Drang an, sich zu all diesen Ausführungen zu äußern, aber ihr »Mama, so funktioniert Magie nicht« hätte am Ende zum Streit geführt, und das konnte sie gar nicht gebrauchen.

Es gab nämlich ein kleines bis mittelgroßes Problem: Monas Mutter war keine Hexe. Sie war eine ganz normale Frau, die gerne mit Tarotkarten und Edelsteinen spielte. Und selbst wenn sie thaumaturgische Talente besessen hätte, das Schrubben von Bergkristallen hätte ihr herzlich wenig gebracht. Hausfrauen-Esoterik war so wirksam wie Spurenelemente in Zuckerkugeln gegen Krebs.

Anstatt also gegen Windmühlen zu kämpfen, entschied sich Mona für ihren Kleiderschrank und ein maximal düsteres Outfit, um ihre Stimmung zu untermalen. Heute stand ein längst fälliger Besuch beim Psychoanalytiker an, da konnte sie endlich etwas anderes tragen als die dunkelblaue Uniform. Sie brauchte dringend ein paar Totenschädel, rote unleserliche Schrift und zerrissenes Leder.

»Wie sind die Leute denn so?«, wollte ihre Mutter wissen.

»Leute?«

»Deine Kollegen!«

»Ehh … Nett, sehr nett.«

»Aha«, kam es knapp zurück.

Ahnend, worauf es hinauslaufen würde, rang sich Mona ein »Wieso?« ab.

»Ach, ich spüre so düstere Schwingungen. Du weißt doch, wie andere dir immer mit ihren negativen Gedanken schaden.«

Monas Magen verkrampfte sich. Fast wünschte sie sich, dass ihre Mutter Balthasars dämonische Aura wirklich spüren konnte. Natürlich hatte sie lediglich Sorge, ob denn Monas Freunde auch gut für sie waren. Nur eben auf esoterische Art geäußert. Von Ben und Boris erzählte Mona lieber nichts, Männer waren ihrer Mutter ein Dorn im Auge, und Monas Ex-Freund war nicht nur vor ihren brennenden Händen davongelaufen, sondern auch vor Steinschalen und Aurastreicheln.

Mit der denkbar schlechtesten Laune ausgestattet trat sie aus ihrer Wohnung in den Flur und hörte sich auf dem Weg hinunter einen Vortrag über böse Kondensstreifen an. Wenn sie sich nicht sputete, verpasste sie die erste S-Bahn, und dann würde sie hetzen müssen, um – weiter kamen Monas Gedanken nicht. Als sie um die Ecke bog, stieß sie auf etwas Weiches. Im Hausflur standen sie: fünf Frauen. Gegen die kleinste war Mona gelaufen, und diese starrte sie entsetzt von unten herauf an. Alles in Mona verkrampfte sich. Das war ihr Ende. Das würde sie nicht auch noch überstehen. Große Augen, kleine Augen, je nach Brillenstärke, blinzelten ihr entgegen, und gerade öffnete Mona den Mund, um etwas zu sagen, da packte sie jemand am Arm. Ehe sie protestieren konnte oder begriff, was geschah, zog Balthasar sie auch schon an den Damen vorbei den Flur entlang. Er grummelte hörbar in sich hinein und blieb erst stehen, als sie um die nächste Ecke gebogen waren.

»Hallo«, nuschelte sie. Glühende Augen schenkten ihr einen vorwurfsvollen Blick. Wieso der Mann einen Rollkragenpullover trug, im Sommer – weshalb er ihm so höllisch stand und Mona das bemerken musste … Sie schluckte.

»Danke sehr. I-ich üb das noch mit dem B-beschwören. Das war wirklich nicht so geplant. Sorry!« Sie bemühte sich um ein ehrliches Lächeln, und tatsächlich, der missmutige Ausdruck löste sich und Balthasar rang sich ein resigniertes Schmunzeln ab. Aus dem Smartphone in ihrer Hand quäkte es leise, und er hob fragend eine Augenbraue.

»Meine Mama.« Mehr musste sie offensichtlich nicht sagen, der Dämon hob nun beide Brauen und war mit dem nächsten Blinzeln verschwunden.

Zwischen einigen »Mhm« und »Ja, ach so« verließ Mona das Gebäude und stiefelte zunächst in das Café unterhalb des kleinen Stadthauses. Vorn wartete schon der moderne Tresen auf sie, dahinter Sven, der schwedische Ladenbesitzer mit dem charmanten Lächeln.

»Wie immer?«

Sie seufzte dankbar und nickte.

Die Theke war lackschwarz mit roten Verzierungen und aus der Vitrine lachte Mona typisch hessisches Gebäck entgegen, nur dass jeglicher Zuckerguss schwarz statt weiß war und jemand die Berliner mit einer Fledermausschablone bezuckert hatte. Eine große Tafel lockte mit jeder Version von Kaffee und Tee, die man sich nur vorstellen konnte. Einzigartige Sorten mit eigensinnigen Namen, die man dem Punkrock entnommen hatte. Für Mona wurde es wie jeden Tag *Schoko Sex Pistols* mit Vanille- und Erdbeerstreuseln. In neonfarbener Kreide wies ein Schildchen auf neue extravagante Mischungen hin, und Monas stolperte irritiert über *BloddleTea* – »Garantierte Körpertemperatur to go!« Ihr wurde bei dem Gedanken an Blut mit Pflaumenaroma jedoch leicht übel.

»Und dann habe ich erst mal meine Bergkristalle gebadet! Die hatten sich ganz schrecklich aufgeladen mit all den düsteren Auren. Ich muss wohl mal wieder alles ausräuchern«, tönte das Smartphone, als Mona sich an einen Tisch setzte, um ihren zweiten Kaffee und ein Butterhörnchen zu sich zu nehmen. Nachmittags war hier nichts los, erst gegen Abend füllte sich das kleine Lokal. Wobei – so klein war das gar nicht. Weiter hinten in den Räumen wurde aus dem Café eine Bar mit vielen Stehtischen und einigen Kuschelecken. Folgte man den schwarzen Wänden bis ganz nach hinten, stieß man sogar auf eine Kleinkunstbühne. Einst war hier ein altes Theater untergebracht gewesen, nun hatten die Besitzer daraus ein edgy Hipster-Retro-Gothic-Punk-Rock-Café mit Musik-Bar gemacht. Der lange Name prangte in blutigen Lettern über der finsteren Markise und leuchtete nachts halbherzig. Die meisten Buchstaben waren mit der Zeit ausgefallen, von »Hipster-Retro-Gothic-Punk-Rock-Café mit Musik-Bar« war lediglich Hip-tro-c-ock übrig und gab dem Ort seinen doch eher speziellen Spitznamen: »das Cocks«. Die Bar war der Grund gewesen, wieso Mona hier eingezogen war, obwohl ihr das Amt eine bessere Wohnung bezahlt hätte. Aber diese Straßenecke war so Metal, so ungewöhnlich, ein wahrer Glückstreffer. Nicht nur für Mona, auch für andere düstere Seelen war das Cocks eine zweite Heimat. Dafür nahm sie die lange Anfahrt zum Museum auf sich.

»Und wie geht es dir, Kind?« Erschrocken horchte Mona auf. Die Frage vergaß ihre Mutter für gewöhnlich, und überfordert setzte Mona zu einem gestammelten »Ehhh« an, da war der Moment auch schon vorbei.

»Deinem Vater geht es übrigens sehr gut in seiner neuen Stelle. Ist ja nur eine Beförderung, aber wir haben bereits geplant …«

Wie unbedacht von ihr, als ob ihre Mutter jemals wirkliches Interesse an ihr gezeigt hätte. Monas Hand verkrampfte sich um ihren Kaffeebecher, und sie spürte die Hitze in dem Gefäß aufsteigen. Was würde ihre Mutter wohl zu geplatzten Busreifen, verfluchten Skeletten, brennenden Jacken im Spind, gefährlichen Mumien, einem schwarzmagischen Einbruch, einem Erzdämon sagen – sollte sie je dazu kommen, das zu erzählen? Sie wollte es. Mona fürchtete sich vor dem, was noch passieren würde, sehnte sich nach Trost, aber die Gartenzwerge und ihr richtiger Platz im Zen des Blumenbeetes forderten die volle Aufmerksamkeit ihrer Mutter. Ein falscher Satz reichte aus, und Mona war zum

Heulen zumute. Tapfer hatte sie alles ertragen, sich schöngeredet, versucht, es positiv zu sehen – aber in Wahrheit steckte sie in einem totalen Desaster und fühlte sich dem nicht annähernd gewachsen.

»Soll ich dich irgendwohin fahren?« Balthasar klang ganz so, als habe er sich mit der Situation bereits abgefunden. Er schwang seine langen Beine über den Stuhl neben Mona und setzte sich. Sie warf ihm einen beschämten Blick zu.

»Ich –«, begann sie.

»Ja, du übst noch, schon verstanden.« Der Erzdämon langte nach Monas Smartphone und beendete den Anruf. Die Panik, die sich in ihr ausbreitete, sah er ihr sicher an, aber er legte ihr nur bestimmend eine Hand auf die Schulter.

»Wenn es so unangenehm ist, dass du mich beschwörst, dann ist das ein Grund zum Auflegen. Und jetzt schreib ihr, dass die Verbindung abgerissen ist, weil – keine Ahnung – S-Bahn eben«, forderte er mit einem leichten Befehlston, und Mona fletschte die Zähne, begann aber sofort zu tippen.

»Das tut mir alles furchtbar leid!«

»Ja, bestimmt.« Er klang nicht überzeugt.

»Ich weiß nicht, wieso ich dich wegen so was beschwöre.«

»Wenn das von nun an mein Leben ist …«

»Nein, nein! I-ich bin heute beim Therapeuten und –« Doch ehe Mona weitersprechen konnte, hatte er sie wieder am Arm gepackt und zog sie mit sich hoch.

»Ich bring dich hin!«

»W-was, aber ich hab noch nicht aufgegessen!«

»Du gehst da jetzt sofort hin!«

»Ahaaaaa … und dieser Erzdämon, der Ihnen immer wieder erscheint, ist der nackt?« Der Therapeut kratzte mit seinem alten Bleistift schon über den Notizblock, ehe Mona etwas erwidern konnte.

»Ehh, nein? B-bisher nicht.«

»Ahaaaaaaa, tja wissen Sie, die menschliche Fantasie der Lust …«

»*Was*? Nein! So doch nicht! Ich hab ihn nur einmal beschworen, da war ich gerade duschen, und dann hat er mich nackt gesehen, weil … also das Marmeladenglas –«

»Ahahahaaaaa … so, so. Marmeladenglas«, scherzte er mit seiner sonoren Stimme, deren Akzent Mona sehr an ihre Klassenfahrt nach Wien erinnerte. Die Kommentare ihres Therapeuten waren leider weniger hilfreich. Der sterbliche Mensch tat sich schwer mit dem Übernatürlichen, und Mona erwartete auch nicht, dass er ihr glaubte. Er war aufgeklärt, vom Amt, von ihr, besaß die Bücher – er hätte es gekonnt, aber er hatte sich offensichtlich dagegen entschieden. Ihr tat es für gewöhnlich gut, sich aussprechen zu können, egal ob er ihre Geschichten für erfunden hielt. Heute jedoch nicht.

»Das Problem existiert nur in Ihrem Kopf. Stellen Sie sich den Konsequenzen, das wird so schwer nicht sein. Dieser Job bringt eben Veränderung mit sich«, verkündete er. Daraufhin erwiderte Mona mit einem schiefen Grinsen und stellte erleichtert fest, dass ihre Dreiviertelstunde bereits um war.

»Es läuft doch alles gut, Frau Nosferatuh! Lassen Sie das Leben zu, was für Konsequenz kann das schon haben?«

Monas *Konsequenz* war ein zwei Meter großer Erzdämon, und der war überhaupt nicht damit einverstanden, mit den Folgen zu leben. Wenn Mona ihre Gefühle freiließ, dann brannte es, harmlose Kraftausdrücke wurden zu entsetzlichen Flüchen, und er würde jedes Mal mittendrin sein. Das war keine Lösung. Dabei fühlte sie sich nicht hilflos im Alltag, eher hilflos ihren Emotionen gegenüber. Wurde es ernst, gar gefährlich, dann handelte sie, so gut sie konnte, da geriet sie nicht so leicht in Panik. Weder Geist, Zombie noch Vampir hatten sie je in Angst versetzt. Das musste sich doch auch irgendwie auf ein Marmeladenglas übertragen lassen. Besser: auf ihr ganzes verdammtes Leben. Der Überfall – ihre Schuld. Ihre Kräfte – ihre Schuld. Ein unglücklicher Erzdämon – ihre Schuld. Mütterliche Enttäuschung – ihre Schuld.

Mona war sich bewusst, dass sie ihrem Kopf gerade erlaubte, ihre Gedanken zu verdunkeln, und ihre Situation überdramatisierte. Aber verflucht, gestern hatten ihr finstere Magier an den Kragen gewollt, und obendrein belästigte sie einen höllischen, mächtigen Fürsten der Dämonen.

Noch immer überfordert mit der Welt verließ Mona die Praxis, fast schon fluchtartig. Sie fühlte sich taub und leer. Das war nicht die erwartete Unterstützung. Verzweiflung machte sich breit, dass es nichts gab, was ihr helfen konnte, dass niemand eine Antwort hatte. Sie selbst war das Problem, und zum ersten Mal war sie versucht, der einzig logischen Konsequenz zu folgen – geläutert würde ihr all das nicht passieren.

»Offensichtlich ist er nicht sehr gut«, bemerkte Balthasar. Er lehnte vor dem Gebäude an der Hauswand und zündete sich eine Zigarre an.

»Es tut mir leid!« Lauter als beabsichtigt entschuldigte sie sich und vergrub das Gesicht in ihren Händen. Der Erzdämon neben ihr hielt inne, und sie konnte hören, wie er sein Feuerzeug in der Jackettasche verstaute.

»Mona …«

»Ich versuch es ja. Aber wenn man aus Stress anfängt zu brennen, dann werden aus kleinen Problemen große und dann … dann erscheinst auch noch du und das ist wieder ein Problem – für mich und für dich. Ich will nicht dein Problem sein, ich will niemandes Problem sein! Allein der Gedanke stresst mich schon. I-ich weiß nicht, wie ich das verhindern soll. Ich kann das nicht!«, brach es aus ihr heraus. Dieser Konflikt verknotete sich in ihren Gedanken zu etwas schwer Begreiflichem, und gleich würde sie wirklich in Flammen stehen.

Wie schon vorhin fand seine Hand auf ihre Schulter, und Mona hob den Kopf, erwartete Wut zu sehen, aber in seinem Blick lag ein ernster Ausdruck.

»Bisschen viel gerade, hm?«

Nur mit Mühe schluckte sie die hochdrängenden Tränen hinunter und nickte.

»Deshalb hab ich das mit den Regeln angesprochen«, gab er an und tätschelte ihr behutsam den Rücken. »Hexe, ob wir wollen oder nicht, wir sind aneinander gebunden. Und ich weiß noch nicht, wohin uns das führt und ob es zu lösen ist. So lange müssen wir den Kompromiss eingehen und akzeptieren, dass das nun unser Schicksal ist. Wir sind beide schuld an dem Debakel! Und mir ist klar, dass du das nicht mit Absicht getan hast.«

Verdattert über seine Worte ließ Mona die Hände sinken, und er betrachtete sie für einen Moment abwartend.

»Was ist denn?«, wollte er wissen.

»Du willst das … akzeptieren?«

»Na, eine andere Wahl haben wir wohl kaum. Das hier wollte keiner von uns, aber was wir daraus machen, ist das, worum es uns jetzt gehen sollte, nicht?«

»Ich – ich hätte so was von dir nicht erwartet«, gestand sie.

»Von mir?«

»Dass du mich verstehst!«

»Oh – ja, sicher. Einfühlungsvermögen von einem Dämon. Klar!« Er ließ ein leises Schnauben verlauten und drehte den Kopf, um an seiner Zigarre zu ziehen.

Das war sein voller Ernst. Mona fühlte sich plötzlich so viel leichter. Wieder war es ein Wesen des Unvolks, das ihr mehr Verständnis entgegenbrachte als alle anderen. Und dann gerade er. Das, was ihr Therapeut nicht hatte formulieren können, klang bei ihm so simpel. Akzeptieren, sie musste diese absurde Situation akzeptieren. Viel war in den letzten Tagen geschehen, und doch stand sie hier, unterhielt sich gesund und munter mit einem Dämon – es hätte alles so viel schlimmer enden können. Ihre Lage mochte nicht ideal sein, aber es ließ sich nicht ändern. Da half kein Zittern und kein Flehen.

Das war also dieses Loslassen, von dem alle sprachen. Und er verlangte nichts weiter von ihr als genau das.

Sie murmelte ein aufrichtiges »Danke schön!«.

Misstrauisch beäugte Balthasar sie über die Schulter, ehe er den Kopf schüttelte und schmunzelte.

»Kann dir aber nicht versprechen, dass ich immer die beste Laune haben werde, wenn du mich beschwörst«, erklärte er und pustete ihr einen Rauchkringel ins Gesicht.

Mona zog eine Grimasse und knurrte unernst. »Dito!«

»Dann sind wir uns ja einig. Dann denk weniger an mich – verdammt, dass ich das zu einer attraktiven Hexe mal sagen würde.« Dieses Lachen klang unerwartet ehrlich. »Und konzentrier dich immer nur auf das Problem, das aktiv da ist, nicht die tausend, die kommen könnten. Ja?« Er ließ ihre Schulter los, und dann verschwammen seine Konturen.

»B-bitte was?«, stammelte sie, da war er bereits verschwunden. Wieder glühten seine Augen für den Moment nach, sein

Blick bohrte sich in Mona hinein, und sie hätte schwören können, dass er zwinkerte, ehe das Glühen verlosch. Ihr Herz stolperte, hüpfte spürbar aus dem Rhythmus in ihrer Brust. Nervös griff sie zu ihrer Jacke, zupfte an ihrer Halskette.

»Oh, oh«, flüsterte sie zu sich. Diese Wärme stammte nicht von ihrer Feuermagie, sie legte sich auf ihre Wangen. Höllisch attraktive Erzdämonen mit einer süßen Zunge – warnte die Kirche nicht genau davor? Wusste er, was er zu ihr sagen musste, weil er ein Fürst des Bösen war? Allerdings – seine Worte hatten ihr sämtliche Panik genommen, und zugegeben, wenn er ein Mensch gewesen wäre …

»Oh, oh«, entkam es ihr wieder, und schnell machte sich Mona auf den Weg zu ihrer S-Bahn. Sie solle nicht an ihn denken? Wie denn, wenn sie sein freches Grinsen für den restlichen Abend nicht mehr aus dem Kopf bekam?

Kapitel 16

Dämonenrave

Noch vor ein paar Wochen hatte Mona ein kleines Bullet Journal mit hübschen Beschriftungen, Stempeln und völlig von Hand gezeichnetem Design geführt. Inzwischen bestanden die Seiten ihres Büchleins nur noch aus chaotischen Notizen. Sie versuchte, ein Muster in den dämonischen Notfällen zu finden, um Balthasar und sich selbst zu entlasten. Gerade jetzt stellten die Umstände sie vor ein Rätsel.

Mona saß an ihrem Schreibtisch. Ihre Schicht war vorbei, die satanischen Wandteppiche hatten ihren Schal gefressen, Übermüdung drohte, und vor ihr glühte eine furchtbare Nachricht auf dem Display ihres Smartphones – doch von Balthasar keine Spur.

»Ich verstehe das nicht«, murmelte sie und scrollte durch den kurzen Text. Sie wurde zu einem thaumaturgischen Notfall gerufen, mitten in der Nacht und ganz in der Nähe des Museums. Müde, schlecht gelaunt, hungrig, genervt, unzufrieden – das alles hatte sie sich notiert, aber keine der Emotionen lockte den Erzdämon hervor.

»Was ist denn das für eine hässliche App?«, erkundigte sich Boris neugierig. Er hatte sich gerade umgezogen und schaute ihr nun dicht über die Schulter. Intensiver Zimtgeruch ließ Monas Magen knurren. Was würde sie jetzt für eine Zimtschnecke geben.

»Die ist vom Amt. Das ist die Offizielle-Warnungen-und-Informationen-des-AAA-Anwendung. Hab einen Fall bekommen, die schicken das darüber raus …«

Mona stand auf und gab dem Vampir das Smartphone, damit sie in Ruhe ihre Sachen packen konnte. Auf einen Ausflug hatte sie heute so gar keine Lust. Morgen wollte sie mit Amelie endlich mal wieder essen gehen. Dafür hätte sie gerne ausgeschlafen, ihre beste Freundin musste um zehn Uhr arbeiten und ihr blieb nur der frühe Morgen, um sie zu treffen. Aber lieber total übermüdet als Amelies Donnerwetter, wenn Mona sie erneut versetzte. Denn das – da war sich Mona sicher – würde nicht nur Balthasar, sondern gleich die ganze Hölle herbeirufen.

»Offizielle Warnungen und Informationen des AAA«, murmelte es hinter ihr und dann brach Boris in schallendes Gelächter aus, irritiert drehte sie sich zu ihm herum.

»OWUIAAA-App?«, keuchte er und deutete auf das Smartphone.

»Ehh …«

»Eine bessere Abkürzung ist denen nicht eingefallen?« Er schüttelte sich vor Lachen, und als er einmal fest auf den Tisch klopfte, meinte Mona etwas knacken zu hören – vermutlich die Holzplatte. Mit einem Augenrollen wandte sie sich wieder ihrem Schrank zu. Aber es schob sich eine weiße Hundeschnauze zwischen sie und ihren Spind. Bens große Augen blickten ihr entgegen, und er hechelte sie fröhlich an.

»Hallo, Süßer«, nuschelte sie und zwinkerte ihm zu. Wildes Schwanzwedeln. Sein übertrieben freudiges Ablecken hatte sie ihm abtrainieren können, aber sie sah ihm an, dass er sich zusammenreißen musste.

»Oh, hör dir das an, Ben! Das klingt wirklich aufregend. Unsere liebe Mona hat einen Sondereinsatz. Eine Läuterung. Du musst zu einer Läuterung, Mona? Was macht man denn da?« Boris trat an ihre Seite und gab ihr das Handy zurück.

»Sauber!«, erwiderte sie nur trocken und erntete einen

Schmollmund von ihm. Immer musste er überall dabei sein. Sie hatte nichts dagegen, ihre Freizeit mit ihm zu verbringen, sie hatten erschreckend viel gemeinsam, aber so langsam fragte sich Mona, was der Vampir vorher alles getrieben hatte und mit wem? Denn sein einziger Freund sabberte ihr gerade auf den Oberschenkel. Ben in seiner Wolfsform war ausgesprochen drollig, und irgendwas in Mona brachte sie sogar dazu, ihn hinter den Ohren zu kraulen. Seine lange weiße Schnauze schmiegte sich an ihr Bein. Mit einem Lächeln schob sie seine Nase zur Seite und schloss ihren Spind.

»Müllbeutel, Handschuhe, meine Kräuter, das Pulver, hmmm – ich glaube, ich habe alles«, sprach sie zu sich selbst.

»Ich komm mit!«, bellte es laut.

»Wah! Ben! Zieh dir was an!«, kreischte Mona erschrocken dem halb nackten Werwolf entgegen, der plötzlich in menschlicher Gestalt neben ihr stand. Ohne etwas zu erwidern oder Boris' Lachen zu beachten, stieg er in seinen Overall und dann in die Turnschuhe. Wild entschlossen griff er nach seinem Rucksack.

»Ben, das ist echt süß von dir, aber glaub mir … so eine Läuterung ist saulangweilig!«

»Ich muss aber auf dich aufpassen!«

Boris seufzte schneidend. »Das sagst du doch zu jedem!«

»Gar nicht wahr!«

»Wenn er mitkommt, dann komme ich auch mit!«

Mona holte gerade Luft, um die beiden Männer von ihrem Vorhaben abzubringen, da fiel ihr die ganze Arbeit rund um das Läutern ein, und sie schluckte die Widerworte hinunter. Ein Vampir mit seiner Geschwindigkeit und sogar der rammdösige Ben konnten ihr helfen, diesen Auftrag schnell zu erledigen, dann kam sie vielleicht rechtzeitig nach Hause und konnte morgen mit Amelie essen gehen. Außerdem lief sie keine Gefahr, Balthasar wegen irgendeiner Kleinigkeit zu beschwören, solange Ben und Boris bei ihr waren. Mit ihnen fühlte sie sich wenigstens nicht machtlos.

Wobei, machtlos war sie ja gar nicht. Sie kam bestens zurecht und war sich nicht sicher, weshalb sie ihn ständig herbeibeschwor – es brauchte wohl ein bestimmtes Gefühl, das sie noch nicht in Worte fassen konnte.

Letzte Woche hatte er Platz in einer überfüllten S-Bahn schaffen müssen, als Mona an schwitzigen Fußballfans zu ersticken gedroht hatte. Tags darauf hatte er in Unterwäsche im Supermarkt gestanden, weil sie ihr Kleingeld vergessen hatte. Kein Wort hatten sie darüber gewechselt, und Mona verfolgte seitdem ein ganz verkehrter Traum über einen Erzdämon, ein Kassenband und nackte Haut. Gestern dann hatte er ihr ein Taschentuch borgen müssen, weil sie mitten auf der Straße einen Niesanfall bekommen und nichts gegen eine völlig schnoddrige Nase dabeigehabt hatte. Wieder war er schweigsam geblieben, und Mona ahnte, dass seine Nerven bald überstrapaziert waren.

Besser, Boris und Ben halfen ihr bei der Läuterung. Allein der Weg dorthin bot unzählige Möglichkeiten für Katastrophen. Nur eine Buslinie führte in den Grüneburgpark, den Ort eines dämonischen Verbrechens, und um diese Uhrzeit fuhren dort nur Zombies mit.

Der Arbeitstag der drei Nachtwächter endete meist zur gleichen Zeit. Ihre Dienste waren nur so lange vonnöten, wie die verwünschten Relikte ihren Zirkus veranstalteten, und da die magische Gesellschaft so sehr auf nächtliche Flüche stand, endete der meiste Spuk nach Mitternacht. Um den Rest konnten sich gewöhnliche Wachleute kümmern, und für den Notfall gab es Bärbel.

Müde von mehreren Stunden Dienst stieg Mona an der Seite eines gähnenden Bens aus dem Bus. Nur der Vampir drehte um diese Uhrzeit erst so richtig auf, für den nachtaktiven Blutsauger begann der Tag. Er sprang regelrecht auf den Gehweg und breitete vor dem Grüneburgpark die Arme aus.

»Herrlich! Diese Luft, der kühle Hauch! Oh, schaut nur, wie sich milchig weiß das Licht der Nacht verfängt, einen See aus Mond und Sternen bildend.«

Irritiert von den Worten des Vampirs hob Mona den Kopf. Sie waren unter einer Straßenlaterne ausgestiegen, die unangenehm hell flackerte. Ein Dutzend Motten umkreiste die Lampe verwirrt, an- und abgestoßen vom ständigen Wechsel zwischen Licht und Schatten. Eine überraschend kühle Julinacht ließ Mona unter ihrer Lederjacke frösteln, sie hätte einen weniger tiefen Ausschnitt wählen sollen.

»Das sieht nicht gut aus«, murmelte sie mit einem Blick auf ihr Smartphone.

»Wieso?« Boris wirbelte herum und hing sofort wieder über ihrer Schulter.

»Siehst du diesen roten Bereich? Gerade hat sich das GPS aktualisiert und genau in diesem Radius müssen wir das Gelände läutern. Das kann dauern … es wird gegen vier langsam hell, und die Sonne geht um fünf Uhr auf.«

»Ach so.« Er schnaubte leise. »Das Ambrosia, meine Liebe. Ich halte ein paar Sonnenstrahlen aus. Mach dir keine Sorgen. Für den Fall der Fälle habe ich eine UV-reflektierende Decke im Rucksack.«

»Ehh«, entkam es Mona fragend, und er lachte affektiert.

»Makaber, ich weiß, ich weiß. Eine Leiche in eine silberne Decke einwickeln und wegtragen. Wäre nicht das erste Mal, dass Ben das machen muss.«

»Könnt ich aber darauf verzichten«, vermeldete Ben, der in Richtung des Parks starrte und sich gerade am Hintern kratzte. Vor ihnen lag die Schwärze von Bäumen und Gebüsch.

»Nur für den Notfall!« Boris verschränkte die Arme, und Mona vertraute auf seine Erfahrung. Sollte er bei Sonnenaufgang anfangen zu brennen, war sie leider die Letzte, die ihn löschen konnte.

»Na, dann kommt, je eher wir beginnen, desto besser«, forderte sie die zwei Männer auf und verließ mit ihnen den Gehweg hinein in den Schatten des Parks.

Nervös blickten sie jener Finsternis entgegen, die nur Bäume bei Nacht bewirken konnten. In diesem Moment war Mona mehr als froh, die beiden mitgenommen zu haben. Dieser Ort strahlte eine düstere Aura aus, und vielleicht stand das mit dem Notruf im Zusammenhang. Allein die Vorstellung, mit Balthasar einen Stadtpark zu läutern – wenn sie ihn hierherbeschwor, brachte sie das sicherlich ins Fegefeuer.

Flimmernde Straßenlaternen, ausgefallene Lampen, zwischen den Blättern glühten schwache Lichter hervor, der Rest des Parks lag in Schwärze. Boris und Ben schwiegen sich an, es war, als hätte jemand die Lautstärke der restlichen Welt deutlich erhöht. Jedes Rascheln rollte wie bedrohlicher Donner über die Wiesen hinweg, und es knackte unerwartet laut in den Ästen der Bäume. Ein Knirschen ließ Mona zusammenzucken. Schatten huschten von Gebüsch zu Gebüsch. Kein Windhauch berührte die Gänsehaut auf Monas Beinen, doch die Baumkronen schwankten hin und her, wie von unsichtbarer Macht getrieben.

Der Weg durch den Park glich dem Blick in eine Höhle. Die Dunkelheit verschluckte die Sicht, und ein feiner Nebel waberte über nasses Gras. Gezielt floss die weiße Masse aus Feuchtigkeit um Büsche und Bänke herum. In der Ferne hallte Hundegebell an ihre Ohren, und irgendwo hinter ihnen weinte ein Kind, die Abendbrise oder doch nur ein Hund? Richtig einladend für einen Spaziergang.

Halt suchend tastete Mona nach Bens Arm, und die Geste bemerkend schnappte Boris ihre andere freie Hand.

»Sicher, dass das eine einfache Läuterung wird?«, flüsterte der Vampir dicht an ihrem Ohr.

»Siehst du was?«

»Nichts Ungewöhnliches, wobei das hier ein Frankfurter Stadtpark ist. Ungewöhnlich zu definieren ist da leichter gesagt als getan. Die Puppenköpfe dort drüben im Gras könnte man so bezeichnen.«

Schmunzelnd schüttelte sie den Kopf, und Boris seufzte. »Ein Glück, die würde ich mir nur ungern näher besehen. Wir haben eine Porzellanpuppe in meiner Abteilung und die fängt bei Vollmond an zu sprechen … genauer genommen nennt sie mich Mama und –« Sie spürte, wie ein Schauer durch Boris' Körper jagte, und nun war es der Vampir, der sich dichter an sie drückte.

Sie gingen so langsam Hand in Hand, Mona meinte kaum vorangekommen zu sein, aber ein Blick hinter sich verriet, dass sie inzwischen von der Schwärze des Parks eingeschlossen waren. Was auch immer hier geschehen war, die Straßenlaternen waren alle durchgebrannt.

»Das ist aber nicht wieder so ein Dunkle-Magie-Kram?«, maulte Ben mit einem Winseln und besah sich eine der Lampen, an der sie vorbeikamen.

»Nein, das glaub ich nicht. Doch nicht in einem einfachen Stadtpark und wozu? Siehst du denn was?«

Ben schüttelte den Kopf. »Ich wittere aber.«

»Was denn?«, hakte Mona neugierig nach.

»Na, den da. Hier riecht's nach Nachtisch, und der Zimtgeruch beißt mich in die Nase!« Ben deutete auf den Vampir ,und der schnalzte sofort mit der Zunge.

»O entschuldigt, wenn ich dem feinen Herrn zu gut rieche!«

»Gut würde ich das nicht nennen. Hast du heut was vor oder wie?«

»Nein, ich dufte wie immer!« Boris klang beleidigt, und verwundert schnupperte Mona an ihm. Sie hatte sich inzwischen an sein Aroma gewöhnt und konnte auch keinen Unterschied feststellen.

»Tust du nicht, das ist viel süßer als sonst, und das nervt!« Seine Aussage untermauernd rieb sich Ben die Nase.

»Banause!«

»Fahr doch selber nach Hause!«, gab der Werwolf dumpf zurück.

Boris' lautes Stöhnen hallte über den Weg vor ihnen und aus irgendeinem Grund hatte Mona das Bedürfnis, sich zu ducken. Gothics sagte man lange Spaziergänge auf Friedhöfen nach, aber das machte sie nicht weniger unheimlich, und obendrein war Mona in der Lage, Geister zu sehen. An diese Art Grusel hatte sie sich also nie gewöhnt. Und als Boris sie spontan losließ, zuckte sie heftig zusammen. Wäre da nicht Bens Arm gewesen, um sich daran festzuklammern, hätte der Erzdämon spätestens jetzt neben ihr gestanden.

»Ihhhhh!«, quietschte der Vampir aufgeregt, hob sein Bein an und betrachtete einen halb leeren Joghurtbecher, der flach unter seiner Schuhsohle klebte. Panisch schüttelte er seinen Fuß.

»Boris, pass auf, das ist kein normaler Joghurt!«, ermahnte ihn Mona, und er hielt sofort inne. Sie ließ Ben los und sah sich das genauer an. Endlich – ein Anzeichen für eine ganz normale Läuterung. Sie hatte schon mit dem Schlimmsten gerechnet. All die Dunkelheit. Vielleicht handelte es sich doch um dunkle Magie oder einen flächendeckenden Fluch. Aber das hier ließ Mona glücklich aufatmen.

Boris verstand nicht, was los war. »Bitte!?«

»Die Dämonen. Wir sind hier wegen einer Läuterung, schon vergessen? Wir müssen vorsichtig sein!«

»Und was hat dieses Stück Plastik damit zu tun?«

Mona schaute sich prüfend um, zückte dann ihr Smartphone und leuchtete in den Weg vor ihnen.

»Da!«, rief sie und deutete auf eine leere Dose.

»Da, was da?« Boris klang gereizt.

»Ich weiß, das war früher sicher anders. Aber bei einer Läuterung geht es darum, von Dämonen besessene Gegenstände zu reinigen und –«

»Du willst mir sagen, dass der ganze Scheiß hier besessen ist?« Seine Stimme überschlug sich, und nun schüttelte Boris so heftig das Bein, dass der Joghurtbecher davonflog und gegen einen Baumstamm am Wegrand prallte. Zumindest hätte man das erwartet. Stattdessen zischte er geradewegs durch das Holz und hinterließ ein schwach blau glühendes Loch.

»Boris! Ich hab dir doch gesagt, du sollst aufpassen!«

Zittrig setzte er sein Bein ab, entschied sich dann jedoch dafür, seinen Fuß wieder zu heben und zeigte auf seinen Turnschuh.

»U-und da-da-da-das? W-was mach ich mi-mit dem Joghurtrest?«, stammelte er.

Mona konnte sich ein Lachen nicht verkneifen. »Nur der

Becher, alles gut! Milchprodukte sind resistent. Liegt wohl am teuflischen Herstellungsverfahren, keine Ahnung.«

Erleichtert setzte er den Fuß wieder auf, wischte jedoch energisch mit dem Schuh über den Grasstreifen neben dem Weg und fluchte.

Mona beleuchtete das Areal vor ihnen, aber dann erstrahlte mit einem Mal der Park in einem hellen Lichtkegel. Ben hatte seine Taschenlampe rausgeholt.

»Daran hätte ich auch denken sollen, aber die – die gehört dem Museum«, murmelte Mona und ließ Bens Grinsen unkommentiert.

Überall, zwischen jedem Busch, alle paar Meter im Gras, an, unter und auf Bäumen, lag Abfall. Tüten, Dosen, Flaschen, Becher, Verpackungen, Pappe, Pizzakartons, ein kaputter Einkaufswagen, drei Fahrradreifen, diverse verdächtig geformte kleine Ballons, einige Schuhe, Socken, eine Unterhose, ein Stoppschild, Dutzende Kerzen und in der Mitte prangte ein auf die Wiese gespraytes Pentagramm.

Sofort steuerte sie darauf zu. Was für ein Glück, es handelte sich wirklich nur um eine klassische Dämonenparty. Damit hatte Mona Erfahrung und so einige während ihres Studiums aufräumen müssen, manchmal verursacht von ihren Mitstudierenden. Das Pentakel im Gras beinhaltete mehrere Schreibfehler, die man wieder ausgestrichen hatte, und ringsherum war der Rasen verbrannt. Dieser Teil des Parks leuchtete durch glänzendes Plastik und bunte Müllreste, erzählte die Geschichte einer heftigen Feier. Was für ein harter Kontrast zu der hübschen Kirche dahinter, deren goldene Kuppeln sauber funkelten und Reichtum versprachen. Immerhin hatten sie endlich ihr Ziel erreicht, und Mona konnte mit ihrer Arbeit beginnen.

Wie aufs Stichwort erklang ein Stöhnen aus einem finsteren

Gebüsch, und alarmiert trat Ben vor. Keine zwei Meter neben den dreien raschelte es auffällig, und Boris kreischte auf. Während er sich hinter Ben versteckte, der ein Knurren von sich gab, reckte sich Mona vorsichtig an den breiten Schultern vorbei. Aus dem Gestrüpp rollte ihnen eine Gestalt entgegen.

»Ach, sieh an, der Butzemann!«, murmelte Mona erleichtert.

»Das heis Biba… budsedann …«, kam es genuschelt zurück, und das ballförmige Männchen erhob sich mühsam, versuchte verzweifelt, auf seine kurzen Stummelbeinchen zu kommen, purzelte aber jedes Mal zur Seite und blieb erst mal liegen. Ein lautes Rülpsen dröhnte in die Nacht.

»Ihr habt nicht etwa einen unangemeldeten Rave gefeiert, oder?«, tadelte sie ihn.

Der kleine Butzemann schnaubte. Ungelenk erhob er sich, nur um sofort vornüberzukippen. Fluchend blieb er auf dem runden Bauch liegen und ruderte mit den Armen. Es war wirklich unpraktisch, wie ein Ball geformt zu sein. Endlich bekam er Halt unter seinen wurstigen Fingern und stemmte sich mit einem Ächzen hoch.

»Du bis doch die heise Hexe … oder nis?«

»Ehhhh … Kommt darauf an, wer fragt.«

»Duu richsd verdäschtsch nach Hölle, Süße … warse hier auch feiern?«

Ihre Augenbrauen zogen sich zusammen, und sie schnupperte kurz in ihre Jacke hinein. Alles wie immer, Fliederduschgel und Leder. Konnte er etwa riechen, dass sie einen Bund mit Balthasar eingegangen war?

»Lenk jetzt nicht ab, was war hier los?« Sie bemühte sich um eine feste Stimme. Immerhin stand sie zwischen einem Altvampir und einem knurrenden Werwolf. Heute musste sie sich nichts gefallen lassen.

Der kleine Mann zuckte mit den Schultern, wobei ein Ruck durch seinen ganzen Körper ging, denn er besaß kaum Hals.

»Das wa grosss andekündischt in der Grubbe! Alls offischell von Fasbuck … *hicks* … Uff … schuldinung!« Er gestikulierte ausladend mit seinen dünnen Armen und kam dabei wieder verdächtig ins Schwanken.

»Nur weil jemand ein Facebook-Event aufmacht, ist das noch lange nichts Offizielles. Ihr habt gegen insgesamt sieben Auflagen verstoßen! Das ist ein P28! Das bedeutet Ausgangssperre! Verstoß gegen das Verbot von dämonischen Versammlungen in der Menschenwelt. Verschmutzung einer städtischen Parkanlage. Verunreinigung menschlicher Besitztümer durch negative Schwingungen. Ruhestörung«, gerade wollte Mona wieder Luft holen, da brummte Biba laut.

»Ja, ja, ja. Is … kla … war ich nich … war nur … sufällig hir!«

»Ja, sicher! Und wer hat das Event veranstaltet?«

Der Butzemann rülpste wieder. »Muss … jez los …« Zwei Schritte gelangen ihm, er ruderte hin und her wie ein sinkendes Schiff, schlussendlich verdrehte er die Augen und kippte um. Mit einem leisen *Puff* verschwand er und hinterließ eine Staubwolke wie ein billiger Cartooncharakter.

»Wo ist er hin?«, bellte Ben überrascht.

»In seine Butze, vermute ich! Ach Dreck.« Mona stapfte missmutig auf die Wiese zwischen all den Müll und kramte in ihrer Handtasche. »Wird Zeit, dass wir anfangen. Kommt her, ihr braucht dafür Ausrüstung!«

Sofort war Boris wieder bester Laune und hüpfte freudig an ihrer Seite auf und ab, starrte sie neugierig an. Das breite Grinsen verging ihm aber, als Mona ihm eine Rolle mit Müllbeuteln in die Hand drückte, dazu ein paar Handschuhe.

»Du auch, Ben, komm her!«

»Wozu brauchen wir denn das?«, wollte er wissen, trottete zu Mona und nahm einen Beutel entgegen.

»Für den ganzen Müll!«

»Was?«, kam es von Boris. »Sind wir die Parkreinigung? Handschuhe? Das Ding hat 'nen Baum durchbohrt!«

»Ehhhhh … Geisterjäger, Parkreinigung, so ein großer Unterschied ist da nicht. Glaub mir! Wirf das Zeug einfach nicht herum, hm?«

»Aber dann kann das doch auch die Müllabfuhr machen«, quengelte er.

»Du bist untot, der da ein magischer Hund, ich eine Hexe – vergiss nicht, dass das Zeug auf uns weniger Wirkung hat. Der ganze Ort ist durch höllische Energie verseucht. Stell dir vor, so ein Becher durchbohrt nicht einen Baum, sondern –«

»Ja, ja, ja!« Er machte eine abfällige Bewegung mit der Hand und schnappte sich einen Müllbeutel.

»Alles, was die Wesen aus der Unterwelt an den Lippen hatten oder anderweitig intensiv genutzt haben, ist potenziell gefährlich.«

Mona bückte sich und hob mit spitzen Fingern eine kleine weiße Verpackung hoch. Neben einem blutroten M stand etwas von »Chili Fies Nuggets« mit höllisch scharfer Soße.

»Fast Food? Deshalb kommen die an die Oberwelt? Was für Versager.« Boris roch interessiert an dem Behältnis, verzog aber sofort das Gesicht. »Bah! Schwefel!«

»Wenn Menschen so was finden würden … gerade Besucher einer Kirche«, sie deutete auf die Türme der Georgioskirche. »Ihr könnt euch vorstellen, was dann los wäre?«

»Der Teufel?«, kicherte Ben, doch seine Mundwinkel sanken unter Monas wütendem Blick herab.

»Was soll der ganze Aufstand? Dann unterrichtet man die

Parkreinigung eben, wie sie das hier richtig sauber machen müssen. Ich bitte dich! Wir Vampire sind der Welt bekannt und genießen inzwischen einen recht guten Ruf. Aufklärung ist der Schlüssel!«

»Guter Ruf – komm schon, Vampire sind im Trend, weil alle Welt geil auf euch ist! Du brauchst jetzt gar nicht so zu grinsen. Und trotzdem leugnen euch so viele wie möglich. Untote, Werwölfe … schön und gut. Aber Dämonen und Engel? Die Menschen dürfen nichts von der großen Religionskoalition erfahren, sonst bricht das Chaos aus. Ihr wisst doch, wie fanatisch die an ihren Wahrheiten hängen!«

»Wegen 'ner Pappschachtel?«, Boris grunzte leise.

»Ja, ich weiß, aber das ist Futter für Verschwörungstheoretiker.«

Ben begutachtete den übrig gebliebenen Chili Fies Nugget mit großer Neugierde. »Ist das Zeug jetzt giftig?«

»Dämonische Schwingungen sind schlecht für den Magen.«

Gerade so stoppte sich Ben davor, den verschrumpelten Nugget in den Mund zu schieben, und stopfte ihn enttäuscht zurück in die Pappschachtel. Die Frustration in seinem Gesicht erinnerte an einen unglücklichen Dackel, und Mona seufzte.

»Wir kaufen dir auf dem Rückweg 'ne Box mit anständigen Chicken-Nuggets, hm?«

»Ach, er kriegt wieder 'ne Extrawurst, oder wie?«, beschwerte sich Boris.

»Ich krieg auch noch 'ne Wurst?«

»… wieso rede ich eigentlich mit dir.« Der Vampir knirschte hörbar mit den Zähnen und faltete dann mit einem energischen Ruck den Müllsack auf. Es quietschte unangenehm, als er sich die Gummihandschuhe überzog. Kurz ließ er den Blick über die Grasfläche schweifen, dann sauste er auch schon los.

Mona konnte beobachten, wie ein unscharfer Streifen Vampirgeschwindigkeit durch den Park wuselte, und wie von unsichtbarer Hand verschwand der Müll in seinem Weg. Ben ging weniger motiviert an die Arbeit, anscheinend lenkte ihn der Gedanke an Nuggets und Würstchen ab, doch auch er bückte sich nach einer Packung Gummibärchen und stopfte sie in seine Mülltüte.

Zufrieden rieb sich Mona die Hände. Das Aufräumen hätte sie ohne Hilfe die restliche Nacht gekostet, jetzt konnte sie sich um das Pentagramm kümmern. Offensichtlich hatte jemand die Dämonen zum Feiern beschworen – oder es zumindest versucht. Langsam näherte sie sich dem verbrannten Gras und nahm erst mal die Inschriften genauer unter die Lupe. *Venite ad convivium et gaudium – Kommt zu Party und Freude.* Wobei man *gaudium* mehrfach falsch geschrieben hatte.

»Also doch keine Beschwörung …«, murmelte sie. Jemand hatte lediglich eine Botschaft gesendet, und wenn es um Feierei und Orgien ging, dann sagten Dämonen nicht Nein. Wer den ganzen Tag in der Hölle unartige Seelen läuterte, der hatte danach dringend Erholung nötig. Es brauchte keine Hexe, sondern nur ein paar betrunkene Halbstarke, die die korrekten Symbole ins Gras sprayten, und die Kunde von Völlerei und Sex im Park erreichte in der Hölle genau die Richtigen. Vermutlich ein Dämon, der nicht allein feiern wollte. Immerhin war die Unterweltdichte hier besonders hoch, nur ein paar Meter weiter befand sich die Goethe-Universität mit ihren viertausend Rechtswissenschaftsstudenten. Der Anteil an Teufeln unter ihnen war entsprechend beachtlich. Das mit der Ablenkung verstand Mona völlig, aber mussten sie so über die Stränge schlagen? Konnte sie nicht einfach in ihrer Hölle bleiben?

Angewidert griff sie durch den Müllsack hindurch nach den Überresten einer besonders ausgelassenen Ablenkung. Hoffentlich waren hieran keine Menschen beteiligt gewesen, denn der Rest der ausgelassenen Ablenkung hatte ein Loch. Kommentiert mit einem »Ihhhhh« ließ Mona auch das letzte Kondom in ihre Tüte wandern und richtete sich auf. Wieso passten diese Teufel nicht besser auf? Sonst wunderte man sich wieder, weshalb das ungeplante Kind seltsam roch und von einem brennenden Verlangen nach Gerechtigkeit besessen war.

Mona kramte eine kleine Sprühdose aus ihrer Handtasche und strich das Pentagramm energisch durch. Dazu war kein Ritus nötig, kein biblischer Spruch. Sie war eine Hexe und ihre Hände magisch, alles, was sie anfasste, hatte automatisch eine gewisse Wirkung. Geweihtes Spraypaint war in ihren Fingern eine beinahe tödliche Waffe gegen höllisches Ungeziefer. Mit einer eleganten Bewegung malte sie ein kleines Herzchen daneben, und die negativen Energien lösten sich auf.

Die ach so schlimmen Dämonen spiegelten eigentlich nur das ach so Schlimme des Menschen. Ihre Aura brachte die inneren Todsünden zum Vorschein, und die Wiese glühte nur so vor höllischem Fluidum. Damit kam man besser nicht in Kontakt. Vielleicht hätte Mona ihre zwei Kollegen dazu genauer instruieren sollen. Wobei Vampire und Werwölfe eine gewisse Immunität gegen Himmel und Hölle aufgebaut hatten – die Vergangenheit mit der Kirche hatte sie regelrecht immunisiert. Eine ähnliche Desensibilisierungskur hatte auch Mona im Vatikan erhalten, sonst wäre sie vermutlich Wachs in den Händen von Balthasar. Bei diesem Gedanken seufzte sie lange. Den ein oder anderen Termin beim Priester hatte sie damals geschwänzt, am Ende wurde ihr das noch zum Verhängnis. Denn da existierte so ein Kribbeln in ihren Eingeweiden, wenn der Erzdämon sie anlächelte, und die damit verbundenen Gedanken wurden in gleich zwei Todsünden beschrieben.

Sie fasste sich an ihre glühenden Wangen, sicher nur die Anstrengung vom Müllsammeln. Da war er nicht einmal hier und trotzdem brachte er Mona aus dem Tritt.

»Uah!« Sie zuckte zusammen, als ein Windhauch an ihr vorbeirauschte und Boris wie aus dem Nichts auftauchte. Stolz hielt er ihr zwei volle Säcke mit Müll vor die Nase, und sie lächelte ihm schief zu. »Danke … Das haben wir gleich!«

Mona zog eine kleine Packung aus ihrer Tasche und schüttete ein Pulver in die Müllsäcke. Als Boris sich neugierig vorbeugte, hob sie die Hand.

»Vorsicht! Das ist Instantweihwasser!« Sofort stolperte er drei Schritte zurück. »So, das sollte reichen. Du kannst sie jetzt einfach zum Container am Parkeingang bringen!« Und schon sauste der Vampir wieder davon. Ausgesprochen praktisch, so ein übernatürlicher Kumpel. Bei dem Gedanken sah sich Mona sofort suchend um, sie hatte den Werwolf aus den Augen verloren. Einige der Straßenlaternen waren wieder angesprungen, vermutlich weil das Pentagramm deaktiviert war.

Ben hockte unter einem Baum und war völlig mit sich beschäftigt, kaute auf einem Fahrradreifen herum. Mit einem resignierten Stöhnen stapfte Mona auf ihn zu.

»Gib das wieder her!«

»Nein!«, kam es genuschelt.

»Ben! Los jetzt! Das ist pfui!« Sie zog energisch an dem schwarzen Gummi, doch der Werwolf knurrte nur.

»Du bekommst kein Würstchen, wenn du jetzt nicht loslässt!« Ein Winseln, sein Kiefer lockerte sich, und dann fiel Mona beinahe um vom vielen Ziehen.

»'tschuldigung …« Da waren wieder die großen Augen, die erhobenen Brauen, die wackelnde Unterlippe, doch diesmal blieb sie stark und schenkte ihm einen unzufriedenen Blick. Deprimiert trottete er hinter ihr her, ließ den Müllsack schleifen und wimmerte gelegentlich. Boris sauste ihnen entgegen.

»Hast du ihm einen Lolli weggenommen?«, feixte er, nahm nun auch die Müllsäcke von Ben und Mona entgegen und eilte wieder in Richtung der Container. Tatsächlich hatten sie es gemeinsam geschafft, den ganzen Park vom Müll zu befreien, und Mona öffnete die App, um ein Update zu ihrem Einsatz zu schreiben.

»Hier riecht es immer noch komisch«, fand Ben, und er schnupperte.

»Was meinst du?«, nuschelte Mona in Gedanken und begann ihren Einsatzbericht auszufüllen.

»Na, so süß eben, obwohl Boris gar nicht hier ist.«

Verwundert hob sie ihre Brauen, blieb aber dabei, ihren kleinen Text für das Amt zu verfassen.

»Ich bin müde«, verkündete Ben.

Mit einem Seufzen sah Mona auf und lächelte den Werwolf an.

»Na kommt, geh zu Boris, hol dir im Drive ein paar Nuggets und ab nach Hause. Wir sind hier fertig, hm? Ich mach noch ein paar Fotos, schreib das zu Ende, und dann ist gut.«

»Sicher?«, wollte er wissen und streckte sich mit einem ausgiebigen Gähnen. »Ich kann auch warten.«

»Ich brauch noch etwas. Haut ruhig ab. Ist nur ein Park bei Nacht, und ich bin eine Hexe mit gefährlichen Feuerhändchen!« Sie wedelte vor seiner Nase mit ihrer linken Hand herum, und Ben lachte.

»Joa, gut!« Zwei starke Arme schlangen sich um sie und drückten sie kurz. »Bis morgen, Moni!«

»Schlaf gut! Und Boris ’nen angenehmen Tod!«

»Werd ich ausrichten!«

Der große Mann trottete müde davon, und Mona wartete einen Moment, bis er in der Dunkelheit verschwunden war. Noch immer fehlte es an ausreichend Licht, aber für ein einfaches Panoramafoto sollte es reichen. Der Park hatte sich wieder in eine gewöhnlich Grünfläche verwandelt, und mit Straßenlaternen fehlte die gespenstische Aura. Mona konnte sich allerdings schönere Orte für eine Dämonenparty vorstellen. Wieso hier und nicht in einem Lagerhaus, oder gleich in gemieteten Räumlichkeiten. Natürlich, Balthasar lebte unter den Menschen, besaß Geld, die meisten Teufelchen taten das nicht, trotzdem. Vielleicht hatte man der Kirche eins auswischen wollen, denn für das hübsche Gebäude war der Park bekannt.

»Ach Dreck!« Das Panoramafoto zeigte einmal einen langen schwarzen Strich quer durchs Bild, und Mona stöhnte unzufrieden. Gerade als sie ihr Smartphone anhob, um die Aufnahme zu wiederholen, surrte es hinter ihr. Nervös schaute sie über ihre Schulter. Die Straßenlaterne in ihrem Rücken flackerte kurz auf und erlosch wieder.

»Auch das noch«, murmelte Mona und schraubte die Empfindlichkeit ihrer Handykamera hoch. So viel thaumaturgische Energie überstanden eben nicht alle Glühbirnen. Aber gerade als sie erneut zu ihrem Foto ansetzen wollte, zischte es ein paar Meter weiter und die nächste Lampe verlor ihr Leuchten.

Hektisch machte Mona einen Schritt zurück, auch wenn es hier mitten zwischen Grasfläche und Schotterweg keine Deckung gab. Als die dritte Laterne mit einem Knall erlosch und der Park wieder in völliger Dunkelheit lag, waren es Monas Hände, die für Licht sorgten. Violette Flammen ließen das Gras unheimlich glühen – Bens Taschenlampe wäre ihr jetzt lieber gewesen.

Finsternis. Sonst nichts. Ihr Herz stolperte aufgeregt. Lediglich der Mond bot einen Orientierungspunkt. Zittrig hob sie den Kopf und schaute in einen halb gefüllten Lichtkreis am Himmel. Zwischen Schwärze funkelten Sterne.

Mona blinzelte. Die Sterne blinzelten mit ihr. Nein, das war so nicht richtig. Sterne flackerten nicht, es sah fast so aus, als wandere ein Schatten durch die Nacht. Erschrocken sog sie die Luft ein. Die Kälte der späten Stunde biss ihr in die Lunge, dazu legte sich ein süßer Geschmack auf ihren Gaumen. Es handelte sich nicht um Boris' liebliches Zimtaroma, aber es erinnerte daran. Wie Pudding, billiger Pudding aus dem Supermarkt. Milchreis? Grießbrei? Unmöglich. Nicht schon wieder. Verfolgte der Vampir sie? Ihre Schlüssel hingen im Museum, wieso versuchte er es nicht dort, jetzt, da nur noch Glas den Pharao bewachte? Ging es um etwas anderes?

Mona schüttelte den Kopf. So ein Unsinn. Die Lampen, der Dämonenrave – natürlich fiel nach so einer Aktion das Licht aus. Und nachts flogen Vögel und Wolken am Himmel. Seit wann war sie so schreckhaft? Zimt oder Grießbrei, das war sich so ähnlich und sie obendrein müde.

Ein seltsames Kreischen ertönte dicht hinter ihr, und sofort ging Mona in Deckung, duckte sich. Irgendetwas flog über sie hinweg, und gerade als sie wieder aufblickte, erschien vor ihr ein großer Schatten.

»Eine Hexe allein im Wald«, murmelte es finster.

Mona quietschte laut. Sie war so erschrocken, dass ihre Hände eine Fehlzündung erlitten und aufflackerten. Zwei Augen blinzelten dem violetten Licht entgegen und starrten sie kritisch an. Balthasar stand vor ihr, und kaum realisierte sie, dass es sich um ihren Erzdämon handelte, sprang sie ihm regelrecht in die Arme, klammerte sich an ihn.

»Okay. Das ist neu«, kommentierte er die Situation. Er roch

nach Zigarre. Er roch nach Hölle. Er roch nach Rettung. Ihr Klammergriff wurde fester. Unschlüssig klopfte er ihr einmal hölzern auf den Rücken.

»Hier ist etwas!«, stammelte sie mit bebender Stimme.

»Wirklich?«

»Etwas Schwarzmagisches!«

»Das würde ich aber spüren … Ich seh nur eine echt fette Krähe.« Er streckte einen Arm aus und deutete auf die Wiese. Vorsichtig löste sich Mona und folgte der Geste, konnte in der Dunkelheit jedoch nichts erkennen.

»N-nein. Das meine ich nicht. Hier war etwas in der Luft und …« Sofort packte sie wieder dieser Schauer der Angst, und sie klammerte sich fester an den Dämon. Er blieb einen Moment still, schaute sich vermutlich um. Sie konnte ihn seufzen hören.

»Ich bin zwar kein Vampir, aber zumindest hier im Umkreis sehe ich nichts, und ich spüre auch nichts, außer ein paar Reste echt billiger Schattenmagie«, erklärte Balthasar und wie aufs Stichwort sprang die Straßenlaterne neben ihnen an – surrte flackernd, erlosch wieder, knisterte, leuchtete.

»An … aus … an … also nur defekt?«, murmelte Mona.

Das war einfach zu viel. Der Job, die neuen Flüche, seltsame Aufgaben jede Nacht, so viel Nacht, ständig Nacht, ständig dunkel, immer musste sie im Dunkeln arbeiten, spazieren, einkaufen – dann der Einbruch mit gefährlichen Magiern –, Mona war müde und ihre Gedanken spielten ihr offensichtlich Streiche. Jetzt ließ sie sich schon von einer Krähe erschrecken, wie beschämend. Was für einen Grund sollte es für den Vampir aus dem Museum geben, sie zu verfolgen und ihr aufzulauern? So was Absurdes. Trotzdem. Gerade eben hatte sich der Park verändert, und ihr war egal, ob ihre Ängste irrational waren. Es war genug. Wieder bettete sie ihren Kopf an Balthasars Brust und schloss mit einem Wimmern die Augen. Der Erzdämon seufzte lange.

»Gegen Schmusen im Park hab ich ja nichts, aber … soll ich dich heimbringen?«

Mona konnte nur mit einem Nicken antworten, und als sich die inzwischen wohlbekannten Höllenflammen um sie legte, spürte sie eine seltsame Erleichterung.

MITTWOCH

18.7.2018

NOTFALL:
- UNTERHOSE ✓✓
- KLOPAPIER ✓
- ALLE TAXI NUMMERN EINSPEICHERN
- FEUCHTTÜCHER ✓
- ~~WASSER FLASCHE~~
- ~~STRUMPFHOSE~~
- DEO, LIPPENSTIFT ✓✓
- ~~SCHIRM~~
- BARGELD ✓
- POWERBANK ✓
- TOPFLAPPEN ✓
- NEUES INSTANT WEIHWASSER ✓
- ~~WEIH-SPRAY~~

BRAUCHE ICH DIESEN NERVIGEN DÄMON WIRKLICH? DRECK! DRECK! ICH GLAUBE ICH WÄRE SCHON EIN PAAR MAL IN ECHTE SCHWIERIGKEITEN GERATEN OHNE IHN...

WANN GENAU MUSS ER MIR HELFEN? AUCH WENN NUR GEFAHR DROHT? SPÜRT ER DAS? TRAU MICH NICHT IHN ZU FRAGEN, ER IST IMMER SO SAUER...

dunkle magie im park??

Kapitel 17
Regenwolken

Dieser August hatte vielversprechend begonnen. Dank Klimawandel und dem Stand zur Sonne brutzelte das Land mehrere Wochen unter brutaler Hitze dahin, und Mona genoss ihr Nachtwächterleben wie noch nie zuvor. Doch so schnell die Wärme Deutschland in den Schwitzkasten genommen hatte, so überstürzt war sie auch wieder aufgebrochen. Der Sommer war ein Kurzurlauber, der mit Waldbränden und Dürre das Land verwüstete. Zurück blieb die Erinnerung an Durst, Sonnenbrand und Mücken.

Die hellhäutige Mona brauchte kein Vampir zu sein, um bei so einer Mittagssonne zu brennen. Entsprechend spät war sie heute unterwegs, um vor der Arbeit noch etwas einkaufen zu können. Dafür hatte sie sich natürlich den ersten kühlen und verregneten Abend der Woche herausgesucht.

Der Gemischtwarenladen an der Ecke roch nach Regen, Feuchtigkeit und Schweiß. Sie beschloss, den Wocheneinkauf zu verschieben – den Geruch ertrug sie keine zehn Minuten. Es gab sie immer, die Leute, die ohne Schutz und teils halb nackt durch die Stadt liefen, sogar dann noch, wenn es längst wieder zu kühl für Shorts und nackten Bierbauch war. Aber völlig gleich, wie heiß oder kalt es war, sie schwitzten. Das war ja nicht ihre Schuld, doch Monas Nase interessierte das leider nicht.

Es war selbstverständlich, dass zwei solche Exemplare Mona in der Kasse regelrecht einkeilten. Aber nicht nur irgendwelche –

man nannte sie Grillmeister. Bekannt für das Verwandeln von Fleisch in Schwarzkohle, Bier in Urin, und obendrauf gab's extra viel Schlager. Natürlich ließen sie die Nachbarschaft an ihrem Feierabend lautstark teilhaben. Passend dazu donnerte der Kerl vor ihr zwei Sixpacks Weizen auf das Laufband neben seine Grillkohle, den Berg Würstchen und drei Liter Brennspiritus. Mit einem Ächzen kratzte er sich an seinen rutschenden Bermudashorts. Den tiefen Einblick hätte sich Mona lieber erspart. Diesem besonders von der Sonne gerösteten Exemplar nach zu urteilen ernährten sich nicht nur Werwölfe völlig von Fleisch.

Mona schob vorwurfsvoll ihr veganes Sandwich aus ökologischem Anbau mit Umweltstempel und klimaneutralem Papier auf das Kassenband. Sein verächtlicher Blick musterte das überteuerte Stück Brot mit Salat, wanderte dann zu Mona, blieb an den Tattoos an ihrer Taille hängen und wandelte sich in Erstaunen, als der Kerl ihr in die schwarz geschminkten Augen blickte. Mona bemühte sich, so Metal zu sein wie nur möglich, stierte ihm abwertend ins krebsrote Gesicht.

»Süße! Heute schon was vor?«, blaffte er ihr entgegen, und sie erlaubte sich ein Zähneknirschen.

»Ja«, gab sie ernst zurück. Über ihre Erwiderung irritiert blähten sich seine Nasenflügel auf. Er holte Luft für einen weiteren Versuch, aber ein Räuspern ließ ihn zusammenzucken.

Das strenge »Der Nächste bitte! Machen Sie schon, Sie sind dran!« der Kassiererin rettete Mona vor einer unangenehmen Unterhaltung. Vermutlich hatte sie es bemerkt, denn die Frau an der Kasse vereinnahmte den Mann nun mit lauter, schnippischer Eile, und er vergaß Mona offenbar völlig unter all der Hetze. Noch nie hatte sie eine Kassiererin mit so viel Wucht Grillkohle über den Barcodeleser schleudern sehen.

Erstaunlich, früher hätte sie sich gefürchtet, trotz der Rettung. Nicht vor dem Mann und seinen Würstchen, sondern davor, die Beherrschung zu verlieren und ihn anzuzünden. Jetzt würde es nie so weit kommen, denn ein Erzdämon verschaffte Mona eine wohltuende Sicherheit. Auch ihren Kräften gegenüber. Und dafür musste er nicht einmal erscheinen, der bloße Gedanke ließ sie die Ruhe bewahren. Also konnte sie es doch …

Der kurze Höhenflug an Erkenntnis hielt nicht an, und ihre gute Laune wurde von einem spontanen Hagel zerschlagen. Dicke weiße Eisklumpen zwangen Mona, für einige Zeit im Supermarkt zu warten, ehe sie loskonnte. Nun war es endgültig vorbei mit der Hitze. Beim ersten Schritt hinaus unterschätzte sie prompt die Tiefe einer Pfütze und durfte mit nassen Schuhen zum Bus watscheln. Schwarzes Leder quietschte bei jedem weiteren Schritt. Die trockenen 28 Grad des Mittags waren innerhalb des Abendgewitters auf amüsante 19 geschrumpft.

Einen kleinen Fußmarsch später stand sie fröstelnd an der Bushaltestelle des Schienenersatzverkehrs und hatte jede Pfütze mitgenommen, die sich angeboten hatte.

Was für ein Scheißtag. Sie haderte mit ihrer Entscheidung, Schirm und Lederjacke zu Hause gelassen oder gar dem Wetterbericht vertraut zu haben. Unzufrieden nestelte sie an dem fein gewebten Netzstoff ihres Hemdes, das gerade so ihre Siegel verdeckte. Was war das überhaupt für ein Trend mit den durchsichtigen Shirts? In der Hitze klebten sie ja doch an einem fest, und hier in der kühlen Luft hätte sie genauso gut nackt sein können. Der dünne BH unter ihrem Netzhemdchen hielt zwar ihren Busen, jedoch keine Wärme. Aus Stilperspektive betrachtet *hot*, praktisch gesehen leider *undercooled*. Gleich holte sie sich einen Schnupfen. Wie zur Bestätigung traf sie ein Tropfen direkt auf den Scheitel, lief ihr den Nacken hinunter, und es grummelte im Himmel. Das fehlte gerade noch …

»Du tust alles dafür, um mich fertigzumachen, oder?«, knurrte es hinter ihr, und Mona seufzte, ehe sie sich zu Balthasar herumdrehte. Sie hatte nicht unbedingt mit ihm gerechnet, nach aufkeimender Angst vor einer Erkältung aber geahnt, dass es unvermeidbar war. Um ihn zu beschwören, brauchte sie nur eines – Hilflosigkeit. Und ließ diese manchmal lange auf sich warten, sogar nachts in einem Park, so waren winzige Alltagssituationen hervorragende Trigger. Der Mensch neigte im Kleinen deutlich früher zur Kapitulation, als wenn es wirklich darauf ankam.

»Sorry!« Inzwischen musste sie viel Mühe aufbieten, um ihre Entschuldigung echt klingen zu lassen. Viel zu oft löste er für sie die simpelsten Probleme, und sie gewöhnte sich allmählich an diesen Luxus. Der dunkelblaue Pullover war ihr aber neu. Er machte den Erzdämon deutlich weniger bedrohlich. Jetzt musste er nur noch die furchtbaren Zigarren weglassen. Seine schwarzen Locken trug er heute offen, und Mona war fast verleitet, ihn darauf anzusprechen. Ein Kompliment an einen Dämon – so oft, wie er ihr half, hatte er das verdient. Gerade als sie zum Sprechen ansetzte, lachte er heiser.

»Hast du deine Kleidung vergessen, Hexe?« Er klang sarkastisch und zog eine Augenbraue hoch.

Sofort kippte Monas Laune wieder. »Haha. Ich … dachte nur nicht, dass es so schnell so kalt werden würde.«

»Ja sicher, Abende sind ja bekannt dafür, sich in der Sonne aufzuheizen.«

Sie knirschte mit ihren Zähnen, doch das brachte ihn nur zum Grinsen.

»Du hast Glück, ich habe heute frei, wenn ich also bitten darf?« Er breitete seine Arme aus und genoss es eindeutig sehr, dass sie nun auf ihn zugehen und ihn umarmen musste. Fast einen Monat hielten sie es nun schon zusammen aus. Und oft genug trieben Mona Ausfälle der S-Bahn oder verstopfte Straßen, teilweise auch Gewitterstürme direkt in seine starken Arme. Anders konnte er sie nicht zur Arbeit transportieren, teuflische Feuersäulen bildeten sich nämlich nur um den Dämon herum. Er lachte dunkel, als er sie eng an sich drückte, und dann wurde es Mona furchtbar heiß. Höllenfeuer und warme Erzdämonen, das war heute in doppelter Hinsicht verlockend. Innerhalb von Sekunden standen sie auf dem Parkplatz vor dem Museum, und die Hitze der Flammen verschwand, zurück blieben nur die angenehme Wärme seiner Umarmung und dieser herrlich weiche Pulli, in den sie ihre Nase gedrückt hatte.

Verdammt – es war so einfach, sich bei ihm geborgen zu fühlen. Inzwischen vertraute Mona diesem Pakt mehr, als ihr lieb war. Und seine stets schlechte Laune wäre vielleicht ein Problem gewesen, hätte er nicht ständig sarkastische Kommentare von sich gegeben, die sie zum Lachen brachten.

Aber irgendwas war anders heute. Er roch nach gebrannten Mandeln wie sonst auch, doch da war ein feiner Duft eines neuen Parfüms, das Mona noch nicht kannte. Ein wenig männlicher als die bisherigen. Trug er das nur in seiner Freizeit? Vielleicht stammte es vom Pullover und einer Duftmischung aus seinem Schrank? Hatten Erzdämonen Schränke? Es erinnerte an Zedernholz. Neugierig schnupperte sie an ihm und bemerkte zu spät, wie er darüber amüsiert kicherte.

»Hast du nicht was vergessen?«, flüsterte Balthasar ihr zu. Sie hob fragend den Kopf.

»Ehh?«

»Dein entsetztes Davonstolpern? Unnötig schnelles Loskommen von mir?«

Unbeholfen löste Mona ihre Umklammerung, drückte sich

von seiner Brust weg und machte einen Schritt nach hinten. »Sorry …« Wie lange sie wohl ihre Nase in seinen Pulli gesteckt hatte? Nervös biss sie sich auf die Unterlippe und grinste schuldbewusst.

»Nun«, begann er, und ein gelöster Ausdruck schlich sich auf sein Gesicht, anders als sein bisheriges Lächeln, das eher böse Züge hatte. »Meinetwegen musst du dich nicht entschuldigen.« Das leise Lachen war dunkel, vielsagend, so auch sein Zwinkern. Er und gut gelaunt?

Mona schluckte schwer, begriff, dass der Erzdämon gerade mit ihr flirtete. Ja, bisher war hin und wieder mal ein bedeutsamer Blick, vielleicht etwas Anzügliches an seiner Art gewesen, aber immer auf Abstand. Das hier war anders. Eine Änderung der Energie. Die Spannung hatte sich zwischen ihnen verlagert, nur weil sie ihre verdammte Nase in seinen Pulli hatte drücken müssen. Unzufrieden vorzog Mona die Mundwinkel. Eventuell sollten sie auch dafür Regeln festlegen, fiel es ihr ein, doch ehe sie etwas erwidern konnte, war er schon verschwunden.

Was hätte sie überhaupt sagen wollen? Nein, oder? Sie hätte dazu Nein sagen wollen, richtig? Wobei er gut roch. Und ein Flirt bedeutete ja nicht gleich mehr. Außerdem war ihr seine gute Laune deutlich lieber. Vielleicht war es das – Parfüm, ein legerer Look, die offenen Haare, ein freier Tag – befand er sich etwa auf dem Weg zu einem Date?

Dass ihr Magen sich bei diesem Gedanken jedoch unglücklich zusammenzog, verhagelte ihr wieder die Laune.

»Peinlich, Mona, ganz peinlich …«, nuschelte sie. Manchmal war das Leben unnötig kompliziert. Von sich selbst genervt, immerhin gut durchgewärmt, schlenderte sie zum Dienstboteneingang und beschloss, nicht länger darüber nachzudenken. Dieses Motto half bei jedem Problem, das man nicht lösen konnte.

Wenigstens reihten sich die einigermaßen normalen Tage so langsam aneinander, und Mona fühlte sich im Alltag angekommen. Sogar mit Erzdämon.

Wieder so ein Gedanke, für den sie besser dreimal auf Holz geklopft hätte. Als sie an ihren Spind trat, den Riegel zur Seite schob und ihn öffnete, hing eine hellblonde Fledermaus kopfüber von der Stange – beide schrien sich überrascht an. Mona quietschte laut auf, als das Tier über ihren Kopf hinwegflog, und wirbelte erschrocken herum. Das geflügelte Vieh löste sich mit einem *Puff* in Nebel auf, und Boris stand im Schlafanzug und deutlich anämisch vor ihr. Tiefe Schatten untermalten seine rot geränderten Augen, und er wirkte eingefallen.

»Entschuldige bitte!«, keuchte er und rieb sich die Schläfen. »Das ist mein Spind!«

»Ehhh …« Mona sah sich um. Tatsächlich gehörte diese Nummer zu Boris. Vielleicht sollten sie doch mal funktionierende Schlösser anbringen.

Hastig schlurfte der Vampir zum Automaten im Gang und hämmerte auf die Taste für eine Flasche *Fritz Blut Light*. Nach der Tagesruhe mussten sich Blutsauger erst wieder desanämieren, um einigermaßen zurechnungsfähig zu sein. Zu dieser Tageszeit passierten deshalb die meisten Beißunfälle. Eines musste man Boris zugutehalten, er vergaß gerne mal seinen Snack während der Arbeit, behielt aber die Kontrolle über seinen Durst.

»Was ist denn hier los?« Ben stolperte aus der Toilette, war gerade dabei, in seinen Overall zu steigen, und musterte die noch immer erschrocken dreinschauende Mona.

»Er hat im Spind gehangen!«, brachte sie heraus, und Bens Sorge wich Verwirrung, er legte den Kopf schief.

»Was?«

»Ehhh, also ... als ... Fledermaus! Er hing da einfach!«

»Ich hab ein bisschen ausgeschlafen!«, beschwerte sich Boris beleidigt, der wieder in den Raum stiefelte und sich an seinen Schreibtisch hockte. Eilig schlug er einen seiner Reißzähne in den Deckel der Flasche und war dann erst mal abgelenkt. Vampiren beim Trinken zuzusehen war ein unbequemer Anblick. Es war deutlich, wie sehr die rote Flüssigkeit mundete. Vampirporn mit Pfandflasche. Gut, so was war Mona im Internet schon mal begegnet, da war es aber nicht um Getränke gegangen. Sie seufzte.

»Wieso pennt er denn hier?«, wandte sie sich an Ben.

»Sie haben ihn rausgeworfen!« Der große Mann zuckte beiläufig mit den Schultern und trat an seinen eigenen Spind.

»Ehhh? Rausgeworfen?«

»Seine Eltern, du weißt schon, er hat da nur gewohnt wegen der Amtssache! Haben aber die Nase voll und ihn aus der Gruft geworfen.« Es quietschte, Ben hatte sich sein Gummientchen geangelt und setzte sich damit vor seinen Schreibtisch.

»Schloss! Ich wohnte in einem Schloss! Keine Gruft, so etwas aber auch«, mischte sich Boris ein.

»Ja gut, dann Schloss, aber in ’nem Sarg schläfst du trotzdem!«

»Ich bin obdachlos, meiner Heimat beraubt, ausgestoßen, allein, verdammt!« Theatralisch sackte der Vampir mit dem Kopf auf den Tisch. Besorgt lehnte sich Mona neben ihn an seinen Bürotisch und war versucht, ihm durch die wilden Locken zu streicheln.

»Was ist denn passiert?«, erkundigte sie sich.

Nach einem langen, unglücklichen Stöhnen drehte Boris ihr

den Kopf zu. Er sah hundeelend aus, aber langsam kehrten eine gewisse Röte und das übliche Blau um seine Augen zurück.

»Es ging ihnen nicht schnell genug. Ich arbeite seit gut siebzig Jahren im Museum wegen – nun, du weißt, zwangsweise. Sie haben die Geduld verloren.«

»Mh, darüber hab ich nie nachgedacht. Das ist eine ziemlich lange Strafe eigentlich.«

Er zog geräuschvoll die Nase hoch. »Daran bin ich selbst schuld. Ich bräuchte nur einen Eignungstest zu absolvieren, damit ich wieder selbstständig leben kann, aber – ach, ich weiß auch nicht. Ich hatte nie die Kraft dafür. Das Unleben lähmt mich, Mona. Und nun – nun bin ich – nun wohne ich in einem Spind!« Mit jedem Satz wurde er dramatischer, und ein Schluchzen verließ seine Kehle, als er seinen Kopf wieder zur Tischplatte drehte.

»Das kriegen wir schon hin! Guck mal, so ein Eignungstest, du hast doch jetzt mich. Ich weiß, wie so was funktioniert, wir können üben – und dann ist das auch nicht mehr so schwer, sich aufzuraffen?«, versuchte es Mona, die überfordert war mit der Situation. Behutsam legte sie ihm eine Hand auf die Schulter.

»Danke«, nuschelte es aus dem Lockenkopf.

»Aber Boris? D-du kannst hier nicht im Spind schlafen. Unwesen müssen amtlich gemeldet sein, sonst gibt das Ärger mit dem AAA!«, merkte sie leise an, und sofort verspannte sich der Vampir wieder.

»Welch Schmach, welch Unglück«, murmelte er. Wieso nur lösten diese zwei Nachtwächter in Mona immer einen Hilfsreflex aus? Sie zog sich nun doch ihren Stuhl heran und setzte sich neben den geknickten Vampir.

»Wenn du willst, gehen wir morgen gemeinsam dorthin, ich muss zu meiner monatlichen Beurteilung, und dank meines Einsatzes im Park letzten Monat sind die ganz gut auf mich zu sprechen! Da hast du ja geholfen, das habe ich im Bericht auch vermerkt.«

Seine großen schwimmenden Augen funkelten Mona entgegen, und dann richtete sich der Vampir auf, um seine Arme um sie zu schlingen. Der kalte Körper ließ sie etwas frösteln, aber sie erwiderte mit ihrer eigenen Wärme, und es schmiegte sich ein leise schluchzender Boris an ihre Schulter.

»Wenn die mich irgendwohin stecken – weg von euch«, begann er.

»Hier findet sich schon eine Bleibe für dich, und auch jemand zum Aufpassen. Das ist eine Großstadt«, versuchte Mona ihn zu beruhigen. »U-und spätestens mit deinem Eignungstest – wir schaffen das! Aber Boris, für die Zeit solltest du lieber woanders schlafen … Nicht in dem Spind. Das Museum ist keine Bleibe. Kannst du nicht zu Ben?«

»Ins Rudel? Oh, bitte nicht. Er hat vierzehn jüngere Schwestern, die machen Schaschlik aus mir! Außerdem hat es da überall Fenster!«

»Ich kann meine Wohnung leider auch nicht ganz abdunkeln … aber ich hab einen Platz im Keller für mich und –«

»Nehm ich!«

Gesagt, getan. Am frühen Morgen fuhr Ben in seinem alten VW-Bus Boris samt Sarg bei Mona vorbei, und sie hievten das uralte Holzmobiliar in den Keller des Stadthauses. Es gehörte zu den weniger ungewöhnlichen Möbeln des Untergeschosses. Der Werwolf düste wieder davon, und Mona verbrachte die letzten Minuten vor Sonnenaufgang mit Boris auf seinem Sarg hockend.

»Schirmt dich das nicht vor der Sonne ab?«, wollte Mona wissen, deutete auf das morsche Holz.

Er zuckte mit den Schultern. »Das gute Stück hat bereits fünfhundert Jahre hinter sich gebracht, ich bin mir nicht sicher, wie dicht die Bretter sind. Ein Keller bietet doppelte Sicherheit. Hach, es war eine Wohltat, meinen alten Sarg mitzunehmen und meinen Herrn Vater einfach stehen zu lassen.« Ein Grinsen legte sich auf seine Lippen, Mona hätte schwören können, dass sogar seine Ohren ein wenig rosa anliefen. Verlegenheit sah man den bleichen Untoten schnell an.

»Selbstständigkeit ist immer was Schönes«, bestärkte sie ihn, hoffte jedoch, nicht für die nächsten Monate einen Vampir in ihrem Keller beherbergen zu müssen. Nur zur Not, sollten alle Stricke reißen, dann blieb ihnen keine andere Wahl, obwohl sie bezweifelte, dass das Amt dem zustimmen würde. Es würde wohl einen neuen Platz für ihn suchen, auch weil er ewig seinen Eignungstest hinauszögerte. Mit einer strengeren Betreuung oder gleich dem Eingliederungsprogramm für Unvolk. Dann wäre er für eine lange Zeit fort. Ihren neuen besten Freund würde Mona aber so schnell nicht aufgeben – und wenn sie sich dafür mit dem Amt streiten musste. Und wenn sie dafür einen Erzdämon heraufbeschwor.

Boris hatte an die Kellerdecke gestarrt und sackte mit einem nachdenklichen Seufzen in sich zusammen. »Ich vermisse meine eigenen vier Wände. Das ist durchaus ein Ansporn, endlich mein Zeugnis vom Amt zu erhalten. Zu Hause ist es nicht auszuhalten – sie sind, wie nennt ihr es? Spießer. Richtige Spießer. Aufgeklärt und liebevoll, aber – gute Güte, meine Mutter besitzt eine Heckenschere!«

Mona hob nur fragend die Augenbrauen, verkniff sich ein Schmunzeln. »Wann hast du das letzte Mal allein gelebt?«

»In Vegas. In einem Hotel. Nicht immer in meinem Zimmer, allerdings. Es war eine schwierige Phase …« Er hüstelte, und Mona ahnte, was er damit meinte.

»Davon hattest du erzählt, aber wie kam es dazu? Ich meine, dass du angefangen hast mit Kartentricks zu hantieren und gegen die Gesetze zu verstoßen? Du wirkst eigentlich nicht –«

»Wie ein Verbrecher?«, fiel er ihr ins Wort, und Mona hob schuldbewusst die Schultern.

Boris schüttelte lachend den Kopf. »Schon gut, Moni. Du hast ja recht. Verstoßen, das gab es damals ja noch gar nicht. Sagen wir, ich flog auf mit meinem Geschick am Kartentisch – und die Polizei wusste nicht, wie sie damit umgehen sollte. Wir Vampire waren gerade erst dabei, uns zu outen. Ich hab in dem Museum angefangen, da erforschte man dort zwar die Mythologie und wusste um uns Bescheid, aber … ach, was schwafele ich daher – du wolltest ja wissen, wie es begonnen hat, nicht? Das war lange vorher. Vor ein paar Jahrhunderten, da lebte ich zusammen mit einer Sterblichen. Ihr Verlust nach langer Krankheit hat mich für einige Zeit in eine sehr düstere Gesellschaft getrieben. Ich habe durch sie erstmals Sterblichkeit durchlebt … Als geborener Vampir war das eine sehr schockierende Erfahrung.«

Schwere legte sich auf seine Augenlider, und er senkte den Blick.

»Oh – aber hättest du sie denn nicht … na ja …« Mona wusste nicht, ob sie ihn direkt darauf ansprechen durfte. Als er den Kopf wieder hob, lag darin prompt ein kleiner Vorwurf.

»Hexe! Du weißt es doch, du kennst uns. Man verwandelt niemanden leichtfertig in einen Vampir. Ihr Menschen stellt euch das immer so romantisch vor. Aber ich beende damit ein Leben, vergifte, verfluche jemanden, auf ewig so zu existieren! Abhängig und voller Hunger. Niemand von uns nimmt diese Bürde auf die leichte Schulter, und obendrein ist es gefährlich für beide.«

»Mhhh … Tut mir leid, ich dachte … das war … das war unsensibel von mir.«

»Ich weiß, was du dachtest, und glaub nicht, ich hätte es nicht in Erwägung gezogen.« Er saß für einen Moment regungslos neben ihr, das vampirische Äquivalent zum tiefen Durchatmen. Die Anspannung in ihm war zu spüren, und Mona fühlte sich schuldig.

»Ich war lange Zeit gefangen in Liebeskummer und Sinnlosigkeit. Bin gereist. Soweit es mir möglich war … Schwierig, wenn Tageslicht droht, dich zu vernichten, aber damals – sagen wir, das Risiko hab ich in Kauf genommen –, es war ein besonderer Nervenkitzel. In Vegas dann, da lernte ich jemanden kennen … ich hielt ihn auch für etwas Besonderes … Dachte, er wäre wie sie. Zumindest ein bisschen.«

Mona konnte nicht anders, als den brüchig sprechenden Mann in den Arm zu nehmen. Bei ihm fiel ihr das immer ausgesprochen leicht, und Boris lehnte sich dankbar an ihre Schulter, kuschelte sich etwas gegen sie.

»Er hat mich aus diesem tiefen Sog der Verzweiflung gehoben. Er erschien mir wie die Rettung. Aber das sind sie nie, man kann sich nur selbst retten. Ich hab es zu spät bemerkt. Er hat mich ausgenutzt, verraten und – nun, das war dann der Anfang vom Ende.«

»Vor so was ist man auch mit viel Unlebenserfahrung nicht gefeit, es ist verlockend, sich retten zu lassen …« Mona schluckte schwer. Bezogen auf ihre Situation drängte sich ihr ein unangenehmer Verdacht auf. Mochte sie den Erzdämon, weil er ihr die Schuhe nachtrug und wegen jeder Kleinigkeit auf sie aufpasste? »Aber jetzt geht es dir gut?«, erkundigte sie sich vorsichtig.

Boris löste sich von ihr und ein freudiges Lächeln beantwortete ihre Frage. »Manchmal etwas einsam in meinem Sarg, aber auch nicht jede Nacht!« Daraufhin lachte er hell, begleitet von einem Gähnen. »Da wir gerade davon sprechen, der Morgen graut – du bist sicher müde, und ich möchte mich jetzt zu Grabe betten.«

»Nicht so müde wie du, wobei – mir wäre auch gerade nach tot umfallen.« Nun kicherten sie beide, und Mona gab Boris noch einen Kuss auf die Wange.

»Mach dir keine Sorgen, das mit dem AAA biege ich schon gerade! Ansonsten … frage ich einen Freund!«, versicherte sie ihm grinsend und bereute das Versprechen sofort, denn diese Art von Dienst wollte sie von Balthasar nur ungern einfordern.

Nur für den Notfall. Es war ein unangenehmes Gefühl von Sicherheit, sich auf den Erzdämon zu verlassen, aber gerade ließ Mona der Gedanke aufatmen. Boris gehörte nicht nur in dieses Museum, sondern auch in ihr Leben. Außerdem hatte der Dämon sie schon aus ihren Schwierigkeiten mit dem Direktor geboxt, indem er ein paar alte Relikte aus seiner Sammlung dem Museum gespendet hatte. Es war sein Job, ihr zu helfen. Immer. Wobei Mona bezweifelte, dass die uralten Serviettenhalter wirklich einen so hohen Wert hatten, zumindest nicht für ihn. Doch dem Rektor hatte es Geräusche entlockt – ihr wurde bei dem Gedanken sofort wieder übel.

Der Vampir legte sich in seinen Sarg, und Mona schlurfte zurück in ihre Wohnung, ahnte, dass Boris und seine Probleme auch für sie neue Verantwortung bedeuten konnten. Bewährungshexende waren rar gesät und wenn sich keiner seiner annahm – nun, für ihn würde sie das jederzeit tun. Er war nicht einfach nur ein Kollege, sondern ein wirklich guter Freund.

Kapitel 18
Taubendreck

Eigentlich war heute Monas freier Tag, aber wie immer kam alles anders. Also redete sie sich ein, dass man an so einem widerlichen Tag eh nicht viel hätte erledigen können. Da konnte sie sich auch genauso gut um Boris kümmern.

Kalte Luft verpasste dem schwindenden August den letzten Gnadenstoß. Unzählige Gewitter hatten den Tag beherrscht und der Spätsommer glitt, ohne weitere Sonnenstrahlen zu verlieren, direkt in einen verfrühten Herbstanfang. Der heutige Sonnenuntergang war grau, nass und kalt. Der ideale Moment zur Auferstehung der Toten. Neben den Fluchwesen waren das vor allem die Vampire. Auf einen schlecht gelaunten Blutsauger am »Morgen« konnte die Welt jedoch verzichten. Wer erwartete, einen schimmernden Adonis aus dem Sarg steigen zu sehen, wurde nicht nur enttäuscht, sondern auch geschockt. Wie ein hungriges Kleinkind hing der anämische Boris an seinem Trinkpäckchen mit Caprimond und blinzelte aus finsteren, rot geränderten Augen unmotiviert ins Leere. Ben und Mona mussten ihn regelrecht in den VW-Bus schieben.

Am Himmel trafen sich dunkle Vorahnungen, versammelten sich zu einem weiteren Regenschauer, und als sie beim Amt ankamen, schüttete es bereits wie aus Eimern.

Keiner hatte große Lust auszusteigen. Boris saß auf einer der Rückbänke und sank regelrecht in sich zusammen. Über seinen Sitz hinweg schenkte Ben ihm einen aufmunternden Blick.

»Ihr packt das«, bellte er und nickte ihm zu.

»Du hast leicht reden, Hundchen!« Boris fletschte die Zähne, doch der heute sehr gut gelaunte Werwolf hob nur die Augenbrauen.

»Würd ja mitkommen und sagen, was für ein Toller er ist, aber ich hab noch was vor!« Ben kicherte vielsagend, und da er bereits den ganzen Tag grinsend an seinem Smartphone hing, ahnte Mona, dass es sich bei dieser Art Ablenkung entweder um Würstchen oder etwas Romantisches handelte. Durchaus Dinge, die sich kombinieren ließen – in mehrerlei Hinsicht.

»Ich würde bevorzugen, wenn du die Finger von potenziellen Bandmitgliedern lassen würdest«, mahnte Boris und verschränkte die Arme.

»Kann ja nichts dafür, wenn sie mich heute sehen will und du – du halt nicht kannst!« Er klang allerdings glücklich über diesen Umstand.

»Ehhh –«, ging Mona dazwischen. »Ihr habt so schnell schon Rückmeldungen erhalten?« Es war ihr, als hätten sie erst gestern ihr kleines Ausschreiben in die Bar beim Cocks gehängt. Seit Wochen sprachen die beiden darüber, ihre Band zu vergrößern.

Boris nickte. »Ja, wir haben ganz nette Texte von jemandem bekommen –«

»Nett?!«, kläffte Ben und schaute seinen Freund grimmig an. »Die sind brillant! Ich hab noch nie so viel gefühlt alleine beim Lesen!«

So ernst kannte Mona ihn gar nicht. Lächelnd tätschelte sie ihm die Schulter. »Dann viel Spaß bei deinem Treffen –«

»Date!«

»Date«, korrigierte sie sich. »Und wir – wir müssen jetzt, Boris. Der Termin! Es ist ein Wunder, dass sie mich dich mitbringen lassen. Du kannst dir nicht vorstellen, wie oft ich das Wort praktisch und zeitsparend nutzen musste, damit das in Ordnung ging! Sie haben uns extra einen späten Termin gegeben!«

Grummelnd schälte sich der Vampir aus dem VW-Bus, und Mona winkte Ben zum Abschied. Vor ihnen lag eine ganz normale Straße voller Stadthäuser. Erst auf den zweiten Blick ließ sich ein unauffälliges Schild über der Tür eines besonders schmalen Gebäudes erkennen, auf dem durchaus so etwas wie »Amt« hätte stehen können, wenn man sich das Graffiti wegdachte. Das Haus maß den Durchmesser einer Tür und wirkte eng – wer länger nachdachte, überlegte sich vielleicht eine magische Lösung. Innen größer als außen. Die Wahrheit war so simpel wie einfach – es war ein verdammt enges Haus, und Mona quetschte sich mit dem Vampir gerade so hinein.

Sie landeten in einem beengten, langen Raum mit ein paar Stühlen an der Wand. Sofort zog Mona eine Wartenummer am Automaten und setzte sich. Außer ihnen hockte nur ein Bündel Stoff auf dem dritten Stuhl, der näher an der Treppe nach oben stand.

»Guten Abend!«, wünschte Mona höflich, aus dem Stoffballen tönte ein heiseres Gurgeln. Es bedeutete »Ihnen auch« auf Zombie. Sie konnte sich ein Lächeln sparen, das medizinballgroße Bündel würde kaum erwidern oder die Geste sehen können.

»*Nummer 44!*«, schepperte es durch einen antiken Lautsprecher an der Wand, und der Klumpen aus Stoff rollte von seinem Stuhl, purzelte zur Treppe, fluchte heiser und hüpfte dann Stufe für Stufe nach oben.

»Wir haben die 45!«, erklärte Mona und hielt Boris den Schnipsel mit der Zahl darauf hin. Er nickte nur in Gedanken. Mit seinem Kopf war er ganz woanders, dachte sicher über all die negativen Konsequenzen nach, die ihn womöglich erwarteten. Es galt, eine neue Bleibe für ihn zu finden, und ohne seine Eltern benötigte er einen amtlichen Aufpasser. Mona ahnte, wer das sein würde. Aber da sie sich ohnehin schon um den Vampir kümmerte, würde sich praktisch nichts ändern. Sie fühlte sich trotzdem unwohl bei dem Gedanken, wie viel für ihren Freund auf dem Spiel stand. Das Amt sprang ausgesprochen streng mit dem Unvolk um, da war eine Umschulung das Harmloseste, was ihm drohte. Einsperren würden sie ihn nicht – vielleicht – wenn, nur vorübergehend. Mona schluckte.

Der weiße Raum, in dem sie warteten, war recht leer, wies nur noch einen spießigen Hundewelpenkalender auf. Eine Vase mit vertrockneten Blumen stand in der Ecke, und ein paar Kratz- sowie Bissspuren an der Tapete erzählten von unzufriedenen Besuchern.

Nur eine Person, vielmehr Kreatur vor ihnen, und trotzdem mussten sie zwei Stunden warten. Mit jeder Minute wurde Boris hibbeliger, und wenn ein Vampir mit den Beinen wackelte, vibrierte der ganze Boden.

Endlich hörten sie von oben das Geräusch einer sich öffnenden Tür, keine drei Sekunden später rollte mit viel Getöse ein Stoffball die Treppe herunter. Unten aufschlagend fluchte er lauthals und kroch mehr oder weniger zum Ausgang.

»*Nummer 45!*«

Boris schnellte nervös hoch, während Mona nur langsam aufstand. Ihre Beine taten weh, und sie streckte sich zufrieden. »Wird schon alles gut gehen!«, versuchte sie ihn ein wenig zu beruhigen, und der Vampir hob krampfhaft die Mundwinkel. Wie ein Stück Holz stapfte er die Treppen nach oben in den nächsten Flur. Dort angekommen klopfte Mona höflich an die Tür.

»Herein!«, ertönte es ähnlich schrill wie aus dem Lautsprecher. Langsam öffnete sie die knarzende Holztür und zwängte sich mitsamt Boris in das winzige Büro. Das Zimmer war kaum breiter als die Tür, dafür recht lang. Von Wand zu Wand blockierte ein Schreibtisch den Raum, davor befanden sich zwei Stühle. Hinter der dürren Frau mit blondem Haarknoten und großer Nase türmten sich Aktenschränke bis ans Zimmerende. Durch ein Fenster am Ende der Räumlichkeiten fiel ein wenig Licht, der Rest wurde von einer Neonröhre beleuchtet. Es war eng und ungemütlich, außerdem roch es verdächtig nach Hühnerstall. Erst auf den zweiten Blick entdeckte Mona diverse Tauben auf den Schränken, sogar unter dem Schreibtisch und auch auf dem Schoß der Sachbearbeiterin. Boris hatte die Stirn gerunzelt und den Kopf leicht geneigt, verwundert starrte er die Frau an, deren Gestalt unnatürlich schmal schien, ähnlich dem Gebäude. Ein Röhrenmonitor nahm fast den gesamten Tisch ein, auf der anderen Seite stapelten sich Akten und Papiere. Wäre die Dame nicht so enorm schmal gewesen, sie hätte kaum zwischen all dem Kram hindurchsehen können. Leise räusperte sich Mona.

»Guten Abend, ich hatte angerufen und einen Doppeltermin ausgemacht. Ich bin hier mit Herrn von Hohnenzollern!« Sie deutete auf Boris.

Die Dame hinter dem Tisch reckte sich ein wenig, ihr ohnehin sehr langer Hals wuchs an und die große schmale Nase wurde gerümpft. Sie sah aus wie ein im Bildprogramm gequetschtes Foto, nur ihre runden Brillengläser brachen mit diesem Eindruck. Langsam, mit abschätzigem Blick, schob sie ihre Sehhilfe nach unten und schaute Boris über den Rand hinweg lange an.

»Seine Akte liegt mir vor, ja!« Eine Stimme wie durch ein Radio gepresst. Die miese Qualität des Klangs lag also nicht am Lautsprecher. Normalerweise unterhielt sich Mona mit einem hageren Mann im Greisenalter, selbst ein Hexer, doch er war nicht für Vampire zuständig. Das Namensschild auf dem Tisch verriet, dass die Sachbearbeiterin Sabine Sabinsen hieß.

»Setzen Sie sich bitte!«

Für einen Moment steckten Mona und Boris zwischen Wänden und Stühlen fest. Der Vampir war zwar dank seines durchtrainierten Körpers breiter, als er wirkte, aber eigentlich stellten sich die beiden nur furchtbar ungeschickt an. Nachdem sowohl Mona als auch er viel zu viele Körperregionen des anderen berührt hatten und Yogalehrende über die eingenommenen Haltungen wohl vor Neid geplatzt wären, schafften sie es endlich, auf den wackeligen Holzstühlen Platz zu nehmen. Das eingerahmte Bild einer Taube wackelte bedrohlich an der Wand, und sie ernteten einen unzufriedenen Blick der Dame hinter dem Schreibtisch. In einer Ecke gurrte es leise und erst nachdem das Scharren von Papier auf Raufasertapete verklungen war und der Kalender zum Stillstand kam, traute sich Mona, den Mund zu öffnen.

»Wir sind hier, weil Boris zurzeit keine feste Bleibe hat und …«

»Das geht aber nicht!«, schrillte Frau Sabinsen dazwischen.

»Ja, genau das wissen wir, deshalb …«

»Ohne feste Anmeldung an einen Wohnsitz, Sargplatz, Gruft oder Anbindung an einen Campingplatz müsste er aufgrund seiner Vorgeschichte in Gewahrsam!«

»Das, ja, das ist richtig, aber …«, bemühte sich Mona zu Wort zu kommen.

»Er braucht eine Bleibe!«

»Richtig! Ich dachte dabei an den Antrag auf –«

»Alle Einrichtungen für Vampire sind zurzeit belegt und da Herr Hohnenzollern –«

»Von Hohnenzollern!« Boris erntete auf seinen Zwischenruf hin einen Augenaufschlag und schrumpfte augenblicklich in seinem Stuhl zusammen.

»Da der Herr von Hollenzollern keinen Bewährungshexer besitzt, ist es für ihn nicht möglich, eine Wohnung zu mieten, solange er noch für seine Vergehen büßen muss. Wie ich sehe, liegt kein Gutachten vor. Die Rolle seiner Aufpasser hatten deshalb, wie ich der Akte entnehmen konnte, seine Eltern übernommen!« Sie kräuselte erneut ihre enorm große Nase. Diese schien mit jeder Minute, die Mona auf den Zinken starrte, zu wachsen.

»Ich … ich könnte mich um ihn kümmern, und wir wollen seinen Eignungstest anstreben«, stammelte sie hastig, um nicht wieder unterbrochen zu werden. Nun fanden der Blick der feuchten Augen zu Mona und musterte sie von oben bis unten. Die Dame schien sie jetzt erst zu bemerken.

»Junghexe, ja?« Ihre Oberlippe kräuselte sich abschätzend.

»Ja!«

»Richtig, richtig … Frau Nosferdaruh war das?«

»Nosferatuh!«

»Ach, Nosferatu, ja natürlich. Moment, Sie sind auch ein Vampir?« Frau Sabinsen wirkte irritiert.

»N-nein!« Nicht das schon wieder, Mona kämpfte mit einem Augenrollen.

»Ach, nicht. Seltsam. Die Familie Nosferatu besteht doch fast ganz aus Vampiren, lebt denn der alte Lord noch? Kann der Herr Hohenrollern nicht bei ihm unterkommen?«

»Nosferatuh mit einem h hinten«, versuchte es Mona verzweifelt.

»Ach? Also sind Sie nicht verwandt?«

»Nein, sind wir nicht!«

Frau Sabinsen lehnte sich langsam über den Tisch und musterte beide argwöhnisch. »Auch nicht verwandt mit Herrn Hollendollern?«, wollte sie wissen, und Mona antwortete mit einem sehr lauten »Nein!«.

»Und es heißt von Hohnenzollern«, warf Boris gereizt ein, buchstabierte seinen Namen fast, doch Frau Sabinsen ignorierte ihn.

»Also gut … dann Frau Nosferatuhn …«

»Nosferatuh!«

»Der Herr von Hollenschnollen ist ein geborener Altvampir. Das fällt nicht in Ihren Zuständigkeitsbereich! Sie sind – liebe Güte – eine Hexe der neunten Instanz. Und Sie arbeiten wo?« Offenbar hatte sie nun Monas Akte im Auge und Mona fletschte prompt die Zähne. Wehe, man drehte ihr nun auch noch einen Strick aus der Sache.

»Ich bewache eine Mumie und ich weiß, dass ein Altvampir eine höhere Verantwortung bedeutet, doch wir kennen uns gut, wir arbeiten zusammen. Ich kann auf ihn aufpassen«, drängelte sie und biss sich auf die Unterlippe. Beamte setze man besser nicht unter Druck.

Boris nickte eifrig neben ihr wie ein Schüler an der Seite seiner Mutter bei einem Elterngespräch. Sie hätten sich noch besser auf diese Unterhaltung vorbereiten sollen.

»Ach ja? Aufpassen? Mhm … kann ich mir lebhaft vorstellen dieses – Aufpassen – was Sie da betreiben!« Ein abschätziger Tonfall schwang im exaltierten Klang ihrer Stimme mit und das gereckte Kinn sprach Bände. Dazu bewegten sich ihre Augenbrauen unnötig schnell auf und ab.

»Ehhh? W-wir sind Freunde! Nur Freunde! Gute Freunde!«, stammelte Mona.

»Mhm … So, so! Freunde. Sicher doch.« Frau Sabinsen betonte *Freunde* so, als wäre es ein Fremdwort.

Mona starrte Boris fragend an, er zuckte nur mit den Schultern, in seinen Augen stand bereits Panik. Vampire hatten leider so ihren Ruf, und darüber wollten sie sich mit Frau Sabinsen nicht streiten. Also räusperte Mona sich, versuchte, möglichst professionell zu klingen.

»Ich bin zuständig für eine Mumie mit einem Todesfluch, das ist ein Risikograd der Stufe 3 und –«

»Der Herr von Hohlendollern –«

»Hohnenzollern!«, kreischte Boris, bereute es sofort sichtlich und begann damit, dämlich charmant zu grinsen, was ihm einen hasserfüllten Blick einbrachte.

»Was ich gerade sagen wollte, ehe ich so unhöflich unterbrochen wurde: Dieser Vampir zählt zu den aktiven Untoten, jene Mumie nicht. Sie ist nach Definition inaktiv. Die Gefahrenstufe ist deutlich geringer. Ich kann einer Junghexe nicht so viel Verantwortung übertragen, dafür sind Sie nicht mächtig genug!«

»Aber Boris ist doch total harmlos, er lebt sogar bissfrei und …«, versuchte es Mona, aber ohne Führungszeugnis würde ihnen das niemand glauben.

»Papperlapapp! Vampire sind stark und nahezu immun gegen Magie. Sie müssten schon mehr vorweisen. Der Antrag ist abgelehnt. Wir werden Boris vorübergehend einsargen müssen, das Amt ist zurzeit überlastet und Einrichtungen kaum verfügbar!«

Sofort ratterte der uralte Drucker unter ihrem Tisch los. Eine Taube flatterte davon, die wohl auf dem Gerät genistet hatte. Dokumente und Anträge schossen aus dem Kasten, die Frau Sabinsen alle nacheinander einsammelte. Eifrig leckte sie jedes Mal ihre Finger an und blättere durch die Papiere, während sie wichtige Stellen mit einem Kreuz markierte.

Panisch drehte sich Boris zu Mona um, das pure Unglück stand ihm ins Gesicht geschrieben.

»Ich will nicht in einen dieser Plastiksärge im Regal … und wer weiß, wen die mir als Hexe zuteilen?« Er wimmerte leise. Fieberhaft nachdenkend öffnete Mona ihren Mund, rang nach

Worten, aber nichts Hilfreiches wollte ihr einfallen. Jemandem wie ihr vertraute man normalerweise nur Zombies an, die Mumie war schon ein Glücksgriff gewesen, den sie auch nicht unbedingt aufs Spiel setzen wollte.

»W-wir wollen doch den Eignungstest anstreben!«, platzte es aus ihr heraus.

»Bis dahin dauert es, bis dahin muss alles geregelt sein! Nehmen Sie bitte unten wieder Platz und füllen Sie das Aufnahmeformular ACC-A-Cult aus, dann brauche ich noch Ihre Daten hier auf diesem Bogen, und auf den Anträgen UNE und HAHA müssen Sie die markierten Zeilen *bitte* bearbeiten!« Sie drückte Boris einen fetten Stapel an Formularen in die Arme, und Monas Nackenhaare stellten sich panisch auf. Papierkram. Bloß kein Papierkram.

»Kann ich denn gar nichts tun?«, platzte es aus ihr heraus, und Frau Sabinsen lehnte sich überrascht zurück, auf ihrem Schoß gurrte es leise. Die graue Taube war geweckt, und ein hohl dreinschauender Kopf erhob sich über die Tischplatte.

»Sie? Nein! Zu jung! Hexe der neunten Instanz, wie lächerlich. Sie müssten auf fünf aufsteigen. Der Test dafür ist erst in ein paar Jahrhunderten fällig, aber ich kann Ihnen das Formular mitgeben!«

Mona kämpfte gegen den Drang an aufzustehen.

»Und jetzt husch«, murmelte Frau Sabinsen beiläufig und drückte den Knopf für den Lautsprecher, beugte sich über ein kleines Mikrofon und wollte gerade Luft holen – da knallte es.

Kapitel 19

Ja, ich will nicht

Diesmal hatte sich der innere Hilferuf nicht panisch, ängstlich oder sorgenvoll angefühlt – es war blanke Wut, die offensichtlich auch Auswirkung auf die Beschwörung hatte. Balthasar war nicht wie sonst geräuschlos erschienen, der kleine Donner hatte sogar Boris zusammenzucken lassen.

»Was für eine Scheiße ist das hier bitte?«, nuschelte Balthasar, dessen Gesicht zur Hälfte gegen die Raufasertapete gedrückt war. Er starrte direkt auf das Bild mit der Taube, das durch die plötzliche Beschwörung ins Schwanken geraten war. Fast so breit wie die Tür und genauso groß nahm er sehr viel von dem nicht vorhandenen Platz vor dem Schreibtisch ein. Unzufrieden duckte er sich ein wenig, rieb sich die Wange. Das schabende Geräusch von Papier auf Tapete hallte durch die Stille des Zimmers, dann fiel der Bilderrahmen samt Taubenporträt in Ölfarbe mit einem leisen *Klong* zu Boden.

Irgendetwas in Frau Sabinsen explodierte offenbar, denn ihr Kopf lief hochrot an. Panisch flatterte die Taube von ihrem Schoß auf und landete auf Boris' blonden Locken. Der Vampir erstarrte augenblicklich.

»Ein Dämon in meinem Büro?!«

»O super.« Balthasar räusperte sich, der Blick auf das Schild am Schreibtisch der Sachbearbeiterin ließ ihn seufzen. »Wir sind beim Amt. Auch das noch.«

»Ohne Termin keine Nummer, ohne Nummer kein Termin!«

»Tut mir leid!«, stammelte Mona und schenkte ihm einen versöhnlichen Blick, der so etwas wie *»Ich brauch dich jetzt«* signalisieren sollte, aber Balthasars Mimik nach hatte der Dämon gerade fürchterlich schlechte Laune.

»Unmöglich so was! Wie kommen Sie herein? Teleportationen in Einrichtungen benötigen einen Antrag und –«

»Wir gehören zusammen!«, murrte Balthasar ungehalten, und Frau Sabinsen schnappte nach Luft.

Er deutete auf Mona. »Sie hat mich beschworen, wenn Sie das jemandem ankreiden wollen, dann der Hexe!«

»Oh, was? Vielen Dank auch!«, fauchte Mona zurück und stand auf. »Damit Sie es wissen: Er war es, der das Kleingedruckte in der Beschwörung nicht gelesen hat, dabei hat er mit seinem Erscheinen versichert, alles verstanden zu haben, es ist also nicht meine Schuld! Er ist hier als mein Beistand – sozusagen freiwillig!«

Frau Sabinsen glotzte zwischen ihr und dem Dämon hin und her, wobei ihr Kopf verdächtig vogelartig von links nach rechts zuckte. Boris war inzwischen mit seinem Stuhl so weit an die Wand gerückt wie möglich, leider reichte der Platz nur für zwei Zentimeter mehr Abstand.

»Wieso ist es überhaupt erlaubt, funktionierende Beschwörungsformeln in Museen mit Hexen auszustellen?« Nun wandte sich Balthasar direkt an die Sachbearbeiterin, und die Frau schluckte kurz. Der Blick feuchter grauer Augen heftete sich auf den Dämon, und sie spitzte ihre schmalen Lippen.

»Und … Sie … sind nun genau wer?«, brachte sie abschätzig heraus, angelte mit einer Hand nach der Tastatur ihres Computers.

»Balthasar Hass!« Wenn er seinen eigenen Namen aussprach, klang das *Hass* bedrohlicher als Satan selbst.

Mona verschränkte genervt die Arme und funkelte ihn böse von der Seite an. Wehe, er bereitete ihr Schwierigkeiten, dann konnte er sich von einem ruhigen Feierabend verabschieden. Das hier war viel zu wichtig, und ihren Blick auffangend zog er fragend die Augenbrauen hoch, ahnte wohl, dass er mitzuspielen hatte.

»Ach, hier! Ja. So was. Dann sind Sie Ba'al? Ist das korrekt?«, kam es nun wieder im bürotauglichen Tonfall von Frau Sabinsen, und er nickte.

»Also … Sie, Frau Nosferdingstuh …«

»Nosferatuh!«, fauchte Mona.

»Sage ich doch! Sie sind mit dem Fürsten der östlichen Hölle gebunden? Ist das richtig?« Frau Sabinsen klang ausgesprochen vorwurfsvoll.

»Ge-gebunden? Na ja … ich hab ihn beschworen … also … einmal … eigentlich aus Versehen, könnte man sagen. Und seitdem muss er … mir helfen … immer.« Mona wusste selbst nicht recht, wie sie es erklären sollte.

»Ja, verstehe schon. Ein dauerhafter Pakt, das kommt oft vor. Ich nehme an, bis dass der Tod euch scheidet, korrekt?«

»Ehh …« Das war leider zutreffend, und sie nickte.

Sofort presste die Sachbearbeiterin die Lippen zu einem schmalen Strich zusammen. Ihr finsterer Blick huschte über Monas Unterlagen, und Mona schwante Böses. Sie hätte es melden müssen. Natürlich. Tatsächlich waren Beschwörungen nicht verboten, nur meldepflichtig, aber das hatte sie aufgeschoben – damit man die Beschwörung nicht mit dem Vorfall im Museum in Zusammenhang brachte. Und in Monas Fall war aufgeschoben so gut wie vergessen.

Frau Sabinsen schmatzte und schüttelte den Kopf.

»Frisch?«, wollte sie wissen.

»Ehh … was?«

»Ihr Bund natürlich!«

Noch nie hatte Mona jemanden so überdeutlich mit den Augen rollen sehen.

»J-ja, sehr frisch, richtig frisch!«

Balthasar stöhnte, und Mona warf ihm ihren grimmigsten Blick zu, er reagierte mit einem Schulterzucken.

»Deshalb also – es liegen mir nämlich noch keine Dokumente vor. Sie haben es versäumt, dafür alles Nötige auszufüllen?«

»M-machen wir noch!«, warf Mona hastig ein.

»Dann machen Sie gleich! So eine Partnerschaft muss rechtlich eingetragen sein. Ich benötige Geburtsurkunden und einen Nachweis, dass Sie nicht miteinander verwandt sind.«

»Ehhh? Was?« Ihre Stimme überschlug sich.

»Nun, das mag unter Dämonen ja anders sein, aber Inzest ist in Deutschland verboten. Darüber hinaus müssen natürlich all ihre Unterlagen angepasst werden. Ich leite die nötigen Schritte dafür gleich an meinen Kollegen beim Standesamt weiter. Ich drucke Ihnen das Antragsformular ausnahmsweise einmal aus. Das muss schnellstmöglich bearbeitet werden, so ein Versäumnis wird teuer!«

»Ehhh … Moment, Moment, Moment, Standesamt? Was? Was ist das für eine Regelung? Wir sind … durch einen Pakt gebunden, wir sind nicht verheiratet!«

»Wo ist da der Unterschied?«, krächzte die Sachbearbeiterin schulterzuckend und drückte Mona weitere Papiere in die Hand. Balthasar rieb sich über das Gesicht und murmelte ein paar leise, aber doch verständliche Verwünschungen. Draußen donnerte es.

»Die … Taube hat mir auf den Kopf geschissen …«, kam es kaum vernehmlich aus der Ecke, doch Frau Sabinsen übertönte den Vampir mit schriller Stimme.

»Um die Details kümmert sich – wie gesagt – mein Kollege! Dafür erhalten Sie die Tage einen Termin via Mail. Herr van Fiva wird sich mit Ihnen dann in Verbindung setzten. Allerdings …«, sie hielt inne und beäugte Boris, der sich regelrecht an die Wand gedrückt hatte und nun panisch zusammenzuckte. Weißer Vogeldreck klebte in seinen Haaren, doch er traute sich nicht, den Vogel von seinem Kopf zu verscheuchen.

»Aufgrund Ihres Bundes sind Ihre Fähigkeiten mit denen Ihres Mannes gleichzusetzen!« Mit Schmackes haute Frau Sabinsen einen Stempel auf die Unterlagen des Vampirs. Ein dickes *Bewilligt* verdeckte die Hälfte des Textes, hastig trug sie Monas Namen ein und reichte ihr das Dokument.

»Suchen Sie Herrn Hohlenmollern bitte innerhalb einer Woche eine neue Wohnung, sollten die Kosten 500 Euro warm überschreiten, teile ich Ihnen einen weiteren Vampir zu, der Aufsicht und Bleibe benötigt!«

»Ehhh …« Unsicher griff Mona nach dem Papier, rang um die richtigen Worte. Leider war ihr Hirn wie leer gefegt, oder vielmehr: Es brannte so laut in ihren Gedanken, dass daraus ein Rauschen entstanden war. Die Sorge, mit Balthasar so was wie verheiratet zu sein, fühlte sich verdächtig nach einem Schock an.

»Wenn Sie dann alle bitte sofort verschwinden würden? Zack, zack!«

Das brauchte Frau Sabinsen dem Dämon nicht zweimal zu sagen, aber auch Mona und Boris waren schneller durch die Tür und die Treppe hinuntergeeilt, als die Beamte die nächste Nummer aufrufen konnte. Knarzend beschwerte sich das Holz über die hastigen Schritte, das ganze Haus zitterte.

Unten saß ein alter Zauberer mit dünnem Haar und einem beachtlichen Bart müde in sich zusammengesackt auf einem der Stühle im Warteraum. Die graue Kutte hatte schon bessere Tage gesehen. Der Rauschebart war so lang, dass er bereits auf dem Fußboden im Staub lag, aber das schien den Zauberer nicht zu stören. Doch kaum wollten sie ihn passieren, erhob sich seine klapprige Gestalt.

»Ihr… könnt… hier… nicht… vorbeiiiiiii!«, kam es mit stimmgewaltiger Überzeugung. Mit einer Hand hatte er zu seinem Regenschirm gegriffen und rammte ihn mit festem Griff vor ihnen in den Boden. Der Schirm mit den niedlichen Kätzchen drauf blieb tatsächlich kurz stehen, wackelte dann und fiel plump auf die Fliesen.

»Ehhh …«, setzte Mona an, doch der Alte wiederholte: »Ihr… könnt… hier… nicht… vorbeiiiiiihhh!« Er würgte und hustete sich dann regelrecht die Bronchien heraus.

»Kann der weg?«, kam es sarkastisch über Monas Schulter, Balthasar hatte sich vorgebeugt.

»Benimm dich!«, zischte sie zurück.

Der keuchende Mann stützte sich auf seine Knie und wedelte mit einer Hand, hielt sie mit der Geste an zu warten. »Sekunde …«, röchelte es.

»Ehhh …«

»Haben Sie … haben Sie Kleingeld für den Bus nachher?« Wieder hustete der Graubärtige. Irritiert musterte Mona die klapprige Gestalt, starrte ihm auf die ausgestreckte Hand. Noch irritierter war sie, als Balthasar ein dickes Bündel Geldscheine an ihr vorbeireichte und dem Alten in die knochigen Finger drückte.

»Können wir jetzt gehen?«, zischte Balthasar gereizt, und wieder donnerte es draußen.

»Nummer 46!«

Endlich, der Zauberer drehte sich verwundert zur Treppe, sodass eine Lücke entstand, sofort stürzten Dämon, Hexe und Vampir hinaus auf die Straße.

»Was für eine verfluchte Dreckscheiße!«, fauchte Balthasar, kramte in seiner Jacketttasche nach einem Zigarrenetui und biss unzufrieden das Ende von einer Kubanischen ab. Dann hielt er Mona das ungesunde Genussmittel hin. Unsicher schnipste sie einige Male mit den Fingern, ehe endlich eine violette Flamme zwischen Zeigefinger und Daumen entstand. Als die Zigarre schließlich brannte, blies er das Feuer aus und pustete Mona dabei unnötig viel Rauch ins Gesicht. Durch das offene Fenster im ersten Stock tönte ein erstickter Schrei: »Wie, Sie wollen mir die Bezüge streichen? Das Geld ist für den Bus!«

Sie beschlossen, ein paar Meter Abstand vom Gebäude des Amts zu nehmen. Mona kratzte sich gestresst am Hinterkopf. Was für ein verzwickter Tag. Unruhig tigerte sie zwischen Boris und Balthasar hin und her. Dass Besuche beim Amt oft aus dem Ruder liefen, war bekannt, aber welcher Fluch sorgte dafür, dass in Monas Leben alles ein Extrem annehmen musste?

»Wusstest du … dass es solche Richtlinien für einen Dämonenpakt gibt?«, sprach sie mehr zu sich als zu dem Dämon.

»Das ist Deutschland, hier gibt es für alles eine Richtlinie!«

»Aber eine Ehe?«, kiekste Mona. Ihre Stimme überschlug sich vor Aufregung.

Balthasar zuckte mit den Schultern. Sie konnte sehen, dass er mit sich kämpfte. Die Zigarre zwischen seinen Fingern zitterte verdächtig, und das Glühen seiner Augen hatte sich in einen einzigen stechenden Punkt in seinen Pupillen verwandelt.

»Moni?«, begann Boris, und sofort sprang sie ihn an, schlang einmal ihre Arme fest um ihn.

»D-du musst ins Museum, schon vergessen? Du übernimmst meine Schicht heute«, erklärte sie ihm. Sie wollte auf keinen Fall, dass er bei einem eventuellen Wutausbruch eines Teufels dabei war. Das hier war allein ihr Problem, und für eine Nacht hatte

Boris genug Stress gehabt. »Alles wird gut, hast du doch gehört?« Sie lächelte verkrampft, und der Vampir starrte sie für einen Moment sehr verwirrt an.

»Moni, bist du dir sicher? Ich könnte auch – Bärbel hilft sicher gerne.«

Aber zur Antwort schüttelte Mona vehement den Kopf, und Boris seufzte akzeptierend. »Sollte etwas sein, du weißt ...« Er nickte in Richtung des Dämons und drückte Mona dann einen Kuss auf die Wange.

»Danke, bis nachher, Boris!«

Balthasar wagte er wohl nicht anzusehen, und so drehte sich der Vampir um, straffte den Kragen seiner Jacke und stiefelte unüblich langsam für seine Verhältnisse davon. Mona sah ihm nach, wollte der Realität so lange wie möglich ausweichen, aber ein Räuspern zwang sie, sich umzudrehen.

»Ich hatte keine Ahnung«, murmelte sie.

»Das ist mir klar!« Er klang sonst schon gereizt, doch diesem Tonfall fehlte der leichte Humor, der in all seinen bisherigen Beschwerden mitgeschwungen hatte. Gerade lernten sie miteinander auszukommen. Hatten sie nicht sogar geflirtet? Das wäre Mona nun deutlich lieber gewesen, als sich bereits mit ihm in einer Zwangsehe zu befinden.

Sie teilten eine unangenehme Stille. Der Zorn verschwand langsam aus seinem Gesicht, mit jedem Zug an seiner Zigarre verwandelte sich die Wut in Ratlosigkeit, die Mona gut nachempfinden konnte. Es wäre dann wohl der erste Abend, an dem er nicht einfach so verschwinden konnte, denn sie fühlte eine Unsicherheit der Situation gegenüber, die kein simpler Trick beseitigen konnte. Die Panik ließ sie nervös blinzeln, und ihre Finger zitterten sichtbar. Von null auf hundert war ihr Leben in einem völligen Chaos versunken. Gerade so hatte sie sich damit angefreundet, mehr Verantwortung zu übernehmen, für Boris da zu sein – und nun das. Sicher, alles ließ sich bewältigen, aber irgendwie lagen Dämonen jenseits von »alles«, und überhaupt sollte sie in ihrem Alter – ja, was sollte sie?

»Mhh, gegen Steuerklasse 3 hab ich nichts. Da hätte ich schon früher dran denken können …«, gab Balthasar murmelnd von sich.

Mona starrte ihn entsetzt an. »Ist das dein Ernst?«

»Das spart enorm viel Geld und –«

»Daran denkst du? Daran? Jetzt?«, brüllte sie fast.

»Woran soll ich denn sonst denken?«, gab er vorwurfsvoll zurück und drückte dann seine Zigarre in seiner Handfläche aus. Das war definitiv die falsche Wortwahl, Feuer bildete sich an ihren Fingerspitzen. Er war ihr Problemlöser, ob sie wollte oder nicht, aber nicht mal ein Erzdämon konnte dieses Desaster wieder geradebiegen.

»Mona?«

»Was?«, keuchte sie leise. Ihr Ärger wich der brodelnden Verzweiflung, und diesmal gab es keinen Grund, gegen die aufkeimenden Tränen anzukämpfen.

»Es könnten nur Paktpapiere sein.« Wieder bewies Balthasar ein erstaunliches Geschick, die Stimmung zu lesen. Er trat näher an sie heran, und Mona wagte einen Blick hinauf, ihre Lippen zitterten, und offensichtlich sah sie so elend aus, dass sogar Balthasar mitleidig die Brauen hob.

»Standesamt«, nuschelte Mona und schmollte.

»Ja. Ja, das ist scheiße.«

»Bist du sauer?« Diese Frage hatte sie ihm so oft schon stellen wollen, sich aber nicht getraut.

Balthasar nickte, doch ein leichtes Schmunzeln wanderte über seine Lippen.

»Natürlich bin ich das. Auf dich, auf mich, auf das Amt. Aber das hilft gerade wenig, es sei denn, du hättest gerne noch etwas mehr Gewitter.«

Sofort schüttelte sie den Kopf.

»Gehen wir etwas trinken?«, fragte er. Selten gab es so gute Anlässe, um sich zu betrinken, wie eine Ehe. Das war wohl die beste Idee für eine solche Situation, und Mona akzeptierte es sogar, dass er ihr einen Arm um die Schultern legte, um sie in die nächste Bar zu führen.

Sie schlenderten die dunkle Straße hinunter. Hier gab es mehr Imbissläden als Menschen, und dem Mischmasch an Beschilderung nach wechselten die Inhaber wöchentlich. Der Geruch von fettigem Essen wehte Mona um die Nase, sie knurrte unzufrieden. Ein furchtbarer Tag. Es wurde immer schlimmer, egal wie tief sie bereits gefallen war.

Immerhin fand sich schnell ein kleines Lokal mit einer stillen Ecke zwischen billigen Plastikpalmen und merkwürdig tropischer Dekoration, die nur aus einem Baumarkt stammen konnte. Noch nie hatte Mona so deutschen Karibikflair gesehen. Balthasar ließ sie bestellen, was sie wollte, und erst als beide die Chance hatten, ihr Getränk halb zu leeren, sprachen sie wieder miteinander.

»Wir wissen nicht, was uns erwartet«, begann Balthasar von Neuem.

Mona hob vielsagend Augenbrauen und Lider. Das stumme »Das glaubst du ja wohl selbst nicht« ließ den Dämon verächtlich schnauben.

»Ja gut, Ämter. Ich vermute, es ist genauso, wie es klingt. Aber jedes Amt bietet Schlupflöcher, und ich bin und war schon immer gut darin, diese zu finden!« Balthasar nickte sich selbst zu, als müsse er sich von seinen Worten erst überzeugen. Das war nicht sehr ermutigend.

Mona sog lange an ihrem Strohhalm, das Geräusch eines leeren Fruchtcocktails erklang.

»Gibt schlimmere Ehen«, merkte er an. Ihr Erzdämon war erstaunlich kommunikativ, vielleicht weil sie so gar nicht wusste, was sie sagen sollte. Auf diese Feststellung hin schielte sie ihn misstrauisch von der Seite an.

»Und da wäre immer noch Steuerklasse 3.« Sie knurrte drohend, aber er lachte überraschend auf. »Ja, das möchtest du nicht hören. Ich weiß, für dich ist das ein Drama, aber –«

»Für dich nicht?« Monas Stimme krächzte ein wenig, und sie räusperte sich.

»Ich bin älter als die Zeit, Hexe. Das hier – der ganze Pakt, es mag mich stören, aber ich hab anderes erlebt und überlebt. Da ziehe ich die Ehe mit einer unterhaltsamen Hexe doch vor.«

Misstrauisch hob Mona den Kopf und schob ihr leeres Glas zur Seite. Ihre Finger trommelten nervös auf dem Tisch, und die kleine stereotype Hawaiifigur einer Frau wippte im Takt.

»Für dich ist das ein Spiel, oder?« Sie konnte ihre Wut über seine lasche Art nicht unterdrücken. Für Mona ging gerade die Welt unter, und der Erzdämon sprach über Steuerklassen und sein privilegiertes langes Leben, falls man das überhaupt so nennen konnte.

»Es ist manchmal ganz lustig mit dir, aber kein Spiel.«

Die Ernsthaftigkeit in seiner Stimme anzweifelnd zog Mona einen Schmollmund.

»Lustig«, wiederholte sie.

»Ja, du bist lustig. Wenn auch manchmal unfreiwillig, aber das gehört dazu.«

An einem »Ehh« kam sie nicht vorbei, und er grinste.

»Wir könnten sehr viel Spaß miteinander haben, Hexe.« Sein Tonfall implizierte wieder einen Flirt, sogar mehr als das, und Monas Herz hüpfte plötzlich aufgeregt. Zwischen Fassungslosigkeit, verzweifelter Wut und Verwirrung brachte sie nur ein drohendes Knurren heraus.

»Das meinte ich damit eigentlich nicht, ich sprach von den Vorteilen, die so ein besiegelter Pakt bringt. Es sei denn, du willst vielleicht doch …« Er hob fragend die Brauen.

Von wegen, das hatte er nicht gemeint. Diesen Blick kannte Mona, er war nicht der erste Kerl, der von Spaß sprach – und gerade war das mehr als unangebracht. Sie war sich sicher, dass es diesmal ihre Augen waren, die glühten.

»Offensichtlich willst du nicht, aber –«

»Vorteile? Was für Vorteile?«, wetterte sie.

»Die Ehefrau eines Höllenfürsten? Du erlangst damit Macht über niedere Dämonen, kannst freier hexen, bekommst eine neue Stufe beim Amt und … vielleicht brauchst du mich dann weniger? Und was ist mit deinem Boris, hm? Deshalb wart ihr auch beim Amt, oder? Auch wird dich niemand so einfach feuern. Obendrein muss ich erscheinen, wenn du wirklich in Schwierigkeiten steckst. Zumindest für den Moment lösen sich ein paar deiner Probleme, abgesehen von – du weißt – der Ehe selbst.«

Er zuckte zusammen, als Mona mit der Faust auf den Tisch klopfte. Nicht doll oder ärgerlich.

»Dreck«, grummelte sie in sich hinein. Das waren gute Argumente, die all das Chaos plötzlich möglich erschienen ließen.

Wieso gelang ihm das jedes Mal? Als wüsste er genau, was er sagen musste, dabei wusste Mona vorher nicht mal selbst, was sie hören wollte.

»Ich könnte auch zu Luzifer gehen und ihn bitten, den Pakt zu lösen, aber ich weiß, dass das meist mit Opfern einhergeht«, erklärte er beiläufig und verdächtig leise.

»Was? Es gibt eine Lösung, und du sagst das erst jetzt?«

»Es könnte dich das Leben kosten, nicht unbedingt die Existenz, aber es gibt andere Wege, etwas als Tod zu definieren, ohne dabei zu sterben – also habe ich darauf verzichtet, das zu erwähnen.«

Fassungslos starrte sie ihn an. In seinen heute sehr menschlichen Augen funkelte die schlechte Beleuchtung der Bar, und ein bitteres Lächeln brachte Mona nun völlig aus dem Konzept.

»Hattest du nicht gesagt –«, setzte sie an, doch er griff nach ihrer Schulter, beugte sich zu ihr.

»Ich bin kein Monster, Mona!«

Sie glaubte ihm. Zumindest im Moment sprach alles dagegen, und ihre Wut löste sich so unerwartet in Luft auf, dass sie ihn viel zu lange verwirrt anstarrte.

»U-und du machst das wieder einfach so? Dieses Akzeptieren?«, nuschelte sie.

Sich in ihrem eigenen Leid suhlend fühlte sie auf einmal die Schuld drücken. Es war ihre Beschwörung, und auch er hatte ein Leben, das sie völlig durcheinanderbrachte. Deshalb machte sein Schmunzeln sie fast wieder wütend.

»Du bist süß, wenn du verzweifelt bist, weißt du das?«

Darauf konnte sie nichts erwidern und starrte wieder auf ihr leeres Glas. Die wippende Figur auf dem Tisch spiegelte sich darin wie ein Geist, und Mona fühlte sich ähnlich hohl.

»Ich werde später etwas anzünden, um runterzukommen,

aber … ich befürchte, das wird noch dauern. Du wirst mich für eine Weile nicht weglassen, hm?«, erkundigte er sich.

»Du kannst doch einfach gehen?«

»Nein, nein, kann ich nicht. Wenn du dich nicht mehr hilflos fühlst, dann steht es mir frei, an meinen vorherigen Beschwörungsort zurückzukehren, vorher würde es mich jedoch immer wieder an deine Seite beschwören, wenn ich mich zu weit entferne. Glaub mir. Das habe ich schon versucht. Und nein, ehe du was sagst, das war kein Notfall. Taschentuchlos auf einer Fußgängerzone ist kein Notfall!«

»Ich fühl mich nicht hilflos«, maulte sie.

»Du fühlst dich hilflos.«

»Dreck!«

Sie einigten sich auf ein Taxi. Ein normales Taxi. Mona hatte für heute vom Unvolk genug und schickte das erste Auto direkt wieder weg, als sie einen Zombie am Steuer erblickte. Umarmen wollte sie Balthasar auch nicht, so verlockend der schnelle Transport mit einer Feuersäule sein mochte.

Der Dämon würde sie begleiten müssen, bis ihre innere Panik abgeklungen war. So langsam verhagelte es sogar ihm die Laune, aber darum konnte sie sich nicht kümmern. Wenn es einen Tag gab, um sich so richtig beschissen fühlen zu dürfen, dann heute.

Pyjamaparty mit dem Höllenfürsten zwischen Zimmer, Küche, Bad. Ihre Wohnung war klein, der Dämon darin riesig, vielleicht lag es an seiner Aura. Mona besaß kein Sofa, nur ihr Bett, einen Sessel und Sitzkissen. Mehr als eines dieser Kissen und ihre zweite Decke gönnte sie ihm ohnehin nicht. Balthasar musste auf dem Fußboden schlafen, was er erstaunlich gelassen hinnahm. Wesen wie er kannten vermutlich unangenehmere Orte, und was er schon alles auf Fußböden getrieben hatte, wollte sie sich gar nicht vorstellen.

Ein toller freier Tag war das. Sie würde für Boris und vielleicht noch einen weiteren Vampir die Verantwortung übernehmen, ihnen eine Wohnung suchen müssen. Balthasar und sie galten anscheinend als verheiratet. Obendrein bedeutete ihre Hochstufung als Hexe um einiges mehr Arbeit, denn nun durfte das Amt sie zu allerhand Notfällen rufen, für die sie definitiv nicht ausgebildet worden war. Vorteile eines Paktes – was für eine Traumvorstellung. Nicht für Mona. So etwas existierte nur in Hollywoodfilmen oder romantischen Büchern.

Überfordert schlief sie erst gegen Morgen ein. Die nüchternen Gedanken eines neuen Tages schwemmten einen Teil der Sorgen davon, brachten Mona einen klaren Blick auf das Chaos. Eigentlich war alles wie immer, oder? Das Leben übernahm die Kontrolle für Mona, und sie hatte sich zu fügen. Sie kannte es nicht anders. Er hatte leider recht. Über vergossene Milch zu weinen war albern, sie starb nicht an diesem Bund mit ihm. Sie hätte es schlechter treffen können. Deutlich schlechter.

Mittags schlummerte der fürchterliche Erzdämon außerdem eingerollt wie eine Katze in seiner Decke auf dem Boden, dabei hatte sie fest damit gerechnet, ihn in ihrem Bett vorzufinden.

Sie mussten sich miteinander arrangieren – und vielleicht war das einfacher als angenommen. Eigentlich hatte sie ihn wecken wollen, doch auf das leichte Rütteln an seinen Schultern hin drehte er sich nur herum und schmiegte sich an die Berührung. Ein leises Schnurren ertönte, wie ein kleines Kätzchen ließ er sich durch die Haare streicheln, kommentierte die Schmuseeinheiten mit einem Lächeln und dem tiefen Klang eines glücklichen Löwen.

Er hatte sie lustig genannt, unterhaltsam und süß. Was, wenn er sie auch mochte? Die ganzen Sorgen, die sie sich machte, wären halb so dramatisch. Aber vor dem Spaß, von dem er gesprochen hatte, fürchtete sie dann doch ein wenig.

DONNERSTAG

30.8.2018

ICH KANN IM NETZ NICHTS ZU NEUEN REGELUNGEN VON DÄMONENPAKTEN FINDEN, NUR SO ÄHNLICHE UNTERLAGEN, ABER DIE SIND ALLE FÜR EINE EHE …

WAS GENAU STAND AUF DEM PERGAMENT? MUSS EINE KOPIE VOM MUSEUM HOLEN.

WIESO STÖRT IHN DAS ALLES KAUM!?
BIN ICH EIN WITZ FÜR IHN?

BORIS BRAUCHT SCHNELL EINE NEUEN WOHNUNG!
ANTRÄGE FÜR SEIN FÜHRUNGSZEUGNIS

MO	DI	MI	DO	FR	SA	SO
19	19	19	19	19	23	23
2	2	2	1	2	1	1

aktuell jeden Tag arbeiten…

Kapitel 20
Junggesellen ohne Abschied

Er musste es von Ben gelernt haben, denn Boris beherrschte die Kunst des Dackelblicks wie ein echter Profi. Der Schmollmund, die großen feuchten Augen, der Blick des puren Leides. Wieder dachte Mona an ein kleines Kind, und erneut sah sie sich in der Rolle der Mutter.

»Es geht einfach nicht«, versuchte sie es ruhig.

»Aber wiesoohohoho?« Seine Unterlippe bebte theatralisch.

Boris lümmelte auf ihrem Bett, steckte in einem übergroßen Hoodie mit Totenschädel und Geistermotiv, dazu zerrissene Jeans und schlecht geschminkten, Augen – vielleicht doch kein kleines Kind, eher ein sehr großer Teenager. Das brachte Mona sofort zum Seufzen. Jeden Tag schloss sie ihn mehr ins Herz.

»Bittebittebittebitte!«, kam es wimmernd.

»Die Wohnung kostet zu viel, das bewilligen die nie«, versuchte sie ihm zu erklären, doch seine vorgeschobene Unterlippe bebte weiter. Die schwarze Schminke um seine Lider unterstrich den jämmerlichen Ausdruck noch, und Mona fühlte, wie sie langsam nachgab. Boris als Nachbar. Das fehlte gerade zu ihrem Glück. Nicht seinetwegen, sie hatte ihn gerne um sich. Aber dieses Haus war ein nachbarschaftliches Minenfeld aus Tratsch, und eine zu teure Wohnung durfte er nicht allein beziehen. Das bedeutete zwei Vampire.

Die Wohnung in ihrer Etage, in der es vor einigen Wochen eine eher unschöne Szene zwischen streitenden Mietern gegeben hatte, war endlich vom Kriminalamt freigegeben und frisch renoviert worden – nun, der Hausmeister hatte die Blutflecken an den Wänden grob übermalt. An so etwas störte sich ein Vampir nicht, und sollte das Amt zwei Zimmer, Küche, Bad zahlen, war das ein Grund mehr für den Vermieter, ihm den Zuschlag zu geben. Blutsauger waren lange Mieter, und das Amt zahlte zuverlässig.

Seit einer Stunde gingen sie Anzeigen durch. Ben aalte sich auf dem runden Teppich vor ihrem Fernseher und kaute auf einem Beißspielzeug herum. Zwischenzeitlich quietschte es laut aus seiner Richtung. Den schwarzen Läufer hatte er zu ihrem Leidwesen schon komplett vollgehaart mit seinem weißen Fell. Boris blätterte wie wild durch die Tageszeitungen, legte sie dann jedoch wieder zur Seite und verschränkte die Arme.

»Wir können gemeinsam zur Arbeit fahren, gemeinsam in die Bar!«

Boris' Mobilität war verlockend, mit ihm die frühen Abende im Winter in der Bar zu verbringen auch. Eventuell half er ihr beim Einkaufen oder anderen Kleinigkeiten, was Monas Erzdämonenproblem lindern konnte.

»Sieh mal, die Wohnung ist so teuer… du würdest dann in einem Zimmer zusammen mit einem anderen Vampir leben, und du bist doch… eher… unvampirig!« Der erzwungene Untermieter machte ihr am meisten Sorgen, Vampire hatten ihren Ruf nicht umsonst.

»Bitte?«, gab er vorwurfsvoll zurück, sog dabei seine Wangen etwas ein und wirkte gleich ein bisschen untoter.

»Na ja, du bist ausgesprochen kontrolliert und sehr sensibilisiert, du bist ja auch so viel älter und erfahrener, mit dir komme ich klar, jeder kommt das…«, schleimte Mona so offensichtlich, dass Boris ihr die Zunge herausstreckte.

»Du und deine Vorurteile! Pff! Außerdem – ich erwache früher und gehe später zu Sarg! Während der Kollege gerade erst aus der Leichenstarre erwacht, bin ich schon auf dem Weg zur Arbeit. Alles ganz problemlos. So ein Vampir nimmt kaum Platz weg, und ich habe Erfahrung mit meinesgleichen, glaub mir.«

»Apropos Sarg, du brauchst dann einen neuen. Das kostet doch!«

»Nein, würde sogar das Amt zahlen, neben anderen Möbeln! Siehst du?« Triumphierend hielt er Mona den Antrag unter die Nase, wedelte mit dem Papier herum. Sie murrte nur resignierend.

»Die Kellerwohnung die paar Blocks weiter hättest du für dich alleine, und sie hat keine Fenster!«

»Sonne, Mona! Ich brauche Sonne!« Er hielt sich theatralisch die Stirn, streckte aber noch einmal die Zunge heraus.

Mona verdrehte die Augen. Grufti und Beachboy in einem, das passte ihrer Ansicht nach so gar nicht zusammen, doch das war nun mal Boris' Persönlichkeit. Aus der Ecke quietschte es laut, Ben knurrte. Seufzend beobachtete sie den riesigen Wolf beim Spielen mit seiner Plastikbanane. Er war fast ein bisschen zu groß für Monas knapp bemessene Wohnung und musste sich Mühe geben, nichts umzuwerfen. Auch er wäre dann täglicher Besucher in diesem Haus, denn Boris ohne Ben gab es nicht. Die beiden arbeiteten in ihrer Freizeit an neuen Songs ihrer Band.

»Oh, Boris! Du, also … die Kellerwohnung ist isoliert. Da könntet ihr in Ruhe proben, weißt du?«, versuchte sie es noch einmal.

»Sorg dich nicht, diesbezüglich habe ich mit Sven aus der Bar gesprochen. Er besitzt einen Proberaum im Keller, den dürften wir nutzen!«

Mona knurrte. »Sag das doch gleich!« Gegen dieses Argument

konnte sie nicht ankommen, wollte sie auch gar nicht. Sich ihrem Schicksal ergebend schlug sie die Zeitung zu und seufzte.

»Also gut, dann … schreib die Bewerbung für die Wohnung. Ich füll schon mal den Antrag für einen eventuellen Mitbewohner aus.«

Strahlend warf sich Boris ihr um den Hals und drückte ein paar Küsse auf Wange und Stirn. »Dankedankedankedankedubistdie Beste!«, stammelte er. Erst als sie seine Fangzähne gefährlich nahe an ihrer Haut spürte, brachte sie die Kraft auf, ihn wegzuschubsen. Breit grinsend wie ein Honigkuchenpferd wippte er auf der Matratze herum und summte *Sunshine in my Pocket.*

Sich damit unangenehm überschneidend brüllte mit einem Mal Monas Klingelton dazwischen, und sie hob überrascht ihr Smartphone an. Eine unbekannte Nummer leuchtete auf dem Display.

»Ehh, ja?«

»Van Fiva hier, ich rufe an wegen Ihrem Termin beim Standesamt. Ich hätte da was frei, Sie und Ihr Mann könnten morgen vorbeikommen!«

»Ich und mein was!?«

»Ferflufterdreck!«, nuschelte Balthasar, der gerade eine Zahnbürste im Mund hatte und nun plötzlich auf Monas Bett saß. Boris quietschte erschrocken auf. Der Dämon hatte nicht mehr als einen Bademantel an, und seine Haare waren tropfnass.

»Sind Sie noch dran?«, quäkte es durch die Leitung.

»Ehhh, ja …«, murmelte Mona mit einem unsicheren Blick auf den halb nackten Erzdämon. Vor Schreck schlug ihr das Herz bis zum Hals. *Sie und ihr Mann.*

»Morgen um 11:45 Uhr ist bei mir was frei geworden. Es wäre gut, wenn Sie alle Formulare und Urkunden mitbringen könnten, und natürlich auch Ihren Dämon.«

»Ehhh…« Sie hielt eine Hand auf den Hörer. »Kannst du morgen um 11:45 Uhr?«, fragte sie an Balthasar gewandt, der kritisch Werwolf und Vampir beäugte, die wiederum mit Sicherheitsabstand den Dämon musterten.

»Morgen? Muss das s…« Mona würgte ihn mit einem wütenden Knurren ab, und sie konnte ihn schlucken sehen, ehe er nickte.

»Morgen geht klar, ja! Danke Ihnen! Ehrm … das … ehhh ja, das wäre … eh, xXSchwarzedornenXx@vollsarg.rip … aha … genau … ja! Sicher, bring ich alles mit! Danke! … Mhm! Natürlich! Bis dann!« Eilig legte sie auf und fuhr sich nervös durch die Haare. Ehe Balthasar etwas sagen konnte, war sie zu ihrem kleinen Schreibtisch geeilt und hatte den Laptop aufgeklappt. »Dreck, Dreck, Dreck!«

»Was ist?«, fragte Balthasar und klang ein wenig gefrustet.

»Unterlagen ausdrucken!«, murmelte sie, drehte sich herum, um den Drucker unter ihrem Bett hervorzuholen, und stieß fast mit der nackten Brust von Balthasar zusammen, der aufgestanden war.

»Kannst du dir bitte was anziehen? Bitte!« Sie keuchte gestresst, wuselte um ihn herum und bückte sich zum Bettkasten, angelte mit einer Hand darunter nach Papier und Gerät. Sie hörte ihm mit einem genervten Seufzen ins Bad schlurfen.

An einem anderen Morgen hatte Mona ihn direkt beim Umziehen zu sich beschworen, seitdem bunkerte sie ein paar Klamotten für alle Fälle in einer Extraschublade. Wie hatte er getobt, weil sie ihn wegen eines abgebrochenen Fingernagels mitten aus dem Feierabend gerissen hatte. Der Anblick von Balthasar in engen Unterhosen war es fast wert gewesen.

Mona hockte erneut an ihrem Laptop, füllte aus, was sie ausfüllen konnte, und musste die Unterlagen mit der restlichen Tinte ausdrucken, die seit Monaten in den Druckköpfen vertrocknete. Hoffentlich reichten die Patronen. In der Zwischenzeit stapfte Balthasar mit der denkbar schlechtesten Laune aus dem Bad, die ein Dämon nur haben konnte. Mit Mühe hielt Boris an sich, Mona kicherte hörbar dreckig beim Anblick des großen Mannes in seinem neuen Einhornpulli und den weiten Jogginghosen. Ihn konnte ja nichts entstellen, aber der Kontrast zu seiner sonstigen Erscheinung war enorm.

»Super … danke, Mona!« Balthasar breitete die Arme aus und drehte sich einmal demonstrativ wie auf einer Modenschau.

»Keine Ursache.«

»Ich kann mich auch wieder ausziehen!«

Ben bellte, es klang nach einem Nein. Und dann wurde die Szene ohnehin von einem gurgelnden Röcheln unterbrochen, denn Mona hatte auf *Drucken* gedrückt, und die Unterlagen machten sich auf den Weg zum Papier.

»Ich glaube, dein Drucker ist besessen!«, feixte Boris und spielte auf die fürchterlichen Geräusche des uralten Geräts an.

»Kommt häufiger vor.« Balthasar zuckte mit den Schultern, und dem Vampir verging das Grinsen.

»Dein Ernst?«

»Es sind die programmierten Druckköpfe!«, erklärte der Dämon. »Du kannst so ein Gerät einfach hacken und dann drucken lassen, was du willst. Dämonen nutzen das oft, um sich aus der Hölle selbst zu beschwören, wenn sie unerlaubt rauswollen. Leider stellen sie sich dabei oft richtig unklug an, enden irgendwo im Gerät und stecken dann fest.«

»Tja, und dann ist es mein Job, sie da rauszuholen …«, murmelte Mona und dachte an ihr Praktikum im Bastelladen für PC-Teile zurück. Wie oft kleinere Teufel sich im RAM verhedderten oder ganze Netzteile besetzten! Sie verstand nicht, wieso überhaupt noch jemand PCs nutzte. Da konnte man doch gleich die hauseigenen Produkte aus der Hölle verwenden, die zugegeben ziemlich teuer waren, aber immerhin dämonensicher. Außerdem fand Mona die angedeutete Spielerei mit dem Apfel des Sündenfalls recht lustig für ein Firmenlogo.

Endlich vollendete der Drucker mit einem Ächzen seine Arbeit, und Mona hatte nun einen dicken Stapel Papier auf dem Schoß. Die Hälfte davon reichte sie an Balthasar zum Ausfüllen weiter.

»Und das ist mein Stichwort zu verschwinden! Gib mir deine Karte mit, dann checke ich dich für heute Abend im Museum ein, ja? Ihr braucht sicher noch ein bisschen.« Boris rollte vom Bett, und Mona reichte ihm ihre Sicherheitskarte.

»Danke. Und bitte baut keinen Scheiß, ich komm bald nach!«

»Selbstverständlich!« Der Vampir zwinkerte. »Na komm, Ben! Wir wollen los!« Das Klappern mit seinem Schlüsselbund animierte den Werwolf zu einem kurzen Tänzchen im Kreis um sich selbst herum, ehe er mit wedelndem Schwanz Boris hinterhereilte.

Die Tür fiel ins Schloss, und Mona hatte wieder ihre Ruhe. Denn zumindest eines musste man Balthasar lassen, er war keine laute Gesellschaft. Erneut seufzte sie beim Anblick seiner kritischen Miene, die konzentriert auf die Unterlagen gerichtet war, während das niedliche Einhorn auf seinem Pullover genauso unzufrieden aus der Wäsche schaute. Sie hätte doch die rosafarbenen Jogginghosen kaufen sollen, das satte Schwarz machte Balthasars Outfit fast stylisch. Seine Haare waren getrocknet, und die ebenholzfarbenen Locken lagen gezähmt nach hinten, reichten ihm bis in den Nacken. Andere brauchten dafür Föhn und jede Menge Haargel, er existierte einfach so. Die Vorstellung, wie er stundenlang vor dem Spiegel stand, um so makellos auszusehen, platzte in Monas Kopf, und sie seufzte neidisch.

»Kannst dich an mir heute gar nicht sattsehen, was? Stehst du auf so was?« Er grinste und deutete auf das missmutige Einhorn auf seiner Brust.

»Ich muss zugeben … das hat was.«

»Wirklich? Nun, ich wäre dir dankbar, wenn du das nächste Mal auch Unterwäsche bereitlegen würdest, die Jogginghose ist etwas … na ja!«

Mona lief rot an und nickte. Schnell war ihr Kopf wieder hinter den Formularen verschwunden. Besser, sie beeilte sich, Balthasar würde sie sicher zur Arbeit portieren, doch bis sie hiermit fertig waren, kam sie auf jeden Fall zu spät. Er machte es sich ein wenig zu gemütlich auf ihrem Bett.

»Du hast mich die letzte Woche über erstaunlich selten beschworen«, murmelte er und starrte an die Decke, während Mona gerade das Informationsblatt zum Thema Dämonenpakt durchging. Leider las es sich nicht nach Pakt, sondern eindeutig wie die Infobroschüre einer Eheschließung.

»Boris lebt aktuell im Keller und war recht hilfreich«, überlegte Mona laut, ließ dann die Unterlagen sinken und seufzte. »Ich hab mich vielleicht auch die letzten Tage mit Videospielen erstickt. Und du?«

Von Balthasar kam ein heiseres Lachen.

»Ja, so in etwa habe ich das auch gehandhabt.«

»Wir kommen klar, oder?«, wollte sie von ihm wissen, ging auf seinen Kommentar lieber nicht ein. Mit einem verdächtig menschlichen Ächzen richtete er sich auf, und nun war es Mona, die kurz an die Decke starrte. Tatsächlich war der Stoff der Jogginghose viel zu dünn.

»Schon absurd, ziemlich absurd, aber hat auch was«, antwortete er und lachte erneut. Als sie zu ihm schielte, lag da wieder das vergnügte Funkeln in seinen Augen. Sicher war er attraktiv, aber Mona reizte er erst, seit sich diese Lachgrübchen auf sein

Gesicht geschlichen hatten und er ihr diese intensiven Blicke schenkte. Seine Art, sich um sie zu kümmern, und seine mitfühlenden Worte machten ihn anziehend. Vielleicht war es das, was Mona sich so selten verlieben ließ. Ein hübsches Gesicht war nett, so von jemanden durchschaut zu werden jedoch sexy.

»Du starrst schon wieder so, Hexe.« Er klang nicht patzig wie sonst, in diesem Tonfall lag ein Zwinkern, ein Flirt, und Mona kämpfte mit sich, um nicht darauf einzugehen.

»Du starrst doch auch«, gab sie zurück, und trotz aller Bemühungen fing sie an zu grinsen.

»Ich muss doch wissen, wie meine zukünftige Frau aussieht.« Offenbar hatte er das ernst klingen lassen wollen, aber seine Stimme bebte wie kurz vor einem Lachen.

»Wie fühlt sich das an, so als Altgott von einer lausigen Hexe in eine Ehe getrickst worden zu sein?« Mona verzog ihren Mund zu einem Strich, aber das Kichern kam trotzdem hindurch.

Auf den Einhornpullover deutend entkam ihm das wohl attraktivste dunkle Lachen, das Mona je gehört hatte. Vielleicht schnappten sogar Dämonen irgendwann über, wenn man ihnen zu sehr zusetzte. Und sie kam nicht drum herum zuzugeben, wie sympathisch ihn das machte. Wären da nicht die drückenden Konsequenzen einer Ehe gewesen, des ganzen Chaos, das sie verursachte – sie hätte sich vermutlich entspannt neben ihn aufs Bett gelegt. Aber ein entzündeter Nerv pochte noch immer in ihrem Kopf und würde so schnell nicht nachlassen. Nichts davon hatte Mona sich für ihre Zukunft vorgestellt, und die drohende Unsicherheit, was das alles für sie bedeutete, machte ihr mehr Angst, als ihr lieb war.

Balthasars bizarr gute Laune nutzend bat sie ihn um einen Transport zum Museum. Ohne zu murren, brachte er sie direkt in die Gewölbe im Untergrund, und Mona konnte ungesehen in die Dienstbotengänge verschwinden. Was war bloß los mit ihm? Ihr schwante Übles. Diese Ehe kostete sie am Ende mehr als ihre Nerven. Jetzt brauchte sie dringend ein Gespräch unter Frauen. Glücklicherweise befand sie sich direkt in der Nähe von Bärbels Gängen.

Die Gewölbe unterhalb von Frankfurt galten als Sperrzone, denn die vielen Draugar, die dort lebten, gehörten zu den gefährlichen Untoten. Etwas, worüber sich eine Feuerhexe keine Sorgen machen musste. Zombiefleisch brannte wie Zunder. Sie hatte sich eine kleine Flamme angezündet, die das alte Gestein in ein unheimliches Violett tauchte. Ihre hochhackigen Schuhe erzeugten einen scharfen Klang, der unangenehm von den Wänden widerhallte. Doch nur wenige Schritte weiter trafen die Absätze auf einen pinkfarbenen Teppich, und Mona bog in eine ganz besondere Ecke des Gewölbes ein. Bärbel lebte hier nicht, sie wohnte schon. Ein schrill neonpinkfarbenes Sofa stand an einer schlecht rosa gestrichenen Wand voller Poster mit skelettierten Glücksbärchis. Von der Decke baumelte ein billiger Plastikkronleuchter. Er funkelte mit seinem Ein-Euro-Schmuck auf die Gartenmöbel herab. Auf den wackeligen Stühlen lagen vergilbte Sitzkissen, bestickt mit Schmetterlingen und Elefanten. Das Wort Kitsch hatte sich manifestiert, war explodiert und an jeder Wand des Gewölberaums kleben geblieben. Zwischen all den durch ihre Farben lebendig erscheinenden Möbeln thronte Bärbel in einem hellen Tutu auf einem Pfirsichsitzsack und trank aus einer imaginären Tasse. Große schwarze Wimpern klimperten Mona entgegen. Das Skelett hatte sich die beweglichen Augenlider einer Puppe in die Augenhöhlen gesteckt – zwar noch immer ohne Augäpfel, dafür mit Ultra-Long-Lasting-Lashes. So machte sie einen erstaunlich lebendigen Eindruck. Ihr bleicher Schädel wurde von einem typischen 20er-Jahre-Stirnband aus Perlen mit Federn geschmückt. Ihr fehlte lediglich eine plüschige Boa.

Bärbel klapperte.

»Wünsch ich dir auch!«, erwiderte Mona und lächelte unwillkürlich. Sie trat hinein in den Nebel aus rosa Zuckerwatte. Ihr schwarzer Goth Style wurde völlig von der Lillifee-Aura erdrückt, und sie ließ sich seufzend auf dem Sofa nieder. Das war genau das, was sie jetzt brauchte, eine heile Welt aus Zuckerguss und Einhörnern. Wie zur Bestätigung schob Bärbel ihr einen Teller mit einem großen Stück imaginären Kuchen hin.

»Danke!«, murmelte Mona und beteiligte sich am Fantasiespiel der untoten Dame. Darin war sie gut, Mona hatte die Imagination schon als Kind beherrscht. Eine magische Fähigkeit, mit der Tagträume eine fast greifbare Gestalt annehmen konnten. Auf dem Tisch vor ihnen flimmerte nun schemenhaft eine Torte voller Rosen und Schleifen, wie das schlechte Hologramm eines alten Sci-Fi-Films. Leider konnte Mona die Zuckerbombe nicht Realität werden lassen, ihr war gerade nach ganz viel Kalorien zumute.

»Du verleitest mich dazu, meinen Einrichtungsstil zu überdenken«, nuschelte Mona und sank ein wenig tiefer in die Kissen. Eine knochige Hand streifte ihre Schulter, und sie lächelte der Skelettin zu. Ein Plüschparadies – doch so hatte es hier nicht immer ausgesehen. An einer der Gewölbewände hingen Dutzende Fotos, die sowohl Bärbel als auch ihre Wohnung in den unterschiedlichsten Stilen zeigten. Darauf posierte unter anderem ein Rock-'n'-Roll-Skelett mit Lederjacke, und ein schwarzweißes Foto zeigte Bärbel in einem schicken Nadelstreifenanzug. Mona kannte niemanden, der so lebensfroh und vielfältig war wie die Skelettin. Sie hatte immer Verständnis, und sich ihr gegenüber zu öffnen war so einfach.

»Warst du schon mal verheiratet?«, murmelte Mona. Bärbels Kiefer klappte auf, klappte wieder zusammen, wackelte etwas hin und her, dann hielt sie drei Finger hoch.

»Dreimal?«

Der Schädel schüttelte sich.

»Drei was?«

Sie deutete auf Mona, hob erneut ihre Fingerknochen und knackte mit den Gelenken.

»Ehh?«

Nun tippte sie dreimal gegen Monas Schulter.

»Drei Frauen?«

Bärbel grinste, und Mona machte große Augen.

»Wie kam es dazu?« Nun saß Mona wieder kerzengerade. Wie so oft verwies die Skelettin mit einem Deuten auf das einzige triste Stück Dekoration in ihrer Bleibe. Es war einst die Informationstafel ihrer Ausstellung gewesen. Immer ein Zeichen für *Damals war ich jemand anderes*.

»M-musstest du?«

Bärbel wackelte mit dem Kopf hin und her, als würde sie weder »Ja« noch »Nein« sagen wollen. Ihre Hand ruhte auf ihrem Rippen, dort wo das Herz sitzen würde.

»Ihr mochtet euch?«

Das überdeutliche Nicken ihrer Freundin erleichterte Mona ungemein. Immerhin das. Das bezaubernde Relikt mit dem kitschigen Kopfschmuck stammte aus einer anderen Zeit, einer anderen Welt, in der sie zu erobern und zu herrschen hatte. Laut Boris hatte Bärbel ihren Fluchtod als eine Befreiung empfunden, um endlich die zu sein, die sie wirklich war. Mit all den Farben, die sie liebte, dem Leben, nach dem sie sich gesehnt hatte. Sie war zur falschen Zeit geboren, aber zur rechten gestorben. Ähnlich formuliert stand dieser Satz auf einer Stickerei, die an der Wand hing.

»Vermisst du sie, deine Ehefrauen?«

Bärbel legte ihren Kopf schief, und trotz des unbeweglichen Schädels erschien ihre Mimik traurig. Sie verknotete ihre Finger ineinander und zeigte es Mona wie ein Symbol.

»Ihr habt zusammengehalten, hm?«

Ein langsames Nicken.

Die Vorstellung, was für ein schweres Leben Bärbel gehabt haben musste, ließ Monas Probleme klein erscheinen. Abgesehen von ihren Hexenkräften durfte sie die sein, die sie war, daran würde auch ein Erzdämon nichts ändern. Außerdem, die Chance auf ein langes Leben an seiner Seite – sie würde erleben dürfen, wie Bärbels verkorkster Fluch sich verfestigte. Und dann, eines Tages würde sie in einem ähnlich farbenfreudigen Haus sitzen und ihre verfluchte Freundin in den Arm nehmen können, ohne dass dabei Knochen knirschten.

Verdammt, das war ein ziemlich verlockender Gedanke. Worum sich Mona alles kümmern könnte, wenn sie als dämonische Ehefrau die erweiterten Rechte genoss. Nicht nur dass sie jetzt wirklich die Macht hatte, Bärbels Akten zu korrigieren, vor der Hölle würde sie sich wohl auch nicht mehr fürchten müssen.

»Ich wollte nie heiraten, wenn, dann nur aus Liebe zu einem Partner, falls der Wunsch groß ist, aber – es ist, wie es ist. Wir schaffen das schon, er ist ja ziemlich vernünftig.«

Eine knochige Hand tätschelte Monas Schulter, und sie lehnte sich dankbar an die Skelettdame.

»Ich weiß nur nicht, wie ich damit umgehen soll. Es sind so

viele Fragen offen. Können wir den Pakt irgendwann brechen? Muss ich … irgendwas für ihn tun? Es gibt wohl keine Lücken in unserem Vertrag, denn die hätte er sonst schon ausgenutzt.«

Speiche, Elle und Oberarmknochen drückten sich um Mona.

»Danke, dass du für mich da bist!«, sagte sie und gönnte sich noch etwas Fantasiekuchen, der inzwischen ein regenbogenfarbiges Innenleben entwickelt hatte. Wenigstens würde Mona von dem fettigen Gebäck aus Luft und Liebe nicht zunehmen. Sie dachte auch gar nicht daran, sich vor den Sarkophag zu hocken und die ganze Nacht lang der Stille des Museums zu lauschen. Es passierte ja doch nichts, es sei denn, Boris übte wieder an einem neuen Songtext für seine Zweimannband-Eskapade, die er mit Ben am Laufen hatte. Dann wanderte der Hall fernen Gesangs durch die Gänge, mal schön, mal schaurig, gerne schief und manchmal so Metal, dass Mona ihre Kopfhörer absetzte und auf die eigene Musik verzichtete. Die Ernsthaftigkeit, mit der die zwei Männer ihrer abstrakten Band nachgingen, überraschte sie. Sven, der Besitzer des Cocks war wirklich geneigt, den beiden eine Chance zu geben. Eigentlich lief es zurzeit richtig gut, chaotisch, aber gut.

Morgen steckte man ihr womöglich einen Ring an den Finger und bestrafte sie mit einem Steuersatz für Hausfrauen, doch so viel würde sich gar nicht ändern. Um ihre kreiselnden Gedanken zu stoppen, beschloss Mona, sich auf Bärbels Sofa schlafen zu legen. Die Skelettin würde ihre Wache übernehmen, sie war ohnehin besser qualifiziert, mit eventuellen Mumien zu verhandeln. Das laute Klackern von Stöckelschuhen auf Gewölbeboden entfernte sich, und Mona starrte so lange in den funkelnden Kronleuchter, bis ihr endlich die Augen zufielen.

Kapitel 21

Bis dass der Tod euch scheidet

Ein schriller Schrei riss Mona aus ihrem Schlummer, sodass sie vom Sofa rollte und mit dem Gesicht in dem flauschigen Teppichboden von Bärbels Wohngewölbe landete. »Auu …«, beschwerte sie sich, kam nur mit Mühe hoch und rieb sich die Nase. Der Elf-Uhr-Wecker und ein Rocker kreischte etwas über – nun, genau genommen verstand sie kein Wort von dem, was er von sich gab. Es schepperte Gebrüll aus den Lautsprechern von Monas Smartphone.

Kaum genug Zeit, um das Make-up aufzufrischen und sich vorzubereiten auf – ja, auf was eigentlich? Wie bereitete man sich auf so einen Termin vor? Stundenlang hatten sie Unterlagen zusammengesucht, die alle definitiv zu einer Eheschließung gehörten, und Infomaterial studiert, in dem man einfach nur diverse Worte wie *Ehemann* und *Ehefrau* durch *Dämon* und *Beschwörer* ausgetauscht hatte.

Aber was machte man vor so einem Ereignis? Normale Ehepaare feierten vermutlich. Mona hockte lediglich geknickt vor dem kitschigen Sofa und wünschte sich eine echte Torte, vielleicht mit etwas Rum im Teig.

»Wow, was ist das hier?«, murrte Balthasars heisere Stimme. Der Dämon war gerade um die Ecke der Kellergänge gebogen und starrte in das Nest aus pinkfarbenem Konfetti. Er war pünktlich auf die Minute.

»Ehh … Bärbel wohnt hier.«

»Faszinierend.« Irritiert blickte er zum Kronleuchter.

Mona seufzte, schüttelte den Kopf und stand auf. Zu ihrem Leidwesen trug er einen perfekt sitzenden dunkelgrauen Anzug mit blutroter Krawatte, dazu eine Markensonnenbrille, seine wie gewohnt glänzenden Lederschuhe, elegant im Nacken ruhende schwarze Locken, an seinen Fingern funkelten Ringe – und sie sah aus wie ein Goth vom Klo. Ihr Hemd total zerknittert, und was mit ihrer Schminke passierte, wenn sie ihr Gesicht für einige Zeit in ein Kissen drückte, war ihr auch bewusst. Schlampiger Punk-Look, der ging vielleicht in einer verrauchten Kneipe, nicht aber neben ihm. So wollte sie auf keinen Fall mit Mr. Perfect vor das Standesamt treten.

»Können wir vorher noch kurz zu mir nach Hause?«

»Ist dein Badezimmer feuerfest?«

»Nein, aber der Hinterhof. Reicht, wenn du uns dort absetzt. Ich brauche auch nicht lange.«

Nur zehn Minuten später eilte Mona, so schnell ihre müden Beine es erlaubten, die Treppen hoch in ihr Stockwerk. Balthasar blieb auf der Bank im Hof sitzen und gönnte sich eine Zigarre. Seinem Aktenkoffer hatte Mona alle Unterlagen anvertraut, und sie war froh, ihren lästigen Rucksack zu Hause lassen zu können. Kaum in der Wohnung, schnappte sie sich ein trockenes Brötchen, kippte eine Flasche Wasser hinterher, hechtete zur Toilette, schälte sich dann hastig aus ihren Klamotten und hüpfte schlussendlich vor den großen Spiegel im Bad. »Dreck, Dreck, Dreck«, kommentierte sie das Bild aus gerupftem Huhn und Kajalunfall.

Es wurde Zeit für eine Hexerei. Eigentlich ganz einfach, aber die vielen Anträge für Alltagsmagie hatten Mona bislang abgeschreckt, sich von ihrer übernatürlichen Begabung in solchen Situationen helfen zu lassen. Am Ende der Woche eine Rechtfertigung für Make-up-Magic ins Protokoll einzutragen, ausführlich genug, mindestens zwei Absätze lang – lieber stand sie eine Stunde vor dem Spiegel, als sich diesem abnormen Papierkram zu widmen. Doch das hatte sich geändert. Das Amt hatte Mona ja sofort hochgestuft, nachdem es von ihrer unfreiwilligen Paktschließung mit Balthasar erfahren hatte, und nun stand ihr die Welt des ATZE offen. Das war die Abkürzung für »Alltags-Taugliche Zauber-Eien«.

Mona hob die Hand, schnippte mit den Fingern. Violettes Glühen erhellte ihr Antlitz, die Magie war bereit, ihr zu lauschen. »Respektabel. Erwachsen. Feminin. Düster«, flüsterte sie ihrem Spiegelbild zu und konzentrierte sich gleichzeitig auf den Style, den sie anstrebte. »Verhext!«

Ein zweites Schnipsen. Dieses Wort und die Geste reichten aus, der Spiegel schien kurzzeitig zu beschlagen, doch die Reflexion klarte Sekunden später wieder auf und eine frisch geschminkte Mona starrte ihr entgegen.

»O nö …« Dunkelvioletter Lippenstift, Smokey Eyes, viel zu volle Wimpern, der leicht rosafarbene Schein auf ihren blassen Wangen – wenn sie als Sekretärin jemanden im Büro verführen wollte, vielleicht. Mona seufzte lange. Aber mehr Zeit blieb ihr nicht, das musste reichen. Den Blick in den Schrank konnte sie sich auch sparen, stattdessen eilte sie vor den großen Ankleidespiegel, da der andere im Bad für eine Weile keine Zauber mehr aushalten konnte. Sie wiederholte das Spiel. Schnipsen. Flammen. Deutliche Worte. Respektabel. Erwachsen. Feminin. Düster. Das kleine Schwarze. Ein Schnippen, ein lautes »Verhext«, und fertig war der Hokuspokus.

Hexerei war um einiges einfacher, als sich das der Normalsterbliche vorstellen mochte. Es waren die Hände, die Hände der Hexenden hatten die Kraft, Fantasie Wirklichkeit werden zu lassen. Nur für Dämonen oder andere Kreaturen, Untotenbeschwörungen, für so etwas brauchte es aufwendige Rituale. Für simple Dinge wie Kleidung reichte ein Funken Vorstellungskraft, doch die war mit Mona wohl durchgegangen. Das kleine Schwarze war so knapp, dass sie darauf achten musste, ihre Beine immer geschlossen zu halten. Hektisches Piepsen ihres Handys scheuchte Mona aus der Wohnung. Verzweifelt tastete sie sich ab – hatte sie die Unterwäsche vergessen? Egal. Es war ein hübsches Kleid. Vorn hochgeschlossen, es verdeckte ihre Siegel, hinten leider rückenfrei. Schwarze Lederschuhe machten aus ihrem Look tatsächlich Punk, sodass sie sich damit anfreunden konnte.

Nur auf Balthasars Blick hätte sie verzichten können, als sie zurück in den Hinterhof tippelte. Viel Bewegungsfreiheit ließ ihr der enge Stoff leider auch nicht. Der Dämon öffnete den Mund, um etwas zu sagen.

»Halt die Klappe!«, fauchte sie.

Also begnügte er sich mit einem breiten Grinsen, griff zum Aktenkoffer und breitete die Arme aus.

Eine Feuersäule später standen sie vor dem Parkplatz des Standesamts, zehn Minuten darauf in den Hallen der Eheschließung, und an der Information schickte ein dürrer, müder Beamter sie in den Gang mit den Büros, um zu warten, bis man sie aufrief. Eine breite Treppe erwartete sie. Feinster Marmor und am Gold hatte man auch nicht gespart. Monas Hoffnung, einfach nur schnell in ein kleines, hässliches Amt zu spazieren, etwas zu unterschreiben und dann schreiend davonzulaufen, platzte. Das Standesamt war kitschiger als die Hochzeitskapelle, in der ihre Eltern getraut worden waren, und Monas Mutter hatte sich sehr viel Mühe gegeben, aus dem Gebäude ein Barbie-Märchenschloss zu gestalten. Die Kronleuchter, Teppiche und Armorstatuen des Amts waren jedoch gute Konkurrenz. Überall schick gekleidete Menschen, Blumen, aus allen Ecken und Winkeln klatschte, lachte und schniefte es. Hier wurde geheiratet, was das Zeug hielt, und weiße Brautkleider vom Wühltisch bis maßgeschneidert gaben sich die Ehre. Mona zupfte nervös an ihrem kurzen Kleidchen, als sie die große Treppe in den nächsten Stock hinaufstiegen.

»Trägst du keine Unterwäsche?«, knurrte es über ihre Schulter, und sie verfluchte die vielen Menschen auf den Stufen, weswegen der Dämon hinter ihr ging, ihr offensichtlich auf den Po starrend. Kommentieren wollte sie diese Aussage lieber nicht. Zu ihrer Überraschung trat er jedoch so dicht heran, dass niemand sonst ungewollt Einblick bekam.

»Das mit dem Hexen musst du wirklich noch üben, oder war das Absicht?«

»Sicher nicht«, zischte sie zurück und kommentierte sein Lachen mit einem verdächtig nach Katze klingenden Fauchen.

Vielleicht war es besser, wenn er gut gelaunt vor dem Beamten sein Jawort geben musste, denn Mona rechnete jederzeit mit einem Wutausbruch des Dämons. Irgendwann würde auch er begreifen, was das alles zu bedeuten hatte. Eine Ehevertragsklausel existierte zu ihrem Pakt nicht, sollte es also einen Weg geben, ihr Bündnis zu lösen – Mona hätte wohl keine Geldsorgen mehr. Wobei, daran hatte er sicher längst gedacht. Unsicher sah sie sich um, in seine funkelnden Augen, die sie nicht wirklich deuten konnte.

Der zweite Stock. Die Vorhalle schien einzig und allein für Ehepaare dekoriert zu sein. Die vielen Taubenfiguren erinnerten Mona schmerzlich an ihren Ausflug zum Amt und Frau Sabinsen. Fast konnte sie die Steinskulpturen gurren hören. Sie hockten auf Säulen, Schleifen und Tischchen. Überall standen kitschige Kübel aus Marmor mit künstlichen Rosen darin und an den Wänden hingen Banner, deren Sprüche Mona leichte Übelkeit verursachten. Bei »Liebe heilt alle Wunden« blieb sie kurz stehen und kämpfte gegen den Drang an, die rosafarbene Schärpe mit dem goldenen Aufdruck einfach abzufackeln.

»Huch!« Mona blinzelte. Die schnörkeligen Lettern hatten sich verändert, und ein furchtbar obszöner Spruch verstörte nicht nur sie, sondern auch ein Paar, das gerade verliebt händchenhaltend aus einer Flügeltür in den Gang getreten war. Hinter Mona kicherte es dunkel.

»Viel besser so!«

»Ehhh, ich weiß ja nicht…«

»Wieso? Ist doch ein guter Lebensratschlag. Viele Männer wissen nicht, wie Frauen da unten funktionieren und…«

»Jaja, schon gut!«, zischte Mona, fuchtelte vor seinem Mund herum, griff dann nach einem Arm des Dämons und zerrte ihn weiter den Gang entlang. Leider schien heute jeder heiraten zu wollen, und es drängelte sich unerfreulich viel Besuch durch die Hallen des Standesamts. Mit ihren Tattoos an den Armen fiel sie überall auf, war die Blicke schon gewohnt, doch gerade an diesem prekären Tag war ihr das ausgesprochen unangenehm. Nicht wegen der Aufmerksamkeit, sondern wegen der Annahme, dass sie mit ihm hier war, um den ach so heiligen Bund einzugehen. An ihrem Pakt war nun wirklich gar nichts heilig, ganz im Gegenteil.

»Hetz doch nicht so«, maulte der Dämon gereizt.

»Wieso ist das nur so voll heute?«

»Na ja, es ist der sechste September.«

»Und?« Mona drehte sich verwirrt zu ihm um, da war wieder das Schmunzeln, und sie kniff misstrauisch die Augen zusammen.

»Der sechste Neunte?«

»Ehh …« Es dauerte einen unangenehm langen Moment, man konnte die Zahnräder hinter ihrer Stirn bestimmt rattern hören. »Ohh …«,

»Ist doch ein nettes Datum, das kann sogar ich mir merken!«

»Ist das eigentlich alles Sarkasmus?«

»Was?«

»Deine gute Laune?«

»Steuerklasse drei?«, summte er fragend und lächelte schief.

»Und das soll ich dir abnehmen?«

»Noch mal, Mona – ich sehe das nicht so dramatisch.« Er zuckte mit den Schultern. Richtig, erinnerte sich Mona, für ihn war das alles nur ein Spiel.

»Wieso muss ich eigentlich mit Steuerklasse fünf leben?«, wollte sie wissen.

»Weil das alles deine Schuld ist und ich wegen dir ständig zu den bescheuertsten Problemen beschworen werde – inzwischen mehrfach teilweise nackt, im Schlafanzug, beim Essen, aus Meetings, wichtigen Terminen und meinem Alltag an deine verdammte Seite berufen werde, wenn dir mal wieder ein Marmeladenglas quer sitzt!« Das klang schon mehr nach Balthasar. Wütend, bissig und mit diesem Hauch von Hass in der Stimme.

»Also … also … ich … ja … Aber ich verdiene gerade so genug, dass ich etwas sparen kann«, beschwerte sich Mona kleinlaut, die zugegeben recht wenig über Steuern wusste.

»Ich bin reich!«

»Ui toll, Mister Oberteufel!«

»So meinte ich das nicht. Wenn man schon so lange auf der

Welt ist … alleine, was ich alles besitze, hat einen enormen Wert. Wenn ich sage, ich bin reich, dann meine ich damit so richtig reich … Mona. Ich kann dir aushelfen, verstehst du?« Er breitete die Arme aus, als würde die Geste seinen Worten mehr Gewicht geben.

»Ich will aber kein Geld von dir!«

»Weil ich ein Mann bin? So sehe ich nur aus, das kann ich auch ändern, wenn dir das lieber ist. Nicht alle Göttlichen handhaben das so, aber ich war schon immer fluid. Es würde sich also nichts ändern«, erklärte er ernst. Er konnte was? Mona war für einen Moment verwundert und brauchte, bis sie ihm antwortete.

»D-du könntest? Also, ich meine … das … egal! Nein! Darum geht es nicht! Ich will dein Geld nicht!« Das klang aufgebrachter und kindischer, als sie es geplant hatte.

»Ich will doch gar nichts dafür. Das würde dich entlasten, damit auch mich! Was du auch von mir denken magst, Mona, es geht hier nur darum, das Beste aus dieser beschissenen Situation zu machen, da stimmst du mir doch zu, oder? Du hast mein Leben verkompliziert, aber ja – ich habe auch dazu beigetragen. Dann lass es mich wenigstens ausgleichen.«

Zähneknirschend musste sie nicken, bemühte sich jedoch um einen möglichst finsteren Blick. Er stöhnte kurz, rieb sich die Stirn.

»Wir können es ja so machen, dass du mich fragst. Einverstanden, Hexe? Außerdem bekommst du steuerfreie Prämien vom Amt, wegen der neuen Fälle, die sie dir zuteilen können, jetzt, da du eine höhere Stufe hast! Deine Hexenkräfte sind auch nicht mehr eingeschränkt.«

Wieder dieses Argument. Sie musste zugeben, dass diese Ehe bisher reichlich Vorteile mit sich brachte. Endlich konnte sie hexen, wie sie wollte, musste dafür nur ein paar Strichlisten in der App führen. Der Dämon half ihr aus der Patsche, was zugegeben unnötig oft war, aber daran ließ sich ja arbeiten. Zudem würde er ihr beistehen, sollte Sonotep wirklich erwachen oder sie vielleicht ihren Job verlieren, weil man endlich zertifizierte, dass die Mumie einfach nur eine Mumie war. Er war stark, gutaussehend, unerwartet humorvoll, schelmisch, wie man so schön sagte – etwas, das Mona an anderen leider sehr mochte –, und er taugte somit für Pluszwei-Einladungen zu unangenehmen Hochzeitsfeiern von Freunden, Ehemaligentreffen und als Ausrede, wenn ein Date ihr auf die Nerven ging. Ach ja, zudem war er reich. Natürlich. Als ob er auf irgendein Klischee verzichten würde.

Seine merkwürdige Ruhe kaufte sie ihm trotzdem nicht ab. Altgott hin oder her, an seiner Stelle hätte sie getobt. Allein der Gedanke, ständig wegen jedem Mist beschworen zu werden – mit dem jähen Begreifen, dass sie ihn durchaus netter behandeln könnte, war es nun Mona, die zermürbt stöhnte.

»Dreck!«, fauchte sie. »Ja, na gut. I-ich will nicht undankbar erscheinen, ich bin nur –«

»Frustriert«, antwortete er für sie.

»Ja.«

»Ich auch.«

»Schön.«

»Sehr schön.«

Gerade als sie einen ersten ehrlichen Blick austauschten, quietschten die Scharniere einer Tür und ließen Mona zusammenzucken.

»Herr Hass? Frau Nosferatuh?«, tönte eine dunkle Männerstimme über den Flur und beide drehten sich um. In der Tür stand ein gut gebauter Mann mit weißen Haaren, einem Dreitagebart, etlichen Narben im Gesicht und einem Blick, der Balthasars glühenden Augen ernsthafte Konkurrenz machte.

»Ein Hexer …«, murmelte Mona und kniff die Lippen zusammen. So wie er aussah, handelte es sich dabei um einen Hexer aus ehemalig aktivem Dienst. Man wurde ja sehr alt in ihren Kreisen, und früher waren es überwiegend die männlichen Hexenden, die auf die Jagd nach Monstern und Dämonen in die Welt hinausströmten und versuchten, damit irgendetwas zu beweisen.

Der große Mann hielt ihnen die Hand hin, Mona drückte vorsichtig zu, Balthasar und er schienen jedoch für einen Moment ein Kräftemessen zu absolvieren. Ein Handgelenk knackte, sie wusste nicht wessen, doch dann ließen sie sich los. Leise räusperte sich Mona, damit das Anstarren der beiden Herren endlich ein Ende hatte.

»Gerrit van Fiva, angenehm. Setzen Sie sich.« Der Hexer klang ein wenig misstrauisch, vielleicht auch gelangweilt. Das war schwer zu sagen. Sein Büro wirkte zu Monas Erleichterung recht normal, und eine größere Gesellschaft hätte hier keinen Platz gehabt. Der Schmuck hielt sich in Grenzen, sogar die beiden Stühle vor dem Tisch waren simple, unbequeme Holzmöbel ohne Schnickschnack, und Mona ließ sich dort langsam nieder. An einer Wand stand ein riesiges Aquarium, und sie fragte sich, wer zum Teufel bitte eine Plötze als Fisch besaß. Dann wanderte ihr Blick zu dem jungen Mann am Fenster, dessen Kleidung definitiv seit dem Mittelalter nicht mehr im Trend gewesen war. Er hatte eine Ukulele in den Händen und grinste Mona fröhlich entgegen. Der Hut und die darauf wippende Feder ließen nichts Gutes erahnen.

»Hallo!« Er lächelte, und Mona nickte ihm zu. Mittlerweile saßen auch Balthasar und der Standesbeamte. Die Stühle waren ein wenig zu klein für die zwei großen Männer, die sich immer noch ein missbilligendes Wettstarren lieferten. Wesen wie den Dämon hatte der Hexer früher sicher auf seiner Abschussliste gehabt.

»Erst mal muss ich Sie beglückwünschen«, es klang so, als zwang jemanden Herrn van Fiva dazu, »zu Ihrem Pakt und der Entscheidung eines gemeinsamen Lebenswegs.«

»Können wir das vorspulen?«, mischte sich Balthasar ein. Herr van Fiva zuckte mit den Schultern, ein grimmiges Lächeln ließ ein paar Grübchen erscheinen. »Splitterdorn?« Er drehte sich zu dem jungen Mann am Fenster um, der erneut breit lächelte und seine Finger über die Saiten der Ukulele gleiten ließ. Mona vernahm ein tiefes, unzufriedenes Brummen von Balthasar, doch das schien niemanden sonst zu stören, denn der Barde stimmte vergnügt ein Liedchen an, von dem gefährliches Ohrwurmpotenzial ausging. Eine angenehme Stimme, nur der Klang des Saiteninstruments wollte nicht so recht passen. Mona meinte, den Herrn schon auf einem Mittelalterfestival gehört zu haben. Eine kitschige Strophe über Liebe und Verantwortung endete in einer Melodie, die sie noch mehrere Tage verfolgen würde.

»*Reichet die Hand Eurer Hexe,*
ein Pakt, sie zu binden,
ein Pakt, sie zu binden, ohohoooo!
Reichet die Hand Eurer Hexe,
ein Pakt, sie zu biiiiiiiihiiiinden!«

»Eine Strophe weiter, und er fliegt aus dem Fenster!« Balthasar war der Geduldsfaden gerissen, und seine Augen glühten.

Finger schrammten über die Saiten, und der Barde stampfte mit dem Fuß auf.

»Kunstbanause!«

»Splitterdorn!« Der Hexer hob beschwichtigend die Hände.

»Du kannst draußen warten. Wir haben nachher noch zwei Zauberer, die haben ein speziellen Songwunsch.«

»Und der wäre?« Splitterdorn klang ungehalten, schob den Unterkiefer vor, versuchte Balthasars Todesblick zu erwidern, doch nach einem Moment unangenehmer Stille, in der Herr van Fiva nach den Dokumenten der nächsten Trauung suchte, war der junge Mann mit dem bunten Hut fast sichtbar geschrumpft. Er starrte gespielt interessiert auf eine Blumenvase mit vertrockneten roten Rosen.

»Ah, ich hab's, hier steht es … *Could this be magic* von Take That! Kannst du das?«

»Immer das Gleiche, so ein Rotz!« Splitterdorns Stimme schrillte an die Wände des kleinen Büros, dann stapfte der Barde wütend aus dem Raum.

Der Hexer räusperte sich, griff wieder nach der Akte von Mona und Balthasar und blätterte durch die ersten Dokumente. Langsam hob sich sein Blick, wanderte zwischen Dämon und Hexe hin und her.

»Die Zeremonie ist, wie ich den Unterlagen entnehmen konnte, in Anwesenheit von Boris von Hohnenzollern und Bernhard Valet vollzogen worden. Die Unterschriften liegen vor.«

»Das stimmt so.«

Mona war froh, das Balthasar das Sprechen übernahm, auch wenn sie gerne hinzugefügt hätte, dass sich Bärbel ebenfalls vor Ort befunden hatte. Ja, richtig, vor dem Amt zählte sie als Relikt und nicht als Wesen. Das würde Mona zuerst ändern, als Frau eines Dämons. Bei diesem Gedanken stolperte ihr Herz. Jetzt zeigte sich deutlich, wie nervös sie eigentlich war, und sie kämpfte mit dem inneren Brennen, das unbedingt auf ihre Hände überspringen wollte. Gemälde von glücklich grinsenden

Ehepaaren aus allen Kulturen, Sexualitäten und Altersklassen starrten sie unheimlich lebendig an, und Mona zupfte wieder nervös an ihrem kurzen Kleid. Eine falsche Bewegung, und der Stoff würde sich hochrollen. Im Vergleich zu den ganzen weißen Brautkleidern und edlen Outfits wirkte sie mit ihren Tattoos und dem kleinen Schwarzen wie frisch vom Straßenstrich.

»Es fehlt noch ein Antrag. Wofür haben Sie sich entschieden?«

Es dauerte einen Moment, ehe Mona klar wurde, dass der Hexer mit ihr sprach.

»Ehhh, was?«

»Ihr Nachname!«

»Oh. Mein … Nachname.«

»Hass ist kürzer«, kommentierte Balthasar eher scherzhaft. Mona nickte, aber ehe sie noch etwas sagen konnte, machte der Standesbeamte »Mhm« und setzte seine Unterschrift auf ein Dokument.

»Dann wären das also Herr und Frau Hass!«

»Ehhh?« Hatte sie gerade ihren Nachnamen geändert?

»Gut«, kam es von Herrn van Fiva. Balthasar brummte zwiegespalten, schien auch zu überlegen, ob ihm das »Frau Hass« wirklich zusagte. Für einen Moment war Mona in dem unangenehmen Schweigen der zwei großen Kerle gefangen. Der Hexer legte ihnen Dokument für Dokument vor. Jede Unterschrift entlockte ihm nur einen grübelnden Laut, der Dämon handhabte es ähnliche kommunikativ, und auf Monas »Ehs« ging ohnehin nie jemand ein.

»Hier sind Ihre Ringe.«

Ein kleiner Teller mit zwei pechschwarzen, schmucklosen Ringen wurde über den Tisch geschoben. Erneut kam Mona nicht zu Wort, geschweige denn zum Luftholen, da hatte Balthasar schon zugegriffen und schob ihr das kalte Metall über den Ringfinger.

»Hey!«

»Sei vernünftig, Mona. Wir haben gar keine Wahl. Damit ist der Pakt legal, das sind magische Relikte, genau für so etwas gedacht!«

Sie fühlte, wie sich ihre Nasenflügel vor Protest aufblähten, doch sie schnaubte die Luft hinaus und griff ihrerseits zum übrig gebliebenen Schmuck. Schob den schwarzen Ring auf Balthasars Ringfinger, er passte nicht zu den anderen an seiner Hand, die alle mehr wert waren als Monas Familienbesitz.

»Zur Besiegelung des rechtlichen Paktes dürfen Sie die Braut jetzt küssen!«

»Ich bin nicht seine Br…«, weiter kam sie nicht. Zwei Lippen hatten sich auf ihren Mund gepresst, und sie riss überrascht die Augen auf, die brennende Iris des Dämons tanzte dicht vor ihr, erinnerte Mona auch an diesen einen Film mit den kleinen Männern und dem Berg und den Elben. Auf einmal war ihr die Sache mit den Ringen schrecklich unheimlich. Aber es blieb bei einem winzigen Moment der Berührung, was sie zugegebenermaßen irritierte. Ihm hatte sie da etwas anderes zugetraut. Wie zwei Kindergartenkinder, die nicht wussten, was sie taten.

»Reicht das?«, murmelte Balthasar, als hätte er sich dazu überwinden müssen.

Der Hexer zuckte mit den Schultern. »Ich hab alle Unterschriften. Mhm. Doch. Ja. Denken Sie noch daran, morgen anzurufen, wenn Sie die Consummatio vollzogen haben.«

»Die was?«, wollte Mona wissen.

»Die Ehe vollzogen«, kam es beiläufig, wieder hoben sich die Schultern des Hexers, doch sie wusste nicht, was er damit meinte.

»Sex, Mona.« Erschrocken starrte sie Balthasar an.

»Ehh?«

»Das ist ein Dämonenpakt, und so hat das Amt es auch rechtlich definiert. Wieso sollte eine Hexe einen Dämon beschwören, wenn sie sich nicht an seinen Kräften bereichern will, indem sie sich ihm anbietet? Ziemlich veraltet, aber was ist an dem Amt nicht furchtbar veraltet?«

»So hatte ich den Pakt aber nicht formuliert!« Mona sprang auf, starrte aufgeregt zwischen Hexer und Dämon hin und her, aber keiner von beiden rührte sich. Deshalb seine gute Laune? Deshalb dieses selbstzufriedene Grinsen und der hungrige Ausdruck in Balthasars Blick. Mona schnappte nach Luft und schlug die Hände über den Kopf zusammen, ehe sie an das große Fenster im Zimmer stapfte. Sie brauchte jetzt dringend Sauerstoff oder einen Sprung über das Fensterbrett. Sie riss das Fenster auf. Smog, Stadtlärm und das Klackern der Hufen einer Pferdekutsche drangen in das kleine Büro. Bis in die letzte Zelle ihrer Lunge atmete sie tief und langsam ein. Sie stand kurz davor, hier alles in Brand zu setzen, das konnte sie fühlen.

Eine Hand legte sich auf ihre Schulter, Balthasar beugte sich zu ihr, und bei der Ruhe in seinem Gesicht wurde ihr beinahe übel.

»Keine Sorge, Hexe. Das hier verläuft nach dem alten Recht … es muss nur jemand bezeugen, dass die Ehe vollzogen wurde, damit die Papiere gültig sind. Dafür finden wir schon wen!«

»Der dabei zuguckt?«, kiekste sie entsetzt.

Sein lautes Lachen ließ sie zusammenzucken.

»Ich dachte eher daran … dass er für uns lügt, aber wenn du das bevorzugst?«

»Was? Nein, nein, nein!«

Sein erneutes herzliches Lachen brachte Monas Nerven zum

Brennen, so auch ihre Finger, und sie wedelte hastig die kleinen violetten Flammen aus. Vergnügt schüttelte Balthasar den Kopf, und sie starrte verdattert in sein gelöstes Gesicht, mit all den Lachfalten, die völlig aufrichtig wirkten. Drangekriegt.

»Also ... also willst du gar nicht ...«, stotterte sie.

»Mona ...« Er seufzte lange. »Es geht darum, was du willst. Ich bin nicht so weltfremd, Hexe. Ich weiß, es ist viel, was hier gerade passiert, ja? Und es ist absurd. Das alles hier. Und ja ... ich flirte nicht ohne Grund mit dir. Ich gebe offen zu, ich hätte gegen ... vergessen wir das erst mal. Mona. Mir ist völlig klar, dass ich vermutlich der Letzte bin, den du zurzeit in deinem Bett haben möchtest. Auch wenn du mich neulich direkt hineinbeschworen hast, ohne vorher zu fragen. Mh?«

Sie fühlte sich fast schlecht, dies mit einem Nicken zu bestätigen. Er wäre nicht unbedingt der Letzte, er reihte sich definitiv vor ihrem Ex ein – gut, das war kein Kunststück. Auch ihr Korb änderte nichts an dem vergnügten Ausdruck in seinem Gesicht. Das mit dem Flirten war ihr schon aufgefallen, aber aus seinem Mund wog diese Erkenntnis doch um einiges schwerer. Er flirtete mit ihr? Er flirtete mit ihr! Und sie mit ihm.

»Du bist wirklich unterhaltsam, Mona. Weißt du das?«

Nun hoben sich ihre Augenbrauen fragend. Ohne Gegenwehr ließ sie zu, dass Balthasar einen Arm um sie legte, er griff im Gehen noch zu seinem Aktenkoffer, man verabschiedete sich beiderseits mit einem Brummen, und dann führte er seine Hexenfrau aus dem Büro.

»Und es amüsiert mich, was du alles so über mich zu denken scheinst!«

»Was? Wieso denn?« Mona schnappte immer noch nach Luft. In ihr staute sich gerade eine Wutwelle an, die sie kaum zurückhalten konnte.

»Ich bin nicht der große böse Wolf.«

»Sicher? Hattest du deinen Spaß, ja? Mich glauben zu lassen, ich müsse … ich müsse mit dir … boah, ich bin so sauer!« Trotz machte sich in ihr breit. Sie klang entsprechend bissig und knirschte genervt mit den Zähnen.

»Ja, ich hatte durchaus meinen Spaß. Damit sind wir jetzt quitt!«

»Quitt? Du betrachtest dieses … Paktdesaster dadurch als ausgeglichen?«

»O nein, nein. Quitt für neulich, als du mich in die volle S-Bahn voller müffelnder Zombies beschworen hast und sich dann so ein Kleinkind beinahe auf meine Schuhe übergeben hat. Ich hab deshalb einen wichtigen Termin verpasst, und mein Kaffee war kalt. Ich finde, dafür hast du den kleinen Schreck verdient. Konsequenzen, Mona … ich bitte dich doch nur, an die Konsequenzen zu denken.«

Scham brannte sofort auf ihren Wangen. Ständig geriet Mona in Schwierigkeiten, weil sie, statt an Lösungen zu arbeiten, lieber davonrannte oder den Kopf in den Sand steckte. Von Marmeladengläsern über Klotüren, Missbrauch als Transportmittel und Heizdecke – sie hatte gut Gebrauch von ihm gemacht.

Konsequenzen. Das hatte doch auch ihr Therapeut gesagt. Sie schluckte. Balthasar stand vor ihr, beobachtete mit einem amüsierten Lächeln ihre grübelnde Mimik. Was für ein schreckliches Durcheinander. Sie war wütend auf ihn, weil er die Situation anscheinend nicht ernst nahm, andererseits wusste sie nicht, was sie sich von ihm erhofft hatte. Ein ärgerlicher Dämon wäre weitaus schlimmer. Er hatte allen Grund dazu. Wieso also fühlte sie sich nur so mies?

»Schau doch nicht so. Nach einer Hochzeit geht man feiern.« Für ihn schien das alles ein Leichtes zu sein. »Eigentlich gibt es

Geschenke und Alkohol«, überlegte er laut. Inzwischen standen sie wieder in der Lobby.

Sie blies ihre Backen auf. »Geschenke?«

»Wie wäre es mit einem Auto?«

»Was?«

»Hab eins über.«

»N-nein. Und ich hab keinen Führerschein … Und ich will auch nicht fahren. Nicht in Offenbach!« Entrüstet starrte sie ihn an. In dieser Stadt fuhr man nur, wenn unbedingt nötig. Busfahrten entpuppten sich meist als Höllentrip. So viele Zombies am Steuer besaß außerdem kein anderer Landkreis weltweit, wobei Eichsfeld sie beinahe eingeholt hatte. Von der Fahrlizenz für Untote hielt Mona überhaupt nichts.

»Hat der Höllenschlund in Hanau eigentlich einen Einfluss auf den Ort?«

Irritiert über den Themenwechsel hob er die Brauen und blinzelte sie an.

»Bitte?« Ein verdutzter Balthasar, dass sie das mal erlebte. An diesem Tag ging ihr dieser Gesichtsausdruck runter wie Öl, das und dass er länger überlegen musste.

»Willst du das wirklich wissen?«, fragte er schließlich, und Mona ertappte sich bei einem Lachen. »Na, dann eben kein Auto. Lieber ein Besen für die Hexe?«

Sie rollte mit den Augen. »Was für ein Besen denn? Schlimmbus 2000? So was gibt's nur in schlechter Urban Fantasy.«

»Ich könnte dich auch fahren lassen. Eine Limousine mit einem Chauffeur ist doch wohl das Mindeste für die Frau des Höllenfürsten.«

So langsam glaubte Mona ihm seinen angeblichen Spaß an ihrer misslichen Lage. Sein humorvolles Grinsen wirkte echt, so auch das Funkeln in seinen Augen.

»Vielleicht irgendwann mal, aber aktuell nehme ich jedes bisschen Normalität, das ich kriegen kann«, erklärte sie.

»Normalität.« Sie hörte ihn seufzen, und er schüttelte den Kopf. »Häng dich nicht zu sehr daran auf. Das Leben ist nicht normal. Es wäre alles viel leichter, wenn du dich von diesem Gedankengut trennen würdest.«

»W-was?«, stammelte sie verwirrt. War das etwa sein Geheimrezept, um so ruhig zu bleiben?

»Ich versteh schon, was du sagen willst. Aber ich kann dir helfen, schon bevor du mich beschwören musst. In stressigen Situationen, Mona – denk bitte vorher an mich, ja?« Es klang versöhnlich, und sie spürte sich nachgeben.

»Ich denke viel zu oft an dich.« Nein, das hatte sie so nicht sagen wollen. Der zweite verdutzte Ausdruck an einem Tag, und auch dieser Blick war Mona neu. Da glitzerte ein anziehendes Funkeln in seinen Augen, und er klang süß wie Honig.

»Die Art, wie du mit mir redest, Hexe …«

»Jaaa?«, hakte sie nach und verknotete gestresst ihre Finger ineinander.

»Wie soll ich da denn aufhören mit dir zu flirten, wenn du erwiderst?«

Sofort weiteten sich Monas Augen, und sie blinzelte irritiert in den leeren Korridor. Der Dämon war mit diesem Satz einfach verschwunden, hatte sich in Luft aufgelöst, und zurückblieb nur ein Hauch von Aftershave und gebrannten Mandeln. Ungläubig hob sie einen Arm und griff nach der Leere vor sich. Sie wusste nicht, was sie sich davon erhoffte.

»Schade«, murmelte Mona, und ihre Ohren pochten vor lauter Aufregung. Schade? Weshalb? Weil sie gerne weiter mit ihm gesprochen hätte? Schade, dass er ihr so ein weiches Gefühl in den Magen zauberte? Er, ein Dämon. Auch das war schade. Und dass sie auf diese Art miteinander verbunden waren, durch einen Pakt, ohne den er sie vermutlich nicht einmal schief angucken würde. Schade war vor allem, dass sie allein mit ihren rotierenden Gefühlen aus dem Standesamt trat.

DONNERSTAG

6.9.2018

ICH MAG NICHT MEHR EY

Mona Hass . . .

SCHICKSAL, DASS BAAL "EHEMANN" BEDEUTET ? UFF

NA DANN GRATULATION MONA, DU HAST JETZT EINEN [redacted]

PRO	CONTRA
MOBILITÄT	KEIN FÜHRERSCHEIN
UNABHÄNGIGER	OFFENBACHER VERKEHR . . .
ER WÄRE WENIGER DA	UNFÄLLE
KEIN BUS MEHR	KEINE AUSREDE FÜR MEINE ELTERN MEHR, DASS ICH NICHT SO EINFACH MAL KOMMEN KANN
KEINE U-BAHN	LANDET BALTHASAR BEI SCHRECKMOMENT DANN AUF DEM RÜCKSITZ ?
	KOSTET SEIN GELD . . .
	PARKEN

Kapitel 22
Der Herr Strauss

Boris' vorwurfsvollen Blick erwiderte Mona nur mit einem Augenrollen. Sie lag in seiner neuen Wohnung auf dem Boden und warf ein Kissen in die Luft, um es wieder und wieder aufzufangen.

»Seit Wochen versinkst du in deinem Elend. Ich verstehe dich ja, so eine Ehe würde auch mir sehr zusetzen, aber Moni – das ist wichtig!« Der Vampir tigerte unruhig hin und her, knetete dabei seinen neuen Wohnungsschlüssel in den Händen. Ein Glück, dass man Schlüssel für Blutsauger extra verstärkt anfertigte, sonst hätte er ihn längst verbogen.

»Du machst mich nervös, wenn du hier rumrennst«, maulte Mona und seufzte frustriert. Gleich stand ihnen ein Besuch ins Haus. Natürlich durfte Boris nicht allein hier leben, und ein sehr hektischer Anruf vom Amt hatte für heute seinen Mitbewohner angekündigt.

Eigentlich hätte das Monas volle Konzentration in Anspruch nehmen sollen, aber sie hatte inzwischen ein neues Problem – ein besonders hartnäckiges, das in der Lage war, sämtliche anderen Sorgen zu verdrängen.

Nach ihrer Eheschließung hatte sie mit allem gerechnet: dass die Dämonenehe und die Konsequenzen ihren Alltag überschatten würden mit neuer Verantwortung, mehr Hexerei, mehr Notrufen. Doch die Realität schockte sie mit einem unerwarteten Kummer. Seit Tagen kreisten ihre Gedanken um Balthasars entspannte Art, und ständig drifteten ihre Sorgen in schmerzliche Schlussfolgerungen ab, ließen sie unruhig schlafen.

Er behandelte sie gut, war durchaus charmant, arrangierte sich mit seiner Hexe – nicht weil er sie mochte oder sie ihm etwas bedeutete, sondern weil das alles nebensächlich für ihn war. Zumindest hatte es so geklungen. *Ich bin uralt, Mona.* Es war nur ein Spiel, ein Witz seines Lebens, nicht der Rede wert, gehörte zu seiner Art Normalität. Tausende Jahre lagen hinter ihm, eine unendliche Existenz. Für den Dämon war sie nur ein kurzweiliges Staubkörnchen im Lauf der Zeit. Dass ihr dieser Gedanke einen Stich in die Magengrube versetzte, ließ nur einen Rückschluss zu – und sie war nicht bereit, sich dem zu stellen.

»Wo bleiben die denn?«, zischte Boris durch die Zähne und lehnte sich erneut aus dem Fenster, spähte hinaus in die beginnende Dunkelheit. Vor Sonnenuntergang war er immer besonders hektisch. Das schwindende Sonnenlicht weckte seine Ablebensgeister. Sterbliche brauchten die Strahlung der Sonne, um richtig wach zu werden, Vampire eigentlich nicht, es reichte ein blutiger Snack. Und so hatte das Abendrot in Kombination mit dem Abendbrot einen enorm aufputschenden Effekt auf Boris.

»Setz dich wieder! Das kann nicht lange dauern«, murrte Mona. Schweren Herzens stand sie auf, ließ sich auf seinem neuen Sofa nieder und klopfte neben sich – das zeigte aber lediglich auf Ben Wirkung, der prompt Platz nahm und nun große Augen machte. Boris spielte lieber weiter mit dem Hausschlüssel. Über den Einzug hatte er sich mehr als gefreut und klammerte sich seitdem an das silberne Stück Freiheit, als hinge sein Unleben davon ab. Sie hatten es beinahe geschafft, er war auf dem besten Wege, wieder frei zu sein.

»Ist echt schon spät«, gab Mona mit einem Blick auf ihr Smartphone zu und wunderte sich über die Unpünktlichkeit des

Amts. Seufzend sah sie Ben über die Schulter, der den ganzen Tag wie wild am Chatten war. Noch sprachen sie nicht darüber, aber offensichtlich war sein Date von Erfolg gekrönt gewesen. Jede Form von Liebesglück verursachte in Mona zurzeit Bauchweh, und so sank sie tiefer ins Sofa und blickte in die recht kahle Wohnung. Zwei einfache Särge waren an die Wand geschoben. Ein niedriger Couchtisch und darum diverse Sitzkissen, alle bereits von Ben vollgehaart. In der Küche herrschte gähnende Leere.

Ein Herd war für Vampire weniger relevant, weshalb die Einbauschränke nur mit ein paar Gläsern befüllt wurden und man auf Töpfe und Teller verzichtete. Eine Blutmaschine reichte. Sie war lackschwarz, brandneu und besaß jede Menge Zusatzfunktionen. Das luxuriöse Gerät hatten ihm doch tatsächlich seine Eltern zum Einzug geschenkt, vermutlich froh, ihn für eine Weile los zu sein. Auch wenn sich Mona nicht sicher war, wozu man für Blut einen Aufschäumer brauchte. Eine große Packung mit »Melidda Ausweidung« stand auf dem Tresen und würde für ein paar Tage reichen. Hoffentlich trank der zukünftige Mitbewohner Bloody Macchiato.

Boris lehnte sich erneut aus dem Fenster, reckte sich die Straße absuchend weit über den Sims.

»Meinst du, der Neue mag mich?«, murmelte Ben. Er hatte sein Handy weggesteckt und hockte unsicher dreinschauend auf dem Sofa.

»Sicher. Wie kann man dich nicht mögen?« Sie lächelte, doch er schob seine Unterlippe vor.

»Werwölfe und Vampire … das beißt sich«, nuschelte er, und Boris nickte nachdenklich.

»Nur die Ruhe, das wird alles.« Mona betonte den Satz ähnlich überzeugend, wie Eltern es immer taten, wenn es sich um Zahnarztbesuche oder Blutabnahmen handelte. Natürlich glaubte sie selbst nicht daran. Einst hatten sich die Vampire untereinander bekriegt, oftmals lagen sie mit Werwolfsrudeln im Streit, und Hexen konnten die wenigstens leiden. Somit wussten sie gerade nicht, was sie erwartete. So schnell hatte keiner von ihnen mit einem Mitbewohner für Boris gerechnet, normalerweise ließen sich die Mühlen der Ämter genug Zeit, doch Frau Sabinsen hatte am Mittag überraschenderweise durchgerufen und sich für den Abend angekündigt. Sie schien sehr in Eile. Da das Amt nur für schwierige Fälle zuständig war, ahnte Mona bereits Schreckliches. Am Ende ging es um einen Blutsüchtigen oder gar einen beißwütigen Playboy. Allerdings traf letztere Beschreibung auf viele Mitglieder der blutsaugenden Gemeinschaft zu. Dass es sich um einen Mann handelte, wussten sie schon mal. So langsam wurde es in Monas Freundeskreis ziemlich testosteronlastig.

»Ich hoffe, er ist nicht zu jung …«, murmelte Boris, der mit seinen zweitausend Jahren sicher keine Lust hatte, auf einen Frischling achtzugeben. Wer plötzlich vom Kaninchen zum Raubvogel wurde, hatte so seine Probleme mit der Anpassung. Jungvampire neigten zu instinktgesteuertem Jagdverhalten und landeten nicht selten danach wegen ihrer Schuldgefühle beim Therapeuten.

Ruhig Blut, dachte Mona, was in Anbetracht der Situation auch für sie makaber klang.

Es klingelte an der Tür. Ben bellte wie auf Kommando. »'tschuldigung, Macht der Gewohnheit!« Man merkte gleich, wie schwer es ihm fiel, sitzen zu bleiben, aber Boris war ohnehin schneller. Der Vampir hechtete in Windeseile an den Türsummer und drückte das Knöpfchen. »Dritter Stock!«, brüllte er in die Gegensprechanlage, und dann klebte er auch schon am Türspion.

»Meint ihr, sie bringt ihn mit?« Er hüpfte von einem Bein aufs andere.

»Es ist noch vor Sonnenuntergang, ich denke nicht, oder?« Mona warf einen Blick aus dem Fenster. Der Himmel hatte sich zart rosa verfärbt. Eine Uhrzeit, zu der nur Ausnahmevampir Boris bereits wach war, Ambrosia sei Dank. Die anderen lagen regungslos in Leichenstarre in Särgen oder verdunkelten Räumen, warteten auf den Anbruch der Nacht.

»Endlich!« Noch ehe jemand klopfen konnte, riss der Vampir die Tür auf und blinzelte Frau Sabinsen entgegen. Eine Taube gurrte deutlich hörbar unter ihrem Hut, und unsicher trat er sofort einen Schritt zurück.

»Guten Abend!«, säuselte sie spitz und musterte mit pikiertem Blick die kleine Wohnung. Sie bedachte jede Ecke mit einem misstrauischen Stirnrunzeln und nickte nur, als sie die zwei Särge sah.

»Schön, schön, dann ist ja alles bereits eingerichtet. Wenn Sie mir dann bitte folgen würden. Wir müssen Ihren Mitbewohner noch abholen!«

»Wie, abholen?«, kam es entrüstet von Boris.

»Beeilung. Die Sonne geht bald unter und …« Sie hielt inne und starrte Boris lange an. »Sie sind schon wach«, kam es feststellend.

Ganz langsam drehte er seinen Kopf zu Mona, und die Panik stand ihm ins Gesicht geschrieben. Sofort eilte sie an seine Seite. Es fehlte gerade noch, dass die Dame vom Amt hinter seinen Ambrosiakonsum kam.

»Hexerei«, gab Mona an und lachte hölzern, stupste ihn in die Rippen, woraufhin Boris anfing, hohl zu grunzen. Nachdenklich legte die Sachbearbeiterin den Kopf schief. Ein Gurren war zu hören, unklar, ob es wieder von ihrem Hut oder gar ihr selbst stammte.

»Erstaunlich, erstaunlich«, murmelte sie schließlich. »Wusste gleich, dass Sie die Richtige für diesen Job sind, Frau Haas.«

Irritiert brachte Mona nur ein »Ehh« heraus. Hatte Frau Sabinsen etwa vergessen, wem Mona ihren spontanen Aufstieg in der Hexenhierarchie verdankte? Und wenn ja – mit was für einem Fall von Vampir würde man sie wohl betrauen? Plötzlich standen ihr Schweißperlen auf der Stirn.

»Es ist ohnehin gut, wenn sie beide bei seinem Erwachen dabei sind …«, erklärte Frau Sabinsen, meinte damit offensichtlich den neuen Mitbewohner. »Ihren Hund lassen Sie aber bitte da! Bei der feuchten Luft möchte ich den Geruch nicht im Auto haben!«

Ben klappte der Mund auf, er verschränkte sofort beleidigt die Arme.

»Bestell uns doch schon mal was zu essen, ja?« Wieder konnte Mona es nicht lassen, wuschelte ihm durch die braunen Locken, und er grinste ihr entgegen. Mit Pizza wickelte man den Werwolf mühelos um den Finger. Trotzdem ließ sie ihn nur ungern zurück. Werwesen waren stärker als Vampire, er hatte bessere Chancen als Mona und Boris zusammen. Sie überlegte, ob das nicht einer dieser Momente war, an dem sie Balthasar eine Vorwarnung schicken sollte.

Es ging hinaus in die herbstliche Kälte. Und das in einem winzigen Opel voller Taubenmist und seltsam sphärischen Klängen aus dem Autoradio. Die Hexe und der Vampir passten gerade so auf die Rückbank des taubengrauen Gefährts, und es war nicht überraschend, dass sie die Fahrt mit Tempo 30 besonders lange genießen durften. Der beißende Geruch nach Vogeldreck war deutlich schlimmer als nasser Werwolf, und Mona kurbelte vorsichtig das Fenster einen Spalt weit hinunter.

»Mach's doch ganz auf, vielleicht … erledigt sich das dann von selber«, zischte Boris und nickte zu der Taube, die vor ihnen am Beifahrersitz vorbeiblickte. Ein grauer Kopf zuckte in alle Richtungen, und zwei schwarze Glubschaugen stierten Mona direkt an.

»Ehh … lieber nicht!« Sie hätte schwören können, dass sich die Augen des Vogels verengt hatten; eine boshafte Aura schien von dem Tier auszugehen.

»Wohin fahren wir?«, erkundigte sich Mona, wandte schnell den Blick von der Taube ab. Sie tuckerten durch die Innenstadt Frankfurts direkt in das Viertel mit Bars und Lokalen.

»Zum Kerker in der Kleine Bockenheimer Straße! Da konnte ich ihn vorübergehend unterbringen, aber es wird langsam Zeit, dass er sich … nun er musste stark desanämiert werden und brauchte Ruhe. Sie müssen wissen, der Vampir – sein Namen ist Vladimir Strauss … er ist ein besonderer Fall.«

Endlich ein paar Fakten, Mona wurde hellhörig. Sie kannte ja ihr Glück für spezielle Probleme, natürlich würde sie auch diesmal nicht von ihrem Karma verschont bleiben, wie sollte es anders sein?

»Der Herr Strauss ist … nun vielleicht … sagen wir … kommt drauf an … Unsere Hoffnung ist, dass der Herr von Hohlenschnollern …«

»Hohnenzollern!«

»Sage ich doch! Wie unhöflich! Nun, wir hoffen, dass Sie mit Ihrer langen Erfahrung auf Erden zu seiner Resozialisierung beitragen können!«

»Was soll denn das bedeuten?«, murmelte Boris ein wenig

maulend und begutachtete ängstlich die Taube auf der Kofferraumablage, die mit seinen Haaren liebäugelte.

»Wir haben Herrn Strauss«, anscheinend konnte sie sich Vogelnamen deutlich besser merken, »erst neulich aufgegriffen, als man ihn im Keller eines einsturzgefährdeten Gebäudes entdeckte und dort aufweckte, vielmehr befreite.«

Mona machte große Augen. »Handelt es sich um einen Jungvampir?«

»O keineswegs, er ist ein paar Jahrhunderte alt. Vielleicht kennen Sie die Familie Strauss, einige aus seiner Blutlinie haben recht bekannte Musikwerke geschrieben.«

Mona und Boris nickten überfordert.

»Da er mehrere Helfende angefallen und leer getrunken hat«, sie räusperte sich, »steht er nun unter Beobachtung des Amts.«

»Leer getrunken?«, kiekste Mona.

»Er war ausgehungert. Sehr ausgehungert. Die Personen liegen noch im Krankenhaus, doch sie werden durchkommen. Inzwischen ist der Blutdurst gestillt, und Herr Strauss hat sich … beruhigt.«

»Beruhigt?«

»Es handelte sich dabei um eine Tat im Affekt. Die … nun … Umstände führten zu diesem Unfall.«

»Unfall?«

»Zudem haben sich die Menschen gewehrt, das ist gegenüber einem ausgehungerten Vampir keine gute Idee. Wie Sie ja wissen, verbeißen sie sich dann.«

»Verbeißen?«

»Ein Glück, dass ein junger Vampir zugegen war. Er konnte mit einer Thermoskanne Blut die Aufmerksamkeit ablenken … andernfalls …« Ein langes Seufzen. »Es hätte wirklich böse enden können.«

»B-böse?«

»Unfall hin oder her, dieser Verstoß muss selbstverständlich geahndet werden. Er zeigte sich da erstaunlich kooperativ, weshalb wir gewillt sind, ihm eine Chance zu geben.«

»Kooperativ?« Mona befand sich in einem Echo. Einzig und allein die Entrüstung hielt ihren inneren Schrecken zurück. Sie sog tief die Luft ein, versuchte, sich zu beruhigen. Am Ende landete Balthasar versehentlich im Vordersitz, und das wollte sie ihm ersparen, sonst zerdrückte er noch eine Taube, und dann gab es ganz andere Probleme als einen mordenden, bluthungrigen Altvampir in einem Kerker.

Sollte es sich jedoch wirklich um einen gefährlichen Blutsauger handeln, würde der Pakt sie retten. Der Gedanke an ihren übertrieben mächtigen Erzdämon verschaffte ihr Sicherheit und kribbelige Hände.

»Komm runter, Moni«, nuschelte sie sich selbst zu. Ihre einzige Sorge sollte ihrem besten Freund gelten. Wobei jüngere Vampire einen Bogen um Boris machten, jedenfalls jene, die ihnen im Cocks begegnet waren. Das sogenannte Recht des Älteren hatte hohes Gewicht unter den nachtaktiven Zecken.

Würde er mit ihm fertigwerden? Konnten sie sich irgendwie herausreden? Die alten Vampire aus der Zeit des Jagens sahen die Menschen teilweise als reine Nahrungsquelle an, Spielzeug und Snack zugleich. Für sie roch ein Menschenauflauf ebenso lecker wie ein Nudelauflauf vom Italiener. Freiwild, mit Vampirkräften leicht zu bezirzen, und dann wurde nicht lange gefragt, sondern gebissen. Mona lief wieder ein Schauer über den Rücken. Er und Boris. Nachbarn.

»Er müsste doch aber in eine geregelte Einrichtung, oder? Dafür gibt es spezielle Zentren, die …«

»Wir können aktuell eine Einrichtung nicht verantworten.«

So eine ernste Betonung hatte sie Frau Sabinsen nicht zugetraut.

»Was meinen Sie damit?«

»Es gab einen Ausbruch!«

»Bitte was?«, keuchte Boris.

»Vor zwei Monaten türmte von dort ein Gefan… ein untergebrachter Vampir. Wir untersuchen den Fall noch, aber es fehlt aktuell an alternativen Einrichtungen, bei der hiesigen ist die ganze Elektronik wegen dunkler Magie durchgeschmort. Wir sind zurzeit quasi belegt. Hexende wie Sie können individuell betreuen, vor Ort, das reicht aus.«

»Aber – aber gerade ich? Gerade ich doch nicht!« Wieder überschlug sich Monas Stimme. In ihr schellten alle Alarmglocken, als sie sich an den Vampir im Museum erinnerte.

»Seit Herrn Strauss' Erwachen sind drei Tage vergangen, wir haben ihn vorübergehend im Keller einquartiert… damit er sich… nun… eingewöhnt.« Offensichtlich wollte Frau Sabinsen keine weiteren Einzelheiten nennen, denn sie schaltete die Musik lauter. Obendrein ertönte die schrille Hupe ihres Autos, als ein Taxi ihnen den Weg abschnitt. Dem wurde später sicherlich der gesamte Lack zugeschissen. Mit Taubenfrauen legte man sich nicht an. Mona hätte schwören können, dass sie an dieser Straßenecke bereits zweimal vorbeigefahren waren. Die Frankfurter Innenstadt glich einem Labyrinth, und an jeder hässlichen Ecke gab es einen Matratzen-und-Särge-Concord – die zu unterscheiden war schwierig.

»Monaaaa?«, wimmerte es neben ihr, und sie blinzelte Boris irritiert entgegen. Zwei Tauben hockten links und rechts auf seiner Schulter und hatten den Kopf unters Gefieder gesteckt. Das brachte Mona für einen Moment zum Schmunzeln. Die restliche Fahrt über saß der Vampir steif wie eine Leiche auf seinem Sitz und rührte sich nicht. Ein Glück, dass Untote nicht zu atmen brauchten.

Wenige Minuten später kam das klapprige Gefährt mit einem Ruck zum Stillstand. Das weckte die Vögel, die nun aufgeregt im Wagen herumflatterten. Fünf blaugraue Geschosse sausten wie fette Bomben durch die Luft, verteilten Staub, Gefieder und – etwas Weißes traf den Vampir beinahe an der Hose, verfehlte ihn nur knapp und klatschte auf den Sitz.

»Mona, tu doch was!«, kreischte Boris, sich aus dem Gurt windend, um nicht erneut angeschissen zu werden.

Mona riss ihre Tür auf, und beide stürmten hinaus in die kalte Abendluft. Federn wirbelten ihnen um die Ohren, ein besonders dicker Vogel hüpfte mit in die Freiheit und hackte nach Boris' Füßen.

»Unverschämtheit, was soll das?«, quietschte er, fror jedoch wieder ein, als Frau Sabinsen sich räusperte. Der tadelnde Blick der Sachbearbeiterin rief die Tiere zur Ordnung. Sie flatterten zurück in den Wagen und hockten sich auf die Rücksitze. So klang also erbostes Gurren. Ein Geräusch, das Mona in ihre Albträume verfolgen würde.

»Unmöglich … unmöglich … Beeilen Sie sich! Er erwacht bald! Wäre besser, jemand vom Fach ist anwesend!« Die Stimme der Beamtin war ähnlich gestresst wie ihr Blick. Wenn dieser Vampir sogar in der Lage war, eine Taubenfrau aus der Ruhe zu bringen … Mona schluckte.

»Ich weiß nicht, ob ich wirklich qualifiziert bin … Das klingt doch alles sehr problematisch?«, murmelte sie und zupfte sich ein paar Daunen vom Ärmel.

»Papperlapapp, Sie sind die einzige Hexe der dritten Instanz in unserem Bezirk, Frau Haas.«

Mona öffnete langsam den Mund, schluckte den Hass hinunter und hustete leise. Ihr Hals fühlte sich auf einmal ganz trocken an.

Anscheinend hatte Frau Sabinsen wirklich vergessen, dass Mona diesen Rang lediglich ihrem Ehemann verdankte. Bei dem Gedanken fuhr ihr ein Schauer über den Rücken. Sie trug noch immer den Ring an ihrem Finger. Das Amt hatte ihr auferlegt, ihn stets bei sich zu tragen, als Beweis der legalen Bindung an Balthasar. Eine ständige Erinnerung an ihr ewiges Band. Super.

Von außen ließ die Gasse zum Keller kaum vermuten, was im Inneren auf sie wartete. Mona hatte hier in der Gegend schon das ein oder andere Lokal besucht, es gab einige Szeneclubs in dieser Ecke.

Es quietschte, als Frau Sabinsen die unauffällige Tür in der Seitengasse öffnete. Sie standen vor einem Flur aus Schatten. Staub und Spinnweben sahen uralt und unberührt aus. Der Weg durch den Gang bis zur Kellertreppe schien seltsam lang. Bei jedem Schritt hallte der harte Klang hochhackiger Schuhe von den Wänden wider. Boris' Augen funkelten in der Dunkelheit, reflektierten das spärliche Licht der Notbeleuchtung. Und dann, am Ende der schier endlosen Finsternis, lockte ein Loch im Boden mit kaum sichtbaren Stufen hinunter in mehr Schwarz. Das Geländer deutlich verschlissen, wenige Farbreste hefteten an Metall voller Rost und Kratzer. Mona ließ den Vampir vor, er war der Einzige, der noch etwas sehen konnte. Hinter ihm hüpfte Frau Sabinsen, ohne zu zögern, auf die steinerne Treppe, und schweren Herzens folgte Mona den beiden. Es wurde mit jedem Schritt kühler. Risse in der Wand, der staubige Geruch und die flackernden Lampen brüllten eindeutig *Horrorfilm*. Plakatfetzen erzählten von Auftritten großer Bands und talentierter Musiker, die bereits alle tot sein mussten, so alt war das Papier.

Die Wendeltreppe wollte nicht enden. Spätestens jetzt wäre der richtige Zeitpunkt gewesen, umzudrehen und keinen Blick mehr zurückzuwerfen. Aber wie in jedem guten Gruselstreifen folgten die Protagonisten brav der unheimlichen Taubenfrau ins Gewölbe des alten Kellers, die Warnsignale ignorierend und mit dem Angstschweiß des Lesers spielend.

Es leuchtete ein wenig Licht am Ende der Stufen, schimmerte warm durch Nebel, der sich beim Einatmen als Staub entpuppte. Mona musste kräftig husten, und auch Boris verzog das Gesicht. Keine zwei Schritte später standen sie in der diesigen Atmosphäre eines Jazzkellers aus den 50er-Jahren. Es brannten noch nicht alle Lampen, die Stühle standen auf den Tischen, und außer einem Klappern vom Tresen war der große Raum verlassen.

»Herr Brühhhhl?«, kreischte Frau Sabinsen unnötig laut in das Lokal. Es gab in dem klassischen Gewölbe – einer Mischung aus Höhle, Keller und Gruft – eine Bar mit Spiegel und alten Tafeln mit den Preisen von Cocktails und Getränken. Flaschen hingen von der Decke, und es roch nach Alkohol. Eine Bühne unter einem steinernen Bogen in der Wand bot genug Platz für eine kleine Band. Gitarren, Verstärker und Kabel waren lose zwischen Stühlen und Mikrofonen verteilt, als bereite gerade jemand einen Auftritt vor. An dem Bartresen klapperte es wieder, und ein Kreis tauchte langsam hinter der hölzernen Platte auf. Die Form entpuppte sich als Afro eines unzufrieden dreinschauenden Mannes.

»Brüll heißt das, Herr Brüll!«, flüsterte er.

»Würden Sie uns bitte aufschließen? Wir holen Herrn Strauss ab!« Die Sachbearbeiterin reichte dank ihres langen Halses weit über den Tresen und starrte auf den Mann Ende fünfzig herab. Leise fluchend erhob er sich und richtete seine rote Fliege. Frau

Sabinsen schenkte er keine weitere Beachtung, auch Mona und Boris nickte er lediglich zu. Hastig schritt er um die Bar herum.

»Wurde Zeit …«, grummelte er und bat mit einer Armbewegung zu einer Tür neben dem Tresen. Diese führte zu einem schmalen Gang. Boris besah sich neugierig die alten Fotos an den Wänden. Aus schwarz-weißen Augen blickten Jazzlegenden der 50er und 60er auf sie herab, teilweise mit Originalunterschrift. Mona ertappte sich bei dem Gedanken, diesen Ort wieder besuchen zu wollen. Abgesehen von dem drohenden Horrorvampir machte der Club einen gemütlichen Eindruck.

Erneut ein Klappern, diesmal von einer Eisentür mit Schloss, das Herr Brüll öffnete. Sofort machte er einen Satz zurück und wuselte davon. Eine Welle Grasgeruch schwappte ihnen entgegen.

Die Taubenfrau streckte den Kopf in den dunklen Raum, tatschte nach einem Lichtschalter, und nun lugten auch Mona und Boris vorsichtig in das Zimmer. Eine UFO-förmige Lampe summte auf, blendete Mona für einen Moment. Verschwommen formten sich die Umrisse eines spießigen Raumes. Auf einem dunkelgrünblauen Teppich standen Polstermöbel mit dünnen, langen Holzbeinen. Eine Tapete mit seltsamem Wellenmuster, dazu altbackene Schränke und ein Röhrenfernseher rundeten die Reise in die Zeit des Minirocks und Bob Dylans ab. Nur der schwarze Holzsarg in der Mitte des Raumes passte so gar nicht. Verwittert, uralt und mit metallenen Verzierungen beschlagen. Spinnweben machten den ehemals glänzenden Lack matt, und er sah aus, als hätte man ihn für viele Jahre in einer Gruft gelagert.

»Hey, den Sessel hatte ich auch!«, kommentierte Boris die Kulisse und grinste Mona an, die völlig irritiert den Raum musterte. Klar, dass ein so alter Beißer wie er kein Problem mit der Situation hatte. Mona kämpfte mit ihrem inneren Dämon, vielmehr mit ihrem bald sehr realen Dämon, wenn sie sich nicht beruhigte. Eigentlich hätte er längst schon an ihrer Seite stehen müssen. Merkwürdig.

Frau Sabinsen starrte ungeduldig auf ihre tickende Armbanduhr.

»Gleich ...«, murmelte sie. »Gleeeeeeich ... uuuuuund ... Sonnenuntergang!«

Wie aufs Stichwort knarzte es unter dem Sargdeckel, der sich nun anhob und beiseitegeschoben wurde. Eilig warf die Sachbearbeiterin eine Dose mit 0 negativ in den Holzkasten. Jetzt erst fiel Mona auf, dass überall auf dem Boden leere Dosen verstreut lagen und auf einem Regal volle Sixpacks mit »Burgundy Bull« lagerten. Eine Hand mit langen, spitzen Fingernägeln fing die Dose auf, führte sie zum Mund und die Eckzähne des Vampirs gruben sich ins Metall.

Er war bleich, fast schneeweiß, hatte schulterlange schwarzbraune Haare, die von einem Stirnband aus dem Gesicht gehalten wurden. Elegant fielen die Locken über das bunte Muster des Stoffbands. Auf seiner Nase saß eine kreisrunde rosa Brille. Das Hemd halb offen, auf der bloßen Brust glitzerte eine goldene Kette mit einigen Anhängern im Licht der UFO-Lampe. Seine schwarze Weste und die dunkelviolette Schlaghose hätten aus einem ABBA-Musikvideo stammen können. Der feuchte Traum eines jeden Hippies war erwacht, starrte Mona und Boris hungrig an, und das gierige Geräusch des Trinkens erfüllte die unangenehme Stille.

»Das hier«, Frau Sabinsen deutete auf Vampir und Hexe »sind Frau Hase und Herr von Hohlzenrollern!«

»Mona Hass«, knirschte Mona, und Boris stammelte ein »Boris von Hohlenzellern, ehm, ich meine Hohnenzollern« in den Raum.

Die kräftigen Augenbrauen hoben sich über den silbernen Brillenrand, als Vladimir Strauss die Dose beiseitelegte und aufstand. Sein Blick haftete weiter an den zwei Besuchern, und zum Glück räusperte sich Frau Sabinsen.

»Also, wie ich bereits sagte, wir entdeckten ihn in einem Keller eines Gebäudes. Jemand hatte den Sargdeckel mit einer Kiste Rolling-Stones-Platten blockiert und … nun. Er kam nicht mehr raus.«

»Ehhh?«, entkam es Mona verwirrt.

»Man hatte in dem Haus wohl gefeiert, und es für eine Weile besetzt. Freiheit, Revolution und der ganze Mist, mit dem wir damals unsere Zeit verbracht haben.« Sie kicherte. »Als die Feierwütigen am Morgen verschwanden, blieb er zurück.«

»Und wieso kam er nicht mehr aus dem Sarg wegen ein paar Schallplatten?«

»Cannabis im Blut tut Vampir nicht gut!« Ein ungewöhnlich merkwürdiges Lachen entkam der Taubenfrau. Die Stille daraufhin ermunterte Boris und Mona zu einem gequälten »Haha, ach so, hahaha!«. Erst dann schien Frau Sabinsen zufrieden und erzählte weiter.

»Er bekam das Schloss nicht auf und steckte die letzten Jahrzehnte im Sarg fest.«

»Was ein Dreck!«, flüsterte Mona entsetzt.

»Gibt's das hier auch mit bisschn Stoff?«, murmelte eine ölige Stimme, gefangen zwischen Schmirgelpapier und alternativen Klängen. Die personifizierten 60er hatten gesprochen, und Vladimir leckte sich über die Lippen. Im Gegensatz zu Boris erfüllte er so einige Klischees. Er besaß den Körperbau eines Raubtiers, und in Verbindung mit seiner sicherlich *linksversifften* Gesinnung und der Peace-und-Liebe-Kette verursachte er bei Mona schwitzige Hände. Das da war eigentlich genau ihr Typ.

Und natürlich war er untot und roch nach Blut. Wie viel Pech konnte man im Leben haben?

Nun wurde auch klar, warum man ihn in diesem Lokal untergebracht hatte. Hier hatte sich seit der Eröffnung in den 50er-Jahren nur wenig verändert. Und Jazz blieb Jazz, egal welche Instrumente man nutzte.

»Er weiß aber, was für ein Jahr wir haben?«, erkundigte sie sich vorsichtig, und Frau Sabinsens Mundwinkel zuckten merkwürdig.

»Ja. Schon. Aber… Ich denke, die Integration wird noch einige Zeit brauchen.«

»Ich hör immer nur Integration, Integration…«, murmelte Vladimir und winkte ab. »Hör mal, Täubchen! Ich weiß, wie sich die Welt verändert, bin ja nicht von gestern.«

»Irgendwie schon«, merkte Boris an und gluckste leise. Der Vampir mit dem Flower-Power-Hemd musterte den Gothic-Blutsauger von oben bis unten, blieb dann an dem blutigen Aufdruck auf dem Pulli hängen.

»Revolution!«, las er den Schriftzug laut vor. »Voll verschärft, Alter! Die Revolution lebt also noch! Is ja ein Ding. Cool… nach fünfzig Jahren dachte ich… das würden sie mal durchziehen.« Er lallte ein wenig, verschluckte einzelne Buchstaben, klang unerwartet entspannt für einen Vampir am »Morgen«. Beim Strecken knackten ein paar seiner Knochen bedenklich, auch wenn er ziemlich fit aussah. Vladimir war genauso groß wie Boris, etwas muskulöser, nur seine langen Beine wirkten in den Schlaghosen seltsam dünn.

»Und was macht die Hexe hier? Wird das 'ne Party, von der ich nichts wusste?« Er zwinkerte ihr zu.

Monas Mundwinkel zuckten. Vor ein paar Wochen noch hätte ihr so ein Spruch Bauchkribbeln bereitet. Der Inbegriff all ihrer rebellischen Leidenschaften stand vor ihr, vom Bandana bis zu den nackten Füßen. Er fuhr sicher Fahrrad und keinen teuren Luxusschlitten wie ein gewisser anderer Mann.

»Das ist ihre Bewährungshexe! Sie wird sich um Sie kümmern, bis Sie Ihre Strafe abgearbeitet haben.«

»Arbeit … nee, lass mal. Viel zu anstrengend!« Vladimir lachte grunzend.

»Entschuldigung?«, hüstelte die Sachbearbeiterin empört.

»Ich bin Kleinkünstler, ich arbeite nich«, nuschelte er und zuckte mit den Schultern.

Boris' Augen leuchteten auf.

»Was machst du denn?«, erkundigte er sich neugierig.

»'nen guten Beat am Bass, mein Freund!«

Unnötigerweise schnappte Boris nach Luft und machte einen Satz auf den Vampir zu.

»Mein Kollege Ben beherrscht die Kunst des Schlagzeugs, und ich besitze seit einiger Zeit ein elektronisches Klavier mit Effekten! Es wäre mir eine Ehre, dir die Musik des 21. Jahrhunderts zu zeigen!«

»Was laberst du denn so geschwollen?«

»Oh. Äh. Wir – wir könnten gemeinsam abrocken, jo?« Boris verzog den Mund, gab sich alle Mühe, für einen Moment auf seine affektierte Aussprache zu verzichten. Mona wusste nicht so recht, ob sie sich darüber wirklich amüsieren durfte oder ob Vladimir nicht ein großes neues Kernproblem ihres Lebens werden würde.

»Abrocken … sag das doch gleich! Seltsame Flitzpiepe biste. Aus welchem Jahrhundert haben sie dich denn verschleppt?«

»Nun, kurze Zeit nach dem Tod von Tiberius Claudius Drusus flohen meine Eltern mit mir, ihrem Erstgeborenen nach Germanien und –«

»Scheiße alt also … Schwester, sag an … sicher, dass ich das Integrationsproblem bin, bei dem seiner Ausdrucksweise?« Vladimir lachte heiser, meinte es eindeutig nicht ernst, und Boris' Ohren verfärbten sich so rosa wie die Brille des Hippievampirs.

»Schön, schön. Da Sie sich nun kennengelernt haben, wird es Zeit, in Ihre neue Wohnung aufzubrechen. Der Sarg bleibt hier, wir haben einen neuen organisiert. Auch schicken wir Ihnen Ihre Papiere nächste Woche per Post. Wir warten noch auf eine Rückmeldung Ihrer Familie«, verkündete Frau Sabinsen.

Vladimir ging zu dem Regal mit den Blutkonservendosen und schnappte sich ein Sixpack. »Für unterwegs …«, murmelte er. »Richtig verschärft, Leute. Blut in Dosen. Cool. Gibt's den Stoff jetzt auch als Lutscher oder wie?«

»Das ist in Deutschland immer noch … illegal!«, erklärte Mona leise.

»Waaaaas? Fast zehn Jahre sind wir für das Zeug auf die Straßen, haben friedlich protestiert, und fünfundfünfzig Jahre später hat sich nichts geändert?«

»Ich dachte, bei den Protesten ging es um Liebe, Freiheit und Frieden?« Mona hob eine Augenbraue.

»O ja, klar. Das auch. Sicher. Vor allem das.«

»Können wir jetzt?« Frau Sabinsen klang genervt, und das verleitete sogar Vladimir zu einem resignierten Seufzen. Missmutig stiefelte er Taubenfrau, Hexe und Vampir hinterher.

»Ich schätze, das ist machbar«, flüsterte Boris Mona zu.

»Was?«, wollte sie wissen.

»Nun, wie soll ich sagen? Die Hippiezeit habe auch ich in vollen Zügen genossen. Es sollte mir gelingen, Vladimir in unsere Zeit einzuführen, wir sprechen die gleiche Sprache – wenn du verstehst. Zwar frönte ich damals eher dem Punkrock, jedoch … Peace und Liebe, das war die Hochzeit der Vampire vor unserem Outing. Es gestaltete sich ausgesprochen einfach, jemanden zu einem Abendbiss zu verführen. Die richtige Dosis im Blut sorgte stets für heitere Stimmung und ...« Er verstummte, denn nun schaute Mona genauso vorwurfsvoll drein wie die Sachbearbeiterin.

»Alles freiwillig«, quietschte Boris und setzte ein schuldbewusstes Grinsen auf.

Eine halbe Stunde später saßen sie zwischen Särgen, billigen Möbeln und einem Stapel Dosenblut sowie diversen Kartons vom Bringdienst. Boris kam gerade aus dem Bad, in frischen Klamotten und mit nassem Haar – die Fahrt in dem Taubenauto hatte ihn übel erwischt. Im Raum roch es nach Pizza, Zimt und Gras. Vladimir interessierte sich wenig für Bens wölfischen Hintergrund, und Monas Hexengene schienen ihn auch nicht zu kümmern. Zwar war er weitaus älter, stammte aus einer Zeit fern von Peace und Liebe – doch Vladimir hatte die 60er so inhaliert, vermutlich wortwörtlich, dass er voll in jenem Zeitgeist aufgegangen war.

»Hey, Süßer! Hast du das Zeug auch in AB positiv?«, nuschelte die ölige Stimme, und Boris verdrehte die Augen. Mona war das Schneckchen, Ben hatte er Schnuffi genannt, und vorerst ließen sie ihm die Kosenamen – Integration war ein langer Prozess und je wohler er sich fühlte, desto besser. Sie durften ihn Vlad nennen.

»Wie kam denn das jetzt? Du hast echt fünfzig Jahre im Dunkeln gehockt?«, wollte Ben wissen, der den neuen Mitbewohner aus der Entfernung vorsichtig beschnupperte. Die Nase eines Werwolfs war nur schwer unter Kontrolle zu bringen.

»Neee … nach ’ner Nacht geht uns das Blut aus … verstehst? Brauchen nachem Erwachen schnellstens neues Zeug, sonst verfallen wir in ’ne Starre und bleiben dann halt tot, bis wir Blut riechen. Wie Bärchen im Winter halt nur ohne das Blut.« Vlad wedelte mit der Hand.

»Schon klar«, würgte Ben das Thema ab. Die Vorstellung eines fünfzig Jahre andauernden Winterschlafs überforderte ihn wohl. Er hatte nichts gegen ein Schläfchen, aber sicher lieber auf einem Sofa und dann am Bauch gekrault werden.

Vlad fläzte mittlerweile bequem auf dem fusseligen Teppich, den Mona und Boris vom Sperrmüll gemopst hatten, und lehnte dabei auf dem Couchtisch. Es war faszinierend, wie er es schaffte, so lässig auszusehen, als wartete er darauf, gleich gemalt zu werden. Dass er sein Bein jedoch so ungeschickt anwinkelte – diese Stoffschlaghosen aus den 60ern waren wirklich eng und dünn, Mona blickte schnell an die Zimmerdecke. Zurzeit bestand ihr Leben nur aus Würstchen, gleich morgen würde sie sich einen Mädelsabend mit Amelie organisieren. Sie hatte ihr ja so viel zu erzählen, zum Telefonieren kamen sie aufgrund der unterschiedlichen Arbeitszeiten nur noch selten. Ganz automatisch holte sie ihr Smartphone hervor. Erst jetzt sah sie die Nachricht von Balthasar.

»Ich bin heute Abend zu einer Sitzung in der Unterhölle, dort kannst du mich nicht wegbeschwören. Wenn was ist, ich hab hier WLAN, schreib einfach.« Das zwinkernde Teufelsemoji rundete den Text ab. Mona blinzelte verwundert auf ihr leuchtendes Display. Deshalb war er nicht erschienen. Es existierten also sehr wohl Ausnahmen in ihrem Pakt. Wieso hatte er ihr das nicht erzählt? Und wieso blieb er dann nicht an diesem Ort, wenn er doch so vor Mona in Sicherheit war? Vermutlich war die Unterhölle schlimmer als alles, was er bei ihr durchzustehen hatte.

FREITAG

14.9.2018

WANN KOMMT ENDLICH DER ANTRAG FÜR BORIS ZEUGNIS?
KANN MIR DABEI EIGENTLICH BALTHASAR HELFEN? MHHH WILL ICH DAS...
BORIS WOHNUNG STEHT SCHON MAL, DIE SÄRGE SIND SOGAR SCHICK
VIELLEICHT KAUF ICH MIR SO EINEN ALS BANK...
FRAU SABINSEN KOMMT HEUTE ABEND VORBEI, HOFFE ES PASST ALLES

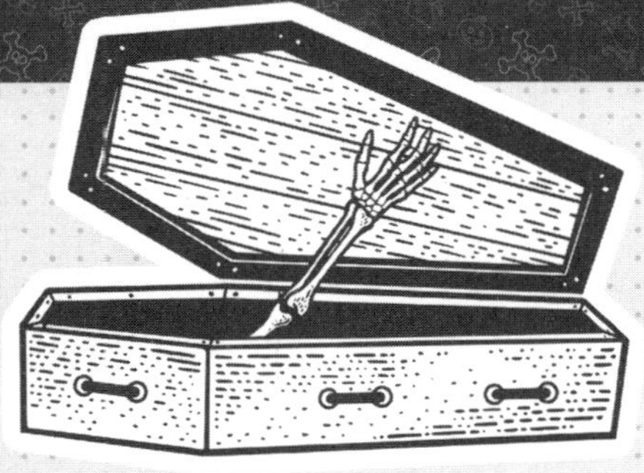

WIR PLANEN MORGEN IN DIE BAR ZU GEHEN, WENN DER NEUE COOL IST.
DER PROFESSOR ÜBERNIMMT AB UND AN MEINE SCHICHT. <3
ICH KANN MICH SO UM DEN NEUEN KÜMMERN. VLAD IST ABER GANZ OK.

ich brauche
urlaub!!!

hello!
AMBRO
SAMSTAG
15.9.2018

»Wasn das fürn Kastn?«, nuschelte Vlad interessiert und deutete auf den Supercomputer in Monas Hand.

»Oh«, entkam es Boris, dessen Augen schon wieder aufleuchteten. Sofort kramte er sein eigenes Handy hervor und hielt es dem anderen Vampir unter die Nase.

Zumindest für die nächsten Stunden hatte Mona Pause und konnte sich auf das Sofa sinken lassen. Die Informationen lähmten sie, aber immerhin entpuppte sich der Vampir als harmlos – vorerst. Die umgänglichsten Menschen waren friedliebende Blumenkinder, und sie ahnte, dass es bei Vlad ähnlich sein würde. Trotzdem, es bedeutete viel Arbeit, viel Aufklärung und wenig Schlaf. Dem Museum standen neue Relikte ins Haus, und aus Überforderung heraus hatte sie Professor Koprolith versprochen, ihm beim Katalogisieren zu helfen. Plötzlich war die Dämonenehe das kleinste ihrer Probleme.

Kapitel 23

Der verflucht schiefe Bilderrahmen

Da war es schon wieder. Ein schneidendes Geräusch hallte durch den Gang des Museums, in dem Mona ihre Nachtschicht absolvierte. Es erinnerte an einen Schrei, der ins Jammern überging. Mona saß dick eingemummelt in einen Pulli auf ihrem Stuhl. Der weiche Hoodie, mit diversen unchristlichen Symbolen bedruckt, passte gut zu den satanischen Wandteppichen; in der ägyptischen Abteilung wirkte er leicht fehl am Platz. Inzwischen fühlte sie sich angekommen in ihrem Job, aber das Gefühl hatte keine Chance, sich zu entfalten. Natürlich wurde sie mit einem neuen Problem überrascht. Wie sollte es auch anders sein?

Dieser seltsame Klang war nahe, fast greifbar. Es konnte sich dabei um einen neuen Geist handeln. Irgendwas im Museum weinte sich die Seele aus dem Leib, und dieses Etwas war leider unsichtbar. Sie stopfte ihr Buch in ihre Umhängetasche.

»Dreck«, zischte Mona, sie hatte auf eine ruhige Nacht gehofft. Für die zähen Stunden vor der Mumie war sie gut ausgestattet – Handheld-Konsole, Smartphone, Verlängerungskabel und WLAN-Verstärker. Selten hatte sie so viele Serien am Stück konsumiert wie in den letzten drei Monaten.

Unschlüssig saß sie auf ihrem Stuhl, reckte den Kopf und sah sich um. Das Geräusch war verstummt. Von unheimlichem Geheule bei Nacht wurde es auch ihr ein wenig mulmig. Gruselig waren vor allem die Abstände zwischen dem Gekreische.

Was für eine Zeitverschwendung. Jetzt hockte sie hier herum, aufmerksam ihre Umgebung beobachtend, dabei wartete ein spannendes Kapitel auf sie. Die Hall erzeugenden Gänge waren keine Hilfe. Anscheinend hatte sie lange genug stillgestanden, das Geräusch erklang wieder, diesmal ungeduldig, quengelig.

Mona schnellte hoch, sah sich um. Sie erwartete einen verprügelten Clown mit Kettensäge, so fürchterlich war der Klang.

Erneut Stille. Als reagierte es auf Bewegung.

Sie schlich rasch den Flur hinunter, spähte den anderen Gang entlang, um jede Ecke, aus dem Fenster, in die einzelnen Räume, aber nichts. Gar nichts. Kein Geist, kein Zombie, und laut GPS waren Boris und Ben weit weg von ihr. Und welcher Narr spielte einer Feuerhexe schon einen Streich?

Es war das dritte Mal in dieser Nacht, und immer konnte sie das Geheule in ihrem Gang lokalisieren, doch blieb der Ursprung ein Rätsel. Zum Glück besaß Bärbel mittlerweile ein kleines Smartphone. Woher es stammte, wusste keiner so genau. Auch die Quelle ihrer kitschigen Möbel, der extravaganten Kleidung und des Schmucks war ein Geheimnis. Was das anging, schwieg sich die Skelettin erfolgreich aus, verweigerte ihre Scharade. Sie konnte ihr Smartphone allerdings nicht bedienen, Elektrik entlud sich bei Kontakt mit einem so thaumaturgischen Fluchrelikt wie ihr, es war ihr lediglich möglich, den Bildschirm zu lesen. Deshalb stand das kleine Gerät auf einer Bambusstütze direkt neben Blumenvase und imaginärem Früchtekorb. Auf Monas Hilferuf hin folgte bereits nach zehn Minuten das Klackern hoher Absätze auf Marmorfliesen. Bärbel wuselte eilig den Flur hinunter, wackelte mit ihrem Schädel, dessen weißes Haupt ein funkelnder Haarreif zierte, den sie mit Klebeband festgemacht hatte.

»Danke, dass du es so schnell einrichten konntest. Ich brauch deinen Spürsinn … die thaumaturgische Lampe zeigt nichts Außergewöhnliches an.« Mona umarmte ihre Nachtwächterkollegin zur Begrüßung, und Bärbel schwang elegant ihre Halswirbel, schaffte es, dass nur eines ihre Puppenlider zufiel. Ein Zwinkern.

Sofort richtete sie ihre falschen Augen gezielt in den Flur, schritt einmal den gesamten Korridor ab, beaugenhöhlte jede Ecke, jeden Winkel, ehe sie nickte, als wäre ihr ein Einfall gekommen. Ihr Schädel lachte tonlos – vielleicht musste sie auch niesen, hatte Schluckauf, das wusste man bei ihr nie so genau. Dann klapperte sie zielstrebig auf ein Bild an der Wand zu.

»Daran hatte ich auch schon gedacht, doch es gibt keinen Mucks von sich!«

Bärbel griff unter ihre pinkfarbene Wollstrickjacke und zog ein paar Wackelaugen hervor. Kaum hatte sie die merkwürdigen Aufkleber in ihren Augenhöhlen positioniert, neigte sie den Kopf und schenkte Mona ein auffälliges Augenrollen.

»Ach, vielen Dank auch, ja, was weiß denn ich … ich hab da nichts Seltsames gesehen, was soll denn … ohhhhhhhh!« Jetzt sah sie es. Die drei Damen in ihrem Boot auf dem Nil waren tränenüberströmt. Es war ein sehr altes Bild, so auch der Rahmen des Kunstwerkes. Schon einige Male hatte Mona davorgestanden und die Techniken der Ägypter bewundert, mit nur wenigen Pinselstrichen auf Papyrus eine solche Stimmung einzufangen. Doch niemand auf diesem kleinen Meisterwerk hatte je zuvor geweint.

»Es ist das Bild?«, rief Mona irritiert und griff nach dem Objekt. Sofort schnappte Bärbels kalte Knochenhand zu und hielt sie davon ab, den Rahmen zu berühren. Das war knapp.

»Danke …«, stammelte Mona. »Ehh, ich … ich hole Professor Koprolith. Du-du halt hier Wache und vermerke, wenn wieder was anfängt zu weinen!«

Die Skelettin salutierte.

Beinahe hätte Mona einen potenziell gefährlichen Gegenstand einfach so berührt, was war denn nur los mit ihr? Ihr ständiges Talent, sich in Schwierigkeiten zu bringen, rührte einzig und allein von ihrer schier grenzenlosen Schusseligkeit her – heute wunderte sie sich darüber besonders. Was musste erst alles passieren, bis sie es endlich lernte? Eine Frage, die sich Balthasar vermutlich öfter stellte.

Zum Glück hatte sie es nicht weit bis zu den Räumlichkeiten des Professors, aus dessen offenem Arbeitsraum der Lärm von Holzarbeiten drang. Mona fühlte sich an den Werkunterricht der Grundschule erinnert, als sie in den Raum voller Sägespäne blickte und einen ungeschickten alten Mann beim Hantieren mit einem Hobel erspähte.

»Wuiiii!«, entkam es ihm, als er mit dem Gerät einmal über einen Holzbalken fuhr, der auf seinem großen Tisch befestigt war. Dabei flog eine dicke Flocke Späne ab, Mona direkt vor die Füße.

»Ehhh, guten Abend, Professor!«

»Ohhh, Mona, meine Liebe. Komm nur herein und sieh dir das an!«, quäkte die schrullige Stimme.

Vorsichtig schob sich Mona an all dem Staub vorbei, wollte sich ihre schimmernden Lederschuhe nicht ruinieren.

»Was ist das?« Sie deutete fragend auf den großen Stamm, der eine grobe Hobelbehandlung hinter sich zu haben schien.

»Ein Kruzifix!«

»Ehh?«

»Stammt aus einer uralten Kirche!«

»Ehhh!?« Entsetzt wanderte ihr Blick über die Zerstörung des Relikts.

»Es gibt nichts Besseres, um Dämonen abzuhalten. Zumindest die gläubigen. Daraus machen wir richtig schönes Pappmaschee, formen ein paar Engelsskulpturen, stellen sie an den ganzen Zugängen auf, und der Schutzkreis ist perfekt!« Er rieb sich die Hände und setzte die Schutzbrille ab. Seine wild in alle Berge stehenden Haare waren voller Holzreste, und Mona entdeckte mehrere Pflaster an seinen Fingern.

»Tolle … Idee …«, murmelte sie, ehe sie sich besann, weshalb sie hier war. »Professor, da ist ein Bild in meinem Gang und es weint?«

»Waaaaas?«

Um wirklich sicherzugehen, brauchte es einen Vergleich mit dem Katalog, um die Unterschiede des Bildes deutlich zu machen. Doch kaum lag das wertvolle Kunstwerk auf dem Bürotisch, waren die Mienen der Bootsfrauen wieder so freundlich wie eh und je.

»Das verstehe ich nicht …«, murmelte Mona. Auch Bärbel erklärte überundeutlich, dass sie diese Veränderung gesehen hatte. Anscheinend jedoch gab der Professor nicht viel auf die Einschätzung eines Skelettes ohne Augen. Seine Aufmerksamkeit wanderte vielmehr zu dem Bilderrahmen.

»Der ist neu, wisst ihr? Der Rahmen, meine ich. Nun, nicht wirklich neu. Ein paar Jahrhunderte hat er schon auf dem Buckel! Wir haben ihn aus dem Lager geordert, wollten etwas Altägyptisches, das besser zu der Ausstellung passt.« Er zwirbelte seinen ansehnlichen Schnäuzer. Das geschwungene Konstrukt in seinem Gesicht war über die letzten Wochen gewachsen und besaß nun eingedrehte Spitzen. Mona beobachtete, wie Bärbel die Bewegung nachahmte. Wenigstens wusste sie jetzt, was sie der Skelettfrau aus dem Laden für Verkleidung und Rollenspiel mal mitbringen konnte.

»Lasst mich das mal überprüfen!« Der alte Mann wirbelte bereits wieder durch das Büro, glitt auf seinen Socken zu einem Schrank und zog ein ungerahmtes Bild mit passender Größe heraus. Ein niedlicher kleiner Hund spielte mit einem Ball. Kein Bild für ein Museum dieser Art, wenn überhaupt für irgendein Museum. Jemand hatte die Fotografie aus einer Zeitschrift ausgeschnitten. Monas Blick folgend räusperte sich Professor Koprolith.

»Etwas aus meiner eigenen Sammlung«, kam es mit stolzgeschwellter Brust.

»Ehh?«

»Es ist aus der Ausgabe von *Tatzen und Spatzen*. 1997, Heft Nummer 23. Nicht unbedingt mein Favorit, aber ...« Ein Räuspern. »Ich werde es rahmen, es ist Kunstwerk genug, damit ein Fluch darauf anspringt, sollte es am Bilderrahmen liegen und ... sollte es zu Problemen kommen, nun von Ausgabe 23 habe ich noch vier weitere Exemplare. Der Verlust ist zu verschmerzen!« Er wedelte mit dem ausgeschnittenen Poster einer Haustierzeitung vor Monas Gesicht herum, legte es dann auf den Tisch und griff zu dem Gestell. Mona war sich nicht sicher, ob Baumwollhandschuhe wirklich gegen Flüche oder verwünschte Rahmen halfen, aber der Professor war ja Experte – er musste es wissen. Schließlich kümmerte er sich auch um Sonotep und – Mona wurde mit einem Mal ganz heiß. Pappmaschee-Engel aus Kruzifixresten zur Abwehr von Dämonen. Das hätte vermutlich sogar Balthasar zum Lachen gebracht. Professor Koprolith war kaum in der Lage, zwei gleiche Socken zu finden, geschweige denn einen Mumienfluch zu identifizieren. Sofort machte sie einen Schritt weg vom Tisch.

Doch zu ihrer Verwunderung passierte nichts, als ein kleiner schwarz-weißer Welpe mit heraushängender Zunge im Bilderrahmen prangte und das edle Schmuckstück aus Gold in billigen Kitsch verwandelte.

»Schwierig …«, murmelte Koprolith. »Ich … hole mal den thaumaturgischen Verstärker.« Da war er auch schon aus dem Büro zurück in seinen Werkraum gewirbelt und kramte deutlich hörbar in den vielen Schränken. Mona rührte sich nicht, tauschte derweil mit Bärbel einen langen Blick aus, der von den kreiselnden Wackelaugen bestens untermalt wurde. Die Skelettin hatte den fusseligen Alten ohnehin schon durchschaut. Sie verdankte es seiner Verwirrtheit, dass man sie frei herumlaufen ließ. Und es wunderte keinen von ihnen, dass er in seiner Werkstatt verschwunden blieb, weiter Lärm veranstaltend, während er zwischen Kisten und Schränken suchte.

Eine sehr substanzielle Stille bereite sich aus, in der Bärbel an ihren künstlichen Fingernägeln herumfummelte und Mona sich nach ihrem Feierabend sehnte. Heute Abend lief eine neue Folge ihrer Lieblingsserie – auch wenn es dort um Katastrophen, Hexen, Dämonen und sogar Engel ging, fühlte sie sich dadurch sehr gut von ihrem eigenen Leben abgelenkt. Zumal der Teufel in dieser Fiktion offensichtlich zu den Guten gehörte, auch wenn er immer mit seinen Pflanzen schimpfte. Eine Darstellung, die sich mit Balthasar nicht vereinbaren ließ. Je mehr alltägliche Handlungen, Gewohnheiten und Ausdrücke sie an ihm entdeckte, desto verwirrter war sie. Einmal war er gerade dabei gewesen, eine Box vom China Inn zu verdrücken, als Mona ihn zu einem außerplanmäßigen Notfall herbeibeschworen hatte – gerissene Einkaufstaschen. Die Vorstellung, wie er in einer Imbissstube eine so billige Mahlzeit bestellte, sie seufzte. In letzter Zeit musste sie auffällig oft an ihn denken, und das verursachte ihr mehr Bauchschmerzen als ein verfluchter Rahmen. Wobei, es war mehr so ein Flattern in den Eingeweiden. Eines von der hartnäckig guten Sorte. Noch ein Seufzen, Bärbel klimperte mit den Wimpern, schenkte ihr einen langen Augenaufschlag. Sie war unschlagbar in »Wer zuerst blinzelt, verliert!«. Und Mona fühlte, wie sie ganz von allein den Mund öffnete, um eine missliche Unterhaltung zu starten.

»Kennst du dich … eigentlich mit Dämonen aus?«

Hätte die Skelettin Augenbrauen gehabt, sie hätte sie gehoben. So blieb ihr nichts anderes übrig, als fragend den Kopf schief zu legen.

»Weil … wegen dem … wegen ihm, du weißt schon.«

Ein Nicken, Bärbels Halswirbel knirschten dabei leise.

»Er macht einen ganz … netten Eindruck. Obwohl er ein Dämon ist. Und du bist ja auch sehr nett, wobei man über Fluchwesen ja oft nur Horrorgeschichten hört. Völlig zu Unrecht, wie ich jetzt weiß. Sogar die satanischen Wandteppiche grüßen immer freundlich … Ich frag mich einfach …«, stammelte sie zu ihrer eigenen Überraschung. Der treibende Gedanke dahinter verdrängte jegliche Sorge über das kreischende Bild. Bärbel klapperte wieder, ihre Schulterblätter hoben sich, sie hatte eine Hand auf ihren Mund gelegt – eindeutig ein Kichern. Dann knuffte sie Mona in die Seite.

»Weißt du, ich glaub, er mag mich. Das hoffe ich zumindest.«

Knochige Finger falteten sich ineinander, der Augenaufschlag und die flatternden Wimpern zeugten deutliches Entzücken. Mona fühlte, wie sie vor Bärbels Reaktion rot anlief. Gerade holte sie Luft für einen unüberlegten Satz über Zuneigung, Beziehungen zwischen unnatürlichen Wesen – Zeug, das sie gar nicht gebrauchen konnte –, da wimmerte es leise. Nein, es klang vielmehr nach einem Winseln.

Sofort machten sie beide einen Schritt auf das Bild zu, beugten sich darüber. Monakopf und Bärbelschädel gaben ein dumpfes Geräusch von sich, als sie aneinanderstießen, und bei hielten sich die Stirn. Der einst entzückende Welpe, vergnügt im Gras purzelnd, strahlend vor Freude im sommerlichen Glanze, schien sich nun unter Qualen zu winden. Ein verzerrtes Gesicht und dicke Tränen, die über sein Fell kullerten. Das Wimmern war jedoch wieder verstummt.

»Wirklich seltsam. Es ist wirklich der Rahmen?«, überlegte Mona laut, rieb sich noch immer die Stirn. Bärbel wackelte derweil in den Werkraum des Professors und zog den alten Herrn mitsamt Staub und Spänen heraus, zurück in sein Büro.

»Entschuldigung, also so was aber auch, hey, Vorsicht, meine Hüfte!«, fluchte er und stand dann verdattert im Raum. »Was macht ihr zwei denn hier?«

Er bekam ein drohendes Rollen von Bärbels Wackelaugen zu sehen und verzog schuldbewusst den Mund.

»Nun … ach so … ehm … da … war …«

»Das Bild, der Hund, der Rahmen?«, fauchte Mona und deutete auf den in Gold gerahmten Welpen.

»Ah, Ausgabe 23, doch, daran erinnere mich. Ein wundervolles Motiv.«

Es brauchte einiges an Erklärung und mehrere innere Nervenzusammenbrüche Bärbels, deren Scharade auf den Professor so viel Wirkung hatte wie Teilchenphysik auf einen Flacherdler. Doch dann war Koprolith erneut im Bilde, und er schlug tatsächlich eine effektive Testreihe vor, die sich sogar im Rahmen von Monas Möglichkeiten befand.

Bilder einsetzen. Warten. Wechseln. Aufhängen. Warten. Wechseln. Die Gänge tauschen. Boris musste den Rahmen einmal berühren. Ben sollte draufhaaren. Alles in allem zeigte keiner der haarsträubenden Versuche eine Wirkung – nur ein Muster. Wenn das Objekt für eine Weile allein blieb, zumindest mit Mona, begann es zu kreischen wie eine abgestochene Krähe.

Natürlich.

Sie.

Es ging mal wieder um sie.

Kapitel 24

Morgens halb zehn im Aufzug

Nach einer langen Nacht mit einem weinenden Bilderrahmen, der ganz offensichtlich verflucht war, hatte Mona überhaupt keine Lust, früh aufzustehen, besonders an so einem verregneten Herbsttag nicht. Der Oktober lockte mit grauem Himmel und dickem Nieselregen. Da stand sie nun vor dem großen alten Stadthaus, mit einem potenziell gefährlichen Gegenstand in einem handelsüblichen Koffer, gepflastert mit Bannsiegeln – und ihr feuchter Pony klebte ihr auf der Stirn.

Professor Koprolith hatte sie umgehend zu einem echten Sachverständen für Flüche, Verwünschungen und Besessenheit geschickt. Als Bewährungshexe des Museums gehörte es zu ihren Aufgaben, sich um solche Belange zu kümmern, auch wenn der Rahmen sich offensichtlich auf sie fixiert hatte. Eigentlich ein Grund zum Brennen, doch mehr und mehr ertappte sich Mona beim Gähnen über die Katastrophen in ihrem Leben. Gut – gerade galt das Gähnen ihrer morgendlichen Müdigkeit, aber für gewöhnlich pumpte ihr Herz in solchen Situationen eine Überdosis Adrenalin durch den Körper. Natürlich wusste sie, wem sie das zu verdanken hatte. Was auch passieren würde, Balthasar musste erscheinen. Und selbst wenn sie ihre Probleme allein regelte, dann nur, weil sie sich seinetwegen immer mehr zutraute. Es wurde Zeit, dass sie sich bei ihm dafür bedankte.

Auf der Straße hupte es laut, und der Schreckmoment gab Mona den nötigen Schubs, um endlich das stickige Stadthaus zu betreten. Sie hatte keine Ahnung, was sie von einem Fluchexperten zu erwarten hatte, zumal der einzige Grund, weshalb er ausgerechnet im obersten Stock dieses Wohnhauses sein Büro hatte, sein eigener Fluch war. Er konnte seine Wohnung nicht verlassen, weil er sonst zu Staub zerfiel. Nicht gerade das, was man sich von einem Experten erhoffte. Mona sah sich schon dort festsitzen – der Tag schrie regelrecht nach Katastrophe, auch wenn das Bild verpackt in Alufolie und Lederkoffer immerhin still blieb. Obendrein war der Mief im Haus nicht irgendwelcher Mief, es war Verwesung gepaart mit Duftbäumchen, Raumspray, Parfüm und Trockenshampoo. Ein Zombiehaus. Kein Wunder, in der seit dem Krieg nicht mehr renovierten Anlage würde kein Lebender freiwillig einziehen, da lebte es sich trockener unter einer Brücke oder auf einer Bahnhofsbank. Von der Zugänglichkeit zu funktionierenden Toiletten ganz zu schweigen.

Mona stand vor einem Einpersonenfahrstuhl und haderte mit sich. Siebzig Kilo Maximalgewicht. Typisch für ein Zombiehaus. Niemand wog hier mehr als siebzig Kilo, sogar mit Einkäufen und Tüten voller Verpackungsflipps. Was für den Menschen die Gummibärchen zu einer Bestellung waren, das war Füllmaterial für die Untoten. Damit konnte man Schädel, Gedärme und auch Gliedmaßen ausstopfen, vor allem aber den Magen.

Ein Verpackungsflip wehte aus der Fahrstuhltür hinaus. Der Lift war also in Betrieb. Mit Monas 1,66 und ihren sechzig Kilo erfüllte sie knapp den Richtwert. Prüfend hob sie den Koffer an, das waren niemals zehn Kilo. Sie seufzte. Sieben Stockwerke eine sich schlängelnde Treppe hoch mit ihren hohen Absätzen? Keine Chance nach zwei Stunden S- und U-Bahn, und die morgendliche Müdigkeit bereitete Mona Kopfschmerzen.

Vielleicht war es ihr unterschwellig rausgerutscht. *Was sollte schon schiefgehen? Der Tag ist doch eh total ruiniert, schlimmer kann es gar nicht mehr werden. So viel Pech kann ein einzelner Mensch gar nicht haben.* Mona testete auf jeden Fall ihre Limits. Es grenzte an Hexerei, dass, wann immer sie sich erlaubte durchzuatmen, irgendetwas explodierte.

Eine kleine Erschütterung hatte den Fahrstuhl in Unwucht gebracht, er schlug gegen den Schacht. Im selben Moment knallte es, und Mona quietschte. Über ihr rasselte es, und dann fiel etwas auf das Dach der Kabine.

Der winzige Einpersonenaufzug wurde mit einem Mal sehr eng. Weicher Stoff drückte sich gegen Monas Gesicht, und sie atmete erschrocken durch. An ihn würde sie sich nie gewöhnen.

»Wo zur Hölle sind wir hier?« Er klang wie gewohnt heiser und wenig begeistert.

Es war Mona kaum möglich, Balthasar von sich wegzudrücken, der Mann füllte auch ohne sie den kleinen Raum fast aus. »In einem Fahrstuhl!«, nuschelte sie gegen schwarzen Hemdstoff, der nach frischer Wäsche roch.

»Sicher? Für mich fühlt sich das an wie ein Sarg!«

»Winziges … altes Wohnhaus … Der Fahrstuhl ist … defekt oder … Balthasar? Kannst du, kannst du irgendwie, etwas … Platz machen?« Sie schaffte es, ihr Gesicht zu befreien, indem sie sich gegen die kalte Wand presste.

»Nein. Das ist ein Einpersonenaufzug, verdammt!«

Darauf wusste sie vorerst keine Erwiderung. Verzweifelt sah sie nach oben, konnte den Kopf gerade weit genug heben, um in seine rot glühenden Augen zu blicken. Diesen wütenden Ausdruck kannte sie bereits. Heute mischte er sich mit Zorn und Ungeduld, durch die Nähe war sie gezwungen, seine Anspannung förmlich zu fühlen. »Du hast es … gerade eilig, oder?«

»Ja.« Sie konnte seine Augen aufblitzen sehen.

»Eh …«

»Wie kann ich dir helfen?«, zischte er mit einem leisen Knurren, und Mona spürte sofort Ärger in sich aufkeimen. Das war ausnahmsweise mal ein richtiger Notfall.

»Kannst du mich rausteleportieren?«

Seine Brauen hoben sich.

»Und was richtet die Feuersäule dann mit dem Haus an?«

»Aber du erscheinst doch sonst ohne …«

»Wenn du mich beschwörst, ist das etwas anderes!«

»Ohu …« Wieder beschleunigte sich Monas Puls. Sie saß nicht nur in einem uralten Fahrstuhl fest, dessen mangelnder Raum sogar einem sargerfahrenen Vampir Platzangst bereitet hätte, jetzt wurde sie dabei auch noch von einem Erzdämon erdrückt. Ein Knirschen ließ die Kabine erbeben, und plötzlich störte Mona die Nähe zu Balthasar überhaupt nicht mehr, und sie barg ihren Kopf an seiner Brust.

»Ich fürchte, mein Gewicht ist nicht sehr hilfreich!«

»Ach wirklich?«, kiekste sie.

Wie aufs Stichwort ließ der Fahrstuhl ein ächzendes Geräusch verlauten, Drahtseile maulten laut auf, und ein Ruck ging durch die Kabine. Reflexartig schlang sie die Arme um Balthasar und klammerte sich an ihn.

»Super …«, kommentierte er die Situation trocken.

»Was ist, wenn wir abstürzen?«

»Es ist mein leidvoller Zwang, dich zu beschützen, mach dir da mal keine Sorgen.«

Feuersäule hin oder her, sollte es so weit kommen, würde er sie in Sicherheit bringen. Aber das reichte nicht, damit Mona sich beruhigte. Der ganze Morgen war bereits verkorkst genug. Mona schielte zu ihrem Koffer. Er lehnte brav an der Fahrstuhlwand, tat so, als wäre er mit etwas Langweiligem wie Socken und Nachthemden gefüllt. Wenigstens verhielt der Inhalt sich außerhalb des Museums völlig normal.

Balthasar räusperte sich, und Mona löste langsam ihre Umklammerung, schaute beschämt zu Boden, hob den Kopf wieder und seufzte. Die nächsten Stunden wollte sie ihm sicher nicht auf den Schritt starren.

»Tief ein- und ausatmen hilft nicht, hm?« Er klang gestresst. Vorsichtig hob der Dämon einen Arm und platzierte ihn neben Monas Kopf, starrte zähneknirschend auf die Uhr.

»Hä-hättest du ein Meeting?«

»Ja.« Nicht zum ersten Mal riss sie ihn aus seinen Geschäften, aber ausnahmsweise hatte sie diesmal einen guten Grund.

»Ein Meeting ist wichtiger als das Leben deiner Frau?«, murmelte sie versöhnlich und grinste.

Er lachte dunkel und erstmals lockerte sich seine Haltung.

»Nein, natürlich nicht, mein Liebling! Du bist das Wichtigste in meinem Leben, aber, Schatz … Hyperventilieren ist ungesund, du solltest dich beruhigen. Außerdem gibt es keinen Grund zur Panik, wenn ich doch schon hier bin.«

Sie blinzelte und bemerkte dann erst, wie ruckartig und kurz sie nach Luft schnappte. Sofort atmete sie tief durch die Nase ein. Herrenparfüm, frische Wäsche und eine Note Karamell mit gerösteten Mandeln vermischten sich, zittrig pustete sie den benebelnden Duft wieder aus, nur um gleich noch einmal lange einzuatmen. Wieso roch er nur so unfassbar gut? Dieses feine Aroma hatte etwas Dämonisches und der Hauch Aftershave besaß sicher einen vielsagenden Namen wie »Passion« oder »Desire«. Mona spürte, wie sie rot anlief.

Bevor die Kirche alle Götter zu Dämonen erklärt hatte, hatten ihn die Menschen als Gott der Furchtbarkeit bezeichnet, und das schien überaus passend. Leider verdoppelte sich Monas Puls bei diesem Gedanken, statt sich zu beruhigen.

Gefangen in einem Fahrstuhl – Hexe und Erzdämon – zwischen Anziehung und Anspannung. Im Geiste applaudierte sich Mona zu diesem Titel. Sie starrte auf die Knopfleiste seines Hemdes, um sich irgendwie abzulenken. Was zum Teufel fand sie an seiner grummeligen Art nur so attraktiv?

Erneut ging ein Ruck durch die Kabine, Balthasars Körper drückte sich gegen Mona, und sie quietschte erschrocken. So ein beschissener Tag.

»Sosehr ich diese Ausflüge auch genieße – was machen wir überhaupt hier?« Er lehnte sich wieder etwas zurück, ignorierte völlig den versagenden Fahrstuhl und das schneidende Geräusch über ihnen, das sich durch den Schacht zu ziehen schien.

»Ich … wollte zu Professor Klappakus …«

»Du meinst den Verfluchten?«

»Du kennst ihn?«

»Sicher. Niemand kennt sich mit Flüchen so gut aus wie er. Und da er seit über zweihundert Jahren am gleichen Ort arbeitet … ich war schon einmal hier.«

»Ah. Ja. Na dann. Dann kennst du diesen Fahrstuhl ja.«

»Bist du besessen? Ich hab die Treppe genutzt.«

»Eh … das … das mache ich dann auch beim nächsten Mal!« Sie schluckte. Falls es denn ein nächstes Mal geben sollte.

»Und wie soll er dir helfen?«

Ihre Blicke trafen sich, als Mona den Kopf hob, immerhin schien seine Wut verschwunden. Er schaute resigniert drein, hatte wieder den gewohnt säuerlichen Ausdruck. Diesmal würde sie sich mit mehr als einem Kaffee entschuldigen müssen. Aber womit bedankte man sich bei einem Erzdämon? Ob er irgendwelche Lieblingsspeisen hatte? Mona gelangen selbst gemachte

Nudeln und Soßen, sogar ihre Mutter hatte sie dafür gelobt. Wenn er Chinaimbissnudeln mochte, dann doch auch ihre? Hinter seinen glühenden Augen erahnte sie die braune Farbe einer normalen Iris. Vieles an ihm musste menschlich sein, sicher konnte er einer anständigen Bolognese etwas abgewinnen.

Fragend hob Balthasar eine Augenbraue.

»Eh, ehm … Ein Bilderrahmen. Verfluchter Bilderrahmen«, plapperte sie los. »Er wurde vor einer Woche geliefert, mit diversen anderen Relikten. Der Professor fand ihn schön. Beim Einrahmen war auch alles noch in Ordnung. Doch kaum hängte ihn jemand ins Museum, fing das Bild darin an laut zu weinen …« Sie erzählte von den vielen Versuchen, die endlich klargemacht hatten, dass der Rahmen selbst schuld an dem Phänomen war und sich seine Problematik erst in Verbindung mit Hexerei zeigte.

»Kaum hing er wieder einige Zeit an seinem rechten Platz, begann er zu jammern wie ein getretener Hund. Aber auch nicht bei jedem, meist nur bei mir.«

»Eigenartig. Kann ich mal sehen? Klingt für mich eher besessen!«

»Eh … ja, klar.« Erneut schielte sie zu dem Koffer an der Wand. Gerade ging Mona ein Stück weit in die Knie, da richtete sie sich wieder ruckartig auf.

»Was ist?«

»Eh …«

Zu viel Nähe zu Gürtel und Hose. Keine Frage, er war der Gott der Fruchtbarkeit, und damit wollte Mona ungern in Kontakt kommen. Sie rutschte bemüht unauffällig an der Fahrstuhlwand entlang, schloss die Augen und ging in die Hocke. Hastig tastete sie nach dem Koffer und erwischte ihn beinahe am Henkel, da sackte der Fahrstuhl mit einem Rutsch gut einen Meter hinunter. Wie eine Feder sprang er zurück. Sie konnte Balthasar fluchen hören, instinktiv hatte sie sich wieder an ihn geklammert und atmete zittrig durch. Jetzt musste sie dem Beschwörungsband einfach vertrauen, ihm vertrauen.

»Liebling …« Da hatte er es schon wieder gesagt und ganz automatisch antwortete Mona mit: »Ja?«

»Sosehr ich … diese Nähe zu dir auch schätze, wirklich. Das tue ich. Versteh mich nicht falsch, aber …«

Erschrocken fuhr sie hoch. »Das war keine Absicht!«, platzte es aus ihr heraus.

»Schon gut. Es wäre ja nicht das erste Mal, dass ich das in einem Fahrstuhl –«

»Eh … ja … haha!«, unterbrach Mona ihn hastig und mit einem gespielten Lachen. Sie fügte in Gedanken den Punkt »Gesicht im Schritt eines Dämons« auf ihre Bucket List hinzu und hakte ihn gleich ab.

»Stehst du auf so was?«

»Was?«, kiekste sie.

»Intimitäten in einem Fahrstuhl.« Offenbar interessierte ihn der Ernst der Lage immer noch nicht.

»Das ist nicht der richtige Moment dafür«, stammelte sie überfordert.

»Stimmt, kann mir schönere Fahrstühle vorstellen.«

»Ich mir auch.«

»Mit Spiegel zum Beispiel!«

»Das meinte ich nicht!« Monas ächzte peinlich berührt. Nachdenklich hob er eine Augenbraue. War das sein Ernst? Ehe sich Mona ein völlig absurdes Thema ausdenken konnte, um über etwas anderes zu reden, an etwas anderes zu denken, nahm erneut das Ächzen des Fahrstuhls den Raum ein. Mit einem Seufzen löste sich der Dämon von ihr und drehte sich mit Mühe herum. Beherzt fasste er nach der Schiebetür der Kabine. Zu

Monas Verwunderung konnte er das Metall einfach aufdrücken, ohne auch nur annähernd bemüht zu wirken. Dämonenkräfte, bewundernswert unheimlich. Dem Fahrstuhl gefiel diese Behandlung jedoch so gar nicht, und als die Kabine diesmal der drückenden Schwerkraft nachgab, wurde der Ruck mit dem Geräusch eines reißenden Drahtseils begleitet.

Mona schloss die Augen, fühlte den Zug des Fallens und wurde sofort an Balthasars Brust gezerrt. Sie standen ebenso schnell still, wie sie gefallen waren. Der Dämon hatte einen Fuß in ein Stockwerk gestellt und stemmte eine Hand gegen die Decke der Kabine. Überrascht entkam Mona ein freudiges Quietschen, sie packte den Koffer und stürmte aus dem Fahrstuhl in den sicheren Gang. Balthasar machte einen Schritt neben sie, und dann durften beide beobachten, wie der metallene Kasten mit viel Getöse den Schacht hinunterdonnerte und unten mit einem lauten Schlag aufprallte.

»Damit wäre ja alles geklärt!« Der Dämon ließ seinen Nacken kurz knacken und fixierte Mona wieder mit seinem unzufriedenen Blick.

»Danke!«

»Ja. Wie gesagt. Ich hab ja keine Wahl.«

Sie schluckte.

»Du … du isst doch Nudeln, oder?«, fragte sie vorsichtig.

»Wie bitte?«

»Also Pasta, magst du Pasta?«

»Ja?«

»Weißt du, ich mache wirklich gute Nudeln. Also selber. Pasta. So aus Teig, mit Kneten und … die Soße ist auch sehr gut. Sagen alle. Also, ich dachte, na ja, da du mir ja das Leben gerettet hast und … heute Abend. B-bevor meine Schicht anfängt. Wenn du willst, ich lade dich zum Essen ein? Nudeln mit Soße?«

Für einen unangenehm langen Moment breitete sich Stille zwischen ihnen aus. Ganz im Gegensatz zu dem Getöse im Haus. Inzwischen war beinahe jeder Unwohner aus seiner Tür geschlurft, wankte durch den Gang, von unten schrie jemand empört über den Lärm, draußen ging eine Sirene und mehrere Hunde bellten. Mona blendete das Chaos aus, denn zwei glühende Augen bohrten sich in ihren Kopf.

»Nun … Abendessen?«, fragte er.

»Ja! Eh, 18 Uhr, bei mir! Also meine Küche!«, stieß sie rasch hervor und nickte übertrieben, sofort stieg ihr wieder die Scham ins Gesicht. Ihre Wangen mussten mittlerweile glühen.

»Einverstanden.«

Und mit einem Seufzen der Luft war er verschwunden. Sein Grinsen und die glühenden Augen schwebten noch einen Augenblick im Raum, ehe sie erloschen.

Da wurde Mona bewusst, dass sie gerade einen Erzdämon zu sich nach Hause eingeladen hatte. Erzdämonen aßen nicht mit Hexen, wenn, dann tauschte man ganz andere Gefälligkeiten aus. Aber eigentlich retteten Dämonen auch niemanden aus Fahrstühlen. Hoffentlich war Nudeln mit Soße kein verdrehtes Codewort für Sex auf dem Küchentisch.

Kapitel 25

Nudeln mit Soße

Balthasar in legerer Kleidung war leider immer noch Balthasar. Ein Erzdämon mit einer Aura, die kein Mensch je erreichen würde. Jeans und Pullover standen ihm viel zu gut. Er hatte geklingelt wie ein Normalsterblicher und sah auch nur halb so genervt aus wie sonst. Während Mona nervös in der Küche ihre Soße ruinierte, begutachtete der Dämon den vermeintlich verfluchten Bilderrahmen. Sie hatte keine Lust mehr gehabt, in den obersten Stock zu steigen und den Fluchexperten aufzusuchen. Den Rahmen konnte sie auch noch morgen dort abgeben, wenn nicht sämtliche Anwohner auf den Gängen herumirrten.

»Die leidenden Gesichter im Holz haben niemanden stutzig gemacht?«, kommentierte Balthasar das Artefakt.

Mona schüttelte nur den Kopf, während sie mit der Herdtemperatur kämpfte.

Balthasar summte für eine Weile nachdenklich. Immerhin nahm er dieses Problem ernst, und die damit verbundene Erleichterung kribbelte Mona schon wieder so seltsam im Magen. Überhaupt flatterte es ihr viel zu oft in der Brust und im Bauch, wenn es um ihn ging.

»Kann leider nicht sagen, wie alt der Fluch ist. Kann purer Zufall sein, dass er von dir aktiviert wurde, aber ja, er reagiert auf Hexende und ist ziemlich … tödlich.«

Mit einem Platschen fiel der Kochlöffel in den Soßentopf. Sie wirbelte vom Herd herum, fuhr sich nervös durch ihre Haare.

Professor Koprolith, Boris und sie selbst hatten diesen verteufelten Gegenstand mehrfach berührt.

»Wie sollte er denn…?«, stammelte sie, drehte die Kochplatte aus und beäugte vorsichtig das Gestell aus Holz. Langsam strich Balthasar mit einer Hand über den Rahmen, und es ertönte ein leises Schreien, wie aus weiter Ferne.

»Gibt es jemanden, der dich tot sehen will?«, fragte er beiläufig und Mona spürte die Hitze in sich aufsteigen.

»Was, mich? Nein! Natürlich nicht!« Entschlossen verschränkte sie die Arme, um ihre Unsicherheit zu überspielen. Immerhin war sie eine Hexe und stand damit automatisch auf der schwarzen Liste diverser Gruppierungen. Sogar Balthasar hatte angedeutet, sich ihrer liebend gerne entledigen zu wollen, stünde das Beschwörungsband ihm dabei nicht im Weg. Und dann gab es da noch diesen Duft nach Grießbrei, der sie ständig verfolgte. Was, wenn sie sich das doch nicht eingebildet hatte?

»Mhh, nun, es ist nicht der Fluch, der hier weint. Der Rahmen hat deinetwegen geweint«, erklärte er.

»Bitte?«

»Sei froh, andernfalls hätte das Ding dich vielleicht wirklich getötet!«

»F-froh? U-und wieso weint er jetzt nicht?«, stammelte sie.

»Weil du nicht in tödlicher Gefahr schwebst.«

»Moment, was? Das verstehe ich nicht.« Mona setzte sich auf einen Küchenstuhl am Tisch und musste ein paarmal tief durchatmen.

»Todesflüche ziehen manchmal Banshees an. Eine davon steckt in diesem Rahmen und wollte jedes Mal, wenn du kurz davor warst, den Fluch auszulösen, deinen Tod ankündigen…« Da war wieder Balthasars Grinsen. Diese Begeisterung konnte sie wirklich nicht teilen, aber sein Blick galt dem Rahmen und dem Wesen, das darin steckte. Der Funken diabolischer Freude auf seinen Lippen hatte dämonische Ausmaße.

»Du hast schon sehr viel Glück, dass dieser dilettantische Anschlag ein so jämmerliches Exemplar einer Banshee angezogen hat.«

Dem Bilderrahmen entkam ein empörtes, jedoch gewimmertes »Heeeeee-ey!«. Balthasar verpasste ihm einen groben Schlag mit der Hand, und das Gejammer wandelte sich in ein ärgerliches Murmeln aus Beleidigungen. Für einen Moment konnte Mona Wut in den Augen des Erzdämons aufflammen hören. In seinem glühenden Blick auf das Gestell lag Zorn. Banshees gehörten in seinen Zuständigkeitsbereich, vielleicht war er deshalb so verärgert.

»Was machen wir jetzt?«, wollte sie wissen und rückte etwas vom Tisch weg, brachte mehr Abstand zwischen sich und das verfluchte Miststück.

»Was hättest du mit dem Rahmen tun sollen?«

»Gar nichts, er hing halt im Gang vor … vor … meinem … wenn ich nachts vor dem Sarkophag wache …«

Sein Grinsen war zurückgekehrt.

»Was ist daran denn so amüsant?« Mona zog einen Schmollmund.

»Tja, es überrascht mich einfach, dass du ein so spannendes Leben führst. Wir kennen uns erst seit, was, zwei Monaten? Und ich rette dir bereits zum wievielten Mal den Hals? Wer hätte gedacht, dass eine Ehe mit dir so aufregend ist? Wie hast du überhaupt ohne mich überlebt, Liebling?«

Das wütende Knurren sparte sie sich, dafür streckte sie dem Dämon die Zunge heraus.

»Da ihr den Rahmen wegen des Weinens ständig bewegt habt,

konnte sich der Fluch nicht ausbreiten. Ich vermute, du bist jedes Mal aufgesprungen, wenn du die Banshee gehört hast?«

»Ja. Klar. U-um was für einen Fluch handelt es sich denn?« Jetzt war auch Mona neugierig. In Balthasars Nähe fühlte sie sich sicher, er würde sie keiner aktiven Gefahr aussetzen, vielleicht nicht aus Nächstenliebe, vielmehr gezwungenermaßen, doch das beruhigte sie nur noch mehr. Mit dem drohenden Tod hatte sie sich seit ihrer Kindheit anfreunden müssen, denn in einer Sache hatte der Dämon recht: Was sie bisher alles überlebt hatte, grenzte an ein Wunder.

»Du sitzt immer im Gang vor der Kammer mit Sonoteps Sarkophag, richtig?«

Mona nickte. »Um Mitternacht herum, meist bis ein Uhr.«

»Das hätte wohl gereicht. Früher oder später hätte dich der Rahmen in sich hineingesogen und aus dir … einen Teil des Gemäldes gemacht. Zumindest aus deinem Körper. Die Seele wäre dann –«, er machte eine Flugbewegung mit der Hand und pfiff dazu, sie verzog nur den Mund. »Er hätte auch deine magischen Kräfte konserviert. Kennst du den berühmten Schrei von Munch?« Wieder dieses breite Grinsen. Sie fletschte nur die Zähne. Kein Wunder, dass jenes Meisterwerk eine so faszinierende Wirkung in den Betrachtern auslöste.

»So ein Dreck. Aber kannst du das Rahmenproblem denn beheben?«

»Ist mir ein Vergnügen! Aber vorher will ich wissen, was sie weiß«, zischte er und sofort wimmerte der Rahmen angsterfüllt auf. »Schatz, du hast doch sicher Kopfhörer? Ist vermutlich Zeit, deine Ohren mit ein wenig Metal zu betäuben.«

Verstehend nickte Mona und eilte ins Wohnzimmer. Für solche Momente existierten einige passende Songs, und sie hatte Mühe, das ideale Stück herauszusuchen. Zu ihrer eigenen Überraschung wählte sie eines von Boris' Demotapes aus, und dann schrie ihr der Vampir ins Ohr. Während sie sich um ihre Nudeln kümmerte, nahm Balthasar den Rahmen auseinander. Wortwörtlich. Das Holz zersprang in vier Einzelteile. Leider bekam sie nichts von dem Gespräch zwischen Dämon und Banshee mit. Immer wieder sah Mona über ihre Schulter und konnte unterdrückte Wut in Balthasars Gesicht erkennen. Was für ein bizarrer Abend!

Während sie gerade ihre Soße andickte, unterhielt sich ein Erzdämon mit einer Banshee an ihrem Küchentisch. Sehen konnte sie das Spukwesen leider nicht, es musste sich in einen Teil des Rahmens geflüchtet haben, wo es jetzt feststeckte. Lediglich eine schwache Aura ließ erahnen, dass das Holz besessen war.

Und dann gingen die Reste in Flammen auf. Mona zuckte zusammen. Nicht dass sie einer Banshee nachtrauerte, aber auf eine verquere Art und Weise hatte dieser Geist ihr das Leben gerettet. Der Weg, über das Feuer seinen Frieden zu finden, war sicher unangenehm. Was blieb, war nur ein Haufen Asche auf dem Küchentisch. Balthasar deutete ihr, die Kopfhörer wieder abzunehmen. Er stand derweil auf und griff zum Handstaubsauger, der an der Wand in seiner Ladestation hing.

»Ehh, ist das dein Ernst?«

»Na, in dem Staub werde ich sicher nicht essen!«

»U-und was hat sie gesagt?«

Er rollte mit den Augen und seufzte, kümmerte sich erst mal um die Rückstände des verfluchten Rahmens. Die Überreste eines magischen Relikts verschwanden im Staubsaugerbeutel, und als Balthasar das letzte bisschen Asche wegpustete, verzog Mona angewidert den Mund. Davon hatte sie sicher schon etwas eingeatmet.

»Die Banshee hat ewig in einem Lager gewartet, auf einen

Unfall mit den Kisten. Banshees sind sehr verbissen, wenn sie sich für ein Nest entschieden haben. Aber dann haben sie die Reliktsammlung für euch verpackt und ihr fiel der Fluch auf«, erklärte er.

»Hat sie sonst etwas bemerkt?«

»Tatsächlich lag der Rahmen wohl eine Weile unverpackt herum.«

»Das ist nicht sehr hilfreich.«

»Mhh«, meinte er nachdenklich. Mona beschlich schon wieder eine furchtbare Vorahnung. Andererseits passierten ihr die schlimmsten Dinge, wenn sie sich sicher fühlte. Vielleicht waren ihre Befürchtungen besser fürs Karma.

»Meinst du, den hat man uns untergeschoben, wegen – wegen mir? Der Professor hat den Rahmen geordert, für meinen Gang …«

»Dafür müsste man sehr viel über das Museum und eure Arbeitsweise wissen, nicht wahr?«

»D-das wusste der Vampir beim Einbruch auch. Meinst du, er will sich rächen?«, sprach Mona erstmals aus, was ihr schon einige Zeit im Hinterkopf herumspukte. Sie hatte diese Frage verdrängt und sich eingeredet, dass dieser Moment im Park damals ihrer Fantasie entsprungen war, dass die Worte des Vampirs nach seinem Raub nichts bedeuteten, aber …

»Kümmer du dich lieber um deine Soße. Ich dachte, du wolltest mir was zu essen machen? Das riecht ein wenig dunkel.« Balthasar nickte zum Herd.

Erschrocken drehte sich Mona zu ihrem Topf um. Das, was dort als dicke Pampe vor sich hin brodelte, war nicht ihre berühmte Spezialsoße. Hinter ihr ertönte ein Lachen, und sie beeilte sich, mit Gewürzen und zusätzlicher Flüssigkeit das Tomatendesaster zu retten. Wenigstens um die Nudeln musste sie sich nicht sorgen, die warteten darauf, ins Kochwasser zu springen und würden gelingen, egal was passieren mochte. Skurriler konnte dieser Tag nicht werden.

Nun – eigentlich wusste sie es besser, wurde sie doch stets vom Leben belehrt, wohin solche Gedanken führten und wie es um ihr Schicksal bestellt war. Denn egal wie tief sie bereits gefallen war, für Mona stand immer eine Kellertür offen, um noch weiter hinabzusteigen.

Wärme drückte sich gegen ihren Rücken. Sie ließ erneut den Holzlöffel los, er sank sofort in die Soße. Balthasar war aufgestanden und hatte sich über sie gebeugt, dann langte er mit einer Hand in den Kochtopf. Gerade wollte sie ihn warnen, da fiel ihr ein, dass das bisschen Hitze einem Dämon nichts ausmachte. Er schob einen Finger voll mit Tomatensoße zwischen seine Lippen und ließ ein leises, kritisches »Mhh«, verlauten. Mona seufzte gestresst. Er stand so dicht hinter ihr, es fehlte nicht viel und sie würden sich berühren, ganz so als würde er sie dazu einladen.

»Noch ein wenig mehr Schärfe, und sie ist servierfertig«, murmelte seine heisere Stimme zu nahe an Monas Ohr, ihre Nackenhaare stellten sich auf.

»Ch-chili?«, fragte sie knapp.

»Gerne.«

In Mona kämpfte ein leichter Ärger und unangenehmes Wohlbefinden gegeneinander an. Sie wollte sich anlehnen. Sie wollte sich nicht anlehnen. Irgendein Argument in ihr schrie laut nach Flammen und Bestrafung für seine Dreistigkeit, eine andere innere Stimme sprach sich für die Gelegenheit aus. Sich zum Chiligewürz streckend verlor sie etwas die Balance und lehnte sich unweigerlich zurück. Mona fror ein. Sie drückte gerade ihren Po gegen sein Becken, und er wich ihr nicht aus, schien abzuwarten. Mit sich ringend, was sie aus dieser Situation machen sollte, fühlte sie die Zeit verstreichen und dann mit einem Mal eine Hand an ihrer Hüfte. Spätestens jetzt wäre der richtige Moment sich für ein *Nein* zu entscheiden, aber das bedurfte eines Entschlusses, und dazu war sie offensichtlich nicht in der Lage.

Das Wohlbefinden übernahm mit einem Mal die Kontrolle. Der anziehende Duft, die Wärme seines Körpers – sie hatte sich durchaus den ein oder anderen Abend vorgestellt, wie sich solche Nähe zu ihm anfühlen würde. Sie lehnte sich weiter zurück, bis ihr Kopf seine Brust berührte, und daraufhin wanderte seine Hand über ihre Hüften zu ihrer Taille. Das durfte nicht wahr sein. Es passierte wirklich. Er schmiegte sich an sie, und Mona brauchte einen Moment, um sich zu fangen. Sein Becken presste Mona gegen die Herdarmatur, und seine Hand fuhr weiter ihren Körper entlang. Sein Atem kitzelte ihren Nacken.

Die inzwischen sehr lauten inneren Stimmen brachten zwei Argumente an, die unterschiedlicher nicht hätten sein können. Ihre untere Körperhälfte freute sich über die andere Hand auf ihrem Oberschenkel, die langsam höher wanderte, wohingegen Überforderung in ihrem Kopf aufflammte und sich lautstark gegen diese plötzliche Nähe aussprach. Ganz leise, auf den hintersten Rängen, sang ihr Herz mit piepsiger Stimme irgendein schmutziges Lied auf Französisch.

Balthasars Lippen in Monas Nacken waren warm und weich, der Griff seiner Hände sanft, aber bestimmend. Er wusste natürlich, was er begonnen hatte, als er zärtlich an ihrem Hals knabberte. Im Hexenverführen hatte er sicher Erfahrung. Ohne es zu wollen, drückte sie sich erneut gegen ihn und spürte sofort ihr Herz lostrommeln. Schmiegte sie sich gerade wahrhaftig an ihren dämonischen Ehemann?

Zur Antwort fand eine Hand zu ihrem Busen, und der Druck

seiner Hüfte wurde stärker. Mona schnappte nach Luft, als sie wieder einmal feststellte, wie empfindlich sie auf Berührungen reagierte. Keine Frage, hätten die Zellen in ihrem Körper demokratisch wählen dürfen, sie hätten für »totale Hingabe« gestimmt. Viel zu zärtlich wanderten seine Finger über ihre Brüste. Die Küsse an ihrem Hals waren so verlockend, dass Mona für einen Moment die Augen schloss. Wie aus Reflex schmiegte sie sich weiter dem angenehmen Gefühl entgegen, der Wärme, sogar seinen Hüften. Aber dann änderte sich die Stimmung schlagartig. Etwas Hartes drückte sich gegen Monas Hintern, und ihr wurde bewusst, was gleich passieren würde, wenn sie ihn nicht aufhielt, sich nicht aufhielt. An diese Nudel mit Soße hatte sie nun wirklich nicht gedacht.

Zäh wie Kaugummi flossen die Impulse ihrer Entscheidung durch ihre Nervenbahnen, mussten das wild pochende Herz erst überwinden.

»Ich … möchte … eines … klarstellen …« Sie knirschte mit den Zähnen.

»Jah?«

»Das hier …«, sie drehte sich energisch in der Umarmung herum, »ist heute Abend eine geschlossene Gesellschaft!« Mit ihrer Hand malte sie einen Kreis über ihren Bauch, deutete dann bestimmend auf ihren Körper. Hastig fügte sie ein »Verstanden?« hinzu und biss sich auf die Unterlippe.

Er setzte eine kritische Miene auf, musterte Mona von oben bis unten, wobei sein Blick ihrer Meinung nach viel zu lange an ihrem Dekolleté hängen blieb. »Ich könnte schwören, dass es dir gefallen hat – schon im Fahrstuhl.« Bei seiner heiseren Stimme verstummte der Ohrwurm von Lady Marmelade in Monas Herz und lauschte andächtig, wieder schoss ihr die Röte ins Gesicht. Hastig räusperte sie sich.

»N-ja-nein, schon. Ich … nicht heute!« Das wurde ja immer besser, jetzt verlor sie auch noch die Kontrolle über ihre Worte.

»Aber … du wolltest dich doch bei mir … bedanken. Richtig?« Er klang verwirrt.

»Ja scho… hey … Moment mal. Nicht diese Art von Bedanken!«

»Nudeln mit Soße? Das meintest du?« Aha, da war er ja wieder, dieser genervte Ausdruck in seinem Gesicht, der ihn stets überarbeitet und urlaubsreif aussehen ließ.

»Nur Nudeln mit Soße!« Sie reckte das Kinn, und nun sanken seine Augenbrauen, bildeten eine missfallende Falte.

»Aber wir – du und ich – ich dachte. Wir haben doch – das hab ich mir doch nicht eingebildet. Und wir sind verheiratet«, versuchte er es, wusste offenbar selbst, dass das keine Argumente waren. Er wirkte immer noch äußerst irritiert.

»Und wenn du Zac Efron wärst, ich würde dir trotzdem nur Nudeln kochen!«

»Aber –«

»Kein Aber! Nein heißt Nein«, fiel sie ihm ins Wort und drehte sich wieder demonstrativ zum Kochtopf um.

»Du lädst einen Dämon zum Abendessen ein, zu einem Topf mit Nudeln und Soße.« Es klang weniger wie eine Frage, eher wie eine Feststellung.

Unsicher schielte sie über die Schulter zu ihm. Der kritische Blick hatte jedoch diesen düsteren Ausdruck verloren, und der Dämon musterte sie für eine Weile. Ein feines Schmunzeln wanderte über seine Lippen. Mona musste schlucken. Ja, sie hatte einen Diener Satans einfach zum Abendessen eingeladen – naiv, wie sie war, aber anscheinend amüsierte es ihn, oder nicht? Er sah so seltsam zufrieden aus. Irritiert wandte sie wieder den Blick ab. Balthasar ließ es sich allerdings nicht nehmen, sich noch einmal zu ihrem Ohr hinunterzubeugen.

»Dann mach es wenigstens höllisch scharf …«, flüsterte er, verursachte ihr eine Gänsehaut an völlig neuen Körperregionen, ehe er sich zurück an den Küchentisch setzte.

Es blieb bei Nudeln mit Soße. Eine Soße, die Mona nicht essen konnte, da der Schärfegrad ihr schon beim bloßen Geruch die Tränen in die Augen trieb. Den ganzen Abend starrte Balthasar sie an, als könnte er sie dadurch ausziehen oder bestrafen, tatsächlich war beides möglich, wenn er es nur lange genug durchhielt.

Wäre er ein Mensch – sie wäre in seinen Armen versunken. Aber ihr war nicht nach lockerem Spaß, schon gar nicht mit einem Wesen aus der Hölle. Das lief in Büchern und Serien immer schrecklich schief, auf ein solches Drama konnte sie getrost verzichten. Wenn sie eines mehr hasste als Papierkram, dann waren das komplizierte Liebesbeziehungen. Außerdem lebte in Monas schwarzem Herz eine Romantikerin. Death Metal, Pentagramme und Horrorromane hatten sich an ihrer rührseligen Ader die Zähne ausgebissen, und Balthasar würde es nicht anders ergehen. Nein, nein, nein, bloß nicht. Nicht er. Nicht heute. Wo kam denn nur schon wieder dieses *heute* her? Nicht heute Abend? Morgen dann, oder wie? Dabei machte ihr Herz einen spürbar eleganten Sprung.

Zudem beschäftigte sie eigentlich ein viel wichtigeres Problem: Offensichtlich gab es da draußen jemanden, der ihren Tod wollte, und das war so gar nicht sexy.

Und während Mona trotz Balthasars glühendem Blick versuchte, sich auf die drohende Gefahr zu konzentrieren, stellte sich der französische Ohrwurm in ihren Gedanken auf Dauerschleife.

KACKDIENSTAG

2.10.2018

DÄMON FLIRT, JA, NEIN ?

na dann wieder

pro	contra
KEINE ANGST VOR DER HÖLLE	ICH KENN IHN DOCH KAUM
ER REAGIERT AUF EIN NEIN	BIN EH NUR SPIELZEUG
ER MAG MICH, OBWOHL ER MEINEN GANZEN SHIT KENNT …	ER NIMMT DAS NICHT ERNST
ER BRENNT NICHT AN	DER UND TREU, NE …
ER HAT GELD ? DRECK	WIE VERHÜTET MAN MIT EINEM DÄMON EIGENTLICH BAH !
SEIN HUMOR	GELD !!!
GRUMMELIG, ABER RUHIG ?	GROBER FLIRT
ER RIECHT GUT, IST DAS EIN ARGUMENT ?	VIELLEICHT BILDE ICH MIR DIE PROS EINFACH NUR EIN ?
ER FINDET OFT DIE RICHTIGEN WORTE	
MEINE ELTERN WÜRDEN IHN HASSEN	

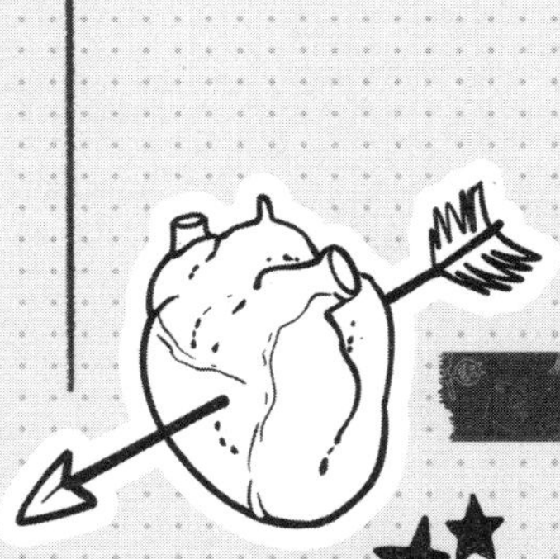

Kapitel 26

Wenn Elfen helfen

Es lag wohl wirklich an seinem Alter und den vielen Umständen, die Boris in seinen zweitausend Jahren Unlebenszeit zum Warten gezwungen hatten. Seine Unruhe äußerte sich in einem Extrem, das kein Fidgetspinner auslasten konnte. Stattdessen saß er an ihrem runden Stammtisch in der Bar des Cocks und faltete billige Papierservietten. Ein kleiner Berg aus schwarzen Fledermäusen lag vor Mona, und sie wusste nicht, ob sie beeindruckt oder besorgt sein sollte. Im Kontrast dazu hing Vlad auf der Sitzbank und starrte interessiert in die Leere.

»Er kommt immer zu spät«, nuschelte Boris und meinte damit Ben.

Zu Monas Freude gab es eine Neue im Rudel – so nannte der Werwolf gerne ihre kleine übernatürliche Gruppe. Eine Freundin, genau genommen Bens Freundin. Deshalb verstand sie Boris' Nervosität auch nicht.

»Passiert denn irgendwas Besonderes heute?«, fragte sie nach.

»Du wirst es verstehen, wenn du Ben-Ben kennenlernst.«

»Ich verstehe schon diesen Satz nicht.« Sie seufzte, wollte weiter nachhaken, aber dann klingelte die kleine Glocke der Eingangstür zur Bar, und sie hörte das typisch dumpfe Lachen des Werwolfs.

Ben hielt einer jungen Frau die Tür auf, die in dem dunklen Lokal nicht mehr hätte auffallen können und doch perfekt dorthin passte. Sie reichte Ben gerade bis zur Schulter, hatte ein rundes Gesicht und wirkte, als wäre sie in Zuckerwatte gefallen.

»Hallöchen ihr«, grüßte der Werwolf und bat dann seine Begleitung vor. »Das ist Beniko Iwasaki. Boris, du kennst sie ja schon – sie schreibt unsere Texte und spielt Gitarre in unsere Band und … na ja, sie ist auch meine Freundin seit ein paar Tagen. Jo, also das sind Mona und Vlad.« Er legte einen Arm um Beniko und ihr fluffiger pastellrosafarbener Dutt wackelte, als sie sich an ihn drückte.

»Freut mich, euch kennenzulernen«, kam es begeistert von ihr, fast schon zu begeistert. Mona hatte noch nie jemanden mit so viel Dynamik sprechen hören.

»Uns auch«, grüßte sie zurück und konnte nicht anders, als die pinkfarbene Glitzerelfe anzustarren. Neben ihr grinste Boris breit, und nun verstand Mona, weshalb er so scharf auf ihre Reaktion gewesen war.

Pastell Goth und der Harajuku Style hatten ein Baby bekommen – vielleicht war Beniko auch durch ein Claire's gestolpert und hatte dabei alle Haarspangen, Armreifen und Halsketten mit hellen Farben erwischt. An ihrem Anblick konnte man sich kaum sattsehen. Besonders bemerkenswert waren die zwei transparenten, schimmernden rosa Flügel auf ihrem Rücken, durch die Bens Arm wie von Geisterhand hindurchging. Beniko war in der Tat eine Elfe, vielleicht keine Glitzerelfe, aber es war Monas erste Begegnung mit dieser Art übernatürlichem Wesen, und Boris musste sie stupsen, damit sie aufhörte zu gaffen.

»Echt cool«, kommentierte Vlad die Situation und musterte Beniko von oben bis unten mit einem wohlwollenden Nicken. Er fand zwar fast alles »echt cool« oder »total verschärft«, aber das meinte er dann auch ernst.

Und kaum hatten sich die zwei zu ihnen an den Tisch gesetzt, verstand Mona, was Boris ihr hatte sagen wollen. Die Elfe hing am Arm des Werwolfs, und sie tauschten einen Nasenstupser aus. Er drückte sie leicht, ein helles Kichern ertönte. Mona meinte rosa Wölkchen in den Auren der beiden zu erkennen. Das war eindeutig das erste Stadium gnadenloser Verliebtheit. Wie gebannt fixierten die beiden einander, und das vernarrte Lächeln auf ihren Lippen war süßer als die kitschige Wolkenspange mit der Katzenschnute in Benikos Haaren.

»Sage ich ja«, feixte Boris, und Mona nickte nur mit einem Grinsen.

»Würd sagen, das braucht was zum Anstoßen«, murmelte Vlad und stand auf, um an der Bar zu bestellen.

»Denk dran, wir trinken kein Blut«, ermahnte Mona ihn. Boris und sie versuchten, ihn so gut es ging in ihre Aktivitäten zu integrieren. Da er die meiste Zeit in der Bar verbrachte, hatte sich auch ihre durchschnittliche Aufenthaltsdauer im Cocks drastisch erhöht. »Und nicht wieder den Barkeeper beißen.«

»Hey, das ist nur was zwischen ihm und mir«, erwiderte Vlad und zwinkerte.

»Ja, aber doch etwas unhygienisch, wenn ihr dafür hinter die Bar verschwindet.«

»Na, dann halt der Abstellraum, ist notiert. Was darf's sein für euch? Soll ich das Übliche mitbringen?« Vlad hob seine dichten Augenbrauen, und sie nickten.

Kommunikation vonseiten Ben-Bens konnten sie heute wohl nicht mehr erwarten. Werwolf und Elfe hingen aneinander, grinsten sich verliebt an, als existierten nur noch sie in ihrem ganz eigenen Universum aus Hundehaar und Lollipop.

»Ich such für die einfach was aus.« Vlad zuckte mit den Schultern und schlurfte zur Bar.

»Süß, nicht?«, flüsterte Boris trocken und tauschte einen vielsagenden Blick mit Mona aus. Natürlich gönnten beide ihrem besten Freund alles Glück der Welt, aber ein verliebter Hund – Verzeihung – Werwolf war der Inbegriff einer Klette. Für die nächsten Wochen würde wohl nur noch Ben-Ben existieren. Ohne die Elfe würde Ben keinen Schritt mehr gehen, keine Nacht mehr schlafen, nichts essen. Er brauchte sie zum Atmen und offensichtlich beruhte das auf Gegenseitigkeit. Obendrein interessierten sich die zwei herzlich wenig für das Lokal, die irritierte Mona oder den nun würgenden Boris, denn aus dem Anstarren wurde ein Antatschen und dann Rumknutschen, dass es von Vlad ein anerkennendes »Freie Liebe, Alter!«, gab, als er mit einem Tablett voller Getränke an den Tisch zurückkehrte.

»Ist ja … entzückend …«, murmelte Boris mit pikiertem Blick in seinen Cocktail. Mona bemühte sich, ganz angestrengt einen Fleck auf ihrem Colaglas zu fixieren.

Unangenehme Stille, untermalt von aggressivem Schlürfen des Strohhalms zwischen Boris' Lippen und den Klängen zweier anderer Lippenpaare auf der Sitzbank gegenüber.

»Mir kommt gleich das Blut wieder hoch … könntet ihr denn wenigstens mal für fünf Minuten … Hallo! Erde an Ben!«

Da sich beide diesen Spitznamen teilten, richtete das Paar seinen Blick auf den schlecht gelaunten Vampir. Der rosa Schleier vor ihren Augen schien beinahe greifbar.

Beniko kicherte verlegen, und in Bens Gesicht saß das fetteste Grinsen, das man sich nur vorstellen konnte. »Sorry!«, murmelte er dumpf und kratzte sich am Kopf.

»Erzählt doch lieber, wieso wir uns gerade heute hier treffen, hm?« Boris klang ein wenig beleidigt, aber das Thema entlockte ihm ein feines Lächeln. »Denn dank meiner Kontakte war es mir möglich, einen Auftritt als Vorband für die *Echt krassen Steinbeißer* zu ergattern.«

»Ihr wollt wirklich spielen?« Mona wagte es wieder, den Kopf zu heben.

»Ich weiß, ich weiß. Erst kürzlich entdeckten wir unser gemeinsames Talent für die schrillen Klänge des japanischen Metal, doch ich wage zu hoffen, nein, ich bin gar so dreist zu behaupten: Wir sind so weit – dank Beniko!«

»Aber die *Echt krassen Steinbeißer* sind eine ganz schöne Hausnummer …«, wandte Mona ein. Es handelte sich dabei um eine Metalband, deren Name sich auf den Lärm ihrer Musik bezog. Bei einem Konzert nahe eines Steinbruchs hatten die unerlaubt hohen Dezibel ihrer kreischenden E-Gitarren einen Erdrutsch verursacht. Das Ereignis war in die Geschichte des Metal eingegangen.

»Mach dir nicht so viele Sorgen, Mohnschnecki. Die letzten Proben hatten richtigen Flow!« Vlad nuschelte deutlich, seine rot geränderten Augen stammten sicher nicht von einem anämischen Zustand. Tadelnd musterte sie ihn. Er hatte dem Barkeeper wohl wieder eine Selbstgedrehte angeboten und dann ebenfalls davon »probiert«. Vampire wurden nur high, wenn sie jemanden bissen. Das konnte aber auch böse ins Auge gehen, vielmehr ins Blut. Beißkrankheiten waren die einzige Schwäche der mystischen Superzecken.

Es wurde mit Blut, Cola, einem Fruchtcocktail und Wurstwasser angestoßen. Langweilig wurde es wirklich nie. Mona freute sich darauf, bei den Proben zuzuhören und den Gig zu besuchen – aktuell nahm sie jede Aktivität, jedes bisschen Ablenkung dankend an. Eigentlich stand ihr der Sinn danach, sich auszuruhen, allein zu sein, aber zu Hause lief sie Gefahr, in Schwierigkeiten zu geraten. Küchenmesser, spontan heißes Wasser, umfallende Vasen oder Stolperecken an Teppichen drohten mit Haushaltsunfällen.

Seit knapp zwei Wochen schaffte sie es, Balthasar aus dem Weg zu gehen. Dafür verbrachte sie zwar übertrieben viel Zeit mit Vlad und Boris, doch bisher ging ihr Plan bestens auf. Sicher, das würde nicht ewig funktionieren, aber vielleicht wusste sie bis dahin, wie sie dem Dämon wieder gegenübertreten konnte.

Sie hatte ihn mit einem gestammelten »nicht heute« abserviert. Dieses »Nein« war genauso schwammig wie ihre Gefühle für ihn. Die intimen Minuten am Herd steckten ihr in den Knochen. Diese Nähe hatte ihr gefallen, das ließ sich nicht leugnen. Trotzdem war sie sehr froh, sich dagegen entschieden zu haben. Denn wieder in der Lage klar zu denken, bereitete ihr das Verhalten von Balthasar Sorgen. Wie selbstverständlich hatte er angenommen, dass es bei ihrer Einladung zum Essen um mehr ging. Und wissend, wie viel größer und vor allem mächtiger er war, hatte er sich ohne zu fragen über sie gebeugt und die Nähe zwischen ihnen regelrecht erzwungen. Ja, sie flirteten, doch sein Verhalten an jenem Abend, beabsichtigt oder nicht, löste in ihr ein Gefühlschaos aus.

War er wie ihr Ex? Unwillkürlich schüttelte Mona den Kopf und erntete einen fragenden Blick von Boris. Ihr Exfreund hätte nicht mit einem Schmunzeln wieder von ihr gelassen, er wäre wütend geworden. Damals, als sie vor lauter Aufregung bei ihrem geplanten ersten Mal Feuer gefangen und ihn damit beinahe verletzt hatte, war er schließlich auch wütend geworden. Dafür hatte er keine Geduld gehabt. Sich an die Vergangenheit erinnernd, spürte sie eine leichte Gänsehaut auf ihren Armen. Balthasar war nicht wie er. Trotzdem hinterließ das Erlebnis einen bitteren Nachgeschmack. Vielleicht verhielt er sich nicht wie ihr Ex, aber er war ein Dämon. Sogar ein Erzdämon. Daran würden auch ihre Gefühle für ihn nichts ändern. Ein kalter Schauer rieselte wie Eisregen ihren Rücken herunter. Spontan stand sie auf.

»Ich … ich muss … mich mal frisch machen«, stammelte sie, und sofort erhob sich Boris, machte ihr Platz, damit sie von der Bank rutschen konnte. Zu Monas Überraschung löste sich Beniko von ihrem Ben.

»Das ist gut! Ich komme mit!«, quietschte ihre helle Stimme, und sie strahlte Mona an. Ihrem Freund entglitten jedoch die Gesichtszüge bei dem Gedanken, seine Beniko für ein paar Minuten nicht mehr zu sehen. Er war der klassische Hund – Verzeihung – Werwolf mit Trennungsängsten. Auf sein Winseln hin drückte die Elfe ihm einen dicken Kuss auf die Stirn. »Dauert nicht lange, mein Wauzi!« Sie zwinkerte.

»Wir müssen den Gang runter.« Mona deutete an der Bar vorbei. Beniko musste Ben winken, bis sie um die Ecke verschwunden waren, und dann strahlte die Elfe mit ihrer übernatürlichen Freundlichkeit Mona an.

»Netter Ort hier, richtig … mystisch und so«, plauderte sie. Ein helles Lachen erklang, und Mona bemühte sich um ein Lächeln. Sie mochte Beniko auf Anhieb, aber heute stand ihr nicht der Sinn nach einem Gespräch unter vier Augen. Eigentlich wäre sie gerne für einen Moment allein gewesen. Der gemeinsame Klogang war meist nur ein Vorwand für ernste Unterhaltungen. In Lokalen suchten Freundinnen selten aus Spaß zusammen die Sanitäranlage auf oder wegen *Weiberkram*, sie gaben sich dort gegenseitig Rückendeckung, weil viele Menschen auch im 21. Jahrhundert noch immer gefährdet waren. Und dabei drehte es sich nicht mal um die Geschlechter, oft reichte schon ein Regenbogenaufnäher und jemand ruinierte einem mit Aufdringlichkeit, einem Zwischenruf den Abend. Oder es passierte gar Schlimmeres. Die Liste für Gründe, gemeinsam einen Plan auf einer Toilette auszuhecken, war entsprechend lang.

Sittenstrolche – für eine Feuerhexe wie Mona kein Problem. Der letzte Kerl, der ihr in den Hintern gekniffen hatte, hatte für Wochen Brandsalbe gebraucht. Sofort dachte sie wieder an Balthasar. Wieso hatte sie ihn nur so nah an sich rangelassen? Weil sie ihn nett fand? Sie fand auch Boris nett, aber bei ihm begann ihr Puls nicht zu rasen.

Natürlich wusste Mona, was diese hartnäckigen Gefühle bedeuteten. Schmetterlinge im Bauch, flatterndes Herz, Gänsehaut im Nacken, brennende Röte auf den Wangen, das ließ sich nicht leugnen. Aber er war ein Dämon. Es gab kein Happy End mit Dämonen.

Und es gab keinen Grund für eine Feuerhexe und eine Elfe, gemeinsam die Damentoiletten aufzusuchen, es sei denn, es stand ein Gespräch an. Benikos flehendem Blick nach zu urteilen blühte Mona genau das, als sie die Tür zu der Sanitäranlage öffnete.

Beide standen vor den Spiegeln, und Beniko nestelte nervös an ihrem fluffigen Dutt. Kein Haar war so üppig, fein und flauschig wie das einer Elfe, außerdem roch sie süß. Sie besaß die sogenannten sinnlichen Kurven – nach einer Beniko drehte sich jeder um. Mona beneidete sie ein wenig. Sie mochte ihre eigene Figur, aber die Elfe hatte all das, was sich Mona von der Pubertät erhofft hatte. Sie seufzte hörbar und eröffnete Beniko damit die Chance auf ein Gespräch.

»Ich wollte dich was fragen …«, flüsterte sie nervös, und Mona hob die Augenbrauen, schaffte es, die Mundwinkel zucken zu lassen.

»A-also«, begann Beniko, tippelte aufgeregt von einem Bein aufs andere. »Ben und ich … wir kennen uns jetzt erst seit Kurzem, und ich weiß ja, was man über uns Elfen so sagt …« Sie knabberte auf ihrer fülligen Unterlippe herum. Sogar Mona ertappte sich beim Starren. Wie konnte jemand nur so ein perfektes Gesicht haben wie diese japanische Zuckerelfe? Das war unfair. Der große Augenaufschlag wickelte Mona langsam um den Finger. Benikos Aussehen, ihr Duft, ihre Stimme – Elfen verkörperten immer ein sinnliches Erlebnis. In ihrem Fall war das Zucker. Mona wusste außerdem, worauf Beniko hinauswollte: Elfen galten nicht gerade als treu. Sie waren verspielte, unernste Geister; frech, schelmisch und manchmal gar als bösartig verschrien. Menschenmärchen.

»Ich mag Ben wirklich sehr, so richtig sehr!«, stammelte Beniko.

»Das sieht man.«

»Ja, aber … ich will nicht, dass ihr denkt, dass ich ihn nur … ich will nicht nur Spaß.«

Monas Herz hüpfte bei dieser Formulierung – das konnte sie gerade zu gut nachempfinden.

»Ich möchte, dass er mein Freund ist, so richtig mein Freund. Ganz fester Freund.« Beniko klang aufgeregt, ihre Stimme zitterte fast so sehr wie ihre Flügel.

»Sicher«, erwiderte Mona, doch Beniko schüttelte hastig den Kopf.

»Du verstehst nicht! Es ist selten, dass ich jemanden finde wie ihn. Ben hat gemeint, er mag meine Texte, weißt du? Meine Lieder. Wir haben uns jetzt schon ganz lange geschrieben, und dabei wusste er gar nicht, wie ich aussehe oder heiße. Er hat sich in meine Songs verguckt, hat er gesagt. So jemanden habe ich noch nie getroffen! Mir ist das ernst – ich will, dass ihr das versteht!« In einem überstürzten Redefluss quollen die Worte nur so aus ihr heraus, und sie machte einen Schritt auf Mona zu.

»Oh. Sicher, ja. I-ich hab mir ehrlich gesagt keine Gedanken darüber gemacht!«, gab sie zu und zuckte mit den Schultern.

»Weißt du, Ben mag dich sehr, und er schätzt dich so richtig. Boris mag mich leider nicht, aber … das ist okay. Das kann sich noch ändern. Aber du bist Ben wichtig, weißt du? So richtig wichtig! Hexende behandeln Werwölfe normalerweise nicht so … er hat richtig von dir geschwärmt.«

»Ja, und wir Hexen sind auch nicht gerade dafür bekannt, zu Elfen sonderlich nett zu sein.« Jetzt dämmerte Mona, worum es hier ging, sie rieb sich kurz die Stirn und suchte nach den passenden Worten. »Beniko. Mach dir keinen Kopf. Ich rupfe weder deinen kleinen, daumengroßen Verwandten die Flügel aus, um einen Trank daraus zu brauen, noch schaue ich auf andere Übernatürliche herab. Ich bin … fünfundzwanzig, ich komm nicht aus der alten Zeit. Zum Glück! Ben, Boris, Vlad, das sind meine Freunde. Na ja, und als Bens Freundin bist du auch meine Freundin.«

Ein laut quietschender Schmetterling fiel Mona glücklich um den Hals. Elfenstaub wirbelte auf und kitzelte Mona an der Nase. Es roch nach Jahrmarkt, Zuckerwatte und Minzplätzchen. Wie könnte sie diese herzliche, duftende Umarmung nicht erwidern? Gerade an ihr war es, mit den Vorurteilen den Hexenden gegenüber zu brechen. Diese Gruppierung hatte viele Jahrtausende ihre Macht ausgenutzt und dafür gebrannt, ein fürchterliches Image.

»Ich bin so froh! Ich hatte echt Angst!« Zwei große rosa Lippen hinterließen einen Abdruck auf Monas Wange.

»Ben ist ein Lieber. Wenn es dir mit ihm ernst ist, dann freut uns das alle. Und Boris … das wird er auch noch sehen. Er ist nur sauer, weil er und Ben sonst aneinanderkleben. Die sind halt beste Freunde. Außerdem stiehlst du ihm etwas die Show.«

»Mhh. Ben bedeutet die Freundschaft zu so einem alten Vampir auch so richtig krass viel. Er kommt ja nur aus einem kleinen Rudel. Meinst du … wenn ich Boris ein wenig mehr Raum gebe …«

»Die Geste wird er zu schätzen wissen, aber rede lieber direkt mit ihm darüber. Er ist ziemlich gescheit, glaub mir.«

»Mhm … zweitausend Jahre alt. Voll der Superopa!«

»Das lass ihn aber lieber nicht hören!«

»Schon klar!« Beniko kicherte, es klang wie das Läuten kleiner Glöckchen.

»Wie alt bist du eigentlich?«, erkundigte sich Mona, die schlecht einschätzen konnte, was für eine Art von Elfe sie vor sich hatte.

»Ich bin jetzt einundzwanzig, seit ein paar Wochen … Aber da ich im Elfenstock aufgewachsen bin, fehlt mir … na ja, so richtig hab ich keinen Anschluss, weißt du? An die Menschen halt.«

»Das wird schon. Ben kann dir sicher … ehm …« Nein, er würde keine große Hilfe dabei sein. Aber Boris und Vlad waren beide Meister im Dazugehören, ohne sich anzupassen. Zwei der wohl auffälligsten Vampire, und niemanden kümmerte es.

»Du bist echt toll Mona! I-ich war ein bisschen eifersüchtig, weil Ben so viel von dir geredet hat. Aber seit ich weiß, dass du verheiratet bist –«

»Ehh … Verheiratet?«, entfuhr es Mona verwirrt, und sie erntete damit erneut zwei aufgerissene Strahleaugen der Elfe, der die Neugierde ins Gesicht geschrieben stand.

»Er meinte, du wärst verheiratet, ja.« Doch ihre Stimme klang ein wenig ernster, ein Hauch von Unsicherheit schwang mit. Mona räusperte sich nervös.

»Das … stimmt schon, ja. Ich bin …«, sie brachte es nicht

über sich, es auszusprechen, hielt nur die linke Hand hoch und deutete auf den Ringfinger.

»Mein Ehering wird weiß und mit geschliffenen, pinkfarbenen Diamanten, so wie mein Hochzeitskleid. Aber schwarz, schwarz passt halt voll zu dir. Ich find ihn schön«, kommentierte Beniko das schlichte Schmuckstück, beäugte es ganz genau. Mona ahnte, dass die Elfe bereits sämtliche Details ihrer Hochzeit geplant hatte. Die Zeremonie, der Ort, das Essen, Sitzordnung, welche Banner, die perfekte Musik, ein schöner Platz für Fotoaufnahmen, Dekoration, Sprüche und Reden – eine echte Traumhochzeit eben. Vermutlich mit Glitzerregen. Das war ein Ereignis, auf das sich zu Recht viele Leute freuten. Zwei Familien zusammenzuführen, das durfte man schon mal ausgiebig genießen. Eine Feier, die zum Paar passte und ihre Liebe zum Ausdruck brachte. Man traf damit eine bewusste Entscheidung, zeigte Verantwortung und Vertrauen. Doch so etwas existierte für Mona nicht. Wie und was hätten sie feiern sollen? Es fühlte sich furchtbar an, darüber nachzudenken, nach allem, was passiert war. Anscheinend standen Mona die Gedanken ins Gesicht geschrieben, denn Beniko beugte sich noch etwas weiter vor und fragte vorsichtig: »Ist alles in Ordnung? Du siehst, na ja, schon so richtig unglücklich aus. Irgendwie.«

»Ehh …«

»Liegt es an ihm?« Sie nickte zu dem Ehering, und Mona biss sich ertappt auf die Lippe.

»Wir haben ein paar Kommunikationsschwierigkeiten«, formulierte sie es höflich, sprach dabei so hölzern, es gruselte sie selbst. Wieder schlangen sich die Arme der Elfe um sie, und in diesem Moment tat es richtig gut, gedrückt zu werden. Das machte sonst nur ihre beste Freundin. Ob sich Amelie und Beniko wohl mögen würden? Mona liebäugelte schon lange damit, ihren menschlichen Freundeskreis mit ihrem übernatürlichen zusammenzuführen, ahnte jedoch, dass die aufgedrehte Amelie sich nicht so gut mit Ben und Boris verstehen würde, tja, und Vlad? Dem würde sie wohl erst mal einen mehrstündigen Vortrag über Drogen halten.

»Ich hab mich auch gleich mit Ben ausgesprochen, damit er weiß, dass ich ihn so richtig echt gern hab«, flüsterte Beniko an Monas Ohr, drückte dann noch einmal fest und löste sich endlich. »Ehrlichkeit ist wichtig, so richtig wichtig!«

»Schon … Leider ist das gar nicht so einfach …«, murmelte Mona überfordert. Sie wusste ja selbst nicht, was sie wollte.

»Sicher?«, hakte die Elfe nach. Natürlich hatte Beniko recht, ohne ein Gespräch würde das Problem nicht verschwinden. Da war nun mal dieser Pakt, und er band sie und Balthasar aneinander. Es war besser, wenn sie miteinander klarkamen. Doch dafür musste Mona erst mal auf ihre Gefühle klarkommen.

Die vier ignorierten Anrufe von Balthasar auf ihrem Handy ließen sie wirklich schlecht schlafen. »*Ist alles in Ordnung?*«, hatte ihr vom Display entgegengeleuchtet, aber sie brachte es einfach nicht fertig, ihm zu antworten.

»Gehen wir wieder raus?«, fragte Beniko und rieb Mona ihren Lippenstiftabdruck von der Wange.

»Ja, besser ist das. Sonst zerbeißt Ben noch das Bankpolster!«

Damit hatte Mona gar nicht so falschgelegen. Als sie wieder um die Ecke bogen und zum Tisch gingen, wartete dort ein extrem aufgeregter weißer Hund. Nervös tippelte er von einer Pfote auf die andere, und als er Beniko erblickte, schoss er sofort auf sie zu. Mit wedelndem Schwanz sprang Ben seine Freundin an und leckte ihr einmal über das Gesicht. »Hey, hey! Ganz ruhig, Großer!« Sie kicherte und wuschelte ihm durch das Fell. Ben verwandelte sich bei enormen Stress immer unfreiwillig in seine Werwolfsform und würde einige Zeit brauchen, bis er sich wieder unter Kontrolle hatte. Zum Glück packte er stets ein paar Ersatzhosen und Shirts in seinen Rucksack, später würde er wohl kurz auf die Herrentoilette verschwinden. Ben-Ben setzten sich wieder, Mona ging jedoch zum Tresen, um etwas zu essen zu bestellen.

»So wie immer?«, rief sie der Gruppe zu, erhielt von Boris einen gehobenen Daumen. »Beniko?«

»Ein Hotdog bitte!«, quietschte sie laut.

»Hast du doch schon!« Die Vorlage konnte Boris nicht unbedient lassen, und er schenkte der Elfe erstmals ein nettes Grinsen. Ihre Ohren färbten sich ein wenig rosa, als sie anfing, unkontrolliert zu kichern.

Kurze Zeit später schob Mona ein Tablett auf den Tisch und rückte wieder auf die Bank. Ben warf sie drei aneinanderhängende Würstchen zu, die er elegant mit der Schnauze auffing. Boris bekam veganes Kräuterblut, und Vlad versuchte ausnahmsweise mal eine Flasche Fritzblut. Das Hotdog für die Elfe und ein Salat für Mona.

»Dann auf den Gig?«, grinste Vlad, erhob seine Glasflasche, auch Mona griff zu ihrer Cola, die fünf Übernatürlichen stießen mit einem »Hört, hört« an und fürs Erste schien das Eis gebrochen.

»Wie wollt ihr euch eigentlich nennen?«, erkundigte sich Mona neugierig. Sie hatte schon an vielen Streitgesprächen bezüglich eines Bandnamens teilgenommen. Doch wenn sie auftreten wollten, dann brauchte es unbedingt einen Namen.

»Seuchentragende anarchistische Rage-Gruftis!«

»Ehh?« Sie blinzelte Boris verwirrt an.

Er lachte ausgelassen. »Kurz S.A.R.G. – du verstehst schon!«

»Oh … gut. Ja … sicher.«

»Wir konnten uns erfreulicherweise auf alternativen Indie Death Kawaii Metal einigen. Natürlich sind einige langsame Stücke erlaubt, Ben und Vlad mögen es beide rockiger, das soll mir recht sein. Zudem hat Beniko einige Werke selber verfasst …« Der Vampir zückte sein Smartphone und scrollte durch seine Bibliothek, öffnete die Playlist mit ihren Probeaufnahmen. Jaulende Gitarren und ein wildes Schlagzeug erfüllten die Luft, und während sie aßen, lauschten sie Songtexten über Tod und Verderben. Das war auch der Titel des Albums.

An solchen gemütlichen Abenden fehlte nur Bärbel, vielleicht durften Fluchrelikte eines Tages in Bars und Clubs. Wieder so ein Gedanke, der Mona Bauchschmerzen bereitete. Zum einen dachte sie dabei an Balthasar, zum anderen an das Amt, dadurch an die Ungerechtigkeit und schließlich an ihren Ehering. Unzufrieden pickte sie in ihrem Salat herum, bemühte sich, über möglichst harmlosen Sorgen zu grübeln, denn ihren Dämon wollte sie für heute noch vergessen. Früher oder später drängte sich ihr das Problem von allein auf. Da war es schon wieder, dieses »für heute«.

»O bitte fall doch nicht darauf herein!«, holte Boris' schrille Stimme sie aus der Gabel-in-Salat-stech-Trance. Sie hatte noch nicht einen Bissen gegessen, aber Ben war anscheinend schon fertig und machte nun Männchen vor seiner Freundin, hechelte ein wenig, der Kopf schief gelegt. Dackelblick.

»Aber wenn er doch Hunger hat? Und ich kann mir ja noch eins bestellen!«, Beniko deutete auf ihr angebissenes Hotdog, und Ben winselte.

»Unterstütz doch sein Gebettel nicht.«

»Aber schau nur … « Jetzt machte die Elfe ebenso große Kulleraugen wie der Werwolf.

»Ich bitte dich, Beniko! Man stelle sich vor, was da wirklich sitzt: ein nackter erwachsener Mann mit großen, feuchten Augen, Sabber vor dem Maul und mit einem wackelnden Schwanz!«

Doch Beniko fing nur wieder an, unkontrolliert zu kichern. »Ja, also ... das hab ich sowieso schon mal gesehen!«, feixte sie und hielt Ben dann das restliche Hotdog hin, den er mit nur zwei Bissen verschlang.

»Awwww ... so ein Braver!«, flüsterte sie und wuschelte durch sein weißes Fell.

»Ich glaube, ich muss mich übergeben!« Boris griff sich theatralisch an die Brust, doch das leichte Schmunzeln auf seinen Lippen entging auch Beniko nicht. Prompt streckte sie ihm die Zunge raus.

»Weißt du ... Beniko ... Zuckerstück«, begann Vlad mit seiner öligen Stimme. »Eine wie du. So ausem Wald und so. Du isst Fleisch? Wundert mich irgendwie. Weißte? Nicht wertend gemeint.« Er hob die Hände. Sie nickte jedoch.

»Die kleinen Elfen essen Käfer, die große Elfen haben früher gejagt. Das ist ganz normal. Bevorzugt im Einklang mit der Natur, aber das haben ja die Menschen ruiniert.«

»Du sagst es, Schwester. Massentierhaltung ist Schmutz. Sogar das Blut zapfen sie für uns ab, glauben, das würde reichen. Ekelhaft!«

O nein, wenn Vlad jemanden fand, um über seine Theorien zur Umwelt und Wirtschaft zu fachsimpeln, dann gab es kein Halten mehr. Boris verdrehte sofort vielsagend die Augen. Dabei war er der vegetarische Vampir, Vlad gönnte sich jeden Hals, der sich ihm anbot. Gut, das war ja einvernehmlich, aber nicht immer biologisch. Hinterließ ein Vampir einen ökologischen Fußabdruck, wenn er einen Vielflieger mit hohem Fleischkonsum biss? In Monas Kopf rauchte es schon wieder. Gleichzeitig verhedderten sich Beniko und Vlad in einer Diskussion über Tierblut in Flaschen, sodass ihr sämtlicher Appetit verging. Kaum dass sich in ihrem Hirn der unsägliche Gedanke manifestierte, es könne wohl nicht schlimmer werden – räusperte sich Boris.

Kapitel 27

Ja, aber nein, aber ja

Ähm, Mona? Ich glaube, da bist du gefragt!«, murmelte der Vampir und nickte zur Tür des Lokals. Mona staunte nicht schlecht. Ein großer Mann stand im Eingang, drehte den Kopf zielgerichtet zu ihr. Die dämonischen Augen glühten leicht in der Dunkelheit des schummrigen Ladens. Sofort erhob Mona sich und stakste unelegant auf ihren Erzdämon zu.

»Balthasar?!«

»Hey …«, kam es holzig von ihm, und sie tauschten ein unehrliches Lächeln aus.

Er sah verboten gut aus in seinem durch und durch schwarzen Anzug, diesmal ohne Krawatte, ein paar Hemdknöpfe waren geöffnet, als habe er sich erleichtert davon befreit. Ja richtig, es war schon spät. Er kam sicher gerade von der Arbeit. Was auch immer das bedeuten mochte.

»Können wir kurz miteinander reden?«, raunte seine heisere Stimme. Er roch nach Zigarre, und sie meinte, leichte Müdigkeit in seinen Augen zu erkennen. Mona nickte und führte ihn etwas abseits der anderen Gäste zum Flur, nahe des alten Kinosaals. Hier war es ruhig, denn den Saal nutzte man nur für Tanzabende oder Bandauftritte. Doch die Entfernung war für ein Vampirgehör nicht ausreichend, entsprechend neugierig reckte sich Boris' Kopf. Mona schenkte dem Blutsauger einen Blick durch das Lokal hinweg, und er drehte sich auffällig zu Vlad.

Balthasar räusperte sich, und Mona zuckte zusammen. Nun

spürte sie wieder die ganze unterdrückte Anspannung. Der angestaute Stress brannte in ihrem Kopf wie Feuer. Sie biss sich auf die Unterlippe, konnte auch einen kritischen Blick nicht vermeiden, also senkte sie das Kinn und beschäftigte sich mit einem losen Stück Tapete der Wand.

Der Dämon starrte sie eine Weile an, eher er die Stille brach.

»Hör mal … wegen neulich. Ich dachte, wir sollten darüber reden«, begann er.

Mona entkam ein Laut, der ein »Mhm« werden sollte, aber irgendwo in ihrer Kehle stecken geblieben war.

»Ich war ein wenig voreilig und – bin zu weit gegangen.«

Sie zuckt innerlich zusammen, meinte sich verhört zu haben. Irritiert stierte sie auf den Fetzen Papier, an dem sie mit den Fingern herumspielte. Kalk rieselte aus dem Riss in der Tapete.

»Ich respektiere deine Grenzen, Mona. Du … musst mir nur welche vorgeben. Wenn du dich ganz offensichtlich mit Gefallen so von mir anfassen lässt … Ich hab dir gesagt, dass wir … flirten, richtig?«

»Ja, ja, ja, ich weiß! Ich weiß!« Sie war nicht nur ärgerlich auf ihm, sondern auch auf sich selbst.

»Also bedeutet das, du willst nicht? Gar nicht?«

Mona fühlte, wie ihre Zähne vor Aufregung klapperten, als sie den Mund öffnen wollte, also schloss sie ihn wieder. Das war die Frage, auf die sie keine Antwort wusste. Schon allein, weil er überhaupt fragte. Ja, diesen Respekt hatte sie ihm nicht zugetraut, und ein wenig Scham stieg in ihr auf. Wäre er kein Dämon – aber er war, was er war. Schlimmer noch, er erfüllte auch gesellschaftlich alle Parameter für eine ungesunde Persönlichkeit. Ein wohlhabender, einflussreicher Mann, sicherlich gewohnt, jede zu haben, die er kriegen wollten, arrogant und – und doch gab es Momente, in denen es schien, als ob sie sich irrte.

Das war das Bild in ihrer Fantasie, nicht wahr? Geprägt durch das, was man eben so kannte – Filme, Serien, Bücher. Mona atmete tief durch. Ihr ganzes Leben hatte sie von einem naiven, weltverbesserischen Hippie geträumt, und nun das. Weiche Knie, weil er sie ansah, nicht durch sie hindurch, sondern bis in sie hinein. Dazu seine mürrische Art, Probleme rational zu betrachten, das färbte auf sie ab. Das wollte sie auch. So direkt sein und geradlinig wie er.

»Wenn du nichts sagst, dann bleibt mir nur, deine Reaktion zu interpretieren, und die ist ziemlich verwirrend. Als du meine Nähe erwidert hast, da dachte ich, es wäre in Ordnung.« Auf seine Worte hin verkrampfte sie sich völlig. Sie hatte sich an ihn geschmiegt, auf den Flirt eingehend. Verflucht, war dieses neckische Herumalbern kompliziert. Und hätte sie nicht so viele schlechte Erfahrungen gesammelt, wäre der Abend vielleicht anders verlaufen.

»Ich … ich weiß selbst nicht so wirklich …«, stammelte sie. Das war wohl die einzig aufrichtige Antwort, die sie für ihn hatte. Sie konnte Balthasar seufzen hören, traute sich nun, ihren Blick zu heben. Er sah nicht sonderlich glücklich aus.

»Belassen wir es erst mal dabei. Denk einfach darüber nach … was du willst. Ich richte mich nach dir.«

Mona schluckte, nickte jedoch. Nun war es überdeutlich, was er sich von ihr erhoffte. Tja, und sie? Sie wollte ihn, den Mann, der sich entschuldigte, sich ihrem Tempo anpasste – aber eben nicht den Dämon. Wie verzwickt.

»Ist bei dir alles in Ordnung?« Auf seinem Gesicht bildete sich ein besorgter Ausdruck, den sie so noch nicht kannte.

»Ehh, ja … ja, wieso?«

»Weil ich seit Tagen nicht mehr in irgendwelchen peinlichen Situationen gelandet bin.«

»Ehh …« Wieso musste er sie nur auf die Funkstille ansprechen? Mona fühlte sich ertappt.

»Gehst du mir aus dem Weg?«, fragte er direkt, und sie schnappte kurz nach Luft, schüttelte den Kopf und wich seinem Blick wieder aus.

»Ich hatte viel bei Boris und Ben zu tun – die haben da so ein neues Projekt. Und, und … und Vlad, um den muss ich mich ja auch kümmern und … und das Museum und … ehh, Boris will seine Prüfung ablegen, damit er ohne das Amt leben kann … Ich helf ihm beim Lernen und so.«

»Mona. Es tut mir leid.« Das klang dringlich. Es tat ihm was? Ungläubig starrte sie in die brennenden Augen.

»Mona«, begann er wieder. »Bisher hatte ich nie den Eindruck, dass du Angst vor mir hast, und vielleicht habe ich mich deshalb ein wenig zu selbstverständlich bei dir gefühlt. Wenn du irgendwie das Gefühl bekommen hast, dass du … du … was ich sagen will – du flirtest mit mir, weil du das willst, oder?«

Erschrocken hielt sie die Luft an.

»Ja«, erwiderte sie ehrlich, und sein angespannter Blick löste sich augenblicklich.

»Gut, dass … dass du …« Ein Dämon, der stammelte? »Ich bin es nicht gewohnt, dass es sich so entwickelt. Aber das zwischen uns ist ja auch anders, nicht?«, stellte er mit einem leicht bitteren Lächeln fest.

Mona stutzte und runzelte nachdenklich die Stirn. Das hier war ihm offensichtlich sehr wichtig. Sie konnte sich schon denken, dass die meisten auf einen Flirt mit ihm direkt eingingen. Die Begegnungen mit Menschen, deren Blicke sich lieber durch Stoff als durch einen Charakter bohrten, kannte sie selbst nur zu gut. »Und es ist nichts Schlimmes mehr passiert?«, fragte er in ihre Denkpause.

»Was?«

»Im Museum. Eben etwas Auffälliges, Seltsames.«

»Seltsamer als sonst?«

Er musste schmunzeln. »Ja, seltsamer als sonst.«

»War alles wie immer.« Sie zuckte mit den Schultern. »Übernatürliche Ermittler sind leider rar. Der Rahmen kam mit den Relikten zu uns, er war katalogisiert, es könnte also ein alter Fluch sein. Und nun ist er ja auch weg, also, hm.«

»Wenn dir irgendetwas auffällt, sei es auch nur eine Kleinigkeit, meld dich bitte bei mir. Oder ruf mich!«

»Ehh?« Sein dringlicher Tonfall vertrieb alle trüben Gedanken aus Monas Kopf.

»Wie … eh?«

»Ich dachte, also … ja, klar musst du mir wegen unserem Pakt helfen, wenn ich dich rufe, aber …« Er verlangte ernsthaft danach?

»Mona, wenn dir Gefahr droht, dann muss du dich bitte vorher bei mir melden. Wie sollen wir denn sonst ermitteln?« Wieder klang es ganz so, als wäre es ihm damit ernst. Mehr noch, er wirkte fassungslos.

»Es überrascht mich nur, dass du dich so um mich kümmerst«, gab sie mit zittriger Stimme zurück.

»Du bist nett, Mona.«

»Nett …«

Jetzt verdrehte Balthasar die Augen, und wieder wanderte ein Schmunzeln über seine Lippen. »Ja, sehr nett sogar.«

Mona blinzelte ein paarmal mechanisch und starrte ihm auf die offenen Hemdknöpfe. Er baggerte sie nicht einfach nur an, das war kein Spaßflirt – er mochte sie wirklich. Und er versuchte, sich ihrem Tempo anzupassen, was zugegeben bei Monas Verhalten alles andere als leicht war. Wollte sie das? Sie wusste es immer noch nicht. Aber sie wollte es herausfinden, und ihr Lächeln, der Blick in sein prüfendes Gesicht gaben ihm hoffentlich zu verstehen, dass er auf dem richtigen Weg war.

»Du findest mich nett …«, wiederholte sie leise. »I-ich finde dich auch nett.« Sofort lösten sich einige der emotionalen Knoten in ihrer Brust. Es tat so gut, es laut auszusprechen.

»Mona. Vertrau mir, bitte. Rede mit mir, es wird dir aufgefallen sein, dass ich dir zuhöre. Ja?«, bat er sie.

»Ist es.«

»Und … bitte pass auf dich auf.«

»Mhhm …«

»Wir sehen uns?«

»Mhhm …«

»Ich verspreche, dass ich mich benehmen werde … wirklich.« Das Schuldbewusstsein stand ihm ins Gesicht geschrieben. Er hatte begriffen, dass er zu weit gegangen war. Zugegeben, daran war sie nicht ganz unbeteiligt gewesen. Balthasar zeigte sich gerade wieder so menschlich und greifbar, ob absichtlich oder – Mona verstand nicht, was mit ihm los war, aber es war gut. Erneut öffnete sie den Mund zu einem unüberlegten »Ehh …«.

»Ja?«

»Magst du … dich zu uns setzen?«

Balthasar drehte den Kopf und musterte kritisch den bunten Haufen aus Übernatürlichen an dem runden Tisch, die auffällig prompt ihren Blick in andere Richtungen lenkten, anscheinend wild durcheinanderredeten.

»Findest du, dass das eine gute Idee ist?« Er hob eine Augenbraue.

»Ich weiß nicht.«

Ein feines Lächeln schlich sich auf sein Gesicht, und der seltsam sorgenvolle Ausdruck verschwand. Ein Glück. Beinahe hatte sich auch Mona schuldig gefühlt. Beschissene Empathie. Sie war ja nun wirklich völlig frei von Schuld und – ihre Knie wurden ganz weich. Den sanften Blick hatte er zu gut drauf. Als würde außer ihnen beiden nichts sonst mehr existieren, bohrte sich der Blick seiner glühenden Pupillen in Monas Kopf.

»Mona …« Und wenn er ebenso sanft mit seiner tiefen, heiseren Stimme sprach – beschissene Anziehungskraft. Beschissenes Herzklopfen. Beschissene Freundlichkeit. Hoffentlich fragte er sie jetzt nicht erneut, wie es um Nähe und Zweisamkeit stand. Vernebelnde Verliebtheit, die nicht zu leugnen war, legte sich auf ihre Sinne und spielte mit ihrer Zurechnungsfähigkeit wie ein Glas Wodka.

»Du bist wirklich liebenswürdig.« Er grinste, zwinkerte ihr zu. Irgendetwas tief in Monas Seele stolperte und fiel der Länge nach aufs Gesicht.

»Und ich würde gerne den Abend mit dir verbringen, aber ich glaube … dafür ist heute nicht der richtige Zeitpunkt. Ein andermal. Ja?«

Mehr als ein Nicken brachte sie nicht zustande. Das innere Selbstgeständnis hatte Mona lahmgelegt.

»Bis dann, kleine Hexe.«

Er hatte sich dicht zu ihr gebeugt, doch der erhoffte Kuss blieb aus. Langsam fuhr er mit einem Finger über ihre Wange. »Ist das nicht ein bisschen viel Glitzer für deine Verhältnisse?«

Irritiert blickte Mona an sich herab und bemerkte, dass Beniko sie komplett vollgestaubt hatte. Dazwischen fanden sich auch ein paar von Bens weißen Wolfshaaren. Ben-Ben kam sie in ihren schwarzen Klamotten besser nicht zu nahe. Als sie wieder den Kopf hob, war der Dämon bereits verschwunden. Sie reckte suchend den Hals, sah gerade noch, wie er das Lokal verließ und ihr kurz zuwinkte.

»Beschissen beschissene Beschissenheit!«, war das Erste, was sie über die Lippen brachte. Missmutig schlurfte sie zurück an den Tisch zu ihren Freunden. Immerhin war Boris feinfühlig genug, das erlauschte Material entsprechend einzusetzen – er sprach sofort ein neues, abstruses, politisches Thema an, wollte ablenken, fing damit Vlads Aufmerksamkeit, und niemand fragte, wieso Mona den Rest des Abends nur in ihren Salat starrte.

Verknallt in einen Erzdämon. Sie glaubte, endlich den Boden des »Schlimmer geht's nimmer«-Fasses erreicht zu haben.

~~KACK~~DIENSTAG

2.10.2018

DÄMON FLIRT, JA, NEIN?
na dann wieder

pro	contra
KEINE ANGST VOR DER HÖLLE	ICH KENN IHN DOCH KAUM
ER REAGIERT AUF EIN NEIN	BIN EH NUR SPIELZEUG???
ER MAG MICH, OBWOHL ER MEINEN GANZEN SHIT KENNT ...	~~ER NIMMT DAS NICHT ERNST~~
ER BRENNT NICHT AN	DER UND TREU, NE ... ← !!!
ER HAT GELD? DRECK	WIE VERHÜTET MAN MIT EINEM DÄMON EIGENTLICH BAH!
SEIN HUMOR	GELD!!!
GRUMMELIG, ABER RUHIG?	~~GROBER FLIRT~~
ER RIECHT GUT, IST DAS EIN ARGUMENT?	~~VIELLEICHT BILDE ICH MIR DIE PROS EINFACH NUR EIN?~~
ER FINDET OFT DIE RICHTIGEN WORTE	
MEINE ELTERN WÜRDEN IHN HASSEN	
ER HILFT MIR GERNE	
ICH BIN IHM WICHTIG	
ER HAT SICH ENTSCHULDIGT!	
MEIN TEMPO?	
WIESO MUSS ER SO SÜß SEIN	

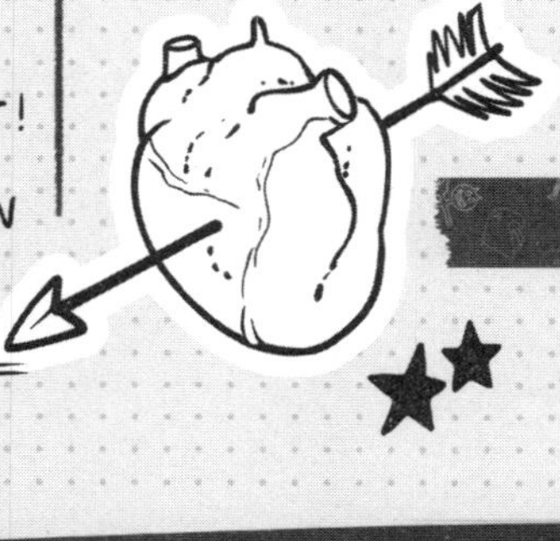

Edit: 10.10.2018

Kapitel 28

Verstoß gegen die Beschwörungsauflagen

Der Ohrwurm für den heutigen Tag ertönte aus Monas Smartphone. Ein Mann besang »etwas Seltsames in der Nachbarschaft« und wen man in so einem Fall anrufen solle – Geisterjäger. Das klang sinnig.

Mona kramte sofort hastig nach dem jaulenden Gerät. Sie war durch das gemütliche Rütteln der Bahn leicht eingedöst. Ihr Schlafrhythmus hatte sich völlig verabschiedet, die Termine, der Job, die neuen Nachbarn – es war ein einziges Chaos. Der Alarm der Amts-App dröhnte aus ihrer Tasche, trotzdem benötigte sie einen Moment, ehe sie das vibrierende und klingelnde Smartphone zu fassen bekam. Während eine Rockband weiter ihr fetziges Cover von Ghostbusters grölte, drehten sich alle Köpfe in der S-Bahn zu Mona um. Sie rollte genervt mit den Augen. Klar, der eiternde Zombie im Omakostüm kümmerte niemanden, dabei tropfte er munter auf die Schuhe eines Geschäftsmannes, aber wehe, jemand zeigte etwas Leben. Sie brauchte zwei Anläufe, um ihren Entsperrcode einzugeben – 6669 –, dann endlich verstummte die Musik. Die aufgeschreckten Köpfe der anderen Fahrgäste drehten wieder ab, zeigten mit ihrer pikierten Mimik deutlich die deutsche Unzufriedenheit über Monas Anwesenheit. Es war ein Ausdruck, den nur Spießer so perfekt beherrschten. Die Aura eines Menschen, der samstagmorgens seinen Rasen mähte, gemischt mit weißen Stinkesocken in Sandalen. Der Mittelfinger auf Monas Shirt drückte aus, was sie dachte. Na endlich, mit einem leisen Summen leuchtete ihr das Nachrichtenfenster entgegen. Sie hatte eine ungelesene Mitteilung. Vielmehr einen Alarm.

Ungläubig starrte sie auf die Überschrift. Ein Q5. Niemand rief eine Junghexe zu einem Q5. Doch da stand es, ein Buchstabe, eine Zahl. Ein echter Q5. Sofort öffnete sie das Chatfenster zu ihrem dämonischen Ehemann und wischte über die digitale Tastatur.

»Die schicken mich zu einem Q5 im Mathildenviertel«, tippte sie mit mehreren verzweifelt dreinschauenden Emojis.

Nun hieß es warten. Nachmittags arbeitete Balthasar und antwortete nicht gleich. Umso überraschter war sie, als ihr Handy wieder vibrierte. Das Bild eines Kindes im Teufelskostüm glühte auf dem Display. Noch nie hatte er sie angerufen. Unsicher schob Mona den kleinen grünen Button zur Seite.

»Mhhh … Jaaa?«, nuschelte sie in den Hörer.

»Hallo, Ehefrau.«

Sie knurrte leise. »Ja, der Herr Erzehemann?« Ein Lachen am anderen Ende der Leitung.

»Du musst ins Mathildenviertel? Ist das nicht ein recht komplizierter Stadtteil von Offenbach?«, erkundigte sich die heisere Stimme des Erzdämons. Kompliziert war eine schöne Umschreibung. Mona nickte, stockte und stammelte hastig: »Eh, ja!« Er konnte sie ja nicht sehen.

»Ziemlich üble Gegend.«

»Der Q5 ist deutlich schlimmer als das!«

»Mona. Das ist nur eine Dämonenaustreibung. Was ist das Problem?«

»Der Dämon vielleicht?« Ihre Stimme kippte, und sie räusperte sich. Rasch stand sie auf und wankte zum Ausgang ihrer S-Bahn. Wieder hatten sich alle zu ihr gedreht – mit ihrem gequietschten »Dämon« hatte sie vermutlich die sie betreffenden Klischees in den Köpfen der Fahrgäste bestätigt. Gedämpft fuhr sie fort: »Du weißt doch, was Dämonen mit Junghexen anstellen? Dafür wurde ich nicht ausgebildet! Das ist ein extra Fachbereich. Ich kenne mich nur mit Flüchen aus, teilweise …«

Sie konnte hören, wie er seufzte. Die wackelnde S-Bahn kam zum Stillstand, und Mona hüpfte sofort hinaus, jetzt brauchte sie schleunigst ein Taxi. Mit versehentlich beschworenen Dämonen war nicht zu spaßen, und es ging um Minuten. Also hechtete sie über den Bahnsteig die Treppe nach oben in den kleinen Bahnhof.

»Mona, Liebling.« Er klang gewohnt zynisch, und trotz des Sarkasmus in seiner Stimme klopfte ihr Herz deutlich schneller. »Ich bin zufällig einer der Führer der Hölle. Und weißt du, wozu dich das macht, mein Schatz?«

Sie knirschte kurz mit den Zähnen. »Z-zu was denn?«

»Dämonen müssen dir gehorchen. Ist dir das eigentlich bewusst?«

»Was?« Jetzt entwich ihr all der angestaute Stress aus der Lunge.

»Mach einfach deine Arbeit. Wie vom Amt vorgesehen.«

»Ich soll einfach … und das funktioniert?«

»Sicher doch. Wenn der Dämon Schwierigkeiten macht, meld dich noch mal. Ich kümmere mich darum. Was viel wichtiger ist, ich müsste die genauen Umstände erfahren und im besten Fall die Beweggründe des heimlichen Ausbrechers. So gern ich auch meine eigenen Leute foltere – die gestehen alles, aber selten die Wahrheit, du verstehst?«

»Foltere …«, wiederholte Mona leise. Sie tapste überfordert mit der Realität aus dem Gebäude in Richtung eines leider leeren Taxistandes.

»Ich meinte natürlich läutern.«

»Sicher.«

»Ich schick dir Brennfried.«

»Was, wen?«

»Du kennst ihn, er hat dich schon mal gefahren!«

Keine zwei Sekunden später hupte ein Taxi mit brennenden Reifen sie von der Seite an. Aus dem Fenster guckte ihr ein grünes Gesicht entgegen, ein Mund voll spitzer Zähne grinste breit, und die Hörnchen auf seiner Stirn wurden mehr schlecht als recht von einer Wollmütze verdeckt.

»Danke …«, murmelte Mona in ihr Smartphone.

»Wir hatten lange keinen Q5 mehr. Der Verursacher dieses Vorfalls ist vermutlich ein größeres Problem als der Dämon selbst.«

Sie schluckte und lächelte nur aus Gewohnheit, als der grüne Mann in Latzhose und Karohemd ihr die Tür öffnete, damit sie einsteigen konnte. Der Wagen roch nach Feuerwerkskörpern, und auf dem anderen Sitz saß eine fette Kröte, die Mona begrüßend anquakte.

»Sorry, war grad schunn uff ner Tour. Sie will awwer in die gleiche Rischtung!«[1] Der Dämon namens Brennfried klang verdächtig hessisch und zuckte mit den Schultern. Mona schnallte sich wie in Zeitlupe an und seufzte.

»Mein Schatz, ich muss jetzt auflegen, meld dich bitte, wenn du Fortschritte erzielt hast, ja?«

Dieses Gespräch erschien Mona so seltsam vertraut, als wäre ihr Pakt das Normalste von der Welt und sie seit vielen Jahren verheiratet, dass sie sich bremsen musste, ein »Hab dich lieb« zu stammeln. Also entschied sie sich für: »Mach ich. B-bis dann«,

---

1 Sorry, war gerade schon auf einer Tour. Sie will aber in die gleiche Richtung!

und stierte danach für eine Weile angestrengt auf den sich nun verdunkelnden Bildschirm.

So langsam bekam sie den Eindruck, dass sie für Balthasar durchaus mehr war als Unterhaltung. Und irgendwo im hintersten Winkel ihres Kopfes ergab das sogar Sinn. Sie war die Braut des östlichen Höllenfürsten. Noch dazu eine Hexe. Vielleicht gefiel ihm dieses Spielchen mehr, als ihr bewusst war, vielleicht wuchs daraus … bloß keine Hoffnungen machen. Manchmal fragte sie sich, ob er nur auf eine Gelegenheit wartete – darauf, dass sie, sich in Sicherheit wiegend, aus Versehen die Scheidung einreichte? Oder starb. Darüber hatte Mona lange nachgedacht. Ohne Hilflosigkeit und Verzweiflung beschwor sie den Dämon nicht – ein fallender Ziegelstein oder ein überraschendes Auto von der Seite konnten den Pakt beenden. Spürte er solch eine Bedrohung vielleicht vorher? Selbst durfte er nicht für ihr Ableben sorgen, das widersprach dem Vertrag zwischen ihnen. Doch Monas durchaus gefährliches Leben würde früher oder später ganz von allein zu einem Ende finden – bei ihrem Pech. War es das, was ihn so entspannt sein ließ? Solange er sich mit ihr amüsierte, war alles gut, bis sie irgendwann wie von selbst verschwand und er wieder seine Ruhe hatte. Wie hatte er es so schön formuliert? Er war uralt, er hatte Zeit und Geduld. Monas Herz begann zu klopfen.

»Bleib ruhig«, flüsterte sie sich selbst zu. Diese überdramatisierten Sorgen klangen sogar in ihrem Kopf völlig absurd. Verliebtheit kannte keine Grenzen, es wurde zerdacht bis zum Heulkrampf. Schnell setzte sie mit den wenigen beruhigenden Gedanken dagegen, die ihr geblieben waren. Bisher hatte er sich nicht sehr dämonisch verhalten, sich um sie gekümmert, mitfühlend – und was wusste sie schon über Teufel?

Ihr Blick wanderte langsam zum Rückspiegel des Taxis. Brennfrieds gelbe Glubscher waren fest auf die Straße gerichtet, und während er sämtliche Verkehrsregeln ignorierte, pfiff er fröhlich ein Liedchen durch die Zähne.

»Und … und Sie arbeiten als Taxifahrer für … ehm …«, setzte sie an.

»Des Unvolk, Unwese, Untote, Iwwernatürliche, Halbgödder, Exgädder, Dämone … Sie wisse schunn. Allsemol gerät aa ein Mensch dazwische.«[2]

»Ah, verstehe.«

»Leider kennese joh nedd wie friher oafach mim Bese! Husch!«[3], Brennfried lachte. »Awwer, soache Sie, jung Fraa. Iwwerrascht misch joh schunn. Ein S-Bahnhof? Wenn isch misch rischdisch erinnere, hot Ihr Mann vier Audos. Doa sollt doch aa eines für Sie iwwerisch soi, hmm?«[4]

Mona formte stumm die Worte »Ihr Mann« mit dem Mund, begriff gerade erst, dass diese Information außerhalb ihres kleinen Freundeskreises bekannt war. Tratsch war höllisch, vermutlich nicht ohne Grund.

»Ich … kann nicht Auto fahren«, erwiderte sie nur stumpf. Das entsprach der Wahrheit. Sie besaß keinen Führerschein, denn ein Auto lag jenseits ihres Budgets. Eventuell sollte sie Balthasar doch darum bitten – er hatte erklärt, dass es auch ihn entlasten würde. Aber tatsächlich ließ sie sich so viel lieber fahren, vor allem von ihm. Die Aura des Erzdämons fegte jede Straße frei.

---

2 Das Unvolk, Unwesen, Untote, Übernatürliche, Halbgötter, Ex-Götter, Dämonen. Sie wissen schon. Manchmal gerät auch ein Mensch dazwischen.

3 Leider können sie ja auch nicht wie früher einfach mit dem Besen! Husch!

4 Aber sagen Sie, junge Frau. Überrascht mich ja schon. Ein S-Bahnhof? Wenn ich mich richtig erinnere, hat Ihr Mann vier Autos. Da sollte doch auch eins für Sie übrig sein, hm?

Neben Mona quakte es dumpf. »Michse würden an der Ecke austeigen gern. Michse hat Termin mit heftig krassen Krötentyp!« Mona hörte, dass die dämonische Kröte ihr zuliebe versuchte, die Sprache der Menschen zu nutzen. Es gelang ihr so halb, und im nächsten Moment blieb das Taxi auch schon stehen.

»Tja, doann machs mol gud, Luise! Unn grüß dein Laisch vunn mer!«[5]

Ein tiefes Quaken ertönte, dann hüpfte das gehörnte Krötenvieh hinaus auf den Bordstein und verschwand in einer Gasse. Das Auto setzte sich wieder in Bewegung und raste mit überraschend schneller Beschleunigung um die nächste Ecke. Für so einen alten VW ziemlich beeindruckend. Zumal die gelbe Farbe bereits am Rosten war und überhaupt, das Innenleben brauchte dringend mal eine Generalüberholung. Der Geruch nach Feuerwerk rührte ganz offensichtlich von Silvesterknallern her, so verbrannt wie das Leder war, dazu noch all die schwarzen Flecken an den Wänden und der Decke. Nun – es war ein Dämonentaxi. Die Brandflecken stammten höchstwahrscheinlich von einem aufgewühlten Teufel oder einem Lavaschleim.

Von all den vielen Unwesen der Welt galten nur die Dämonen als wirklich gefährlich. Gegen Vampire gab es UV-Hexereien, Werwölfe reagierten empfindlich auf Katzenhaar und Quietscheentchen, Geister waren schnell ausgeräuchert und Zombies für eine Feuerhexe kein Problem. Aber Dämonen! Ihre Fähigkeiten waren so mannigfaltig wie die Boshaftigkeit der Welt selbst. Es gab sie in allen Formen und Größen. Jede tiefe Sünde manifestierte sich in der Hölle zu einem passenden Spiegelbild, um die Menschen zur Vernunft zu bringen, sie zu läutern. Sie muss-

---

5 Tja, dann mach's mal gut, Luise! Und grüß deinen Laich von mir!

ten brutal, gruselig, unheimlich und mächtig sein – wie sonst sollte man die schmierigen Aasgeier der Gesellschaft in der Hölle das Fürchten lehren? Für die Höllenwesen war das ein Job, der jedoch auch ihren Charakter prägte – je jünger, desto teuflischer, desto unberechenbarer. Auf mehrere Hunderttausend verkörperte Todsünden aufzupassen klang für Mona nach wahrer Folter, und sie mochte sich nicht ausmalen, was Balthasar jeden Tag zu bewältigen hatte. Auch wenn es sie neugierig machte. Wie überwachte man die Hölle? Würde er den Q5 selbst bestrafen, wenn sie den Dämon stellte? Falls es ihr gelang. Sie traute sich nicht, ihn einfach so anzurufen, mit ihm zu reden. Sie hatte so viele Fragen, bezüglich seiner Welt, aber auch ihn betreffend. Wo schlief dieser Mann? Wie verbrachte er seine Freizeit?

Mona sank seufzend in den Sitz. Gleich erwartete sie ein versehentlich beschworener Beelzebub in einer einfachen Familienwohnung, womöglich mit Opfern oder Folgeschäden. Darauf hatte sie sich zu konzentrieren. Vergessenszauber lagen ihr, bedeuteten aber eine Menge Papierkram. Ihr Ehrgeiz verlangte, die Situation ohne Balthasars Erscheinen zu meistern, doch je näher sie ihrem Ziel kam, desto dringender wünschte sie sich den zynischen Mann an ihre Seite. Die Schwelle, die sie überschreiten musste, um ihn aktiv zu beschwören, kannte sie inzwischen recht gut. Noch war sie nicht verzweifelt, noch traute sie sich diese Aufgabe zu. Überhaupt gehorchten Mona ihre Kräfte zunehmend. Mit dem Gefühl der Sicherheit stieg auch ihre Kontrolle.

Sogar als das Taxi mit quietschenden Reifen in die Einfahrt des Wohnblocks bretterte und der Ruck sie in ihren Anschnallgurt schleuderte, behielt Mona die Nerven, wankte jedoch ein wenig beim Aussteigen. Der Asphalt unter dem Wagen glühte und Rauch stieg auf.

»Danke … Brennfried. Sehr lieb von dir!«

»Koa Ursach. Mär sieht sisch. Griese Sie Ehrn Ehemann bidde vunn mer. Gude Worte kenne nie schade.«[6] Ein freudiges Lachen erklang, und dann rauschte das Taxi so prompt ab, dass Mona überfordert blinzelte, als es einfach in der Straße zu verschwinden schien.

Es handelte sich wohl um einen UVW, einen Unvolkswagen, die besaßen einige nützliche Eigenschaften. Mona hatte mit einem Modell aus ihrer neuen Reihe geliebäugelt, sollte sie je genug Geld für Führerschein und Wagen haben – damit überstand man sogar den Verkehr in Offenbach. Wie Brennfried so schön gesagt hatte, einen Besen konnte sie schlecht nutzen, fliegende Hexen fielen dann doch zu sehr auf. Außerdem war es kalt und zugig oder zu heiß und überhaupt, das Wetter und die Welt über den Wolken sah gar nicht so grenzenlos toll aus, wie sie immer besungen wurde.

Mit einem dumpfen Pochen in der Magengegend stapfte Mona zur 12b. Es war der hintere Block der Wohnanlage, und passenderweise dröhnte ein wenig Deutsch-Hip-Hop über den Parkplatz. Sie erkannte die schrille Stimme des Butzemanns und eilte, ohne den Kopf zu heben, an den Jugendlichen vorbei, die zwischen Mülltonnen und E-Rollern auf ihren Basketbällen lümmelten und Bibas neueste Single hörten. Seltsam, immer hingen die coolen Kids mit Sportgeräten, Bällen und Ähnlichem ab, aber noch nie hatte sie einen von ihnen damit spielen sehen. Wie auch, wenn die Jeans so weit unter der Hüfte gammelte, dass jeder Minirock mehr Bewegungsfreiheit bot? Außerdem schwankte der Turm aus Mützen und Caps auf dem

6 Keine Ursache. Man sieht sich. Grüßen Sie Ihren Ehemann bitte von mir. Gute Worte können nie schaden.

Kopf der jungen Herren schon bedrohlich beim Kopfdrehen. Jemand pfiff ihr hinterher, doch das ignorierte sie und tippelte die Treppen zur Haustür nach oben. Zwei Dutzend Klingelschilder erwarteten sie, und Mona suchte fieberhaft den Nachnamen Wundersam zwischen den vielen generischen Müller, Meyer und Hoffmann.

So prompt, wie die Gegensprechanlage raschelte, kaum dass Mona die Klingel betätigt hatte, war es wohl wirklich eilig.

»Sind Sie vom Amt?«, quietschte eine helle Stimme.

»Ja, mein Name ist Mona N… Hass, und ich bin wegen Ihres Notrufes hier!«

»Siebter Stock!« Der Türsummer ertönte, und Mona drückte sich durch die schwere Eisentür in den stickigen Flur, eilte zum Fahrstuhl. Hier roch es wiederum auffällig nach Kotze, nichts Unübliches für ein solches Gebäude, und sie hielt die Luft an, bis sie endlich hinaus in den Korridor des siebten Stocks stolpern konnte. Hier im Gang schaute sie einmal nach links, dann nach rechts – zwei Mädchen standen vor ihrer offenen Haustür, und ihrem ängstlichen Blick nach zu urteilen war Mona hier goldrichtig.

Näher kommend erkannte sie gleich noch ein Problem: Es handelte sich um zwei Teenager. Ein schlaksiges junges Mädchen mit langen blonden Locken und einer runden Brille, verhalten zeigten die Spitzen seiner Hausschuhe zueinander und es biss sich fest auf die Unterlippe. In seinen bleichen Fingern hielt es ein zerknülltes Blatt Papier. Das andere Mädchen war fast genauso groß, hatte sienabraune Haut und schwarze kurze Haare, in seinen Augen stand die blanke Panik.

»Hallo, ihr zwei«, begrüßte Mona die elend dreinschauenden Mädchen und setzte ihr professionellstes Lächeln auf. »Ich heiße Mona, und ich werde mich um … das kümmern, was auch immer in eurer Wohnung auf mich wartet. Wie heißt ihr? Und was ist passiert?«

Das große blonde Mädchen, größer noch als Mona, öffnete langsam den Mund, fuhr sich nervös mit einem Finger durch die Locken.

»Ich bin Kimi, das hier ist Ashley ... Wir ... haben für ein Theaterstück geprobt und einen Zauberspruch gefunden ... Eigentlich wollten wir es nur mal versuchen, aber ... Wir hätten nie gedacht, dass es funktioniert!«

»Nie!«, setzte Ashley nach. Kimi öffnete ihre verkrampften Hände und hielt Mona zitternd ein arg verknittertes Blatt entgegen. Darauf erkannte sie sofort einen Beschwörungskreis, mitsamt allen nötigen Symbolen. Es war ein Zauberspruch, den sie wiedererkannte.

»Habt ihr auch das mit dem offenen Fenster und dem Stuhl am Bett gemacht?«, flüsterte sie.

Beide Mädchen nickten und entlockten ihr so ein tiefes Seufzen. Damit beschwor man jemanden herbei, der einem alle Fragen beantwortete – ein ziemlich simpler Spruch und eigentlich unter Verschluss. Wusste der Teufel, wie diese Kinder an so ein gefährliches Blatt mit Kritzeleien geraten waren. Unglücklicherweise hatte man einige Worte abgeändert und somit ein Schlupfloch für Dämonen geschaffen, die zwar sicherlich Fragen beantworten konnten – nur ob man auf die Antworten etwas geben durfte, bezweifelte Mona.

»Und worauf habt ihr das Pentagramm gemalt?«

»Auf den Spiegel ...«, antwortete Kimi leise.

»Mit Lippenstift!«, fügte ihre Freundin hinzu.

»Das hatte ich befürchtet.« Einen besseren Weg, einem Dämon die Pforte zur Welt der Sterblichen zu öffnen, gab es gar nicht. Um ein solches Ritual zu vollziehen, waren scheinbar sinnlose Kleinigkeiten nötig, wie das Ausrichten einer Uhr nach Osten oder *Backe, backe Kuchen* auf Russisch zu singen. Denn die Teufel dachten sich ihre Beschwörungen gerne selbst aus, und was für einen Humor diese Kreaturen hatten, wusste Mona ja inzwischen von Balthasar. Sie ließen keine Gelegenheit aus, Sterbliche wie Ulkfiguren dastehen zu lassen. Trotzdem, eigentlich keine einfache Aufgabe für zwei junge Mädchen, normale Menschen beschworen nicht eben mal Dämonen aus Spiegeln. Es brauchte ein wenig mehr Hintergrundwissen als Notizen auf einem Zettel. Mona griff zu den zitternden Händen von Kimi, sie zuckte zusammen.

»Hab ich es mir doch gedacht. Junghexe!«, murmelte Mona und sah in die großen Kulleraugen des Mädchens. Wenn Hexende einander berührten, trafen ihre Elemente aufeinander. Als Feuerhexe fühlte Mona den wirbelnden Wind in Kimis nervösen Fingern. Kein Wunder, dass ihr eine auf Luft basierende Zauberformel gelungen war.

»Aber ich hatte noch gar nicht meine Weihe!«, stammelte sie.

»Hexe ist Hexe. Mit oder ohne Zeremonie. Das solltest du eigentlich wissen. Wo sind … die Erwachsenen?«, hörte sich Mona sagen und hätte sich dafür am liebsten auf die Zunge gebissen. Sie klang plötzlich dreißig Jahre älter, als sie war. Doch Kimi und Ashley sahen einander lange an, dann schüttelte die blonde Hexe den Kopf.

»Mama ist bei einer Freundin, und Papa muss arbeiten.«

»Und sie haben dir nicht gesagt, dass Spiegeldämonen eine schlechte Idee sind?«

»Also … meine Eltern sind … Menschen.«

Das änderte einiges. Mona nickte langsam. Noch immer taten sich die Ämter schwer mit Aufklärung und Schulungen für Junghexen. Ohne familiären Rückhalt schwebten die talentierten Kinder praktisch in der Luft, in Kimis Fall vermutlich wortwörtlich. So wie Mona Dinge angezündet hatte, so war Kimi als Baby sicher die ein oder andere Nacht aus ihrem Kinderbettchen geflogen.

»Nicht so schlimm. So was passiert. Ich hab mal meine Mathelehrerin in eine dicke Ente verwandelt, weil sie mir unbedingt … ach, na ja, sie war eine schwierige Person, und ich sehr aufgebracht …«, versuchte Mona eine Brücke zu schlagen. Sie wollte auf keinen Fall wie die uncoole, belehrende Fachfrau vom Amt klingen. Tatsächlich hellten sich die Mienen der beiden auf. Geschichten über nervige Lehrer teilte fast jeder.

Aus der Wohnung erklang ein dumpfes Gurgeln. Oh, richtig. Da war ja noch das Problem.

»Und was genau ist passiert, nachdem ihr den Zauberspruch gewirkt habt?«

»Aus dem Spiegel splitterte ein schwarzer Fleck und ist auf Ashley gestürzt!«

»Ich hab ihn aber mit einem Kissen weggeschlagen, und dann ist er in die Ecke an der Zimmerwand geflogen. Da … klebt er nun und … macht komische Geräusche.«

»Verbal verständlich? Form, Größe? Wonach riecht er?« Mona zückte ihr Smartphone, um sich Notizen zu machen. Besser, sie fand heraus, welcher Dämon dort an der Decke klebte, ehe sie in die Wohnung marschierte. Geister zu exorzieren war leicht, Dämonen hingegen – die musste man magisch überreden. Zum Glück reagierten sie allergisch auf Ordnungswidrigkeiten, da sie als höllische Bestrafer in ihre eigenen Moralfallen tappten, wenn man ihnen ihre Verfehlungen vorhielt. Dafür mussten diese jedoch exakt getroffen werden, je nach Sündenart des Dämons auch im richtigen Tonfall.

»Eigentlich ist das, was er von sich gibt, gar nicht so gruselig. Er … hat es mit einem lauten *›Hui Buh‹* versucht und dann, glaube ich, Kettengeräusche machen wollen. Aber … *›Rassel, rassel, rassel‹* fanden wir jetzt nicht so drastisch.« Ashley zuckte mit den Schultern.

»Hat er beleidigt reagiert auf eure Reaktionen?«

Kimis Kulleraugen wurden noch größer, und sie nickte hastig. »Jetzt, wo du es sagst. Was war das? Er hat, glaube ich, *›Saug, saug, saug‹* gemacht, und wir nur so … Hääääá? Und dann hat er sich aufgeblasen und ist ganz laut geworden, hat *›Schlitzi, schlitzi, schlitz‹* gebrüllt und uns ganz komisch angestarrt. Wir sind dann aus dem Zimmer gegangen, haben beim Notdienst angerufen …«

»Sein *›Abstech, stech, stech, zustech‹* war aber auch ziemlich lieblos!« Ashley rollte mit den Augen.

»Verstehe, verstehe«, murmelte Mona. »Und der Geruch?«

»Angebrannte Schuhsohle!«, kam es prompt von Ashley, und ihre schwarzen Locken schüttelten sich mit ihr, bei der Erwähnung des Geruchs schien ihr übel zu werden.

»Ich dachte eher an verkohlte Autoreifen!«, korrigierte Kimi sie.

»Also schlechter Geruch. Das ist gut!« Erleichtert atmete Mona durch.

»Wieso?« Wieder bohrte sich der Blick der großen Rehaugen in Monas Kopf.

»Oh, schwache Dämonen riechen schlecht. Sie kriegen es nicht besser hin, sind meist auch fürs Foltern eingestellt und sollen … unangenehm sein. Die höheren Dämonen haben das nicht nötig, die riechen sogar ziemlich gut.« Dabei musste sie unweigerlich an den Hauch von Röstmandeln denken, der Balthasar immer umgab. Eigentlich schade, dass sie mehr und mehr allein zurechtkam, sie vermisste diesen Duft. Ein Seufzen.

»Nun, wie dem auch sei … die Gestalt, wie sieht er aus?«

»Wie ein Teerfleck.«

»Wie Durchfall an der Decke. Viel Durchfall, verdammt viel Durchfall. Schwarzer Durchfall. Super schwarzer klebriger«, erklärte Ashley und verzog den Mund.

»Schon gut. Das reicht als Beschreibung. Danke. Einen Moment bitte …« Mona hatte die Beschreibung eilig in ihren Chat mit dem Erzdämon getippt und erhielt erstaunlich prompt eine Antwort. »Das ist ein Schleimer.«

Irritiert neigte sie den Kopf. Doch Balthasar wurde noch als tippend angezeigt, also wartete sie brav, bis die Erklärung kam.

»Schleimen ist eine Sünde, wenn sie boshafte Absicht beinhaltet. Eine Kleinigkeit. Kaum der Folter wert. Die Seele durchläuft die Konfrontation meist nur kurz und darf dann weiter. Schleimerdämonen sind nicht unbedingt gefährlich, können aber eine ganze Wohnung innerhalb einer Stunde zuschleimen. Der Abfall, der macht mir Sorgen. Ihre Schwachstellen sind ehrlicher, direkter Umgang. Sei auf keinen Fall nett zu ihm. Höflichkeit ähnelt dem Schleimen, und er ernährt sich davon.«

Mona versuchte, sich genau an den Unterricht im Vatikan zu erinnern, doch so etwas hatte man ihr dort nie erklärt. Sie tippte ein »Dankeschön ♥« zurück.

Ihre Augen weiteten sich panisch.

Sie hatte ein Herzemoji verschickt.

Ein animiert klopfendes, tiefschwarzes Herzemoji.

An ihn.

Ausgerechnet an ihn.

Sie nutzte dieses Emoticon viel zu oft, es war eine Angewohnheit. Wenn Amelie eines erhielt oder sie auf Twitter ihre liebsten Songs damit teilte, dann war das eine Sache. Doch an ihn?

O nein.

Doppelter Haken – Nachricht empfangen.

Doppelter blauer Haken – Nachricht gelesen.

Und dann die drei hüpfenden Punkte – der Gesprächsteilnehmer schrieb gerade.

Nun wurde ihr noch mulmiger als durch den Q5. Sie kämpfte gegen ihre Schamgefühle an, fühlte schon das Blut in ihre Ohren steigen. Oh, nicht doch, was, wenn er gleich neben ihr stand, nach dieser Nachricht – und wieso tippte er so lange?

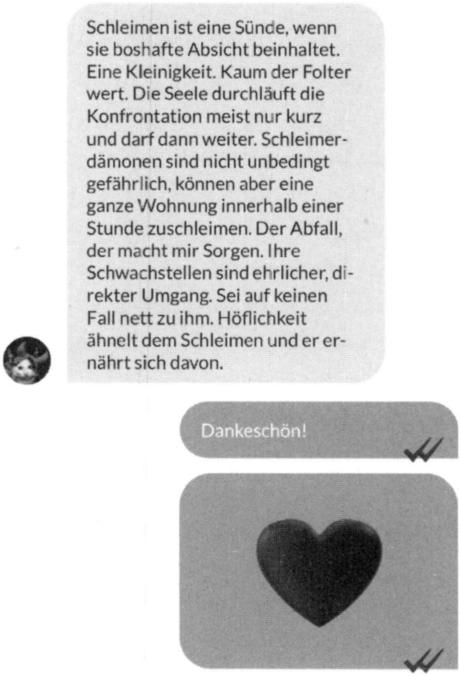

Kapitel 29
Unangenehme Schlussfolgerungen

»Ehm … Frau … Hass?«, murmelte Kimi leise.

Es brauchte einen Moment, ehe Mona reagierte, dann blinzelte sie den beiden Teenagern entgegen.

»Nennt mich bitte Mona«, erklärte sie und räusperte sich. »Tja … Nun! Also wir … vielmehr ich … gehe dann mal rein und treibe den Dämon aus. Danach werde ich euch noch befragen und … wird schon!« Sie grinste schief.

Schlimmer konnte es eh nicht mehr werden, sie hatte ihrem erzdämonischen Scheinehemann gerade ein Herzchen geschickt, was sollte schon – sie biss sich hart auf die Lippe, erinnerte sich, wie solche Gedanken stets ihr Karma herausgefordert hatten. Am Ende beschwor sie wegen so was noch die Apokalypse herauf.

Mechanisch, einem Roboter gleich, stapfte Mona durch die offene Wohnungstür in einen schummrig beleuchteten Flur. Die Garderobe bepackt mit Mänteln und Jacken, Schuhe lagen verstreut auf dem Boden, und viele ulkige Kinderzeichnungen hingen eingerahmt an den Wänden. Mehrere Türen führten in Zimmer, und aus einem ertönte ein seltsames Gurgeln. Licht fiel in Form eines schmalen Streifens auf den dunkelgrauen Fußboden, und wie von selbst duckte sich Mona und schlich zu der Öffnung. Es roch süßlich, wie Zuckerersatzstoff in einem dünnen Kaffee, den man hatte leicht anbrennen lassen. Sie konnte die Süße auf der Zunge beinahe schmecken. Unzufrieden verzog sie den Mund und wagte einen Blick in das Zimmer hinein.

Ein Schreibtisch stand unter einem Fenster mit dunkelblauen Vorhängen. Auf der Tischplatte lagen Wasserfarben und diverse Zettel verstreut. Der Bürostuhl hatte schon bessere Zeiten gesehen, so auch das einfache Holzbett mit seiner blau-gelben Sternenbettwäsche. Auf das hübsche Muster aus Himmelskörpern und Kometen tropfte etwas Schwarzes, zäh wie Teer. Mona folgte der ekligen Masse mit dem Blick und entdeckte in der Ecke der Zimmerdecke einen großen, dunklen Schleimer. Der Dämon klebte dort wie ein finsteres, zwanzig Kilo schweres Kaugummi. Schmatzende Geräusche entkamen einer Öffnung, die durch gezackte Zähne als Mund zu identifizieren war. Seine Augen schwammen träge über seinem ganzen Körper, konnten sich frei bewegen und blickten in alle Richtungen. Als er Mona im Türspalt entdeckte, gurgelte er erneut.

»Ummm-bringennnn ummmm-bringennn stechhh!«

Der Schleimer gab sich große Mühe, für Menschen verständlich zu klingen, aber das würde sicher nicht so bleiben. Sie waren gerissen, diese teuflischen Unwesen. Um ihn in seine Schranken zu weisen, ohne zu hexen, ohne Gewalt, da musste sie gut argumentieren, und das leider auf Dämonisch. Ihr *Dämon* war mies, wirklich mies. All der Unterricht im Vatikan für die Katz. Sie seufzte. Zwei Glubschaugen fixierten Mona, blinzelten abwechselnd. Es war nicht die Zeit für Schwäche, alles oder nichts. Mit einem energischen Schritt betrat sie das Zimmer und baute sich vor dem Ungetüm auf. Es half, die Hände in die Seiten zu stemmen und bewusst die Augenbrauen ein wenig tiefer zu ziehen.

»Eindeutiger Verstoß gegen die Beschwörungsauflagen!«, blaffte sie den Schleimer an und erntete dafür erneut ein verzögertes Blinzeln. Jetzt war es zu spät, was auch passierte, im Zweifelsfall würde Balthasar ihr helfen, und so schwache Dämonen konnte sogar ihr Hexenfeuer beseitigen. Der Mut kroch durch Monas Adern wie die Wärme eines Lagerfeuers, wärmte mit Adrenalin ihre kalten Finger.

»Dasa fag! Dasa farg! Dafgad aspungd djeipek!«

Doch jetzt zuckte sie verwundert, schloss kurz die Augen, um sie sofort wieder zu öffnen. Das war ein furchtbarer, primitiver Dialekt, niedrige Unterdämonen sprachen in Comigksans, eine sehr schwer verständliche Kommunikationsweise. Aber noch viel unverständlicher war, dass Mona die Bedeutungen seiner Laute kannte. Jede gegrunzte Silbe ergab für sie Sinn. Wieso? Was war passiert? Dabei hatte sie nur einen zweitägigen Kurs darin belegt gehabt, weil der Professor so … nun die ganze Klasse hatte ihn als süß bezeichnet. Leider war er genauso langweilig wie niedlich gewesen. Comigksans war keine echte Sprache, es waren Laute, die man richtig interpretieren musste. Nicht umsonst hatte man eine fürchterliche Schriftart danach benannt. Mona räusperte sich, bemüht, ihrer Stimme einen festen Klang zu verleihen.

»Beschwörungen von Unterdämonen benötigen eine amtliche Bewilligung.« Mona ahnte, wegen wem man diese neuen Gesetze verfasst hatte. »Und sie müssen mindestens zwanzig Jahre im Voraus eingereicht werden, erst dann und auch nur in Begleitung eines Henxenden der Stufe 4 und höher darf die Zeremonie abgehalten werden.«

Jetzt starrten sich beide ungläubig an. Der Schleimer aus Schreck und Mona aus ähnlichen Gründen. Dieser Satz war ihr in lupenreinem Hochdämonisch über die Lippen gekommen, es klang professionell, intelligent – nebenbei auch so tödlich wie der Hauch des Sensenmanns persönlich. Und doch war Monas helle, weiche Stimme hindurchzuhören. Das war wohl einer dieser Vorteile eines höllischen Ehemanns. Der Pakt hatte sie magisch verbunden und Mona sich schon oft gefragt, ob nur Balthasar Auswirkungen zu spüren bekam.

Der schleimige Teerfetzen fing sich wieder, öffnete sofort die fiese Fratze und spuckte.

»Aha, sandrif grin dohr blblblba!«

»Unkenntnis schützt vor Strafe nicht!«, ermahnte Mona den unwilligen Dämon streng. Das teerähnliche Wesen rutschte langsam von der Zimmerdecke, die Ecke entlang, die Wand hinunter, verteilte sich dabei auf der Tapete und landete schlussendlich auf dem Kopfkissen des Bettes. Diese Wäsche musste nachher auf jeden Fall verbrannt werden.

»Luoln dut lemao ik sgnur exdeh!« Es grollte aus seiner schleimigen Kehle, und der große Mund zog sich einmal quer durch seine gesamte Gestalt. Eine dicke, lange Zunge rollte heraus und dann wieder hinein.

»Ach, jetzt auch noch frech werden? Beamtenbeleidigung, Verstoß gegen Beschwörungsauflagen, Materialisierung vor einem Menschen, Bedrohung einer ungeweihten Junghexe, Beschmutzung fremden Eigentums, soll ich weiter aufzählen?« Mona zückte ihr Smartphone und tippte die Vergehen in ihr Protokoll. Mit nur einem Schnipsen ihres Fingers und einem lauten »Verhext!« erschien ein Strafzettel in ihrer Hand.

»Mimimimimi!« Dafür brauchte sie kein Dämonisch zu verstehen. Die Kreatur hatte absolut keinen Respekt vor ihr, und das fiese Grinsen der breiten Fratze umrundete den gesamten schleimigen Fleck einmal.

»Du nimmst jetzt diesen Strafzettel, verschwindest mitsamt deinem Schleim wieder in die Hölle und wirst beim Amt vorstellig werden, um deine Strafe zu empfangen!« Wie von selbst gelang es ihr, ernst zu bleiben. Sowohl die Fähigkeit, Hochdämonisch sprechen zu können, als auch das merkwürdig unbekannte Gefühl von Kontrolle verpassten ihr einen regelrechten Adrenalinkick. Normalerweise hätte sie hier wohl mit brennenden Händen gestanden, doch ihr inneres Feuer lauschte nur und wartete erstmals brav auf seinen Einsatz.

»Ohl wnnn zonstl?! Hrlhrlhrl.« Dämonisches Lachen.

»Na ja, sonst … sonst muss ich leider auf anderem Wege dafür sorgen. Und glaub mir, das wird dir ganz und gar nicht gefallen!«, drohte sie, bluffte sie vielmehr, verschränkte untermauernd ihre Arme. Andererseits kribbelte es sie regelrecht, ihn für seine Unverschämtheit einfach anzuzünden.

»Hrlhrl hrl hrl fününü, ischr schir fräsn frlein! Su schnir sanzg farhell!«

»So was ist mutwillige Besessenheit! Du reitest dich immer tiefer in die Scheiße!« Jetzt platzte Mona der Kragen. Bedrohen lassen wollte sie sich nicht. Schon gar nicht von einem schmierigen Flecken Schmodder, der ganz offensichtlich seine Grenzen austestete. Verständlich, wenn man es gewohnt war, Schleimer zu brechen, natürlich versuchte er, möglichst unhöflich zu sein. Aber er hatte hiermit die rote Linie überschritten, und wie von selbst suchte Mona den Kontakt ihres Mannes heraus. Auf ihre Nachricht hatte er mit »Immer doch, Liebste« geantwortet, und sofort kribbelte es gewaltig in Monas Magen. Mit zittrigen Fingern wählte sie seine Nummer.

Möge er bitte nicht weiter auf das Herzchen eingehen – möge er einfach nur – was auch immer – bitte nur keine Unterhaltung darüber. Monas Gedanken rotierten, ihr Puls verdoppelte sich mit jedem Tuten des Freizeichens.

»Mein Herz, was kann ich für dich tun?«

Also doch. Mona räusperte sich, und das Geräusch einer aufgeschreckten Ente entkam ihren Lippen.

»Ehhh«, setzte sie an. »D-der Schleimerdämon ist nicht

kooperativ!« Wieder schenkte sie dem Schleimerdämon einen bösen Blick. Der, nichts ahnend, streckte ihr die Zunge heraus.

»Warst du zu höflich zu ihm?«

Mona haderte kurz mit sich, überlegte, ob sie etwas hätte anders formulieren können. Vielleicht. Mit der Strenge, aber auch mit dem Respekt einer Beamtin hatte sie ihm seine Vergehen vorgetragen, dabei hätte sie den ungehobelten Dreckskerl lieber anbrüllen und verwünschen sollen. Das wäre wirklich unhöflich gewesen. Sie knirschte resigniert mit den Zähnen.

»Ich bin nicht gut in so was …«, gab sie zu.

Balthasars Schmunzeln konnte sie fast durch das Smartphone hören. »Deine entgegenkommende Art ist liebreizend, aber es gibt Momente, da ist so was hinderlich. Was hat er denn erwidert?«

Das wollte sie nur ungern wiederholen. Doch mit einem wütenden Blick auf den nach wie vor feixenden Schleimer fiel es ihr auf einmal ganz leicht. Die obszönen Gesten, geformt aus schwarzem Schmodder – oh, das würde ihm noch leidtun.

»Er meinte, ich solle mich ins Knie – du weißt schon, und so eine Olle wie ich gehöre auf die Straße, zu den anderen – du weißt schon. Wobei es ihm recht wäre, wenn ich mich zu ihm auf das Bett legen würde, dann überlege er es sich noch mal.«

»Gib ihm bitte das Smartphone weiter.«

Zögerlich streckte Mona den Arm aus, hielt dem verdutzt dreinschauenden Schmierfink das Handy hin, nahe genug, um ihn nicht zu berühren. Diesmal war es Balthasar, dessen Hochdämonisch erklang, und so furchteinflößend Mona den Klang ihrer Stimme auch empfunden hatte – das war kein Vergleich. Es hörte sich an, als beschwöre er die Apokalypse selbst herauf, und mit einem Mal regte sich nichts mehr in dem Schleimer. Seine runden Kulleraugen rutschten langsam weit nach unten, verharrten dort und rotierten in sich wie Wackelaugen auf einer Postkarte.

»Davon mal abgesehen, wie kannst du es wagen, so mit meiner Frau zu sprechen?«, grollte es durch den Hörer, und aus dem großen schmierigen Fleck wurde eine Pfütze. Das Unwesen zog sich zusammen, begann zu zittern. Mit bebender Fratze stierte er zu Mona hoch, die ein Grinsen nicht unterdrücken konnte.

»Wiiiihihihihwiwiwiwi!« Es klang, als würde der Schleimer gleich anfangen zu heulen.

»Das möchte ich dir auch geraten haben! Wenn ich dich in die Finger kriege, wirst du nicht mehr länger in der Lage sein, an Zimmerdecken herumzuhängen!«

»Gnnähhd gnähd bid bid bide!«

»In mein Büro! Sofort!«

Ein ersticktes Quieken entkam dem Schleimdämon, und dann tat sich auch schon die Hölle unter ihm auf. Ein Wirbel aus Pech und Pein rotierte mit dem Lärm eines kreischenden Männerchors in Panik. Der Dämon und das Kissen, auf dem er zusammengeflossen war, glitten hinab in die Finsternis. Es sog ihn regelrecht hinein in den Nether, der sich mit einem Schmatzen wieder schloss. Mona blinzelte irritiert auf das leere Bett, auf dem eben noch ein winziges Höllenportal einen Dämon verschluckt hatte. Der Äther ließ ein Rülpsen verlauten. Langsam hob sich Mona das Telefon zurück ans Ohr. Ihre Hände waren ganz schwitzig.

»D-danke …«, flüsterte sie, gefangen zwischen Schadenfreude und Ehrfurcht.

»Kein Problem. Das wird nicht lange dauern, denke ich. Eigentlich hätte ich jetzt Feierabend, eine längere Anhörung hat das Vieh eh nicht verdient. Du kannst das Zimmer läutern, ich kümmere mich um seine Papiere und die Strafabwicklung.«

Hatte sie richtig gehört? Er nahm ihr den bürokratischen Mist ab? Auf ihr Gesicht stahl sich ein Lächeln.

»Dann … dann bis … bald«, murmelte sie und hörte sein heiseres Lachen, ehe er auflegte. Was mit dem Schleimer passieren würde, überließ Mona der Fantasie anderer. Sie verließ erst mal das Zimmer und schaute in den Hausflur.

»Ihr könnt mir gerne beim Läutern helfen, der Dämon ist jetzt weg!«

Die Neugierde stand den beiden Teenagern ins Gesicht geschrieben. Von dem Lärm hatten sie sicherlich einiges mitbekommen, und Mona lächelte schief. Nicht aus Höflichkeit, diese Lektion hatte sie gelernt, aber sie wollte den Mädchen nicht noch mehr Angst machen. Also ging es zurück mit Kimi und Ashley in die Wohnung.

»Wo habt ihr eure Putzsachen?«

Ja, die Junghexe und ihre Freundin waren von der Säuberungsaktion ähnlich begeistert gewesen wie Ben und Boris. Auch sie hatten sich unter einem Läuterungsprozess etwas ganz anderes vorgestellt. Immerhin erstrahlte Kimis Zimmer nun in einem nie gesehenen Glanz. Seifen- und Weihwasser hatten eine großartige Wirkung auf Schmutz und negative Schwingungen.

Während sie die Bettwäsche verbrannten, fragte Mona die Mädchen noch einmal aus. Die Beschwörung hatten sie im Gang vor ihrer Umkleide gefunden.

»Und ihr probt für euer Theaterstück genau wo?«, erkundigte sie sich.

Kimi starrte in die Flammen ihrer hübschen Decke. Ein Feuer erhellte das Zimmer. Dank Hexerei würde es nur die Bettwäsche verschlingen, und Rauch entstand dabei auch keiner.

»W-was?«, wollte das junge Mädchen wissen.

»Wo probt ihr?«

»Oh … das ist immer im Butzclub.« Wie hypnotisiert schaute Kimi den letzten züngelnden Feuerzungen zu, während Ashley die Szene mit ihrem Handy filmte.

»Der Butzclub?«, wiederholte Mona leise, und sofort stellte sich das Gefühl einer furchtbaren Erkenntnis ein. Direkt darunter war der Keller des Böllermann, der Disco, in der sie den Grießbreivampir zum ersten Mal gerochen hatte. Es tummelten sich so einige Unwesen dort, doch gefährliche Beschwörungsformeln gehörten in die Hände fähiger Magier – und offensichtlich war er einer.

»Ist euch im Theater etwas aufgefallen?«, hakte Mona nach. Die zwei Mädchen sahen sich an, zuckten mit den Schultern.

»Das war nicht der einzige Zettel. Ich glaub, die hat da nur jemand kurz abgelegt gehabt, und wir haben halt einen gemopst!« Schuld stand Ashley ins Gesicht geschrieben, und Mona stöhnte gestresst. Sie hätte wetten können, dass es sich bei dem Vampir um jenen handelte, der dem Amt entwischt war. Gleich morgen galt es die Akten anzufordern.

Nach der Läuterung tauschte Mona ihre Kontaktdaten mit Kimi aus, denn ohne hexischen Rat würde das Dämonenmalheur kein Einzelfall bleiben. Besser, das Kind konnte sich an jemanden vom Fach wenden.

Der Fahrstuhl des Hauses roch noch immer nach Kotze, und Mona stürmte regelrecht hinaus aus dem silbernen Kasten aus Übelkeit und Brechreiz. Selten war sie so froh, sich endlich auf den Weg zur Arbeit zu machen, wollte gerade wieder nach ihrem Smartphone angeln, um ein Taxi zu rufen, da fiel ihr Blick auf die schwarze Limousine direkt am Gehweg.

Balthasar hatte sich wie immer eine Zigarre angezündet, und sein Anzug sowie die Sonnenbrille waren in Kombination mit diesem Straßenviertel ein Grund für sämtliche Nachbarn, die Vorhänge zuzuziehen. Die glühenden Augen mit der brennenden Korona um seine schmalen Pupillen schauten Mona über den Rand der schwarzen Gläser hinweg an, und sie fühlte, wie ihr Herz einmal heftig gegen die Rippen drückte.

»Hi.« Mehr brachte sie nicht heraus, als sie vor ihm stand.

»Ich dachte – nun, du musst ja irgendwie zum Museum. Nicht wahr?«

Sie nickte. Balthasar zuckte mit den Schultern, öffnete dann die Beifahrertür und wartete, bis Mona eingestiegen war. Unsicher sank sie in den bequemen Ledersitz und beobachtete den Dämon, wie er sich neben sie setzte und den Motor anließ.

»Hab … ich irgendwas verpasst?«, flüsterte sie. Er zog nur die Augenbrauen nach oben. »Ehhhh … weil … also weil du mich … einfach so abholst.«

»Ich hab jetzt Feierabend. Der Himmel sieht nach Regen aus, und ehe ich dann am Ende wieder im S-Bahn-Schacht lande, weil du Regenschirmlose ein bisschen feucht wirst …« Er schmunzelte, und Mona fühlte die Röte auf ihren Wangen brennen.

»Ich wohne außerdem nicht weit vom Museumsufer entfernt.«

»Aha. Ja … also … dann … danke.«

Sein Lächeln brachte ihren Kopf regelrecht zum Glühen.

»Geht es dir gut?«

»W-was? Ja, ja alles fein. Bisschen müde«, nuschelte Mona. »Dir?«

»Etwas wütend. Ich hatte lange keinen so ungehorsamen Dämon mehr. Die haben normalerweise mehr Respekt.« Er schob verärgert den Unterkiefer vor.

»Aber er ist doch sofort eingeknickt, als du ihn zurechtgewiesen hast.«

Prüfend schaute er sie von der Seite an. »Mona, du bist meine Frau. Das wissen die Dämonen. Der Ring, der Pakt. Du hast meine Aura.«

»Ich hab deine was?«

»Meine Aura. Der Pakt ist magisch, schon vergessen? Würden wir miteinander schlafen und unsere Magie verbinden, wäre das intensiver, aber so reicht es auch schon – er wusste, mit wem er dort spricht. Er ist auch nicht der erste Schleimer, der einfach so verschwunden ist. Ich hab im Protokoll gesehen, dass wir ein paar vermissen.«

»Ehh … das … das könnte an dem Grießbreivampir liegen«, stammelte Mona und überging dabei die Sache mit der Aura und dem Beischlaf rasch.

»Der Typ aus dem Museum?«

»Ja.«

»Das musst du mir genauer erklären.«

Tatsächlich war das gar nicht so einfach. Mona hatte ein paar ängstliche Theorien aufgestellt, die alle keinen Sinn ergaben. Ihr fehlten zu viele Informationen. Vor allem das Motiv des Vampirs war ein großes Rätsel. Er operierte offensichtlich im Club des Butzemanns, dort gab es unerlaubte Beschwörungsrituale in den Gängen, und es hatte nach ihm gerochen. Er brach mit einigen anderen Magiern in das Museum ein und wollte Sonotep bestehlen. Dabei faselte er etwas davon, dass er nun die Wahrheit kenne. Welche Wahrheit? Dass der Pharao keine göttlichen Kräfte besaß und nicht mal verflucht war? Vermutlich ging es darum. Aber was hatte er jetzt vor? Auf anderem Wege Macht erlangen? Wollte er etwa Monas Hexerei? Durch den Bilderrahmen? Und sie hätte schwören können, dass sie ihm im Park bei der Läuterung begegnet war. Vielleicht hatte er dort nach Dämonen gesucht, sie zu einer Party gelockt. War er wirklich der vor dem Amt geflüchtete Vampir? Bedauerlicherweise interessierte sich Mona mehr für düstere Romanzen und nicht für Krimis.

Konfus schilderte sie ihre Gedanken, und zum Glück verstand Balthasar, worum es ihr ging. Er hatte auch eine durchaus schlüssige Theorie.

»Die Magie einer alten Mumie ist sehr verlockend. Wenn du aber sagst, dass der gute Prinz keine besessen hat, dann ist der Vampir völlig umsonst eingebrochen. Du hast dafür gesorgt, dass seine Verbündeten – aus bestimmten Gründen – in Asche verwandelt wurden. Könnte gut sein, dass er sich an dir rächen will. Vielleicht war er wirklich damals im Park. Die Magie dort war massiv gestört… tut mir leid, dass ich das nicht ernst genommen habe.«

»Hab ich ja auch nicht.« Mona zuckte mit den Schultern.

»Liebling, der Bilderrahmen hätte dich töten können. Er hätte dir deine Hexerei genommen, vielleicht auch den Pakt. Wenn dieser Vampir gesehen hat, dass du es warst, die mich beschworen hat – stell dir vor, jemand wie er hätte die Kontrolle über mich.« Er klang mit einem Mal sehr ernst, und die zusammengezogenen Augenbrauen sahen besorgt aus. Mona verstand erstmals, wie viel Vertrauen ihre Beziehung auch für ihn bedeutete. Sie nutzte ihn, um Kleinigkeiten in Ordnung zu bringen – der Vampir könnte ihn zur Machtübernahme ganzer Länder missbrauchen. Nervös schluckte sie und knetete ihre zitternden Finger.

»D-das war wohl kein Zufall. I-ich erkundige mich morgen beim Amt, was mit dem Vampir passiert ist, wer er war.«

»Gut, und ich schaue mir das mit den Dämonen an. Wenn der Vampir sich Dämonen beschwört, dann plant er etwas. Und er muss überzeugend sein, wenn so ein Schleimer sogar mir gegenüber aufmüpfig wird. Verdammt, ich hätte ihn nicht gleich verdampfen sollen. Dauert ewig, den wieder zusammenzusetzen.«

»V-verdampfen«, wiederholte Mona flüsternd und biss sich auf die Zunge.

»Es wird Zeit, dass wir Lizenzen für Dämonen ausstellen. Es braucht dringend Schulungen für die Jüngeren unter ihnen. Dann kann so was gar nicht mehr passieren.«

»Wäre es nicht besser … dafür zu sorgen, dass sie gar nicht mehr aus der Hölle rausdürfen?«

Balthasar sah sie stirnrunzelnd an.

»Und wo sollen sie dann deiner Meinung nach ihre Freizeit verbringen?«

»Da … da unten?«

»Mona. Die Hölle ist kein schöner Ort für den Feierabend: keine Sonne, keine Möglichkeit, draußen irgendwo … wir haben dort keine Strukturen zum Leben. Es ist … Arbeit.« Er seufzte. »Dämonen sind nicht böse. Im Gegenteil. Viele von ihnen verbringen ihre ganze Existenz damit, Todsünden auszugleichen. Du würdest dich wundern. Meine Sekretärin zum Beispiel – ist ein über 1500 Jahre alter Schlangendämon, kräftig wie ein Wagenrad, das Gesicht … nun … sie erinnert an deine Nachbarin mit Fangzähnen. Sie hat Mörder geläutert, bis sie bereut haben. An Halloween wäre ihr Aussehen ein guter Kinderschreck, aber abends hockt sie in ihrer kleinen Wohnung, zwischen ihren zwanzig Katzen, in einem Schaukelstuhl und schreibt Kinderbücher über Purzel, den schmutzigen Seeotter.«

Diese Vorstellung verursachte in Monas Denkvorgang einen Knoten, und sie rieb sich die Stirn. »Das … das heißt Purzel, der putzige Seeotter«, korrigierte sie ihn, war mit ihren Gedanken jedoch immer noch überfordert.

»Ja, dann meinetwegen putzig. Worauf ich hinauswill: Sie sind menschlicher, als du denkst. Viele stammen aus dem Menschlichen. Und verdammt, die meisten Kreaturen, die man als Dämon bezeichnet, sind magische Wesen, und die Kirche betitelt sie so. Verstehst du?«

»Ehhh … also … schon. Denke ich. Brennfried war ja auch … ganz nett. I-ich hab nicht nachgedacht. Sorry.« Da hatte sie bei Weitem schlimmere Taxifahrer erlebt, an denen von Kopf bis Fuß alles menschlich war und trotzdem deutlich mehr an Dämon erinnert hatte.

»Und ich möchte dir nur noch mal erklären, dass Dämonen keine bösen Wesen sind. Klar? Außerdem habe ich mehr Zeit als Gott auf dieser Welt verbracht, als über dieses beschissene Drecksloch zu wachen.«

»So klingt das mit der Hölle aber ganz schön … höllisch.«

»Ich sprach eigentlich von meiner Firma.«

»Oh.«

»Ich geb zu, ich hab's nicht so mit Menschen, bin sicher etwas eingerostet. Die Hälfte von ihnen besteht ja mittlerweile eh aus Zombies. Trotzdem bin ich kein Monster.«

Wenn seine brennenden Augen dabei so unheimlich glühten, fiel es Mona schwer, aus freien Stücken zu nicken, und so grinste sie ihn nur gezwungen an. Seinem erschöpften Seufzen nach gefiel ihm das ganz und gar nicht. Es war Balthasar offensichtlich wichtig, was sie über ihn dachte.

»Euch Hexende halten die Menschen bis heute auch für das Böse …«, kam es grummelig, und Mona biss sich auf die Unterlippe. Wieder ein Punkt für den Erzdämon. Und in Anbetracht der ein oder anderen versehentlichen Verwünschung ihrerseits konnte sie sogar verstehen, weshalb.

»Du hast recht. Ich … also, weißt du… was man alles so im Studium lernt … Und generell im Alltag«, versuchte sie sich zu erklären.

»Ja, weil der Vatikan und die Kirche auch so verlässliche Quellen sind!« Zwei zu null für Balthasar, und nun nickte Mona langsam.

»Stimmt schon. Bezüglich Dämonen, Beschwörungen… der Hölle selber, alles, was ich gesehen habe, widerspricht dem, was ich gelernt habe. Ich hab das nie hinterfragt, das war… unklug. Und unsensibel. I-ich wollte dich damit nicht abwerten, aber…« Doch genau das hatte sie getan, und dafür gab es keine Rechtfertigung.

Für einen Moment breitete sich Stille zwischen ihnen aus. Das Auto summte über die Schnellstraße in Richtung Frankfurt am Main, und die Nachtlichter blitzten nur als schwaches Glühen durch die getönten Scheiben.

Mona wurde das Gefühl nicht los, dass er sie mochte. Ihre Meinung war ihm offenbar so wichtig, dass er sich ihr gegenüber verwundbar machte. Sie hatte ihn verletzt, und er erklärte sich ihr. Sicher nicht nur, weil er sie ins Bett kriegen wollte, ganz bestimmt nicht. Sie hatten geflirtet, sie wies ihn zurück, und er fragte nach ihrem Tempo und was sie sich wünschte – er, der Erzdämon. Mona sank noch etwas tiefer in den Sitz.

»Ich bin dir nicht böse«, meinte er schließlich, und sie atmete erleichtert durch. »Ich mag das nur nicht mehr hören.« Damit hatte er sich klar ausgedrückt, und Mona nickte. Der Vorwurf, böse zu sein, hatte ihn getroffen, und ihr war das so selbstverständlich über die Lippen gekommen. Dabei hatte man sie ihre gesamte Kindheit mit demselben Stigma ausgeschlossen. Böse Hexe. Gedankenlos hatte sie ihm eine schädliche Absicht unterstellt – es galt, ihre Wahrnehmung zu überdenken. Wenn sie so mit ihm sprach, welche herabwürdigenden Meinungen der Gesellschaft hatte sie noch adaptiert? Was hatte sie schon alles über Vampire und Werwölfe gemutmaßt? Furchtbar. Die Erkenntnis fühlte sich an wie eine wohlverdiente Ohrfeige.

Wie aus Reflex griff sie nach seiner Hand auf dem Schaltknüppel und schaute in sein überraschtes Gesicht, drückte die warmen Finger.

»Ich werde nie wieder so was sagen«, versicherte sie. Er starrte sie für einen Moment an, ehe er den Blick zurück auf den Verkehr richten musste.

»Aber ich muss zugeben, dass ich mich manchmal durchaus –« Ein Seufzen. Er hielt inne und konzentrierte sich auf die Straße. Mona entschloss sich, einfach abzuwarten, auch wenn die Neugierde nach diesem Gespräch sie unruhig werden ließ. Seine ganze Arroganz war verschwunden, und liebend gerne hätte sie weiter seine Hand gehalten.

An einer Ampel holte er Luft und schaute zu ihr. »Mein Verhalten mag nicht unbedingt bösartig sein, trotzdem – ich hab wohl vergessen, wie es unter Sterblichen ist. Tut mir leid, dass ich oft so schroff bin und … du weißt schon. Ich hatte dir versprochen, mich zu benehmen, aber ich weiß ehrlich gesagt nicht … bitte sag mir einfach rechtzeitig, wenn ich mich wieder aufführe wie das Klischeebild eines Erzdämons, ja?«

Fest presste Mona ihre Lippen zusammen und nickte. »Keine Ahnung, ob das an deinem Wesen liegt, Balthasar. Die letzten Jahrhunderte waren wir Menschen nicht gerade soziale Vorbilder, also … a-aber ich werde mich melden.«

Sie vernahm ein dunkles, zustimmendes Kichern.

»Deshalb mag ich dich«, murmelte er.

»Mh?«

»Für die Welt bin ich ein Erzdämon. Das ist einschüchternd. Und doch streiten wir seit Tag eins. Du hast keine Angst vor mir. Du sagst mir, was du fühlst.«

»Du bist halt ein verdammt guter Dämon«, erwiderte sie versöhnlich und untermalte den ungeschickten Wortwitz mit einem Lächeln. Balthasar schüttelte den Kopf und lachte gelöst.

»Guter Dämon«, wiederholte er zufrieden klingend. »Wir sollten öfters reden.«

Verdutzt antwortete Mona wieder mit einem ihrer »Ehhs«, aber sie fühlte, wie sich ein dickes Lächeln auf ihrem Gesicht ausbreitete, konnte die Grübchen in ihren Wangen regelrecht spüren. »G-gerne.«

»In der Bar, die du so magst?«

»Ja, auch. U-und vielleicht kannst du übermorgen, a-also Samstag mit zum Mainfest?«

»Würde ich, aber so kurz vor Halloween ist tatsächlich die Unterweltaktivität deutlich erhöht. Zumindest in den nächsten Tagen wird es eng.«

»Oh, dann werde ich darauf achten, mir andere Hilfe zu suchen, damit du – na ja, deine Ruhe hast!«

»Mhh … du bist wirklich ziemlich süß Mona. Weißt du das?«

Schmetterlinge schnürten ihr die Kehle zu, und sie war nicht mehr in der Lage, sinnig zu artikulieren. Und dass dieser Zustand Balthasar so ein glücklich zufriedenes Grinsen aufs Gesicht zauberte, verursachte neben den flatternden Faltern in ihrem Magen auch noch ein Feuerwerk in ihren Gedanken.

DONNERSTAG

25.10.2018

ERST DER GERUCH IM BÖLLERMANN
DANN DER EINBRUCH IM MUSEUM
"ER KENNE DIE WAHRHEIT" GESTOHLEN WURDE NICHTS?
DER PARK UND DIE DÄMONENLÄUTERUNG, WAR ER
WIRKLICH DORT? DAS WAR DOCH DUNKLE MAGIE?
DER BILDERRAHMEN, DER GING DOCH AUF MICH, ODER?
ER HÄTTE MEINE KRÄFTE STEHLEN KÖNNEN.

WER IST DER VAMPIR, DER VOM AMT GEFLOHEN IST?
WIR HÄTTEN DIE ERMITTLUNGEN NIEMALS BEHINDERN
DÜRFEN MIT UNSERER AKTION IM MUSEUM …

NUN EIN BESCHWÖRUNGSRITUAL AUF EINEM ZETTEL AUS
DEM CLUB DES BUTZEMANNS? ZUFALL? SICHER NICHT!

BALTHASAR GLAUBT, DASS ALLES
ZUSAMMENHÄNGT, DASS DER VAMPIR
MEINE HEXEREI UND DEN DAMIT
VERBUNDENEN PAKT HABEN WILL :(

yikes, schleimer

Kapitel 30

Oh, Mandy

»Halt! Jemand muss mich tragen!«, krächzte Boris dramatisch und blieb vor der Brücke stehen. Mona fuhr sich nervös durch die Haare. Dafür hatten sie nun wirklich keine Zeit.

»Wie bitte?«, kam es von Herrn Sanddorn. Der Mann mit den schütteren Haaren, den hängenden Schultern und dem abgetragenen Flanellhemd zitterte am ganzen Körper. Es war kurz vor 22 Uhr, verdammt kalt, richtig herbstlich, und die Nachtwächter stolperten mit ihm über die Kirmes am Museumsufer, auf der Suche nach seiner Tochter. Entsprechend angespannt war die Situation.

Er hatte die kleine Mandy zu einem Event des Museums mitgenommen. Abendspektakel am Wasser, mit Markt, Ständen, Karussell, abgefahrenen Projektionen und Vorträgen rund um die Geschichte des mittelalterlichen Frankfurts. Und mitten im Getümmel war das Mädchen verloren gegangen. Mit jeder weiteren Minute wurde es dramatischer, denn das Mainfest war groß und Kinderfüße erschreckend schnell. Entsprechend angespannt waren die Nerven, und Herr Sanddorn zitterte nicht nur vor Kälte.

»Diese Brücke führt über rechtsdrehendes Fließgewässer! Und das können Vampire nicht überwinden! Ich bräuchte ein Boot, ansonsten ist das schlecht für meine Chakren!«

»Das ist Unsinn!«, entgegnete Mona.

Sofort schnappte Boris beleidigt nach Luft.

»Bitte? Ich wandle seit über zweitausend Jahren auf dieser –«

»Okay, schon gut! Verstanden! Dann flieg halt weiter über das Mainfest! Ben und Herr Sanddorn gehen alleine die Brücke absuchen. Ich schau mich noch mal bei den Buden mit den Kuscheltieren um!«, bestimmte Mona, und die Gruppe gehorchte. Werwolf und Vater hasteten über die Fußgängerbrücke. Eine Fledermaus entstieg einer Rauchwolke, wo kurz zuvor Boris gestanden hatte, und flatterte hinauf in die Nacht. Sofort machte sich Mona auf den Weg zurück in das Getümmel aus Menschen und hässlichen Tierballons.

Auch die Festivalaufsicht suchte das ganze Ufer ab. Monas Nachtwächterkollegen waren ebenfalls alarmiert. Seit über einer Stunde fragten sie sich überall durch. Jemand musste sie doch gesehen haben, das Kind fiel sogar in dem bunten Treiben des Marktes auf. Mandy trug ein violettes Kleid und einen Hexenhut, hatte einen Besen dabei, dazu eine blaue Jacke mit selbst gemaltem Nachtwächtersymbol. Oh, sie hatte so süß ausgesehen. Ein Nachtwächterhexenkostüm, Mona war dahingeschmolzen.

Rund um Halloween nutzte jeder die Gelegenheit für Verkleidung, und es war ausgesprochen schwierig, Zombie von Mensch in der Masse zu unterscheiden. Ende Oktober spielte die Welt der Sterblichen so mit dem Chaos, dass es sogar den Untoten zu viel wurde. An der Ecke der Brücke stand eine Gruppe faulender Zombies, sich über das schlechte Walking-Dead-Kostüm eines Lebendigen mokierend. Sie äfften die hakeligen Bewegungen des Möchtegernuntoten nach, und ihren Kehlen entkam ein gruseliges Lachen.

»Hey, ihr!«, fuhr Mona den verwesenden Haufen an. Leere Augenhöhlen und hängende Kiefer drehten sich zu ihr um.

»Habt ihr ein kleines Mädchen gesehen? Blaue Jacke, lila Kleid, Hexenhut und Besen?«

Ein verneinendes kollektives Stöhnen. Auch Mona seufzte dunkel. Es sah finster aus, in ihren Gedanken und am Himmel. Es wurde später und später, zudem mit jeder Stunde deutlich kälter. Ihre Leggings hielten sie schon lange nicht mehr warm, und die Nachtwächterjacke war nicht für diese herbstlichen Temperaturen geschaffen. Ein Schauer lief ihr über den Rücken, teils aus Angst um das kleine Mädchen, teils aus Unterkühlung.

Tapfer stapfte sie zurück zum Mainfest. Sie schielte mit einem Auge auf ihr Smartphone, wollte kein Update verpassen. Jetzt hätte sie ihren erzdämonischen Mann wirklich gut gebrauchen können, doch sie hatte ihm versprochen, sich zusammenzureißen. Vor Halloween stand die Hölle unter großem Druck. Er musste arbeiten, überirdisch und tief darunter. Zwar sprachen sie häufiger miteinander, aber Monas Verliebtheit fütterte sie mit Unsicherheit. Wie wichtig war seine Aufgabe? Wäre Mandy ein Grund für ihn, alles stehen und liegen zu lassen? Oder würde er sich dann von Mona unter Druck gesetzt fühlen?

Immer wieder rief sie nach dem Kind, doch der Lärm verschluckte ihre Stimme, und Mona war zu klein, um einen Überblick über die Menschenmasse zu gewinnen. Es blieb ihr nichts anderes übrig, als sich zwischen grölenden schlecht kostümierten Leuten hindurchzuquetschen in der Hoffnung, Mandy irgendwo aus den Augenwinkeln zu erblicken oder jemanden zu finden, der sie gesehen hatte.

Bei jedem hellen Kinderlachen zuckte Mona alarmiert zusammen. An den Marktständen mit den Kuscheltieren und den gezinkten Geschicklichkeitsspielen fanden sich viele Kinder. Sie alle hofften wohl auf eine gelbe Plüschmaus oder ein cooles Spielzeugauto – von Mandy gab es hier jedoch keine Spur.

Mona hastete an einem verfluchten Kranspiel vorbei. Die besessene Kralle im Gerät zuckte wild herum, ließ die begehrten

Spielzeuge immer kurz vor dem Ausgang fallen. Um dieses thaumaturgische Problem musste sich jemand anderes kümmern. Jahrmärkte besaßen ihre eigenen Exorzisten für solche Angelegenheiten, und Mona hatte ohnehin keine Zeit.

Neben ihr knallte es, ein paar Jugendliche zündeten Böller, und Mona war versucht, etwas ganz anderes anzuzünden. Doch es gab Wichtigeres. Zum sicher dritten Mal an diesem Abend beobachtete sie die Bude mit dem Entenangeln, aber außer falschen Erziehungsentscheidungen fiel ihr nichts auf. Für 22 Uhr waren erstaunlich viele schlecht beaufsichtigte Kinder im Grundschulalter auf dem Mainfest. Wehe, wenn davon auch noch eines verschwand.

Monas Handy vibrierte, und ihr Herz verkrampfte sich sofort vor Schreck. Jemand hatte ein Update in die Suchgruppe gepostet. Ein weiteres Gebiet war abgesucht – ohne Erfolg. Keine Spur von dem Mädchen. Seit zwei Stunden war Mandy wie vom Erdboden verschluckt. Mona bemühte sich um die Koordination der Suche, schickte Nachtwächter und die Festivalaufsicht herum, notierte sich Hinweise – sie hatten Mandy mehrfach ausrufen lassen. Natürlich war auch die Polizei alarmiert. Es half ja nichts. Ihre Hexerei brachte heute nur Fehlzündungen zustande, und jeder Aufspürzauber versagt, als wäre Mandy tatsächlich nicht mehr auf dieser Welt. Mona fühlte, wie ihre Augen feucht wurden. Sicher lag es nur an Monas mangelnden Fähigkeiten. Im Zerstören war sie gut; aber im Auffinden? Außerdem gelangen ihr Zauber unter Stress nur ganz selten, das war noch mal etwas anderes als zu hexen. Zauberei brauchte Formeln, und Mona war mit ihrem Latein am Ende.

Endlich eine freie Ecke. Inzwischen hatte Mona ausreichend Kontrolle über ihren Pakt. Balthasar schenkte ihr die nötige Sicherheit dafür. Gegen alltägliche Schreckmomente ließ sich wenig unternehmen, aber bei allem anderen fokussierte sich Mona auf die Gegenwart. So wie er es ihr geraten hatte. Nicht sorgen über das, was sie nicht kontrollieren konnte. Damit hatte er ihr mehr geholfen als ihr Therapeut. Doch gleich endete ihr Selbstvertrauen, drohte in Verzweiflung umzuschlagen – dieses Problem konnte sie nicht lösen. Die Hölle mochte wichtig sein, aber Mona war nicht länger in der Lage, sich darauf zu konzentrieren, sie bangte nur noch um Mandy.

Mit zittrigen Fingern wählte sie die Sechs auf ihren Kurzwahltasten. Sie rief ihn zum zweiten Mal von sich aus an, wieder wegen eines Notfalls. Es klingelte, der erwartete, tiefe, lange Klang einer freien Leitung. Mit den verstreichenden Sekunden baute sich die Nervosität in Mona weiter auf. Dann ein Rascheln, sie zuckte zusammen.

»Hallo, Liebling, was gibt's? Wolltet ihr nicht auf den Markt?«

»Sind wir auch, aber – es ist gerade schwierig«, begann sie und atmete tief durch.

»Was ist passiert?«

»D-die kleine Tochter von Herrn Sanddorn ist verschwunden. U-und nicht mal Ben kann sie wittern. Ich weiß nicht, was ich machen soll. I-ich fürchte …«, stammelte sie.

»Du wirst mich gleich beschwören?«

»Ja …«

»Gib mir fünf Minuten. Muss nur Phillip mit dem Papierkram betrauen.« Mona konnte jemand im Hintergrund schimpfen hören, Balthasar seufzte prompt und legte mit einem »Bis gleich« auf.

Vorerst fiel die Anspannung von ihr ab, und Mona drückte ihr Smartphone an die Brust. Keine ärgerliche Diskussion, er hatte sofort reagiert und einmal mehr ihre voreiligen Sorgen zerstreut. Vorsichtig sah sie sich um. Sie stand zwischen zwei unbeliebten Marktbuden, der Boden war voller Kabel, und neben ihr summte ein Stromkasten. Niemand beachtete sie, und bei dem Lärm würde der Dämon hoffentlich nicht auffallen. Plötzliche Hitze in ihrem Nacken ließ Mona herumwirbeln.

»Na, das ist mal eine hässliche Ecke«, kommentierte Balthasar die Rückseiten der Stände und rümpfte kritisch die Nase.

»Sorry, ich … ich wollte einen ruhigen Ort aussuchen, aber das ist unmöglich. Hier ist gerade die Hölle los!« Sie deutete auf die johlenden Menschenmassen vor diversen Ständen und Zelten. Das ganze Museumsufer feierte ausgelassen, und die Nacht war erfüllt von Gegröle, Lachen, Lichtern und dem Geruch billigen Biers.

»Hölle trifft es nicht ganz …«, bemerkte er und zuckte mit den Schultern. »Hallo, Liebling.«

»Hi! I-ich weiß, heute ist es schlecht, ich hab dir versprochen … aber vielleicht kannst du nur kurz helfen und dann ja auch wieder weg. Tut mir leid!«

Auf ihr Angebot hin starrte er sie eine Weile an. Verhalten stand sie vor ihm, hatte die Füße fast schmerzhaft nach innen verdreht vor lauter Unbehagen.

»Wenn ich das richtig verstanden habe, dann ist ein Kind verschwunden?«, wollte er wissen, und sie nickte. »Und du entschuldigst dich, mich deshalb rufen zu müssen?«

»Die Hölle zu leiten ist sicher schwierig und ja auch verdammt wichtig?«

»Vor allem verdammt!« Er schnaubte und schüttelte den Kopf. »Es ist ein Verwaltungskomplex, der Laden läuft auch ohne mich. Die Seelen dort sind schon tot, die haben Zeit, aber so ein Kind doch nicht.« Stirnrunzelnd sah er sie an, im nächsten Moment setzten sich Monas Füße in Bewegung, und sie warf sich ihm regelrecht in die Arme. Sein kurzes Zögern ignorierend schmiegte sie sich an ihn, und daraufhin drückte er sie fest an sich.

»Dir passiert aber auch immer ein Scheiß.« Sie konnte ihn tief durchatmen hören. Noch etwas länger umarmte sie den warmen Erzdämon, dann besann sich Mona auf ihre Aufgabe und machte einen Schritt zurück.

»Danke dir.«

»Dank mir erst, wenn wir den Rotzlöffel gefunden haben«, erwiderte er zynisch und zwinkerte. Sofort konnte Mona wieder lächeln, vor allem aber aufatmen.

»Ja, richtig. Gut. Also, ich kenne Mandy seit einiger Zeit. Sie ist im Vorschulalter und besucht oft das Museum. Sie und ihr Vater sind mir da mal begegnet. Jetzt ist sie aber auf dem Fest verschwunden.«

»Aufspürzauber?« Eine seiner Brauen hob sich, doch Mona schüttelte den Kopf.

»Haben versagt. Der Papierflieger ist gestartet und dann einfach … zu Boden gefallen. Ganz merkwürdig, als könne er sie nicht erreichen. Vielleicht ist sie auch in eine Kirche gelaufen, aber wir … wir waren schon überall … Außerdem bin ich echt mies im Zaubern.«

Der Dämon rieb sich die Schläfen, versuchte, die Informationen zu verarbeiten.

»Du musst mir helfen, i-ich hab alles getan, was mir möglich war!« Vor Nervosität zitterte Monas Stimme, und die Entschlossenheit brannte in ihren Fingern, wortwörtlich. Er fuhr sich durch die Haare und musterte Mona eine Weile.

»Mhh … Ich teleportiere nur noch mal kurz nach Hause … es ist kalt, und ein Mantel wäre mir dann doch lieber.«

»Ohhh …«, gab sie von sich, da verschwand er auch schon in einer großen Stichflamme. Während ihr nichts anderes übrig blieb, als auf sein erneutes Erscheinen zu warten, checkte sie wieder den Status der Suchgruppe.

Das gesamte Gebiet war durchkämmt. Bärbel watete sogar durch den Fluss – diese tapfere Skelettin. Es fanden sich dort immer mehrere Leichen, und so war Bärbel ständigen Schrecksekunden ausgesetzt. Dabei hatte man letzten Sommer extra ein Badeverbot für Untote verhängt – für Schwimmflügel fehlte ihnen einfach die Puste.

Vor Mona zischte es in der Luft, und dann erschien Balthasar erneut mit einer spektakulären Feuersäule. Funken stoben auf, und eine Hitzewelle schlug Mona entgegen, wärmte ihre kalte Nase. Ein paar angetrunkene Festivalbesucher kommentierten den Anblick der Flammen mit staunenden »Ahs« und »Ohs«. Der Erzdämon trug nun einen schlichten Mantel, und zu Monas Überraschung reichte er ihr eine schwarze Baumwolljacke.

»Müsste dir passen«, meinte er es schulterzuckend.

»D-danke!« Sie machte große Augen – ein Blick, und er hatte gemerkt, wie kalt ihr war. Die Ärmel der Jacke waren etwas zu lang, doch sie rundete Monas Look ab, und vor allem hielt sie schön warm. Was nicht mehr nötig gewesen wäre, denn mit einem Mal war ihr ohnehin ganz heiß.

»Und Bens Spürnase kann sie nicht wittern? Nicht mal eine kleine Spur?«

Geknickt schüttelte Mona den Kopf.

»Und der Aufspürzauber ist einfach so ins Leere geflogen … Mhhh. Wirklich seltsam.« Er rieb sich nachdenklich das Kinn.

»Meinst du … meinst du, sie ist …?«

»Du sagtest, der Zauber ist losgeflogen, dann aber einfach zu Boden gefallen – das würde er nicht tun, wäre sie tot.« Beim letzten Wort zuckte sie zusammen und schluckte.

»Das kriegen wir schon hin, Mona. Es gibt andere magische

Möglichkeiten, jemanden zu finden. Hast du etwas von dem Mädchen? Irgendwas eng mit ihr Verbundenes?«

»Ihr Vater hat natürlich ein Foto von ihr. Ansonsten …« Sie überlegte angestrengt. Den Rucksack mit dem Stickeralbum trug das Mädchen leider bei sich. Das wäre sonst der ideale Leiter für einen Zauber gewesen. Es war immerhin ein wichtiger Gegenstand für das Kind. Mona erinnerte sich lebhaft an ihre erste Begegnung mit dem kleinen Wirbelwind. Sofort riss sie die Augen auf.

»Das Bild!«, kiekste sie. »Balthasar, ich hab ein Bild von Mandy! Das hat sie für mich gezeichnet und – Oh! Das habe ich an zwei verstorbene Künstler weitergegeben … die spuken im Museum und …«

»Bitte was?«, unterbrach er sie.

»Damit sie es analysieren und keinen anderen Unsinn anstellen!«

»Verstehe, denke ich. Ist ja auch nicht so wichtig. Du willst mir also sagen, dass zwei Geister jede Nacht das Bild dieser Mandy thaumaturgisch aufgeladen haben?«

»Ja! Genau!« Mona klatschte aufgeregt in die Hände.

»Damit können wir arbeiten. Ein magisches Relikt, gebunden an das Kind. Und ich hab da auch genau den richtigen Mann für den Job. Wobei … Mann ist relativ, wenn man bedenkt, was er früher mal war.« Er lachte heiser. Mona war zu überfordert, um näher darauf einzugehen. Ihr dringlicher Blick ließ seine Mundwinkel wieder sinken, er räusperte sich.

Balthasar zückte sein Smartphone, wählte erstaunlicherweise via Kurzwahltaste. Es musste sich also um eine wichtige Person handeln.

»Hallo, Peter, ich bin es. Wie sieht das bei dir aus? Irgendwelche akuten Fälle?«

Der Erzdämon zeigte ein auffällig menschliches Verhalten beim Telefonieren, er schritt dabei auf und ab. Mona blieb nichts anderes übrig, als ihm zuzusehen – das Warten machte sie unruhig. Am liebsten wäre sie wieder losgelaufen, um weiter nach Mandy zu suchen.

»Mhm! Gut, also nichts Neues! … Nein, so meinte ich das nicht … Ja, ich hab da was … Jetzt gleich … Ja, sicher meine ich damit sofort … Dass ich nicht für dich zuständig bin, weiß ich, das ist auch kein Befehl … Peter, also bitte! … Ja, das verstehe ich. Du kannst deinen Hund gerne mitbringen … Sicher. … Es geht um ein verschwundenes Mädchen, und die Aufspürzauber versagen … Na, du hast mich ja nicht ausreden lassen … Also gut … Ja, bis gleich!«

Gerade wollte Mona den Mund öffnen, um etwas zu fragen, da krächzte das Geräusch eines überholfälligen Motors an ihre Ohren. Am Gehweg neben der Brücke, kurz hinter einer Absperrung, kam ein klappriges Auto zum Stehen, dessen Lack deutlich bessere Zeiten gesehen hatte. Der uralte Peugeot war silbern, und die vordere Stoßstange hing schief. Die Reifen qualmten verdächtig, als wäre das Gefährt direkt aus dem Fegefeuer entstiegen. Quietschend schwang die Fahrertür auf, und ein älterer Herr in einem schmuddeligen Trenchcoat stieg mit einem Ächzen aus. Sofort ging er um seinen Wagen herum und öffnete die Beifahrertür. Es bellte leise, dann rollte ein dicker Dackelmix vom Sitz direkt auf den Gehweg und watschelte bemüht über den Asphalt. Jemand meinte es mit dem Füttern offensichtlich sehr gut. Wie ein kleines, dralles Würstchen mit Ohren sah er aus.

»Wenn du mir nicht immer die Sitze ankauen würdest, könntest du jetzt bequem dort liegen bleiben, bis wir dich brauchen!«, ermahnte der Mann seinen Hund. Er hatte eine überraschend angenehme Stimme. Die braun-grauen Haare machten einen unordentlich Eindruck, so auch sein Dreitagebart. Er hinkte ein wenig, als er auf Balthasar und Mona zukam.

»Inspektor Plumbombo. Scotland Backyard! Freut mich!« Er streckte Mona eine Hand entgegen, und sie drückte seine warmen Finger.

»Ich … ehhh … bin Mona Hass und arbeite als Bewährungshexe«, stammelte sie.

»Freut mich. Aber sagen Sie, der Name war Hass? Zufall oder …?«, kam es mit einem leichten Schmunzeln und eins seiner Augen fixierte Balthasar.

»Sie ist in der Tat meine Frau, aber … längere Geschichte … tut jetzt nichts zur Sache. Wir brauchen deine Hilfe.« Trotzdem ruhte mit einem Mal Balthasars Hand auf Monas Schulter, als wäre es das Normalste auf der Welt. Der Inspektor und der Dämon starrten sie gleich darauf an. Sofort holte sie Luft – bemüht, sich wieder auf das Drama zu konzentrieren.

»Mandy Sanddorn ist knappe fünf Jahre alt. Sie ist vor zwei Stunden verschwunden, da wollten sie und ihr Vater gerade gehen. Das war bei dem großen Riesenrad.« Mona deutete hinter sich zu der tobenden Kirmes, dann zückte sie ihr Smartphone und holte das Selfie hervor, das sie von sich und dem Kind gemacht hatte. Mandy und Herr Sanddorn hatten sie am Museum besucht – sie hatte Mona unbedingt ihr Kostüm zeigen wollen.

»Sie mag es bunt und laut und … na ja, sie ist sehr selbstbewusst. Macht wohl gern alles alleine. Sie war sauer auf ihren Vater, weil er mit ihr heimwollte, da ist sie weggelaufen …«

»Verstehe!«, brummte Plumbombo.

Balthasar ergriff nun das Wort. »Normale Aufspürzauber haben versagt. Da du der Experte dafür bist … Wir können einen persönlichen Gegenstand von Mandy besorgen.« Mit gemischten Gefühlen beobachtete Mona den Inspektor – ob Mensch, Dämon, was auch immer, sie war sich nicht sicher. Eines seiner Augen bewegte sich nicht, das andere jedoch, das huschte hin und her, musterte den Asphalt. Mit einer Hand kratzte er sich am Kinn, murmelte in Gedanken in sich hinein, als wiege er seine Optionen ab.

»Normale Aufspürzauber haben also versagt …«, wiederholte er. Der dralle Dackel an seiner Seite hustete eine Rauchwolke aus und ließ ein leises Schmatzen verlauten. Einen Moment lang gafften Inspektor und der Köter sich an.

»Richtig … Gibt nichts, was Hund nicht findet. Nicht, Hund?« Plumbombo nickte seinem Haustier zu – Mona bezweifelte mittlerweile jedoch, dass es sich dabei um ein Tier handelte.

»Von was für einem persönlichen Gegenstand sprechen wir hier?«

»Ehhh … eine Zeichnung. Von dem Kind. Wir müssen dafür ins Museum. Sie hängt in einem Gang.«

»Mona! Wir werden die Hilfe der anderen brauchen. Lass uns das an einem ruhigen Ort koordinieren, wo wir auch den Zauber wirken können!«, schlug Balthasar vor, und sie nickte nachdenklich.

»Dann gehen wir zurück zum Museum, treffen die anderen, holen das Bild, und dann kann es losgehen!«

»Gut, gut! Lasst uns keine Zeit verlieren!« Plumbombo rieb sich die Hände, Mona sah sich noch ein letztes Mal um, dann setzten sich die drei in Bewegung.

Auf ihrem Weg erklärte sie ausführlich, was es mit der Zeichnung auf sich hatte, und die Geschichte schien sogar Balthasar etwas zu amüsieren. Wenn sie jedoch mit nervös zitternden Fingern neue Nachrichten auf ihrem Smartphone überprüfte, ruhte sofort wieder seine warme Hand auf ihrer Schulter. Zum ersten

Mal fasste sie wirklich Vertrauen in seine Hilfe und die gezeigte Fürsorge. Auch wenn die helfenden Kräfte eines Schutzengels praktischer gewesen wären – man konnte nicht alles haben.

Es gestaltete sich als sehr schwierig, über den Markt zum Museum zu gelangen. Inzwischen feierten die Nachtgestalten Frankfurts ausgelassen ein deutlich erwachseneres Fest. Dazwischen tummelten sich Vampire, Dämonen und andere Kreaturen. Johlende Massen tanzten zwischen Cocktailbars zu schlechter Musik. Herbstliche Kälte, und trotzdem gab es genügend Nackte. Dabei mussten Zombies doch aufpassen, dass ihnen nichts abfror.

Aus dem Museumsufer war eine Tanzmeile geworden, mit bedenklich orgienähnlichen Szenen an den Bierzelten. Bunte Spotlights erleuchteten den Himmel. Die glitzernden Farben machte aus dem Wasser des Mains eine gigantische Disco.

Es war ein so surreales Gefühl, all der Trubel und die Heiterkeit – Unbehagen breitete sich in Monas Magengegend aus. Die ausgelassene Stimmung biss sich mit ihrer Sorge um das Mädchen.

Irgendwas stimmte nicht. Sie hätten sie finden müssen. Ben hätte sie wittern müssen. Boris hatte das ganze Ufer abgesucht, sogar aus der Luft. Monas Aufspürzauber versagten doch nicht einfach so. Der volle Platz, die vielen Menschen – sie spürte, wie ihre Finger immer heißer wurden. Gleich würde sie vor lauter Panik brennen. Hinter ihr bellte Hund aufgeregt, sofort nahm der Inspektor ihn hoch. Das Getümmel war für so einen kleinen Dackel sicherlich unheimlich, all die vielen Beine. Mona fühlte sich auch ganz winzig in dem Gedränge. Halt suchend wagte sie es, nach Balthasars Hand zu greifen. Er warf nur kurz einen verwunderten Blick über die Schulter und drückte dann ihre zitternden Finger. Der Dämon ging vor, Mona umklammerte fest seine

Hand, ließ sich mitziehen, und der Inspektor humpelte mühsam hinterher.

Die Aura eines Teufels wirkte wie ein unsichtbarer Keil auf die Leute. Irritiert stoben Selfies schießende Gruppen auseinander, und endlich bahnten sich die vier ihren Weg aus dem Lärm hinaus. Die Kehrseite der Kirmes zeigte ihr hässliches Gesicht mit all ihren wirren Kabeln und den schmutzigen Rückseiten der Stände. Hier war keine Leitung verklebt oder gar gesichert, ein falscher Schritt und Mona hätte die Stadt Frankfurt auf hohen Schadensersatz verklagen können.

Boris wartete bereits aufgeregt vor dem Eingang auf sie. Neben ihm stand ein zitternder Herr Sanddorn, auf den Ben beruhigend einredete. Kaum erblickte der Vater sie, stürzte er auf sie zu.

»Nichts Neues?«, krächzte er heiser, Mona senkte nur betroffen den Kopf.

»Das hier sind … Inspektor Plumbombo und … eh … mein … mein Mann Balthasar«, stammelte sie. »Sie werden uns helfen, Mandy aufzuspüren, dafür müssen Balthasar und ich nur noch etwas holen!«

Wie in Trance schüttelte Herr Sanddorn die Hand des Inspektors, doch vor dem Erzdämon zuckte er ein wenig zurück. Wenn man Balthasar bewusst ansah, dann fielen sogar einem Sterblichen die Augen des Sauron auf, deren leuchtende Korona in der Finsternis jedem Poltergeist Angst gemacht hätte.

»Wir haben einen Plan«, verkündete Mona zuversichtlich.

Kapitel 31

Wer will noch mal, wer hat noch nicht?

Es galt, Mandy lebendig und in einem Stück zu finden. Etwas anderes kam gar nicht infrage. In dieser Entschlossenheit versammelt stand die Gruppe nun vor dem Museum. Vater, Vampir, Werwolf, Skelettin, Inspektor, Erzdämon, Hexe und Hund.

Der asphaltierte Platz lag im Halbdunkel, nur beleuchtet von Straßenlaternen und den fernen Lichtern der bunten Kirmes. Ein paar verdorrte Blumenkübel standen unmotiviert geplant auf dem Gelände, die trockenen Überreste luden Festivalbesucher und Passanten ein, Müll und Zigaretten zwischen der Erde zu entsorgen. Nun jedoch traute sich niemand mehr, den Ort mit der seltsam übernatürlichen Gruppe zu betreten. Kerzen flackerten verdächtig violett im Wind, waren um ein Pentagramm aus Kreide aufgestellt worden.

Plumbombo vollendete gerade seinen handgezeichneten Zauberkreis. Weiße Linien glühten in der Mitte des Platzes auf, als der Inspektor die letzte komplexe Formel um den Zirkel beendete. Natürlich kannte Mona ähnliche Zauber, doch so eine detailliert beschriebene Hexerei hatte sie noch nie gesehen. Einige der Symbole waren definitiv satanischen Ursprungs, und sie ärgerte sich, nicht selbst daran gedacht zu haben. War sie nicht Balthasars Frau? Da durfte sie ja wohl diese Art Magie nutzen. Oder?

Mandys Vater beäugte sowohl die Helfer als auch den magischen Zirkel auf den Boden mit großer Sorge.

»Na los, komm, Hund. Du bist gefragt!«, animierte Inspektor Plumbombo den dicken Dackel, der brav in die Mitte des Zaubers trottete.

»Das Bild, bitte!«, forderte er und bekam von Mona die Zeichnung gereicht. Mit welcher Präzision er den Papierflieger faltete – die Fingernägel fuhren die Kanten des Bogens entlang und in Windeseile knickte er ein perfektes Fluggerät zusammen.

»Was soll denn das bringen?«, platzte es aus Herrn Sanddorn heraus. Sein Kopf war hochrot, auf seiner Stirn pochte eine Ader, auch sein Hals pulsierte unter all dem Stress. Boris legte ihm eine Hand auf die Schulter, doch der gruftige Vampir machte dem Mann vermutlich nur noch mehr Angst. Gereizt schüttelte er den Blutsauger ab, trat einen Schritt zurück.

»Das ist doch alles totaler Irrsinn! Wir brauchen mehr Polizei! Eine Großfahndung!« Seine Stimme brach. Als er erneut Luft holte, hob Inspektor Plumbombo die Hände, und der Mund von Herrn Sanddorn klappte wieder zu. Für einen Dämon wirkte der Inspektor ausgesprochen menschlich, er hatte etwas Vertrauenswürdiges an sich, und so zogen sich die Augenbrauen des Vaters fragend zusammen.

»Der Papierflieger ist ein Aufspürzauber, er wird uns in die Richtung von Mandy führen. Wir nutzen dafür eine Zeichnung von ihr, das verbindet uns, vor allem Mona, mit Mandy. Alles weitere erledigt dann Hund. Keine Sorge, das klappt immer.«

»Papierflieger? Ein lächerlicher Papierflieger?« Herr Sanddorn keuchte.

»Oh, und den Werwolf könnten wir auch gut gebrauchen. Zwei Nasen sind besser als eine.« Plumbombo nickte Ben zu, der sich daraufhin sofort wieder in seine Werwolfsform verwandelte. Damit wurde es Mandys Vater zu viel, und er gab nur noch ein ersticktes Keuchen von sich. Langsam sackte er nach hinten, direkt in Bärbels Arme. Die Skelettin steckte in einem großen Mantel mit Hut, um ihre Gestalt zu verbergen.

»Was zum …?«, brachte Herr Sanddorn noch heraus, ehe er hochblickte, direkt in die leeren Augenhöhlen des Skelettschädels. Bärbels Kiefer klapperte wenig sagend, und sie zog den nun ohnmächtigen Mann bis zu einer Bank und setzte sich neben ihn.

Mona spürte langsam ihre Nerven schmelzen. Wie sollte sie das nur vor dem Amt rechtfertigen? Das war alles eine Nummer zu groß für sie. Mandy musste in Schwierigkeiten stecken, andernfalls hätte sie das Kind längst gefunden. Was, wenn das Mädchen irgendwo ausgesprochen erfolgreich Verstecken an einem Schießstand spielte? Vielleicht saß sie unter einem Torbogen, den Mona und ihre Freunde übersehen hatten? Darunter wäre sie Monas stümperhaften Aufspürzaubern verborgen geblieben.

»Frau Hass? Würden Sie?«, bat Plumbombo sie mit einer Handbewegung.

Perplex machte sie einen Schritt auf ihn und seinen Zauberkreis zu. »W-was?«

»Sie stehen in Verbindung mit Mandy, Sie sind auf ihrer Zeichnung zu sehen, also müssen Sie auch die Formel sprechen.«

Damit hatte sie nicht gerechnet, sofort warf sie Balthasar einen panischen Blick zu. Offensichtlich verstehend trat er an sie heran und griff nach ihren Schultern.

»Du schaffst das schon«, redete er ihr gut zu. Sie schluckte trocken. In seinen Augen lag so viel Zuversicht, dass sie für einen Moment geneigt war, ihm zu glauben.

Hierfür blieb ihnen nur ein einziger Versuch. Wenn die Hexerei versagte, verbrannte der Zauberkreis und auch Mandys Bild. Plötzlich hing es von Mona ab. Das war selten geworden, zumindest hatte es sich für sie so angefühlt. Schließlich eilte jedes Mal ein Erzdämon zu Hilfe. Andererseits war da diese neu gewonnene Kontrolle über ihre Gefühle – vielmehr das Vertrauen darin. Dank dem Pakt hatte sie sich so vielen schwierigen Situationen stellen können, dass sie endlich die Chance hatte zu sehen, zu was sie wirklich fähig war. Die letzten Monate hatte sich Mona ihr Leben von ihrer Furcht vor dem Amt, ihrem Job, ihren Hexenkräften diktieren lassen. Es war lächerlich – das musste enden, hier und heute.

»Ich schaffe das!«, wiederholte sie mit fester Stimme. Balthasar zwinkerte, ließ sie los, und dann stand sie allein vor dem Pentagramm.

Sie krempelte die Ärmel der Wolljacke hoch und räusperte sich. Anstatt sich wie sonst auf die Regeln ihres Studiums zu konzentrieren, fokussierte sie sich ausschließlich auf ihr Ziel.

Langsam hob sie die rechte Hand und bereitete sich auf das wohl wichtigste Schnipsen ihres Lebens vor. Um sich nicht ablenken zu lassen, schloss sie die Augen.

Sie mussten Mandy finden. Unbedingt. Völlig egal, ob sie nur in einer ruhigen Ecke irgendwo schlummerte. Mona war wild entschlossen. Sie hatte das Mädchen ins Herz geschlossen und würde sämtliche Konsequenzen für ihre Rettungsversuche hinnehmen.

Tief sog Mona die Abendluft ein und lenkte alle Aufmerksamkeit auf Mandy: ihr rundes Gesicht – die niedlichen Sommersprossen – das breite Grinsen. Das Bild des Mädchens tauchte vor ihrem geistigen Auge auf. Vorhin hatte sie lachend und hüpfend in ihrem Nachtwächterinnenkostüm posiert. Vergnügt war sie mit ihrer Taschenlampe herumgerannt. Mona hatte ihr daraufhin ihre eigene Handleuchte gezeigt und das thaumaturgische Licht erklärt, über ihre Arbeit als Aufpasserin gesprochen. Stolz verwies das Kind auf ihr Nachtwächterinnenabzeichen und wie sie damit die anderen auf dem Spielplatz beschützte. Dieser eine Junge würde sie nicht mehr ärgern, nachdem sie ihm die Kronjuwelen mit einem Tritt exorziert hatte. Was hatte Mona gelacht. Mutig. Mandy war so mutig und direkt.

Kinderlachen drängte sich ihren Gedanken auf. Mit einem Mal schien Mandy ihr so nah, sie konnte die Zuckerwatte-Aura das Kindes fast greifen.

Ganz von selbst schnipste sie und spürte Wärme um sich aufflammen. Der Zauberkreis zischte, und aus dem weißen Glühen entwickelte sich ein magisches, violettes Feuer. Es kribbelte angenehm an ihren Beinen.

»Geschafft«, keuchte sie überrascht und drehte sich freudig herum.

»Ja, von wegen lausige Hexe!« Boris lachte auf. Viel Zeit, ihren Erfolg zu feiern, blieb nicht. Der Papierflieger aus der Mitte des Pentagramms erhob sich wie von Geisterhand. Hund bellte laut, und das war ihr Signal – das magische Flugzeug setzte sich in Bewegung, sauste los und Hund hinterher. Balthasar griff sofort Monas Hand, um ihm zu folgen.

Für so einen kleinen, kurzbeinigen, vor allem aber drallen Dackel legte er ein erstaunliches Tempo an den Tag. Ben jagte ihm nach, der Inspektor versuchte erst gar nicht zu folgen. Diese Arbeit überließ er wohl den jüngeren Beinen. Während Boris in seiner Fledermausgestalt emporstieg und von oben alles im Blick behielt, mussten Mona und Balthasar zu Fuß dem Hund nach.

Es ging durch Menschenmassen, an Ständen vorbei, zwischen Lärm und Müll balancierend über den Markt. Das dichte Gedränge erlaubte es ihnen nicht zu rennen. Diesmal hatte Hund keinerlei Angst vor den Füßen der Feiernden, er zischte zielstrebig zwischen Beinen hindurch, kegelte den ein oder anderen einfach um. Ein dicker Mann mit Bierhumpen kreischte auf, als er von dem dackelförmigen Projektil getroffen wurde. Mona stieg ungelenk über den nun der Länge nach auf dem Boden liegenden Kerl.

»Siehst du Ben noch?«, keuchte sie aus der Puste. Balthasar war deutlich größer als Mona, überblickte die meisten Köpfe mühelos.

»Schwer zu sagen. Hier sieht so einiges verdächtig nach Hund aus!«

»Scheiße!«, zischte sie.

»Ben wird uns schon holen, wenn er sie gefunden hat, dafür haben wir ihn ja!«, redete er beruhigend auf Mona ein. Sie starrte derweil unsicher auf ihre Hände. Früher wäre sie in so einer Situation längst in Flammen aufgegangen, aber gerade hatte sie weniger das Bedürfnis davonzulaufen; sie wollte vielmehr zupacken, handeln.

»M-Mandy kann ich zwar nicht mit einer einfachen Aufspürhexerei finden, aber einen Werwolf? Wie viele wird es heute Abend schon auf dem Fest geben?«

Balthasar neigte nachdenklich den Kopf und nickte. Beflügelt von ihrem Selbstvertrauen erlaubte sich Mona einen simplen Fokus auf einen Werwolf, ihnen blieb vielleicht keine Zeit, also musste es schnell gehen. So faltete sie lediglich einen kleinen Notizzettel, den sie aus ihrem Journal gerissen hatte, und nach ihrem Schnipsen schoss er erst zögerlich in die Luft.

»Na, komm schon«, murmelte Mona. Der verzauberte Papierflieger drehte sich wie ein Kompass mehrfach in zwei Richtungen, hielt immer wieder inne, ehe er sich entschied loszusausen. Balthasars Griff um Monas Arm war nun deutlich fester, damit sie schneller laufen konnten. Sie hatte Mühe, seinen langen Beinen zu folgen. Während er lediglich raschen Schrittes ging, hüpfte sie ihm halb rennend hinterher.

Dieser Aufspürzauber eierte ein wenig, als wäre er noch immer unentschlossen. Wenigstens verloren sie ihn so nicht aus den Augen. Erst vorbei an einer Losbude, mit einem verdächtig eingestaubten Riesenteddy als Hauptpreis, passierten sie dann eine Reihe Crêpe-Stände, an denen es verlockend nach Zimt und Zucker roch. Monas Magen meldete sich, und sie schnupperte. Sogar ein Hauch Milchreis lag in der Luft. Milchig und süß. Erinnerte eher an Grießbrei. Sie seufzte und verdrängte die damit in Zusammenhang stehenden Erinnerungen.

»Schau mal«, holte Balthasar sie aus ihren Gedanken. Er blieb stehen, und sie prallte gegen ihn. Mit einem Stöhnen rieb sie sich die Nase und reckte den Kopf. Der Papierflieger kreiselte über einem kleinen Kassenhaus.

»Die Schreckensfahrt? Na toll, auch noch eine Geisterbahn«, murmelte sie.

»Nein, nicht die Geisterbahn!« Balthasar deutete auf den Mann an der Kasse, und nun fluchte Mona verzweifelt.

»Dreck! Das ist der falsche Werwolf!«, zischte sie und kämpfte nun doch mit aufkeimender Verzweiflung – da schrie wie auf Kommando plötzlich eine Frau auf. Erschrocken wirbelte Mona herum. Weiter hinter ihnen flog ein Tablett in die Luft, hoch über die Menschen hinweg. Das Klirren von Gläsern, aufgeregte Stimmen und stürzende Personen verrieten, wo Hund sich gerade befand. Sofort setzten sich Mona und Balthasar wieder in Bewegung.

Eine Kettenreaktion von Ereignissen war nun im Gange. Die zersplitterten Biergläser hatten eine Gruppe Zombies gespalten, davon war ein besonders großes Exemplar über irgendwas gestolpert, dem Jaulen nach vermutete Mona dahinter den Werwolf. Wild mit den Armen schlackernd war der Riesenzombie in einen Stand mit Ballons gefallen. Es knallte und knatterte, wie bei einer Schießerei, als die aufgeblasenen Tiere platzten. Panisch stoben Menschen auseinander, rempelten sich an. Mona und Balthasar konnten gerade so durch das Chaos hindurcheilen, da entwickelte sich bereits eine Eigendynamik, die das ganze Fest aufwirbelte.

»Da drüben!« Balthasar deutete auf einen langsam umkippenden Hau-den-Lukas. Jemand schimpfte empört, es klang verdächtig nach »Leinenpflicht« und »armes Deutschland«.

Nun war es ausgesprochen einfach, Hund und Ben zu folgen, denn die zwei hinterließen eine Schneise der Zerstörung. Panisch vor einem Wolf fliehende Menschen, umgeworfene Stände und Schreie pflasterten den Weg. Zum Glück lief Balthasar vor, Mona wäre hier alle drei Meter gestolpert und hingefallen, fürs Auf-die-Schnauze-Fallen hatte sie ein Talent. Zweimal landete ihre Nase sogar im weichen Stoff von Balthasars Mantel, als sie ungeschickt über herumkullernde Gliedmaßen tappte. Hund hatte eine ganze Ladung Zombies abgeräumt, es sah verdächtig nach einem echten Strike aus.

»Wer will noch mal, wer hat noch nicht, eine neue Runde, eine neue Sause, kaufen Sie Lose, kaufen Sie! Gewinnegewinnegewinnegewinneeeeeeaahhh!«

»Ich glaub, wir haben sie gleich eingeholt!«, kommentierte Balthasar den nun wie am Spieß schreienden Losverkäufer, dessen Bauchladen direkt neben ihnen auf den Boden fiel. Kleine rosafarbene Loszettel regneten herab, und eine Masse gieriger

Finger stürzten sich auf die potenziellen Hauptgewinne. Mit diesem großen Stand voller überdimensionaler Plüschtiere und enorm hässlicher Schlüsselanhänger erreichten Mona und Balthasar das Ende der Kirmes.

Kapitel 32

Milchreis oder Grießbrei?

Schwer atmend stand Mona vor der Absperrung des Festgeländes und blickte auf das finstere Mainufer hinunter. Schwärze gepaart mit Leere. Sie konnte absolut nichts erkennen. Gerade so bemerkte sie, wie Hund die Böschung runterrollte, um dem Papierflieger zu folgen, da verschwand der Dackel auch schon in der Dunkelheit. Hinterher wetzte Ben, und hoch oben flog Boris in seiner Fledermausgestalt, wie eine gespenstische Drohne.

Um zum Main zu gelangen, musste man eine der Treppen nutzen, und so belebt die begrünten Wege entlang des Flusses bei Tage waren, so unheimlich sah das Ufer im Schatten der Nacht aus.

»Liebling! Siehst du das?« Balthasar wies mit ausgestrecktem Arm in Richtung Main. Sie folgte seinem Zeigefinger irritiert mit dem Blick. Ganz schwach glomm ein Licht in der Ferne, nur kurz spiegelte es sich im Wasser, und in der Reflexion meinte Mona einen Umriss zu erkennen.

»Ein Boot?« Sie blinzelte mehrfach, aber ihre Augen kapitulierten vor der Nacht. Dann breitete sich eine bekannte Wärme um sie aus. Ehe Mona noch etwas sagen konnte, ging die Welt um sie herum in Flammen auf, Balthasar hatte sie an sich gedrückt, und eine Sekunde später standen sie direkt vor dem Schiff.

»Ist das klug?«, keuchte sie leise. Er deutete ihr mit einer Geste an, still zu sein. Kritisch blickte er in die Dunkelheit, die das Boot umgab. Scheinbar friedlich plätscherte es im Wasser hin und her. Doch der Kahn war seltsam schwarz, wirkte flach dadurch. Sämtliches Licht wurde verschluckt.

Neben Mona landete Boris, der sich geräuschlos zurückverwandelte. Ben schlich an ihr vorbei, lag auf der Lauer. Nur der Hund des Inspektors war nirgends zu sehen. Hinter sich hörte Mona ein Winseln, es raschelte – er versteckte sich wohl im Gebüsch.

Boris stierte kritisch in Richtung Fluss, verengte bemüht seine Augen. Offenbar sah er ebenfalls nichts. Sich an die Situation im Museum erinnernd schnappte Mona nach Luft und suchte hinter Balthasars breitem Kreuz Deckung.

Dunkle Magie. Nicht viel, aber ausreichend, um einen ganzen Kahn zu verhüllen.

»Hier sind Höllenwesen, ich kann ihre Aura deutlich fühlen«, knurrte der Erzdämon.

»Natürlich kannst du das!« Mit diesen Worten durchbrach eine laute, schrille Stimme die unheimliche Stille, und über dem Boot glühten die Umrisse einer Person auf. Magische Flammen formten sich in der Luft, tauchten den bleichen Kopf eines Mannes in ein bläuliches Licht.

»Der Grießbreivampir!«, stieß Mona hervor.

Der Vampir war in einen langen schwarzen Umhang gewickelt, sodass nur sein Haupt im Nachthimmel klar zu erkennen war. Er erinnerte stark an einen Cartoon-Dracula und schwebte wie schlecht animiert auf und ab.

»Grießbreivampir?«, brüllte er erbost. Seine harsche Stimme war unnatürlich laut. Sie donnerte über das Ufer wie eine Welle. »Wie kannst du es wagen, Hexe? Ich bin bekannt, berühmt! Kasper Erwin Vincent Ivan van Nosdrof der Dritte!«

Mona hätte schwören können, dass Spucke in der Luft glitzerte, als er seinen Namen herausschrie. Die leuchtenden Flammen neben ihm flackerten bedrohlich.

»Ein Nosdrof-Bruder?«, kam es keuchend von Boris. »Aber die gibt es schon seit Jahrhunderten nicht mehr! Man hat die drei verbannt.« Wohl nicht grundlos, vermutete Mona. Kampfbereit ballte Boris die Hände. Neben ihm ging Ben in eine sprungbereite Haltung und knurrte unheilvoll. Er hatte sich vollständig in einen Werwolf verwandelt. Deutlich größer als sonst erinnerte er damit an die alten Darstellungen von Werwesen: halb Mensch, halb Wolf. Sein Zähnefletschen jagte auch Mona einen Schauer über den Rücken. Aber all das interessierte Nosdrof offenbar nicht. Er warf seine verfilzten Haare in den Nacken. Lachte. Seine Frisur saß daraufhin etwas schief. Nun erkannte Mona, dass er eine völlig verschlissene barocke Perücke trug. So wie sie aussah, stammte sie vermutlich wirklich aus dem 16. Jahrhundert. Mit einem Räuspern richtete er sich die falsche Haarpracht.

»Alle Achtung! Eigentlich wollte ich dich erst nach Mitternacht zu mir locken, wenn alle Vorbereitungen abgeschlossen sind, vor allem ohne … ohne *ihn* … nun, das macht nichts.« Er klang selbstbewusst, fast exzentrisch.

Sie hatten ihn also überrascht. Mona versteckte sich noch immer hinter Balthasar und lugte an seiner Schulter hervor. Neben ihr Boris und Ben. Die beiden Männer sahen sich kurz an, nickten einander zu. Aber gerade als der Werwolf seine Muskeln anspannte, bereit vorzupreschen, kreischte Nosdrof: »Halt!«

Er breitete einen Arm aus, und unter seinem Umhang kam neben abgewetzter Kleidung aus dem vorherigen Jahrtausend Mandys Lockenkopf zum Vorschein.

»Besser, du nimmst den Köter wieder an die Leine und deinen Blutsauger gleich mit! Ihr wollt doch nicht, dass dem Kind etwas passiert?«

»Mandy?« Erschrocken schlug sich Mona die Hände vor dem Mund. Das Mädchen schien zu schlafen und hing völlig regungslos dicht neben dem Vampir in der Luft.

»Da kann dir dein Gott auch nicht mehr helfen, was?« Nosdrofs Augen glühten in der Dunkelheit. Der Gedanke an einen Grießbreivampir, verbunden mit diesem lächerlichen Spitznamen, hatte Mona die Gefahr des Mannes unterschätzen lassen. Augenscheinlich ging es wirklich um sie, vielmehr ihre Kräfte, und er war dafür bereit, das Leben anderer aufs Spiel zu setzen. Das bleiche Kind in seinem Bann – das war Monas Schuld. Niemals hätte sie, um ihren eigenen Hals zu retten, die Ermittlungen des Museums behindern dürfen. Alle Beweise hatten sie vernichtet, nur um nicht gefeuert zu werden und die Strafe des Amtes zu umgehen. Was war schon Hexereiverbot im Vergleich zu einem frei herumlaufenden Verbrecher?

Beherzt trat sie vor. Die Schuld trieb sie an. Balthasar griff sie am Arm, warf ihr einen entsetzten Blick zu, doch sie schenkte ihm ein Lächeln. »Schon gut.« Nur widerwillig ließ er sie los.

»Spuck's aus, was willst du?«, forderte sie. Ihre Hände flammten auf, und sie war sehr froh über ihre sensiblen Hexenkräfte. Heute würde sich zeigen, wie zerstörerisch sie wirklich waren. Sie hatte sie als defekt bezeichnet, doch das waren sie nicht. Das Feuer war Teil von ihr und reagierte genauso empfindlich wie sie selbst. Zittrig atmete sie durch. Sollte Nosdrof dem Kind auch nur ein Haar krümmen, er würde erfahren, wie *empfindlich* Mona darauf reagieren würde.

»Gib mir dein Wunder!« Gier ließ die Stimme des Vampirs beben.

»M-mein was?«, erwiderte Mona perplex.

»Du hast mir mein Wunder gestohlen! Du elendes Miststück hast dir damit einen Gott an die Seite gebunden, hm? Aber …

aber wenn du dieses Kind retten willst, dann … gehorche mir!« Seine Zähne blitzten im schummerigen Licht der magischen Feuer auf. »Komm her!«

»Geh nicht darauf ein, er wird dich dazu bringen, mich zu nutzen!«, warnte Balthasar. Es war genau, wie sie bereits befürchtet hatte. In den Händen eines anderen war so ein Pakt eine gefährliche Waffe, und der Vampir wusste offenbar alles. Angeblich hatte sie ihm ein Wunder gestohlen – Mona ahnte, dass es mit Sonotep und seinem göttlichen Geschenk zu tun hatte.

»Hexe! Dein Zögern könnte dich viel kosten!« Nosdrof hob seinen freien Arm, und der Geste folgten ein paar der magischen Flammen. Unter ihm, in der Schwärze des Kahns, regte sich etwas. Sofort gingen Boris und Ben wieder in Alarmposition.

Diese Geräusche kannte Mona schon. So lächerlich es damals auch geklungen hatte – hier und jetzt, pfeifend geflüstert, mit einem leichten Hall, im Chor aus vielen Mündern stammend, war das »*Saugen, Töten, Stechen, Brechen*« der Schleimerdämonen unheimlicher als jeder Horrorfilm. Sie flossen regelrecht aus dem Boot, quollen an Land, und eine sehr große Version eines Schleimers erhob sich über dem Kahn. Seine Arme schlackerten in der Luft, er war lang und dünn, erinnerte an einen Skydancer, wie man sie oft an Tankstellen sah. Lediglich ein grünlicher Schimmer umschrieb die Form der teerähnlichen Wesen. Das Schiff erwachte zum Leben, und die Finsternis wuchs an.

»Du hast keine Wahl! Ihr könnt das Kind nie schnell genug erreichen. Sie mögen euch nur aufhalten, doch bis dahin – bis dahin ist es vorbei!«

Unsicher trat Mona einen Schritt nach vorn, aber Balthasar zog sie zurück. »Nicht! Was glaubst du, wird danach passieren? Er wird noch mehr Menschen schaden!«

»A-aber wir müssen ihr helfen!« Sie wimmerte verzweifelt,

und auch der Erzdämon hatte die Stirn in Falten gelegt. Sein Blick zuckte zu ihr, zu dem Vampir, zurück ans Ufer. Ratlos kannte sie ihn noch nicht, und das zündete in ihr eine unangenehme Panik.

Nosdrof lachte auf. »Wenn es nicht dieses Kind wird, dann ein anderes! Überlegt schnell!« Er befand sich in einer guten Drucksituation. Wohl um sie endgültig zu überzeugen, löste er den Schlafzauber des Mädchens. Benommen hob Mandy ihren Kopf und blinzelte langsam. Ein besonders helles magisches Feuer erhellte ihr Gesicht, sie wirkte unheimlich blass in dem bläulichen Licht. Verwundert sah sie sich um, erst zu Nosdrof, dann hinunter.

»Mona?«, kiekste sie und begann sofort sich zu winden. »Hey! Lass mich runter!«

Der Vampir packte sie nun mit beiden Armen und hielt sie vor sich.

»Reicht das? Reicht dir das, Hexe?«

»Mandy«, flüsterte Mona.

Wütend zappelte das junge Mädchen in der Luft und fluchte unerwartet laut. »Dreckstift!«

»Bitte?«, keifte der Vampir empört zurück. Jetzt galt es schnell zu handeln. Gleich würde er die Geduld verlieren.

Überfordert griff sich Mona an die Brust, meinte, dass ihr das Herz jeden Augenblick zerspringen würde. Heftig pochte es in ihrem Inneren, in ihren Ohren, in ihrem Kopf. Die Hexenhände loderten, aber die violetten Flammen fühlten sich eiskalt an. Irritiert blickte Mona auf ihre Finger. Ihre Hexerei schien auf einen Befehl zu warten – ein Zustand von Bereitschaft, den sie nur selten erlebt hatte. Vor allem nicht unter Panik. Vielleicht, weil Mona gerade nichts so sehr wollte, wie ihre Kräfte endlich zu nutzen. Zum ersten Mal in ihrem Leben war sie genauso wütend wie ihre Hexerei. Sie wollte zuschlagen. Wild entschlossen ballte sie ihre Hände zu Fäusten und atmete tief durch.

»Ich gebe dir fünf Sekunden!«, kreischte Nosdrof. Demonstrativ ließ er einen Arm des Kindes los, als wolle er sie fallen lassen. Genau das, was Mona jetzt brauchte. Denn nicht nur sie war in der Lage, sich endlich zu wehren.

»Mandy?«, rief sie.

»Mona?« Die Stimme des Mädchens überschlug sich.

»Exorzier ihm die Kronjuwelen!«

Mandys Augen weiteten sich. Wie in Zeitlupe breitete sich ein Lächeln auf ihrem Gesicht aus. Da sie nur noch halb in seinem Griff hing und einen freien Arm zur Verfügung hatte, holte sie zum Angriff aus. Ihre zierliche Mausefaust raste zielsicher auf die einzige Stelle am Körper des Vampirs zu, die empfindlich auf Kinderkräfte reagierte. Innerhalb eines Sekundenbruchteils eskalierte die Situation.

Ein markerschütternder Schrei hallte durch die Luft.

Das Kind fiel.

Mona schleuderte mit aller Kraft Hexenfeuer gegen die Schleimerdämonen, und sie stoben auseinander. Im selben Moment schnellte Boris vor, hatte nun freie Bahn, sprang, so hoch er konnte, und fing Mandy auf. Violettes Feuer hielten die Dämonen auf Abstand, die sich gierig nach ihm reckten. Hastig stolperte er zurück zu den anderen mit dem Mädchen sicher in seinen Armen.

Balthasar war an Monas Seite getreten und ging in Flammen auf, kurz darauf erleuchtete eine Feuersäule das Boot. Ben stellte sich schützend vor seine Freunde. Die Schleimerdämonen, die an Land gekommen waren, bäumten sich auf. Derweil war Nosdrof auf das Dach des Schiffes gesunken, seine Gestalt erhob sich wieder, so auch seine Faust.

»Schnappt sie euch!« Erneut ein Kreischen von ihm. »Verdammt, verfluchte – ich bin blind«, plärrte er überdreht, ein verdächtig glitzernder Papierflieger hatte sich in sein linkes Auge gerammt.

»Geht!« Es war Balthasars Stimme. Seinem Klang nach nahm man diesen Befehl besser ernst. Die wenigen sich an Land befindenden Schleimerdämonen krochen nun zielstrebig auf Mona zu. Da weder Boris mit Mandy in den Armen noch ein Werwolf etwas gegen diese Kreaturen ausrichten konnte, war es Mona, die sich nun schützend vor die drei stellte.

»Lauft! I-ich halte sie uns auf Abstand!«, rief sie. Wieder flammten ihre Hände grell lodernd auf, und in der teerigen Oberfläche der teuflischen Pfützen funkelten die violetten Flammen. Rückwärts stolpernd schleuderte Mona den Dämonen einen Feuerball nach den anderen entgegen. Ein mehr als belohnendes Gefühl, endlich ihrem Zorn freien Lauf lassen zu können. Schritt für Schritt, Feuerball um Feuerball brachten sie Abstand zwischen sich, das Boot und Balthasar. Begleitet von dem bellenden Ben schafften sie es bis an die Ufermauer, und das keine Sekunde zu spät.

Das Deck des Kahns explodierte. Eine Druckwelle fegte Mona beinahe von den Beinen, hinter ihr quietschte Mandy, es klang überraschend vergnügt. Ben ließ ein Heulen verlauten.

Eine gigantische Feuersäule schoss über dem Main in den Himmel, und die Lohe tilgte sämtliche Magie in der Luft. Gegen die Hölle hatten irdische Mächte keine Chance. Sofort trat die Finsternis den Rückzug an. Knisternd breiteten sich Balthasars Kräfte aus und verschlangen alles – das Boot, die Dämonen, vermutlich auch den Vampir. Mona hatte ihn aus den Augen verloren.

Der echohafte Schrei eines Unwesens hallte verzerrt durch

die Nacht, hoch und schrill. Es klang ausgesprochen unglücklich. Geräusche eines Kampfes zwischen Magie und übernatürlichen Kräften, wie man ihn sonst nur aus Kinofilmen kannte, erfüllten die Nacht. Balthasar kämpfte offensichtlich mit dem größten der Dämonen, der angewachsen war, vereint mit den anderen. Er stand in Flammen und wand sich hin und her. Dem Spektakel konnten sie nicht länger zusehen.

»Lauft! Los!«, brüllte Mona.

Vampir, Werwolf und Hexe rannten. Mandy blickte neugierig über Boris' Schulter. In ihren Augen spiegelten sich die tosenden Höllenflammen, und ihr entkam ein deutlich hörbares »Wow«. Mona wollte lieber keinen Blick riskieren und orientierte sich an einem in der Ferne funkelnden Geländer. Bloß weg vom Ufer. Zischen und Knacken, Donnern und Poltern – es klang wie ein Feuerwerk, und dem gewaltigen Knall, der erneuten Druckwelle nach zu urteilen hatte Balthasar wieder etwas in die Luft gejagt. Hitze kribbelte in Monas Nacken, und ein Glühen erfüllte kurz den Himmel, dann erstarb das Spektakel so plötzlich, dass Mona vor Schreck fast gestolpert wäre.

Stille. Nur noch ihr keuchender Atem, ein hechelnder Ben, an ihnen vorbei sauste Hund mit einem Kläffen. Aber sie blieben erst wieder stehen, als sie einen Aufgang weg vom Mainufer fanden.

Oben angekommen, eine abenteuerlich steile Treppe hinter sich lassend, wagte Mona es durchzuatmen. Ihre Arme zitterten, ihre Beine schienen aus Wackelpudding zu bestehen. Nervös wandte sie sich zu Mandy um, die sich immer noch an Boris klammerte. Auf den ersten Blick machte sie einen gesunden Eindruck.

»Mein Held!«, quiekte das Mädchen und schlang die kleinen Ärmchen um den Hals des Vampirs.

»Tja, nun … holde Dame, es war mir eine Ehre!«, stammelte er und streichelte ihr etwas steif über den Rücken. Mona trat zu den beiden, legte ihr eine Hand auf die Schulter und schenkte der tapferen Mandy ein Lächeln. Die grinste zurück, zeigte ein paar ihrer Milchzahnlücken.

»Dein Vater wartet beim Museum auf dich! Alles ist jetzt gut. Du bist nicht mehr in Gefahr!«

Mandy nickte langsam, dann leuchteten ihre großen Kulleraugen plötzlich auf.

»Kann ich den Wolf streicheln?«, kam es fordernd von ihr. Verwirrt darüber stammelte Mona nur: »Ehh, ja«, und Boris setzte das Kind ab. Sie stürzte sich sofort auf Ben, der sie freudig einmal anbellte.

»Na, das war ja was!«, murmelte die angenehme Stimme von Inspektor Plumbombo so dicht an Monas Ohr, dass sie kurz aufquietschte.

»Wo kommen Sie denn her?«, stotterte sie. Der Was-auch-immer-Dämon war zu ihrer Rechten erschienen, seine Füße qualmten. Er zuckte jedoch nur mit den Schultern, während er in seinem zerknitterten Trenchcoat kramte.

»Ich bin schon die ganze Zeit hier. Rennen ist nicht so mein Fall. Ähm, mag jemand was zum Rauchen?« Er zog eine kleine Blechschatulle aus der Tasche des Innenfutters, darin befanden sich fünf dicke kurze Zigarren.

»Ja, danke!«, antwortete eine heisere Stimme. Wieder zuckte Mona gewaltig zusammen, denn zu ihrer Linken war nun plötzlich Balthasar erschienen. Seine Augen brannten, er roch angesengt, strahlte eine Hitze aus, eine Energie, die ihr gänzlich unbekannt war. Die höllische Freude in seinem Grinsen machte ihr leichte Sorgen. Direkt vor Monas Nase reichte der Inspektor eine Zigarre weiter, die der Erzdämon dankend entgegennahm. Sogar Hund warf er eine zu, der fing sie mit freudigem Schwanzwedeln auf.

»Was ist mit den Dingern auf dem Boot?« Monas Stimme überschlug sich etwas, klang belegt vor Erschöpfung.

Balthasar kämpfte gegen ein dunkles Lachen an, konnte es jedoch nicht unterdrücken. »Alle dort, wo sie hingehören.«

»Ehh … und? Und was … wer? Wie?« Auf Monas verstörten Blick hin senkten sich die erfreuten Mundwinkel des Dämons wieder, und er riss sich zusammen.

»Die Gefahr ist gebannt. Allerdings musste ich den größten mit Höllenfeuer bekämpfen und konnte dabei schlecht auf den Grießbreivampir achten.«

»Kasper Erwin Vincent Ivan van Nosdrof!«, fügte der Inspektor hinzu.

Balthasar runzelte die Stirn und knurrte. »Der andere Name gefällt mir besser!«

»Klingt für mich nach einem spannenden Fall, wenn ich ihn denn übernehmen darf? So viele ungeklärte Fragen. Dieser Vampir hat niemals völlig alleine gehandelt. Schwarze Magie ist sehr teuer geworden, seitdem sie diese tollen Lavalampen damit herstellen. Er sah nicht sehr reich aus.« Plumbombo rieb sich die Hände, es qualmte zwischen seinen Fingern.

Dann zuckte Mona noch ein letztes Mal für diese Nacht zusammen, denn das Boot des Grießbreiblutsaugers explodierte unangekündigt. Der scheppernde Donner der Detonation ließ den Boden beben. Schall krachte gegen die Ufermauern, und Mandy kreischte auf. Es klang jedoch unerwartet begeistert. »Voll krass!«, quietschte sie. Über ihre Köpfe hinweg wirbelten ein paar Überreste des Kahns und schlugen nicht weit entfernt auf der Straße ein, trafen ein Auto, dessen Alarmanlage sofort losschrillte.

Balthasar verzog den Mund. »Die können in der Hölle mit ihrem verdammten Kahn für die nächste Ewigkeit auf dem Fluss der Seelen schippern gehen!«, meinte er hasserfüllt und erntete dafür prompt einen tadelnden Blick des Inspektors.

»Da verschwinden mögliche Beweise im Feuer… Toll gemacht!«, sagte Plumbombo trocken. Von dem Erzdämon gab es nur ein Augenrollen.

»Wir haben die Dämonen, die gehen nirgendwo mehr hin, in der Hölle kannst du dich in Ruhe mit ihnen beschäftigen.«

»Wenn wir sie zusammengesetzt haben. Du weißt, das dauert.«

Balthasar knirschte mit den Zähnen, dann beugte er sich zu Mona.

»Liebling, wärst du so nett?«, nuschelte er und deutete auf seine Zigarre. Ganz automatisch schnipste sie mit den Fingern und zündete ihm seinen überteuerten Tabak an. »Danke!«

Eine nasse Nase stupste Mona gegen das Bein, für heute hatte sie ihre Schreckmomente aufgebraucht, also starrte sie nur zu Hund hinunter, in dessen rechter Lefze eine Zigarre hing. »Ey, Hexchen! Könnte ich bitte?«, knurrte er mit enorm basslastiger Stimme. Ohne es weiter zu hinterfragen, zündete sie auch seine Zigarre an.

Irgendwann hatte man einfach den Moment erreicht, da war das Leben nur noch ein Rauschen, und das ganze Chaos kam nicht mehr an einen heran. Mona befand sich gerade in einem solchen Moment, wie im Auge des Sturms. Sie sprach nicht, dachte nicht, ließ sich nur von Balthasars bestimmendem Arm führen, als sie alle zurück zum Museum schlenderten. Diesmal umliefen sie das Festival, das ging deutlich flotter, als durch Stände voller Stolperfallen hindurchzumanövrieren. Schließlich wollten sie Herrn Sanddorn und seine Tochter schnell wieder zusammenbringen.

Trotzdem, niemand in der Gruppe hatte die Kraft für einen raschen Marsch. Die Gefahr war vorüber, der ruhige Augenblick nach all dem Stress tat so gut. Monas Beine waren ohnehin unfähig zu rennen. Boris unterhielt sich den Weg über angeregt mit dem Inspektor. Sie erörterten die Motive des feindlichen Vampirs, ein Gespräch, an dem sich die müde Mona nicht beteiligen konnte. Es war seltsam still um sie herum, die johlenden Stimmen fehlten, der ganze Lärm der Stadt klang fern und unwirklich. In ihrem Delirium fiel ihr nicht mal richtig auf, dass die Partymusik verklungen war und die Frankfurter Nacht im Aufruhr von Sirenen und Hupen unterging. Ein so vertrautes Geräusch, sie glaubte fast, zurück in ihrer kleinen Ecke von Offenbach zu sein.

»Was ist auf dem Rummelplatz eigentlich passiert?«, erkundigte sich Boris, als sie sich dem Museum langsam näherten. Wo vorher Scheinwerfer den Himmel geflutet hatten, leuchteten jetzt Blaulicht und Warnwesten. Zum Glück lag das Museum in Dunkelheit, in der die Gruppe nun verschwand. Vor dem Gebäude saßen sie noch, Bärbel und Herr Sanddorn, der sofort von der Bank aufsprang.

»Papa!«, kreischte Mandy und rannte ihrem Vater entgegen, der den kleinen Wirbelwind sogleich fest in seine Arme schloss. Das helle Kinderlachen war wie der Flügelschlag eines Engels, Mona fühlte sich augenblicklich leicht wie eine Feder. Sie hatte es geschafft, sie hatten sie gefunden, gerettet, heil zu ihrem Vater gebracht. Und nein, kein Engel konnte sich dafür verantwortlich zeichnen, Mandys Rettung war vor allem Dämonen zu verdanken. Ein irrwitziger Umstand, der Mona ein leises Lachen entlockte.

Nun störte sich Herr Sanddorn auch nicht mehr an der Skelettfrau oder dem Werwolf, ignorierte den Zigarre rauchenden Hund, als wäre es das Normalste auf der Welt. Überglücklich wirbelte er sein Mädchen in den Armen herum, das vergnügt johlte und kicherte. Als er sie wieder absetzte, um ihre Kleidung zu richten, nahm Mandy das zum Anlass, einmal tief Luft zu holen, um ihre Version der Geschichte zu erzählen. Es platzte förmlich aus ihr heraus, und mit fuchtelnden Armen berichtend machte sie Bärbel echte Konkurrenz.

Da war so ein Papierflieger, dem war sie gefolgt, er hatte sie vom Fest bis ans Ufer geführt. Und dann kamen superkrasse Dämonen und der stinkende Vampir, die voll nicht nett zu ihr waren. Sie musste in so einem krakeligen Zauberkreis hocken. Dabei darf man doch gar nicht mit Kreide auf fremde Gehwege malen. Das hatte sie den fiesen Fiesköpfen sogar mehrfach erklärt. Weil sie so laut war, hatte der Mann sie mit einem seltsamen Lied in den Schlaf gesungen. Das war unfair. Richtig verhext. Aber Superhexe Mona eilte zur Rettung, und dann voll der megastarke Endkampf. Mit Feuer und *peng-peng*. Der Main, der Kahn und überhaupt alles war explodiert. Ein glorreicher Sieg über den Bösewicht, mit Rittervampir und Erzdämon.

»Er heißt Boris! Papa, er ist ein richtig echter Held! Er ist ein echter Ritter«, fiepste die überbeanspruchte Stimme des Kindes, und der Vampir lief hochrot an, denn nun wollte Herr Sanddorn ihn auch unbedingt umarmen.

»Nun hört doch auf, holdes Fräulein. Es sind bereits Hunderte an Jahren vergangen, seit ich einst in Rüstung zu Pferde das Land bereiste …«, stammelte Boris. Eilig schüttelte Herr

Sanddorn die kalte Hand des Blutsaugers, verbeugte sich sogar ein wenig. Mona war froh, dass sich die ganze Aufmerksamkeit auf den armen Vampir verlagerte, so konnte sie in Ruhe für einen Moment die Augen schließen und tief durchatmen.

»Heute hast du keine Probleme mit Nähe … hm?«, flüsterte Balthasar ihr zu. Mona blinzelte überrascht, denn tatsächlich – ihre Finger waren immer noch fest mit Balthasars verknotet. Händchen halten mit einem Erzdämon. Sie seufzte, hörte ihn daraufhin dunkel lachen. Er zwinkerte nur vielsagend. Seine Nähe fühlte sich unerwartet richtig an, aber er hatte heute ja auch einiges richtig gemacht.

»Danke …«, murmelte Mona. In dieser Nacht hatte er ihr nicht einfach nur geholfen, er hatte sich für sie und ihre Probleme eingesetzt, ohne zu murren, ohne kindische Witze oder Augenrollen. Dafür, so fand sie, verdiente er den Kuss auf die Wange. Und es war nett, selber die Entscheidung zu treffen, aus eigenem Antrieb die Lippen gegen seine warme Haut zu drücken. Er schenkte ihr ein breites Lächeln.

»Ich hab dir doch gesagt, du kannst mir vertrauen.«

»Mhhhm …«, entkam es ihr leise, und sie erlaubte sich, für einen Moment in dem liebevollen Ausdruck seiner Augen zu versinken. Das waren keine hartnäckigen Schmetterlinge mehr, die Insekten hatten beschlossen, dauerhaft einzuziehen und ein ganzes Regenbogenschloss aus kitschigen Gefühlen in ihren Eingeweiden zu errichten. Da war es in Ordnung, dass er ihre dankbare Geste mit einem Kuss auf ihre Lippen erwiderte. Die Anspannung und der gesamte Stress fielen von ihr ab. Überraschenderweise schmeckte der leichte Tabak süß und vertraut. Es war weich und warm, und Mona ließ es zu – wie von selbst lehnte sie sich in den Kuss. Obendrein schlang sie ihre Arme um seinen Hals. Er verstärkte den Druck, und es war ihr nur recht.

Heute erlaubte sie ihm, nach ihren Lippen zu schnappen, und sie erwiderte sehnsüchtig – wäre am liebsten in seinen Armen geschmolzen. So viel also zu seiner Frage, ob er sich ihr nähern durfte, die beantwortete sie gerade mit ihrer Zunge.

»Ihr seid hier übrigens nicht alleine!«

Ein Pfiff und ein leises Kichern lösten die zwei wieder voneinander. Boris lachte dreckig und zwinkerte Mona zu. Ben kommentierte die Szene nur mit einem Bellen, dafür wedelte er auffällig vergnügt mit dem Schwanz. Tja, und Bärbel, die hatte schwärmend den Schädel schief gelegt und auf ihre zusammengefalteten Hände gebettet. Das durfte sich Mona sicher für einige Zeit anhören.

»Ihr habt euch ja lieb!«, quiekte Mandy, mit ihren großen Strahleaugen Mona und Balthasar fixierend. Sofort verdoppelte sich Monas Puls, und sie stammelte nur ein »Ehh …« heraus. Der Erzdämon fuhr sich mit der Hand durch seine schwarzen Locken, der zufriedene Ausdruck in seinem Gesicht sprach Bände.

»Wir sind immerhin verheiratet«, erklärte er gönnerhaft und konnte sein Grinsen nicht zügeln.

»Echt? So wie Mama und Papa? Habt ihr auch Kinder?«

»Noch nicht!« Selten, dass Mona zwei Worte so viel Angst machten und gleichzeitig ihre Wangen puterrot anlaufen ließen. Sie stieß Balthasar in die Rippen, doch der zuckte unschuldig mit den Schultern.

»O schade! Aber dann macht ihr bald welche? Kann ich dann mit denen spielen?« Wie konnten Kinderstimmen nur so laut sein? Mona wünschte sich den Vortex zur Hölle zurück, oder etwas anderes, was sie augenblicklich im Erdboden versinken ließ.

Boris konnte nicht mehr an sich halten und gluckste erstickt vor sich hin. Herr Sanddorn schnappte nur überfordert nach Luft, er lächelte voller Scham und zog an Mandys Rucksack.

»Deine Mutter ist sicher ganz krank vor Sorge … ich hab ihr gerade geschrieben. Sie kommt uns gleich abholen. Ehm … oh … wir müssen noch überlegen, was wir ihr erzählen«, stammelte er.

»Okay! Nach Hause!« Mandy kicherte aufgedreht, gähnte dann aber einmal herzhaft und plötzlich war die ganze Kinderenergie verschwunden. Arme wurden in die Höhe gestreckt, und Papa Sanddorn hob seine Tochter hoch.

»Warte!«, forderte sie heiser, winkte dann Boris eilig mit ihrer kleinen Patschehand. Irritiert machte er einen Schritt auf das Mädchen zu. »Näher!«, kam es im Befehlston. Der Vampir beugte sich bedröppelt vor und grinste verwirrt. Zwei lange Kinderarme wurden ausgestreckt, dann griff sie grob zu seinen Wangen und zerrte sich den armen Boris ganz dicht heran. Ein dicker Kuss landete schräg neben seinem Mund, und Mandy machte dabei ein übertriebenes Knutschgeräusch.

»Weil du mein Held bist!«, fiepste sie verlegen, wobei die Röte auf ihren Wangen nicht an die Tomatenfarbe des Kopfes ihres Vaters herankam.

Boris wollte etwas sagen, beließ es jedoch dabei.

»Ihr seid hier nicht alleine!«, kommentierte Balthasar die Situation mit einem Pfiff und erntete prompt einen wütenden Blick des Blutsaugers.

»Dann bis ganz bald, Superhexemona und Hundi und anderer Wolfshundi und Feuermann und alter Mann und Skelettdame und … und Boris, der Held!« Mandy winkte ihnen zu, sich an die Schulter ihres Vaters drückend.

»Danke noch mal! Wirklich! I-ich werde mich revanchieren! Ehrlich!« Herr Sanddorn war inzwischen ganz heiser. Die kleine Mandy wackelte wild mit ihrem Ärmchen, hing halb über der Schulter des Vaters, als er sich zum Gehen wandte. Bis sie um die Ecke gebogen waren, winkte das Mädchen aufgeregt, und sogar der Erzdämon hob die Hand und erwiderte diese Geste.

»Das ist auch mein Stichwort ... Also, Balthasar. Man sieht sich! Ich halte dich auf dem Laufenden!« Inspektor Plumbombo nickte jedem aus der Runde mit einem freundlichen Lächeln zu. Er sah ausgesprochen zufrieden mit sich aus.

»Vielen Dank!«, brachte Mona heraus, schenkte ihm ein breites Grinsen. Er zwinkerte nur mit einem vergnügten Lachen, pfiff seinen Hund zu sich und drehte sich zum Gehen.

»Oh ... eine Sache hätte ich da noch!« Er blickte über die Schulter. »Sie ist ja eine Hexe!«

Balthasar blinzelte fragend, nickte dann jedoch.

»Lasst euch von dem kleinen Mädchen nicht anstacheln, ja? Schön verhüten. Zwischen Hexen und Dämonen kommt immer nur Murks raus!«

»Danke, Peter«, raunte Balthasar ärgerlich zurück.

»Ich mein ja nur!«

»Ja, sicher! Bis zum nächsten Mal!«

Hund kaute auf seiner Zigarre herum, knurrte ein leidenschaftsloses »Wiedersehen«, und dann dackelten der Inspektor und er zurück zu der Straße hinter der Kirmes. Mona befühlte derweil ihre Stirn, ob sie vielleicht schon brannte oder gleich innerlich explodierte. Den peinlichen Moment mit einer unangenehmen Stille überspielend riss eine laute Hupe die übrig gebliebene Gruppe aus ihrem Schweigen. Ben stieg in ein paar frische Klamotten aus seinem Rucksack, Boris drehte genervt den Kopf weg, auch wenn er den Werwolf schon oft nackt gesehen hatte, seiner Meinung nach wohl viel zu oft. Dann hing Ben sofort am

Smartphone, musste unbedingt Beniko berichten, wie es ausgegangen war.

Balthasar räusperte sich leise und errang Monas Aufmerksamkeit.

»Du kannst dem Inspektor vertrauen. Früher war ja eher Mord sein Hobby, aber als Ermittler in Entführungen und Diebstählen hat er sich bewährt, er findet schon raus, was dahintersteckt.« Ob er ihre roten Ohren und den starren Blick fehlinterpretierte oder sie nur ablenken wollte, es war ihr gleich. Ein anderes Thema kam ihr gelegen. Mona ließ ihre Mundwinkel einmal kurz nach oben zucken.

»Wenigstens auf die dämonische Polizei kann man sich verlassen, was?«, murmelte sie.

»Nun, er … kommt eigentlich von … oben. Früher zumindest«, gab Balthasar leise zu und zeigte gen Himmel.

»Er ist ein Engel?« Wieder kiekste Monas Stimme, überschlug sich dabei.

»Jaein … Das ist so eine Sache mit diesem Job. Er arbeitet ab und zu noch für … den da oben. Aber halt auch für … uns …« Er deutete nach unten.

»Ehh …«, entkam es ihr ohne Betonung, und sie schüttelte verwirrt den Kopf. Das war wirklich zu viel für einen Abend. Wobei ein himmlischer Ermittler ihr um Welten lieber war als das Amt. Den Einbruch hatte das AAA damals einfach unter den Teppich gekehrt. Dort befand sich das Delikt in bester Gesellschaft zwischen den letzten Verfehlungen des Loch Ness und der Akte eines gewissen Doktors, dessen namenloser Titel ständig zu der Frage führte, wer er eigentlich sei. Typisch, kaum wurde es ernst, versagte die deutsche Korrektheit auf allen Ebenen. Und Mona hatte auch noch zum Vertuschen der Beweise beigetragen. Aber ja, Balthasar hatte recht, Dämonen waren keine Monster – er schon gar nicht. Monas Herz hüpfte prompt freudig über diese Feststellung.

Man beschloss, in einer Bar um die Ecke etwas trinken zu gehen, so als Abschluss nach dem Chaos. Anscheinend hatte sich das Festival aufgelöst, es war unklar, weshalb, normalerweise feierten die Frankfurter, bis ihnen das Würstchen schrumpelte. Feuerwehr, Polizei, Notdienste, Rettungswagen, so viele Blinklichter und Absperrbänder – die Kirmes hatte wohl ihr ganz eigenes Drama erlebt.

Es tat so gut, sich auf eine weiche Lederbank zu setzen, mit einem Cocktail anzustoßen und dann noch mal der ausgeschmückten Version ihres Abenteuers zu lauschen. Denn offensichtlich hatte Boris das Barden-Gen oder vielleicht auch etwas völlig anderes erlebt.

Ob nun zwei Dutzend Zauberer und Hunderte Dämonen oder nur eine Handvoll Schleimer, die sich vor Balthasar fast in die Hose gemacht hatten – man amüsierte sich über die ausschweifende Erzählung des Vampirs. Und so war das der Abend, an dem Mona beschloss, diesem Durcheinander eine Chance zu geben – von wegen ruhiges Leben. Das hier war gut so, wie es war. Ihre Freunde, ihr Alltag, ihre Kräfte, ihre Bestimmung, der Job, ihre Welt. Ja, ihr ganzes verdammtes Leben war gut so. Es fühlte sich großartig an, mit dem Chaos Frieden zu schließen. Sie hatten ein Kind gerettet – gemeinsam, weil sie aufeinander achtgaben. Und darauf kam es doch an? Gerade im Moment wollte Mona es gar nicht anders haben. Gerade im Moment wollte sie sogar ihn, den Dämon mit seinem zynischen Grinsen und der sarkastischen Art.

Vor lauter Wohlsein und Erleichterung störte sie es nicht, dass er sie den restlichen Abend über ständig von der Seite anstarrte, wann immer sie lachte oder auch nur ein Kichern von sich gab. Daran konnte sie sich gewöhnen.

Kapitel 33

Erfolg hat seinen Preis

Als Monas Füße wieder den Boden berührten, spürte sie, wie ihre Beine unter der Erschöpfung der vergangenen Nacht zitterten. Langsam löste sich die Feuersäule auf, schien ebenso müde wie Hexe und Dämon. Balthasar hatte sie direkt im Hinterhof des Wohngebäudes abgesetzt, und ein wenig Unkraut schmorte nun zwischen dem Kopfsteinpflaster.

»Vielen Dank«, murmelte Mona und kämpfte gegen ein Gähnen an. Die zwei glühenden Augen in der Dunkelheit verengten sich, er lächelte sie offenbar an. Tatsächlich tat er das bereits die ganze Nacht lang. Sie hatte sich ein wenig beobachtet gefühlt, und auch jetzt blickte sie peinlich berührt auf ihre Füße. Ständig musste sie an ihren Kuss am Mainufer denken, was er bedeutete, wie er sich angefühlt hatte.

»Für dich jederzeit, mein Schatz.« Er klang so viel ruhiger als sonst. Fast liebevoll.

»Magst du noch mit raufkommen?«, fragte Mona leise, ehe ihr Verstand dagegenhalten konnte. In diesem Moment hatte ihre Vernunft keine Chance mehr, ein heftig pochendes Herz hatte die Kontrolle übernommen, und mit Monas Blick hinauf in seine freudig glühenden Augen überschlugen sich die Gefühle in ihrer Brust.

»Gerne.«

Warme Finger griffen zu ihrem Handgelenk, und sie hatte keine andere Wahl, musste dem Dämon hinterherstolpern.

Durch das Treppenhaus, hinauf zu ihrem Flur, bis vor die Haustür zog er sie. Aber ehe sie auch nur an ihren Schlüssel denken konnte, drücke er sie ungeduldig gegen die kalte Wand und verwickelte sie in einen Kuss. Sie knurrte überrascht in seine fordernden Lippen. Die anfängliche Nervosität schmolz in seinen Liebkosungen dahin. In dieser Nähe lag nicht länger die Forderung nach Sex. Der Kuss und seine warmen Hände gaben ihr Geborgenheit, und das war wirklich sexy. Sie vertraute ihm mehr und mehr. Und es war verlockend, so begehrt zu werden. Dabei kannte er all ihre unattraktiven Seiten, hatte sie ihn doch stets zu ihren schlimmsten Momenten beschworen. Es störte ihn nicht – oder mochte er sie gerade deshalb? Noch immer war sie sich unsicher, was er von ihr wollte. Wie hatte er es ausgedrückt? Sie könnten viel Spaß miteinander haben. Es fühlte sich sehr nach drohendem Vergnügen an, wie er sie gegen die Wand drückte, ihre Lippen zerküsste und fordernd mit ihrer Zunge spielte.

Mona hatte inzwischen viele Gefühle in ihn investiert. Sie war verliebt. Das, was gleich folgen sollte, würde nicht zu ihrem Schaden sein, aber sie wünschte sich mehr. Gerade dieser Gedanken brachte sie dazu, ihre Arme um ihn zu schlingen, als könne sie Balthasar durch einfaches Festhalten an sich binden. Eigentlich waren sie schon mehr als gebunden, regelrecht gefesselt, sogar verheiratet. Wäre er hier, wenn sie sich zufällig kennengelernt hätten?

Balthasars glühende Augen, sein gieriger Blick, er machte sich keinen Kopf über – sie wusste nicht mal, was ihr Problem war. Das Schloss ließ ein knirschendes Geräusch verlauten, als es seiner Magie nachgab. Sofort sprang die Tür auf, und er zog Mona mit sich in die Wohnung hinein. Gerade wollte sie zu einem vage vorformulierten Einspruch ansetzen, da streifte er ihr die Wolljacke von den Schultern. Zu diesem Kuss gesellten sich zwei warme Hände unter Monas Shirt, und ihr entkam ein überraschtes Geräusch.

»Kein BH?« Er kicherte heiser.

»H-heute nicht«, stammelte sie zurück und murrte wieder, als er ein wenig fester zupackte. Mit einem Ruck zerrte er ihr kurz darauf das Shirt über den Kopf. Mona bedeckte ihre Blöße hastig mit den Händen. Jetzt war sie gezwungen, einem teuflisch gut aussehenden Dämon dabei zusehen, wie er sich sein Hemd aufknöpfte, und kaum sank das zu Boden, griff er zu seinem Gürtel. Eigentlich hatte sie wegsehen wollen, stattdessen fror Mona regelrecht ein, konträr zu dem brennend heißen Gefühl in ihrem Kopf. Er zog sich nicht ganz aus, mit jedem Kleidungsstück wurde er ungeduldiger, starrte sie an, als würde er sie gleich verschlingen. Mit einer Hand packte er Mona an der Hüfte, um sie wieder zu einem Kuss heranzuziehen. Es war überdeutlich, wie scharf er auf sie war.

Nackte Haut traf auf nackte Haut, und es knisterte leise zwischen ihnen. Das fühlte sich zu gut an, um ihr weiterhin Angst zu bereiten.

Sex war Mona schon immer ein Rätsel gewesen. Natürlich hatte sie genug Wissen darüber in Büchern, Filmen und Erzählungen anderer sammeln können – leider hatte ihr niemand erklärt, wie man überhaupt zu diesen Gefühlen gelangte. Alle schienen wie selbstverständlich Spaß zu haben, nur sie nicht.

Entsprechend überfordert war sie, nun, da sie nichts mehr wollte als ihn. Das war wohl bezeichnend für ihr gesamtes Leben. Monas Leidenschaft entbrannte erst, wenn sie sich wirklich auf etwas einließ. Dann studierte sie tagelang in Ruinen alte Texte, korrigierte akribisch die Akten einer Skelettfreundin oder übte, eigenen Nudelteig herzustellen, als wollte sie ein Restaurant eröffnen.

Und es passte, dass sie für ihr erstes Mal so verliebt sein musste, dass es wehtat. Wie auch ihre Lippen bald, wenn er sie weiterhin so innig küsste. Langsam drängelte er Mona zu ihrem Bett und löste sich dann von ihr. Er fuhr kurz durch ihre Haare und widmete sich ausgiebig ihrem Hals, ehe er zärtlich an ihrer Haut knabberte.

»Ich will dich«, flüsterte Balthasar ihr ins Ohr, und der darauf folgende Schauer zeichnete sich als Gänsehaut auf ihren Armen ab. »Willst du mich auch?«

Er schaute sie unverwandt an, und Mona schluckte.

Ihr »Ja« galt weniger dem Sex als vielmehr ihm. Mit einem zufriedenen Lächeln schubste er sie auf die Matratze, und erstmals war ihr Kopf geneigt, vollends abzuschalten.

Glühende Augen über ihr. Überfordert mit der Situation musterte sie sein vergnügtes Gesicht, ehe das Grinsen verschwand und sich warme Lippen auf ihr Schlüsselbein drückten, dann zwischen ihre Brüste, auf ihren linken Busen – und daraufhin fühlte sie seine Zunge über ihre Haut wanderten. Das damit verbundene Kribbeln hatte nichts mehr mit Angst zu tun. Nervosität war natürlich, gehörte eben dazu. Und sie verwandelte sich mit jedem Kuss, mit jeder seiner Berührungen in Lust und Erregung. Eine Hand fuhr ihren rechten Oberschenkel entlang, ganz langsam und all die anfängliche Ungeduld in seiner Körpersprache war verschwunden. Ihren Hals zu küssen, mit den Lippen über ihren Busen zu wandern – es bereitete ihm wohl großes Vergnügen, sie zu berühren. Er erhob sich wieder über Mona, nur um ihr in die Augen zu schauen und dann seine Hüfte zwischen ihre Beine sinken zu lassen. Es war nicht viel Stoff übrig geblieben, und sie spürte deutlich seine Erregung, als er sich leicht gegen sie rieb. Diesmal war er es, der ein heiseres Keuchen von sich gab, und Mona ertappte sich bei einem nach mehr verlangenden Gedanken. Für eine Weile blieben sie so, küssten sich, berührten sich, bis sämtliche Sorgen in ihrem Kopf erloschen waren. Erst als Monas Hüften sich gegen die seinen drückten, und sie daraufhin ein williges Murren nicht mehr unterdrücken konnte, löste er sich wieder und wanderte mit den Lippen erneut ihren Hals hinunter.

Träge schaute Mona zur Seite und konnte sehen, wie ihre Finger schwach glühten. Ein feuchtes Gefühl an ihrem Bauchnabel entlockte ihr ein leises Brummen, und Balthasar lachte heiser. Offensichtlich arbeitete er sich ihre Tattoos entlang und – Monas Hand krallte sich mit einem Mal nervös in die Bettdecke. Neben der Erregung stammte das Prickeln auf ihrer Haut von ihren Tätowierungen. Kaum etwas war in der Lage, solch mächtige, magische Schutzkreise zu brechen – Erzdämonen standen aber ganz oben auf die Liste.

»B-Balthasar?«, flüsterte sie. Er antwortete nur mit einem fragenden »Mhm?«, und Mona sog scharf die Luft ein. Ehe sie weitermachten, musste er es wissen. Er musste wissen, dass er ihre Siegel brechen und sie entjungfern würde. Dass sie furchtbare Angst davor hatte, weil sie so viel für ihn empfand, weil sie nicht wollte, dass es nur Spaß war, weil sie sich verliebt hatte und dass die Konsequenzen für sie weittragend wären – das Amt, ihre Hexerei und – dass sie den Gedanken nicht ertrug, nur Vergnügen zu sein, zu wissen, dass er nachts sicherlich in anderen Betten verschwand. Er musste erfahren, dass es ihr die Kehle zuschnürte, wenn sie nur daran dachte – aber weiter kamen Monas panische Gedanken nicht mehr.

Es blitzte grell im Zimmer. Sowohl Balthasar als auch Mona richteten sich erschrocken auf.

»Schatz, du hast gerade … geleuchtet!«

»Was?«

Balthasar zuckte mit den Schultern, und Mona besah sich irritiert ihre Hände. Etwas schien anders an ihr, falsch, verdreht. Sie spürte es ganz deutlich, meinte sich leichter zu fühlen, als hätte sie an Gewicht verloren oder gar – »Nein, nein, nein«, keuchte sie panisch, doch es war zu spät. Im selben Moment ertönte ein *Pling* vom Boden. Ihr Smartphone vibrierte einmal schwach in der liegen gelassenen Wolljacke und verstummte.

Vorher hatte sie sich gefürchtet, nun schüttelte es Mona vor Panik. Hastig schnipste sie mit den Fingern – nichts geschah. Dann wieder und wieder, mal lauter, mal kam gar kein Ton zustande, bis Balthasar nach ihrer Hand griff.

»Liebling«, setzte er an. Sie sog gestresst die Luft ein und schluchzte.

»Sie haben meine Hexerei blockiert!«

»Was?«

Wieder erklang ein *Pling*. Balthasar erhob sich schwerfällig vom Bett, zog an seiner Unterhose und stapfte zum liegen gelassenen Kleiderhaufen. Gezielt angelte er Monas Smartphone aus der Jackentasche und reichte es ihr. Sie nahm es zittrig entgegen und brauchte zwei Anläufe für ihre PIN, dann drückte sie ihm das Gerät zurück in die Hand. Er öffnete sofort die leuchtende neue Nachricht.

»Sehr geehrte Frau Hass, wir weisen Sie darauf hin, dass Ihre Hexerei infolge der heutigen Vorfälle gemäß Vertrag bis auf Weiteres ausgesetzt wird. Ihnen wird eine Reihe von Verstößen gegen die Hexereigesetze zur Last gelegt, die unter anderem zu einem Aufruhr auf einem öffentlichen Fest führten und das Vertrauen zwischen Volk und Unvolk massiv geschädigt haben … Die sind doch nicht ganz bei Trost! … Bis zu Ihrer Anhörung verzichten Sie gemäß des Vertrags freiwillig auf Ihre Hexerei? … Was?« Balthasar schüttelte verwundert den Kopf und räusperte sich. »Die Konsequenzen für einen erneuten Verstoß sind die endgültige, freiwillige Aufgabe Ihrer Kräfte …«, las er weiter laut vor und hielt inne. Stirnrunzelnd überflog er die Zeilen. »Darüber hinaus ist es Ihnen untersagt, den Erzdämon Ba'al zu beschwören. Ihre Beschwörungsfähigkeit wurde vorerst ausgesetzt. Zuwiderhandlung kann zu einer sofortigen Haftstrafe … Hey, Moment, wie soll denn das gehen?«

Das versetzte Mona einen noch größeren Schock als der Verlust ihrer Hexerei. Hastig griff sie nach dem Smartphone und scrollte sich durch den Text.

»Die Beschwörung ist an mich als Hexe gebunden, aber nun bin ich keine Hexe mehr«, flüsterte sie und unterdrückte ein sich ankündigendes Zittern.

»Ich verstehe das nicht. Deine Kräfte sind weg? Aber … das geht doch nur freiwillig. Niemand kann dir die Hexerei nehmen, sogar geläutert wärst du noch eine Hexe, wenn auch eine unnütze«, erklärte er, stand auf und bückte sich nach seiner Kleidung. »Ich hab alle möglichen Details diesbezüglich recherchiert, gleich nachdem du mich in den Pakt gezwungen hast.«

Natürlich hatte er das. Mona holte tief Luft und atmete einmal lange durch, um sich wenigstens kurz zu beruhigen.

»N-nein, so ist das nicht. Also ich – ich hab einen Vertrag unterschreiben müssen, m-mit der Kirche. Dass ich freiwillig auf meine Hexerei verzichte, wenn … sollte ich gegen ihre Auflagen verstoßen.« Ihre Finger verkrampften sich. Wütend warf sie das Handy in die Kissen und zog dann an der Bettdecke, um sich darin einzuwickeln.

»Verstehe, freiwillige Aufgabe. Quasi ein Schlupfloch … das ist übel. Aber du kriegst sie wieder zurück?«, murmelte Balthasar und fädelte seinen Gürtel neu in die Hose ein.

Sie nickte langsam. »Es dauert, bis die Wirkung permanent ist, quasi eine Möglichkeit, sich umzuentscheiden, ob es einem wirklich ernst ist... Deshalb konnten sie auch diese Verträge einführen. D-damit hat die Kirche damals die Macht über uns errungen.«

»Ich nehme an, es hat Gründe, dass ich darüber keinerlei Kenntnis hatte?«

»Ei-eigentlich verstoße ich gegen den Vertrag, wenn ich es dir sage.« Mona beobachtete ihn beim Anziehen mit feuchten Augen, und erstmals geriet ihr Innerstes in Panik, ohne dass ihr dabei die Hände in Flammen standen. Es war ein seltsames Gefühl, eine kalte Angst, die sie so noch nie erfahren hatte. Der inzwischen halbwegs angezogene Dämon schenkte ihr einen mitleidigen Blick und setzte sich dann wieder zu ihr. Vorsichtig streckte er eine Hand aus und fuhr ihr durch die zerzausten Haare.

»Liebling«, begann er, aber Mona schüttelte den Kopf.

»Bin ich ja jetzt nicht m-mehr«, stammelte sie mit wackeliger Stimme.

»Natürlich bist du das noch.«

»Kein Pakt, keine Ehe.«

»Wenn sich alles geklärt hat, dann müssen sie deine Kräfte freigeben und dann ist alles wieder gut«, erklärte er ruhig und rutschte dicht neben sie, legte einen Arm um sie.

»Ich hab einen Vampir und einen Werwolf auf ein Stadtfest losgelassen, ein Schiff ist explodiert, wegen mir wurde Mandy beinahe verletzt. Nosdrof war am Überfall beteiligt – ich hab seinen ersten Einbruch vertuscht, alles wird herauskommen«, zählte sie hastig auf. Balthasars Umarmung wurde ein wenig fester, und Mona konnte nicht anders, als sich an seine Schulter zu schmiegen, diese Nähe war viel zu verlockend und am liebsten hätte sie sich an ihn geklammert.

»Du hast Mandy das Leben gerettet, und für den meisten Zauber bin ich verantwortlich.«

»Das glauben die mir nie, die glauben, ich hab dir das befohlen, und dann-dann …« Mona wimmerte und kämpfte gegen den Drang an zu weinen. »Die werden mir mehr nehmen als nur meine Hexerei.«

»Denkst du, die stellen sich gegen das Wort eines Erzdämons?« Er klang fast ein wenig amüsiert. Irritiert hob Mona den Kopf und starrte ihn an. »Was denn?«, wollte er wissen.

»Wieso solltest du das tun?«, flüsterte sie, und er runzelte sofort verwirrt die Stirn.

»Wir werden alle aussagen, Mona. Ich und … Ben und Boris sicher auch, also –«

»Aber du bist mich dann doch los.« Das hatte sie so nicht sagen wollen, aber sie schaffte es nicht, ihre Angst zu unterdrücken, und es war aus ihr herausgeplatzt. Diese Sorge trug sie schon so lange mit sich herum. Sie vertraute ihm, seiner Gutmütigkeit, aber was er für sie empfand, das wusste sie nicht. Er bekam endlich seinen Willen. Es war die Gelegenheit. Was wollte er mit so einem unwilligen Spielzeug, nicht annähernd genug spaßig, dass sie es wert war – nicht für den Stress, den sie Balthasar bereitete. In einem Pakt vielleicht besser als nichts, oder? Aber so? Wozu? So wäre er niemals heute Nacht in ihrem Bett gelandet. Ganz bestimmt nicht.

Der Griff um ihre Schulter wurde stärker, und sein Ausdruck kritischer, fast wütend. Falten bildeten sich auf seiner Stirn und sie konnte sehen, wie er die Zähne fest zusammenbiss. Er wollte etwas sagen, öffnete kurz den Mund, schüttelte dann den Kopf und atmete tief durch. Unzufrieden dreinschauend suchte er wohl nach den richtigen Worten. Das brauchte er nicht, Mona akzeptierte ihre Bestimmung. Sie kannte ihr Pech und jeder glückliche Moment wurde vernichtend von einem größeren Unglück zerschlagen. Er konnte ja nichts dafür, weder für ihr Schicksal noch dass sie sich in ihn verliebt hatte. Wie selbstverständlich schenkte sie ihm ein Lächeln, doch nun sah er beinahe schon traurig aus.

»Mona… wieso sagst du so was?«, fragte er mit heiserer Stimme und strich ihr eine Haarsträhne von der Stirn. Diesem Blick konnte sie nicht ausweichen, er war bitter und ähnelte dem schweren Gefühl in ihrer eigenen Brust. Balthasar beugte sich wieder zu ihr. Als er nun seine Lippen sanft auf ihre legte, lag darin eine Unsicherheit, die ihr neu war.

»Ich will dich nicht loswerden«, flüsterte er mit der Stirn dicht an die ihre gelehnt, und sein ernster Blick ließ Mona nicht mehr zweifeln. »Ob Hexe oder nicht.«

Sie spürte, wie sich ihre Augen mit Wasser füllten, eilig schmiegte sie ihren Kopf an seine Schulter.

»Glaubst du mir?«, wollte er wissen, und sie nickte sofort, drückte sich dabei noch fester an ihn. Er hatte die richtigen Worte gefunden. Ob er ihre Gefühle erwiderte, das wusste sie nicht – aber er mochte sie. Sehr sogar. Hier und jetzt blieb er bei ihr, obwohl er hätte verschwinden können, für immer.

»Du bist ganz kalt«, erklärte Balthasar, der selbst müde klang. Er zog die Decke um Mona ein wenig enger.

»B-bleibst du noch etwas hier?«

»Sicher. Bis Boris zu Hause ist, gehe ich hier nicht weg. Ohne deine Hexerei bist du wehrlos«, versicherte er ihr. An dieses Problem hatte sie gar nicht gedacht.

»Meinst du, Nosdrof kommt zurück?« Ihr Hals schmerzte beim Sprechen, als hinge ein Stein darin fest.

»Ich denke, ich werde seine Seele in der Hölle schon finden. Aber selbst wenn er noch lebt, er hat sicher nicht alleine gehandelt. Nach der heutigen Nacht werden sie sich aber zweimal überlegen, dich anzugreifen. Und ohne den Pakt bist du für sie nicht mehr von Nutzen, ich hab nur Angst, dass sie sich rächen wollen.«

Mona wimmerte bei dem Gedanken unglücklich, und Balthasars Arm drückte sie sogleich fester an seine Brust.

»Hey, das wird schon wieder. Dann heirate ich dich eben noch mal, hm?«

Verwundert blickte sie zu ihm hoch und versank regelrecht in seinem liebevollen Lächeln. Das Feuer in seinen Augen war erloschen, und alles Dämonische an ihm verschwunden.

Er würde sie noch einmal heiraten. Das war nichts, was ein Tausende Jahre alter Erzdämon leichtfertig versprach. Also empfand er sehr wohl mehr für sie, weit über ein bisschen Anziehungskraft hinaus.

»Ich würde wieder Ja sagen«, nuschelte Mona müde und kuschelte schnell ihren Kopf in seine Halsbeuge. Möge doch nur die Zeit stehen bleiben, sie war bereit, in diesem Augenblick zu leben – für immer.

Ein Gähnen unterdrückend schloss sie die Augen. In den vergangenen Stunden war sie mehrfach über einen Jahrmarkt gehechtet, hatte einem Werwolf nachjagen müssen, gegen einen Vampir kämpfen, ein Kind retten, und schon in der Bar waren Mona ein paarmal die Augen zugefallen. Die Müdigkeit holte sie ein, und sie bemerkte im beginnenden Halbschlaf gerade so, wie er sich von ihr verabschiedete, sie eindringlich darum bat, ihr Handy bei sich zu tragen, da er nicht mehr zu ihr beschworen wurde, und dann entglitten ihr die Gedanken.

Er würde bei ihr bleiben, auch ohne den Pakt. Das war alles, was wichtig war – das und der Abschiedskuss auf ihre Stirn, der sie bis in ihre Träume begleitete.

ENDE

Mehr zu Mona in ihrer nächsten Geschichte

ENDE

WIE ES WOHL WEITER GEHT?

Bis Band 2

I. B. Zimmermann, geboren 1989, gehörte schon immer zu den Träumenden. Deshalb begann sie früh ihre eigenen Geschichten zu kreieren – erst in Bildern, dann mit Comics, später mit geschriebenen Kurzgeschichten und letztlich in ganzen Büchern. Damit begeistert sie eine große Community auf Twitch und Youtube.

Zusätzlich betreibt sie als Kritzelpixel einen kreativen Kunstkanal und arbeitet als freiberufliche Künstlerin. Bei YUNA erschienen die Spiegel-Bestseller »Zeichnen lernen in 5 Wochen« und »Zeichnen lernen Tag für Tag«.